轮　战

谨以此书献给在中越边疆作战中，为保卫祖国的领土完整而牺牲、负伤和参战的所有战友。

燕德银　著

民主与建设出版社

图书在版编目（CIP）数据

轮战／燕德银 著.—北京：民主与建设出版社，2013.9（2017.12重印）

ISBN 978-7-5139-0289-2

Ⅰ.①轮… Ⅱ.①燕… Ⅲ.①纪实文学－中国－当代 Ⅳ.①I25

中国版本图书馆CIP数据核字（2013）第190683号

责任编辑 李保华
出版发行 民主与建设出版社
电　　话 （010）85698040　80698062
社　　址 北京市朝外大街吉祥里208号
邮　　编 100020
印　　刷 北京嘉业印刷厂
成品尺寸 170mm×240mm　1/16
印　　张 29
字　　数 500千字
版　　次 2013年9月第1版　2017年12月第4次印刷
书　　号 ISBN 978-7-5139-0289-2
定　　价 49.80元

目 录
CONTENTS

一 轮战命令和婴儿诞生 …… 001
二 军人以服从命令为天职 …… 005
三 为儿心碎 …… 009
四 登上军列 …… 013
五 一杯红糖水 …… 018
六 热情的沿途群众 …… 022
七 到达前线 …… 025
八 边境县城 …… 030
九 走火 …… 035
十 归队 …… 040
十一 会发光的竹片 …… 047
十二 辛寨 …… 051
十三 炊事班被炸 …… 055
十四 接守高地 …… 058
十五 掩体加高后 …… 064
十六 通过生死线 …… 068
十七 敌埋我军一个班 …… 074
十八 我毙敌军一个排 …… 078
十九 清理被填溶洞 …… 082

二十　搬运尸体 …… 085
二十一　唱歌漏馅 …… 090
二十二　冒充边民被识破 …… 097
二十三　途遇傻家伙 …… 103
二十四　正副班长 …… 111
二十五　报复 …… 116
二十六　是花寡妇敢死队吗 …… 119
二十七　石峰挖通了 …… 123
二十八　饰品换烟 …… 127
二十九　蟒蛇爬进掩体 …… 134
三十　烂裆 …… 140
三十一　拉拉河取水 …… 143
三十二　黑夜上山背遗体 …… 148
三十三　原来是具越军女尸 …… 156
三十四　篮球队员大姚 …… 162
三十五　挨着死人睡了一觉 …… 165
三十六　苍龙江里七仙女 …… 170
三十七　军列上那次洗澡 …… 175
三十八　女子卫生队被袭 …… 182
三十九　抓到六个女俘 …… 188
四十　押送 …… 194
四十一　不等菜了 …… 201
四十二　师司令部被炸 …… 206
四十三　登山 …… 210
四十四　隐藏在夹缝 …… 215
四十五　砸石头 …… 220
四十六　几声枪响 …… 226

四十七　这次打准了 …… 233
四十八　对视 …… 239
四十九　后怕 …… 244
五十　小山村之战 …… 249
五十一　侦察 …… 257
五十二　挖通道 …… 262
五十三　高地就像绞肉机 …… 266
五十四　吃生血习惯 …… 272
五十五　蝴蝶饺 …… 276
五十六　半具女尸 …… 281
五十七　年夜饭 …… 285
五十八　风土人情 …… 289
五十九　伪装网 …… 295
六十　起名 …… 299
六十一　边民家 …… 305
六十二　江中瀑布 …… 313
六十三　交址城 …… 318
六十四　求宿辛寨 …… 324
六十五　祭祀活动 …… 331
六十六　越军会弹望星空 …… 337
六十七　夜上断笋峰 …… 344
六十八　遗书 …… 350
六十九　抽支中华烟 …… 354
七十　喝杯茅台酒 …… 357
七十一　寻找被劫女兵 …… 360
七十二　英雄被埋堑壕下 …… 363
七十三　山洞里背出断肢女 …… 367

七十四　家事 …………………………………………………………… 372
七十五　不能拿俘虏出气 ……………………………………………… 377
七十六　三女滚江 ……………………………………………………… 381
七十七　跳水救人 ……………………………………………………… 386
七十八　担忧 …………………………………………………………… 390
七十九　劝说 …………………………………………………………… 394
八十　车横桥头 ………………………………………………………… 400
八十一　首长慰问 ……………………………………………………… 405
八十二　江边 …………………………………………………………… 411
八十三　偷袭变为强攻 ………………………………………………… 420
八十四　高地就交给你了 ……………………………………………… 424
八十五　废弃工事 ……………………………………………………… 428
八十六　最后一面 ……………………………………………………… 431
八十七　农家小院 ……………………………………………………… 437
八十八　夜宿烈士遗体转运站 ………………………………………… 444
八十九　两条腿拼错了 ………………………………………………… 450
九十　渴望一个拥抱 …………………………………………………… 454

一　轮战命令和婴儿诞生

刚刚进入七月，梅雨季节后的江州气温就骤然上升，一号那天早晨，师医院院长田小舜正穿着背心，坐在家中的电风扇下吃泡饭，突然看见值班医生燕帆快步走了过来，便想：这是又有啥事了，不然值班医生不会这样步伐匆匆的。果然燕帆走近后擦把汗说："院长，我刚才接到部里电话，说让您立即去师部小会议室参加紧急会议，并说八点钟之前务必赶到。"

"是去师部小会议室吗？"那里可是师党委平时开会的地方啊，通知部长张留宇去参加还差不多，怎么能轮到我这个营职干部呢？列席似乎也不可能，所以田小舜才这么问，他以为燕帆听错了。

"院长，是的，我向他们确认过了。"

"那好，我知道了。"

燕帆走后田小舜看了看手表，离八点只差十五分钟了，便放下只吃了一半的泡饭，在汗浸浸的背心外面套上军衣就匆匆忙忙走了。

师医院和师部都在一个营房大院里，田小舜几乎是跑着进入小会议室的，他到那里后一看，时间正好，便悄悄在最后一排找个位置坐了下来。小会议室的主席台上坐着师首长和司、政、后首长，下面是各团团长、政委，以及师司、政、后三大机关的副职。田小舜见与会人员除了自己全是团级以上干部，还是怀疑通知的准确性，于是就慢慢移到在一边整理材料的参谋梁夫德跟前小声问了一下，梁夫德也小声告诉他说："田院长，开会名单上有你，没有错，坐下来听吧。"田小舜这才放下心来。

不久，会议开始了，师政委焦本夺首先讲话，他说："今天召开一个党委紧急扩大会议，首先请师长张黎同志宣读轮战命令。"

"轮战"二字，台上台下好多人都是第一次听到，起初他们以为又要布置一场军事演习，因为自抗美援朝以来，这个部队就再也没有打过仗了，不会动真格的，但随即他们就知道自己的判断错了，张黎宣读完轮战命令又明明白白地说："我和政委研究了一下，部队在三天之内必须全部离开营房，方法是分期分批乘军列奔赴云南边疆……"

张黎讲完，焦本夺说："张黎同志刚才在宣读轮战命令的时候，我看到大家都有些吃惊，实际上我们两个人的感受也和大家一样，因为这个命令是一小时前才收到的。由于时间紧迫，需要立即传达落实，所以连其他师首长都来不及提前打招呼，请诸位理解。大家知道，越南当局早已背信弃义，把魔爪伸向了我国的神圣土地，具体情况大家在电影、广播里都看到或听到了，所以我就不再多讲了。五年前，我国被迫进行了自卫反击作战，但直到现在为止，边疆那里仍然炮火不断，在四月底那次战斗中，我云南军区为夺回属于我国的刀山高地伤亡了不少人，所以军委才命令内地部队去那里轮流参战。按照命令，我师要在七十二小时之内全部离开营房，为此我们草拟了一个行动方案，现在由参谋长王正军同志向大家宣布。"

师参谋长王正军宣读完行动方案，张黎就重点问题作了强调，最后他说："为了加强主力团的救护力量，也为了便于管理参战女兵，师里决定成立一个女子卫生队，该队隶属九四一团指挥。从今天起，全师参战女兵都要到女子卫生队报到。"

听到这里，田小舜终于明白为什么要让自己来开这个会了。全师女兵基本上都集中在师医院，她们大都是各级首长的妻子、女儿，回去后得马上开会传达，以便让她们尽快进入情况，按时去九四一团卫生队报到，女子卫生队目前只是个空架子，只有先去那里报到之后再说其它的了。

想到女兵都要参战，田小舜马上想到了洪绒，昨天他见洪绒挺着个大肚子时还说："小洪，恭喜你就要当妈妈了！离预产期还有几天啊？"

"院长，可能就在这一两天吧！"洪绒大大方方地说。

"好啊，等你满月时我和政委去喝喜酒。对了，按照当地风俗，妇女生下孩子是要送喜蛋的，部队也要入乡随俗嘛！让你爱人提前准备点。"田小舜笑着说。

"院长，这点我们早就想到了，到时大家一定能吃到喜蛋。"洪绒也笑着说。

洪绒的预产期就在这一两天，而三天之内部队要全部离开营房，根据安排，师医院要在明天晚上出发，后天晚上女子卫生队跟随九四一团出发，这是最后一趟军列了。师长刚才说得清清楚楚：“除了正在怀孕的女军人，其他的都要跟着部队上前线，这是军里的规定，谁也不能特殊。”也就是说在今、明、后三天时间内，如果洪绒没有把孩子生下来，她就是“正在怀孕的女军人”，而如果她把孩子生下来了，那就要“跟着部队上前线”。倘若是后一种情况，洪绒的身体能吃得消吗？她丈夫也是个军人，即使洪绒能坚持行军，那么两个人都上前线了，刚出生的孩子怎么办？

想到这个问题，田小舜不禁为洪绒担心起来，真希望她能推迟几天再生产，哪怕大后天把孩子生下来就行，可千万别提前了。大部队后天晚上六点钟左右就要全部离开营房了，只要她在六点钟以后生产，就可以在营房里多休养些日子再去边疆。

田小舜尽想自己管的那一摊子事了，连首长们后来讲的什么都没有听清……

散会后，田小舜立即跟上张留宇走出会议室，他问了一些出发前后的具体问题，最后不免谈到洪绒的事，说：“部长，是不是把这个问题向上面反映反映？”

“你刚才也听到了，师里刚刚接到命令，现在大家都在手忙脚乱地布置任务，准备出发，哪个首长会管这样的具体问题？而且会上已经明确的事，反映上去还不得挨顿批评？”张留宇说。

田小舜见事情已经这样，就不再说什么了，只是皱着眉头不愿离开，于是张留宇看了他一眼又说：“田小舜，你是怕到时请示来不及吧？那好，回办公室我打个电话问问。”张留宇回办公室，田小舜也跟着去了。

经请示，必须按照命令执行，这是师里主要领导说的，于是张留宇放下电话看着田小舜无奈地说：“听到了吧，没法子了，你就回去做思想工作吧。但愿你们那个叫洪绒的医生能挺过这三天再生孩子。你这个院长还挺称职的，部下还没生呢，就提前考虑到了。”

一回到医院，田小舜就在门口见到了外科主任狄放，于是连忙拦住她说：“狄放，刚才你见到洪绒没有？”

“见到了啊，我刚从她产房里出来。噢，您还不知道吧？一小时前洪绒生下个大胖小子，重七斤四两，刘思彤接的生，母子平安。”田小舜听后无奈地皱起了眉头：真是怕啥来啥，就这狄放他们还高兴呢！一小时前，不正是师长宣读轮战命令的时候吗，事情怎么会这么巧？大人要去打仗，小孩子忙着出来凑什么热闹？想到这里他听狄放又说：“院长，洪绒的爱人已经从团里回来了，正在病房里陪她呢。”她不明白田小舜听到喜讯为什么要皱眉头。

“知道了，你去忙吧！”田小舜轻声说，眉头依然没有展开。

但狄放并没有立即走，她说：“院长，你这是怎么了？”

“有事，一会儿你就知道了。对了，你现在不要去干其它事了，赶快去一趟值班室，让燕帆通知全院所有人员立即到饭堂开会。我先去找政委简单碰个头，然后很快过去讲话。”田小舜说罢匆匆忙忙走了。

海欣是天亮前赶到师医院的。昨天半夜时分值班医生就打去了电话，说洪绒已经进入产房待产，让他迅速回来一趟。听到这个消息，海欣急忙去把睡得正香的付孔亮叫醒，说：“连长，对不起把你吵醒了。洪绒马上要生孩子了，医生让我赶快回去一趟，特地来向你请个假。”

付孔亮坐起来揉着眼睛问：“现在几点钟了？”

“凌晨两点差五分。”海欣看着表回答。

“三公里路，你骑上自行车赶快走吧！别急着回来，有啥需要给连里打个电话就行。”

早晨八点十分，护士长刘静才从产房出来对一直等在外面的海欣说：“洪绒生了，是个男孩，母子平安。海欣，你当爸爸了，恭喜呀！”

“谢谢！谢谢！”海欣抓住刘静的手一个劲摇。

“看把你高兴的，把我的手都握痛了。你先到六号病房那里去等吧，洪绒马上就到。”刘静仍然笑着说。

“好。”海欣说，但脚步却没有动，他要等洪绒出来亲自陪她过去。

不一会儿，洪绒被护士张楠和卫生员小云推着出来了，海欣怜爱地看着满脸憔悴的妻子说：“洪绒，你辛苦了！饿了吧，先到那边去休息一会儿，我在家里已经熬好了稀饭，马上就回去端过来喂你。”说罢去看刘静怀里的婴儿，一阵父爱油然而生。

田小舜去开会之前路过洪绒住的病房，他见洪绒已经睡着了，就轻轻在海欣的肩膀上拍了一下，示意他跟着自己出去一趟。

在走廊里，田小舜把会议精神向海欣作了简要传达，最后他看着满脸惊愕表情的海欣说：“我听说你在这里，就先过来打声招呼。刚才你们团长和政委都在，我估计他们这会儿也回去了，很快就要向部队传达。关于洪绒生下孩子后要不要跟着部队走的问题，我刚才已经对你说了，看来没有通融的余地。事已至此，我们只能考虑路上如何照顾好她和孩子怎么办的问题了。”

海欣听完田小舜的话，用手连连擦着汗说：“有困难我们自己想办法解决。田院长，你赶紧开会去吧！”

田小舜也用手连连擦着汗说：“时间太仓促了，我看等洪医生睡醒后，你还是把情况给她透露一下吧！既然必须得走，就要有个思想准备才行。”说罢跟海欣握手告别。

二　军人以服从命令为天职

在儿子呱呱坠地的同时，部队也接到了轮战命令，这使身为副连长的海欣不得不第二次出征，他第一次是参加自卫反击作战，并被授予“战斗英雄”称号。作为军人，不管是第几次出征他都毫无怨言，但对洪绒刚生下孩子就要跟着大部队走有点不理解，且不说她身体吃不消，孩子的安置也是个问题，现在毕竟不是战争年代，完全可以缓一缓再去，这时去不但干不了事，还要让战友们照顾，拖累大家。但军人以服从命令为天职，事情也只能这样了。他下意识地撩起衬衣又擦了一把汗，然后迈着机械的步伐再次走进洪绒的病房，重新坐在她床边的方凳子上。

海欣见疲劳过度的洪绒仍在熟睡，就把眼睛抬向房顶，想让自己的心情尽快平静下来，以便考虑如何应付遇到的棘手问题：此刻团里可能正在传达命令，而我这个当副连长的却不在位，应该先给连里打个电话才是。想到这里海欣起身去了医院值班室，但平时都是医生值班的值班室里现在却只有卫生员小云一人，她说：“副连长，你是打电话吧？燕医生他们都开会去了，全院只留下我一个人守电话。”

“是的，我一时回不去了，要给连里打个电话。”海欣说。

接电话的是一连通讯员何少荣，他说：“副连长，连长和指导员都到团里开会去了，您有什么指示？”

“何少荣，我现在在师医院，已经听说部队要有行动了，而且这次去的地方很远，连长和指导员就是为这事去开会的。洪医生已经生了，所以我一时无法离开这里，两位连首长回来后你转告一声，就说我今天会抽空回到连里一趟的，如有急事，马上给我打电话。”

放下电话，海欣快步回到病房，洪绒仍在熟睡，他又在洪绒身边坐下，继续考虑如何应付遇到的棘手问题。田院长说全团后天晚上出发，这也是全师离开营房的最后一天了。从现在到出发，满打满算只有三昼两夜的时间，在这点有限的时间内，得把公私两件事都安排好，公事好办，连里两个主官都在，一切他们会处理好的，出发前自己回去一两趟就行了；关键是私事，洪绒产后身体虚弱，又是在七月流火的日子里，出发后汽车火车都要坐，长途行军自己经历过，颠簸不说，吃饭也没有规律，连那些活蹦乱跳的小伙子都吃不消，何况一个产妇？

还有孩子问题。一周之前洪绒的母亲还打来过电话，问洪绒的具体生产日期，说六月底学校放假，七月初她就可以启程来江州了。当时洪绒对母亲说自己的预产期是七月上旬，学校放假后，老师过几天才能不去上班，让母亲不要着急。说她是医生，又在本院生产，有海欣和同事照顾，母亲晚来几天没有问题。

老家那里前些日子来了信，母亲也说要来照顾儿媳坐月子，可洪绒说这个季节江州天气太热，怕婆婆受不了，让母亲先来。九月初开学，八月底婆婆再来不迟。谁知在进入七月的第一天，这小子就迫不及待地出来了，好像故意要凑热闹似的。

事情发生了突然变化，把一切计划都打乱了，现在马上打电话通知洪绒的母亲，别说她不能马上离开学校，就算可以即刻启程，路上少说也要三天时间，如果不能及时买到车票，赶到这里时部队早就出发了。

让老家马上来人更不现实，因为农村没有电话，最快的方式是电报，但电文只是到县城里快，接下来要靠人一级一级送，如果顺利的话，两天后家里可以收到；如果遇到连阴雨，邮递员就骑不成自行车了，十天半月收到是常事，比寄一封平信还慢。

所以海欣想了半天，觉得还是先由自己把孩子送回老家，然后返身追赶部队的办法比较好。大部队行军速度比较慢，而一个人机动性强，说不定到边疆之前就可以赶上连队了。

主意已定，海欣的心情才稍微平静了一点。可当他再次看到洪绒那苍白而俏丽的脸庞时，心情又开始沉重起来：儿子的问题可以解决，但洪绒的身体怎么办？如果自己不送儿子回老家，行军途中就可以过去照顾她，现在只能靠战友们了。待她醒来，我免不了要如实相告，她听后一定会觉得不可思议，不知道将如何面对这一切？虽然洪绒也上过战场，但那时到过最远的地方是战地医院，而这次去的地方一定是前沿阵地，那里前不着村，后不着店的，住的不是山洞、猫耳洞就是帐篷，很可能连水都没有，她一个产妇能受得了吗？

洪绒一觉醒来，先看了海欣一眼，接着看自己床边，发现孩子不在，才想起被刘静抱走了，但她事后才知道那个时候孩子在饭堂里，刘静她们抱着他去参加会议了。

洪绒再次把目光转向海欣时，发现他的眼圈红了，像刚哭过一样，于是就用十分孱弱的声音问："海欣，发生什么事啦？"

海欣见洪绒虚弱得连头都抬不起来了，就这样两天后还要跟着大部队行军，心痛得哽咽起来，竟连一句话也说不成了。

见此洪绒更加吃惊，她用另一只枕头把头垫高一些再次问海欣："快说呀，究竟发生了什么事？是不是孩子……"见海欣连连摇头，洪绒又说："那你这是干什么呀？"

初为人母的洪绒此刻最担心的是孩子，而初为人父的海欣除了担心那个幼小的生命，还要担心洪绒的身体。是啊，孩子是他们爱情的结晶，是他们生活的希望，只要他安然无恙，其它任何事情都可以解决。想到这里海欣不再犹豫，他控制住自己的情绪，把部队正在发生的一切告诉了她，接着看她的反应。

洪绒静静听完海欣的叙述，用平缓的语气说："哦，原来是这事啊！是有些突然，也赶得太巧了。不就是后天跟着部队一起去前线吗？你去那里打过仗，我去那里接过伤员，我爸爸生前一直生活和战斗在那里，军人以服从命令为天职，需要咱们再去一次就去吧。"

"这些我都知道，可你这个样子怎么行啊？"

"怎么不行？长征时期，不是有女红军一边行军，一边生孩子的嘛？再说那时地上有蒋介石的百万大军围追堵截，天上有他们的飞机狂轰滥炸，就那样竟走了两万五千多里。现在是和平年代，我们从江州坐车去云南，算算也就几千里路，所以你就放心吧！我今明两天好好休息一下，后天傍晚跟着大家走应该没有问题。只是孩子的事得赶快想个办法解决，他毕竟是一个刚出生的小生命啊！"说到这里洪绒也哭了。

海欣没有想到洪绒遇到大事竟然如此镇定，不愧是军人的后代，于是对妻子又多了一份敬重。他把自己的打算告诉了洪绒，问她有什么意见没有？洪绒听后说："行是行，可你一个大男人，路上怎么照顾一个出生才三天的婴儿啊？刚才你也看到了，他全身上下都软绵绵的，路上又要吃，又要拉的，别说一个大男人，就是一个女人也忙不过来呀！全师不是三天内才走完吗？前些日子一定有不少家属来队探亲，她们可能要到大部队走后才离开，所以你去打听一下，看看有没有顺路的，如果有，能和人家一块走就好了。”

海欣听后马上高兴地说：“对呀！这一点我怎么没有想到？还是你头脑清醒。国强的爱人小英不是来队探亲了吗？她刚来的时候我们还去吃过饭，可是不知道现在走没有？”

“如果小英还在部队就太好了，你赶快去值班室打个电话问问吧！”

“你一定饿了吧，我先回去把稀饭端来，只是没有时间烧菜，只好中午去食堂打点了。”

“你看这是啥时候呀，哪还顾得上吃饭？你赶快去打电话吧，等护士长她们开完会回来，我吃饭的问题自然就解决了。”

尽管洪绒这样说，海欣还是先跑回住处把稀饭端来了，接着海欣去打电话，洪绒吃着稀饭，连一点咸菜都没有。

三　为儿心碎

师医院政委党长云开完会也到病房去看望洪绒，同去的还有张楠和小云。党长云对洪绒说：“既然上级有这么个规定，咱们作为军人就只能服从了。从现在起，你们的困难就是组织上的困难，我就是过来商量这件事的。”

洪绒表示自己可以跟着部队走，并说孩子的事海欣已经做了安排，请组织上放心。党长云听后一个劲地说：“好，好，原来你们已经有了打算，这就好，这就好。刚才我和田院长商量了一下，决定从现在起，你的生活起居都由张楠和小云负责，直到你生活能够自理为止。杜云华是新组建的女子卫生队队长，狄放是指导员，她俩都是从咱们医院去的，凡事好说，刚才我已经把有关事项做了交待。小洪，除此之外你看还有什么要求没有？”

“感谢院领导关心，我没有别的要求了，只是太麻烦张楠和小云了。”洪绒说。

“洪医生，人这一生谁都有需要别人帮助的时候，所以你千万不要客气。”张楠说。

“刚才张护士和我商量了一下，我们两个人一定会把你照顾好的。”小云说。

由于李国强从办公室回宿舍去了，海欣等了很长时间才和他通上电话。好在没有白等，李国强的孩子老婆都在，这使海欣对把儿子带回家更有了把握，二人商定：由海欣负责购买火车票，然后告知李国强车次和时间。

打完电话，海欣看看表已是中午时分，又想到了去食堂打饭，可他回到病房时，见小云已经把饭打来了，而且两份，心中便充满了感激。二人吃午饭时，海欣发现洪绒已经把稀饭吃掉了一部分，心里既感到安慰又觉得愧疚，感到安慰的是洪绒毕竟吃了点早饭，没有一直饿着；觉得愧疚的是人家产妇生下孩子后吃的第一顿饭不是鱼就是鸡，甚至比这更好，而洪绒只能吃稀饭，连就的咸菜也没有。由于海欣一直忙这忙那，连一口早饭也没吃，所以把小云打来的那份午饭吃完后，又把洪绒剩下的稀饭也吃完了。吃好午饭洪绒说自己有小云等人照顾，催海欣赶紧回连队一趟，说连队要上前线了，他这个当副连长的不回去一下怎么行？海欣知道公私哪一头都不能耽误，便又骑上自行车冒着酷暑匆匆忙忙回到了连队。

海欣回到连队时正赶上开参战动员大会，便在其他连首长讲完话后，趁机把有关注意事项讲了一下。会后他把自己的打算向付孔亮和指导员谢槐华作了汇报，二人均表示同意，并为海欣找到一种妥善的解决办法而叫好。谢槐华还亲自去找上级为海欣请假，团首长知道海欣的特殊情况后马上就同意了。接着付孔亮安排一个战士去购买火车票，海欣则去整理自己的行装。

买火车票的战士是坐着摩托车去的，不久便回来了。海欣拿到票一看，正是自己所需要的车次，也就是后天晚上九点多钟发车，比军列出发的时间晚一个小时以上，这样他就可以去送洪绒了。

接着他又去给李国强打电话，这次李国强已经在他们团里的作战值班室等了，海欣告知李国强车次、时间，并说让小英母女不要去那么早，提前十几分钟在进站口等就行了。李国强那个团明天走，说营房外有公交车，到时小英母女俩自己去，让海欣把车票带好，关于小英母女的其他事就不要管了。忙完这些，海欣又骑上自行车飞快返回了医院。

海欣再次回到洪绒身边时，已经到了晚饭时间，就拿着碗筷要去食堂打饭，却见张楠把饭送来了。但张楠不知道海欣已经回来，只买了一份，要再去买时海欣不让了，说自己一会儿回去吃稀饭，天亮前烧的还有大半锅呢，家里没有冰箱，而天气实在太热，再不吃就要馊了。

趁洪绒吃晚饭的时间，海欣把已经买好车票的事对她讲了一下，洪绒听后自然高兴。洪绒也把党长云等人来过的事告诉了海欣，海欣听后也很高兴，他说："目前我们该做的事基本上都理出了头绪，我曾经想让连里派两个战士来照顾你，但觉得他们都是小伙子，不方便，再说途中也就那么几天时间，到那里后一连不可能和你们驻在一起，院领导能这样安排就好了。"

儿子在回老家的路上有小英帮忙照管，按李国强的说法还可以吃到小英的奶水，这让洪绒放心多了。她产后身体虚弱，感到每一个关节都非常疲惫，所以之前就一直躺着，连吃饭时都是趴在床上的，吃罢晚饭却从床上坐起来说："海欣，我想孩子了，你去把他抱过来吧！”

海欣理解洪绒的心情，后天晚上出发，母子只有暂短的时间相处，再次相见不知何时？况且去的地方又是硝烟弥漫的战场，能否再次见到孩子还是个未知数，于是就去育儿室把孩子抱了过来。海欣在把孩子交到洪绒手上之前，先用嘴唇轻轻吻了一下他的小脸，说："早就盼望见到你小子了，可你偏偏选择这个时候和我们见面。行啊，你既然出来凑这个热闹了，那就先回到老家和爷爷奶奶住上一段时间再说，等轮战结束，我和妈妈一起去接你回来。”他把孩子递到洪绒手上又说："洪绒，你在这里看孩子吧，我回家吃完饭接着整理你的行装，然后交给小云她们走时带上。今天发生的事情太突然了，让我措手不及，所以没有时间去为你买好东西补养身体，家里只有几个鸡蛋，一会儿我炒好先带过来吧。”

“在这个节骨眼上，还谈什么补养身体啊！能把这些事情都安排好就不错了。从凌晨两点到现在，你都在马不停蹄地忙这忙那，晚上只吃那点稀饭怎么行？回去后多炒几个鸡蛋，你也吃。今天你的衣服湿了又干，干了又湿，连裤腰上也有汗迹了，吃好饭先冲个澡，再换身干净衣服，休息一会儿再干别的事情。”

海欣答应一声又匆匆忙忙走了，洪绒便抱起孩子仔细端详起来，见他浑身上下皮肤上的肉都红红的，眼睛大，眉骨高，像海欣；鼻梁挺，像自己。看了又亲，觉得应该让孩子吃口奶，就朝门口看了看，发现那里没有人，于是连忙把上衣掀开，但挤了半天也没挤出来一点奶水，便满怀歉意地看着怀中的宝贝说了声："对不起！”泪水却又流了下来。

孩子正甜甜地睡觉，应该是战友们用奶粉或其它东西把他喂饱了，要不然这时他会哭着要吃的，人一生下来就要吃东西。此刻营房内外都在为战事忙碌，有人说一个人在前方打仗，要有九个人在后方保障，打仗牵扯到方方面面，要做的事情很多，可这一切孩子都不知道，起码他现在还不知道。现在他只知道吃，只知道睡，仿佛周围正在发生的一切都与自己无关似的，实际上周围正在发生的一切与他的关系可大了。

洪绒一边亲着孩子，一边想：他被送到农村后，能适应那里的环境吗？农村条件差，生个病连找医生都困难，但现在这是最好的选择了。想到孩子离开父母免不了要吃很多苦，洪绒的泪水就不停地往下流，有几滴正好落到孩子的小嘴上。孩子在朦胧中以为又要给他吃东西了，便把小嘴张开了一个缝，感觉那东西咸咸的又闭上了。看到这些，做母亲的心都要碎了。

怀上孩子两个月后，洪绒就有反应了，呕吐，但为了孩子的营养，再吃，再呕吐。后来孩子在子宫里面慢慢长大，会动，会踢人了，她全身每一个细胞都充满着即将做母亲的幸福。

孩子出生前洪绒一个人时曾经抚摸着肚子说："子宫里这个小家伙，你是个男孩还是个女孩呀？我想要个女孩，可你爸爸却说男孩女孩都一样，听起来模棱两可，但我知道他想要个男孩。你奶奶也想要个男孩，虽然她没有直接说，那次却说村里老王家生了个男孩子，满月后要张罗着摆酒席庆贺哩！当时我随口问了一句，要是他家生个女孩摆不摆酒席？你奶奶听后马上说，生个丫头片子，还摆什么酒席啊！你奶奶还说，东村李寡妇有个能生男孩子的秘方，人家都说可灵了，要让我试试。"

没有用秘方现在也生了个男孩子，遂了海欣和他家人的心愿，但美中不足的是，还没等孩子看到父母是个什么样子，就不得不长期分离了。作为医生，洪绒知道刚出生的孩子就是把眼睛睁得再大，头几天也只有光感，看不到任何物体，但她还是温柔地对儿子说："宝宝，妈妈的好宝宝，你看到妈妈了吗？妈妈在这儿呢！嗨，在这儿呢！"

母亲在说话的时候，孩子的眼珠会朝声音这边转动，说明他能听到，这个时候，洪绒觉得自己是天下最幸福的人了。当妈妈这件事，洪绒还是小姑娘的时候就想到了，那个时候她一想到这件事就会脸红，心脏就会加速跳动，即使旁边没有人，也会露出羞涩的表情。

沉浸在母爱中的洪绒把自己和海欣将要遇受的磨难甚至死亡都忘记了，苍白的脸上尽是温柔。

不久张楠又过来了，她说："洪医生，你咋不把饭都吃完呢？就这么一点。"

"只顾看孩子了，马上吃。"洪绒仍然看着孩子说。

张楠看到孩子可爱的小脸也笑了，又说："洪医生，他现在饿不饿啊？饿了我去拿点吃的东西过来。"

"看样子还不到喂他的时候。小云说大家为他准备了奶粉和荷花糕什么的，不久前一定吃过了，饿了他会哭着要的，这是本能。张楠，其他女兵已经去九四一团报到了，这里只剩下我们三个。小云在准备东西，你也去吧，海欣一会儿就来，他会照看我和孩子的。你准备好带走和留下的东西后，抽空给家里写封信告知一声。"

"东西得准备，信就不用写了，因为下午我爸爸妈妈来过电话，说他们已经知道咱们师参战的事了。"

"你爸爸所在的部队不会也去吧？"

"我问了，他说反正没有接到轮战命令，也许是下一批吧？"

听说海欣马上要来陪伴洪绒和孩子，确实需要准备行装的张楠就走了，出发之前营房里每个人都有很多事情要做。

在接下来的短暂时间里，洪绒一直要求把孩子留在身边。

四　登上军列

部队从营房出发的时间就要到了，过去每次外出野营训练或干别的什么事情，都是由值班排长把队伍整理好，连首长讲话，接着队伍出发。今天却是付孔亮亲自吹响集合哨，他吹罢哨子，又跑到每间宿舍门口喊：“带上要带的一切东西，五点半钟各排把队伍带到操场上集合。”

今天早晨一起床，每个人都把背包打好了，其它要带的东西也都准备完毕，全放到汽车上了，因此排长们一听到付孔亮喊话，很快就把队伍带到了操场上，经清点人数，全连除海欣请假外一个也不少。

五点四十五分登车完毕，六点钟全团所有车辆徐徐驶出营房。汽车一驶出营房就上了省道，早有交警在那里等了。这时天还亮着，城市仍在喧嚣之中，有交警开着摩托车带路，不但车辆不会被堵，就连参战官兵也有了自豪感，因为一般情况下只有外国元首来访，或者我国领导人视察才能享受到这种待遇。

九班战士都坐在一辆解放牌卡车上，人、武器弹药、背包、再加上其它物资，把整个车厢塞得满满的，战士们只能交叉腿坐着。在班长陈西有的安排下，钟虎、骆三贵等当年入伍的新兵坐在前面，陈西有和去年入伍的老兵贾兆栋、黄金庵坐在车厢后面。坐在车厢后面有利有弊，利是上下方便；弊是吃灰和闻尾气味，而坐在车厢前面则比较闷，如果把篷布上的小窗口打开，风会把他们的脸吹得生痛。见那么多辆摩托车带路，黄金庵便对坐在旁边的贾兆栋说：“乖乖，整整五辆摩托车给咱们开路啊！比国家领导人出行还要威风！”

“这样的待遇如果咱们不去参战根本享受不到。老黄，到那里好好打仗，不要辜负人民对你的期望。”贾兆栋故意不说咱们而说“你”，把大家都逗笑了。

车辆刚驶出营房，大家的心情都还十分紧张，他们听到两个老兵的讲话才放松下来，陈西有趁机说：“同志们，刚才气氛沉闷了点，我们唱个歌好不好？”

“好。班长，唱啥歌？”黄金庵问。

“我是一个兵。”陈西有说罢像以往那样起了个头，全班人立即跟着唱了起来。

车队在浩浩荡荡的前进中，天色也逐渐暗了下来。进入市区之前，每辆车都要转一个弯，这时后面的人就会看到前面的汽车尾灯在一直闪烁，长长的像一道彩虹，非常壮观，煞是好看。

车队进入市区不久，就缓缓驶入了火车货运站，这里就是参战官兵已经或即将登上军列的地方，当然武器装备也从这里上去。这时带路的交警不见了，但官兵们却听到了鞭炮和锣鼓声，不久在探照灯的照耀下看到了地方政府组织的欢送人群。九班那辆车像其它车辆那样在喧闹声中徐徐停了下了，接着战士们在有关人员的指挥下一个个跳了下去。

他们旁边就是军列，此刻它就像一条巨龙静静地躺在轨道上，仿佛在等待官兵们骑上去后腾空而起，飞向那遥远的边疆。

九班战士下车后，他们乘坐的那辆车又在有关人员的指挥下，慢慢驶上通向军列的宽大钢板，然后被粗大的钢丝绳牢牢固定住。被钢丝绳牢牢固定住的还有各种火炮，这些辎重一被固定到军列上，一路上就不用去管它了，直到终点站才被卸下来，不用说那时官兵们也一起下车了。

九班战士在有关人员的指挥下走向车厢，路上依然灯火灿烂，他们在刺眼的灯光下听到了“哗啦啦”的流水声，打着手罩一看，原来是工作人员拿着橡皮管子在往车顶上面浇水。天真热呀！前些年中国有四大火炉之说，但那时江州并不在其中，可随着全球气候变暖，江州不但被列在其中了，还是前三名，夏天使住在这里的人真有点受不了。官兵们的衣服早就被汗水浸湿了，他们知道这是在为车厢降温，于是都投去了感激的目光。

贾兆栋进入车厢时，见门口放着两只大铁盆子，里面各有一大块冰。那块冰呈长方形，少说也有五六十斤重，此刻正向外散发着白色雾气，仿佛在说：欢迎大家入住，但我们起的作用太小了，车厢里面依然闷热。

一连官兵像其他连队一样，乘坐的都是闷罐子车厢，早有人在里面铺好了凉席，一条紧挨一条，大家只好赤着脚走到班长指定的铺位上。上车的大多数官兵对这样的环境并不陌生，因为他们在入伍或随部队移防时都坐过军列。

贾兆栋在陈西有指定的铺位上放下背包，然后一边用毛巾擦着汗，一边打量起车厢，车厢很高，但只有一个进出口，也许为了安全，对应的那个门关上了；窗口倒是有两个，但人就是把手伸上去也够不到，而且很小，看样子再瘦的人也钻不过去；车壁很黑，上面有铁环，这些车厢平时用于运送物质，铁环可能是拴牲口的，而窗口小则可能是为了防盗。

贾兆栋正打量车厢时听旁边的黄金庵说："他妈的，这鬼天气真热，到哪里去整点水洗洗就好了。"

"门外就有啊！要不你出去站在那里让他们冲冲？"

"管子那么粗，他们又站在车顶上，还不把我冲到铁轨上去，胡扯淡。"

贾兆栋听后像以往那样挤着小眼睛笑了，然后指着门口的大铁盆子又说："那里有冰，盆底有化下来的水，你可以用毛巾蘸点擦擦。"

不能洗有点凉意也好，黄金庵认为这是个好办法，就拿着毛巾过去了，他擦着脸回来对贾兆栋说："真舒服，老贾，你也去蘸一下吧！"

"算了，一车厢七八十个人，如果每个人都拿着毛巾去蘸一下的话，那点水不是很快就变成黄汤了吗！入伍时我坐过这样的车厢，上级老把我们当货物运，前面有一节客车，可能是首长们坐的，那里一定舒服。"

"首长嘛，是得坐好一点的车厢。入伍时我坐的也是这种车厢，当时我有一个老乡还出了个洋相。"

"啥洋相？说来听听。"

"我那个老乡生长在山区，当兵之前连县城都没有去过，更没有见过火车，因此他走上军列后把背包在指定的位置上一放，就坐到门口不肯回去了。带兵排长见他用手抓住铁链，一直把头伸到外面观看，便说'小同志，你的眼睛已经被风吹红了，为什么还不回到铺位上去啊？'我那个老乡听后才回过头说'排长，这火车可真厉害啊！它爬着就跑这么快，要是站起来不是跑得更快了吗！'带兵排长说'能站起来跑的火车将来可能有，但还早着呢！你再看一会儿就回到里面去吧，注意安全。'"

周围的人听到黄金庵讲的这个故事都笑了。排长代富文的铺位离贾兆栋和黄金庵不远，他说："你们刚才说前面有节客车，那的确是给首长和机关人员坐的，但只好看不实用。"

"排长，那是咋回事？"贾兆栋问。

"那节车厢上有玻璃窗，可以随时看到外面的风景，但是一有固定座位就不能铺床了，他们困了只能趴到茶几上睡觉。而军列要走三天四夜，哪有我们这里好，我们随时都可以躺下去睡觉。你看吧，说不定有人还往我们这里挤呢！”代富文说。

“这么说来，我们这里还是不错的了，热是热了点，但是睡觉不成问题。”贾兆栋说。

九班坐的是第七节车厢，第八节是固定辎重的平板车，团卫生队和女子卫生队合用第九节车厢。

第九节也是闷罐子车厢，也只有一个进出口。团卫生队清一色男人，女子卫生队则清一色女人，所以只能分前后两部分住，男人住前半部分，女人住后半部分。也早有人在中间横着挂了一道帆布，把一节前后贯通的车厢隔成了两个独立空间。因为那道帆布是从车厢门口左侧往后挂的，所以把门口那一块地方留给了团卫生队，当然女兵们也得从那里上上下下，进进出出。

为了透气、看风景和上下进出方便，每节闷罐子车厢左侧那扇门路上都一直开着，中间有一条膝盖高的铁链拦着，安全问题不大。

出发的前一天，海欣就把洪绒要带的东西交给小云了，也把自己要带的东西交给了通讯员何少荣，他们会带到前线的。

九四一团为女子卫生队配备了三辆卡车，其中两辆也是解放牌，出发时拉上大部分女兵和物资直接去了货运站；另一辆是经过改装的护救车，它先在九四一团拉上医生燕帆、陈萍萍，护士长刘静，卫生员刘玲，再到师医院接上海欣、洪绒、小云、张楠和孩子，车厢里有一张平时固定在左侧车帮上的病床，可以放下来让洪绒躺上去。这时洪绒还不能走路，是几个人用担架把她抬上去的。

到了车站，洪绒不想在众目睽睽之下再被人抬着上军列了，就让海欣把她背了进去。但这一幕还是被欢送人群看到了，于是一个领导模样的中年妇女问团政委张征光：“刚才被人背上去的那个女兵是个病号吧？”

“陈副市长，那个女兵不是病号，而是个产妇，她生下孩子还不满三天，是因为身体虚弱，走不动路，丈夫才把她背上去的。”张征光说。

陈副市长叫陈建华，她听后才注意到有人抱着孩子上车，于是“啊！”了一声说：“前天生下孩子，今天怎么能跟着大部队走？满月后再去也不迟嘛！打仗又不缺一个女兵。怎么，连孩子也要带到边疆去呀？”

“军令如山，孩子的娘一起得走，孩子不去，由他父亲先送回老家，然后转头追赶部队。”张征光说。

这么一说，陈建华便知道孩子的父亲也是个军人了。她离开张征光快步走向第九节车厢，然后站在下面掀开帆布向里面看，见靠近门口的铺位上坐着一个脸色苍白、满头大汗的女兵，怀中还抱着一个婴儿，眼泪便立即掉了下来，但她的泪水与脸上的汗水溶在一起了，别人看不出来。

这时孩子醒着，尽管有那两盆冰，但车厢里面的温度仍然比外面高，可他却不哭不闹，好像知道母子即将分离，这种机会非常难得似的。

火车头在“呼呼呼”地喘着粗气，海欣看了看表，离发车时间只有五分钟了，便和杜云华等人一边握手，一边说：“拜托诸位照顾洪绒了！你们一路奔向西南，我则先向北走，然后回头追赶你们，等咱们下次见面，可能已经在战场上了。”

“祝你一路顺风。”杜云华等人说。

海欣伸手去抱孩子的时候洪绒问：“你把孩子吃用的东西都带足了没有？”

“我办事，你放心，这小子吃的用的东西我都带足了。”海欣擦把汗故作轻松地说。

“噢！你把孩子送回老家后，打听一下村子里是否有刚生孩子的人家，如果有，就去求求人家，让她们给孩子喂几次奶，事后咱去感谢他们。我听说农村妇女身体素质好，生下孩子奶水足，有时候一个孩子吃不完，人家也许会答应的。你在家待的时间不会长，再说男人去问这事也不合适，就让奶奶去吧！她老人家会接生，在村子里人缘好，她去说人家可能会答应的。”尽管大滴的汗水一直往下淌，脸色也更加苍白了，但洪绒还是一口气说了这么多。她怕孩子被热坏，一直用纸扇子为他煽风。

海欣听后笑着说：“好，你说的这些我一定照办。等咱们再见到这小子时，他一定被老家人养得又黑又壮了，像个小铁锤似的。”

洪绒一听苍白的脸上也露出了笑容，她又吻了一下孩子的小脸，才恋恋不舍地把他递到海欣手上，并看着父子二人走下军列。

五 一杯红糖水

洪绒他们乘坐的军列终于在一个叫云靖的中等城市停了下来，上面通知说终点站到了，人员、汽车、大炮等全部下车。当晚部队便住进了当地驻军营房，而营房里的官兵已经去前线了，有得是空房间。洪绒他们第二天早晨天不亮就从当地驻军营房出发了，开始了此行的第一天摩托化行军。

自从乘上军列，部队官兵就一直在兵站吃饭，在当地驻军营房里吃的那两顿饭，也是友军留守人员和随军家属做的，可是一摩托化行军，他们就再也没有现成的饭可吃了，因此上午十一点钟，九四一团指挥部便向各分队下达了：停车休息，在附近找有条件的地方做饭，十二时三十分出发的命令。也许是第一天摩托化行军的原因，上级给的休息和做饭时间比较宽裕。

团卫生队一共二十多个人，说是有个炊事班，其实只有两个人，一个是炊事班长宋征来；另一个是炊事员庄可夫。到女子卫生队报到的共有二十八个女兵，吃饭人数增加了一倍还多，但做饭的人仍是他们两个，不过很多女兵都主动过去帮厨，宋征来和庄可夫还能忙得过来，再说有那么多漂亮女兵在厨房进进出出，宋征来和庄可夫干得再多也不觉得累。

摩托化行军时两个卫生队的车辆也走在一起，当他们接到停车命令的时候，正好行驶到一个小山村旁，就急忙在那里停了下来。小山村在公路右侧，村口早已站满了村民，他们都是过来看稀奇的，当然也有欢送的意思。

宋征来和庄可夫刚把从车上卸下来的东西放好，团卫生队队长梁天良就走过来说："宋征来，一个半小时后出发，这五十多个人下午挨不挨饿，就看你们的了。做饭得找水、买柴，你看需要几个人帮厨？"

"三五个吧，两个人去找水，两个人去买柴，这两样东西最关键了。"宋征来边整理东西边说。干啥操啥心，他对做中午这顿饭早有准备，昨天晚上就和庄可夫一起把要炒的菜洗净切好，并放到一个大铝盆子里面了。米是现成的，关键时刻淘不淘无所谓，加入水就可以烧，只要柴好，做饭做菜都用不了多长时间。

梁天良把找水和买柴的任务刚分配给四个男医生，女子卫生队指导员狄放也带着几个女兵过来了，她说："宋班长，你们辛苦了！我们是来帮厨的，有什么事尽管分咐。"

"狄指导员，都安排好了，你们就坐在一旁休息吧！"宋征来说。

但狄放她们过意不去，一定要留下来帮忙。可是用汽油桶改装的锅灶已经架好，米袋也已经敞开，没有最关键的水和柴做不成饭，于是宋征来也去了小山村。

宋征来一走，女兵们便围住庄可夫问这问那，让他感到既兴奋，又有些不好意思。庄可夫是山东兵，家在农村，可偏偏起了个洋名字；他国字脸，年纪不大却胡子拉茬，好像出营房后一直都没有刮过，要是再长一点的话，唱戏扮演李逵就不用化妆了。在营房那两天时间里，刘静就已经和他混熟了，这时她说："庄可夫，几天来我一直在琢磨你的名字，觉得你要是会开车的话，就是一个标准的苏联人名字了——庄可夫司机（斯基）。"女兵们听了都"咯咯咯"直笑，觉得刘静说得非常贴切。

庄可夫喜欢被女兵们逗，偶尔也逗逗女兵，他说："可惜我不是司机，没法让你们像叫苏联人那样叫。其实我父母都不识字，我也识字不多，庄是我的姓，名叫可富，结果让负责征兵的人写成可夫了，想不到还有喜剧效果。"

团卫生队指导员杨兰邦跟着医生们去买柴，他先向一位大爷打听哪里有卖的？可大爷听不懂普通话，后经一个小男孩翻译，大爷才张开缺两颗门牙的嘴巴笑着说："好格，好格。"并转身往回走去。

杨兰邦见对方答非所问，而且转头就走，有点摸不着头脑，他问小男孩："小朋友，大爷他这是去干啥呀？"

"他是我爷爷，说让你们在这里等一下。"小男孩回答说。

此刻做饭是大事，要不然五十多个人下午都得挨饿，车队一出发直到晚上就再也没有做饭的机会了，所以杨兰邦不放心，还要带人往村子里走。小男孩欲拦又止，后来跟着那位老大爷跑去，转个弯就不见了。

正当杨兰邦还要找人打听哪里有柴时，小男孩跑着回来了，怀中还抱着一小捆干柴。他把干柴直接抱到锅灶旁边放下，接着气喘嘘嘘地又跑开了。

小男孩跑开不久，一个中年妇女挑着水过来了，后面跟着刚才那位大爷，他怀中也抱着一捆干柴。

这时宋征来已经回到了做饭的地方，他见水和柴都有了，便在女兵们的帮助下和庄可夫一起做起饭来。两个锅灶上面各放一口行军锅，一口焖饭，一口炒菜。

那位大爷把柴放下后就不声不响地回去了，他再过来时手上拎了一大块腊肉，并交到宋征来手上。那位中年妇女第二次把水挑过来时身后跟着两位大娘，她俩各提着一个竹篮，里面全是鸡蛋，说是送给亲人解放军吃的。杨兰邦当场要付钱，大爷和大娘们说啥都不收，大爷通过小男孩说："你们去前方打仗，连命都不要了，这些柴、腊肉和鸡蛋都是我们的心意，咋能要钱？"

"大爷，大娘，你们不收钱，我们是要违犯纪律的。"杨兰邦说。

可无论怎么说，他们就是不收，杨兰邦只好先把钱放进自己口袋里。

两个卫生队的其他人闻到香味，也向做饭的地方走了过来，洪绒跟在大家后面，今天她才在不需要人搀扶的情况下勉强走路。洪绒没有走近做饭的地方，而是在稍远一点的地方找块石头坐了下来，一路上她都在想海欣和孩子的情况：他们现在到了哪里？路上还顺利吗？直到这时她仍在想。

送鸡蛋的其中一位大娘见洪绒不但走路很慢，而且脸色苍白，以为她生病了，便转身回到家中找到已经保管了很长时间的一点红糖，她把红糖取出来放入一个空罐头玻璃瓶子里，然后倒入开水搅拌，不久一杯浓浓的红糖水就冲成了。小山村里的人与外界接触不多，那位大娘一定认为那个空罐头瓶子和红糖一样珍贵，是整个村子里最好看的器皿，所以要用它盛红糖水招待贵宾。

小山村房屋不多，大部分是用土墙和稻草建成的，生活水平可见一斑，但它周围有芭蕉树，风景十分优美。洪绒正静静地坐在那里边想心事，边欣赏，突然发现一位大娘向自己走来，手上还捧着一个玻璃瓶子，里面是满满的暗红色液体。为了不烫手，大娘还在瓶底下面垫了一小块白布。

大娘一走近洪绒，就微笑着把手中的玻璃瓶子递到洪绒手上。出于礼貌，洪绒要站起来接，却被大娘按住了。大娘示意洪绒把红糖水喝下去，看样子她也不会说普通话，又怕说出来的当地话洪绒听不懂。

洪绒看出里面是红糖水，就怀着感激的心情说了声："谢谢！"，然后在大娘的再次示意下尝了一口，果然很甜。洪绒尝罢红糖水挪了挪位置，想让大娘在身旁坐下，可是大娘不肯，转身走到远处去了。

大娘走开的意思是让洪绒趁热把红糖水喝下去，这一点洪绒自然明白，于是就一口接一口地喝了起来，觉得那红糖水不仅甜在嘴上，也甜在心中，她在喝那些红糖水的同时，泪水也流了出来。

洪绒越往下喝，觉得那些红糖水越甜，细看原来瓶底还有厚厚的一层没有化开。大娘在接过空瓶子的时候看到了洪绒的泪水，便又慈祥地笑了，还在洪绒的肩膀上轻轻拍了一下，是安慰，也是表示这点小事不用谢。洪绒向大娘深深鞠了一个躬，大娘却摆摆手又转身离开了，她要回去把瓶子放好再来。

午饭后两个卫生队按时出发了，车轮刚刚转动，杨兰邦就把一个信封投到了那位大爷的脚下，同时还向乡亲们敬了一个军礼，信封里装着应该给老乡们的钱。

六 热情的沿途群众

全团一百多辆车，除了拉人还拖着辎重，使行军队伍显得浩浩荡荡。摩托化行军时，九班战士仍坐在那辆解放牌卡车上，部分车厢板可以放下来当条椅，但一是占地方；二是坐久了屁股痛。所以他们都选择坐背包，坐在背包上软和，比坐在沙发上差不了多少。

但是战士们解决不了吃尘土和闻汽车尾气的问题，如果把前面那块棚布卷上去，前面那些车辆扬起来的尘土就肆无忌惮地落到战士们身上，不但鼻孔里有，嘴巴里也有；如果把前面那块棚布放下来，里面闷不说，尘土还会从后面卷入车厢，从后面卷入车厢的还有汽车尾气，味道非常难闻，把战士们熏得够呛，有的甚至呕吐。所以只要天不下雨，战士们就选择把车厢前面那块棚布卷上去，这样就只吃灰尘不闻汽车尾气了。

按照计划，摩托化行军要用两个白天时间。汽车越往边疆方向开，交通条件就越差，那里每个县基本上都只有一条主要公路，才七八米宽，很容易造成交通堵塞。当地政府为了保障部队能够及时赶到前线，都采取了一些措施，比如也让交警骑着摩托车带路，从下军列的云靖市那里开始，每经过一个行政区都是如此，往往是前一个行政区的路程还没有走完，后一个行政区的交警就已经在路边等了，有点像接力赛跑。

为参战部队带路的交警都非常认真负责，他们只要见到前面驶来地方车辆，就指挥司机靠边等待，无论到哪一个行政区都是这样。实际上地方司机早就看到对面的行军队伍了，交警就是不指挥，他们也会自觉靠边停下让路的，只不过他们不知道行军队伍那么长，从自己身边一过就是两三个小时。

见行军队伍没完没了地从身边过，地方司机干脆下车休息，喝水，抽烟，看热闹。如果车上有旅客，他们也只好下车等待，这时看书、看报、打牌和聊天的都有，他们一边干这些事，一边好奇地看着行军队伍。

行军队伍经过集镇时，官兵们会看到很多学生站在公路两旁，他们在老师的指挥下，有的敲锣打鼓；有的挥舞着小红旗，口中反复喊着：“欢迎，欢迎，热烈欢迎！”分明是模仿首都群众欢迎外宾的动作，而那些动作无疑是他们在电影纪录片上看到的。一开始，车上有的官兵对学生说的“欢迎”二字不理解，认为部队是往前线开的，应该说“欢送”才对，但后来他们琢磨出原因了：部队来自内地，而边疆离这里不远，或者当地人认为这里就是边疆了，是欢迎子弟兵来到这里保家卫国的。集镇的路边上除了学生还有老乡，他们都是自发赶来的，老乡们没有锣鼓和小红旗，就以挥手的方式向官兵们致敬，场面同样感人。

行军队伍经过村庄时，官兵们会看到很多村民站在公路两旁，他们一点也不怕那些被车队扬起的滚滚灰尘，都以笑脸或挥手向子弟兵致敬。有的村庄则把大姑娘和小媳妇们组织到一起，让她们一边吹哨子，一边跳舞，那“嚯嚯嚯”的有节奏的响声使官兵们在感动的同时也觉得耳目一新。舞台上的歌舞表演他们一看过就忘记了，而对这种原生态的带着浓浓情意的表演他们一辈子都不会忘记。

贾兆栋正含着热泪观看两边的热情群众，突然觉得肩膀被什么东西砸了一下，一看怀里有个菜瓜，这才发现人群中有人在往上面扔东西，他们手上拿着瓜果、蛋糕和香烟等食用物，只要看到一辆军车开过来，就把手中的东西投出去，一次不行接着投，直到把那些东西投到车上为止，有的投进了车厢；有的投进了驾驶室，把官兵们感动得热泪盈眶。

在摩托化行军的那两天时间里，仅九班战士在车厢里接到的东西就有一麻袋之多，那些东西吃的有苹果、梨子、菜瓜、香蕉、饼干、蛋糕和发糕等；抽的有大重九、茶花、春城和云烟等；用的有毛巾、牙膏、牙刷、肥皂和洗衣粉等。有的香烟经过多次投掷，盒上已经没了棱角；水果也有破裂的，但都不影响抽用和食用。奇的是贾兆栋等人接到的菜瓜非常结实，经过反复投掷竟然没有一个破碎的，为此贾兆栋进行了研究，发现它具有皮厚里脆的特点，比内地的口感还要好。

九班战士把砸到自己身上的慰问品都交给了陈西有，陈西有则收集起来要交给谢槐华，但谢槐华却笑着对他说：“不错，组织纪律性挺强，知道一切东西要归公，但这些都是人民群众慰问咱们的，上级通知说送不回去了，各连自己处理。我和连长研究了一下，鉴于每辆车上都有，又是在前不着村后不着店的情况下，就不统一收回平均分配了，所以你把这些东西背回去吧，给班里每个同志都分点，剩下的集体保管。要告诉大家慢慢吃，慢慢抽，慢慢用，慢慢品味人民群众对咱们的一番心意，到前线后把该干的事情干好就行了。”

七　到达前线

摩托化行军的第二天下午，洪绒他们到了立马坡县城。再往前走就是前线了，所以救护车一驶过县城，车上的女兵们就看到了许多黑色电话线。那些电话线并非像在内地那样挂在电线杆上，而是随意放在公路右侧的土地上，数量之多，使每个路过那里的人看到后都会大吃一惊。如果有人把那些零乱的黑色电话线像捆稻子那样捆在一起的话，应该比一个水桶还要粗，由此可见前线分布了多少部队。那些电话线都是特制的，坚硬的金属外面有一层坚硬的塑料膜，只要不被人为破坏，即使被埋在泥浆里通讯质量也不会受到影响。

一路上上级都没有通知说现在到了什么地方，但女兵们这时看到了立马坡字样，一问洪绒才知道距离战场只有十几公里远了，加上看到那么多电话线，心情便陡然紧张起来，好像已经闻到了火药味。

行军队伍离开立马坡县城不久，车辆就开始在山路上盘旋着开了，十多分钟后车队缓缓下山，突然，一片开阔地展现在大家面前。开阔地上不但有房屋，还有庄稼，人们在地里干活，一看就知道是一个比较大的山村。更引人注目的是山村东边几十米处有几排活动板房，于是小云好奇地说："洪医生，那几排活动板房与周围的环境一点也不协调，这里是个什么地方啊？"

"这里就是军区设的战地医院，也是我到过离战场最近的地方，五年前来这里接过伤员。"洪绒指了指一个小山头又说："那里就是直升飞机降落和起飞的地方，重伤员就是从那里被带往云明军区总医院救治的。"只是她没有告诉姐妹们她就是在这里和海欣认识的，当时海欣也是伤员，并由洪绒亲自带到了云明。时间虽然已经过去了五年，但洪绒还是一眼就认出了它，战地医院基本上还是原来的样子，而她则由一个卫生员变成了军医，由一个姑娘变成了母亲；海欣也由一个班长变成了副连长；那时她和海欣刚刚认识，现在却共同有了一个孩子，岁月过得真快呀！

见到战地医院，救护车上的女兵们就感到战场越来越近了，有人甚至觉得已经到了战场，她们久久盯住那几排活动板房和降落直升飞机的小山头看，心中充满了好奇，因此直到车队转个弯看不到了才收回目光。当时行军队伍正往前开，所以她们谁也没有想到当天晚上竟然退了回来，并住进了那几排活动板房，自此才知道战场上的情况就是这样千变万化。

战地医院前面不远处是神水洞，那里虽然也是一个不起眼的地方，但南面却像战地医院那样也有一座大山，因此住了一个军部，之前还曾经是军区前线总指挥部。

救护车越往前开，燕帆、陈萍萍、刘静、刘玲、张楠和小云的眼睛睁得就越大，到神水洞时刘玲说："洪医生，西边的山沟里有那么多帐篷，我们应该到前线了吧？"

"至于从哪个地方起开始算前线，上级并没有一个明确的划分，但我个人认为这里应该是了，战地医院也应该在前线的范围之内。"洪绒回答说。

"洪医生，是不是再往前走，越军就能看到我们的救护车了？"这次是张楠问话。因为她问的是一个生死攸关的问题，所以车上的人都非常关心，每个人都希望在洪绒那里得到答案。

"刚才我已经说了，我只到过战地医院，没有去过前面，因此不知道这座大山前面的情况，但既然行军队伍在一直向前走，我看就不会有太大危险，因为他们不会只看到我们这一辆车的。"洪绒又回答说。

是啊！现在已经到了前线，最好啥也不要去想，一当上兵，就等于把命运交给部队了，多想只能增加思想负担。洪绒说的这番话对姐妹们影响很大，她们的情绪逐渐平稳了下来。

救护车跟着行军队伍驶过神水洞前面那座大山，女兵们的眼睛睁得更大了，因为她们看到公路右侧竖着一块比篮球板还要大的牌子，上面用黑色油漆写着"进入炮火封锁区"字样，字大且醒目，仿佛看到越军的炮口正在对准这里，让人不寒而栗。见姐妹们的情绪再次紧张起来，洪绒又安慰她们说："大家别担心，这几个字很可能是写给司机们看的，让他们再往前开时小心点，尤其到了晚上不要开灯。现在是大白天，我们没有听到炮声，而且车队仍在前进，说明情况没有我们想象的那么严重。"

救护车上的其他女兵对战场上的情况一点也不了解，所以洪绒的任何安慰都能起到作用，刘玲说："洪医生说得对，前面的车辆正在大山之间穿行，如果发现危险，他们一定会停下来躲藏的，现在车队没有停下，就说明危险不是太大。"其他女兵听了都纷纷点头，但脸色依然苍白，眼睛一直盯着前面的车队，心想：你们千万不要停下来啊！一停下来事情就糟糕了。

救护车跟着行军队伍继续前进，根据路况一会儿行驶在地面上；一会儿行驶在半山腰；不到两分钟就要转一个弯，如果这时从对面驶过来一辆，不是两车相撞，就是躲避时撞上山体或者掉下悬崖。所以近处的惊险，使女兵们暂时忘记了远处的越军炮口。

十多分钟后，车辆终于又正常行驶在地面上了，这时张楠说："看来战场上除了打仗也有其它危险，比如刚才的路，刚才我已经做好牺牲的准备了。"

"打仗是硬碰硬，明着干，听说越军有很多特工，他们专干偷偷摸摸的事，比如侦察我军情报和偷袭，而且特别活跃，在这种情况下我们如果被他们抓住了可怎么办？"

"怎么办，大不了就是一个死呗！我万一被他们抓住，就立即拉响光荣弹与那帮家伙同归于尽。"刘玲毫不犹豫地说。

"光荣弹，你有那玩意吗？"张楠问。

"没有，但我见过，它没有手柄，比普通手榴弹要小一点，有点像北方的小茄子。一到目的地，我就去找队长要一颗，时时刻刻带在身上。"刘玲说。

"已经要过了，说我们两个卫生队都不发。不过我们可以到连队去要。听说上面有条绳子，可以挂在脖子上，像项链，遇到敌人没办法脱身又不想当俘虏时，伸手一拉就行了。"小云说。

"像项链？那坠子也太大了点吧！"刘玲说，其他人想笑却笑不出来。

张楠和刘玲虽然比小云早入伍两年，都提干当上护士了，但三人年龄相仿，是师医院未婚女兵中的三枝花。由于说话投机，平时就老往一起凑，整天都嘻嘻哈哈的，因此田小舜说："整天见你们三个人在一起，不知都嘀咕些啥？"她们听后又是一阵嘻笑，只要她们三个出现在哪里，哪里就会有银铃般的笑声，周围的人都喜欢看她们，看了第一眼还想看第二眼……

可是自从踏上军列，大家就几乎听不到三个姑娘的笑声了，但她们还是老往一起凑。救护车厢里就那么大一点地方，平时固定在车帮上的那张病床放下后，地方就更小了，只能容纳五六个人。虽然洪绒当了母亲，但也只有二十二岁。燕帆和陈萍萍都在三十岁左右，护士长刘静四十，她们也已经结婚生子了。刘玲的话当母亲的都听到了，但她们的想法自然与姑娘们有所不同，刘静说："你们年轻，没有结婚真好，不像我们这四个人，要想这想那的，精神负担很重。"

"是啊，早知道今年要来打仗，几年前我就不要孩子了！我牺牲无所谓，可留下个没娘的孩子太可怜了。"燕帆说。

"燕医生，不是说战场上现在有军工，我们女兵只在帐篷里面抢救伤员，在这种情况下不大会牺牲吧？"小云说。

"傻姑娘，现在打的是现代化战争，主要用大炮进攻，待在帐篷里也不安全啊！帐篷上的帆布就那么厚，别说炮弹了，就是子弹也一穿就透。"燕帆说。

"是啊！打起仗来弹片乱飞，那东西可不长眼，炸到人不死即伤。"陈萍萍说。

洪绒见大家聊得热闹，也插话说："据我所知，军工的主要任务一是往高地上送弹药和给养；二是把伤员带回来。如果他们人手不够，我们才有上去抢救伤员的可能。至于我们住的帐篷，应该都是扎在安全地带的，所以大家也不要想得太多了。"

大家正说着，突然发现救护车停了下来，于是都探出头朝前看去，又发现整个行军队伍都停了下来，便以为刚才担心的敌情这时出现了，都再次惊恐地看着车窗外面不知所措起来。后来洪绒发现车队停在一个大山坳里，越军应该看不到，便告诉了姐妹们，大家这才不那么紧张了。

救护车停下几分钟后，洪绒她们见狄放从前面走了过来，于是都把目光转向她，想知道究竟发生了什么事，有的还以为驻地到了。狄放走到救护车窗外面说："上级说前面是暴露地段，汽车不能走了，部队要下来步行，当然要等到晚上，不过我们两个卫生队暂时不动。"

"指导员，我们不可能一直坐在这里等吧？"刘静问。

"上级既然这么说了，就会有办法解决的，这里相对安全些，因此我们不能着急，人家男同志步行上去才危险呢！"狄放回答说。

不久女兵们见团长韦立世带着后勤处长征汗高从前面走了过来，韦立世一见到狄放就说："狄指导员，天黑后我们步行前进，你们还是坐在车上走，但司机必须闭灯驾驶，具体怎么操作，征处长会对你们说的。"说罢匆匆忙忙向后走去了。

韦立世走后征汗高说："狄指导员，昨天晚上我们演习过闭灯驾驶了，所以你们不要紧张。刚才我想了一下，决定晚上让你们的车辆走在步行的行军队伍中间，也就是说车辆前后都有人，司机跟着前面的人走，看清楚，开慢点，我看问题应该不大。"

“处长，你别说这还真是一个好办法，经您这么一安排，我们就放心多了，谢谢！”狄放说。

“都是军人，不用谢。再说如果今天晚上你们掉下山去的话，我这个处长还怎么当啊？现在时间还早，赶紧让炊事班下车做饭，让大家吃饱喝好，说不定要折腾一整夜才能到达目的地呢！”征汗高说罢也匆匆忙忙向后走去了。

征汗高走后狄放说：“饿肚子、折腾一整夜都没有关系，只要能安全到达目的地就行了。”

八 边境县城

海欣把洪绒背上军列后，两人都一直看着被小云抱上来并递到洪绒手上的孩子，所以没有注意到站在下面的陈建华。而陈建华作为在现场的最高地方领导，虽然应酬多不得不离开九号车厢门口，但她仍不时注视着那个地方，见海欣抱住孩子拎着行李下来了，就赶紧迎了上去，不由分说就用汽车把海欣和孩子送到了火车客运站，并且亲自陪同前往。陈建华的热情使海欣非常感动，要不然他得在酷暑中奔波很长时间。海欣下车后见小英母女已经在进站口等了，大小四人按时登上火车，第二天傍晚赶到了老家所在的县城。

海欣的表哥是位卡车司机，一家人就住在县城汽车站里，离海欣他们下车的地方连一百米都不到，于是海欣决定把孩子送到这里为止，后面的事由表哥和表嫂去完成。

当天晚上海欣乘车返回通江码头，第二天晚上乘上了开往云明的火车，可是既没有卧铺，也没有座位，只好坐在两节车厢之间的衔接处休息。昨天晚上从江州坐的火车，今天晚上又听到了有节奏的咣当声，虽然没有把儿子交到父母手上，但放在表哥和表嫂身边也一样，因此他的心情轻松了不少。

随着火车有节奏的咣当声，海欣虽然觉得再一次离开老家越来越远了，但心却留在了儿子那里，孩子出生以来的一举一动，这时统统浮现在他的眼前。男儿有泪不轻弹，只是未到伤心处，再强悍的男人也有柔情的一面，海欣想到孩子这么小就离开双亲，再次相见不知又到何时，能否再次相见还是个未知数，泪水便止不住流了下来。

海欣在终点站云明走下火车，然后很快乘上了去立马县城的长途汽车。长途汽车越向南开，海欣见到的军车就越多，战争的气氛也就显得越来越浓，每个旅客脸上的表情也越来越凝重。

当长途汽车行驶到一个叫燕山的县城时，海欣见大街小巷都有军人走动。他清楚地记得这一带并没有营房，应该都是临时集结的部队。

从燕山县城再向南开，长途汽车又经过一个叫文珊的中等城市，在那里临时集结的部队就更多了，给人以兵临城下的感觉。

下午海欣到达终点站立马坡县城下车时，洪绒她们的车队刚过去一个小时左右，当然这个情况他当时并不知道。走下汽车，海欣发现在街上行走的人中十之七八都是军人。自从离开江州，他一路都没有穿军衣，一是图方便，要不然背着行李抱着孩子走路不雅，在火车上既没有卧铺，也没有座位的情况下坐在通道上形象不佳；二是天热，军衣穿在身上不舒服，这样上身只穿一件衬衣就行了，到云明时天就不热了，他在衬衣外面穿了一件蓝色衣服。可这时一走下汽车，就觉得不穿上军衣不方便了，于是赶紧找个地方换了上去。穿上有点发皱的军衣，走在像军营那样的大街上，海欣感觉像鱼儿回到了大海，心情一轻松，几天来的疲劳一扫而光。他见不远处有个停车场，里面停的几乎全部都是军车，便提着行李走了过去。

经打听海欣得知天色已晚，今天不再有去前线的车辆了，只好准备找个旅馆住下。可他在寻找旅馆的时候，听说军直机关已经到了，而且后勤部就住在县委大院里，一起入伍的老乡张青在那里当助理员，便决定先到他那里看看再说。

县委大院在停车场西北方向，两处相距只用两百米左右，房屋也像其它建筑物那样建在半山腰上，虽然途中要上上下下很多台阶，但海欣很快就赶到了。

说是县委大院，实际上门口还挂着政府、人大、政协等牌子。也许是全城皆兵不用担心安全的原因吧，门口没有人看守。海欣进去后，发现里面的楼房也错落有致。他走近其中一幢，见从里面走出来一位军人，就赶紧上前询问。那个军人说张青在右边那幢房子里，于是海欣又上了几个台阶才到那幢房子门口。门开着，里面的面积在三十平方米左右，摆满了折叠桌椅和行军床，几个军人正在忙碌，其中一个正是张青。张青坐在一张行军床上，正低头在折叠桌上写着什么。海欣向张青走去，张青没有抬头，另一个军人却发现了海欣，他正要询问海欣找谁，海欣就笑着用手指了指张青。见此那个军人又去忙自己的事了，所以海欣一直走到张青跟前，张青也没有看到他，直到海欣用手指在折叠桌上敲了一下，张青才把头抬起来惊奇地说：“唉呀，哥们，你怎么来了？”

海欣放下提包说：“路过，一是打听点事；二是顺便过来看望一下你老兄。”

张青让海欣也坐在他那张行军床上说：“你们团今天晚上潜入阵地，你这个当副连长的怎么不跟着部队一起走啊？”

海欣听后没有回答张青的问话，而是急忙站起来说：“我们团啥时候到的前线？他们现在在什么地方？”

海欣说后见张青一脸茫然，便把自己这几天里的经历对他说了一下，张青听后才明白过来说：“原来事情是这样的呀！恭喜你当了爸爸。你们团刚刚从这个县城南边经过，现正往前赶呢，不过天黑之前他们要在交址城北边隐藏一阵子，天黑后再潜入阵地。”

“我说在路上咋看到几部收容车呢，原来是大部队过去了，要知道前面是他们，我早就拦住收容车上去了。他们是大部队行动，应该走不太远，老兄你能找辆车送我一程吗？”

“我们只来了一部分人，是打前站的，就一辆车子，而且处长带着去云明筹措物质了，所以没有办法送你过去。再说即使现在有车送你，你也赶不上部队了，因为公路就那么宽，后面的车辆很难超过去，不久天就要黑了，不敢弄出亮光，你上哪儿去找他们？不如今天晚上就住在我们这里吧，不出意外的话，天亮之前他们就可以潜入驻地，你明天慢慢去找也不迟。”

“这么说来今天也只能这样了，但这里是你们的住处，一个萝卜一个坑，我还是去住旅馆吧！”

“有空床啊！我们处长三天后才回来，但住无妨。”张青指着角落里另一张行军床说，那是整间房子里最好的地方。

“那我就不去找旅馆了，正好和你聊聊天。老兄，你说事情咋这么巧，我在江州比大部队晚走一个小时，他们是直接向这里开过来的，而我则是先向北再向西南，到这里竟只比他们晚一个小时左右，大部队行军速度就是慢。”

“和平年代嘛！主要是怕出事故，如果在战争年代，那点路他们坐在车上两天时间就到了。咱哥俩好久不见了，晚饭后我陪你到街上去转转，虽然五年前你来过这个地方，但据我所知那次部队都没有进县城。”

“是的，打仗进县城干什么？”

吃过晚饭，天也黑了，二人借着微弱的灯光走出县委大院，张青边走，边介绍说：“这个地方风景可不错呀！树木四季常青，县城淹没在绿色之中，人长住下去一定可以长寿。”

张青津津乐道，海欣却没有听进去多少，因为他在想：洪绒现在究竟怎么样了？她的身体那么弱，怎么能跟着大部队一起徒步前进？他边走，边听，边想，一看竟然回到了停车场。

二人在停车场那里站住，张青又介绍说：“你可能想不到吧？战前这里只能停几辆汽车，而且当时就是全县城最大的停车场，那一年许世友到这里指挥打仗时说‘全县城就这屁股大一块平地，咋停车？想办法弄大一点。’他一发话，不几天部队就把边上一座小山包炸平了，于是就成了现在的停车场。怎么样，比一座篮球场还要大吧？”

这时海欣暂时不再想洪绒的事了，他说：“就像大家说的那样，许世友是个传奇人物，他在南京军区任职的时候，听说汤山附近有煤，就建议地方政府开了个煤矿，可是地下煤不足，工人们说如果挖出来的那些煤是米的话，每天的量还不够他们吃呢！”

张青听了哈哈大笑，说：“据说有一次他坐着吉普车到汤山附近的山上打猎，发现一只野兔在跑，就朝它开了一枪，可是另外一个猎人也向野兔开了一枪，结果野兔死了，矛盾也出现了，两个人都说猎物是被自己击中的，那是个老猎人，不认识许世友，口气强硬；而许世友毕竟是个大首长，不便和老猎人争执，但又想把野兔拿走，以示不虚此行，就用温和的口气说：‘老哥，就算这只兔子是被你打死的，我拿东西与你交换总行吧？今天我把这只兔子带走，改日你去我那里取一支猎枪。’说罢让一直跟着的秘书写了张便条交到老猎人手上。老猎人见许世友像个退休干部，相信他说话算数，再说也不敢确定野兔是被自己打死的，就点了点头，拿着便条走了。半个月后，老猎人按照便条上的门牌号码找到了军区大院，当然他当时并不知道那是什么地方，只看到院门很大，门口站着兵，而城里其它地方这样的情景也有，就把便条递给了哨兵。哨兵给写便条的秘书打去了电话，许世友听到报告后说：‘我现在正忙，不能出去见他，你在我那十几支猎枪里挑一支最好的送给他吧！’”

海欣听了也哈哈大笑，又说了一个关于许世友挑选司机的事，他说：“许世友到南京任职后，司令部给他挑选了一个司机，可那个司机总是提前把汽车发动好等许世友出来，结果许世友只坐两天就不要了，理由是打仗时要暴露目标。第二个司机吸取前任教训，改为等许世友上车坐稳后在发动汽车，结果许世友又坐两天也不要了，说动作太慢，敌人在后面追赶怎么办？第三个司机在许世友打开车门的那一瞬间才发动汽车，许世友的屁股还没有坐稳，他就一踩油门走了，这样一连三天许世友都没有说话，第四天他才缓缓开口说道：‘给我开车就得这个样子，今后你就开这辆车吧！’”

张青听了再次哈哈大笑。不久二人把话题扯到县委大院上，海欣说：“你们把人家县委办公大楼都占了，地方党委政府办公怎么办？”

“这是他们的安排，而且没有全占，院子里还有他们办公的地方，只是比原来的要小一些，边疆打仗嘛，能凑合就先凑合一阵子再说。部队在这里打仗，对地方来说有利有弊，利呢，是把他们多年积存下来的物资都买光了，后来商店进多少货，部队就买走多少，比如麻袋、日用品什么的，这样他们能增加不少财政收入，老百姓也有实惠；弊呢，打破了他们的宁静生活，可能还有其他方面的影响。”

二人不知不觉走到一个放录像的大棚子前面时张青说：“这个县城连一座电影院也没有，大棚子里只放录像，走，我带你进去看一场，等你上了高地，就只能看那些石头和枪支弹药了。”

二人说到这里，突然听到了“轰隆”声，而且是从南面传过来的，于是海欣说：“老兄，是不是部队今天晚上的行动被越军发现了？”

张青听到炮声也愣住了，过了几秒钟才回答说：“要说这事还真玄，到这里后我们只在白天听到炮声，而现在正是部队潜入的时候。老弟，那边就是炸翻天，咱们在这里也无能为力啊！放心吧，战友们会保护好洪绒和那些女兵的。”

炮声持续响着，二人再也没有心思聊天，便回到了县委大院。回到县委大院不久，海欣终于听到炮声停了下来，可那一夜他一直在床上翻腾，几乎没有睡着。

九　走火

付孔亮一接到就地隐蔽、天黑后潜入阵地的命令，就立即让全连官兵在公路转弯处停了下来，那里南面有山，也相对安全一些。

之前每次在路边下车休息，官兵总是活蹦乱跳地活动筋骨，现在却都表情紧张地站在那里不知如何是好了。他们每个人都知道已经进入战场，以为每条山沟里都有越军，对方随时都有可能开枪，而自己随时都有可能还击。但随着付孔亮的解释，他们才知道到边界还有不少路要走，附近并没有越军，才不那么紧张了。

钟虎拍了拍身上的土，见日落前的霞光照在身上，才知道战场上也有太阳，而且霞光也这么好看。他向来路望去，见公路像蛇一样弯曲，凡是南面有山的地方都停满了车辆，相比之下，一连所在的位置比较高，是公路时而盘旋在半山腰上的缘故。他回头看时，突然发现东南方向出现了一道瀑布，而且在夕阳的照耀下显得非常美丽壮观。在他的示意下，不久一连官兵都看到了那道瀑布，他们见那道瀑布虽然与自己隔了无数个山头，但由于位置比较高，可以看得清清楚楚。如果不是亲眼所见，怎么也不会相信在这炮火连天的战场上，竟有如此美丽的风景，一时都对战场的认识有了改变。

钟虎正欣赏大自然的鬼斧神工，突然觉得肩膀被拍了一下，回头一看旁边站着骆三贵，便说："三贵，那道瀑布真好看，要是我们能走到跟前就好了。"

"你看这是什么地方啊！还能走到跟前？再说你知道瀑布离咱们这里有多远吗？"

“看样子也就三五里吧。”

“直线距离可能三五里路，但看山跑死马，走三五十里路也不定能到那里。”

“我要是孙悟空就好了，一个跟头十万八千里，这点距离金箍棒一拄就到了。”

“丹凤县城北边的那座山真大呀！昨天我们上午上山，下午下山，在那一座山上就整整待了一个白天，当时还以为那里是这一带最高的山哩！谁知这里的山比那里的更高，而且一座连着一座，一眼望不到边。”

钟虎和骆三贵正聊着，忽然听到司务长吴建中在不远处说：“连长，上级通知我们在这里做晚饭，可没有水怎么办啊？”

付孔亮听后下意识地看了瀑布一眼，说：“山高水高，可那股水我们够不到啊！去北面山沟里找找吧，实在不行就啃干粮。”

吴建中要走，却被钟虎跑过去拉住了，钟虎说：“司务长，那边有水，只是不多，我带您去看看吧。”

吴建中以为自己听错了，说：“我们待在半山腰上，除了瀑布哪里还有水？”他虽然这样说，但还是跟着钟虎的脚步走过去了。钟虎走到公路东边山脚下站住，然后扒开山坡上的杂草和枯叶让吴建中看，吴建中看到石缝中有一股筷子粗细的水正在往下流，便一拍大腿说：“好，好，太好了，既然这里的山坡上有水，周围的山坡上也应该有，我立即让大家分头去找。”

吴建中把刚才的发现告诉了付孔亮，付孔亮走过去看到后也非常高兴，他对郭幸科说：“一排长，你立即通知全连所有人都到山坡上去找水，找到后想尽一切办法把它接住。”

也许是前两天刚下过雨的缘故，山坡上有很多细小的水流，但不扒开那些覆盖在上面的杂草和枯叶根本看不到，钟虎也是在偶然中发现的。一连官兵找到那些水后，就把它一点一点收集起来，半个多小时后就可以做一顿饭了。至于烧的更不成问题，漫山遍野都是树木，随便捡些枯枝干叶就够了。

见水够用了，过一会儿才能吃上饭，骆三贵又来到钟虎身边说：“虎子，走，我带你去看一个地方。”

“去哪里呀？得向班长请个假吧？”

“就几十米远，去尿尿还请什么假呀？走吧！”骆三贵说罢拉住钟虎向北边走去，这时太阳已经下山，看不到瀑布了，不久骆三贵站住指着公路西边的山沟说：“虎子，看到下面的人了吗？”

这里是一连官兵刚刚经过的地方，当时由于紧张，谁也没有固定到一个地方看，这时钟虎隐约看到山沟里有人走动，便说：“也是当兵的吧，他们躲在下面干什么？”

“我也是来解手时才发现的，大约一个排的兵力，都穿着迷彩服，打着绑腿，背着枪，头发胡子都很长。那时候能看清楚，他们还向我举手打招呼哩！”

“头发胡子都很长，那肯定不是刚上来的部队，而是在这里待了很长一段时间，过些日子我们肯定也是那个熊样。他们这是天黑后去摸人的。”

“摸人？”

“就是去拔过点的高地上把烈士和重伤员摸到并背回来，那里发生过战斗，白天去怕被越军看到，只能等到天黑。听说上去后只要摸到一个烈士或重伤员并背回来，上级就会给他记一次三等功。”

“噢！原来立功这么容易。”

“容易？到处都是悬崖峭壁，还有踏上地雷的可能，去后有可能再也回不来了，所以功不是那么好立的。”

“我们一上去，他们就撤下来了，接下来是我们干这些事。”

“那肯定了，这也是打仗的一部分嘛！到时立功不立功无所谓，关键是得把战友们的尸体背回来。”

估摸着快开饭了，二人不敢在那里久留，返回的路上骆三贵说：“虎子，这回可不是咱们小时候过家家闹着玩的，要动真格的了，你可要处处小心啊！”

“咱俩都得处处小心，争取都活着回到咱们那个小村庄去。”

吃的是米饭，就的是咸菜，饭后不久他们见副营长毕校华带着三个不认识的人走了过来，付孔亮和谢槐华立即上前迎接，毕校华对他俩说：“这三位同志是友军的班长，他们在高地上已经坚持了大半年时间，今天是过来给我们当向导的。”

“欢迎，欢迎！”付孔亮和谢槐华都说。

毕校华走后付孔亮和谢槐华商量了一下，接着对全连说：“过一会儿咱们按照一二三排的顺序行军。我跟着一排走在前面，副指导员跟着二排走在中间，指导员跟着三排和其他人员走在最后。”他讲到这里步话机响了，上级通知立即出发。

夜幕下的山区异常宁静，一开始连咳嗽声也没有，只能听到“沙沙沙”的脚步声。吃饭时大家的心情都暂时放松了一些，但一上路又开始紧张起来。付孔亮边走，边问给一排带路的友军班长石文中：“石班长，今天晚上我们大概要走多少路啊？”

“弯弯曲曲的八公里左右，到交址城那里算一半。我们在交址城南面一点的地方要下公路，然后向右前方走去，那段路虽然是山沟不好走，但比较隐蔽，而在公路上行走容易被越军发现。”石文中回答说。

按照行军顺序，九班战士走在所有战斗班的最后面，他们后面是炊事班，贾兆栋见炊事班的同志非常辛苦，就想过去帮他们背行军锅，可是却被黄金庵和另一个战士抢走了。于是一时无事可做的贾兆栋想到了擦拭子弹，因为在取水时他把弹夹里的子弹弄湿了，怕关键时刻打不响，就从枪上取下来逐个在衣服上擦好再压进去。重新把弹夹装到枪上之前，他按照入伍以来养成的习惯把枪口朝上扣动了一下扳机，谁知枪竟然响了，不但把他吓了一跳，也使整个行军队伍都吃了一惊。

听到枪响，代富文急忙从前面跑过来问咋回事，当他得知是贾兆栋枪走火时，立即低声呵斥道："这个时候还擦什么子弹，真是乱弹琴。贾兆栋，你可是班里的老兵了，还经常惹乱子，让我说你什么才好？"

枪响后很长时间贾兆栋才反应过来，黑暗中他看着代富文语无论次地说："排长，我，我以为枪膛里面没有子弹了，就，就按照规定做了一个验枪动作，结果还是响了！"

"胡闹，整天稀稀拉拉的，就你事多。"代富文训完贾兆栋，对已经来到身边的谢槐华说："指导员，是贾兆栋的枪走火了，不过没有伤到人。"

不久付孔亮也从前面跑了过来，他听完事情的经过刚要讲话，步话机就响了起来，上级询问是怎么回事？于是赶紧解释。付孔亮给上级解释完对贾兆栋说："贾兆栋啊贾兆栋，但愿你这一枪没有让部队暴露目标，要不然影响可就大了。"

"加上这次，全师在行军途中已经是第二次走火了，上次是在军列上，那个兵也是验枪，结果把他们的排长给打死了。"谢槐华说，听得贾兆栋直冒虚汗，他想：多亏我是按照规定把枪口朝上验的枪，要不然打死自己的兄弟，罪就更大了。至于枪膛里面的子弹，一定是之前留下的。

这次付孔亮和谢槐华都没有严厉批评贾兆栋，因为不是时候，这个时候严厉批评战士可能会把事情弄得更糟，尽管贾兆栋不是那种不理智的人，他俩也要掌握分寸。

"老付，在没有确定行军队伍是否已经暴露之前，我看全连还是先躲一下吧！"谢槐华又说。

"好，全连就地隐蔽。"付孔亮话音刚落，大家又突然在行军队伍前面看到一道亮光，接着听到"轰隆"一声。这一下付孔亮知道行军队伍暴露无疑了，便一边指挥全连继续隐蔽，一边用充满疑惑的口气说："他妈的，越军的动作咋这么快？我们刚一走火，他们就把炮弹打过来了。"

大家都在隐蔽，暂时没人回答付孔亮的问话，直到大家都隐蔽好谢槐华才对他说："老付，刚才的爆炸声是手榴弹，不是炮弹，炮弹声可比这大多了，是我们太紧张了才没有听出来。我们的枪走火，前面兄弟连队的手榴弹爆炸，这下子想让越军看不到也不可能了，弄不好部队今天晚上可能走不成了。”

谢槐华猜对了，的确是兄弟连队的手榴弹爆炸，不过那个手榴弹比普通的要小，就是刘玲她们所说的光荣弹。那颗光荣弹在爆炸之前是挂在一个新兵脖子上的，由于紧张，他伸手一摸竟拉了下来，当时幸好被他们班长及时发现，并夺过去扔下公路，才没有人员伤亡，否则后果不堪设想。

两个多月前我军一举收复刀山，越军眼看再次夺取无望，便千方百计找机会报复，为此他们新设了不少观察点，日夜用高倍望远镜监视边界线我国一方。

这时的中越两国军队，都已经在边境线各自一方守护了好几年，就像在那里共同下一盘棋，非常了解对方的布局，只要一方有风吹草动，另一方就会立即知道，并在可能的情况下采取军事行动。因此贾兆栋那支枪一走火，越军就马上看到了，也听到了微弱的响声，但他们以为那是我军的哨兵枪走火，因为这样的事情包括他们在内也时有发生，所以并没有引起注意。可是那颗光荣弹一爆炸，他们就感到情况有些不对头了，于是便打过来一发照明弹。

那发照明弹把行军队伍所在的那段公路照得如同白昼，好在这时有的连队已经躲起来了，没有躲起来的立即卧倒在地，但女子卫生队的三辆汽车仍然停在公路上。一开始，越军似乎不相信在望远镜里看到的一切，于是又一发照明弹打了过来。越军是为了确定目标，但在客观上为卧倒在公路上的官方提供了躲避机会，由于洪绒行动缓慢，是被大家抬到山脚下的。

大批官兵刚刚躲好，越军的杀伤弹就打了过来，由于躲避及时，几乎没有造成人员伤亡，但三辆汽车中的一辆却中弹燃烧起来，发出的亮光不亚于一颗照明弹。不久，我军的炮火进行了还击，当然是打向他们的炮阵地，这一下子更热闹了：照明弹在空中不停地闪亮，杀伤弹落到各自一方的区域里爆炸，就像在边境那一个大棋盘上放一场巨大的焰火，方圆几公里内的军民都可以看到。

当晚的炮声持续了半个多小时才结束，后来从上级那里传来了今天晚上行动取消，各分队就地待命的命令。

十 归队

第二天早晨海欣从立马坡县委大院醒来时，见天色刚刚发亮，但还不到部队规定的起床时间，便悄悄穿衣起身。此时张青等人仍在梦中，他留下一张字条，拎着提包又悄悄走了出去。昨晚的炮声使他心神不安，决定尽快去找连队和洪绒。交址城是去前沿阵地的必由之路，那里有一个边防连，连长白富荣是他在军校时的同学，决定先到那里再做下一步打算。

再次走向停车场，海欣见大街小巷里几乎没有人走动，要是在江州一带，这时的凌晨四点多钟就有人起床下地干活或去赶集了，一到早晨八点多钟就酷热难捱，所以人们才趁早出门办事，而这个省份几乎四季如春，昨天晚上睡觉时还要盖上被子，人们什么时候出门办事都一样，所以这个时候街上才没有人走动。看来是气候决定了两个地区的生活习惯不同。

清晨的山城空气非常清新，海欣看着周围的群山和绿色植被，觉得江州那个火炉般的城市真的远去了。县城四周一遍宁静，要不是昨天晚上听到炮声，谁会想到十几公里之外就是战场。

这时正好有一个司机在发动汽车，经打听果然是去前线的，海欣要求搭车，司机爽快地答应了。

路上海欣以为会遇见行军队伍，要是那样的话打听起来就方便多了，可一直到交址城，他也没有看到部队的影子。后来听说是因为要等到第二天晚上，上级才根据当时情况考虑是否继续前进，所以部队就转移到一个小山村边上去了，那里有水有柴，连队可以做饭，还比较安全。但是女子卫生队没有去那里，上级把她们转移到战地医院去了。

海欣在交址城下车后，很快找到了边防二连，见到了白富荣。同学久别重逢，那个高兴劲儿就别提了。由于昨天晚上两军还在对着打炮，他俩就没有冒着生命危险出门参观周围环境，而是一直坐在连部里聊天。听到集合哨响，白富荣说："这是连里要开饭了，但咱们不在这里吃，去我住的宿舍。"

"让战士们把饭菜打回去多麻烦，去厨房和大家一起吃点算了。"

"不用打，是在我宿舍里做的。"

"嫂子不在这里，谁的手艺啊？"

"炊事班的人。放心吧，东西都是我自己的，咱不沾公家的光。"

白富荣带着海欣走进他的单人宿舍，一看小圆桌上摆满了菜肴，荤的有鸡肉、牛肉和沙丁鱼罐头，炒腊肉，炒鸡蛋五样；素的有拌黄瓜，黑木耳拌豆腐，红烧茄子，炒白菜，萝卜丝炒韭菜五个。白富荣看了看嫌少，就从床下摸出一瓶羊肉罐头，一瓶桂元罐头，也打开放了上去，凑成了六荤六素。

那些罐头都是一公斤装的，直径与碗口差不多，打开盖子直接放到桌子上，连盘子都省了。摆完菜肴，白富荣一边找酒，一边对海欣说："老弟，这些罐头都是我花钱买来的，腊肉是你嫂子腌制的，蔬菜是我自己种的，真的没有揩公家的油，这是我的原则，所以你就放心吃吧。"

"行，到你这里我就不客气了。"海欣说。

这时边防二连司务长走过来对白富荣说："连长，干部们我都通知到了，他们马上就来。中午咱们喝什么酒？"

白富荣没有回答司务长的问话，而是对海欣说："老弟，你喜欢白的还是啤的？白的咱有茅台，十七块五一瓶，是我从轮战部队那儿买来的，可能是出厂价，便宜；啤的路边小店里有，让司务长帮咱们去买。"

"老白，这里是战场，随时都有发生战斗的可能，上级还允许喝酒？"海欣说。

"按说是不能喝，但咱哥俩几年不见面了，为你接风洗尘没有酒咋行？俗语说无酒不成席嘛！今天破例。"

"你知道我不会喝酒，所以就免了吧！"

可白富荣却仍然坚持，说："那怎么行？啤酒像马尿，喝着没劲，咱们还是干白的吧！"说罢用牙齿把瓶盖咬开，然后拿起军用茶缸就"突突突"往里面倒，这时他才对司务长说："中午咱们就喝这个，你去忙吧。"

见此海欣赶紧把另外几瓶白酒放起来说："老兄，既然你已经把这一瓶打开了，那咱就把它喝了吧！但咱们在大事上不能糊涂，只喝这一瓶意思一下算了。"

白富荣见海欣坚持不肯让大家多喝酒，就感谢他想得周到，作为一连之长，他知道此时此地只能大块吃肉，不能大碗喝酒。因为且不说影响随时都有可能发生的战斗，就是在喝酒的时候被路过的上级首长看到，轻则被通报批评，重则有被撤职的可能，那时可真够"喝一壶"的了，于是便不再坚持，说："老弟，那就听你的，只喝这一瓶意思一下算了。"

"老兄，我这不只是为你着想，也在为自己着想，我们团昨天晚上不是前进受阻了吗？今天晚上可能继续前进，我要是喝醉了咋归队？战后你去江州，咱哥俩来他个一醉方休。"

"行，但夏天不能去，在你还没有被分配到江州之前，有一次我路过那里，本来想顺便看一下美丽的风景，可一下车就感到热浪扑面而来，像进入了大蒸笼。后来我连火车站都没有出，买上票又上去走了。"

"江州的冬天也很冷，下次你最好春秋两季去，那里毕竟是宋朝皇帝偏安一隅的地方，风景还是值得一看的，到时我带你去转转，弥补一下上次的遗憾。"

二人正聊着，见一下子进来好几个人，都穿着四个兜的上衣，显然是司务长说的连里干部。白富荣把指导员党贵志等人作了介绍，党贵志握住海欣的手说："欢迎海欣兄弟到我们连做客！刚才我们几个人在南面参加训练，所以一上午都没有和你见上面。几年前我就听说过你这个大英雄了，还宣传过你的英雄事迹呢！想不到今天见到了真人。"

"党指导员，过奖了，谢谢！"海欣说罢大家都坐了下来。

白富荣见除了二排长值班外，连里其他干部都到齐了，便说："今天吃这顿饭主要是为我老同学接风洗尘。我们两人是在军校里认识的，当时他已经来过战场，而我就是从这里去的，想不到几年后会在这里见面，有时世上的事就是这么巧合。"

其他干部听了都说："真是巧合，老同学相逢，值得庆贺。"

白富荣看着大家又说："同志们，我这个同学想得非常周到，他只让我开一瓶白酒，怕耽误事，不让多喝，所以你们可别说我老白小气啊！哈哈！八个人，喝一瓶酒，怎样也不会醉。酒喝完我这里有汽水，管够。"白富荣说罢把茶缸里的酒平均分好，然后大家都端起来碰。

大家边喝、边吃、边说，气氛非常融洽，过了一会儿白富荣又说："老弟，我估计你们团今天晚上不会过来了，因为昨天晚上才和敌人干了一场，他们会密切注意我们的一举一动，上级会根据这个情况考虑推后几天的。”

“关于这一点我也考虑到了，俗话说不怕贼偷，就怕贼惦记，你说的有这种可能。但越军可能还会有另外一种想法，那就是中国军队昨天晚上前进受阻，今天晚上一定不敢走了，起码过上三五天再有行动。在这种情况下，军区前指首长也许会打一场心理战，偏偏让部队今天晚上过来。”海欣说。

“哎呀！这事我咋没有想到？打心理战，有这种可能。我有一个老乡在军区前指当参谋，等咱们吃过饭，去打个电话问问就知道了。”白富荣说。

“以往轮战部队都是人和车辆分开上去的，也就是说人先上去接守阵地，车辆隐藏起来等待时机，不知道你们这次咋弄？”党贵志说。

“应该和前面的部队一样吧？可那些大炮怎么办？一上去就要用啊！”海欣说。

“有办法，用前面部队的，前面部队人撤，大型武器不撤，之前早就这样做了。”党贵志说。

“是啊，这事我咋没有想到？”海欣说，由于他重复的是白富荣刚刚说过的话，所以大家都笑了。

饭后连里干部一一告辞，党贵志临走之前再次握着海欣的手说：“老弟，本来想多留你几天，不为别的，就为让你讲讲战斗故事，启发一下全连官兵的战斗意志，但老白说你归心似箭，这事我也看出来了，所以就不强留了。可是有一点咱得说好，就是如果你们团今天晚上不过来，明天可要给我们讲一场啊！”

“行，只是我没有什么战斗经验可谈，而你们常年累月生活和战斗在这里，经验比我多，所以我还要向你们学习呢！”海欣说。

党贵志他们走后白富荣说：“老弟，你连续奔波了几天，一定非常劳累了，就躺在我的床上休息一会儿吧，我去连部给老乡打电话。”

连续奔波加上昨天晚上没有睡好，海欣的确有些劳累，但听说白富荣要去问部队动向，就马上说：“不休息了，我跟你一起过去听听。”

白富荣很快拨通了电话，他不但只用家乡话与对方讲，还用连海欣也听不懂的暗语，有点像解放前地下党接头，海欣明白这是怕被越军窃听。过了一会儿，白富荣放下话筒对海欣说：“老弟，你判断对了，天黑后我陪你到路边去等。”

还有一个下午时间，他们还是不敢出远门，白富荣有事去忙了，海欣趁机睡了一觉，这样夜行军就不会困了。晚饭后天一擦黑，海欣就拎起提包往外走，白富荣说：“老弟，早着呢！你们连不可能这么快过来。”

“老兄，兵贵神速，也许他们很快就过来了，我怕耽误和兄弟们见面。”

“海欣，我发现每一个细节你都能想到，将来要是不当将军，对我军将是一大损失，哈哈！”

“人们常说不想当将军的士兵不是好士兵，但哪有那么多的将军让士兵们去当啊？”海欣跨出房门又说：“老兄，你要带兵，就别陪我去了吧？上午我就是从三叉路口过来的，路熟。”

“老弟，走吧！我已经跟党指导员他们打过招呼了，连里如果有事，通讯员会跑过去找我的。”

于是二人走到三叉路口坐下边等，边聊，海欣说：“老白，一打仗，这条公路便成了军事要道，早就不通公共汽车了吧？”

“通啊！只是不正常，如果连着十天半月双方不打炮，就能看到公共汽车从这里经过，如果一直打炮，那就见不到公共汽车的影子了，只偶尔过几辆军车。战前这里每天都有好几班公共汽车通过，除了边民去城里赶集，职工上下班也要坐。”

“都有哪些职工上下班从这条路上经过？”

“这条路从县城一直通到南面的天宝口岸，一过口岸就是越南。南面除了天宝口岸还有一个橡胶种植场，那里过去有很多职工，他们中的不少人都住在县城里，几乎每天都要来回跑，没有公共汽车怎么行？除了公共汽车还有场车。”

“两国一打仗，职工就不能去那里上班了。打仗也苦了边境百姓，这一带本来就是山岗地薄，再经过炮火摧残，打下的粮食就不够吃了吧？”

“过去勉强够吃，现在不够，要靠政府补贴。咱们中国版图大，人口多，就只有云南和广西这两个地方的边疆在打仗，因此这里的边民就是不种一点粮食，政府也不会让他们挨饿的。边民之所以不愿意内迁，有救济粮吃是一个主要原因。你们轮战部队来后，有的连队就住在老百姓家里，房东很欢迎，挤是挤点，但不用做饭了，一日三餐都和官兵一起吃。”

“我住你房，你吃我粮，这倒是一个两全其美的办法。老白，我听说这里的边民有的还和越南那边有亲戚关系，究竟有没有这回事啊？”

“有，主要是姻亲，虽说是两个国度，其实有的地方村挨着村，地连着地，人几乎是在同一块地面上长大的。他们小时候几乎天天见面，两小无猜，一长大男女便互相爱慕，结婚也是自然的事，到那时就把国籍什么的忘了。而且这里的人基本上都不去领结婚证，等政府知道这些情况，孩子早已经出生了。”

“这就是历史，要改变它很难。”

“是啊！这个现状我国政府了解，所以没有试图去改变什么，只不过需要增加一些防范措施。你可能会问为什么要在这件事上加以防范，因为亲戚之间要经常走动，一走动就有可能谈到部队驻防情况；越军培养了大批特工，他们在边境一带无孔不入，经常冒充探亲人员来往于我国和越南之间，军事机密一旦被他们知道就麻烦了。”

“在这方面出过事吗？”

“出过。去年有个边民去越南那边探亲，就在他回来的第二天晚上，驻扎在村旁的那个连队便被偷袭了，而且伤亡惨重。事后公安部门参与调查，发现那个去越南探亲的边民竟然是个村支部书记，后来查明：那个村支部书记去越南探亲的时候，虽然没有向任何人谈起村旁有驻军的事，但越军特工却是尾随他而来的，并在村子周围进行了侦察，这样目标就暴露了。”

“后来他的支部书记当不成了吧？”

“据说是主动辞职的。”

“这些年来，越军特工在这一带干了不少这样的坏事吧？”

“这样的坏事他们确实干了不少，那些人都是他妈的亡命徒，别看他们瘦不拉叽的，还赤着脚，却非常能吃苦。他们潜入我国境内一旦侦察到军事目标，条件允许的话就直接进行偷袭；条件不允许的话就事后进行。这些人起的破坏作用非常大，我国这一带的驻军，很多都吃过他们的亏。”

“从四十年代开始，越南人先后和法国、日本、美国、柬埔寨及中国打过仗。五十多年来战争在他们国家一直都没有停止过。”

“是啊！老弟你想，五十年是个什么概念？就是说越南现在五十岁左右的人，基本上都是在战争中出生并长大的，他们的后代出生后也在战争中长大。而且很多人的父母都是军人，他们还是在军队里出生并长大的，后来就直接当了兵，因此熟悉军队，熟悉战争，见惯了伤亡，才胆子大，不怕死。”

“听说越南从十八到四十五岁的男人都要应征入伍，女人也要参与战争，所以很多人的父母都是军人。越南长年战乱，壮年人去打仗了，村里只有老弱病残，因此物质极端匮乏，得靠外援才能生存。但外援毕竟有限，所以士兵吃不饱，穿不暖，想想不如战死算了，这可能也是那些家伙不怕死的另一个原因。”

“有这种可能。我听说越南老百姓平时吃不到大米和白面，只能吃木薯、玉米之类的粗粮，只有在过春节的时候，每人才能买到五斤细粮。”

“由于战争带来的物质极端匮乏，越南才出现了严重的通货膨胀，有人说他们上街时背一竹篓越南盾，但用那些钱只能买回来一竹篓普通食物。”

“我问过俘虏，是这样的。”

二人聊到这里，隐约看见从北边走过来一大群人，海欣便一下子站起来说：“老兄，他们来了，一定是我们团的人。”

那群人越走越近了，海欣赶紧迎了上去，一问果然是本团的官兵，他们说一连在后面。

晚上九点钟左右，海欣终于见到了连里的战友，付孔亮见海欣回来了，显得非常高兴，他把谢槐华拉出队伍，四人站在路边讲话，白富荣说：“我这位老同学上午就在这里等你们了，现在鱼儿终于回到了大海，看把他高兴的。”

付孔良擦着汗说：“你这位老同学这些天可吃了不少苦，他先把那么小的儿子送回老家，接着追赶部队，只是想不到这么快就回来了。”谢槐华也说海欣动作迅速。

“连长，指导员，我是怕回来晚了找不到你们啊！”海欣说，他没有讲只把孩子送到县城的事。

说话间一连的行军队伍已经走过去了，兄弟连队也陆续从身边经过，海欣怕战友们走远了不好找，便与白富荣握手告别，然后三人向前跑去。

奔跑过程中海欣想问女子卫生队的情况，谢槐华就像知道他的心事似的，把洪绒她们的去向立即告诉了他。

“这么说来，我上午路过战地医院的时候，她们已经在那里了。”

“是啊！事情就这么巧，可没人通知你，你不会知道，要不你们夫妻二人上午就见上面了。”

“只要知道她们在哪里，一切都安全我就放心了。”海欣说。

十一　会发光的竹片

几分钟后，三位连首长赶上了一连行军队伍，这时他们已经走下公路了，海欣与大家一一打过招呼，就按照付孔亮的要求跟他一起走在队伍最前面，有参加过实战的副连长在身边，付孔亮觉得踏实多了。

途中友军班长穆井文对付孔亮说：“付连长，前面一直要走这样的山间小道，别看从这里到辛寨直线距离只有两公里，但绕来绕去地得走四小时左右。”

直到这时，海欣才知道今晚要去的地方叫辛寨，这一带村镇还有叫老寨，老街，新街什么的，边境意味很浓，看来连队住的那个地方有老百姓，但执行任务时可能就不在那里了，估计得到高地上去，否则老窝在村庄里怎么打仗。

后来海欣从穆井文那里得知：辛寨距离边界还不到一公里，是个少数民族集中居住的村寨，之前穆井文他们那个连的临时住处也在那里，昨天才把地方腾出来。所谓临时住处，实际上就是连队的大本营，大多数人都分散到高地上去执行任务了，只留下炊事班的人在那里做饭往上送。目前穆井文他们那个连一共驻守六个高地，最远的绕来绕去至少要走五公里，最近的也要走两公里左右，因此炊事班的送饭难度可想而知。

打听到这些情况后海欣问付孔亮：“连长，咱们连的任务下来没有？”

“上级还没有明确，不过从地图上看辛寨在苍龙江和拉拉河之间，东面是苍龙江，西面是拉拉河。而拉拉河西面就是闻名国内外的刀山，在上刀山的路南侧有几个高地位置非常重要，现在有的被越军占领，有的我军驻守，我们连很有可能接守那些高地。”付孔亮说。

“付连长，你分析得有道理，我们连就驻守在那几个高地上。同样是一个连，大本营都在辛寨，你们很有可能接守我们那些高地。”穆井文说。

“穆班长，辛寨两侧的苍龙江和拉拉河上都有桥吗？”海欣问。

“有啊，还是铁桥，是舟桥部队架的，我们一会儿就要过苍龙江上那座桥了，去高地时才过拉拉河上那座桥。”穆井文回答说。

当天晚上越军只偶尔向公路上打了一两发照明弹，而鉴于头天晚上的教训，部队是沿着公路左侧的山脚走的，便于随时隐蔽，公路上也不再有汽车了，因此才没有暴露。但是一连下公路后山沟非常难走，只要遇到不好过的沟沟坎坎，穆班长他们就得停下来一一扶着大家过去，往往顾了前面的，顾不了中间的，顾了中间的，顾不了后面的，行军速度非常缓慢不说，还有不少人掉队，一路上都有人在喊：“喂！前面的等一下啊！你们在哪儿，我怎么看不到？”当然喊话的人都把声音压得很低。有些战士连小手都不敢停下来解，生怕掉队。

见三个友军班长尽了最大努力，行军队伍还是走走停停，海欣有些急了，突然五年前那次夜行军的一幕出现在他的脑海里，于是他说：“穆班长，附近有竹林吗？”

“东边的山坡上有很大一片，副连长，您问这干什么啊？”穆井文回答说。

“去看看，那里也许有对我们有用的东西。离这里远吗？”海欣说。

“不远，一百米左右，因为天黑我们才看不到。”穆井文回答说。

“连长，是不是休息一会儿啊？请穆班长带我到竹林里去一趟。穆班长，你能带我过去一趟吗？”

付孔亮和穆井文都说：“行”。接着付孔亮让何少荣向后传达休息命令，海欣和穆井文则向竹林走去。海欣和穆井文走后付孔亮仰面躺在地上想：海欣这是去干啥呀？解手不应该跑那么远，难道是给全连官兵砍拐杖？但没有砍刀，怎么砍那些坚硬的竹子，而且只去两个人。

海欣怕耽误大家行军时间，就在穆井文的带领下跑向竹林，到那里后海欣怕里面有蛇，就让穆井文待在外面，自己一个人进去查看。竹林里面更黑，海欣根本无法辨别哪些是新鲜竹子，哪些是腐烂竹子，只知道新鲜竹子是立着的，腐烂竹子是倒在地上的，就根据这些小心翼翼地寻找要找的东西。

要说竹林里面更黑也有一个好处，那就是海欣很快在地上发现了亮点，尽管那些亮点起初只是零零星星的，不起眼，但他知道凑到一起的效果，于是就迅速捡了一些抱在怀里走了出来。穆井文见海欣回来了说：“副连长，我在没看到您之前先看到一束光亮，起初以为见到了鬼火，可在我的印象中附近没有坟墓啊！现在才知道是您抱的这些玩意在发亮。这是什么玩意啊？”

“这些是腐烂竹片，上面有磷，你把背包给我，咱们别上去看看效果如何。”海欣说罢二人动起手来，不一会儿就把那些腐烂的竹片别好了，海欣拿到远处让穆井文观看，穆井文这次看后连连称奇。

二人回到队伍里时，好多人都看到了穆井文背包上的亮点，这时海欣才向付孔亮解释去竹林的原因，并说这个办法五年前他们就用过了。付孔亮一看这玩意真的有用，就让全连人跟着海欣回去寻找。

队伍重新出发了，大家看到每个人身后都是亮晶晶的，一个人背包后面有磷光不明显，全连人背包后面都有磷光就不一样了，弯弯曲曲的像银河一样非常好看，关键是可以为暂时离开队伍的人指路。有磷光为暂时离开队伍的人指路，三个友军班长和连里干部就不用再跑前跑后地招呼大家了；天就是再黑，战士们也不用再手拉着手赶路了。他们只要远远看见前面那道像银河一样的弯弯曲曲亮光，就能赶上队伍，行军速度一下子快了起来。

一连行军队伍又前进一段路后，四位连首长都停下来观察效果，他们在后面可以看到几十米外连队官兵的分布情况，如果三五人坐下休息或者整理行装，那里就会出现几个亮点；如果一两个人离开队伍去解手，也能判断出那是他们来去匆匆的身影。那些亮点照不太远，不会被越军发现，因此付孔亮感到十分高兴，他看着前面的行军队伍说：“今天晚上天上没有银河，地上却有一条。要不是咱来参战，哪能看到如此美丽而又令人难以置信的景致。副连长，真有你的！”

“这个办法虽然今天我们用的时间不会太长，但以后肯定用得着，因此最好想个办法把它介绍出去，比如写在军校的教材里，让其它当时有条件的部队都受益。”张振光说。

“我们现在的行动就是五年前那场战争的继续，无非那时叫自卫反击作战，现在叫轮流作战，当然那时的情况与现在有所不同。海欣，你两次参战，以后就写本书吧！把这些经验都写进去，这样很多人就会知道了。”谢槐华说。

“好啊！不过我要是提前光荣了，就拜托诸位去完成吧。”海欣笑着说。

“说句不吉利的话，要是咱们都提前光荣了怎么办？”付孔亮说。

“放心，一定会有人写的，人们会永远记住这场战争的，因为它是历史的一部分，想忘也忘不了。”谢槐华说罢，四个人赶上行军队伍，各就各位。

行军队伍走着走着，忽然大家都听到了流水声，这时穆井文说：“我们马上要过苍龙江了，桥两边没有护拦，可以通知后面的人看清楚点，小心赶路。”

付孔亮又让何少荣向行军队伍传达命令。

行军队伍安全通过苍龙江上那座桥不久，穆井文挥手让大家停下来说：“付连长，前面有我们的哨兵，大家先在这里休息一会儿吧！我得过去打声招呼，也要找我们连长报告一下情况。”穆井文离开后不久就回来了，并带来一个瘦高个子军人，穆井文介绍说：“这是我们连李连长。”也把付孔亮和谢槐华等人作了介绍。

李连长紧紧握住付孔亮和谢槐华的手说：“欢迎友军兄弟！你们一到，我们的任务就算基本完成了。”

“老大哥的部队在这里吃苦了！”付孔亮说。

“大家都一样，接下来你们在这里吃苦，还有流血牺牲。”李连长说。

一番客气话后，李连长亲自把一连官兵带进帐篷和猫耳洞，然后对付孔亮说：“大家走了大半夜，累了，先在这里休息一下吧。炊事班已经把饭菜做好了，一会儿就送过来，你们吃过饭抓紧时间睡觉。天亮后你们可以接着睡，午饭还由我们做好送过来。”

“谢谢李连长！但已经到这里了，午饭还是我们自己做吧，不用再麻烦你们连炊事班的同志们了。”谢槐华说。

“谢指导员，咱们都是军人，还客气个啥？你们初来乍到，对这里的环境一点也不熟悉，连水都不知道在哪里打，所以这些都是我们应该做的。”李连长说。

“那我们就不客气了。李连长，你今天晚上不回高地了吧？”付孔亮问。

“不，天亮前我得回去。但给你们当向导的三个班长都不走，无论你们去接守哪一个高地，都由他们负责带到。”

十二　辛寨

辛寨南面几十米处有座山，因山顶右侧有块像龙头那样的巨石而得名。龙头山东连苍龙江，西接拉拉河，东西长约八百米，南北宽约两百米。山比较高，可以挡住越军打来的炮弹，于是就成了寨民不愿搬迁的另一个原因，北侧的山体比较陡，也成了驻扎部队的好地方。

也许就是位于东西两条水系之间，地势又比较平坦，可以开垦良田，辛寨的祖先才选择在这里生息繁衍。由于没有文字记载，年代又比较长远，现在的寨民早已不知道祖先是从哪里迁过来的了。这里有山有水，风景秀丽，要是没有战争，就像陶渊明笔下的世外桃源。

部队住在猫耳洞和帐篷里，距离辛寨最近的房子仅四五十米远。那些猫耳洞大部分都是两国关系恶化后才挖的，而帐篷则是友军留下来的，数量不多，主要供干部们使用。最多的时候这里曾经住过一个营的兵力。

一连到辛寨的第二天上午，上级就通知付孔亮和谢槐华去开会了，他俩在临走之前和海欣及张振光打了个招呼，说让全连官兵继续睡觉，中午十一点钟左右起床吃饭就行了。可是两个主官一走，两个副职就再也睡不着了，他俩穿衣起床，先检查周围岗哨，再去辛寨了解民情和熟悉地形，这是部队每到一个地方都要做的事。

二人进入辛寨，首先发现那里的房子与其它地方有所不同：都是上下两层，下层由六排柱子组成，约六十平方米大小，四周只有横栏，没有围板，透过横栏可以看到里面被隔成四个方格，一格里面养猪；一格里面放劳动工具和杂物；一格里面放柴禾；一格空着，但外面有鸡鸭觅食，估计那个空格就是它们的窝。

上层则钉满了木板，在外面看不到柱子，有东、西、南三个门和南门口左右两个小走廊，只有南门下面放着一个供人上下的木梯，另外两个门要从水走廊里走进去。屋顶上面有瓦，也有盖石片的人家。海欣和张振光好奇地围住一幢木楼看完刚要走，却发现从上面走下来一个中年汉子，穿戴和汉人差不多，中等身材，五官棱角分明，脸色黝黑。

二人刚要和中年汉子打招呼，对方却首先开口了，他热情地说："解放军同志，你们是昨天晚上刚到的吧？"虽然普通话有点生硬，但基本上可以听懂。

中年汉子的话使海欣和张振光都有点吃惊，因为连队是昨天晚上悄悄来到这个寨子南面一点的，并没有弄出亮光和发出响声，友军也没有必要把这个情况告诉寨民，他怎么会知道得这么清楚？于是海欣说："是的。老乡，你是后半夜在家中看到我们的吧？"

这时中年汉子已经走到海欣和张振光跟前了，他说："首长，夜里黑灯瞎火的，我怎么能看得见你们过来？是今天早晨起床后，我突然发现山脚下的哨兵都是生面孔，也不认识你们二位，一猜就知道是新来的。六连已经在这里住了大半年，他们的人我基本上都认识。你们一来，六连的人就可以下去休整了。"看来中年汉子对轮战部队的情况非常了解。

"老乡，请问你贵姓啊？"张振光问。

"免贵姓张，我叫张有富。"

"是那个弓长张吗？"张振光又问。

"是的。"

张振光听后显得非常高兴，说："哎呀！想不到在这个少数民族十分集中的山寨，竟然也有姓张的人家，我和你是同姓啊！"

"中国张王李赵四大姓，看来真的不假，连边界都有姓张的。"海欣说。

张有富听说站在前面的一位首长也姓张，也显得非常高兴，非让海欣和张振光上楼坐坐不可。二人只看到木楼下层和上层外围，也想看看上层内部结构，就跟在张有富后面，踏着并不宽大但还算结实的木梯上了二楼。进入南门，他俩看到那个房间基本上是空的，既没有灶具也没有被褥，但以前好像住过人。这时张有富不知从哪里取出来几颗水果糖，并用双手捧着伸过来说："两位首长，请吃吧！这还是一年前我儿子结婚时，你们部队官兵送过来的礼物。"

仅仅是一点水果糖，张有富一家就保存得这么久，还让得这么隆重，可见这里的交通是多么的闭塞，物质是多么的贫乏。海欣和张振光只各取一颗水果糖剥开吃，其余的让张有富继续收好，海欣吃着水果糖说："谢谢！老张，你这么年轻，儿子已经娶媳妇了，祝贺！祝贺！家里还有什么人？”

“女儿出嫁，儿子结婚，家里只有我和老婆两个人了。老婆在地里干活，吃过早饭我也去干了一会儿，回来拿点东西一会儿再去。”

“哦！庄稼长得怎么样？”海欣问。

“还行，不过有些被越南兵炸毁了。”

“一家子，这里炮火连天的，你们下地干活时可要小心一点啊！”张振光说。

海欣见张有富听到这句话一愣，估计他不知道“一家子”是什么意思，便解释说：“我们副指导员说姓张的五百年前是一家人，这里离内地远一些，你们两个可能六百年前是一家吧？”说罢三人都笑了。

“噢！原来是这个意思啊，今天我又长见识了。”张有富笑罢说，然后带领客人参观东边那个房间。东边那个房间里有火塘，火塘旁边有一张一米左右宽的木床，张振光说：“一家子，这是你们做饭和睡觉的地方吧？但是床这么窄，你们夫妻二人怎么睡上去呀？”

“这里不是我们睡觉的地方，而是供客人住的房间，平时就这么空着。火塘也不是我们做饭用的，而是用来煮猪食。”

“那么就是客房兼猪的厨房了。”张振光说，三个人又笑了。

参观完这个房间，三人通过外面的小走廊走进后面也就是东北角那个房间，见里面也有一个火塘，后墙上还有个小台板，台板上供着祖先的牌位，其它地方摆放杂物。看完这个房间三人原路返回，然后通过西边的小走廊进入西北角那个房间，见里面不但也有一个火塘，而且还有被褥和锅碗瓢勺等物，既像卧室，又像厨房，但就是没有床铺，于是张振光又问张有富：“一家子，你们两口子是不是住在这里啊？”

“是的。不过这里也是你们所说的厨房，是给我们人做饭吃的地方。”张有富说。

张振光见这里像其它两间房子里面那样火塘上面没有灶台，只有三块石头立在那里，附近放了一口黑锅，就又问张有富：“你们是在这三块石头上做饭吃吗？”

“是的。我们煮饭时把锅放在石头上，只要下面有火里面的东西就会熟。”

楼房包括梯子都是用木材建成的，张振光怕失火，就蹲下去拿个木棍在火塘上扒拉着查看，发现灰烬下面有两层石板，完全可以隔住因生火而产生的热量，这才放下心来。

“老张，怎么不见你们的铺盖啊？”海欣问。

张有富指着一个角落说：“放在那里了，晚上睡觉时才打开。”

海欣向张有富所指之处看去，发现那个角落有一张卷着的牛皮，从中间露出来一点被褥，便说：“噢！牛皮当床也不错，睡上去应该很舒服吧？”

“我们一生下来就这样了，习惯成自然。牛皮是我们自己的，每家都有几张，都铺上它睡觉，全寨人都不睡高床。”张有富说。

“你们自己不睡高床，却为客人准备了一张，这是为什么啊？”海欣又问。

这次张有富稍微迟疑了一下才回答说：“我们这里每户人家都只有一张高床，是专门供客人住的，也是我们一生下来就这样了。”实际上那张高床是用来放家人尸体的。张有富可能是怕客人认为不吉利才没有如实说。

通过这个房间的窗口，他们可以看到西边的拉拉河和东边的苍龙江，还可以看到在地里干活的边民，地里到处都有一米多高的石头，那应该就是边民干活时躲避炮弹的地方。

至此，张有富家的四个房间海欣和张振光都看过了，看完他俩才知道楼上的四个房间对应楼下的四个栅栏。四个房间虽然小，但都很实用。

海欣怕耽误张有富下地干活，看完四个房间就和张振光一起告别下楼了。张有富一直把客人送到地面，但他似乎并不急着走，又指着自家的房子说：“二位首长，你们知道这幢木楼一共有多少根柱子吗？”

“不知道。”海欣和张振光同时说。

“五十四根，我们寨子里造的所有木楼，都是由这么多柱子串起来的。”张有富自豪地说，显然对他们的建筑很满意。

“你们的房子很有特点，我们到这里后长见识了。可是我在楼上楼下都没有见到粮食，是你们把它放到其它地方了，还是把它吃完了？”海欣说。

“我们打下的粮食虽然不多，但有救济粮，可以吃饱。”张有富指着五十米之外一幢小木楼又说：“我们家的粮食都放在那里，所以二位首长才在住处看不到。”说罢又带着海欣和张振光走向小木楼。海欣见那幢小木楼占地十平方米左右，下半部分只有柱子没有栅栏和围板，海欣数了数大小十六根；上半部分有围板，粮食应该就在里面；顶部也盖瓦片。果然张有富说：“上面有好几个方格，每个方格里面放一种粮食。我们把粮食放在这里主要是为了防火，祖先可能有过这方面的教训，所以每户人家都不把粮食放在住处。”海欣和张振光果然看到寨子里其它地方也有这样的小木楼，数量几乎和住房一样多。

看罢专门保存粮食的小木楼，海欣和张振光再次与张有富告别。张有富下地干活，海欣和张振光想到其它地方去转转，可这时却突然从东边传来了炮声。听到炮声，两个人知道部队有情况了，于是立即原路返回，连里两个主官不在，两个副职知道得把队伍看好了。

十三　炊事班被炸

海欣和张振光听到的炮声是从橡胶种植场传过来的，那地方离边境很近，是海欣所在团六连的驻地，他们也是昨天晚上才赶到的。

在中越“同志加兄弟”年代，橡胶种植场里有好几百名职工，他们中的大部分人就住在场内，每天都有可能与越南边民见面，当然也有可能见到越南边防军。那个时期边界开放，两国边民只要办个简单手续，就可以越界在一定范围内活动，也可以进行货物交易，连货币都可以在一些范围内流通。

为了给职工提供生活方便，橡胶种植场还专门建了一个食品供应站。那是计划经济年代，大部分食品凭票供应，可只要越南边民和边防军需要，没有票证也卖给他们，那部分指标由政府核销，可见一个大国的胸怀。只要看见越南边民背着背篓过来，正在排队的职工就会说：“先卖给越南老大哥吧！我们多排一会儿没有关系。”可见我国边民的胸怀。

但是两国关系一恶化，种植场就变成了战场，越军肆意向那里打炮，场部、场房、职工宿舍、橡胶树等无一幸免，就连他们曾经得惠的食品供应站也被炸得一塌糊涂。

六连官兵驻在废弃场部西边一个山沟里，由于西南两面都有山，炮弹打不到。山沟里有猫耳洞，也是友军挖好留下来的，但是很长一段时间都没人住了，所以当天夜里六连官兵入住后只啃了点压缩饼干、喝了点凉水。正因为如此，第二天一大早司务长杨井民就把炊事班的人叫了起来，然后带领他们找水找柴准备做饭。可是这两样东西山沟里都没有，杨井民便把目光投向了废弃的场部，之前那里有几百人上班，这两样东西应该都有，于是决定到那里去做饭，做好抬回来让大家吃。

为了不让越军看到，杨井民他们绕了一个很大的弯子，才从东南方向接近那座废弃办公大楼。距离废弃办公大楼一百米左右的时候，他们听到脚下有响声，一看草下到处都是碎玻璃，他们越往前走，发现草下的碎玻璃就越多，原来都是从窗户上飞过来的。废弃办公大楼一共四层，门都朝南，西半部分被炸的很严重，东半部分基本轮廓还在，只是走廊上有个大洞，那个大洞从四楼一直贯通到一楼，显然是一发炮弹造成的。

见废弃办公大楼东半部分一楼有几间房子可以利用，杨井民便指挥炊事班长范宝米等人进去先放下东西，然后分头寻找水和柴。不久这两样东西都找到了，水是在炮弹坑里积存下来的，很清，范宝米尝了尝觉得可以食用；北方有一大垛木柴，随便用。有了这两样东西，杨井民他们便开始做饭了，可是一生火烟便冒了出去，范宝米有点担心，他淘着米对杨井民说："司务长，如果越军看到这里冒烟，会不会再打过来几发炮弹啊？"

"不排除这种可能，但四面都有墙，弹片飞不进来。想不到这个地方的水还真多，回去跟连长和指导员说说，让大家先去找些毛竹，再劈开接起来把水引过去，到那时用着就方便多了。"杨井民说。

"这里地势高，如果找不到毛竹，夜里挖条沟也可以把水引过去。"范宝米又说："司务长，刚才我带来不少咸肉，准备炒一个萝卜丝，一个土豆炖粉条，在这两个菜里都放点肉。另外再烧一个蛋花榨菜汤，汤里下挂面，让大家美美地吃上一顿，您看这样安排好不好？"平时连队官兵一个星期才能吃到一两次肉，一次在菜里才放几斤，今天范宝米却带来一条猪腿，看样子足有二十多斤，准备都放进去。这是大家到阵地后吃的第一顿饭，要让每一个人都吃饱，吃好。

"行，今天早晨的菜我来炒，你们几个人去干别的吧。"杨井民说。

随着第二个锅灶里的柴被点燃，烟也越来越大了，并从房间里钻出去飘摇而上，见此杨井民虽然也有些担心，可米已经下锅，油也倒进另一个锅里，心想：就做这一顿饭，不至于被狗日的炸吧？

越军上次炮击橡胶种植场是很久以前的事了，从那时起，他们就再也没有看到废弃场部里有人活动了，今天却突然冒出了浓烟，于是一发炮弹便打了过来，而且是对准浓烟的发源处打的，接着是第二发，第三发……这就是海欣和张振光在辛寨那里听到的炮声。

听到刺耳的爆炸声，杨井民意识到事情不好，他立即让四个战士到墙壁北边躲避，说做饭的事情不能停，但房间里留下他一个人就行了。可范宝米说米锅里的水已经开了，不能断火，司务长炒菜忙不过来，一定要留下来继续做饭。杨井民同意，二人继续干手里的活。

炮弹把杨井民他们做饭的那间房子墙壁炸塌了，杨井民和范宝米仍然心存侥幸没有离开，在一阵又一阵的刺耳爆炸声中，范宝米闻到了米饭的香味；杨井民也一连炒好两个菜，接着准备烧汤。可就在这时，几块弹片同时飞进了房间，其中三块打在杨井民身上，一块击中他的肩膀；一块击中他的左大腿；一块击中他的腰部。范宝米倒是只中了一块弹片，但那地方是心脏，杨井民挣扎着去看他时，发现他已经停止了呼吸。

那顿饭，六连官兵是拌着泪水咽下去的。

十四 接守高地

海欣和张振光从辛寨回到连队不久，付孔亮和谢槐华也从营部回来了，四人刚一见面，何少荣就跑过来对付孔亮说：“连长，营长请您去接电话。”

“我们不是刚从他那里回来吗？怎么又有事了？”付孔亮说。

“我们刚才不是听到炮声了吗？估计与这事有关。”谢槐华说。

付孔亮听后“嗅”了一声快步向帐篷走去，虽然随身带着861步话机，但大家都是初到战场，用不习惯，总觉得关键时刻才能用它联系。

果然一营营长胡如合在电话里说：“接到上级紧急通报，刚才六连炊事班被炸，造成了一死一伤的结果，但这件事不会影响今天晚上我们按时接防，只是要加倍小心，从这件事中吸取教训。六连炊事班是在做饭时被炸的，而我们上高地是在运动之中，人多，一出事伤亡可就不止一两个了。”

放下电话付孔亮立即召集班以上骨干开会，他先通报了六连炊事班被炸的事，接着说：“同志们，战场上的情况比我们预计的要复杂得多，所以大家必须多长几个心眼才行。上级给我们连的任务已经明确了，一共五个高地，其中两个在刀山上面，分别叫做七一五和七二二高地；另外三个在刀山东侧，分别叫做一四五、一六二和老青山高地。从地图上看，一六二高地距离这里最近，其次是一四五和老青山高地，另外两个高地都比较远。所有去高地的路都不好走，或者说几乎没有路，得爬山上去。根据营里意见，我带领一排接守七一五高地；指导员带领二排接守七二二高地；副连长的任务最重，要带领三排接守一四五、一六二和老青山三个高地；副指导员暂时不上去，留在这里负责后勤保障。副指导员，我们在高地上吃不吃得上饭，用不用得上枪支和弹药，都指望你和炊事班的同志们了。”

“连长，副连长他们的任务太重了吧？我可以带人上去驻守其中的一两个高地。”张振光说。

“副指导员，你别急，我这里还有情况没有介绍呢，第一，一四五、一六二和老青山三个高地的面积都比较小，只能各放上去一个班的兵力，也就是十五人左右；第二，现在驻守那五个高地上的兵力也是一个连，也是这样的布局，营长说‘既然兄弟部队是这样安排的，那就有它一定的道理，我们先按兄弟部队的办法去做，觉得不合适的时候再做调整不迟。’按照上级命令，我们要在后天凌晨之前与兄弟部队交接完毕，也就是说只有今明两个晚上的时间，白天不能行动，要暴露目标。我和指导员商量了一下，决定今天晚上天一黑就开始行动，争取在明天拂晓之前，把五个高地全部接收完毕。如果哪个排今天晚上完不成交接任务，也问题不大，但天亮后得整整在山上隐蔽一个白天，那罪也不是好受的，所以尽量抓紧时间。”付孔亮说。

付孔亮讲完，谢槐华对张振光说：“副指导员，你负责的那一摊子任务最重，这点刚才连长已经讲了，因为你们要一趟趟往高地上送饭，还只能在夜晚或雨雾天上山。所以有人说打仗打的就是后勤，可见这项工作的重要性。大家想想看，如果我们在高地上饿肚子，又缺少枪支弹药，那会是一种什么心情，还能打胜仗吗？”

“连长，指导员，我明白了，我们一定完成后勤保障任务。”张振光说。

“副连长，你觉得有什么困难没有？”付孔亮问海欣。

“没有，兄弟连队能守住，我们也能守住。”海欣说。

接着谢槐华说：“这里条件不具备，就不召开全连动员大会了，任务各自回去传达。在这个关键时刻，要注意发挥班长副班长和党团员的先进模范作用。昨晚给我们带路的三个友军班长还在，天黑后他们仍然给我们当向导。昨晚我们走了大半夜，今晚又要行军，每个人都得有继续吃苦的思想准备。下午大家可以接着睡觉，养足精神才有力气爬山。”

会后四个连首长都留了下来，这时付孔亮指着地图对海欣说：“副连长，你负责的那三个高地也有三个特点：一是海拔不高；二是面积不大；三是虽然不在刀山主峰，但地理位置却非常重要。从地图上看，你们那三个高地基本上呈品字形，以一四五高地为基点，东南一公里处是老青山；正东二百米处是一六二高地。在一四五高地正南方向，还有一个我军守护的二一一高地，那里离国境线已经不远了，二一一高地正东五百米处是老青山。上面说的这些都是我军守护的高地，那里还有被越军占去的高地，一个在一四五高地西边不到两百米处，另一个在二一一高地西边不到一百米处，这两个都叫无名高地，对我们威协很大。”

付孔亮对海欣说完，四人就一些具体问题进行了研究，关于后勤保障，大家认为枪支弹药好解决，友军留下一部分；上山时自带一部分；今后根据需要军工送上去一部分，总的来说问题不大。说来说去吃饭是个大问题，这件事在高地上没有办法解决，只能靠炊事班送。从辛寨到高地距离远近不一，要过拉拉河，要翻山越岭，困难可想而知，最后的决定是：炊事班要保证每天向每个高地送一次饭，数量够吃两顿，第一顿吃新鲜的；第二顿吃剩下的；第三顿喝凉水啃压缩饼干。

晚饭后，该上山的人都做好了准备。第一次上高地，大家的心情比前进受阻那天还要紧张，他们不知道要去的地方究竟是个什么样子？打起仗来是和他们投手榴弹，开枪射击，还是拼刺刀？电影看多了，认为无非就是那个样子。除了紧张，还有各种各样的想法。

贾兆栋把绑腿打好，见黄金庵已经把光荣弹挂到脖子上了，便说：“老黄，这玩意可容易走火啊！我们在接防之前是不大可能遇到敌人的，所以还是把它放到挎包里去吧。”

“放心吧，我不会像你小子那样一拉扳机枪就走火，结果害得全团推迟一天行动，我们在村边露天住了一夜，好在那天没有下雨，要不然那一夜连觉都没法睡了。”黄金庵说。

枪走火这件事虽然上级没有严格批评，只是在全军范围内通报了一下，但却是贾兆栋的一块心病，要是其他人这样说，贾兆栋早就不高兴了，可他对黄金庵却不计较，因为两人是打出来的友谊，贾兆栋听后只是说：“老黄，你小子狗咬吕洞宾，不识好人心，不怕意外死亡就继续挂着吧。前天晚上全团推迟行动的事不是我一个人引起的，如果不是兄弟连队那哥们拉响光荣弹，越军是不会向我们打炮的，这一点连长已经说了。”

黄金庵听后“嘿嘿”一笑说：“难道我连今天晚上用不用得上光荣弹都不知道？我只是先挂上去试试，临走之前会取下来的。”

其他战士在各自想着心事，说不清是希望天快点黑下来，还是希望天永远不要黑下来。但就像天上没有神灵可以主宰人类的战争与和平一样，宇宙也不会在这时改变它的自然规律，天还是慢慢暗了下来，接着变黑。不久，三个友军班长再次走了过来，一连大部分官兵继续行军。

连里每个干部都算了可以利用的时间，第二天凌晨五点钟天就要亮了，满打满算黑夜也就八九个小时。在这段时间内，我军要上去，友军要下来，一环紧扣一环，如果谁在路上耽误了，或者哪一个环节出了差错，当天晚上就难以完成交接任务，所以每一分钟都显得特别宝贵。

因为一、二排要上的高地都比较远，所以仍然走在行军队伍最前面，海欣带领三排走在最后。出发之前海欣和代富文进行了商量，也进行了分工：七班接守老青山高地，由班长薛里程在那里负责；八班接守一四五高地，由班长苏景舟在那里负责；九班接守一六二高地，由代富文在那里负责。海欣和八班住在一个山头上，他对三个高地负责。

三排官兵在友军班长李传法的带领下很快赶到了拉拉河。过河时他们在黑暗中看到拉拉河没有苍龙江宽，河水也不像苍龙江那样汹涌澎湃，它只轻轻地流淌着，在夜幕下显得非常温柔。桥梁长约五十米，宽约七米，和苍龙江上的差不多，为了争取时间，大家仍是小跑着过去的。过河后海欣问李传法："李班长，白天越军能看到这座桥吗？"

"不到跟前看不到，因为有山挡着，但越军的特工早就过来侦察到了，在他们的指引下，这座桥也多次被炸，但每次都很快被修复了。"李传法说。

"明白了。过了河我们怎么走？我的意思是说先到哪一个高地上进行交接？"这时三个排已经分开各自行动了。

"我们副连长说先把你们带到一四五高地上，他也在那里。"

"请问你们副连长贵姓？以便见了好打招呼。"

"姓张，张贵勇，实际上是个代理副连长。一个月前我们副连长张光宝牺牲了，他就接了班，张贵勇原来是我们排排长。"

"那次你们排伤亡很大吧？"

"是的，不仅我们排，全连伤亡都很大，连长、副连长、副指导员都牺牲了，战士也牺牲一大半，我就是那个时候补充过来的。"

听到这话海欣觉得心里沉甸甸的，再次意识到防守任务的艰巨性。因此他利用行军时间一边询问高地及周围的详细情况，一边思考着上去后如何防守。

据李传法介绍，过了拉拉河有条盘山小路，那是前面的轮战部队一点点开凿出来的。战士们除了背着背包、枪支和弹药外，还扛着压缩饼干和罐头等食物，每个人的负重都在六十斤以上。带这么多东西连走平地都吃力，更别说爬山了，每个人都累得气喘吁吁，两条腿似乎有千斤重。

从辛寨出发两个小时后，三排终于登上了一四五高地，途中没有一个人掉队。海欣见到友军代理副连长张贵勇后，双方立即进行了交接。然后他让八班留下来驻守，跟着七九两个班去了另外两个高地，到那里后也很快完成了交接，友军那个排顺利撤了下去。安排好另外两个高地上的防务，海欣才返回一四五高地，这时天已经亮了。

刀山上面及周边的山脚下都有不少大小山头，只要位置重要，就会有人驻守，只要有人驻守，就被称为高地，刀山上面的高地均由我军驻守，但南面及东西两侧的高地被越军占去了不少，由于种种原因，至今都无法收复。高地一般是以它在地图上的海拔高度命名的，比如一四五和一六二高地；有的在地图上没有标明海拔高度，就以它的山名命名，比如老青山高地；有的在地图上海拔高度和山名都没有，可以用顺序编号命名，也可以用一个特殊的日子命名，比如二一一高地，我军收复二一一高地那天是二月二十一日；也有因各种原因暂时无法命名的，就被叫做无名高地。

刀山主峰海拔一千多米，一四五高地在它的东侧，上面有一个废弃水泥工事，一个丁字形堑壕，一个掩体。这个高地虽然在边境线我国一方，但轮战前曾长期被越军占守，废弃水泥工事就是他们在占守期间修建的。轮战开始后，我军集中兵力一举收复了这个高地，当时和后来的越军曾多次试图夺走都没有成功。我军收复这个高地后，官兵们不愿住在那个水泥工事里，就在堑壕北边一点的地方搭建了个掩体，掩体门口朝西，一出去便是堑壕，这样一来水泥工事便被废弃了。废弃水泥工事在掩体西北方向，两处相距三十米左右，中间原来有一个通道，后来被炸平了。

那条堑壕南北长约六十米，几乎是整个山头的长度；在它的南端，又横着挖了一条二十米长的堑壕，也几乎是整个山头的宽度。因此整个堑壕呈丁字形。堑壕北端是供官兵上下山的台阶。台阶上面是整座山的最高处，那里有一块巨大岩石，岩石北侧有一个小平台，小平台上有一个小窝棚，先是张贵勇等人在那里居住，现在是海欣休息的地方。

掩体里面的面积不到二十平方米，勉强可以挤下一个班，上面架有十字钢、木板、石块和泥土等坚固物，看样子还算牢固。

一六二高地则呈东西长方形，长约一百五十米，宽约一百米，中间部位北侧有一个深约三米、宽约五米的溶洞，代富文和九班战士就住在里面。那个溶洞东南两侧是岩石，而且非常高，人不拉住绳子根本上不去；北侧是个漫坡，代富文他们就是从那里上的山；西侧也是一个漫坡，从那里下去可以转到南面山脚下，从南面山脚下可以上到最高峰，最高峰在东头，那里原来也有一个溶洞，后来被越军的炮弹炸毁了。

老青山比三排驻守的另外两个高地都要高，但也没有超过两百米。从北边看它就像一个大树桩，奇的是山顶中间横着一道石峰，石峰呈东西向，很高，很尖，把山顶一隔为二。我军驻守在被石峰一隔为二的山顶北侧，面积约三百平方米大小，那里也有一个掩体，是我军官兵用石头砌成的，面积比一四五高地上的掩体还要小，七班战士就住在里面。上下山的地方在掩体北侧一点的悬崖上，那里有一个被固定在岩石上的梯子。

凌晨的高地上一片宁静，连虫子的叫声也能听到。虽然三排官兵顺利完成交接任务，但心情更加紧张了，因为已经进入临战状态，随时都有可能与来犯之敌作战，随时都有伤亡的可能，前面那个连的情况他们在路上都听到了。

见三个班各就各位，海欣用861步话机向上级作了报告。他在通话中得知：一连另外两个高地也分别被付孔亮和谢槐华带去的人接守，比预定时间都整整提前了一天。

通完电话，海欣让苏景舟安排三个人站岗，其余的人进入掩体休息。

看到西边的无名高地近在咫尺，整整奔波了一夜的海欣也和大部分战士一样毫无睡意，于是就站在小窝棚外面观察敌情。晨曦中他隐约看到西边的无名高地上有人走动，知道从现在起就要和他们较上劲了。

十五　掩体加高后

海欣他们接守高地的当天，刀山上下一片安静，大家的心情也稍微平静了一点，可是第二天早晨又听到了爆炸声。海欣听到爆炸声急忙钻出小窝棚查看，心想：昨天一大早六连炊事班被炸，今天一大早又是哪里？听声音在西边的山头上，那里可是驻了不少部队啊！

中午时分，上级再次通报前线各部：九四一团司令部被炸。先是六连，后是团司令部，两天内两个地方被炸，海欣的心情更加沉重了。

团司令部在团长韦立世的带领下，也是前天晚上一起步行过来的，不过他们没有在某一个地方停留，而是当天晚上就直接上了刀山主峰，在一个叫六二六高地的地方驻扎下来。六二六高地以海拔高度命名，它的实际标高是六百二十六点六米，小数点后面不好记，就省略了。前面的轮战部队撤下去之前已经在那里驻守了很长一段时间，友军也是一个团司令部，由于行为谨慎，他们一直都没有被越军发现。

刀山最高处海拔一千四百多米，可以说六二六高地在它的半山腰上，看上去不怎么起眼，却是个非常重要的地方，因为从那里可以观察到对面越军的活动情况，以便采取措施。

团司令部接守高地当天，大部分人员都在睡觉，可是副参谋长朱孝感却早就醒了。他睡不踏实的原因，是在出去解手时看到掩体上面的土层不厚，尽管下面有圆木和十字钢做支撑也不放心，怕被炮弹炸穿，那些圆木和十字钢就在头顶上，掉下来还得了？于是就把正在隔壁掩体里睡觉的参谋胡来喊醒，让他去把警卫排长何见国叫来。

何见国很快跑过来了，朱孝感亲自给他下达任务，说：“为了首长和司令部所有人员的安全，你们排负责把上面的土层加厚。白天要暴露目标，不能上去，但可以做些准备工作，天一黑就动手，明天一早我检查施工质量。”

“是”，何见国说罢这个字问需要加高多少？

“先加厚五十厘米左右吧，大约是两蛇皮袋土的高度，看看效果再说，不行了再加。”说罢朱孝感算是放下一桩心事，不久又在行军床上打起了呼噜。他虽然年纪不大，却发福得比较早，因此行军床对他来说有点窄，想翻个身都困难，但在这种条件下只能将就了。

下午，胡来和另一个参谋邱样帮助警卫排做准备工作，并在晚上看着他们往掩体上抬用蛇皮袋装好的石子和泥土。朱孝感第二天早晨醒来后，又出去解了一个手，接着顺便查看他的指示落实情况，见掩体上面果然加高了两层用蛇皮袋装着的泥土，便舒舒服服地伸了一个懒腰。外面的空气真好，而里面的通风设施太差，显得很闷，因此他在山坡北侧站了很大一会儿才进去。

不久天完全亮了，六二六高地对面的越军也起了床，有个士兵开始了又一天的例行观察工作。他在那里已经观察了一年多时间，一直不知道对面有个掩体，而且还住着一个团司令部，这次突然在高倍望远镜里发现有个地方与过去不一样了，于是便把情况报告给了班长。

那个越军班长更熟悉对面的情况，一看不对头，又把情况报告给了排长，排长则报告给了连长。连长联想到前天晚上我军的行动，认为山坡北边可能有人居住，于是数发炮弹便打了过来，还是直接瞄准，命中率几乎百分之百。

当时朱孝感已经洗漱完毕，正躺在行军床上听收音机等待吃饭，突然听到“嘭”的一声，绝对不是从收音机里发出来的，便翻身坐了起来。还没有等他弄明白究竟发生了什么事，炮弹便接二连三地在头顶上方爆炸了，不但炸飞了新加上去的石子和泥土，连下面的土层也被掀开了，圆木、十字钢等纷纷落到掩体里。好在当时大家都已经起床了，听到第一声爆炸全部跑了出去，才没有砸死砸伤人，但警卫排的人为了保护首长安全，先后有六个战士被弹片击伤。除此之外，掩体里的被褥等物被炸得到处乱飞，后来在几十米外才找回来一些，现场一片狼藉。

韦立世也住在朱孝感隔壁另一个地方，越军的炮击停止后，他对参谋长史文珊说：“老史，友军在这里住了两年多时间都没有出过这种事，而我们才来一天多时间就被越军发现了，这他妈的究竟是怎么回事啊？”

史文珊也不知道掩体上面被警卫排加高的事，说：“团长，我也正在为这事纳闷呢！六连炊事班被炸，是因为那股浓烟暴露了目标，而司令部用的是散烟灶，上面根本没有烟雾啊！”

“原因待查，先把情况向师首长报告，扁马那地方离这里不远，他们一定听到了炮声，不报告他们也会打电话问的，早晚瞒不住；还有，我们的衣被都被炸飞了，得赶紧打电话向后勤处要，让他们天黑后一定送来，不然今天晚上就得挨冻了。”韦立世说。

团里一连两天都有地方被炸，又是刚刚上来的时候，因此韦立世亲自给师长张黎打电话报告情况。

韦立世放下电话，接着是史文珊用同一部话机往后勤处打，放下电话史文珊说：“中越两军已经在这里相持多年，彼此熟悉对方阵地上的一草一木，就算我们在山坡上扔下一个烟盒，也会被对方发现并当做重大情况上报的，所以一定是我们这里出了问题。”

“如果查出来是谁干的，我决不饶他。”韦立世气愤地说。恰巧这时朱孝感走了过来，于是韦立世又说：“朱副参谋长，你发现我们有什么地方暴露目标没有？”

“团长，我没有看到。我们到这里仅仅一天多时间，白天谁也不敢走上去啊！”

“那么晚上有人走上去吗？如果晚上有人走上去弄出亮光敌人也能看到。”

“为了加厚掩体，昨天晚上警卫排的人上去了，但他们应该是摸着黑干的。”

“加厚掩体？！谁让他们干的？”

“是我让他们干的。团长，怎么了？就加厚那么一点，而且是在半山腰上，前面还有一些怪石林立，越军是看不到的。”

“你怎么知道他们看不到？怪石林立只能挡住一部分山坡，他们从缝隙处可以清楚地看到这里的情况，简直乱弹琴。”

经韦立世一说，朱孝感才意识到事情应该是这样的，脸色立即变得苍白起来，过了一会儿他才吞吞吐吐地说：“团长，参谋长，责任在我，我向团党委做出深刻检查，并请求组织处分。”

朱孝感毕竟是团里的副参谋长，韦立世不便当着别人的面批评他，就对史文珊说：“参谋长，这件事也只能如实向上级报告了，但尽量不要在部队之间扩散，注意影响。”

“可以，但我们堂堂一个团司令部被炸，就是再保密，前线官兵早晚也会知道的。”史文珊说。

是的，人多嘴杂，韦立世听后觉得无可奈何，过了一会儿他看着朱孝感问："你让警卫排的人把掩体加高时，没有意识到事情的严重性，难道你身边的人也没有意识到吗？"

"昨天除了警卫排的人，还有胡来和邱样两个参谋知道这件事，他俩帮助警卫排的人找蛇皮带。但他俩也是参与者，责任完全在我。"

"责任完全在你不假，但那两个参谋难道也没有动脑筋吗？你们看那两个参谋的姓，一个姓胡，一个姓邱，加在一起念不就是胡球参谋嘛！胡球参谋还能把事情办好？"韦立世说。他不便对朱孝感发火，就把火发到胡来和邱样两个参谋身上了。

十六　通过生死线

九四一团司令部被炸的时候，女子卫生队还在战地医院里休息待命。当时上级考虑到全团立足未稳，本来打算让女兵们在那里多待几天，可是部队进入阵地的前两天，就先后两个地方被炸，这样一来杜云华首先坐不住了，她知道团里有一些伤员需要救治，而女子卫生队作为团里的一部分老待在后面不是回事，就给上级打了一个电话，要求立即上去。

杜云华一打电话，上级就不再犹豫了，同意女子卫生队立即过去，至于怎么走由她们自己决定。一开始，杜云华她们还想用夜间闭灯驾驶的办法去三道弯，可是现在缺少前呼后拥的人了，在这种情况下夜间闭灯驾驶非常危险，那天早晨正好山上有雾，路上也有车辆行驶，于是决定白天行动，这天是团司令部被炸的第二天。

所谓三道弯，就是因为受到地形限制，一条公路需要在同一个地方连续绕三个弯子才向前延伸的地段。当地除了那三个弯子没有其它明显标志，因此便被叫做三道弯，也有叫三道弯的。

三道弯位于苍龙江西岸约一百米处，南面距离边界只有三百米左右。尽管是一条勉强可以通车的简易公路，却是从边界另一个方向通往刀山的交通要道，凡是前线官兵没有不知道那个地方的。

去三道弯，汽车也要从交址城东边那条公路上经过。汽车一驶过交址城，就沿着大山西面的山脚盘旋着上了那些小山头，接着下山过桥。汽车一过那座钢铁桥，就顺着一个急转弯向西驶去，接着向南，这段五百多米左右的距离，就是闻名整个前沿阵地的“生死线”。“生死线”完全暴露在越军的炮口之下，因此我军的车辆和人员经常在那里遭到炮击，造成多次车毁人亡惨状。无论谁经过那里，都会觉得心惊胆颤，但却是女子卫生队去三道弯的必经之路。

趁雾还没有散去，女子卫生队一吃过早饭便从战地医院出发了。她们二十八人，仍然分别乘坐三辆汽车，炸坏的那辆已经拖到云明去了，上级补充过来了一辆，每辆车上坐的还是从营房出发时那几个人。

关于“生死线”，女兵们到达立马坡之前就听说了，转移到战地医院后，又听到伤员们提到那里，而且几乎每个伤员都会提到那里，因此觉得它是一个既神秘又可怕的地方，就像要去过鬼门关一样。

路上女子卫生队仍保持摩托化行军时的队形，即杜云华带一辆解放牌汽车走在前面，狄放坐在救护车驾驶室里走在中间，另一辆解放牌汽车殿后。虽然觉得紧张害怕，但既然到了这一步，前面就是刀山火海，女兵们也准备跳下去了。前几天摩托化行军时，她们虽然也全副武装，但谁都不愿意戴那顶钢盔，嫌它既重又不好看，可是今天每个人都非常自觉地戴上了，还把带子在下巴上系得牢牢的。

让女兵们感到遗憾的是到现在为止，她们谁也没有争取到光荣弹，但都设法找到一颗手榴弹带在身上，尽管体积有点大，携带起来不方便，但也只好将就了。

当女兵们再次看到那块“进入炮火封锁区”的牌子时，已经不再像上次那样感到害怕了，因为一是曾经从这里走过，认为无非就是那回事；二是现在最可怕的地方是“生死线”。大家都坐在车上一言不发，脑子里一直在考虑什么时候到达“生死线”？“生死线”究竟是个什么样子？自己这条命会不会丢在那里？

洪绒也安静地坐在那张病床上，“生死线”究竟在什么地方她也不知道，她见车上的女兵都非常紧张，便说：“大家不要想得太多，事情不一定如我们想象的那样严重，汽车无论走到什么地方，司机都会设法躲避炮弹的，我听说只要汽车不抛锚，炮弹就很难打到它们。”这时她们那三辆车已经行驶到贾兆栋枪走火的地方了，要不是前面有运输车带路，司机还真不知道怎么开呢！

“炮弹很难打到活动目标，这一点我也听说过，但就怕老曲这家伙技术不行，他原来是个炊事班长，别看年纪比较大，开车时间却不长。再说这辆救护车是经过改装的，机器由苏联进口，老掉牙了，谁知道在路上会不会抛锚？”小云压低声音说。

“老曲毕竟是个志愿兵，我听说他开车技术还是可以的；至于这辆救护车，一般情况下是不会抛锚的，那两天的摩托化行军便是证明；再说路上除了我们还有别的汽车在开，他们不怕，我们还怕什么？”洪绒又安慰大家说。

实际上洪绒和其他女兵一样，之前根本就不认识老曲，不知道他在关键时刻能不能随机应变，但她知道坐的这辆救护车的确是由一辆嘎斯牌汽车改装的，“嘎斯，嘎斯，出门卡死。六三，六三，出门就翻。”这两句顺口溜部队官兵经常说，所以也担心救护车在关键时刻抛锚。

洪绒的两番话又起到了安慰作用，女兵们的情绪暂时平稳了一些，刘玲说：“洪医生，除了你刚才说的那些，路边还有许多炮阵地呢，可以说前前后后都有我们的人，越军还能把我们吃了不成？”

“但是炮阵地上的官兵是躲在堑壕里的，而我们所处的位置越军可以看到，危险程度比他们大多了。”刘静说。

“差不了多少，因为他们在堑壕里一待就是几个月、半年甚至时间更长，越军早就知道他们的藏身之处了，炮弹随时都有可能打过去，所以不会只打我们这些活动车辆的。”刘玲说，车上的女兵们似信非信。

谈话间，女子卫生队的车辆已经过了交址城，接着上了那些小山头，不久下山、过桥、急转弯向西开去。这时杜云华见公路右侧非常开阔，几百米内连一点遮挡的东西都没有，而且一眼可以看到千米之外的大山，就根据人们事先的描述，判断出这里应该就是“生死线”了，便及时提醒司机冯文征注意。

冯文征也是第一次上前线，他的紧张程度不亚于车上所有的女兵。但身为司机，他知道自己责任重大，就全心贯注地开车，想着怎样按照老兵们的交待在关键时刻躲炮弹，因此听到杜云华的话后只是“嗯”了一声。

杜云华坐的那辆汽车与前面的车辆拉开距离之后，开救护车的老曲也估计“生死线”快要到了，说不定就是现在走的这段路，于是也把车速减慢，与前面的解放牌保持一定距离。老曲刚把车距拉开，就听到了刺耳的爆炸声，而且就在身旁，浓烟几乎把他的视线挡住。尽管老曲早就有思想准备，但还是被这突然发生的一幕搞懵了。

听到爆炸声，小云的第一反应就是把洪绒拉下病床并用自己的身体护住，其他女兵也出于本能互相抱在一起，都尽量往车厢角落里躲，尖叫声一片。

爆炸声不断响起，把女兵们的耳朵都快震聋了，车窗玻璃已经被震碎，火药味把她们熏得够呛。好在三辆车都没有抛锚，他们学着前面那些运输车的样子，一会儿快，一会儿慢，一会儿左，一会儿右，让越军的炮口对不准自己。真的到了这一刻，司机们便什么也不怕了，只想着怎样才能躲开炮弹，尽快冲过去到达安全地带。

洪绒她们互相抱成团，没有一个人敢把头抬起来，她们不但听到了爆炸声，还听到了“嘭嘭嘭”的声音，那声音很闷，无疑是从车身上发出来的。听到这种声音，洪绒她们以为全部是炮弹皮飞过来了，实际上飞过来的炮弹皮只是一小部分，车身大部分是被炮弹击起的石头和土块击中的。随着车身被那些东西击中，洪绒她们的大脑也几乎处于空白状态。不久洪绒她们又听到“哗啦”一声，另一边的车窗玻璃也被击碎了，碎玻璃落得全身都是，但她们谁也没有去管。车窗玻璃全部被击碎不久，洪绒听到头上“当啷”一声，接着落到怀中一块弹皮，心想：多亏戴着钢盔，要不然后果不堪设想。

就在洪绒的钢盔被弹皮击中的同时，张楠觉得脖子上发烫，用手一摸，立即吓得“妈呀”一声叫了起来。大家听到叫声睁开眼睛看时，发现地板上躺着一块约两厘米宽、六厘米长的炮弹皮，弯弯曲曲的与落到洪绒怀中的几乎一样，那块炮弹皮是张楠扔下去的。

这个时候女兵们谁都说不出话来，只出于本能把身体压到最低，远离车窗，还拼命往角落里挤。

越军一向“生死线”上开炮，我军就像往常那样进行了还击，顿时远处和近处的爆炸声又响成了一片，和部队夜行军被阻那晚一样。

在炮声轰鸣中，女子卫生队的车辆终于驶过“生死线”，汽车一转入西边的简易公路，就被南面的一道道高坡挡住了，越军看不到车辆，炮声才停了下来。

虽然女兵们走出了险境，但紧张情绪还是没有恢复过来，大脑还是一片空白，脸上的血色还是没有回来，心脏仍然加速跳动。

看到车辆终于驶出险境，杜云华便让司机停了下来。经检查，她们发现三辆车上共有八个人受伤，幸好没有人牺牲；车窗玻璃全部被击碎，有的弹片还把包在车上的铁皮撕裂了，出现了几个拳头大小的窟窿。杜云华见一块弹片紧紧扎在救护车厢外面，就用手去拔，可是拔了半天它还是纹丝不动，后来是老曲用老虎钳子把它拔掉的。

从“生死线”向西走的危险性虽然小了一些，但那是段简易得不能再简易的公路，或者说根本就不能叫路，因为汽车是在坑坑洼洼的石头之间跳跃着前进的。随着车辆颠簸，女兵们必须紧紧抓住把手，或者抓住车上任何可以抓住的东西才不会被摔倒，不管她们抓的是什么东西，身体必须随着车身晃来晃去。这时坐是坐不成了，必须蹲着。

经过很长一阵时间的颠簸，女兵们终于看到了水，看到了桥，知道那便是苍龙江了。车辆驶过苍龙江上那座铁桥，不久便在小山包北侧停了下来，这时她们又看到了帐篷，也看到了正向她们走来的杨兰邦和梁天良等人。至此，她们才知道目的地终于到了，过一次鬼门关后终于到了。杨兰邦对仍然沉浸在恐怖之中的女兵们说：“同志们，三道弯到了，这就是咱们住的地方。各位快下车吧！帐篷已经给你们准备好了，可以直接把东西拿进去。”

洪绒缓缓走下汽车后，再次向苍龙江看了一眼，这条江她早就从海欣那里听说过了，但与想象中的有些不同，在她的想象中水面要比看到的宽；铁桥上应该有护栏。可她看到这里的江面宽度只有三十米左右，桥两边都没有护栏，如果出现人员拥挤和司机打错方向盘等情况很容易掉下去。

为了安置女子卫生队，团里派来一个名叫周小洪的参谋，周小洪对狄放说：“狄指导员，别看这里前不着村后不着店的，在前线可是个好地方，你看南面这座山头近在咫尺，完全可以挡住越军打过来的炮弹；东边有江，距你们住的帐篷很近，用水绝对方便，但要到晚上才能去取，白天去江边越军可以看到，枪打不到炮可以打到。这样的好条件连团直机关都不住，是专门照顾你们女同志的。根据团首长指示，你们到这里后仍和团卫队生活和战斗在一起，只是男女有别，我让两个卫生队的帐篷拉开了一点距离。”

“周参谋，谢谢首长们的关怀，以后清洗绷带什么的还真离不开水。这里距离边境线还有多远啊？”狄放说后问。

“山包南面就是，不到三百米。”周小洪用非常轻松的口气回答说。

但狄放听后却是心中一沉，心想：原来离边境线这么近啊！不应该算是好地方吧？但上级已经把一切都安排好了，就没有把这些说出来，只看着南面几十米处的简易公路说：“不管怎么说，这地方除了用水方便，也便于接送伤员。周参谋，我们都是女人，除了依靠团卫生队，也请团首长及其它分队多支持才行。”

“那当然，咱们现在是一家人了，所以你们在这里并不孤单，除了团卫生队，附近还有一个四连，团首长已经给他们的连长和指导员打过招呼了，有需要时可以随时联系。”周小洪说。

狄放听后向苍龙江西北两边望去，发现附近除两个卫生队的帐篷外，再也不见其他人居住，便问：“四连驻扎在什么地方呀？我怎么看不到他们？”

“他们在西北方向，离这里三百米左右，驻扎在一条山沟里，你在这里当然看不到了。四连连长叫李井珍，指导员叫任荣安，通过团里的总机可以找到他们，很好联系。”周小洪说。

狄放想说四连住得这么远，真有事了叫起来不方便，但话到嘴边又咽下去了，只说了声“谢谢！”后来的事实证明，狄放当时的担心并非多余，两个卫生队住的地方的确有些孤单，以致遭受了重大损失。

“一个团的，还谢什么嘛？刚才你们在“生死线”上受到轰炸，这已经是我们团上来后的第三次了，当然另外两次不在那里。我们虽然看不到越军在哪个地方，他们也基本上看不到我们的具体位置，但今后听枪炮声像家常便饭，所以告诉大家不要害怕，在这里住一段时间就好了。”周小洪说。

十七 敌埋我军一个班

一六二高地虽然算不上险要，但只要控制住东边那个制高点，整个高地就易守难攻了。

由于代富文他们住的那个溶洞在半山腰上，所以被大家叫做半山腰溶洞。半山腰溶洞有点像北方的红薯窖，进口处直径一米左右，下去前要先把腿伸进去，再用双手撑住两边，等双脚探到下面的石头，才可以沿着台阶走下去。溶洞里面呈不规则形，面积也就十平方米大小，代富文他们十六个人根本躺不下去，有的只能半躺着睡觉。

部队接守高地半个多月后的一天早晨，海欣见山间弥漫着大雾，就趁机带上战士赵华安和杨运再次上了一六二高地。

代富文这次一见到海欣过来，就提出要把山顶溶洞里面的石头清理出来，把被炸毁的地方整理一下，也住人，这样大家就能躺下去睡觉了。对此海欣表示同意，让他们晚上干，不能被越军看到。那个高地上共有两个哨所，都在溶洞边上，从这个角度上讲，也有把山顶溶洞清理出来的必要。

海欣这次之所以带两个战士过来，目的是让他们熟悉地形，以便在相互支援时找准地方，因此离开一六二高地去老青山时又把贾兆栋和黄金庵带走了。他们五个人离开时天上下起了毛毛雨，不久毛毛雨变成了中雨，当时怎么也想不到越军已经埋伏在附近了。

海欣他们走后半小时左右，轮到骆三贵和钟虎从溶洞里出来站岗，骆三贵的岗位在半山腰哨所，钟虎去了山顶。两个哨所都是露天的，下雨站岗时必须穿着雨衣，好在战士们穿的都是方块雨衣，枪能放到里面。半山腰哨所在溶洞西南一点，中间有一条通道可以走动，要不然尽管只有十多米距离，上下岗时也可能被越军看到；山顶溶洞和山顶哨所处在一块洼地上，尽管是在最高处，但在那地方进进出出越军看不到。

骆三贵正在站岗，突然听到一声炮响，还没等他明白怎么回事，一发炮弹就在附近爆炸了。出于本能，骆三贵立即蹲了下去，并把整个身体缩进约一米深的哨所，接着觉得石子和泥块等物，像雨点似的砸到自己身上，数量之多几乎把哨所填平。骆三贵抖掉身上的东西刚要起身，第二发炮弹又打了过来，紧接着是第三发，第四发……看到这个突如其来的情况，骆三贵以为自己在做梦，但用牙齿咬了一下手指知道疼，才慢慢清醒过来，这时他听到代富文在洞口那里喊："骆三贵，外面危险，你赶快进来吧，那里暂时没有岗哨没有关系。"

"排长，哨所位置低，西边有块大石头，所以我在这里没事啊！不知钟虎那里怎么样？"骆三贵大声回答说。

"那里大石头更多，他会找地方躲藏的，再说也没法过去帮他呀！"代富文刚说完这句话，越军的又一发炮弹打了过来，从此他就再也没有出过声了。

越军这发炮弹不但把半山腰溶洞炸毁，还把骆三贵震昏了过去。不知过了多久，骆三贵才从雨中苏醒过来，他见哨所里面除了又飞进去的东西还有水，就动手把那些东西清理出去，以便自己仍然有个藏身之处。可那些东西被清理出去了，水还在里面，而且仍在不断往里面流，雨水变成了泥浆。这时近处已经没有炮声了，但远处的仍在响。尽管刚才被震昏了过去，但他并没有忘记自己的职责，仍然没有离开哨所，仍然在不时观察敌情。可雨越下越大了，五十米之外的任何东西都看不到，他只能透过雨帘看到洞口。直到这时他才发现洞口完全被石头堵住了，就不得不暂时离开哨所，奔跑过去查看。

一开始骆三贵没有意识到事情的严重性，以为洞口只是被飞来的树枝或石块遮住了，只要在自己的配合下里面的人一伸手，就能把那些东西移开，可是他随即便发现情况有些不对头了：雨水正顺着洞口上的石头缝隙"哗哗哗"地往里面流，而他搬开上面的石头发现下面还有石头，而且那些石头都很碎，很难清理出来。看到这个情况，骆三贵才知道什么叫孤立无援了，钟虎倒是在外面，但他也在站岗，目前外面就他和钟虎两个人，自己要挖洞救人，暂时不能观察敌情，如果钟虎再不观察敌情，高地就有丢失的危险。

钟虎在山顶哨所那里只听到爆炸声，不知道炮弹究竟打到哪里去了，再说他正在站岗，在没有人接替的情况下不能离开。

由于那些石头是刚被炸开的，都非常尖利，骆三贵刚抠出几块，手上就鲜血直流，于是脱下上衣撕开分别裹住左右手继续抠。可他越抠觉得心越凉，因为不但洞口有泥浆和石头，里面也有，把整个溶洞都填满了。如果只是石头把溶洞填满，空气可以透进去，里面的人如果没死还可以呼吸，关键问题是泥浆也流进去了，这才是致命的。

骆三贵又挖了一会儿，觉得只用双手不行，就把自己的半自动步枪拿过来撬。按说枪是战士的第二生命，是不能用来撬石头的，但他知道外面还有十一支，敌军如果上来可以用那些。为了便于使用，也为了腾地方，除了代富文的手枪都放在外面了，并用塑料布包得严严实实的，而且还上了子弹，每个弹夹都是满满的。

情急之中，骆三贵并没有忘记随时可能出现的敌情，他趁休息的时候，把那十一支步枪都找了出来，并看到支支完整不影响使用才放心。

骆三贵把那十一支步枪全部放到哨所附近才继续撬石头。干累了，他就想下面那一张张亲切的面孔，觉得他们个个都像亲兄弟，不管死活非挖出来不可。他至今还记得自己那次得感冒时的情景：由新兵连分配到老连队不久的一天早晨，骆三贵起床后觉得浑身无力，接着是流鼻涕，打喷嚏，头痛，发烧，战友王泉见他脸色通红，便说："骆三贵，看样子你是得重感冒了，我这里有药，先吃两片试试，不行的话再去卫生队。"说罢把药片找出来并递到他的手上，又端来开水看着他吃下去。随后王泉把骆三贵生病的事对陈西有说了，陈西有听后马上走过去摸着他的头说："哎呀！真烫，感冒还挺严重。骆三贵，吃过早饭我还是带你去卫生队看看吧。"

代富文听说骆三贵病了，亲自端来了鸡蛋面条，那是一些连队几乎常年不变的病号饭。在代富文的关怀下，骆三贵含着眼泪把那碗鸡蛋面条吃了下去。

下午，代富文让骆三贵继续在宿舍里休息，晚上再次亲自端来了病号饭，并说："三贵，锅大，一点稀饭不好熬，所以连里做的病号饭只能是面条，不过这次我让他们放了点肉，葱花也多，闻起来可香了。来，我扶你坐起来趁热吃吧。"骆三贵起身坐好代富文又说："得了感冒不能急，因为着急也没有用，得六七天才好。所以在这几天时间里你就不要出操和训练了，安心养病。"那次代富文走后，骆三贵一边吃面条，一边流泪，之前除了父母和奶奶，生病时再也没有人对他这样好过，而父母均已去世，奶奶远在家乡，觉得排长和战友们不是亲人胜似亲人。

想到排长和战友们对自己的好处，骆三贵边哭，边挖，边自言自语地说："排长、班长、战友们，你们在里面可要坚持住啊！我一会儿就把大家救出来。”尽管知道情况不好，但他还是不停地挖，希望奇迹出现。

一六二高地遭到炮击的事，虽然海欣他们在老青山上看不到，但可以听到爆炸声，而且可以判断出在哪里，于是海欣就给代富文打电话，可是电话一直打不通，便意识到情况不妙。按照预定方案，他又打电话让苏景舟派一部分人前去增援；同时也让薛里程派一部分人跟他下山。但是越军早有准备，他们用炮火死死封住我援军上山道路，不让一个人过去。在这种情况下，不但海欣他们上不去，连八班战士也寸步难行，他们都被压在山沟里了。

雨天看不清目标，但越军为什么还能打得那么准？还能封锁住我援军道路？就是因为他们早已熟悉了地形，事先把该瞄准的地方都进行了测算，这时只需要在炮上装方位、标尺、炮弹和拉炮拴就行了。他们之所以要把炮弹打向半山腰，是看到那里经常有人走动，并不知道有溶洞和哨所。

这次越军炮击的目的，是想利用雨雾天和我军刚刚换防，不熟悉地势之机，一举攻占一六二高地。所以不只向半山腰溶洞那一个地方打炮，其它地方都打了，钟虎在那里挨的炮弹也不少，但他一直躲在大石头下面没有受伤。

十八 我毙敌军一个排

为了实现攻占企图，越军在炮击之前，就已经在一六二高地西南角的山沟里埋伏了一个排的兵力。如果海欣带着那四个战士从那个方向去老青山，就很有可能与他们遭遇，但事情就是这么巧，海欣选择的是从正南方向离开。越军埋伏的那个排听到山上的爆炸声停了，就冒雨悄悄向山上爬去，而他们后面仍然炮声不断。

通过事先观察，越军知道我军在一六二高地上的人数不会超过二十个，于是就派来了四十多人的兵力，妄图以多制少一举偷袭成功。但他们并不知道十二个人被埋的事，也不了解我军在高地上的兵力布署，不敢贸然上山，只是小心翼翼地从西北方向向半山腰溶洞走去。

仗着雨雾遮身，越军很快接近了半山腰溶洞，他们见越走地势越高，就在一个低洼处停了下来，那地方距离骆三贵不到一百米，但都看不到对方。

因为衣服裹在手上，骆三贵只能赤裸上身撬石头，雨点打在他那健硕的肌肉上面很快又流了下去。虽然骆三贵在边挖掘、边观察敌情，但他根本没有意识到越军已经悄悄来临。

石头把裹在骆三贵手上的衣服磨烂了，血仍在流，他不得不再次停下来包扎，就在这个间隙里他隐约听到了讲话声，一开始以为是援兵到了，不禁心中大喜，但很快便知道情况不对头了：这里是我军驻地，如果援兵到来，一定会大声呼叫的。因为这样做不但可以避免误会，还可以起到震慑作用，而他隐约听到的声音像在下达命令，音调短促而坚定，应该是越军摸上来了。

判断出来者是越军，骆三贵便立即停止了挖掘，他跑到哨所那里查看，再次确认子弹都已经上了膛，才用树枝把枪支伪装好。自己那支半自动步枪已经不能用了，骆三贵就把专门配发给班长使用的冲锋枪挎在身上，班里战友都十分喜欢那支冲锋枪，平时最多去摸一下，现在却轻易地挎上了，还有使用的可能，这使他感到非常高兴。

做完这些，骆三贵还能断断续续听到那些古怪的声音，便在哨所里面隐藏起来，那些枪离他也就一米左右，有的伸手就可以拿到。现在哨所里面的泥浆更多了，他可以把整个身体都缩进去，只把戴着钢盔的头露出来，并在上面进行伪装。小时候他和钟虎捉迷藏时玩过这样的动作，当然是在夏天，那时钟虎已经走到跟前了也没有发现自己，现在他也确认越军看不到，当然万一被他们踩到那就是另一回事了。骆三贵不会被越军踩到的，他已经想好了：只要对方踩向自己，他就立即开枪，打死一个够本，再打就是赚的。

时间一秒秒地过去，骆三贵还是偶尔听到古怪讲话声看不到人，但那种声音似乎越来越近了，他也意识到危险即将来临，但身边有十一支步枪和三百多发子弹壮胆，骆三贵不怕他们。

几分钟后，骆三贵看见从北边走上来一大群人，透过树叶的缝隙一看果然是越军。见一下子上来这么多越军，骆三贵有些紧张了，但事已至此，没有别的选择，再说排长、班长和十个战友都被埋到洞里了，要是那时自己不出来站岗也和他们一样，想到这些他很快平静了。

哨所北边三四米处是上山的必经之路，由于东南两面是悬崖，他们上来后只能向西转。而哨所西面两米处是块大石头，他们不可能从哨所那里向西转，这使骆三贵放心多了。他把手从泥浆里伸出来紧紧握住冲锋枪，双目紧紧盯住越军的一举一动，就像猎人紧紧盯住走向自己的豺狼，而且是一大群豺狼，接下来要与它们进行不是你死，就是我亡的搏斗了。最前面的那个越军已经走上溶洞了，直到这时骆三贵才看清楚他们的模样，他见那些人都头戴既像中国的钢盔，又像中国的凉帽那样的深绿色帽子；衣服也是绿色的，但比我军的颜色要浅一些，当然款式不同；那些人几乎都赤着脚，大多数身穿雨衣，每人都带着枪，行走时左顾右盼。

由于那里只有一条上山和往西边拐的小路，两边都是石头，所以他们必须排着队走。最前面的那个越军已经走到哨所北边了，骆三贵也把枪身悄悄抬高对准了他。此刻让他最担心的是关键时刻冲锋枪开不了火，那样事情就麻烦了，等他抓到其它枪支再打时，可能早就被敌人干掉了。

雨仍在下，越军在一个中尉的指挥下，最前面的那个向西走过去了，后面的人跟着他走，他们仍然边走边左顾右盼。这时骆三贵并没有松口气，因为他怕个别越军离开队伍走到大石头东边对着哨所撒尿，如果那样的话事情会很糟糕。指挥队伍的那个越军中尉在哨所北边站住了，在他的催促下其他越军一个个向西走去，接着下坡骆三贵看不到了。越军中尉站在哨所北边，其他越军对着哨所撒尿的情况不会出现了，但这时骆三贵还是没有松口气，因为他怕越军中尉转过身来向前走几步撒尿。其他越军都走过去了，现在骆三贵只能看到中尉一人，希望对方也向西走去。越军中尉的脚步终于如骆三贵所希望的那样向西移动了，可对方只走了几步，便在大石头上坐了下来，连他的喘气声骆三贵也能听到，如果对方这时放个臭屁，骆三贵也能闻到。越军中尉坐下去后用越南话说了句什么，尽管骆三贵听不懂，但他知道是对已经走下山坡的那些越军说的，不像自言自语，自言自语声音小，那句声音大。

越军中尉说完那句话抽起了香烟，烟味直飘向骆三贵的鼻孔，他真怕自己在烟味的刺激下打喷嚏。除了怕打喷嚏，骆三贵还怕中尉把头转过来看东边的树枝和雨水，因为他如果仔细一点的话可以看到雨水上面漂浮的鲜血，或者其它蛛丝马迹。那些鲜血是从骆三贵手上流出来的，这时他没有办法不让它流。

但是事情再次没有朝着不利于骆三贵的方向发展，越军中尉抽完那支香烟，就用十分潇洒的动作把香烟头朝后面一扔起身走了，正好落到骆三贵的钢盔上。尽管越军中尉坐在石头上的时间也就五分钟左右，但对骆三贵来说比五个小时还要难熬。

虽然看到中尉也向西走去了，但骆三贵却不敢马上起身，他怕那些家伙没有走远，回头仍能看到自己。又过了大约五分钟，骆三贵听到说话声稍远了一些，才慢慢从泥浆里爬出来，然后迅速爬到大石头南侧向西张望。不知为什么那些越军都没有走远，而是聚在一起商量着什么，那地方距离哨所三十米左右。

看到这个有利情况，骆三贵显得异常兴奋，他知道机不可失，失不再来，于是一梭子子弹打了过去。

由于不熟悉地形，越军都把注意力集中到前面和左右两侧了，根本没有料到子弹会从后面打过来。随着一阵枪响，有几个瞬间倒下去了；有几个刚要回头看是咋回事，骆三贵已经抓起了第二支枪，也把他们迅速打倒了；后来骆三贵越打越顺手，他打空一个弹夹，就迅速扔掉那支枪抓起另一支继续打，半秒钟时间都不敢耽搁，不给对方回头的机会。等他把九支枪里的子弹一口气打完，发现西边的越军没有一个是站着的了。

巨大的胜利并没有冲昏骆三贵的头脑，过去他在电影上看到有的人虽然被打倒了，但事后仍能活过来，还说了不少话，也就是说西面那些越军虽然都躺下去了，但不等于全部死亡，于是就拿着还没有用过的那两支枪跑了过去，然后对准他们的脑袋都补了一枪。

至此，越军上来的一个排全部被消灭了，一个也没有留下，而这一切就发生在一分钟之内。见越军一个个被击毙，骆三贵才长长地出了一口气，觉得总算为埋在洞里的首长和战友报了仇。而击毙越军的那些枪支，正好都是地下那些战友们的，所以从这一点上讲，他也认为是战友们打死的越军，他们自己为自己报了仇。

战斗进行到这里，一六二高地周围仍然炮声不断，海欣他们仍然被封锁在山下。越军那个排的上级可能认为他的部下此刻已经占领了高地，或者正在与我军展开肉搏战，根本不会想到一个不剩的全死了，而且是在一种很少发生的情况下死去的。

当然这个离奇的情况海欣他们也没有想到，七八两个班的人在爆炸声中又试了几次，可还是冲不过越军的炮火封锁线，几个人还因此受了伤。

骆三贵消灭那些越军后，迅速捡起他们的枪支退回哨所，但慌忙中没有清点数量，事后才知道长短加起来一共四十六支。他迅速退回哨所是怕山上还有其他越军。过了一会儿，骆三贵见周围再也没有活着的越军了，便又开始挖掘溶洞。渴了，他就趴下去喝几口雨水；饿了，他想到吃压缩饼干，可是都放到溶洞里了，只好空着肚子干。

大约在骆三贵把那个排的越军消灭十五分钟后，越军才不再向一六二高地周围打炮了，海欣他们便趁机冲了上去。海欣跑到半山腰溶洞附近时，见一个人跪在洞口扒石头，但直到跟前，他才认出那个浑身上下沾满泥浆的人是骆三贵。

骆三贵倒是一眼就认出了海欣和其他奔跑而来的战友，便一下子抱住海欣，“哇”的一声哭了起来，这是骆三贵入伍后第一次失声痛哭，是失去首长和战友的悲伤，还是击毙那么多越军保住高地的喜讯，连他自己都说不清楚。

后来通过骆三贵的断断续续描述，海欣等人才知道事情的原委，他们为代富文等人被活活掩埋而痛心；为骆三贵一个人消灭四十多个越军而高兴；为没有丢失高地而庆幸。随后海欣安排一部分人在山上巡逻，看有没有其他越军，另一部分人接替骆三贵挖溶洞。毕竟人多力量大，不久代富文等人都被挖出来了，结果和大家预想的一样，十二个人都牺牲了。

十九 清理被填溶洞

一六二高地保卫战以我牺牲十二人，毙敌四十六人的胜利而结束。海欣听搜山的战士回来报告说，山上再也没有活着的越军了，便向付孔亮作了报告，同时请求立即补充兵员；派人把代富文等烈士遗体运走；尽快明确如何处理越军尸体。

上级高度赞扬了三排战士的英勇行为，尤其是对骆三贵的行为大加赞扬。天黑之前军工就奉命冒雨赶到了，海欣组织人员列队开枪为烈士送行，大家怀着悲痛的心情看着担架队离开，贾兆栋、黄金庵、钟虎和骆三贵四人则抱在一起痛哭，早上还是生龙活虎似的十二个人，现在却都没有了呼吸，而且他们被挖出来时，都已经变得面目皆非了，怎不让人心痛，感到心痛的当然还有海欣和其他在场的战士。

付孔亮在电话里对海欣说："营长刚才来电话了，说越军的尸体先放在山上不要处理，上级会通知他们的人来抬走的；至于补充兵员问题，上级答应立即解决，天亮前一定赶到，战士缺一补一，排长的事研究后解决。"

半山腰溶洞虽然被挖开了，但下面还有不少泥浆，就是把泥浆清理出来，暂时也无法住人了，所以当务之急是尽快把山顶溶洞清理出来，否则连个躲风避雨的地方也没有。现在九班只剩下四个人了，七八两个班都过来七个，再加上海欣，现场一共十九个人，海欣决定一部分人继续站岗巡逻；一部分人清理山顶溶洞；还有一部分人等待轮换。

在宣布干这些事之前，海欣对大家进行了动员，他冒雨站在半山腰哨所那里用嘶哑的声音说："同志们，今天我们牺牲了不少弟兄，但是躺在西边的越军尸体更多，更重要的是我们守住了高地，没有给咱们连丢脸，没有给祖国人民丢脸。现在大家必须明白一件事情，那就是这个高地是由我们三排共同驻守的，并非只有九班驻守，如果当初把其它班安排在这里，那么刚才被抬走的烈士中就可能有你们自己，当然也包括我。所以在补充兵员到来之前，你们就是这里的人，不能马上回去，以后是否回去要听上级的，那时你们可能回到原来的班，也可能被分配到这里。我们战斗在这里，吃住也在这里，起码得有个藏身之处吧，可是边上这个溶洞暂时不能住人了，我们必须得把山顶溶洞挖出来，而且一定要在天亮之前挖好，大家有信心没有？”

“有。”战士们异口同声回答，海欣的话说到他们心眼里去了，无论怎么想都是那么回事，自己的事，再苦再累也得干，何况不干活也要被雨淋着。再说排长和那么多战友都牺牲了，自己毕竟还活着，首长让干啥事都应该。

战后的高地归于平静，只能听到小十字镐和小铁锹与石头撞击的声音，不管轮到谁清理溶洞，都会使出全身力气拼命干。

大家把山顶溶洞里面的石头清理到一半的时候，付孔亮又打来了电话，他说：“海欣，军师团首长对你们打的这一仗非常满意，来电说要树立骆三贵这个典型。补充兵员已经出发了，估计不久就可以赶到，你们要做好迎接准备，并进行妥善安置；军区前指已经与越方接上了头，明天就有可能去抬尸体，这事他们不会拖的，因为现在是夏天，时间一长就变味了。”

放下电话，海欣总算松了一口气，因为补充兵员一到，高地上的事情就好安排了，否则三排的人一下子减少近三分之一，如果越军再次发动攻击将难以招架，骆三贵一人击毙四十六个越军的事只能在偶然的情况下发生。

午夜时分，补充兵员奉命及时赶到，十二名，连排长的数也算上了，这也就意味着排长将从三排产生，当然也有其它变数。这时，山顶溶洞里面的石头还没有完全被清理出来，海欣让新来的同志休息等待，但雨仍在下，他们没法休息，于是也干了起来，还说这也是他们的住处，早清理出来整理好，早住进去。

干活的人一下子多了起来，新老相互配合，加上后半夜不再下雨了，施工速度快了很多。黎明之前，大家终于把山顶溶洞清理好了。天亮之后，巡逻取消，站岗继续，其他人进入溶洞睡觉，只是人多洞小，大家还要挤在一起，但就是坐着战士们也睡得很香。

出了这么大的事，接下来还有很多后续工作要做，所以海欣只迷糊一会儿便醒了。他睡醒后走出溶洞，见天已经晴了，太阳正从东方冉冉升起，高地上仍是一片宁静，要不是想到昨天发生的战斗，半山腰哨所西边还躺着四十多具越军尸体，还以为又是一个平常的早晨呢！

海欣面向太阳站着，开始考虑三排的人事安排及其它需要迫切解决的问题：带头人不能少，得及时提出排长人选，以便供上级参考。那么提谁好呢？在三排的三个班长中属陈西有的资格最老，带兵也有一套，可惜他已经牺牲了，那就报苏景舟吧。苏景舟虽然比陈西有的任职时间稍晚一些，但相比之下现在他是排里最老的班长了，也有能力把一个排带好；骆三贵的事迹非常突出，再加上部队刚上来不久，需要为全军树立一个榜样，因此有成为战斗英雄的可能，自己昨天晚上也是这样向上级建议的，那么就让他当九班班长吧。越军今天可能要来抬尸体，这件事包括自己在内都是第一次经历，他们是上午来，还是下午来？搬运过程中会出现什么意外吗？这件事也马虎不得。

海欣正考虑这些事情，突然又听到步话机响了，这次付孔亮在里面兴冲冲地说："海欣，现在我拿到关于抬尸体的对越广播稿了，你要不要听听？"

"连长，我当然想知道具体内容啊，就麻烦你念一下吧！"

下面是付孔亮念的全部内容：

越军二军区指挥部：我军本着革命人道主义精神，允许你们自今天起两日内，到我军一六二阵地前沿，将死亡越军官兵的尸体运回，以告慰他们的亲属。你方来运尸体的人员可以分成两批，每批不得超过五十人，要在白天能见度好的情况下、不携带武器、打着"红十字"旗帜过来。只要按此办理，我军决不开枪、开炮，确保你方人员的生命安全。

特此通告。中国人民解放军云南边防指挥部。

海欣听后说："之前听说有时第三国的人也跟着过来，不知今天的情况如何？"

"关于这一点就不清楚了，反正我们按照承诺去做，如果出现意外，你们立即报告，可不要擅自采取行动啊！"

"是。这是国际惯例，我们一定做到，并在一定范围内配合他们行动。"

二十　搬运尸体

上午海欣他们就在高地上等了，可是直到中午也没有看到抬尸队的影子，于是一个战士说：“要是越南人今天不来抬尸体，我们还要为它们站一夜岗，要是明天他们再不来尸体就要臭了。多亏山上的野兽都被枪炮声吓跑了，要不然非过去吃个饱不可。”

时间到了下午三点，海欣他们还是没有看到抬尸队的影子，大家都认为越南人今天不会过来了，可就在这时，他们听到了锣鼓声。

锣鼓声来自西边的无名高地，但我军大多数人当时都不知道咋回事，只伸出头去看热闹。海欣起初也不知道咋回事，但用望远镜一看就明白了，于是他对战士们说：“同志们，这是越南人要过来抬尸体了，大家做好准备。”至于怎么准备连他自己也不知道，只想到应该采取防范措施，以防万一。

“抬尸体就抬尸体吧，玩这些花样干啥？”黄金庵听到锣鼓声不解地说。

“按照规定打着红十字旗过来就行了，可他们却要多此一举，当然可能有别的用意，但什么用意目前只有他们自己知道了。”海欣说罢又举起望远镜，果然看到在那群人中间有一面红十字旗，只是抬尸队的人数远远超过五十个，估计一百人也有了。因为高地上毕竟有近五十具越军尸体，加上敲鼓打锣和扛旗的，算算正好两个人抬一具，所以海欣认为没有必要把这个情况向上级报告。他知道此时此刻双方都在注视着抬尸队的一举一动，别处的人也在注视着这里的一举一动，都有所防范，一般情况下是不会出现意外的。万一出现意外，我国一方是有办法处理的，因为他们毕竟在明处，而我们在暗处，事情明显对我们有利。

抬尸队在锣鼓声中缓缓通过一四五高地南侧，接着向一六二高地靠近，余音在大山之间回荡，仿佛在召唤那四十多个亡灵。当他们径直走到一六二高地西侧时，被那里的一条深沟拦住了，便改道向北，也沿着那条小路上山。拦住他们的那条深沟，曾经是死去的那一个排越军隐藏过的地方，这点抬尸队的人可能不知道。他们走的那条小路也是那一个排越军走过的，抬尸队的人可能也不知道。

见抬尸队越走越近，海欣立即把半山腰哨所里的哨兵撤掉，让他站到稍远一点的地方隐蔽起来。

抬尸队沿着小路慢慢接近半山腰哨所，海欣在望远镜里一直盯住他们的一举一动，主要看担架里有没有武器弹药。他看到那些担架也像他们使用的枪支那样好几个国家的都有，也有用竹竿临时捆成的，但很难看清楚里面有没有其它东西。

骆三贵见来人太多，怕出事，说："副连长，他们来的人可能快有一个连了，您看对我们有危险吗？"

"你一下子打死他们四十六个，两个人抬一具尸体算算需要多少，是要用差不多一个连的人才行。至于危险，我也考虑到了，并采取了相应措施，所以只密切注意他们的一举一动就行了。"海欣说。

骆三贵第一次参加战斗就打死这么多越军，尽管大家都夸他机智勇敢，是个英雄，可他昨晚一夜都没有合眼，就像打了兴奋剂，一躺下去，脑子里尽是白天的战斗场面，甚至连越军中尉那个潇洒的扔香烟头动作也想到了。想到自己在倾刻之间打倒一大片越军，骆三贵似乎有些于心不忍，他说："副连长，是他们先动手炸溶洞的，当时我要是不把他们全部打死，这个高地一定早就丢了。"

海欣知道骆三贵此时的心理感受，就拍拍他的肩膀说："骆三贵，你做得对。战场上的事历来都是你死我活，在那种情况下，就是你们排长和战友们不被活埋，你也应该那样做，而且必须那样做，否则就是贪生怕死。"

听到安慰，骆三贵便不再为自己一下子打死那么多越军而不安了，毕竟他们也活埋我们十二个人。但海欣怕他再次见到那些尸体会出现心理问题，就让他留在山顶哨所那里站岗，然后带领其他人去了北边，从那里可以到达半山腰哨所。当然海欣他们这次不会直接去半山腰哨所，而是在途中找个比较隐蔽的地方停了下来，近距离观察。这时抬尸队直线距离那些尸体只有几十米了，但中间隔着半山腰溶洞西面那道高坡，他们看不到尸体在什么地方。不知道尸体在什么地方，抬尸队的脚步便停了下来，只是锣鼓敲得更响了，还做出东张西望的样子，分明是让我们的人出来带路。

见此，海欣便把钟虎和王太才叫到跟前说："你们两个人过去给他们指路吧。不要怕，因为四周都是我们的人，说不定军师团首长都在看着这里呢！你们两个过去后，就站在洞口那个地方给他们指示方向，不要到尸体那里去。"

"是。副连长，他们是来抬尸体的，所以我们不害怕，只是抬尸队看到洞口怎么办？一让他们看到洞口咱们以后就用不成了。"钟虎说。

"唉呀，我怎么把这件事忘了？提前把洞口伪装一下就好了。可众目睽睽之下，现在一切都晚了。"海欣无可奈何地说。

就在这时，从半山腰哨所里出来躲到一旁继续站岗的战士刘乾万飞快跑过来说："副连长，我知道他们一定要从那里经过，所以刚才顺便把洞口堵住了，那些人发现不了。"

"刘乾万，好样的。你是拿什么东西堵的洞口？"海欣非常高兴地问。

"石头，一连压了好几块呢，下面是大的，上面是小的，还在最上面扔了一些树枝和杂草，如果他们不踩上去，问题就不会太大。"

"好，这下我就完全放心了。至于他们的人会不会踩上去的问题好解决，钟虎和王太才过去后，分别站到洞口西北两边挡住他们就行了。我们的战士就应该像你这样，有些事情虽然上级没有交待，但只要对大家，对战斗有利，就要主动去做。"听到表扬刘乾万有点不好意思了。

暂时没有什么可担心的了，钟虎和王太才背着枪向前走去，可海欣把他俩叫住了，说："你们这个样子去可不行，得把武器放下，空着手过去。这个时候，我们可不能让他们拿住任何把柄。"

钟虎和王太才都把武器放下走了，他俩想到即将面对那么大一群越南人，都显得既紧张又兴奋。上山后，这是二人第一次在执行任务时不带武器，总觉得手足无措。他俩向西大约走五十米后跃上一个高坡，然后突然出现在抬尸队面前，在大约两百只眼睛的齐刷刷注视下，快步向半山腰溶洞走去。

钟虎和王太才一出现，那群人似乎都松了一口气，锣鼓声便不再响了，看来他们是以此来吸引我方的注意力，不一定是为那四十多具尸体招魂的。他们在钟虎和王太才的指示下向前走去，一边走，一边把目光转向西面。见一大群越南人向自己走来，尽管知道不会有什么危险，但钟虎和王太才还是有些紧张，钟虎见王太才脸色苍白，便小声安慰他说："副连长他们就在不远处，咱们不用怕这些人，站在这里千万不要动。"这话他是对王太才说的，也是在为自己壮胆。

不久，抬尸队前面的人已经走到钟虎和王太才跟前了，直到这时他们才能看到尸体，脸上的表情也发生了明显变化。自从走上半山腰溶洞，那些人的目光就基本上不再看钟虎和王太才了，这正是海欣和战士们所希望的。钟虎和王太才分别站在洞口西北两边的石头上一动不动，任凭他们擦身而过。这时他俩最担心的是那群人忽拉一下子涌过来，如果那样非把洞口踩塌不可。保不住这个秘密，溶洞就算废了，大家还得坐在山顶溶洞里睡觉，而如果保住这个秘密，不但可以分开住躺下去睡觉，还能多放不少食品和武器弹药。这时抬尸队的注意力在西面；钟虎和王太才的注意力在脚下；而海欣的注意力是抬尸队，当然观察抬尸队一举一动的可能还有其他人。

也许是怕离开那条隐约可见的小路踏上地雷，那群人没有忽拉一下子涌过来，而是仍然排着队一个个向前走。他们中的大部分人都穿着军装，戴着军衔，也有穿便装的，不知道那是不是第三国的人，但钟虎和王太才都没有看到蓝眼睛高鼻子。钟虎和王太才都没有想到和那群人对话，可他们中的一个穿便装的人却离开队伍站在不远处开口了，他说：“解放军，你们这里有地雷吗？”说的中国话还算标准，不知道是不是抬尸队找的翻译人员。

钟虎听到对方讲话先是一愣，接着很快反应过来回答说：“有，漫山遍野都是，连我们站的这个地方也有，我们之所以站在这里，就是怕你们踏上地雷。但是西边那些地方我们都清理过了，你们就放心过去抬尸体吧。”无意中的一问一答，竟为他俩一直站在那里找到了借口。

“那我们可以从原路返回吗？”还是那个人问。

“可以，你们从原路返回是最好的选择。”

“那时你们还会站在这里吗？我的意思是说，这里的地雷那时你们还要看守吗？”

“当然，我们要为你们的安全负责。”

那人点点头也向西走了，下坡前还回头看了钟虎和王太才一眼，似乎对钟虎的回答很满意。

看到抬尸队沿着那一排越军走过的路全部走下半山腰哨所，钟虎赶紧让王太才跑回去报告情况，其实这一切海欣早看到了，只是不知道他俩和那个人说的是什么话。海欣听完王太才报告说：“你们两个人能见机行事很好，就这样一直站下去，直到他们全部返回并离开为止。你们两个人离他们比较近，看到担架里有武器弹药没有？”

“副连长，我仔细观察过了，起码表面上没有，但如果他们把武器弹药裹在担架里面，我们是看不到的。”王太才说。

“看不到，我们也不能去搜，不过总的来说问题不大，就这样吧，小心一点就行了。”海欣说。

王太才回去不久，海欣看到那群人已经把扛来的担架打开了，接着往上摆放尸体。看到山坡上那一大片尸体都变硬了，海欣也产生了怜悯之心，但他马上想到了代富文等人被埋的事实，这一仗双方都死了那么多人，这一切应该去怪谁呢?

不久抬尸队每两人抬一副担架往回走了，仍然排着队，钟虎和王太才也仍然站在洞口那里一动不动，几乎面无表情，那群人也几乎面无表情。

那群人大部分都抬着担架下坡去了，可突然有个家伙脚下一滑，一下子摔倒在半山腰溶洞北边的山坡上了，他不但把前面抬担架的那个人带倒，还使后面抬担架的两个人收不住脚，也相继摔倒在地。在那四个人先后倒下的同时，两具尸体也分别从担架上滚了下来，并连翻几个身才停住。往担架上放尸体时上面都盖着塑料布，但尸体一滚下来，塑料布便散开了，于是他们赶紧爬起来重新放上去，然后又抬着走了。

看到抬尸队终于离开，下山而去，海欣才坐下去休息，他见战士们都不说话，便打破沉默道:“同志们，昨天越军偷鸡不成蚀把米，损失是我们的将近四倍，可谓惨重，我估计他们在了解事情的真相后，是不会善罢甘休的，很可能要进行一次报复，因此我们必须日夜提高警惕，牢牢守住高地，防止敌人再来侵犯。”

后来的事实证明海欣猜对了，越军果然通过有关途径了解到了事情的真相，对九班进行了报复。

二十一 唱歌漏馅

一六二高地首战告捷，大大鼓舞了轮战官兵的士气，不过海欣却高兴不起来，因为三排一下子死了那么多人，他在感到万分悲痛的同时，觉得压力更大了，分散在三个高地上的兵力只有一个排，新来的同志需要有个熟悉过程，如果越军真要报复，很难预料下一场战斗会出现什么情况。

为防范于未然，海欣及时把自己的担心向上级作了汇报，要求增加人数，但其它高地上也缺人，所以给的答复是：部队刚上来不久，除了补充因战斗损失的兵员外，各高地暂时不调整人数。

在上级的关怀下，三排的骨干力量和兵力很快作了调整：苏景舟任三排代理排长；骆三贵任八班班长；薛里程改任九班班长；黄金庵任七班班长，贾兆栋任七班副班长。补充兵员平均分配到三个班，实行新老搭配。这些基本上都是按照海欣的思路进行的，很符合三排的实际情况。两个稀拉兵黄金庵和贾兆栋终于当上了骨干，而且是在这种情况下当上的，因此大家对他俩能否胜任拭目以待。骨干力量和兵力调整后，三个班原驻守位置不变，苏景舟去了一六二高地，班长和副班长们也迅速到位。

这是三排上高地后第一次人事变动，时间之短，伤亡人数之多，调整幅度之大，都属空前。

每年的五至十月是中越边境的雨季。在那些阴雨连绵雾气腾腾的日子里，高地周围能见度极差，但在这样的气候下中越两国官兵都非常高兴，因为他们可以从本来就潮湿的猫耳洞里或其它住处钻出来透口气，而不再担心被近在咫尺的敌对方发现了。雨雾使前线官兵活跃，也使越军特工的活动更加频繁了，我军遭到偷袭的概率很大，因此海欣告诉战士们加倍小心，每个高地都增加了岗哨。

三排人员调整不久后的一天早晨，山间又弥漫起了大雾，能见度连一百米都不到。海欣起床后到堑壕里简单吃了点东西，回到小窝棚时新任班长骆三贵也跟着来了，二人坐在外面的石头上聊天，任大雾在身边撩绕，如果这里不是战场，他俩会觉得仿佛置身于仙境之中。

小窝棚北边约三米处是供大家上下的山崖，距离地面在五十米左右，像老青山那里一样，梯子是固定在山体上的，只是这里的梯子没有那里高。北边山脚下就是从辛寨出发去刀山的小路，只要是晚上和雨雾天，都会有军人或民工从那里经过。白天他们从那条小路上经过时，海欣坐在小窝棚前面的石头上一目了然，他经常看到军工、民工和炊事班的同志们分别扛着工字钢、弹药箱、压缩饼干和饭菜等，迈着艰难的脚步上山。下山时他们的步伐则比较轻松，但那些背或抬烈士和伤员的同志除外，只要上面一打仗，他们去回的负重都一样。

那天上午九点多钟，海欣隐约看到从东边慢慢走上来三个军人，一个三十多岁，穿的是干部服装，斜挎着一支带皮套手枪；另外两个穿的是战士服装，背的是我军常见的半自动步枪。除了武器和挎包，他们没有携带其它任何东西，这与其他上山的人有所不同，上一次山不容易，其他上山的人总要顺便带些生活必须品什么的，这个反常现象立即引起了海欣怀疑，他好奇地打量他们，决定继续观察下去。

海欣发现那三个人步伐缓慢，不像急着返回高地或者执行任务的样子；尽管山路崎岖难走，但他们基本上都不看脚下，而是边走，边左顾右盼，好像在观察周围的地形。这时正好有两个从山上下来的战士与他们擦肩而过，但他们竟然不看那两个战士一眼，更不用说打招呼了，好像在有意回避着什么？

不久那三个人走到小窝棚北边了，他们仍然不时向一四五高地上看一眼，动作中还夹杂着警惕成分。当他们在浓雾中发现海欣和骆三贵坐在石头上时，都似乎吃了一惊，目光马上缩了回去。他们把目光缩回去后，两个战士模样的人都下意识地去移动挎在身上的半自动步枪，并把枪口悄悄抬高对准海欣和骆三贵所坐的位置，还把右手放到扳机上。尽管这些动作很细小，但还是被海欣的目光捕捉到了。如果他们是自己人，就是不打算和遇见的人打招呼，也会朝海欣和骆三贵坐的地方多看几眼的，起码不会出现躲避动作，再加上移动枪口，使海欣对他们加深了怀疑。

骆三贵只顾欣赏大雾，没有想那么多，他见有人从下面经过，就与那三个人打起了招呼，大声说："同志，你们这是去哪里啊？要不要上来喝点水，吃点东西，休息一会儿再走？”

下面那三个人听到问话又似乎吃了一惊，过了几秒钟那个干部模样的人才回答说：“同志，我们急着去执行任务，就不上去了。”步伐这么慢，是急着去执行任务吗？海欣在心里又打了个问号。

“辛苦！辛苦！”骆三贵对那个干部模样的人说，可是这次对方没有说话，只是三人的步伐加快了。

骆三贵的问话正合海欣心意，他看到那三个人在步伐加快的同时不再东张西望了。也许是为了避免继续交谈下去，他们竟然一起唱起了歌，而且是我国所有人早已不再唱的《大海航行靠舵手》：“大海航行靠舵手，万物生长靠太阳，干革命靠的是毛泽东思想……”并随着曲调把“思想”二字拉得很长，听起来还有点专业水平。

听到这首久违的歌曲，别说海欣觉得不可思议了，连骆三贵也感觉有点不对头了，因为他在儿时就会唱这首歌了，连奶奶也经常哼哼几句，可是后来大家突然都不再唱了，说林彪反对毛主席，是个大坏蛋，而歌词就是他写的。时间一长，人们就几乎把这首歌忘了，可现在却又听到了熟悉的旋律，于是便对海欣说：“副连长，这首歌不是早就不让唱了吗？下面那三个人的胆子真大！”

从一个又一个破绽中，海欣基本上判定下面那三个不是自己人了，便回答骆三贵说：“是啊，这十几年来，我国再也没有人唱这首歌了，而他们却毫无顾忌地大声唱，而且还是异口同声，骆三贵，你觉得这种现象正常吗？”

骆三贵一时不明白海欣的意思，说：“不正常啊！但是我们能管得了吗？况且这里是战区，谁去管这事呢？”尽管无数次听到关于越军特工的事，但骆三贵还是没有把他们与下面那三个人联系到一起。

“骆三贵，你是第一次上战场，咱们又过来不久，你一时看不出情况也正常。我刚才一直在观察下面那三个人，发现他们除了唱那首不合时宜的歌曲外，还有其它一些不对头的地方，所以对他们产生了怀疑，怀疑他们是越军的特工。”

“啊！越军特工？”骆三贵听后大吃一惊，可当他看到海欣那严肃而又坚定的表情时，便立即明白过来，马上把冲锋枪口对准了下方。当上班长后，他也用上了配发的冲锋枪，而且正好是陈西有用过的那支，他仅用那支枪就打死了十几个越军。

这时，那三个人已经从小窝棚北边向西走去了，如果在一分钟之内不采取措施的话，他们就要走进浓雾里去，然后消失得无影无踪，于是海欣果断地说：“骆三贵，你赶快把子弹推上膛，听我的命令行事。”

“是。”骆三贵答应一声“哗啦”一下把子弹推上膛，海欣手枪里的子弹早在膛上了，二人跪在下面一起把枪口对准那三个人。

“注意，我先开枪向天上打，你暂时不要动，只注意观察他们的反应就行了。”海欣说。

“明白。”骆三贵话音刚落，海欣就朝天放了一枪。这一招果然灵，下面那三个人一听到枪响，就立即卧倒在地，并随即滚到右侧的山沟里去了，反应之迅速，好像在意料之中似的。如果是自己人，而且是在自己的地盘上，反应应该是先东张西望，看看周围究竟发生了什么事再干别的，而不是做贼心虚的样子，再次暴露了他们的越军身份。

而且那两个战士模样的人滚下山沟后，都迅速把枪口调整过来再次对准海欣的小窝棚，可这时他们只能看到小窝棚和旁边的石头，看不到海欣和骆三贵。而海欣和骆三贵却能看到那两个家伙的下半身，至于那个干部模样的家伙，早就不知道躲到哪个角落里去了，连一只脚都没有露出来。不过海欣知道他们都在同一条山沟里，而且那条山沟就两米多宽，十多米长，没有地方可逃。

听到枪声，八班战士知道北边出现了情况，除了站岗的都拿着枪跑了过来，海欣向他们指了指下面的山沟，说那里有越军，让他们也在石头后面隐蔽好，并做好射击准备。

尽管情况已经明了，但海欣仍然没有让骆三贵等人马上开枪，而是向山下大声喊道：“下面那三个人听着，我们已经知道你们是越军了，所以赶快出来投降吧！如果不出来我们可就要开枪了。”如此连喊三遍，但对方都没有回应，于是便朝下面开了一枪。

海欣那一枪故意不打人，想吓唬他们一下，让他们赶快出来投降，可想不到对方也开枪了，一梭子子弹打向山头，但由于隐蔽好了没有人受伤。那个干部模样的家伙拿的是手枪，打不远，子弹无疑是那两个战士模样的家伙打上来的，见此海欣命令骆三贵还击，于是几颗手榴弹扔了下去，一阵爆炸声过后海欣又大声喊道：“越南兵，你们赶快出来投降吧，要不然我们还要向你们那里扔手榴弹。”他怕下面的人听不懂中国话，还用越语说：“诺松空叶（缴枪不杀）。宗堆宽洪毒兵（我们宽待俘虏。）”这是在《越语战场喊话十句》上学到的，战士们也会说。

一听说上面还要往下扔手榴弹，对方立即回话了，一个声音大声说：“解放军，你们不要打了，我投降，我投降。”并随即扔出来一支手枪。

听到那个声音说“我投降”，而不是“我们投降”，海欣估计那两个战士模样的家伙已经被打死了，但还是又大声喊了句：“长枪呢，把你们那两支长枪和其它武器弹药都统统扔出来，再把手放到头顶上，然后慢慢从里面走出来。”

那两支半自动步枪很快被扔了出来，但人却没有露头，还是那个声音在里面说：“解放军，里面再也没有武器了，我已经按照你们的要求去做了，你们可千万不要再开枪或扔手榴弹啊！”

“我们历来说话都是算数的，对俘虏的政策是缴枪不杀，所以你们就放心出来吧。”海欣说。

越军特工走出来了，但只有一个人，是那个干部模样的家伙。“那两个呢？也出来！”海欣故意这样说。

“他们两个已经被你们打死了。”那个干部模样的家伙把手举过头顶说。

“这就是你们不听劝告的结果，你进去把他们拖出来吧。”海欣说。同时让骆三贵先带几个人下去，自己和其他战士继续用枪对准那个干部模样的家伙。

那个干部模样的家伙果然从小山沟里拖出来两具尸体，脸上的表情似乎有点尴尬。

接着海欣也下去了，他让战士们先把尸体和俘虏身上的领章帽徽扯掉，再用背包带子把俘虏捆好。做完这些，他用步话机把情况向上级作了报告，请求派人过来把俘虏押走；请示如何处理越军尸体？

在等待上级答复期间，大家围住俘虏审问，海欣说：“你们是越南哪一个军区的？”

“我们是特工团的，直属总部，不属于哪个军区管。”俘虏口气中带着自豪感。

“噢，明白了！如果我没有记错的话，你们是六个直属总部特工团中的一个，另外那十一个特工团才归各个军或军区管。是这样的吧？”

俘虏听后迅速看了海欣一眼，说：“是的。长官，你怎么知道得这么清楚？”

“我不但知道这些，还知道你们把特工队叫作B52，轰炸机的名字，听起来很牛嘛！可今天却栽到了我们手上。你们通常以五人为一行动小组，今天那两个是不是分开走了？要想活命，就老实交待。”

“快说。”战士们一起喝道。他们看不起这个家伙，因为三个人中属他年龄最大，看样子像个军官，却在一旁躲了起来，让两个部下送死。

见周围人怒视自己，俘虏又看了海欣一眼才说：“长官，看来你非常了解我们的情况，那我就老实交待吧。通常我们是以五人为一行动小组，但那都是在晚上，这次是大白天，嫌目标太大，就只过来三个人。”

“你们小组里的那两个人真的没有过来吗？”海欣继续问。

“长官，他俩这次真的没有过来，反正我已经被你们抓住了，如果事后发现说的是假话，把我枪毙了都行。”

“那就以后验证吧。看样子你是个军官，那么它们两个呢？”海欣说着指了指尸体。

“是的，长官，我是个军官，中尉军衔。他们两个都是士兵，而且都是上士军衔。”

“你们是什么时候过来的？”

“前天晚上。”

海欣听到这里暗吃一惊，心想：他们几乎在我国境内待了两天两夜，一定侦察到了不少情报，多亏在返回之前被我们识破，要不然损失可就大了。接着问：“你们是穿着我们的军装过境的吗？”

“不是，我们在过境的时候穿的是老百姓服装，过来后才换上了你们的军衣。”

“你们这次过来后都去了什么地方？”怕俘虏不说实话，海欣紧跟着又说：“你已经当了俘虏，一时回不到国内去了，这样一来，你们侦察到的情况就不管用了，所以还是老老实实交待吧。”

“是，长官，我老实交待。我们这次入境后，就直接去了立马坡县城，昨天一天都是在那里度过的。今天早晨见起了大雾，本来想再趁机侦察一下你们高地上的情况，结果不知道为什么被你们识破了？”

“不知道为什么？那我现在就告诉你吧，是你们唱的那首歌音不准，跑调了。”

“不会吧？在我们还没有从柬埔寨回到国内之前，就跟着唱片学唱那首《大海航行靠舵手》了！”俘虏用疑惑的表情看着海欣说。

“我们国家的歌，你们永远是唱不准的。你们那个特工团在柬埔寨一共待了多少年？”

“一九七八年底就去了一部分，今年春节后才回国，并很快奉命来到了这里。”

“侵占人家国土这么久，你们还真好意思，不过现在就不去说它了。你们这次过来，都侦察到了什么情况？”

“上级知道你们上来不久，就让我们过来侦察你们的防务情况，看有没有什么变化，以便采取相应措施。不过我们只看到你们这边到处都是军队，没有侦察到什么有价值的情况。”

“你们的上级就别做梦了，换防不换防，我们的每一个高地都一样。我们驻守的高地，都是我们国家的领土，不会让你们占去的。”接着海欣又问：“听说你们平时吃不到肉，昨天在立马坡县城解馋了吧？”

“是的。从我记事起，国家就一直在打仗，平时别说吃肉了，就连大米和白面也吃不到，我们吃得最多的是木薯。所以昨天我们三个人一到立马坡县城，就马上去吃了顿汽锅鸡，对了，还有米粉什么的。”他讲这话的时候，好像还在回味着汽锅鸡的余香。

“你所说的米粉，在我国西南一带叫米线，汽锅鸡和过桥米线都是当地名吃，这两样东西都被你们吃到了，看来不虚此行啊！下一步我们要把你送到战俘营，那里的伙食也不错，到时多吃点大米和白面，养胖了再回国。”

俘虏听后苦笑着点了点头，说：“这个我知道，我们的营以上军官，大多数都在你们国家培训过，他们说那时虽然你们的生活水平也不高，可经常把好东西留给他们吃。”

“是啊！你们吃我们的，用我们的，还打我们，良心上过得去吗？当然你们是执行者，这个我刚才已经说了。”

不久，负责押送俘虏的军工过来了，俘虏临走之前指了指同伴的尸体，海欣明白他的意思，说：“他们之所以被打死，责任完全在你，当时如果你不让他们开枪并马上投降的话，他俩就会在战俘营里和你作伴了。至于这两具尸体，我们会设法通知你们的人过来抬走的。”

俘虏听后惭愧地低下了头。他被押走后战士王兴安说：“我们只路过立马坡县城，连车都没有下，而这三个家伙却不但进了县城，还吃了汽锅鸡和米线，这两样当地名吃我们连味道都没有尝过，却让他们过来先吃了，真气人！”

“这两个家伙不是已经死了吗，还生什么气？他俩在临死之前还到县城里解过馋，按说也值了。”另一个叫谢克云的战士说。

这时海欣的步话机响了，付孔亮说就两具尸体，没有必要兴师动众通知对方来抬，再说现在漫天大雾，他们来了容易出事，让海欣他们先抬到西面的无名高地附近放下，再大声告诉对方算了。

通罢电话，海欣决定把尸体抬到无名高地北边，因为听说那里有个溶洞，里面住着越军。不久战士们用树枝做了两副简易担架，然后把尸体悄悄抬到无名高地北边约一百米处，这时能见度不超过五十米，双方都看不到，但能听到喊话。

可是海欣他们喊话后在隐蔽处整整待了半个小时，也没有见越军去抬尸体，便怀着不安的心情回去了。不过下午他们再去看时，发现那两具尸体和简易担架都不见了。尸体不在我军上下刀山的必经之路上，不会被我方人员发现并抬走的，就是他们要抬，也会事先问明情况的；山上没有野兽，不会被虎豹豺狼吃掉或刁走。所以唯一的可能就是无名高地上的越军已经听到了喊话声，只是当时怕上当，才在海欣他们离开后把尸体抬走了。

二十二 冒充边民被识破

海欣识破那三个越军特工的第二天早晨，山间仍然弥漫着大雾，上午还下起了毛毛雨。

昨天那个俘虏虽然被押走了，但在海欣的脑海里却留下了一个很大的问号：倘若那个家伙没有说实话，过来的不是三个而是五个越军特工，那么另外两个这时很可能还在我国境内。昨天的气候条件那么差，他俩不可能看到同伙被歼和被俘的场面，听到枪弹声也不会知道咋回事，此刻可能正在某一个地方侦察或等待呢！于是决定到一六二高地东边搜查一番，那里临近拉拉河，地形比较复杂，南面不远处就是边界，是越军特工出没最多的地方之一，能遇见他们更好，遇不到权当熟悉地形。

从一六二高地东边山脚下一直到拉拉河那里都比较平坦，那一段一到两百米的宽度土质也好，因此边民开垦了不少农田，只是由于战火不断大部分都荒芜了，只种着少量的玉米等作物。

荒芜的田地上尽是杂草，有些地方还有灌木，由于雨水充沛，炮弹又轻易打不到，都长得非常茂盛。海欣他们从北边开始一点点往南搜，当他们搜到中间部位时，突然发现农田里蹲着一个人，就急忙在灌木丛里躲了起来。通过观察，他们发现那人蹲的地方有玉米苗，当时玉米苗才二三十厘米高，而且稀稀拉拉，就是趴下去也挡不住人。那人身披深绿色塑料布，背朝海欣他们，好像在拔草。在确认周围再也没有其他人的情况下，三人才向那人走去，想看清楚对方究竟在干什么，当然也要问明他的身份。

直到海欣他们走到距离那人三十米左右的地方时，才在雨雾中看到他是当地农民打扮，的确是在拔草，仍然背对海欣他们。既然对方始终没有回头，海欣就示意两个战士不要去惊动他。这地方东北方向有辛寨，正东方向有偏牛寨，尽管都在河对岸，但都距离不远，老乡们经常涉水到这里来种地，因此一开始三人都对那人的身份没有怀疑。

可是很快海欣就觉得情况有些不对头了：从发现对面那个人到现在大约二十分钟时间过去了，这期间他既没有回头看一眼，也不站起来活动一下身体，难道拔草就那么专注？难道就没有听到后面的脚步声？地上有水，想不让它发出响声就难，这似乎有点不正常。

于是三人又向前走去，海欣还边走，边故意把地上的水弄得很响，看那人是否仍无反应。那人还是没有反应，海欣的怀疑逐渐加重，他让两个战士提高警惕，并把雨衣袖筒里的枪口对准那人。三人距离那人只有二十米左右了，可对方仍然在低头拔草，似乎是个专心干活的聋子。见距离那人只有十米左右了，那人还是没有反应，海欣便站住厉声喝道："热呆连（不许动）。诺松空叶。"

听到喊声，那人并没有立即把头转过来，而是略微迟疑了一下，才缓缓站起来转身看着海欣他们说："啊，是解放军同志啊！你们不是在山上守着吗？怎么跑到我的田里来了？雨天，我怕田里的杂草疯长，就过来拔拔，要不然它就盖住包谷苗了。首长，你这是说的哪个地方方言啊？我怎么一点也听不懂。"原来不是个聋子，海欣更加怀疑他了。

那人四十多岁，黑瘦，没有胡子。他披的塑料布下面是一件当地人常穿的老蓝色土布衬衫，裤子也是同一种颜色，肥大如桶，两条裤管都卷到膝盖上面，赤着脚。与其他边民相比，他的普通话讲得还不错，虽然谈吐自如，但海欣却从他的眼神中看出了一丝慌乱。

"这里是边境，情况复杂，我们又没有与你见过面，所以要例行检查，希望能够理解，现在就请你把手举起来吧。"海欣说罢让两个战士过去搜身，自己仍盯着他的一举一动。

那人见海欣表情严肃，一副公事公办的样子，只好把手举了起来，但两个战士过去后只搜到一把镰刀。见此海欣并没有解除怀疑，而是把目光转向他拔下来的那些草上，见他在田里蹲了那么久，拔下来的草却不多，而拔过的地方仍有不少草，连包谷苗周围都没有拔掉，根本不像种田人干的活，就这还说是自己的田地。看到这些情况，海欣又说："请你把手放下来吧！刚才我讲的不是什么方言，而是越南话，难道你真的听不懂吗？”

“解放军同志，你讲越南话我哪能听得懂啊！”那人做着无可奈何的表情说。

据海欣所知，这一带边民无论年龄大小，基本上都能听懂或者会说不少越南话，而眼前这个人在距离边界只有几百米的地方种地，四十多岁了却说自己听不懂越南话，便说明问题了，于是接着说：“老乡，请问你是哪个寨子的？”

“偏牛寨。”

“你们寨子离这里多远啊？”

“五里左右。”

“寨子里肯定不止你们一家人吧！其他人怎么不来干活？”

“雨天，他们都不愿把衣服打湿，再说河水比前几天涨了不少，过一趟不容易。这块田还是我爷爷那一代开出来的，到我这里已经种了三代，所以我对它特别有感情，不怕衣服被打湿，不怕水深，就是两个国家在打仗，也舍不得让它荒着，让它荒着我觉得心里难受。”

那人讲得似乎有道理，可是仔细一琢磨就露洞百出了：边疆雨季长达半年之久，这一带边民都有雨雾天出来干活的习惯，因为在这样的天气里干活越军看不到，相对安全，根本就没有怕打湿衣服一说；他说这块田一家人已经种了三代，打仗也舍不得让它荒着，可是里面到处都是杂草，有的地方的杂草比玉米苗还要深，说的和做的不相符。

听到那人如此回答，海欣心中基本上有数了，但要抓他还缺乏证据，于是又继续问道。“那么你叫什么名字？”

“张洪森。”

“家里还有什么人？”

“老婆和两个孩子。长官，家里人在等着我回去哩！如果晚了他们是要担心的，尤其在这炮火连天的地方。”那人说罢转身要走。

“长官”二字再次使对方露出了破绽，因为边民经常接触部队官兵，连老人都不再称呼解放军的干部为长官了，而他这个年纪的人却顺口讲了出来。再说昨天那个中尉也曾经这样称呼过海欣，于是海欣说：“那好，我们正好要到你们寨子里去一趟，就麻烦你带一下路吧！”

那人听后明显犹豫了一下，但不得不硬着头皮点头，然后步伐缓慢地向拉拉河方向走去。为了拖延时间，等待转机，他装做回头看刚才拔下的青草，这时正好骆三贵不小心踩歪一颗玉米苗，他看到后马上跑回去蹲下把玉米苗扶正，并边培土，边说："唉呀，大军同志，你们不要乱踩嘛！这可是我们千辛万苦种出来的庄稼呀！一家人都指望它长出玉米填饱肚子呢！"那人说着不慌不忙把土培好，见海欣仍然在等他带路，才又慢慢起身找个小水坑洗掉手上的泥土向前走去，并一步三回头看那棵被他扶正的玉米苗。其实他就是不跑回去，骆三贵也会把那棵玉米苗扶正并培上土的。

那人又是"长官"，又是"解放军"和"大军"地乱叫，这些前后不一致的称呼全都被海欣听出来了，但他想看那人还有什么表演，就顺着他的意思说："是啊！在这炮火连天的地方，老乡们种点庄稼的确不容易，咱们都要加倍爱护才好。"

这时骆三贵和李洪云也看出那人不像个农民了。

既然是带路，那人就只好走在前面，李洪云凑到海欣耳旁轻声说："副连长，难道他真的是个越军特工？"

"你看他像个边民吗？"海欣不答反问。

"只有他穿的衣服有点像，其它方面不像。"

"你能这样观察情况就对了。"

"东边真有他说的那个寨子？"

"真有，我在地图上见过，也听说过。"

"那么咱们真的要到那里去核实他的真实身份？"

"因为我们缺乏证据，所以有必要核实他的真实身份，但估计他是不会把我们带到那里去的，一过河，这个人的狐狸尾巴恐怕就要露出来了。"

四人顺利到达东岸，海欣见那里左右各出现一条小路，左边那条弯弯曲曲通向龙头山，不用说从那里一直可以到达辛寨；而右边那条先向南，再向东，可能是通向偏牛寨的。

那人上岸后又设法磨蹭了一阵子，才带着海欣三人还是慢慢向南走去。因为南边不远处就是国境线，所以海欣一边跟着那人走，一边观察前面和周围的地形。为了防止他逃走，或者对面有越军接应，海欣示意两个战士都把子弹推上膛。

四人向南走一百米左右，小路就向东转去了，这时那人突然捂住肚子说："解放军同志，我肚子疼，想到草丛里方便一下。"并用手指了指南面。

南面虽然离边界还有一两百米，但都是一人多深的茅草和灌木丛，一旦让他进去，就如同把抓到的鱼儿放回大海，想再找到几乎没有可能，于是海欣说："老乡，南面的草丛里有地雷啊，这个我们知道，所以你要是真想方便的话，就去北边吧。"并用手指了指一片可以看到地面的洼地。

那人听海欣这样说，只好又犹豫了一下向北走去。可是海欣见他在地上蹲了那么久，也没有拉出来一点东西，眼睛却不停地四处瞟，最后把目光停留在东北方向一片灌木丛上，估计是想从那里逃跑。可他蹲的那个地方距离灌木丛还有十多米远，知道想逃跑不是件容易事，如果冒险，恐怕只有死路一条，就一直在那里蹲着犹豫不决。海欣早就看出了那人的企图，不想让他死在逃跑的路上，就大声说：“喂，老乡，你方便好了吗？方便好了就回来吧。”

听到这话，那人才吞吞吐吐地说：“长官，就要好了。”一分神，他用真实身份讲的话又冒了出来，接着似乎不甘心地站了起来。

那人站起来后，海欣见下面只有一点尿液，于是等他走近后用非常严厉的口气说：“越军特工，你不要再给我们演戏了，老实说，你是什么时候过来的？都去了哪几个地方？”说罢三人同时把枪口对准他。

那人听后一愣，接着又假装镇静说：“解放军同志，我不明白你在说些什么，我是这里的边民啊！刚才已经对你们讲过了。”

“尽管你打扮得有点像这里的边民，但我们还是看出你是个越南人，并且是个越军特工了，所以赶快回答我的问题，不然这三支枪可都要说话了，非把你打成马蜂窝不可。”海欣说。

为了配合海欣审问，骆三贵和李洪云都把枪拴拉得“哗啦哗啦”响，子弹也都从枪膛里跳出来几颗，有一颗不偏不倚地落在那人脚上，吓得他脸色立即苍白起来，并“扑通”一声跪下去说：“哎！哎！大军，要不得，要不得，别开枪，别开枪，我说，我说。”

据俘虏交待：他的确是个越军特工，上尉军衔，与昨天抓到的那三个人的确同属一个行动小组，而且还担任组长职务，昨天那个中尉是副组长。因为在临出境之前，他们才发现少带一套我军的服装，于是他就让那三个人过境到这边来了，说既然少带一套中国兵服装，自己就和另一个人去办别的事算了，并约定今天在一六二高地东边碰头。可是那三个人走后，他只让另一个人去办别的事了，自己则去了越南情妇家，并在那里一直住到今天早上。

据俘虏交待，他今天一大早就来等同伙了，雨雾中见从北边走过来三个人，还以为是自己的部下顺利回来了，就没有躲藏，想让部下看到他并走过来。可是由于视线不好，再加上穿的都是解放军服装，直到北边那三个人走近，才发现不是同伙，而是真正的解放军。但这时他想躲避已经来不及了，只好灵机一动蹲下去装作拔草。俘虏说他经过精心伪装，以为不会被解放军识破，结果还是被认了出来。

海欣见俘虏这次说的基本上是实话，就把昨天发现那三个越军特工的经过告诉了他，俘虏听后大吃一惊，说："我说怎么等不到他们呢，原来早就被你们抓住了。但他们既然被你们识破，在那种情况下又知道跑不掉，为什么不举手投降，还要向你们开枪射击呢！这不是让那两个士兵去送死嘛！中尉这家伙真混蛋。"

"看来你还是有点良心的，起码比那个中尉要好。实话告诉你吧，正因为昨天你们有两个人白白送命，今天我们才为你留下一条生路。"见俘虏听后又是一愣，海欣接着说："刚才你不是装做方便试图逃跑吗？其实我们早就看出来了，如果当时我们装做不朝你那里看，你很有可能趁机起身逃跑。而逃跑的后果你应该知道，我们都拿着枪，子弹永远比腿跑得快。"

"当然，当然！长官，刚才我确实那样想过，只是你们一直朝那边看，要不然这时我已经没命了。感谢不杀之恩！感谢不杀之恩！"俘虏连连说。

"你这一被俘就对了，要不然部下被杀的杀，被抓的抓，你这个当组长的却安然无恙，回去如何向上司交待？"海欣说。

俘虏听后又是点头，又是叹气，不知道如何回答才好。

二十三　途遇傻家伙

海欣他们押着俘虏从南边小路上返回，接着上龙头山往辛寨方向走，为了不让俘虏逃跑，李洪云用构树皮把他绑了。路上骆三贵问俘虏：“你的中国话讲得不错嘛！是什么时候学会的？”

“我老家就在你们国家的广西东兴一带，经常和中国人打交道，所以会讲中国话，不过只是一点点而已。”俘虏苦笑着说，还挺谦虚。他见李洪云在抽香烟，就凑过去说：“是春城牌的吧，闻着真香！大军，能不能给我一支？”

听到俘虏这个要求，李洪云看了海欣一眼，见海欣点头，李洪云便先把一支香烟放到俘虏嘴里，再用打火机为他点着。俘虏狠狠地吸了一口香烟，脸上露出了满足的表情。李洪云盯住他的嘴巴和鼻孔看了半天，也没见冒出来一点烟雾，都吸进肺里去了，怪不得他的牙齿已经黄得快要黑了，原来是个烟鬼。骆三贵对俘虏说：“你烟瘾这么大，为什么不带一包？”

“我们平时只能买那些黑棍子抽，不过瘾。老阮这次要去你们的立马坡县城，我让他带回两包春城牌香烟，想不到后来发生了这么大的变化。噢！老阮就是昨天被你们抓到的那个中尉。”

“我们在搜查时，的确发现他的口袋里有几包春城牌香烟，他说是自己花钱买的，我们就没有没收，不过等你在战俘营里见到他时，那几包香烟可能就没有了。”骆三贵说。

“中尉也是个烟鬼，那时肯定没有了。我到战俘营后一定能见到他吗？”俘虏问。

“他昨天被抓，你今天被俘，时间离得这么近，不可能立即被交换回国，附近又只有一个战俘营，所以你们两个人应该能见上面。”

“那就好。”俘虏若有所思地说。不知道是想着他那两包香烟钱，还是在考虑其它问题。

海欣见话又说到昨天，便把处理那两具越军尸体的经过也对俘虏说了一遍，俘虏听后又叹了口气说：“事已至此，你们也只能那样了，无名高地北边那个溶洞我去过，里面经常有人，他们能听到你们喊话。”

过河不久，雨就不再下了，只是天仍然阴森森的，海欣、骆三贵和李洪云都把雨衣脱了，俘虏则请求把他那块塑料布缠到自己手上，说这样构树皮绑上去就不痛了，出于人道主义考虑，海欣答应了他的请求。龙头山南面的山坡虽然不算陡，但道路崎岖难走，山沟也深，三人不敢给俘虏松绑，怕他跳下去逃跑。

四人刚走到半山腰，就突然发现五十米之外的山坡上站着一个人，而且是个怪人。只见那人又高又瘦，几乎像一副骨架子，还举着双手，衣服脏得几乎看不出原来是什么颜色了。看到这一幕，连俘虏也愣住了，脚步都不知不觉停了下来，李洪云说：“我的妈呀！大白天见到鬼了，这是附近哪个村的精神病人跑出来了吧？”

“走了这么长时间山路，咱们也该休息一下了。走，上去到他跟前问问，再怪的人也不会把我们吃了吧！”海欣笑着说。

四人上到距离瘦高个七八米的地方再次站住，见他站在山路西边；虽然身高一米八以上，但体重绝对不会超过八十斤；至于年龄，说他三十岁也行，说他六十岁也有人相信，因为他的头发和胡子都很长，还连在一起已经分不清了，脸上脏得几乎看不到皮肤；他穿的衣服不但认不出原来是什么颜色，还破烂不堪，几乎成了条条；刚下过雨，他站在外面既没有带伞，也没有披塑料布，可那身又脏又破的衣服却是干的，据此判断不是刚走过来，就是在附近避过雨了。

由于感到好奇，四个人站在那里看了很久，这期间瘦高个仍然举着手。他虽然做的是标准投降动作，但脸上却没有一点恐惧表情，估计不是个精神病人，就是个傻家伙。

大家看了一会儿，海欣问瘦高个：“你是哪里人啊？站在这里干什么？”

瘦高个听到问话既没有回答，也没有把双手放下，而是用手指了指对面的山坡。四人向他所指的方向望去，见山路东边一点的山坡上有丛灌木和茅草，灌木和茅草下面黑乎乎的好像是个山洞，距离他们站的那个地方也就三十米左右，便都怀着好奇的心情走了过去。途中骆三贵说：“副连长，那家伙跟过来了。”

海欣回头看时，发现瘦高个果然跟过来了，连走路也不肯放下双手，只是走不快，腿好像有点瘸。大概是瘦高个要到前面带路的原因，就改为跳跃着从四人身旁一闪而过。他一闪而过不要紧，大家都闻到了臭味，不用说是从瘦高个身上发出来的，如果没有看到他从身边一闪而过，四人会以为附近有个厕所或者猪圈什么的。得知臭味来源，大家都暂时停住了呼吸，等瘦高个走远后才长长出了一口气，但不久臭味又扑面而来。

四人跟着瘦高个走近那丛灌木和茅草，发现下面果然有一个山洞，只是不深，有点像猫耳洞，他们站到几米之外，就可以看到里面的东西。里面的东西以毯子为主，同样脏乱不堪。至此，四人才知道那是瘦高个的住处，只是不知道他一直举着手是什么意思？

见来人一直看他住的山洞，瘦高个才把双手放了下来，并一弯腰钻了进去，动作之熟练，使人想到了穴居动物。瘦高个钻进去后，就开始翻找起来，不一会儿手上拿着一块压缩饼干出来了，并看着来人一边做着吃的动作，一边说："宽洪毒兵，宽洪毒兵。"至此不再举手，好像把刚才的动作忘了。

听到标准的越南话，俘虏再次愣了一下，明白遇上自己同胞了，但不知道他是怎么来到这里的，还是这副德行？

听到瘦高个讲话，海欣对骆三贵和李洪云说："看来这家伙也是个越南人，这是两天以来我们见到的第五个了。"然后问俘虏："他是你们小组里的另外一个成员吗？"

"长官，他不是我们小组里的人，我们小组里的人都是从其它部队官兵中精心挑选过来的，每个人都很聪明，怎么能要这样的傻家伙。"言下之意是你们也太小看我们特工团了吧！俘虏接着又说："我们小组里另外那个人真的去办其它事情了，没有我的命令，他是绝对不敢过境到你们这里来的，他一个人过来不是找死吗？"

"那么你之前见过他吗？"海欣指着傻家伙又问。

"没有，之前我从来都没有见过他。"

"首长，看样子这是他的住处，我下去看看有没有武器吧？"李洪云说。当着俘虏的面，他故意不称呼海欣的具体职务。

"行，但这家伙不一定让你进去。骆三贵，你负责看住他，如果他不让李洪云进去，你就扔给他一块压缩饼干试试，看来他喜欢吃咱们的压缩饼干。李洪云，里面又脏又臭，你进去后尽量屏住呼吸，用刺刀把那些破烂玩意挑起来瞅一眼就行了，有没有武器弹药都赶快出来。"

李洪云答应一声要钻进去，傻家伙果然不让，伸手要去拉李洪云，骆三贵赶紧用枪身把他挡住，并随手递过去一块压缩饼干。傻家伙一见压缩饼干，便什么也不顾了，任凭李洪云在里面翻腾。

李洪云在进入山洞的那一瞬间，一股更加难闻的气味几乎把他熏倒。直到这时，他才看清楚海欣所说的破烂玩意竟是一条我国制造的军用毛毯，既破，又脏，还潮湿。他在军用毛毯下面发现还有一块压缩饼干，但上面爬满了虫子。

李洪云一钻出山洞，就赶紧大口呼吸新鲜空气，接着汇报说里面没有武器弹药。于是海欣指着傻家伙问俘虏："你看他是你们国家的军人还是老百姓？"

"分辨不出来。长官，他这个样子，我真的分辨不出来啊！"

"那他穿的可是你们的军衣啊！"

"这倒不假，但他可以去捡，或者到尸体上去扒，总之从很多途径都可以得到。"

"那好，就算你分辨不出来吧，下面我问，你翻译。"海欣接着问傻家伙："喂，你是军人还是老百姓？"

没等俘虏翻译，傻家伙竟然又说话了，而且这次一说就是很多，不过海欣、骆三贵和李洪云连一句都没有听懂。傻家伙"叽哩咕噜"讲完，俘虏却没有翻译，于是海欣问他："你怎么不讲话，傻家伙刚才究竟说了些什么？"

想不到俘虏的脸上也露出了无奈的表情，他说："长官，他说的什么我没有听清楚啊！"

听到这里海欣笑了，傻家伙跟着也笑。俘虏没有说他听不懂，而是说没有听清楚，说明傻家伙的发音有问题，接着海欣便让俘虏问。俘虏问了傻家伙很久，有的语句还要一直重复，最后才用中国话对海欣说："长官，这次我基本上听清楚了一点，他的大意是说：想回家，可就是找不到回去的路，看来是没人要他了。他还说自己在这里已经待了很长一段时间，经常挨饿，要不是过路的人经常扔给他一些吃的，可能早就死在洞里了。"

问了半天，还是没有问出傻家伙的身份，不过海欣知道他为什么老举着手了，因为举手并用越南话说投降，就可以不被误伤，还可以得到压缩饼干等食物，这样在山上待着不至于饿死。

海欣又问俘虏："他说没说究竟谁不要他了，是他自己的家人不要他，还是他村子里的人不要他了？"在海欣看来，傻家伙可能是个越南边民，由于人傻，就不知不觉过境走到这里来了，衣服是捡来或者用其它办法得来的，就像俘虏说的那样。

可是想不到俘虏再次与傻家伙对话后却说："我问了半天，他也没有讲明白，但我基本上听出他是个军人了，因为他说前些日子曾经过来打过仗，那些人都撤走了，而他因为腿上有伤，跟不上队伍，人家才不要他了。他脑子不好使，所以才一直找不到回去的路，在这一带转来转去的最后转到了这里。”

“那他刚才是说你们队伍上的人不要他了。”海欣说，据他所知：自从部队换防以来，附近就只有一六二高地上发生过战斗，但那次骆三贵已经把来犯之敌全部消灭了。这么说来，傻家伙应该是和我军前面的轮战部队打过仗，具体时间虽然不知道，但看他现在的样子，至少在野外待两个月以上了。

这地方荒山野岭的，要翻过一个山头才能到达辛寨，估计那地方他没有去过，更不会去较远的偏牛寨，要不然寨民会向当地驻军报告的。那么这段日子他是如何度过的？白天不冷，但晚上需要盖条被子，而他只有一条薄薄的军用毛毯，不过穿着衣服睡觉不至于冻死。吃的呢，仅靠路人施舍能有多少？难道他去河里捉鱼，或者吃山上的老鼠之类的小动物？有这种可能，但无论那段日子他是如何过的，能活到现在都是个奇迹。

怪不得傻家伙走路不利索，原来他腿上有伤，海欣仔细看时，才在他肮脏的裤子外面分辨出一块布条。他的衣服没有湿，但那块布条上面却粘乎乎的，不用说下面是伤口，而且已经发炎了，那些粘乎乎的东西是脓。见此，海欣又动了恻隐之心，他掏出两个急救包准备让俘虏为傻家伙包扎，可一看俘虏的双手还被绑着，另外想到在重新包扎之前得消一下毒，而在野外没有条件，只好把急救包放了回去。

正是又动了恻隐之心，想要救傻家伙一命，海欣才决定先把他带到辛寨再说。海欣把这个决定对骆三贵和李洪云一讲，骆三贵首先表示赞同，他说：“这样好，要不然时间一长，傻家伙的伤口就会进一步恶化，加上食物短缺，早晚要死在这里。他虽然跟我们打过仗，但傻乎乎的，估计当时并不知道自己在干些什么。”

“是的，他是军人身份，我们可以当俘虏抓起来，一是两人路上有个伴；二是可以洗上澡，换上干净衣服，那时就像个人样了；三是有人为他疗伤，伤口不会继续溃烂下去；四是能吃饱饭，不会这样瘦，更不会被饿死了，早晚回到他们国家，家人看到了也是个安慰。”李洪云也表示赞同说。

骆三贵和李洪云考虑到傻家伙腿上有伤，走不动山路，还到山坡上去砍了些小树，然后用构树皮又扎了副简易担架。

听到海欣的决定，连俘虏也露出了笑容，并连连向海欣、骆三贵和李洪云表示感谢，说：“你们真是好人，给了我同胞一条性命，要不然他在这里活着可能要吃老鼠和其它小动物，死后也可能被老鼠和其它小动物吃掉。”

傻家伙听同胞说可以跟着大伙走，也显得非常高兴，接着再次钻入他住的山洞。这次他花了很长时间，才摸出李洪云见到的那块压缩饼干，并抖掉上面的虫子，只掰下一小块放入口中品尝。傻家伙吃完那一小块压缩饼干，把其余的又小心亦亦放进上衣口袋，还在上衣口袋外面轻轻拍了拍。

吞下可能作为午饭的一小块压缩饼干，再加上知道有人要他了，傻家伙的精神明显好转起来，他指着山路上下比划，嘴里又“叽哩咕噜”说些什么，但海欣、骆三贵和李洪云只能听懂“宽洪毒兵”四个字，通过俘虏翻译，大家才明白他的意思是说：经常有人从这条山路上经过，他每次看到来人，就会把手举起来用越语说投降，这样那些人就会给他扔吃的东西了，和海欣估计的一样。他说压缩饼干最好吃，可是近几天路过的人少了，只保存这两块，饿的时候也舍不得吃，吃了许多蚂蚱、老鼠等小动物。看来傻家伙的胃口非常人可比，已经锻炼到原始人类那个茹毛饮血的程度了。

傻家伙对他的同胞说，要把那堆破烂东西带走，可是骆三贵通过他的同胞告诉他说：“不用了，到战俘营后吃的用的东西都有，盖的东西比这里的好多了。”傻家伙听后才空手坐上了简易担架。

傻家伙虽然瘦，但抬着他上山还是觉得非常吃力，于是海欣为俘虏松了绑，让他也参与抬傻家伙。至于傻家伙身上的臭味，这时谁也顾不上了。上山的路有时非常陡，担架无法抬了，就让傻家伙自己慢慢爬，爬不动时让他的同胞往上托，或者让他的同胞背着走。

路上李洪云对骆三贵说：“班长，要是我们一个人时深更半夜见到他，非被吓个半死不可。”

“他瘦，脖子就显得特别长，所以我第一眼看到他时，也觉得在大白天见到了鬼，而且还是个非常难看的吊死鬼。”骆三贵擦把汗笑着说。

一行人刚走下龙头山，就被炊事班的人看到了，他们赶紧回去向张振光汇报。张振光听说海欣回来了，也赶紧出来迎接，他和海欣说了几句话，就分付炊事班的人生火做饭。辛寨的老乡们见海欣他们带回来两个俘虏，都围过来看热闹，他们要看的主要是傻家伙，因此傻家伙一时成了大家最关注的人物。

这时正好有几个军工战士扛着弹药箱从旁边经过，他们一见傻家伙坐在石头上便笑了，接着把东西放下也凑过来看热闹，一个战士说：“真有意思！你们怎么把这个傻不拉叽的家伙带回来了？半个多月前我们往高地上送工字钢时，就从这座山上经过，当时他是躺在石头上的，可我们一走近，他就立即爬了起来，并把双手举得高高的，嘴里还“叽哩咕噜”地说着什么。”

“当时他是不是一直说那句叫宽洪毒兵的越南话？”海欣问。

“对，对，就是这句话，并且一直重复。那天远远看到他时，我们都吓坏了，近看才知道是个傻家伙，简直像个活宝。”那个战士回答说。

“那次你们给他压缩饼干了吧？”海欣又问。

“是啊，给了，正好身上有，看他可怜，就扔了几块。”那个战士又回答说。

“之前有人也这样做过，这就是他一见到人，就把手举起来的原因，要不然就得饿死。他见每次用这个办法有效，就养成了习惯。”海欣说。

“是这样的。当时我们见他人不人鬼不鬼的，还从身上散发出恶臭，便用中国话问他，可是他听不懂，只好让一个华侨翻译。那个华侨和他嘀咕了好一阵子才对我们说，这家伙连正常的思维能力都没有，是个傻蛋。知道这家伙是个越南人后，我们就扔下几块压缩饼干走了，懒得去管他。临走之前那个华侨告诉他说：山顶有地雷，你不要去上面，更不要去北边，北边地雷更多，一过去就“轰”的一声被炸死了。目的是不让他进辛寨骚扰这里的边民，后来他真的没有来过。”

另一个军工战士接着说：“后来我们经常从这座山上经过，他也一直重复那个动作，我们每次都扔给他几块压缩饼干。为了得到吃的，这一点他记得很牢。”他指着第一个讲话的军工战士又说：“我们班长他们之所以要阻止他进辛寨，是怕到时轰不走他，可你们却把他当做伤员抬回来了，这可怎么办？”

海欣刚要解释，第三个军工战士就马上接过前面那个战士的话说：“那次华侨翻译还告诉我们说，这家伙刚受伤的时候并不在山上，是在河边偶然得到我方人员给的食物后，才悄悄跟着上了山，但在半山腰就被发现并喝住他不让跟着走了。正好那里有个小山洞，他便钻进去睡了一觉，后来竟把小山洞当成自己家了，一直住到现在。”

等三个军工战士把话说完，海欣才开口说：“这么说来，连那条毯子也是大家路过时顺手扔给他的了。大家都是出于一片善心，才出手相救的。我们之所以要把他抬回来，是看到他腿上有伤，恶化下去可能导致死亡，而且山上几乎没有食物，要救他一命。至于同志们担心的搔扰边民问题不会出现，因为他现在的身份仍然是个越南军人，而且曾经糊里糊涂地跟我们打过仗，据此可以当做俘虏抓起来送进战俘营，抓进战俘营也是为了救他。”他指了指傻家伙的同胞又说：“我们已经抓到了一个俘虏，一会儿你们能不能把他俩一块带回去？”

“我们当军工就是干这个的，因此这个没问题。既然你们好心把他当做俘虏抬回来了，我们一会儿就把他俩押走。至于东西，可以放到你们这里下次再扛，上面不怎么急着用，我们也可以打电话解释一下。”那个军工班长说。

这时一直站在边上的张振光开口了，他说：“感谢军工弟兄，在这个傻家伙被你们押走之前，我们可以用水把他身上的臭味冲掉，再换套衣服，免得你们一路受罪。”

“好啊！谢谢！”那个军工班长说。

在傻家伙同胞的劝说下，傻家伙才同意脱下衣服洗澡，但他的裤子已经和伤口连在一起了，最后是用剪刀剪下来的。大家发现伤口周围不但有脓有血，还有雪白的蛆虫蠕动，有几个村民恶心得差一点呕吐，急忙背过脸去。

等傻家伙的同胞为傻家伙冲好澡，穿上干净衣服，海欣才让他的同胞为他包扎。做完这些，李洪云用刺刀挑着傻家伙换下的脏衣服要去焚烧，可是傻家伙却挣扎着去要。

“他这是舍不得那身脏衣服吗？”海欣问傻家伙的同胞。

经过翻译，傻家伙的同胞才又回答海欣说：“长官，他不是要那身脏衣服，而是要口袋里那一块半压缩饼干。”

大家听后都哈哈大笑起来，张振光对傻家伙的同胞说：“看来这家伙是饿怕了。你告诉他一会儿有更好吃的东西，那些东西都不要了。我们炊事班的人已经把面条做好了，大家都吃点再走吧。”

二十四　正副班长

老青山距离西面偏北一点的刀山不到一公里，南面紧邻国境线，既是中越边界很少有名称的山峰之一，也是在归属问题上有争议的山峰之一。

由于参战前黄金庵和贾兆栋不拘小节，都被大家视为稀拉兵，因此一直都没有入党，现在二人不但当上了正副班长，连组织问题也解决了，这叫火线入党。既当上正副班长，又火线入党，二人都像变了一个人，稀拉作风彻底不见了。

排长、班长和那么多的好兄弟都牺牲在半山腰溶洞里了，而他俩还活着，那天要不是在偶然的情况下被海欣带去熟悉地形，半山腰溶洞里就会多出两具遗体，现在的一切荣耀便无从谈起，因此虽然当班长、副班长和入党了，黄金庵和贾兆栋却高兴不起来。他俩决心不辜负首长和战友们的期望，带领全班牢牢守住高地，为死去的兄弟报仇。

新官上任似乎都免不了要烧那“三把火”，黄金庵也是如此。就在他上任的第三天，便决定要对山头进行一番改造，说：“老贾，咱们南面正好有一排天然石头，可以挡住越军的视线和炮弹，所以就不用去管它了。问题是西北东三面围墙都只有膝盖高，不但挡不住越军的视线和炮弹，夜晚出来站岗或活动时还有掉下去的危险，所以得设法加高一些。”

“行，你是班长，听你的，可是垒墙的石头从哪里来呀？南边的不能扒，从山下运又非常困难。”

“这点我想到了，往下挖，从咱们的掩体前面开始，一直挖到东边的围墙下。

刚才我用脚步丈量了一下，发现这段距离五十米左右，挖出来是一条堑壕，在里面巡逻时上身不暴露在外面，石头则用于垒围墙，一举两得。”

贾兆栋听后马上找来十字镐刨了几下，发现石头并不坚硬，可以一层层剥离，便说：“我看这事能干，这里有十字镐和铁锹等工具，应该是兄弟部队盖掩体时留下来的，现在正好用上。不过可能要用很长时间才能完成这项工程。”

“反正现在除了站岗就是睡觉，闲着也是闲着，就学人家愚公移山吧，能挖多久是多久。”

“老黄，你老三篇学得不错嘛！我看挖到东边后，干脆再向南撬它十多米，让堑壕拐个弯一直通到石峰那里算了。如果顺利的话还可以在石峰上撬出一个小哨所，省得咱们站岗时被风刮雨淋。”

“行，石峰那里高，撬出一个小哨所应该没问题。这事咱们说干就干，一会儿马上召开班务会布置。”

第二天上午，老青山上果然“叮叮当当”响了起来。因为没有经验，当天进度不大，只在表面上挖出一道浅沟。后来大家在总结经验的基础上轮班干，浅沟一点点加深，堑壕一点点延长，挖掘速度比预计的要快。虽然他们所处的位置比较高，但原来周围就有围墙，加高的事晚上干，所以即使白天施工也不会暴露目标，一切都在按计划进行。

施工开始几天后的一天晚上，轮到黄金庵和杨正课站第一班岗，贾兆栋躺在掩体里一时睡不着，就出来找黄金庵聊天。这里一直没有敌情，所以陪着站岗的人聊天问题不大，再说还有一个人在稍远一点的地方站岗。

“老黄，你现在可是这个山头上的最高指挥官啊！一晃一年多时间过去了，还知道你入伍时多大吗？”贾兆栋说。

“看你小子说的，这事我怎么忘得了。”

“今年你连十七周岁都不到，却已经快当两年兵了，不知入伍时怎么过的关？”

“我们在农村出生的孩子，有几个主动到派出所去报户口？几乎没有。那些年派出所也没有时间管这些事，因此我就钻了空子。那年入伍报名的时候，我的个头比同龄人都高，所以岁数想填多少是多少。我在家经常调皮捣蛋，学习不好，虽然我爸是个乡村教师，但他能管好学生却管不了我，因此当我报上名并体检合格后，我爸就对我妈说‘让他去吧，听说部队上调教年轻人有一套，让这小子去锻炼两年也好。’于是我就来了。”

“可是你父亲还是不放心，咱们入伍才半年多时间，他就跑到部队来看你了。”

“那是他想我了，暑假嘛，从学校能脱开身就来了。”黄金庵在说这话的时候眼睛一直看着家乡方向，好像看到了父母正在忙碌的身影，眼睛也有点潮湿了。

“那年你父亲才三十多岁，你带着他在营房里参观时，不少人都以为他是你哥哥，这事你还记得吗？”

“咋不记得，我爸就来那么一次，印象太深了。当时他们说的那些话差点把我的鼻子气歪。”说到这里，黄金庵笑了。

“那天我们几个人正在菜地里干活，正好看到你和你爸一起经过，于是三班一个家伙说‘黄金庵，这是你哥吧？看你哥对你多好，入伍才半年时间就来看你了。’当时你竟当着你爸的面骂人家，说‘去你妈的，这是我爸，你小子眼睛瞎了？’你爸当即呵斥你不懂事，并让你马上给那个家伙道歉。可你不干，扭头就走，你爸只好替你道歉。”

“哈哈，可后来我还是道歉了。那时候年龄小，什么事都不懂，再说那家伙在新兵连时跟我一个班，熟悉，骂他两句没问题，他从前也骂过我。那天回去后我爸说，‘看到你入伍后服人管了，但也学会骂人了，这是进步，还是退步？希望你今后只进步，不退步，也就是只学好的，不学坏的。’我爸还是把我当小孩子看。”

“老黄，不说那些了。你听说过胡志明小道吗？”

“听说过，他们说胡志明小道不止一条，有五条主线，二十多条支线，还有许多捷径呢！如果把长度加在一起，可能接近两万公里了。”

“啊！这么多！我原来以为只有一条。”

“胡志明小道究竟有多少条别说你小子不知道，就连美军最终也没有搞清楚。那些路是北越支援南越的秘密通道，作用可大了，仅游击队员就输送一百多万，还有大批武器弹药，让美军伤透了脑筋。”

“美军不是有轰炸机吗，他们可以飞到空中侦察啊！”

“侦察了，也炸了，可炸了这条还有那条。美军白天炸，游击队员晚上走，美军晚上炸，游击队员白天走，搞得美军没有办法，所以一个美国人才说他们‘在一个错误的地方，打了一场错误的战争’。”

别看黄金庵和贾兆栋现在挺谈得来，过去可是一对冤家。他两人虽然是在同一天到的部队，可在档案里记的入伍时间却不同：贾兆栋是头一年的十二月二十五日，而黄金庵是次年的元月一日。虽然只有六天之差，但年度却不一样，因此贾兆栋还多领了一个月的津贴费。

按说这是件小事，可两人同时被分配到一个班，贾兆栋就开始论资排辈了，他不说自己只比黄金庵多领一个月津贴费，六块钱，也不说档案里记载的入伍时间只早那么六天，而是说早一个年度。因此贾兆栋经常叫黄金庵新兵蛋子，当然是开玩笑，但如果贾兆栋只开一两次玩笑也就算了，问题是他经常这样叫，于是矛盾便暴发了：有一天他们几个人在菜地里干活，贾兆栋又叫黄金庵一声新兵蛋子，当时黄金庵正为其它事闹心，一听就火了，说："贾兆栋，你他妈的混蛋，老子跟你是同一年入伍的兵，谁是新兵蛋子？"

贾兆栋见黄金庵发火后愣了一下，接着针锋相对地说："你是，不说别的，凭我比你多拿一个月津贴费，就可以叫你新兵蛋子。"

"狗屁！无非你们县招兵工作早结束几天，为此你们比我们多拿一个月津贴费也就算了，还骂老子是新兵蛋子，算他妈的什么玩意！"

当时正好班长不在，他俩越吵越凶，像两只斗架的公鸡，其他人看了好一会儿热闹才开始劝架。但是两个人血气方刚，都不听劝，吵到激烈处竟动起手来。后来两人虽然被战友们拉开了，但贾兆栋怒气未消，把放在地上的铁锹一踢多远，锹把正好落到黄金庵脚面上。这一下黄金庵更加火了，捡起一个硬土块向贾兆栋头上砸了过去，贾兆栋的额头上立即起了一个大血包。

战士徐戴华见事情闹大了，立即跑到正在远处查看菜苗的海欣跟前报告说："副连长，那边打起来了！"

"谁和谁打起来了？"海欣边跟着徐戴华跑步边问。

"黄金庵和贾兆栋打起来了。"徐戴华也边跑边回答。

海欣赶到时，见两人仍在扭打，便大声喝道："都给我住手，像什么话。"见连首长来了，黄金庵和贾兆栋才松开手，接着海欣气喘吁吁地训斥他俩说："都当兵了，农民习气还改不掉，忘记自己是个军人了？尽干扯淡的事。"

听到批评，两人都低下了头，既不解释，也不争辩。但打架是件大事，不能就这样算了，当晚召开班务会解决问题，海欣和排长代富文都参加了。

班务会由班长陈西有主持，他让贾兆栋和黄金庵各自先做自我批评，但当时两人的气都还没有消，都扭着头不讲话。海欣见会议出现了冷场，便说："看来你们两个人都不愿意先讲，那我就带个头吧！带头做自我批评。"此话一出，大家都愣住了，海欣不理会与会人员的惊讶目光继续说："你们别看，我真的要做自我批评，因为今天我在菜地里批评他们两个人的时候，说了一句非常不文明的话，为此我在这里向同志们道歉！"

"不可能吧？副连长，你究竟说了句什么话呀？还值得在这里道歉？"代富文说。

海欣没有回答代富文的问话，但一个战士却开口了，他说：“排长，当时副连长说他俩尽干扯淡的事。”听罢这句，在场的人包括贾兆栋和黄金庵都笑了，气氛也一下子轻松起来。在海欣的感染下，贾兆栋和黄金庵才各自做了自我批评，但听起来似乎都有些勉强。

贾兆栋和黄金庵讲完，战友们接着发言，当黄金庵了解到贾兆栋不是故意拿铁锹打自己时，才真心说不应该把贾兆栋的额头砸伤。

通过批评教育，贾兆栋才意识到自己不应该叫黄金庵新兵蛋子，尤其不应该当着大家的面一直叫。

第二天晚上，仍然是贾兆栋把下一班岗交给黄金庵，这次黄金庵接岗后，发现贾兆栋竟替自己多站了半个小时。如此几次下来，黄金庵便不再生气了，后来两人竟好得像一个人似的，应了那句不打不成交的话。

二十五 报复

当老青山上的堑壕挖到一半时，越军果然又组织人员对一六二高地实施了报复，这次是在事先没有炮击的情况下进行偷袭。

山顶溶洞被清理出来后，八班战士的居住条件得到了较大改善：两个溶洞都住人，不但可以躺下去睡觉了，连食品和武器弹药也多储存了不少，正如事先设想的那样。

各班力量调整后，钟虎仍留在一六二高地上，这天凌晨三点多钟，是他和薛闻海在山顶哨所那里站岗。由于地势高，看上去天不算太黑，突然钟虎发现西南方向的山坡上出现了几个黑影，而且正在慢慢移动，就急忙指着让薛闻海看，薛闻海看了一会儿说："是有些黑影移动，会不会是王幸华和范竟强他们俩啊？"

"王幸华和范竟强在半山腰哨所站岗，那里是西北方向，没有上级命令他们两个人是不会跑到西南方向去的。"

"也是，如果排长或班长让他俩去巡逻，会提前告诉咱俩的，不然误伤了怎么办？"

苏景舟听到钟虎报告，立即从山顶溶洞里面爬起来说："真的？越军真的摸上来了？"见钟虎一个劲点头，他迅速把睡在旁边的薛里程推醒说："老薛，外面有情况，我先出去了，你马上把全班人叫醒，并立即出去做好战斗准备。"因为不久前两人都是班长，所以苏景舟还叫薛里程老薛，和当代理排长之前的称呼一样。

"是，排长。"薛里程说，作为顶头上司，苏景舟可以客气，但薛里程知道自己不能不尊重领导。

苏景舟钻出山顶溶洞后迅速跑到山顶哨所那里问："他们在什么位置？你们两个人究竟看清楚没有？"

"排长，刚才我们两次都看到那里有黑影活动，第一次不敢确定，第二次又看到后才跑回去向您报告的，而且两个人都看到了。"钟虎回答说。

"我怎么没有看到啊？"苏景舟朝西南方向看着说。

"他们怕暴露目标，所以时隐时现。我敢保证那地方一定有埋伏。"

"能确定就好。既然来了，他们是不会老待在一个地方的，注意观察。看来副连长讲对了，他们知道上次吃亏，不甘心失败，果然过来报复了，这次我们争取还让狗日的吃亏。"

两分钟后，苏景舟见住在山顶溶洞里的人全部到齐了，还听说半山腰溶洞里的人正在往这里赶，便命令大家检查武器弹药，并用步话机向海欣报告情况。

海欣在步话机里对苏景舟说："他们这是觉得上次那个办法不行了，便改在拂晓前偷袭。近处有七八两个班，远处我们的人更多，所以你们要沉住气，不要害怕；你们那十几个人不要分散，都集中到山顶哨所附近打击他们。"

"是，副连长。"

"这次敌人是从西南方向上来的，他们很可能不知道你们所在的位置，但那里是制高点，他们一定会摸过去占守的。所以你们要准备打一场恶仗，记住不要提前开火，等敌人走近了再打。我会把这个情况向连长报告的，然后带人前去支援。"

苏景舟与海欣通完话，急忙与薛里程等人一起分析敌情：东边是悬崖峭壁，越军从那里上不来，而他们上次在西北方向吃了亏，一定认为我们的主力在那里，也不会从那里上来；山顶溶洞南边有个很深的沟，他们很有可能先到那里集中，再向制高点摸来。

分析完敌情，苏景舟对战士们说："我们现在占据着有利地形，又弹药充足，所以大家不要害怕。上次八班长一个人就消灭他们一个排，这次我们人多，也让他们有来无回。"

有骆三贵的英雄行为做榜样，大家就有战胜越军的信心了。但在场的人包括苏景舟在内都没有参加过战斗，心中还是有些紧张。

不久越军真的摸上来了，直到他们接近山顶，苏景舟才命令开火。

受到当头一棒，越军开始逃窜，趁敌人撤退的时候，苏景舟大致数了一下对方的人数，发现他们这次来了六十人左右，比上次多了一些。

越军退回到山沟里后，苏景舟立即把战况向海欣作了汇报。这时天已经亮了，海欣说他们正在赶来的路上，但途中又被越军的炮火拦住了，上次的场面再次出现。怪不得越军一撤下去，周围的炮声便响了起来，苏景舟知道要孤军奋战了。

既然偷袭不成，越军便转为强攻，炮弹像雨点似的打向山顶，苏景舟知道这是他们在为强攻做准备。果然山顶爆炸声一停，越军就大声喊叫着往上冲了。由于仍然占据着有利地形，九班战士再次奋力把越军打了下去。但两个回合下来，董疆水、刘冈、罗云均先后牺牲，另有几人受伤。

越军第一次强攻被打下去后，山顶炮击又开始了，苏景舟见待在外面不行，就命令大家进入溶洞，而自己则留下来观察敌情。

早晨七点多钟，越军的第二次强攻开始了，苏景舟才让战士们出来再次奋力抗敌。战士高奔川打得正起劲，没看到一个炸药块落到身边，但苏景舟在一旁却看到了，于是冲过去一脚把那个炸药块踢开。可这时越军又抛上来几个炸药块，致使苏景舟和高奔川都来不及躲藏，同时牺牲。

越军的进攻又一次被战士们打下去了，可三次下来，我军五人牺牲。代理排长牺牲了，班长薛里程理所当然要站出来指挥作战。这次越军退下去后，他们的炮弹又打向山顶，薛里程也像苏景舟那样急忙让大家进入溶洞，自己也留下来观察敌情。

之前有苏景舟指挥，薛里程不需要考虑那么多，现在他突然觉得担子重了。班里还有十一个人，但八个都是伤员，其中高冈霖伤势最重，连肠子都流了出来，其状惨不忍睹；李锡安一条腿被炸断，可以看到骨头，大家也为他进行了包扎。在这种严峻的情况下，薛里程把没有受伤的钟虎、段如高和杨论安叫到跟前说："现在只剩下你们三个身体完整的人了，咱们一定得把这个制高点守住，不为连里丢脸。"

"班长，你放心，只要还有一口气，我们就一定把高地守住。"钟虎说，另外两人点头。

不久，越军的第三次强攻开始了，不过再次被战士们奋力打了下去，可是杨国吉和刘建民也牺牲了，九班战士越战越少，情况相当严重。越军这次撤下去后，薛里程仍让其他人撤进溶洞躲炮弹，自己继续留在外面观察敌情。钟虎进去后又马上跑出来说："班长，高冈霖和李锡安的血流完了，我们抢救了半天也没有用。"

听说又死人了，薛里程进去查看，发现高冈霖和李锡安果然停止了呼吸。责任在身，他不敢在洞里久留，就用平时出去的老办法先把冲锋枪放到外面，接着准备一跃而出。可这次他刚把冲锋枪放好，一发炮弹就突然在洞口爆炸了，他被震昏过去，掉到洞底，外面那支冲锋枪则被炸成了三节，好在这次没有把山顶溶洞炸毁。

二十六　是花寡妇敢死队吗

战士们扒开从洞口上落下的石块，见薛里程还活着，不禁又惊又喜。薛里程苏醒后，听到外面附近的炮击声停止了，知道敌人又要强攻，便让能动的战友出去迎敌。可是这次他们出去了很长时间，也没见越军上来，战士们你看看我，我看看你，都不知道发生了什么情况，有人认为可能是敌人见久攻不下，撤退了。但薛里程听到周围封锁我援军的炮声仍在响，就告诉大家说："敌人没有走，仍然隐藏在南面的山沟里，所有我们不能松劲，必须继续做好打退他们的一切准备。"

又过了一会儿，战士们仍然不见越军上来，但钟虎又在西南方向发现了情况：有人从那里住上爬。便觉得奇怪，心想：他们不是在附近吗，怎么跑回去了？敌人怎么敢在大白天从我们眼皮之下上山？送命也不是这个送法啊！就指着让薛里程看，可是薛里程受伤严重，再次昏迷过去。见此，他只好把薛里程手上的望远镜拿过来观察，这一看竟惊奇地发现那群人都是妇女，而且穿的都是便衣，花花绿绿的什么颜色和款式都有，包括当时全世界都流行的喇叭裤。

她们是什么人？来这里干什么？是当地老乡慰问，根本没有这种可能，因为周围炮火轰鸣，连我援军都无法突破敌人的封锁线，更别说手无寸铁的老百姓了，所以唯一的可能就是越南人。那么越军让这些女人上来干什么呢？帮助隐藏在山沟里的越军打仗，双手空空的似乎没有可能，那群妇女为了证明自己没有携带武器，都把双手在空中不停地晃动，好像在说：中国兵，你们可千万不要开枪啊！我们手里什么东西都没有；过来抬她们自己人的尸体，更没有这种可能，因为一是没有担架，二是两军正在对垒，不是时候。在大家的好奇声中薛里程醒了一会儿，也在望远镜里看到了那群妇女，于是告诉大家等她们走近了再说，反正现在枪也打不到那里，在等待中他又昏迷过去了。

过了一会儿，强烈的责任感使薛里程再次苏醒过来，这时他连身子都坐不直了，便问身边的钟虎："那群娘们现在离咱们还有多远？"

"一百米左右，不用望远镜就可以看到是女的。"钟虎回答说。

"有她们在高处，越军暂时不会向这里打炮了，让她们走到四五十米处时再说。她们有与山沟里的越军汇合的迹象吗？"为了保持体力，薛里程尽量闭看眼睛说话。

"看样子没有，要不然她们就向南边绕过去了，而现在是直接向我们这里走过来的。"钟虎又回答说。

"这些年越南一直在打仗，留下了很多寡妇，听说还有个黑寡妇敢死队呢！这些娘们会不会是她们啊？但无论她们是谁，都来者不善，善者不来，大家仍然要做好战斗准备。"薛里程断断续续地说。

"黑寡妇？那她们穿的应该是黑衣服呀！而这群人却是花里胡哨的。"一个战士说。

"那么我们就把她们叫做花寡妇敢死队吧，但是没有携带武器，不像什么他妈的敢死队呀！管他妈的黑寡妇也好，花寡妇也好，绝对不是来慰问的，都不是他妈的什么好东西。她们手上没有携带武器，不代表裤腰里也没有。"薛里程说到这里竟裂开嘴笑了一下，一定是觉得那个阵势很有意思。

"班长，那些花寡妇离我们只有三四十米了，你说打还是不打？"钟虎问。

"她们有人把手伸到裤腰里没有？"这时薛里程把眼睛睁开了。

"没有，都一直举着。"钟虎回答。

"那么人家是在做投降动作呢！你打就算犯规了。如果她们的手就那样一直举着，等走到二十米处再说。如果她们真的上来投降或者谈判，那就另当别论了。可是这个时候还谈他妈的什么判啊！上来投降也没有可能，刚才她们又没有和我们打过仗，投他妈的什么降啊！"薛里程的精神似乎好了一些，竟一口气说了这么多。

"那她们如果把手放下来呢？"钟虎又问。

"如果她们把手放下来，那就是准备掏家伙了，先瞄准她们的手，等看到掏出的家伙再打不迟。"薛里程说。

二十米距离很快到了，战士们既警惕又好奇地自上而下观察着那群妇女，见她们仍然保持着原状；有几个长得还不错，大部分都很年轻，年纪最大的也不会超过四十，如果真是寡妇的话还是年轻寡妇。打还是不打呢？薛里程再次听到报告也左右为难了：打，人家做的是投降动作，违反国际惯例不说，对方还尽是些女人；不打，距离已经很近了，如果她们突然掏出手榴弹或炸药块往上扔，吃亏的可就是我们啊！所以他经过反复思考后说："钟虎，你大声喊让她们站住，不要让那些娘们再往上爬了。"

"喂！你们都给我站住，再往上走我们可就要开枪了。"钟虎立即朝那群妇女大声喊道。

那群妇女听到喊声，都立即站住了，在她们喘气的同时，脸上还露出怪怪的表情，既像引诱，又像狞笑；有的还边向上面摆手，边"哇啦哇啦"地说着什么；有的试图把手放下去，尽管很快又举起来了，但还是被细心的钟虎观察到了，钟虎又把这个情况及时向薛里程作了报告。

"兄弟们，等她们一起动手就晚了，打，但我们先打老天爷。如果她们不还手就算了，如果她们取出武器还手，就尽量往那些武器上打，不要把人打死。"薛里程终于想出了一个比较妥当的办法，不到万不得一，他们是不会往那群妇女人身上打的。

薛里程说罢枪声大起，子弹在那群妇女头顶上方呼啸。起初，战士们以为她们会掏出武器反抗一阵子，结果一听到枪声她们就抱头鼠窜了。战士们看到山坡上顿时乱做一团都笑了，钟虎说："我原来以为她们真的是什么花寡妇敢死队呢！原来这么不堪一击，而且没有打到身上撒腿就跑。"

"不过越军绝对不是让她们上来玩的，估计是见久攻不下我们这个山头，便生出了这个可笑的阴谋。如果让她们再接近一点，扔上来的手榴弹或炸药块会让我们乱作一团，那时山沟里的越军就会趁机往上冲。狗日的这是黔驴技穷了，可我们最终没有上他们的当。兄弟们，来的这些娘们说明了一个问题，那就是到现在为止，越军并不知道我们的具体人数。他们不知道我们的具体人数，再次发动强攻时还会小心翼翼，这对我们非常有利。在这种情况下只要我们坚持到天黑，副连长他们一定能上来解救。"薛里程又一口气说了这么多。

"班长，你分析得有道理，情况应该是这样的，我们一定能坚持到天黑。"钟虎说。

虽然这时离天黑还早，但薛里程和钟虎的话给大家树立了信心，而那群女人的行为既透露了越军的底，也给战士们带来了乐趣，他们想：这样的战斗场面连上辈人都可能没有经历过，但的的确确发生在中越战场上了，要不是亲眼所见，绝对不会相信。

那群妇女退下去不久，薛里程便因为流血过多牺牲了，由于不能群龙无首，大家就一致推选钟虎出来指挥，因为他是九班上来后唯一留下来的人，而补充过来的那些战士也是当年入伍的兵。可钟虎不干，说既然我们没有副班长，那就让党员出来指挥吧！可是问来问去，在补充过来的兵员中没有一个党员，和他一样都是团员。见现场都是同一年入伍的兵，还没有一个党员，钟虎请大家各自把入伍通知书上的时间说出来，以便请时间最早的那个人出来指挥，可竟然是钟虎入伍通知书上的时间最早。这下钟虎不再推脱了，他说："这也不算个什么官，那我就干了吧！目前就打仗这点事，咱们一起把冲上来的打下去就行了。"

后来他们真的在钟虎的指挥下打退了越军一次强攻，由于有过上次增援不成的教训，海欣他们便在一六二高地东边的悬崖上开出了一条路线，只是花了很长时间才拉住绳子上到山顶和钟虎他们汇合。

尽管都是排里那点人，但大大长了战士们的战斗意志，他们在海欣的指挥下，又打退了越军的一次强攻。越军见久攻不下，连让女人上山诈降也不管用，再加上听到援军呐喊着上来了，便灰溜溜地撤了下去。

越军让女人上山诈降的事很快便在前线传开了，成了我军官兵的笑料，若干年后大家提到这件事时还笑个不停，不过到现在为止，他们也不知道她们究竟是不是寡妇。

二十七　石峰挖通了

苏景舟刚当上代理排长就牺牲了；九班继任班长薛里程也光荣牺牲了。算算时间，三排到高地驻守还不到二十天，就先后牺牲一个排长、一个代理排长和两个班长，而且这两个班长都是九班的，损失实在太大了，不但海欣事先没有想到，就连付孔亮和谢槐华也觉得十分意外。

这次战斗结束后不久，骆三贵的上报材料批下来了，上级果然授予他战斗英雄的称号。因为骆三贵当上了战斗英雄，又是现任班长，团里便决定让他继任三排代理排长职务；钟虎以一个名不符实的老兵身份指挥了一次战斗，并在之前就表现出了组织能力，被任命为九班班长。贾兆栋晋升为班长，坐上了骆三贵空出的位置，并很快到一四五高地上任了。

骆三贵戏剧性地重返一六二高地，又和钟虎待在一起了，只是两个人的身份都发生了重大变化。尽管骆三贵和钟虎成了上下级关系，但知根知底的两个人都没有想那么多。再说班里已经死了那么多人，自己能够活着已是万幸，轮战刚刚开始，在接下来的日子里生死难料，所以对谁是上级，谁是下级，还真的并不在乎。

贾兆栋离开老青山时那里的堑壕还在挖，在堑壕一点点加深的同时，围墙也在一点点加高。后来，黄金庵他们终于按照计划把堑壕挖到了石峰下面，接下来就是挖计划中的小哨所了。

在挖小哨所之前，黄金庵先在石峰上画出了一个大约两米宽和高的轮廓，准备挖进去一米左右，能站进去两个人就行了。结果哨所是挖出来了，但风一刮，雨还是能飘到哨兵身上，于是决定再挖深一些。谁知接下来这一挖，就把一个可能还要隐藏很久的秘密挖出来了。

在往深处挖的过程中，战士们见里面的石头性软，更容易撬，就提议干脆搞成一个小石屋算了。搞成一个小石屋对七班战士的好处可大了，且不说别的，睡觉时不用挤得那么紧了，除了站岗还可以搬过来几个人住。因此他们甚至认为比加高围墙意义还大。黄金庵觉得这个办法可行，就立刻同意了，于是施工继续进行。

由哨所扩大成小石屋的工程进行到第二天中午，黄金庵过去看了看进度，发现基本上快完成了，心里非常高兴。可就在这时，他突然发现里面中间部位出现了一个亮点，于是赶紧进去查看。他走近后见那个亮点的直径尽快只有手指大小，却非常醒目，便感到非常吃惊，把眼睛凑上去一看，顿时惊出一身冷汗：对面竟然还有半个山头，而且比这边的还大，原来石峰不是山边，而是横在山头中间。

看到这个场面，黄金庵一时说不出话来。不久战士们也看到了对面，他们看后也和黄金庵一样愣住了。大家万万没有想到住了这么长时间的山头，竟然不是之前看到的样子，自己守护的只是半个山顶。因为上来后一六二高地一连发生两次战斗，连海欣也没有时间去老青山左右两侧侦察，更没有去过南面，但他知道南面就是国境线。

为了看清楚对面，黄金庵把洞口扩大到直径鸡蛋大小，这时他看到对面左侧竟然也有一条堑壕，而且距离班里挖的那条只差四五米远，要不是中间隔着一道三米多宽的石峰，南北两条堑壕就几乎连到一起了。

不久，再次令黄金庵惊奇的一幕又出现了：一个只穿条短裤的男人突然出现在对面，他是从堑壕另一头跑过来解手的，然后左顾右盼往回走。他走着走着像发现了什么似的，突然回头看了一眼，并在黄金庵错开的那一瞬间看到石峰上出现一个亮点，于是就怀着好奇的心情跑过来近距离观看。既然对方已经看到了，黄金庵就觉得没有堵的必要，他见短裤头走近，赶紧让战士们躲到一旁，短裤头趴到洞口看了一下，立即转身跑回去了。这时黄金庵想到开枪把对方击毙，但怕枪声惊动更多的越军，以至引起更大的麻烦，就没有动手，看着他跑到堑壕的另一头不见了。

黄金庵看到对面也有堑壕，就知道那里也有驻军了，当然是越军，如果是自己人还会不知道？既然对面有越军，那就不会只有刚才一个，很可能也是一个班甚至更多。南边不像北边这么平，有个斜坡，有可能不用梯子就可以从山脚下上来。没有看到对面的建筑，有可能在半山腰或山脚下，要不然那些人怎么住。现在他们知道这边也有人了，而且不是自己人，有自己人他们也会知道的，那么他们立即打过来怎么办？倘若他们人多，我们打不过，守不住高地如何向上级和祖国人民交待？总之这回自己把事情闹大了。

想到把事情闹大了，黄金庵的脸色变得更加苍白，他命令大家抄家伙准备战斗，老青山上的气氛顿时紧张起来。战士秦心昌把一箱手榴弹打开后对黄金庵说：“班长，怪不得我总觉得咱们这边的山顶不够圆，有点像三角形，以为又是大自然的杰作，原来那边还有一半。现在就是用石头把小石屋全部堵上也不结实了，我们的处境十分危险，还是向上级报告一下情况吧！”

之前黄金庵之所以没有向上级报告情况，主要是事情发生得太突然了，他还没有从惊吓中回过神来，听到秦心昌的建议才说：“行，我立即打电话向排长和副连长分别报告。”

听到报告，海欣也感到十分震惊，因为在和友军交接时，对方根本没有提到这个情况，看来他们也不知道。这时他真后悔自己没有去老青山两侧查看，以致出现了这样的对峙局面还不知道。他在电话里对黄金庵说：“事已至此，你们也不要过于紧张，因为他们也不了解我们这边的情况，不敢贸然采取行动。再说其它高地上也出现过敌我双方离得很近的情况，那里不仅可以互相看到，还在对方的步枪射程之内，就这样平时也能做到相安无事。当然我只是举个例子，并不是说不需要提高警惕。既然山顶中间那道石峰被你们挖通了，要想把它堵牢固很难，所以你们就保持现状吧！这样可以日夜监视对方的行动。有情况及时向我和你们骆排长报告。”

海欣与黄金庵讲完，立即向上级做了报告，消息很快传到了军区前指那里，一个首长听后说：“这种敌我相邻的情况在刀山上下非常普遍，因为那些地方一般都是特殊地形，除非出现拔点等大规模战斗，一般情况下一方是不会主动攻击另一方的，否则对双方都不利。老青山上的情况我们之前就知道了，它位于边境线上，在归属问题上早有争议，所以他们发现就发现了吧，这是早晚的事，也可能他们早就知道我们的存在了。但只要他们不主动开枪，我们这边就该干什么还干什么。当然，应有的警惕性还是不能少的。”

听到传回的上级指示，海欣的心情才放松了一些，他放下电话立即去了老青山。海欣到那里后见对面那条堑壕也是新挖的，自北到南三十米左右，从南端下坡处向西转去，接着便不见了，由此判断：对面的越军也不多，他们很可能住在西南角上，就是对方堑壕的另一端。

面对海欣，黄金庵就像一个做了错事的孩子，他吞吞吐吐地说：“副连长，一开始我们只想挖一个能避风遮雨的哨所，后来见石头不是太硬，就想着把它挖大一点，能住进去几个人，谁知竟把石峰挖通了。”

海欣知道黄金庵当班长后积极性高，想利用环境为大家改善一下生存条件，出发点是好的，只是没有提前报告。便没有批评，反而安慰他说：“挖通就挖通了吧。两军同驻在一座山顶上，又只有这么大一点地方，早晚都会互相发现的。我一会儿给修理所打个电话，先请他们过来拉道铁丝网，然后观察一下情况再做下一步打算。”

当天傍夜修理所的人就来了，不但很快拉起了一道坚固的铁丝网，还布上了定向地雷，当然交待关键时刻才能用。

修理所的人干完这些事就走了，但当晚海欣却没有回去，他和战士们在那里站了一夜岗。

二十八　饰品换烟

因为怕出事，所以直到石峰被挖通后的第三天海欣才回去。黄金庵见这三天内一切如常，洞口对面没有再出现过人，起码白天近处再没有出现过人，便恢复了往日的站岗人数，也就是同时两人站一班岗。可是第四天下午轮到黄金庵和王乔荣站岗时，对面又出现一个人，而且还是只穿条短裤头，好像就是第一天过来的那个家伙。

黄金庵见短裤头在对面的堑壕里反复徘徊，还不时向洞口这里看一眼，好像想再次靠近又不敢的样子。对方仍然赤手空拳，黄金庵相信他不会造成威胁，就没有把班里其他人叫来，以免再次造成紧张局面。过了一会儿，短裤头不再原地徘徊了，而是径直朝洞口这里走来，还不停地摆动双手，那意思好像在说：我不但赤手空拳，还几乎赤身裸体，可以看出对你们没有恶意了吧？所以你们也不要对我开枪。看来他们已经知道这边有我们的人了，应该是在这几天时间里通过洞口观察到的，只是七班战士没有看到他们观察而已。

来人毕竟是个越军士兵，况且又是第一次即将接触，不得不有所防备，黄金庵把冲锋枪里的子弹推上膛，但没有把枪口对准对方，也没有把手伸出去制止对方走近，这时七班战士已经把洞口扩大到碗口大了，手可以伸出去，想看他究竟要干什么。短裤头越走越近，黄金庵紧紧盯住他的双手，防止他突然从短裤里面掏出武器，因为他全身上下只有那一个地方可能隐藏常规武器，除非是体积非常小的尖端武器才能藏到腋下、耳朵或头发里。

“班长，怎么办，要不要开枪吓唬他一下，让这家伙回去算了？”在一旁也看到短裤头的王乔荣问。

“千万不要开枪，只盯住他的双手就行了。”

“班长，你是说他裤裆里可能有武器？”

“是的。”

“那他只是伸进去挠痒呢？”

“有这个可能，但这个时候正紧张呢，还他妈的挠什么痒啊！”

“万一有个蚂蚱跳进去了呢？”

黄金庵听到这里笑了，他扭头看了王乔荣一眼说：“你小子的想象力还挺丰富。那就见到武器在打，但那时只打他的手，别把人一枪崩了。”

“是。”

短裤头在距离洞口十多米的地方站住了，仍然保持原来的动作，只是开口讲话了，但他“叽哩咕噜”讲的是越南话，且不在黄金庵和王乔荣学过的《越语战场喊话十句》范围之内，他俩一句也没有听懂。

短裤头看到两个人头在洞口对面晃动，知道中国兵已经看到自己了，估计自己讲的话对方听不懂，但苦于不会讲中国话，就改用肢体语言表达。他比划着说自己没有恶意，还把身子转过去让这边的人看，对着自己的干瘦屁股连拍几下，表示身后也没有武器。作完这些动作，短裤头才把身体转过来对着洞口傻笑。黄金庵见对方不但身上瘦，还眼窝深，下巴尖，一副营养不良的样子，便说：“你过来干莫事？快说。”意识到家乡话对方可能更听不懂，紧跟着黄金庵又用普通话说了一句：“你过来有什么事？快说。”

但无论是黄金庵的家乡话，还是普通话对方都听不懂。因为听不懂中国话，所以短裤头没有回答，只是在听到声音后显得非常高兴，连忙做了一个抽烟动作，脸上还带着讨好的表情。

“原来这家伙是过来要香烟抽的，怪不得精巴干瘦，原来是他妈的烟鬼。看来他既不会说也听不懂中国话，而刚才说的那些越南话没有一句是我们学过的，就像哑巴对着哑巴，只能靠手势交流了。”王乔荣说。

“我们离洞口近，能看到他的每一个动作，而他只能看到我们的头，除非我们把手伸出去才能进行交流，但现在还不到交流的时候。我兜里有香烟，你说咱们给不给他扔过去几支抽抽？”

“想得美，那点香烟连我们自己都不够抽，哪能给他小子。”

“也是。”

短裤头以为洞口这边的人没有看到他的抽香烟动作，就又比划着做了一次，脸上仍然露出讨好的微笑。这次黄金庵看到对方的牙齿很黑，一定是香烟抽得太多的缘故。他把冲锋枪的前半截伸出去晃了晃，这个动作既可以理解为没有，也可以理解为有但不给对方，所以短裤头还是站在那里没动，又不时做着抽香烟的动作。一开始，黄金庵觉得这样挺有意思，后来嫌烦了，就把手伸出去摇了摇，表示没有他想要的东西，短裤头这才露出失望的表情慢慢转身离开。

突然出现的小插曲，使黄金庵紧绷了几天的神经放松了不少，这件事表明：对面对我们威胁不大，起码不会在短时间内发起进攻。

不久接岗的战士来了，黄金庵把刚才的发现告诉了他们，说如果对面再有人过来，而且还是一个，也没有携带武器，就不要开枪，只注意他的一举一动就行了；如果对面再有人过来时不止一个，或者带着武器，就立即向他报告，在报告之前也不要开枪，因为他所在掩体就几十米远，一分钟之内就跑过来了，况且中间还有一道石峰，那时有办法应付。

回到掩体里，黄金庵把刚才的发现对其他战友也讲了，大家都想跑出来看，但黄金庵说："人早就走了，这个时候你们还出去看什么？既然他们来过一次，就可能有第二次。现在他们来一个，接着就会来几个或者更多，那时有你们看的。虽然刚才那个家伙滑稽可笑，名义上是来要香烟抽的，但也有可能是过来刺探情报的，因此大家再去站岗时说话小心点，最好把头伸出去看看山峰那边对面及两侧有没有人，千万别说我们这边只有十几个。洞口小咱们可以把它再扩大一些，起码头能钻过去，反正对面已经看到了。"

"班长，那就干脆给他来个将计就计，见到他们走近时，我们故意说这边有一个连，让他们云里雾里的搞不清楚。"一个战士说。

"怎么个说法，直接告诉他吗？"

"那怎么行？得装做无意泄露，这样他们才会相信。比如我们不叫你班长而叫连长，而且音调要高，否则他们听不到。"

"胡说八道，连长知道了还以为我想坐他的位置呢！"黄金庵笑着说。

"班长，又不是真让你当连长，怕什么？再说连长也是一级一级升上去的嘛！等你真的当上了连长，咱们连长可能已经升任师长了，还生什么气呀？高兴还来不及呢！兵法上自古就有虚张声势一说，咱给对面那些人来个虚虚实实，让他们搞不清楚我们的实力，这样他们就是有想法，也不敢攻击我们了。

"这事行是行，但我得给咱们副连长打声招呼，要不然他下次过来时，听到你们叫他副连长，而叫我连长，会觉得莫名其妙，骂我乱弹琴的，在这个小山头上成山大王了。”

“班长，你不用给咱们副连长打招呼，这事好办，咱们副连长过来时我们仍叫你班长，他走后在叫你连长，这样越军就可以听到我们这边不但有连长，而且还有副连长了，整整一个连的兵力，戏就演成了。”

黄金庵想想这事还真的没法和海欣打招呼，就说：“行，那就这样叫吧。只是这事不要外传，说出去让人家笑话，还以为我想当官呢！实际上当这个小班长就出乎我的意料之外。”说罢笑了起来。

“连长，咱这不是权宜之计嘛！就是其他人知道了也理解，说不定还夸我们会动脑筋呢？”那个战士也笑了一下说。

“你小子这就来了是不是！在这里不能叫我连长。到哨所那里后越军不在跟前时也不能这样叫，都听到没有？”

大家都说：“听到了！”说罢都开心地笑了起来，有的还起身一蹦多高，几乎摸到头顶上方的十字钢。

在大家的笑声中黄金庵坐直身体，心想：怪不得人们都说不想当将军的士兵不是好士兵，当官的感觉就是好。上级给个班长我能当好，如果真给个连长我也能当好，不就是多管几个人的事嘛！

后来大家又把话题转到短裤头来要香烟这件事上，又一个战士说：“班长，你不要看刚才那家伙烟瘾上来了可怜，其实他们并没有我们想像的那么惨，我听说越南兵有黑棍子抽，他可能是嫌那玩意不过瘾，才过来要的，咱们国家的香烟就是再差，也比那些黑棍子好。”

摩托化行军结束后，战士们都分到了几包香烟，但他们都没有烟瘾，只是在疲劳、苦闷或想家的时候抽一两支玩玩，所以至今都还保存着，因此有人建议香烟统一保管，用的时候在分给大家抽，今后无论是上级慰问的，还是家里寄来的，都要充公。这个建议得到大家的一致赞同，于是除了正在站岗的那两个战士外，其他的都把香烟掏了出来，一下子集中了三十多包，当然都变得皱皱巴巴的了。

黄金庵指定一个战士负责保管香烟，说等那两个人下岗后，他亲自对他们说明情况。

短裤头出现后的第二天上午，是王乔荣和王心安在那里站岗，黄金庵不放心，不久也过去了，他问王乔荣：“那个家伙又来过没有？”

“报告班长，没有。”王乔荣回答。

不知怎么黄金庵总觉得短裤头今天还会过来，于是就在那里边和二人聊天边等。大约半个小时后，王乔荣果然看到从对面走过来一个人，便说："班长，真的又来人了，你快过来看看是不是昨天那个家伙。"

这时洞口已经扩大到能伸出去一个头了，黄金庵发现来人果然又是那个短裤头，连穿戴、做的每一个动作和站的地方都与昨天一样，他那两只沉陷的小眼珠仍然骨碌碌地看着洞口，也仍然面带讨好的微笑，于是黄金庵把脸凑近洞口说："喂，你又来这里干什么？"

短裤头仍然没有回答，但这次却把右手伸向前方。

"班长，他手上有个东西，亮晶晶的，不会是什么先进武器吧？"王乔荣从一旁看到后说。黄金庵也看到了那个亮晶晶的东西，说："他手上的东西还没有一支香烟粗，也没有一支香烟长，就是先进武器威力能有多大？没事。"

"不是先进武器那是什么玩意？班长，你和王心安先离开一下，让我仔细瞧瞧好吗？"王乔荣说。黄金庵和王心安把位置腾开，让王乔荣把头伸过去仔细瞧，他看了半天才把头缩回来说："那玩意上面还带着一条绳子，但是仍然看不清楚究竟是个什么东西。"

短裤头见王乔荣辨认他手上的东西，便捏住绳子拎了起来，并不停地晃动，还用一只手比划着表示：可以用这个东西换香烟抽，只要能换，多少都行。现在王乔荣终于认出那个东西是什么玩意了，他说："班长，如果我没有猜错的话，那家伙拿的应该是条项链。"

项链，高地上怎么会有这东西？于是黄金庵也把头伸出去仔细瞧，他正看时，短裤头突然做了一个投掷动作，把黄金庵吓了一跳，赶紧把头缩了回来。黄金庵把头缩回来后，见对方笑笑做了个鬼脸，便说了句："他妈的，这小子还敢跟我开玩笑？就不怕老子一枪崩了他。"他的话刚一落音，就听到"当啷"一声，知道短裤头真的把项链投过来了。可是由于洞口小，他站的地方又比较远，没有投进来，掉到对面地上去了。

见项链掉到洞口下面，短裤头不敢走过来捡，于是黄金庵又把头伸出去查看，他看到地上果然躺着一条项链，便示意短裤头过来把它捡走。短裤头见黄金庵看着他指了指洞口下面，就像得到圣旨似的，立即小跑着过来把东西捡了起来。但他把项链捡起来后并没有拿走，而是放到洞口上才转身离开，回到原处后又做了个交换动作。

等短裤头回到原处，黄金庵才拿起项链查看，他见坠子呈鸡心状，是用弹壳打磨成的，正面还镶着一块有肌玻璃，中间夹了一张越南美女图像；绳子则由手榴弹后面的拉线合成。坠子被打磨和把玩得非常光滑，绳子的粗略也恰到好处，看来确实费了一番功夫，当然不一定是他亲手做的。

“班长，一看这玩意就知道是用掷弹筒上的弹壳做的。他们得用钢锯先把有底火的部分去掉，剩下的正好可以磨一个项坠，再配上手榴弹绳子，一条项链就算好了。要说这玩意还挺好看的，你说咱们和他换不换？”王乔荣说。

“换么事换，咋说这也是敌人的东西，再说咱们都还没有老婆，要这玩意有啥用？”黄金庵说罢“嗖”的一声把项链扔了回去，正好落到短裤头脚下。

短裤头又带着失望的表情把项链捡了起来，但他并没有死心，再次走过来把东西送上洞口，转身又回到原处等待，大有换不到香烟誓不罢休的样子。见短裤头一直露出恭顺和讨好的微笑，黄金庵有点不忍心了，说：“王心安，你回去拿一包香烟吧，什么牌子的都行，但中华的不行，对了，咱们没有中华牌香烟。”

王心安答应一声走了，并很快拿过来一包春城牌香烟，这在当时是比较好的，属中高档。

黄金庵从王心安手中接过香烟，把项链缠在上面，一起扔了过去。短裤头这次见到地上的东西后犹豫了一下，接着再次捡了起来，并急不可待似的连忙拆开香烟抽出一支刁在嘴里，接着不知道从哪里摸出来一只打火机，迅速把香烟点上并猛地抽了起来，也是不见从嘴巴和鼻孔里冒出一点烟雾。短裤头站在那里一口气把那支香烟抽完，接着点上第二支又抽了起来，一连三支香烟抽完，他才露出一点满足的表情。

基本上过足烟瘾，短裤头才再次走向洞口，他把项链再次放到上面转身就走，下坡时才回头看了一眼，并扬了扬手中的香烟，那应该是个再见动作。

见短裤头执意不拿回项链，黄金庵便不再扔回去了，他对两个战士说：“他既然不想白抽咱们的香烟，那咱们就把这个东西收下吧。不管咋说这玩意还挺好看，将来咱们班的人谁先结婚，就把这条有纪念意义的项链送给他算了。”

“班长，这就对了。你以为他是不想白抽咱们的香烟啊？他是想用这种办法和咱们达成默契，以便今后经常过来交换。”王乔荣说。

“对，他们有的是材料，也有的是时间，再说咱们支援了他们那么多东西，再不能白给他们了，不换白不换，换多了大家都留个纪念。”王心安说。

“你们两个人说得对，那就让他继续做，做好咱们继续换，最好我们每个人都能分到一条留作纪念。王乔荣，这条项链你就先保管着吧，等凑够数了再分给大家。”黄金庵说。

“班长，还是让别人保管吧。”王乔荣说。

“要不你来保管？”黄金庵又对王心安说。

王心安听后也摇头，黄金庵便觉得奇怪了，说：“咋回事？平时有个啥事都争着抢着干，这次却没有积极性了。而且项链这么小，随便放个什么地方都行，可你们两个人就是不愿意保管。”

见黄金庵有点不高兴了，王乔荣才吭吭哧哧地说：“班长，不是我们不想完成这个任务，而是项坠上面有个女人头像，放在身边怕人家笑话啊！”

“项坠上有个女人头像怕啥？漂亮是漂亮，但不是活的，活的我还不敢让你们保管呢！怕你们站岗时违反三大纪律，八项注意。”见两个部下都在笑，黄金庵又说：“干脆这样吧！从王乔荣开始，全班每个人轮流保管三天，这样谁都不会笑话谁了吧！”

“对，这样好，这样谁都沾上边了。”两个战士都说。

这时黄金庵突然想到了短裤头的打火机，说：“我一直盯着那家伙的双手，却不知道他从哪里摸出个打火机点香烟？下次他再过来时还得小心点，要是变戏法似的摸出个手榴弹塞过来就麻烦了。”

“班长，我也没有看到打火机是从哪里摸出来的，估计事先夹在耳朵上或头发里了。”王心安说。

“咱们三个人都没有看到，说明都不够细心，下次都得注意点。”黄金庵说。

仅仅过了一天时间，短裤头就再次出现在洞口了，看他的样子，八成是把那包香烟抽完了。这次他递过来一枚铜质戒指，也是打磨成的，样子有点像蝴蝶，同样是用炮弹壳做的，这次黄金庵给了他一包茶花牌香烟，档次略低一些。

七班战士无论谁负责保管项链和戒指，都放在枕头下面，这样无论谁都可以随时摸出来看了，有的是偷偷看；有的是公开瞧。一天晚上在马灯下，黄金庵拿着项坠问王乔荣：“你觉得上面这个越南小妞漂亮不漂亮？”

“还行吧，越南也是亚洲，长像和中国人差不多。”王乔荣回答说。

“项坠上这个女人可能是个电影名星，因为我总觉得在哪里见过她，当然可能见过的不是真人。”王心安说。

“经你这么一说，我也觉得好像在哪里见过她，对了，《琼姑娘的森林》，这是一部电影的名字，越南人拍的，内容是抗击美军入侵，里面装扮琼姑娘的演员应该就是她。”黄金庵说。

“对，是她。咱们国家印邓丽君等女明星的照片，想不到越南人也这样做。”王乔荣说。

“他们本来就是从中国分出去的嘛！东南亚那些国家大部分都是从中国分出去的，习惯都一样，当然那是很早以前的事了。”黄金庵说。

二十九 蟒蛇爬进掩体

贾兆栋去八班当班长后，就住在骆三贵住过的床铺上，那个床铺在掩体口南边第一个位置上，之前由苏景舟住。

八班住的掩体东西长约十米，南北宽约三米，由于地方小，十五个人只能交叉着睡觉，也就是一半人头朝南，一半人头朝南北，躺下去后各自的脚都能蹬到对方的大腿处。因为中间没有通道，所以里面的人进进出出只能找缝隙跨过去，当然得赤着脚，不然就把被褥踩脏了。掩体上面有缝隙，雨水可以通过墙壁浸湿地面，因此每个人都是先铺块塑料布，再把凉席和褥子铺上去，有这三样东西在下面才能躺下去睡觉。

就是这样的条件，也比住在一六二高地上的溶洞里好，更比兄弟连队住的猫耳洞好。虽然这里也潮湿，也拥挤，但毕竟地是平的，相比之下八班战士觉得很满足。

兄弟连队住的猫耳洞一般只能容下三五个人，有的更少，不少战士只能穿着雨衣、裹着被子靠在岩石上睡觉。为了不暴露目标，他们尽量白天睡觉晚上出来活动，这样时间一长很多人都得了关节炎和皮肤病，在前线被叫做猫耳洞综合症。

有天夜里，正在掩体里面睡觉的八班战士韦从民被一泡尿憋醒了，便迷迷糊糊爬起来找众多腿之间的缝隙往外跨，可他刚跨一步，就觉得脚下一滑，踩到一个既软绵绵又凉咝咝的东西。由于潮湿，夏季的夜晚温度也不高，所以战士们睡觉时都盖着被子，腿脚都是热的，但也有人把腿脚伸到外面，这样腿就显得凉了，因此韦从民没有多想。等他从堑壕北边解手回来，就把这件事忘了，一躺下去又很快进入了梦乡。

第二早晨大家都起床后，韦从民才想起昨晚的事，觉得应该给被踩的人道个歉，就边整理内务，边说：“昨晚我出去的时候踩到哪位老兄了？在这里说声对不起啊！”可是大家听后都看了他一眼，没有人吭声，于是他想：可能是在外面站岗的那两个小子中的一个腿被我踩了吧，事情就这样放了下来。

第三天早晨大家起床后，何一祥一边穿衣服，一边对睡在对面的解家西说：“解家西，昨晚你小子咋睡的觉？老是把臭脚丫子往我裤裆里伸，把我那玩意都蹬痛了。”

战友们一听都笑了，因为自从住进掩体，这样的事情经常发生，尽管有些尴尬，但在这种条件下避免不了。何一祥说后以为解家西要么道歉，要么一言不发笑笑算是默认。谁知他却气呼呼地说：“何一祥，你小子倒打一耙不是，我不说你就算了，你还要说我，昨晚你那两只臭脚丫子一直都在我两条腿之间搅和，要不是怕吵醒大家，我早就把你一脚蹬醒了。”

何一祥听后一愣，又说：“睡着后啥都不知道了，我蹬你也有可能。但肯定也有人蹬我，不是你就是何光荣，你睡在我对面，他睡在你旁边，其他人的腿没有那么长。”

“嗳，我说何一祥，你小子可别制造冤假错案啊！为了不影响你们几位兄弟睡觉，我每天晚上都尽量把头往墙根上顶，还尽量少翻身，不信你问问睡在我正对面的段友明。”何光荣说。

不等何一祥问，段友明就主动说：“何光荣睡觉还算老实，没有蹬过我。”

何一祥见睡在附近的战友都否认此事，便不再追究了，心想：真奇怪，难道昨天晚上那一会儿我是在做梦？而韦从民也没有把战友们争论的问题，与自己头一天夜里踩到的东西联系到一起。毕竟是件小事，而且生活中这样磕磕碰碰的事情经常发生，所以大家争论几句就过去了。

当天晚上李洪新下岗后，按照规定把枪放到掩体外面，然后摸索着进去睡觉。当他一步步跨到自己的铺位上时，隐约发现褥子上有样东西，起初，他也以为是哪个战友的腿伸过来了，就用脚轻轻把它移开了一些，以便腾出位置躺下去，可是他在移动的时候，感到他以为的那条腿又冰又凉，心想：睡觉也不把被子盖好，看把这家伙的腿冻的，时间一长非得关节炎不可。于是就用旁边那人的被角盖上了。

站了一个多小时的岗，李洪新又累又乏，躺下去觉得每一个关节都非常舒服。可就在他迷迷糊糊即将进入梦乡时，突然觉得两条腿之间有个东西在蠕动，以为又是刚才那条腿伸过来了，便有点恼火，一脚把它蹬开了。

由于这个小插曲，李洪新不能马上睡着了，就躺在那里看和他一起下岗的那个战友入睡。那个战友和他相隔三个铺位，躺下去后不久就没有动静了，可他两条腿之间又有东西蠕动了。腿间再次有东西蠕动，使李洪新更加恼火，他一骨碌爬起来把被子掀开，准备看清楚是谁的腿后，把他推醒并轻声责怪几句，可他一把被子掀开便愣住了：借着从门口透入的微弱亮光，李洪新看到自己的铺位上有个盘旋状的东西，绝对不是人腿，人腿卷不起来，而那东西几乎是圆的了。见此李洪新浑身一激灵，不敢再看了，马上起身跨了出去。

李洪新跨出掩体后，想把看到的东西向贾兆栋汇报，可是贾兆栋睡得正香，他不便把班长叫醒，也怕自己看错了，因为被窝里怎么会有蛇？而且还那么粗，就又蹑手蹑脚跨了进去。这次他没敢直接跨到自己的铺位上，而是隔着一个铺位探头向那里张望，发现那东西还在，而且仍然盘旋着，便再次跨了出去，这次才不得不轻声把头朝南睡觉的贾兆栋叫醒。

贾兆栋听到叫声以为越军摸上来了，便一骨碌爬起来说："大家快拿枪，然后各就各位。李洪新，估计他们上来多少人？"

"班长，不是越军上来了，是我看到床上有一个东西，会动，怪吓人的，所以才不得不把你叫醒。"李洪新说。

听到没有敌情，贾兆栋才松了口气，他揉揉眼睛说："床上有个东西会动，那还能是什么？腿呀！十五个人，三十条腿，总有几条不老实要动。深更半夜的，为这些小事穷喳呼个啥？赶快进去睡觉。"说罢重新躺了下去。

"班长，我床上那东西绝对不是人腿，它凉啊！滑啊！并且可以盘起来，我不敢进去啊！"李洪新可怜巴巴地说。

尽管李洪新和贾兆栋的对话声音很轻，但还是把大家都吵醒了，不过他们中的大多数人仍处于朦胧状态，起初谁都没有睁开眼睛，直到听到李洪新说的后面那句话。听到李洪新说的后面那句话，每个人都想到了蛇，便一骨碌都爬了起来，接着争先恐后往外跑，连睡在门口的贾兆栋也被挤了出去，动作比紧急集合还要快。

贾兆栋见事情闹大了，大家站到堑壕里面不知所措，便说："你们怎么这么快就出来了，难道里面真的有蛇？"说罢从枕头下面摸出手电筒，可是打开一照，发现整个掩体里面都是被子和枕头，根本看不到其它东西，又说："乱七八糟的，什么都看不到，李洪新，你真的没有看错？"

"班长，我真的没有看错啊，那东西肯定在被子下面。"

"那好，我和你一起进去瞧瞧。"

有贾兆栋的手电筒照着，李洪新的胆子大了一些，二人一前一后走了进去，接着陈子圭也打开一个手电筒，两束光柱同时往里面照。可是贾兆栋和李洪新谁都不敢掀开那些被子和枕头查看，生怕被蛇缠住或咬一口。看到这个情况，陈子圭转身去拿了一支半自动步枪，接着他把手电筒交到别人手上，自己也走进去用刺刀挑开那一堆堆东西寻找，最后果然在角落里发现一条蛇。正如李洪新看到的那样，那条蛇很大，连贾兆栋见了也直打哆嗦。在两束光芒的照耀下，大家见那条蛇两头细，腹部比碗口还要粗。它仍然盘旋着，头朝外，两只小眼睛骨碌碌看着战士们，仿佛在说：我虽然睡在你们床上，但从来都没有伤害过你们，大家何必惊慌失措呢？这座山不只属于你们人类，它也是我的家，而且我比你们待在这里的时间还要长，在你们床上待一会儿有什么了不起？

在大家的惊呼中声，每个人都摸摸自己的身体，发现没有伤口才放心，接着嚷嚷着怎样制伏它。

赵民是南方人，入伍前经常见到蛇，他说："大家不要怕，这是一条蟒蛇，无毒，只要身体不被它牢牢缠住，人和其它动物就没有生命危险。"

"只要它身上没有毒，我们就没有什么好怕的，它如果缠住我们，用刺刀一扎应该就松开了。"从北方入伍的战士冯云胜说。

这时贾兆栋三人已经退出来了，公沛志说："班长，我们进去把它轰出来吧，轰到堑壕里用刺刀扎死算了，狗日的搅了我们清梦。"

"班长，国家提倡保护野生动物，说这样可以维持生态平衡，再说它没有伤害过我们，所以我建议不能把它打死，只把它轰走算了。"杨茂琳说。

可不少人都赞成公沛志的建议，说还是把这条蟒蛇打死安生，否则它还会过来捣乱，即使不害人，也吓人，还折腾人，比如今天夜里。

直到这时韦从民才缓缓地说："这家伙不只来过一次了，前天晚上我起床出去解手时，踩到的那个凉丝丝的东西应该就是它，大家还记得第二天早晨我道歉吗？当时你们都不说话，原来我在跟蟒蛇道歉。"

听到这话，何一祥也一下子明白过来了，他说："原来在我两条腿之间窜来窜去的东西就是这家伙啊！我的妈呀！想起来觉得真可怕。"

"尽管它一直在你两条腿之间窜来窜去，可并没有把你那传宗接代的玩艺吞掉，从这一点上讲，它对你还算是不错的！"贾兆栋说，全班人都笑了。

"何一祥，你知道原因就好，要不然我们两个人跳进黄河也洗不清了。既然它对我们没有恶意，那我们就不去伤害它吧。班长，你们都散开，我进去把它轰出来，然后赶到北边放走算了。”何光荣说。

“行。粟合，你跟何光荣一起进去轰，其他人都站到两边。”贾兆栋说，他知道全班属粟合胆子最小，要趁机锻炼他一下。

“班长，我们把它赶到北边倒是可以，但它会不会钻到副连长的小窝棚里去呀？”粟合说。

“是啊！看来这个办法不行，那就多进去几个人抓住它的七寸，然后抬着扔上堑壕。”贾兆栋说罢再次走了进去，大家也跟进去把蟒蛇团团围住，奇的是蟒蛇见那么多人靠近也没有逃跑的意思，乖乖地让战士们抬上了堑壕，接着不慌不忙地爬走了。

蟒蛇被赶走了，全班人都松了一口气，可经过一阵子折腾，大家都毫无睡意了，躺下去继续聊天，李勇来问贾兆栋：“班长，你说以后它还会爬过来吗？”

贾兆栋也在考虑这个问题，他说：“这个掩体口没有装门，不但人可以随便进进出出，连蛇和其它动物也可以随便进进出出，要是毒蛇进来就麻烦了，所以必须得想一个解决办法。李勇来，你在家不是干过木匠活吗，明天就给大家露一手，把几个手榴弹箱拆了，想办法做个门装上。”

“班长，这样好是好，可如果它再来，就可能一直待在堑壕里，晚上出去站岗和解手时会同样感到害怕的！”李勇来说。

“先一步步来嘛，办法总会有的，一切等明天再说，今天晚上它受到惊吓不可能再来了，现在大家睡觉。”贾兆栋说。

堑壕里有的是炮弹箱，第二天李勇来找到一把老虎钳，他先把炮弹箱上的钉子拔掉，把木板拆开，再重新组合，一天功夫不到，一扇门便做成了。那扇门一米多高，装上去后上面悬空，关上后既透气又能挡住蟒蛇等小动物。门装好后贾兆栋说：“据说蛇可以吞下比自己粗几倍的东西，我们昨天晚上发现的那条蟒蛇比碗口还要粗，它应该可以吞下去一个人吧？”

“可以，但只能吞下去瘦一点的人，吞胖子可能有点困难。”杨兵说。

杨兵无意中说的这句话使大家想到了粟合，因为粟合身高一米六五左右，体重才九十多斤，是全班最瘦的人。粟合也知道此刻大家在想些什么，便说：“我身上的肉少，它吃了不划算，杨兵一百四十多斤，它也可以吞下去，它吞下去后半年之内就不需要再吃其它东西了。”说罢大家又笑了。

海欣知道这件事后也感到非常吃惊，他查看了蟒蛇可能进出的路线，估计它可能就住在这座山上，或者蜗居在不远处。它之所以出现在堑壕里，目的是为了找吃的，吃饱后有时就懒得走了。

“副连长，现在它进不了我们掩体，但可以去您住的小窝棚啊，我们也得为你做个门装上才行。”贾兆栋说。

“算了，它去我那里的可能性不大，因为小窝棚里没有吃的，吃我又没有那么容易。炮声把这一带的其它小动物都吓跑了，因此食物链短缺，它在别处找不到吃的东西，就闻着饭菜的香味找到这里来了。”海欣说。

“副连长，它要是经常光顾咱们这里怎么办？夜晚进不了掩体，老待在堑壕里也不是个事啊！”贾兆栋说。

“它既没有毒，又不轻易吃人，来就让它来吧，陪着你们站岗也好，晚上起码不会打磕睡了。”海欣说罢问战士们：“如果再看到它过来你们怕不怕？要是害怕，就立即把它赶走，要是不害怕，就让它来去自由。”

海欣问后有的战士说怕；有的战士说不怕；最后大家的意见是：它如果再来，先不赶走，观察几天再说。

后来那条蟒蛇果然经常光顾堑壕，有时一天一趟，有时三五天一趟，看到掩体的门关着，它就不往里面去了，在堑壕里吃点剩饭剩菜待一会儿再走。它不但晚上来，白天也来，时间长了就像邻居串门一样。战士们知道它的来意，就经常把剩饭剩菜拿给它吃，有时还给它吃剩下的罐头和压缩饼干。只要战士们不赶，它就不急着离开。

再后来，八班战士每个人都不怕并喜欢那条蟒蛇了，要是它一连几天不来，战士们会说：“那个笨家伙怎么还不过来？我还给它留了几块午餐肉呢！”

三十 烂裆

雨季的刀山几乎每天都被云雾笼罩着，有时一连几十天都见不到太阳。

外面潮湿，掩体和猫耳洞里面同样潮湿，因为掩体基本上都是依山而建的，猫耳洞则有自然形成和人工挖成两种，雨水都能渗进去。有时外面下大雨，里面下小雨，外面雨停了，里面仍在下，在那些日子里，前线官兵整天都被潮湿所包围。他们大都来自内地，对边疆的气候很不适应，由于缺水不能经常清洗，很多人都得了湿疹，这在前线被叫做烂裆病。

得了烂裆病一开始很痒，一痒就挠，一挠皮肤就破，皮肤一破就要感染。后来感染面越来越大，不敢再挠了，于是结痂，流黄水，疼痛难忍。再后来好多人连短裤都无法穿了。

在那些阴雨连绵的日子里，八班战士除了站岗，整天就窝在四壁滴水、地面潮湿的掩体里，唯一的娱乐就是玩扑克牌。但他们十多个人只有一副扑克牌，还是贾兆栋从营房里带过来的。那副扑克牌他们在军列上就玩过，而且已经玩破了，当时有人提出把它扔掉算了，可是贾兆栋舍不得，下车时仍把它装进了挎包，想不到现在却成了宝贝。

十几个人一副扑克牌，只能有人打，有人看了。扑克牌玩到一定程度，不但打牌人高兴，看牌人同样高兴，有时看牌人还指挥打牌人出牌，即使出错了受到埋怨也面不改色。

出现烂裆情况后，八班战士一开始还能穿着长裤子站岗、打牌、看牌和聊天，后来觉得穿着长裤子不行了，疼，就只穿条短裤干这些。再后来连短裤头也无法穿了，只好在腰上围一件衬衣了事，反正都是男人，都是那个样子，谁也不会笑话谁。

在战士们裆烂的同时，那副扑克牌也越来越破了，贾兆栋不得不在破的地方贴上胶布，如果胶布帖在扑克牌里面，原来的数字和图像就不见了，于是就用圆珠笔写和画在胶布上。先是少数扑克牌破，出现了厚薄不一现象，后来整副扑克牌都破了，都需要贴胶布，又变得一样厚了，当然这个过程是漫长的。

胶布是白的，本来就容易脏，再加上战士们经常无法洗手，三五天时间就变成黄色的了，继而变黑。别看这时的扑克牌已经面目皆非，但就是久打不烂；拿在手上觉得厚实；轮起膀子甩得畅快。大家玩起它来兴致很高，要知道就这样的扑克牌很多人还玩不上呢！只有看的份。

连续十几个云雾天后，太阳终于从厚厚的云层中露了出来，八班战士个个都显得非常高兴，贾兆栋站在堑壕里对大家说："同志们，好不容易见到一个太阳，不到外面晒晒就太可惜了，粟合，你去拿几件雨衣铺在下面，咱们在这里边打牌，边享受日光浴。

粟合很快把雨衣抱了出来，并很快把它在堑壕里面铺好，于是有人坐下去边晒太阳，边打牌；有人仍在后面观看；有人则赤条条躺下去晒太阳。

后来打牌的人和看牌的人见躺下去晒太阳更加舒服，便不打和不看了，都赤条条躺下去晒。大家晒了一个小时左右，见皮肤已经发红，才觉得差不多了。这时贾兆栋才想到应该把被褥抱出来也晒晒，于是大家一齐动手进去抱。

被褥很快都被抱出来了，可是由于堑壕里面地方小，又不能放到外面去晒，就把刺刀取下来钉在堑壕两边的墙壁上，这样才基本上把被褥晾晒完。战士们拿开被褥揭下最下面那层塑料布时，才惊奇地发现正滴滴嗒嗒往下掉水，而且土还是软的，如果用手挖出来，不掺一点水也可以捏成小泥人了，心想：多亏了这层塑料布，要不然真不知道如何在掩体里面睡觉。

干完这些事贾兆栋说："老天爷如果再不出太阳的话，别说被褥潮湿了，就连咱们的五脏六腑也要发霉。同志们躺到被褥上继续晒太阳吧，让紫外线把咱们身上那些该死的真菌什么的统统杀掉。"

看到每个人都赤条条地躺下去晒太阳，贾兆栋忽然想起了在营房时全班洗澡的情景，可惜那时的十五个人，现在只剩下四个了，于是百感交集，忍不住又掉下了眼泪。他怕被战友们看到问这问那，就拉个枕头把脸盖住了。

当太阳偏西的时候，堑壕里就只剩下一线阳光了，不久连那一线阳光也没有了，但战士们谁都不愿意进入掩体，结果那天晚上他们都是在堑壕里过的夜。

为了治疗烂裆病，海欣又去了一趟营部，这次军医陈果富给他点紫药粉，嘱咐在水里搅拌后使用。海欣在那里见营首长正在召集各连长和指导员开会，他们每个人也只在腰上围一件衬衣，看来和战士一样都没有穿短裤。

海欣回去后，按照陈果富交待的办法，先把一包紫药粉倒入脸盆，再倒进去一些水搅拌，然后让贾兆栋先往烂裆上抹。想不到贾兆栋一抹上紫药水，便起身在堑壕里跑开了，他跑到这头，又跑到那头，也没有停住，并且脸色苍白，海欣一直等他停下来才有机会问咋回事？贾兆栋气喘吁吁地回答说："副连长，这是什么玩意啊？简直要把人疼死了。"

"这是消毒水啊！可能是比例不对，一会儿我打个电话再问问陈医生。"看到贾兆栋这么疼，海欣满怀歉意地说。

海欣打电话又问过陈医生，才知道兑的水比例小了，就按照他说的比例再次把药水调好，发现颜色比刚才淡了一些，但战士们抹上去后仍然说疼，还有不少人在堑壕里跳跃着来回跑，也有人用扇子猛扇的办法来缓解疼痛。

抹上紫药水虽然疼，但是还真管用，几天后就不再流黄水了，接着很快结痂，只是有好几天时间得叉着腿走路，而且过一段时间还会复发，很难根除。

三十一　拉拉河取水

一四五高地周围没有水源，就是有水源也不敢去取，因为越军占领的无名高地近在咫尺，怕与他们遭遇；也怕他们在水中下毒；更怕他们在水边埋设地雷。所以最安全的办法是接水使用，但只有雨天才能接到水，如果一连几天不下雨，连饮用水也无法保证，别说用来刷牙、洗脸和冲澡了。

为接雨水，战士们把所有能盛水的东西都放到外面，海欣还把小窝棚进行了改造，他把一块塑料布呈平行状绑到上面，中间低四周高，接到的水自己用不完时就送给战士们。

说也奇怪，自从贾兆栋他们那次晒过太阳，天就一直阴着，既没有雾也没有雨，一连七八天都是那样，饮和用的水成了一个急需解决的问题，而且是一个大问题。战士们都知道住处离拉拉河不远，于是纷纷要求去那里取水，说活人不能让尿憋死。

但上级刚刚下过通报，说越军知道我们可能要去拉拉河边取水，就派人过来在两岸埋设了地雷，有些连队已经在那里吃了亏，要求住在附近高地上的官兵尽量不要去，因此海欣一开始没有同意。后来他见战士们连吞咽压缩饼干都困难了，这样下去势必出现虚脱现象，影响战斗力，便同意贾兆栋他们去一趟试试。但反复交待到河边后一定要设法先排除地雷，否则水没有取到，人却伤亡了，不划算不说，还要被通报批评。

战士们听说可以去取水了，都显得非常高兴，贾兆栋决定当天晚上出发，而且亲自带人去。走前他们在废旧工事里找到三个汽车内胎，又在附近找到一些之前兄弟部队为了接水而被越军炸飞的毛竹片。他们认为一六二高地东边离边境线近，越军在那里埋设地雷的可能性也大，再说夜晚那里可能也有越军特工活动，上次被抓到那个便是证明，就选择到桥南边一点的地方去取。

天渐渐黑了下来，贾兆栋带上何一祥和何光荣正准备出发，海欣又拿过来一盘绳子让他们也带上，说竹片的长度不够，可以用绳子把它们接起来探雷，这样危难性就会小些。

贾兆栋他们先走到桥西头，再摸索着向南大约走了一百米，在距离河边五六十米处的山脚下停了下来。西边的山虽然不是很高，但一直漫延到一四五高地。三人在一块大石头边上放下东西，寂静的夜幕下他们可以隐约看到幽幽的河面，也可以听到潺潺的流水声。七八天来，他们每天只能分到节约下来的半茶缸水，而且还变味了，个个都像久旱的禾苗，急切等待灌溉。此刻他们看着河床，听着比音乐还要动听的水声，要不是来前海欣千叮咛万嘱咐注意安全，早就奔过去了。

竹片很快被三人接好了，两节加在一起十五米左右，贾兆栋试了试正好，再长了不好拿着操作。做好准备工作，贾兆栋让两个部下隐蔽在石头后面，然后趴下去一点点向前伸出竹片，无论何一祥和何光荣怎么要求，他都非要亲自操作不可。

河岸上不但有石头，还有带刺的灌木等障碍物，探索过程相当困难。为了防止地雷随时爆炸，贾兆栋不敢把头抬高，不久他的两条手臂就酸了，灌木上的刺还把他的衣服和裸露在外面的肌肉划破，钻心地疼，手上粘乎乎的都是血。

但只要地雷不爆炸，贾兆栋对那些都不在乎，他闻着青草的芳香，舔着干裂的嘴唇，听着诱人的水声，想到不但自己即将喝到甘甜的河水，也把甘甜的河水带给首长和战友，就忘记了自己的疲劳和痛苦。

贾兆栋小心翼翼地做着每一个动作，何一祥和何光荣都为他捏一把汗。中间贾兆栋停下来休息的时候，两个部下都过来要求替换，但他还是不同意，说自己刚总结出来一点经验，他俩干不好。两个部下当然知道贾兆栋要把危险留给自己，都从心底里佩服这个班长。

贾兆栋终于把竹片伸到了河边，这时他已经探出一条两米宽的通道，于是起身走到岸边站了起来。但直到这时他才发现蹲下去够不到水，原因是脚下有一道齐刷刷的坎，水在两米之下的地方流淌，不拉住绳子下不去，而跳下去后无法上来。就在贾兆栋为难的时候，看到南面大约五米处有棵小树，带来的绳子还有，把它拴到小树上拉着可以下去。

幸亏当时贾兆栋没有直接到小树跟前去，要不然他的故事就得另外写了。贾兆栋向小树那里走了两步才停住说："他妈的，九九八十一拜都做了，咋就忘了这一哆嗦。"于是回到竹片西头再次趴了下去，接着重复刚才的动作，大约五秒钟后，不但他们三个，连周围十几里外的人都听到了轰隆声，不少人还看到了火光，轰隆声和火光都是从那棵小树上发出来的。听到响声，贾兆栋首先懵了，他出于本能立即双手抱头，随即感到很多东西都"唰唰叭叭"砸到自己身上，当时他的第一反应是：这次完了，我不缺条腿也得少条胳膊，恐怕连命都保不住了。可是过后摸摸四肢却是完整的，身上其它部位似乎也没有受伤。

躲在大石头后面的何一祥和何光荣听到爆炸声，都不顾再次爆炸的危险，立即沿着探过的通道向河边跑来。他俩都以为贾兆栋牺牲了，可是跑到跟前一看，却发现他站在那里发愣，于是便把他紧紧抱住，贾兆栋对两个部下说："真玄。"

"班长，你受伤没有？"何一祥和何光荣都关切地问。

"没有。"贾兆栋说这句话时心还在"嗵嗵嗵"乱跳，还没有从震惊中完全清醒过来。

"班长，你没有受伤就好。现在应该没事了吧？我去拴绳子下去。"何一祥看着那棵只剩下了半截树干的小树说。

"不行，刚才我好像只探到小树下面，周围可能还没有探过，已经够大意了，再也不敢马虎。"贾兆栋说罢让两个部下回去继续躲蔽。

不久，贾兆栋不但把小树周围都探了一遍，还把河岸下面也探了一遍，才迈着沉重的步伐回到两个部下跟前说："小树周围已经没事了，河岸下面也已经没事了，但我们得过一会儿才能去拴绳子和下河取水，因为越军肯定也听到了地雷爆炸声，看到了火光，他们很有可能要向这里打炮。"这时他的头脑已经完全清醒了。

反正时间还早，三人便在厚厚的草地上躺下休息，同时猜测着越军会不会向这里打炮，两个人说会，一个人说不会，他们的争论还没有结束，答案就已经出来了：在寂然的夜空中，他们首先听到了炮弹出膛的声音，接着一发炮弹落到小树前面一点爆炸，激起的河水竟飞到几十米之外，把三个人的衣服都打湿了。之前他们都以为只有下河才能接触到水，想不到躺在几十米之外的地方也能接触到，当时心里也想：完了完了，只接触到河水但喝不上了，白来一趟，回去如何向那些嘴唇同样干裂的首长和战友交待！

贾兆栋除了担心完不成任务，还有些后怕，他一拳砸在石头上说："我这个人太粗心了，差一点让咱们三个人都报销了。"

“班长，你不要想那么多，你不是已经提前采取措施了嘛！所以我们才没有受到损失。”何一祥安慰他说。

“班长，今天我们三个人出来完成任务，而你却把最危险的事情都揽过去了，让我们非常佩服，觉得你既是我们的好班长，又是我们的老大哥，比亲兄弟还好。”何光荣也安慰他说。

听到两个部下的真诚安慰，感动得贾兆栋差一点流下眼泪，他说：“感谢二位兄弟，等他们炮击过后我们还到河边去，既然来了，不把水取回去怎么行？”

越军一共向河里打了三发炮弹才停住，但谁也不知道接下来会不会再打，于是贾兆栋让何一祥留下来警戒，自己带上何光荣又去了河边。这次他俩把枪也带上了，为的是应付可能闻声过来的越军特工。

贾兆栋把绳子在小树干上拴好，觉得十分牢固了，才抓住下到水里。水及腰部，没有原来想象的那么深，水流也没有原来想象的那么急，他站在水中问岸上的何光荣：“上面有什么情况没有？”

“班长，没有，如果有情况何一祥会跑过来报告的。”

“那你也下来吧。”贾兆栋说罢把绳子这一头盘起来扔上岸，接着就迫不及待地喝起水来。喝饱水，贾兆栋觉得精神多了，抬头时发现何光荣已经下来了，也在迫不及待地喝水，于是便把套在身上的汽车内胎取下来往里面灌。谁知这时越军又打过来一发炮弹，掀起的巨浪把两个人都冲走了。

何一祥在上面再次听到爆炸声心中又是一沉，接着不顾一切向河边跑来，实际上这时的“安全通道”已经不安全了，因为虽然没有地雷却有随时都可能打过来的炮弹，他一边跑，一边喊：“班长，何光荣，你们怎么样了？”声音好像是哭出来的。

何一祥跑到河边时还在喊，但他仍然没有听到回答，心想：炮弹离他俩这么近，班长和何光荣可能都牺牲了。但他活要见人，死要见尸，不会一个人回去的，于是急忙找到小树干上的绳子拉住也下到水里。可这时巨浪已经消失，河水归于平静，何一祥除了河水什么也看不到，心情降到了极点，连早已盼望的清凉河水也忘记喝了，只呆呆地在那里发愣，过了一会儿才顺着河边向下游走去。

由于贾兆栋和何光荣所处的位置比较低，又处在那个两米高的死角上，才没有被弹片击中。更万幸的是何光荣已经下来了，如果晚一分钟，他可能就牺牲在岸上了，岸上近处连一点保护都没有。他俩被巨浪冲走后，在一个河湾处打了个旋，因此并没有远离下河的地方。不久他俩都抓到石头站住了，然后沿着河边慢慢往回走。因为天黑，所以这时三个人互相看不到，都有种十分无助的感觉，才真正体会到什么叫集体的力量和温暖。

听到喊声，何一祥才知道贾兆栋和何光荣还活着。不久三人重逢，都有种死后重生的感觉，说不出的高兴，但贾兆栋听到他俩的讲话声很弱，像蚊子叫，才知道自己的耳朵基本上失聪了。

一阵激动过后，三人回到下水的地方寻找汽车内胎，但那条内胎早已不见踪影了。幸好上面还有一条，何光荣马上上去拿了下来；何一祥则抓紧时间喝水；贾兆栋才想起痛痛快快洗澡，接着三个人都洗。带来的那条绳子很长，为了不被再次冲走，他们都把绳子系到腰上，并把身体紧紧贴住河岸。

海欣听到从河边传来的地雷爆炸声后说了声："不好！"急忙跑到堑壕里对战士们说："同志们，你们班长他们可能出事了，我带康彦志和苏运峰过去看看，其他人继续坚守岗位。"说罢急忙带着人走了。贾兆栋他们走后，海欣的心就一直悬着，他坐在小窝棚外面不时地看表；计算着三人到了什么地方；估计现在在干些什么；可能遇到什么情况，想不到真的出事了。

海欣三人一下山就往拉拉河方向跑，可他们刚跑不久，就又听到了爆炸声，并听出这次不是地雷而是炮弹，还一连几个。

听到一系列爆炸声，海欣的心情坏到了极点，觉得对不起他们三个，更对不起他们的家人。可当他们跑完大约一半路程时，突然发现从对面跑过来三个黑影，便在敌我不明的情况下躲藏起来。待黑影走近，三人才认出那是贾兆栋他们，那个高兴劲就甭提了。

三十二 黑夜上山背遗体

后来贾兆栋他们又去拉拉河边取了几次水，还是那个地方，不过再也没有出过事。几天后下起了雨，而且这次一下就是很久。在雨中的一天，凌晨三点左右，正在睡梦中的海欣被一阵猛烈的炮击声惊醒，他以为越军又要攻占一六二高地了，就急忙钻出小窝棚查看。可是东面没有一点动静，南面却火海一片，照明弹和炮弹爆炸时引起的火光，把二一一高地照得如同白昼，就连它东边的老青山也能看到。

看到这个情况，海欣赶紧打电话询问，得知我军在拔点，也就是收复被前面轮战部队丢失的二一一高地。

二一一高地是个不起眼的山头，它东西仅长五十米，南北仅宽三十米，几乎与老青山处在一条平行线上，南面也是国境线。但这个小山头却成了两国必争之地，以至后来发生在那里的战事不但惊动了我国高层，连越南最高领导人黎笋也知道了，并且亲自下达攻占命令，双方的死亡人数远远超出了人们的想象，可谓惊天动地。

二一一高地虽然在我国境内，但在前面那个轮战部队到来之前就被越军占领了。前面那个轮战部队到来后，曾组织力量一举夺了回来，因为夺回那天是二月十一日，所以山头就以这个日子命名。前面那个轮战部队把高地夺回来后，一直守到他们即将撤退才被越军重新占领，那时他们已经接到了撤退命令，想再夺回来交给后面的轮战部队已经来不及了。

在二一一高地西边一百多米处，还有一个不大的山头，那里就是刀山东侧另一个无名高地，目前也被越军占领，距一四五高地西边的无名高地仅五六百米，南北呼应；二一一高地正南方一百多米处是越军在前线的最大炮阵地，只不过它隐藏在一个盆地里，至今我军还不知道它的具体位置，只知道一直从那里射出炮弹，对我军威胁很大，打向三连、团司令部和“生死线”上的炮弹都是来自那里，我军曾多次想用炮弹摧毁它都没有用。刀山东侧一共有六个高地，在这次拔点之前就被越军占去了三个，这也是我军下决心夺回二一一高地的一个原因，但主要原因是出于政治方面考虑：

海欣他们一接防，时任总参作战部部长的张林就在电话里对唐泉东说：“唐军人，别看那个二一一高地上面只有一百多平方米大小，和一套普通住房的面积差不多，但除了是我国的领土之外，它得而复失，已经在军委首长中造成了很大影响，所以在你们轮战期间一定要设法夺回来。”

唐泉东他们认真研究了张林的指示，认为上级只说在轮战期间设法夺回来，没有规定具体时间，就准备过一些日子，待部队适应这里的环境后再说。当然唐泉东他们也定了一个大致时间，那就是十一月上中旬，因为那时除了部队已经基本适应这里的环境外，雨季也过去了，拔点相对容易些。但军参谋长苏永升对这样的安排持保留意见，他的主张是立即收复，说夜长梦多，越拖下去事情就越麻烦。苏永升一直在上级机关工作，来前才当的军参谋长。

苏永升的不同意见虽然在军党委会上被否决了，但随后发生的一件事不得不把拔点任务提前进行，那件事就是西哈努克亲王再次来访了。西哈努克亲王眼看柬埔寨战况吃紧，便请求中国军队加大对越军的打击力度，以牵扯他们在柬埔寨的兵力。出于国际义务考虑，我国领导人同意了西哈努克亲王的请求，于是进攻便开始了。

由于海欣所在团已经驻守高地，撤换一次不容易，主攻任务便由另一个团担任，所以此事海欣他们事先并不知道。

那天的战斗持续三个多小时才结束，海欣始终为兄弟部队捏一把汗，怕他们夺不回高地；怕他们虽然把高地夺回来了，但伤亡惨重。中午时分，付孔亮打来了电话，说：“海欣，告诉你一个好消息，我军已经收复了二一一高地，战斗进行得还算顺利，但也付出了八人牺牲的代价，伤员就不说他了，所以你们的任务也跟着来了。”

“连长，什么任务？我们坚决完成。”

“上级说老青山距离二一一高地最近，让我们今天晚上派人去把那八位烈士的遗体背回来。你在三排挑些人去吧，有什么困难在电话里说。”

“连长，我明白了，兄弟部队那么辛苦，我们应该去完成这项任务。天一黑我就带人过去，拂晓前一定把那八位兄弟的遗体背回来。”

“你是副连长，不必样样事情都带头，还是让骆三贵带人去吧，他是代理排长，多锻炼一下也好。”

“连长，骆三贵是要去的，但这样的任务我们连第一次接受，不能出错，我不跟着去不放心啊！”

“那好，天黑路不好走，注意安全。”

放下电话，海欣把骆三贵、钟虎、黄金庵、贾兆栋等骨干挑了出来，然后组成了一个十二人的夜背烈士遗体行动小组，加上自己共十三个。他命令小组成员傍晚时分从各自驻守的高地出发，晚上八点钟之前务必赶到老青山上汇合。

当海欣和贾兆栋一起到达老青山时，骆三贵和钟虎等人已经到那里了，于是海欣立即向大家布置任务，他指着西边说：“同志们，今天我军在那里拔点的事，想必大家都知道了，路上也可能猜到来这里与今天的战斗有关，所以在这个问题上我就不多说了。二一一高地已经被我军收复，现在上面有兄弟团的一个班驻守，但是八位烈士的遗体还躺在山脚下。二一一高地西边是被越军占领的无名高地，两处相距很近，所以驻守的那个班不敢离开哨所出来寻找，怕高地得而复失，要靠我们去把烈士遗体运回来，准确点说是摸到后或背或抬回来。至于越军的遗体，友军在电话里说都被集到西南面了，越军会抬走的。

据友军介绍：高地上只有三个哨所，分别设在东南角，西南角和北边。三个哨所其实就是三个山洞，东南角和西南角的在山顶上，北边那个在悬崖上，通常情况下每个哨所都只能容纳四到五人，三个洞的人数加起来正好是一个班的兵力。”

海欣稍微停顿了一下又说：“经过我军地毯式的轰炸，不但守在上面的越军已经全部报销，连山上和周围的地雷也被全部引爆，所以我们到那里后，可以在不发出亮光、不弄出响声的情况下大着胆子寻找。”

接下来海欣把十二人分为四个行动小组，每小组三人，骆三贵、钟虎、黄金庵和贾兆栋分别担任小组组长。规定：打绑腿，穿深腰解放鞋，带枪、水壶、挎包、担架和麻袋；大家一起摸索到那里，并找到一处明显标志后，各小组再分别行动；最迟在拂晓之前，各小组一定要到明显标志处集合，然后一起撤回。

海欣在布置任务的时候，骆三贵和钟虎都想到了部队前进受阻那天看到的一幕，想不到同样的任务这么快就轮到了自己头上。两人在兴奋之余都感到十分紧张，怕完不成任务，对不起那几位为国捐躯的弟兄。

晚上八点多钟，夜背烈士遗体行动小组出发了。老青山和二一一高地之间是一片高低不平的开阔地，海欣他们都没有走过，怕有地雷，便选择从小溪里面走。小溪沿着老青山西侧的山脚自北向南流淌，海欣他们跟着水流走。溪水虽然不宽也不深，但时深时浅，鹅卵石非常光滑，有的地方还杂草丛生，唯一的好处就是相对安全。

海欣他们一踏进小溪，就惊得那些青蛙、蚂蚱、水蛇等小动物到处乱窜，但被称做云南十八怪之一的蚊子，却飞走后很快又回来了，它们叮住海欣他们暴露在外面的皮肤拼命咬。部队到达前线后，骆三贵才知道云南的蚊子果然名不虚传，它们比内地的同类要大好几倍，主要是腿长。

海欣他们沿着小溪一直走到二一一高地东南方向才上岸，正准备与上面的人接头，就听到有人轻声说："海欣副连长，下面是你们吗？"

听到浓重的山东口音，海欣确定是自己人，于是急忙回答说："是我们，同志们辛苦了！"不久他们看到走过来两个人，通过介绍，知道一个是班长夏文永，另一个是副班长况远桂，据他俩介绍：凌晨冲上来的勇士很多，但由于隐蔽处少，最后只留下十五人驻守。可那十五个人并非来自一个班，而是来自好几个连，夏文永他们半小时前上来后那十五个人才下去，夏文永他们上来的时间短，不知道烈士们躺的具体位置。

海欣知道夏文永他们还有许多事情要做，便问周围哪里有明显标志，夏文永说："我们刚才是从西北角摸上来的，那里有一块独立石，高约五米，早上咱们的突击队就是从那里冲上来的，你们可以把那里当做集合处。"

在夏文永和况远桂的带领下，海欣他们很快看到了独立石，这时夏文永指着东南方向的悬崖说："你们听说的北边哨所就在那里，与独立石也就五十米左右。"黑暗中海欣他们虽然看不到那个哨所的具体位置，但总算知道那个地方了，当时海欣怎么也想不到几个月后还会来到这里，而且还进了那个哨所。夏文永和况远桂走后，海欣就有关问题再次做了强调，接着各小组分头寻找烈士遗体。

那晚天黑得伸手不见五指，十三个人都来自农村，他们在老家时最怕的就是死人，只要村边埋了新坟，走路时就是大白天也要设法绕开。

连里为了锻炼新兵胆子，还专门组织了夜间训练，内容之一就是去坟地里取纸条。纸条上面有字，是班长写上去并分别压到坟头上的，天黑后让新兵们单个去取回来，并亲手交到班长手上才算完成任务，取之前班长为大家壮胆子说："人死如灯灭，世界上根本就没有什么鬼魂，人类在地球上已经生存了几百万年，如果每个人死后都留在地球上一个鬼魂的话，如今就没有人们站的位置了，所以大家都不要害怕。"战士们想想也是，几百万年，要生生死死多少人啊！地球就这么大，要是真有鬼魂的话，恐怕一伸手就能抓到好几个了，人类还怎么生存？也没有灵魂上天一说，纯属人类自己安慰自己。

通过认识大自然和实地锻炼，他们便不怎么害怕了。但那时看到的毕竟只是一堆土，下面才有死人，而现在不但要和烈士遗体见面，还要亲手把它装进麻袋，并扛在肩上往回走。在这种情况下谁要说不害怕那是假话，要不然上级也不会为这事记功了，当然记功这事他们是在私下里听说的。

四个小组分别行动大约半个小时后，贾兆栋隐隐约约听到邻近小组里一个人说："这里有一个，我们找到了。"声音中透露着兴奋。一听到邻近小组找到烈士遗体，贾兆栋便着急起来，他怕遗体都被别的小组找到，到最后自己的小组连一具也没有，让大家议论纷纷不好，于是就把战士田德良和董嘉顺叫到身旁说："他们的话你们两个人也听到了吧？人家已经找到了，可我们连一个影子也没有看到。我们之所以到现在还没有找到烈士遗体，就是因为三个人靠得太近了，这样下去不行，得拉大距离。"说罢贾兆栋居中，田德良和董嘉顺一左一右，每人相距三米左右继续寻找。

这点距离，一开始三人都能互相隐约看到，可是走着走着，距离就在不知不觉中拉大了，到后来再也看不到对方在什么地方了，又不敢喊，怕被从无名高地上过来的越军听到。

为了看清楚地面，贾兆栋尽量把腰弯下去摸索着一点一点向前走，只要看到土堆或弹坑，就在那里反复寻找，甚至把手伸到土堆里挖。不久贾兆栋失足跌进一个弹坑，他爬起来后正喘着气懊恼，突然发现角落里有个人影，于是心脏便加快了跳动，他一时不敢接近对方，就站在对面角落里轻声喊："同志，同志，你能听到我的声音吗？你还活着吗？"听不到回答，贾兆栋知道对方已经牺牲了，便害怕起来，一个箭步窜出了弹坑。直到这时，他才后悔自己刚才的决定，黑暗中发现一具遗体，而且是在弹坑里，就是他俩在这里也害怕呀！现在周围却连一个人影也没有。

但既然发现了烈士遗体，就要带回去，而且刚才还怕找不到呢！如果现在离开去找人过来帮忙或壮胆，还能回到这里来吗？天这么黑恐怕难。如果回不到这里来，烈士遗体就可能被遗忘在这里，那时完不成任务不说，良心也会感到不安的。想到这里，贾兆栋毅然跳了下去，并壮着胆子走到遗体跟前，闭上眼睛往上套麻袋，为了壮胆安慰自己还自言自语说："兄弟，我知道你还活着，不吭气是为了吓唬我。知道你还活着，我就不害怕了，活人有什么好怕的，你又不是越南兵，越南兵我也不怕。现在你受伤不能动了，所以我要把你装进麻袋扛过去，那边有咱们不少人哩！整座山上有不少人都在寻找像你这样的重伤员，都找到后咱们一起回去……”能想到与此有关的话题贾兆栋都说，尽量不使脑子空下来，但就是不提“死人”和“遗体”这些字眼，要不然他非崩溃不可。

要说这一招还真管用，贾兆栋扛起那具遗体时便不怎么害怕了，可是那具遗体非常重，他是把它一点点拖到弹坑外面才蹲下去扛起来的。贾兆栋扛起那具遗体时，感觉上面还有一些温度，这就找到了依据：我背的是个活人还怕什么？有了这个依据，贾兆栋就可以边走，边和肩上的人说话了，他说：“这位兄弟，咱们可都是一起乘军列来的呀！说不定还在一个兵站里冲过澡呢！你们那个连的人跳下军列后，是不是也争先恐后往厕所里跑啊？反正我们是，我们人多的时候，一个蹲坑上曾经同时出现过八瓣屁股，哈哈！不管在什么地方，那也是一道风景啊！不当兵的人看想也看不到……”没人回应，他就这样一直说下去，想不到其它话时就重复了再重复，还是不让脑子空着。

贾兆栋身高一米八二，体重一百四十多斤，入伍前曾在老家扛过装满小麦的布袋，那些小麦的份量和他的体重基本相等，可他那时并没有感到吃力，而现在却觉得步履艰难了，说明肩膀上的兄弟比那一布袋小麦还要重。

贾兆栋把遗体扛上肩不久，麻袋就脱落了，遗体上头在贾兆栋身后晃来晃去。在这种情况下他不敢把遗体放下来再套麻袋，怕这时体力已经不支，扛不起来，也怕看到那张毫无血色的脸，只好紧紧抱住遗体的双腿艰难地走路。但由于遗体太重，他只用一个肩膀扛着受不了，只好换肩。一换肩，遗体的头就不得不到前面来了，他只好用麻袋把它包住，然后继续自言自语，继续深一脚浅一脚急急忙忙艰难地赶路。

好在贾兆栋没有走错方向，等他把遗体扛到独立石那里时，发现有的战友已经回来了，便说：“这位兄弟太重了，大家赶快过来帮忙把它放下来吧。”

遗体被放下后一个战士说：“八班长，怎么就你一个人回来了，田德良和董嘉顺呢？”

“天黑，我们找着找着不知怎么就分开了。你们帮我把这位兄弟看好，我这就去找他俩。”贾兆栋大口喘着气回答说。

“八班长，看你累的，已经找到一位兄弟，就别去了。刚才副连长说已经过了午夜，也过去寻找了，他是边找牺牲的兄弟，边找咱们排的人，这时你如果再出去，恐怕大家都回来后还要去找你。”另一个战士说。

贾兆栋想想也是，再说也感到非常累了，便仰面躺下去休息，心想：怪不得人们都说死沉死沉，今天算是有体会了。身边有人了，他才敢去想那个“死”字。他躺的那个地方距离找回的几具烈士遗体只有两米远，但有了刚才的经历，一点也不觉得害怕了。

这时黄金庵也没有回来，他们那个小组一开始是手拉着手寻找的，排列的宽度在六米左右。他们找到第一具遗体后，黄金庵让陈克原背上先走，并对他说："我和杨君华不知要找到什么地方，所以你就不要回来了，回来也找不到我们，就在集合处等吧！"

不久，黄金庵和杨君华找到第二具遗体，黄金庵又让杨君华背上先走，同时告诉他也不要回来了。接着黄金庵一个人寻找，这次他找了很长时间，才发现一个地方的土特别软，就蹲下去摸，一摸竟摸到一条大腿，因为有刚才接触两具遗体的经历，所以虽然只剩下他一个人也不怎么觉得害怕了。黄金庵急忙把那具遗体从软土堆里拖出来，并迅速用麻袋套好，然后扛上肩就走。虽然前两具遗体他没有扛过，但托住往战友的肩上放过，相比之下，他觉得这具遗体要轻一些，就一边走，一边想：看来这哥们偏瘦，体重可能和九班的粟合差不多，不过瘦小的人灵活，冲山头时跑得快，可是这哥们还是没有跑过枪弹。

往回走的时候黄金庵甚至还有些高兴，因为这里共八具烈士遗体，而他们一个小组就找到三具，超过了平均数。一高兴，黄金庵就走错了方向，等他回到集合处时，所有人都回来了。

海欣见黄金庵也回来了，才如释重负地说："经过同志们的大半夜努力，现在八具烈士遗体都找到了，虽然有的已经不太完整，但可以拼凑成三具，另外五具是基本完整的。"

看着地上的烈士遗体，大家都不再有恐惧感了，只有心情沉痛，知道他们的今天也许就是自己的明天。接着海欣把往回抬的任务也进行了分工：除骆三贵那个小组负责抬两具完整的遗体外，其它小组都负责抬一具完整，加一具拼凑遗体。

因为那具最大的遗体是贾兆栋找到的，所以他要求由自己的小组抬。海欣表示同意后，贾兆栋打开一副担架，在田德良和董嘉顺的帮助下，首先把最大的遗体放了上去，然后放拼凑的，再用背包带捆好。

返回时负担重了，在小溪里抬着担架走很难，于是大家干脆把遗体重新扛到肩上，只是都往上面多套了几条麻袋。

黄金庵也要求抬他们组最后发现的那具遗体，海欣也表示同意，后来黄金庵一路都扛着它，让组里另外两个战士轮流扛麻袋里的不完整遗体。大家在小溪里走路时免不了摔跤，要互相搀扶着才能起来，但黄金庵每次都能自己爬起来扛上再走，还像其他战友那样对遗体说：“对不起！我没有把哥们扛好，摔疼了吧？”问后不等待回答，因为知道回答不了。

大家终于回到了老青山西侧，海欣喘着气说：“现在我们已经回到了安全地带，总算把弟兄们都接回来了。咱们马上要上去了，大家都停下来喘口气，然后趁这里有水，先把咱们自己的身体清洗一下，再给烈士兄弟洗个澡，让兄弟们干干净净躺到咱们上下山的地方休息，然后等待军工来接。”老青山高，且陡，遗体扛不上去，在军工过来抬走之前只能放在那里，但需要看守，这点海欣早就想到了。

黄金庵把肩上的遗体放到一边，接着很快把自己的身体清洗干净，然后摸索着给遗体清洗，当然并不需要脱下衣服。直到这时，他才发现那具遗体上的肌肉并不少，心想：原来这哥们平时喜欢锻炼身体啊！要不然大腿、屁股和胸前的肌肉不会这么多。

三十三 原来是具越军女尸

海欣他们把遗体扛到上下山的地方时天还没有亮。经询问得知途中六人摔伤，钟虎摔那一跤最厉害，两根肋骨断了，当然是到医院后才发现的，其余五个人的伤势都比较轻。

直到下午海欣才从七班住的掩体里醒来，这时昨晚参与执行任务的其他人仍在睡觉。天一黑抬遗体的军工就要来了，他想再去看看那些烈士。准备下山之前，他向西面看了一眼，发现二一一高地上面宁静一遍，仿佛昨天什么事情都没有发生一样。收回目光，海欣向悬梯那里走去，这时他突然看到战士刘宏爬了上来，并喘着气说："副连长，有个重要情况要向您报告。"

"别着急，什么情况你慢慢说。"

"按照您的吩咐，我们几个人把烈士遗体重新整理了一下，结果发现其中一个竟然是女的。"

这里没有条件为烈士换衣服，看不到里面是什么样子；有的烈士生前只有十八九岁，连胡子都没有长出来。因此海欣以为战士们看错了，便笑着说："不会吧？烈士中怎么会有女的。"

"副连长，是真的。"

"那你们是怎么看出来的？"

刘宏犹豫了一下说："是胸部，那地方鼓鼓囊囊的……"他吞吞吐吐没讲完脸就红了。

“你们看到遗体胸部鼓鼓囊囊，难道就能断定那是个女的了？好多男兵胸部肌肉也很发达啊，比如篮球队员。少说我军在前线也有上万人，为了拔一个小点，绝对不可能让女兵往上冲的。在前线的女兵中大都是医护人员，昨天凌晨她们可能参加战斗了，但只是在下面救护，如果真的有个别女兵牺牲，上级在交待任务时早就说明了。”

“但它穿的是越军服装，上面好像还有军衔。”

当时我军取消军衔后还没有恢复，因此战士们不认识那些标识。听说那具遗体不但胸部鼓鼓囊囊，还穿着越军服装，戴着军衔，海欣便不再说话了，要下山看个究竟。可他再次把脚步迈向山边时，突然发现黄金庵从掩体里面窜了出来，并在经过海欣和刘宏身边时，连一句话也没有说就向悬梯那里跑去，然后匆匆下了山。黄金庵的不正常表现使海欣又是一愣，心想：黄金庵这是怎么了？过去从不这样啊！

原来就在刘宏向海欣报告情况的时候，黄金庵已经醒了，只是因为夜里过度疲劳，加上左腿膝盖上有伤，就没有把眼睛睁开。当他听到刘宏报告说其中一具遗体是女的时，马上想到了昨天晚上自己扛的那个，清洗时他不但摸到大腿、屁股和胸部上的肌肉很多，而且头发也很长。因为是具遗体，所以当时他没有多想，现在回想起来那正是女性的特征，于是觉得出大事了，才猛地一下睁开眼睛起身窜了出去，由于过于激动，见到海欣也忘记打招呼了。

黄金庵沿着悬梯还没有下到平地，就扭头向摆放遗体的地方看去，可是那地方离悬梯比较远，他看不清楚，便提前一米多跳了下来，接着直奔遗体，随后便在那里愣住了：那具他背回的遗体上面的确穿的是越军服装；胸部的确不是一般的鼓；头发也的确不是一般的长；而且露在外面的地方细皮嫩肉；最明显的标志是耳朵上戴着一对银耳环，还在太阳的照耀下闪闪发光；年纪在二十五到三十岁之间。黄金庵又去看那具遗体上的领章，发现只有一个，另一个可能被自己在无意中扯掉了，尽管上面仍有一些泥泞，但也能分辨出那是越军的标记。看到这些，黄金庵立即变得脸色铁青，整个人像掉进了冰窟窿，就连刘文兵等战士给他打招呼也没有听到。

等海欣扶着悬梯下到平地，黄金庵心中的怒火也燃烧到了一定高度，他突然对围观的战士大声喝道：“看什么看，有什么好看的，都给我走开。”

在场的七班战士不知道越军女尸与黄金庵有关，被骂后觉得莫名其妙，之前他们从未见到黄金庵发这么大的火。

黄金庵刚骂完，海欣就赶到了，他大声说：“七班长，你这是干什么？简直胡闹。”

听到批评，黄金庵当着部下的面流下了眼泪，并委屈得像个孩子，他说："副连长，我们辛辛苦苦奔波了一夜，还差点把命搭上，可背回来的却是个越军遗体，还是个女的。"

海欣听罢看了黄金庵一眼，接着走下山沟，见果然是一具越军女尸，就上来安慰黄金庵说："天那么黑，咱们谁也无法看清楚遗体的服装和面目，因此这事不怪你。你现在的心情我理解，但即使是敌人，死后也应该得到尊重！"

黄金庵听到安慰气才消了一些，也意识到自己的行为不妥，便说："出了这样的事，人家怎么看我，恐怕跳进黄河也洗不清了。还有一个重要问题，那就是我把它当成其中的一个战友背回来了，这样我们的烈士遗体不就少一具吗！"

"你说的这个问题有可能出现，但是友军明明告诉我说，八具烈士遗体全在高地东北两边，我们在那里花了大半夜时间，几乎把每一寸土地都搜索过了，怎么还会把遗体留下？为了搞清楚这个问题，我们只能把带回的零散遗体重新拼凑一下了，如果数量真的不够，再想办法解决。"

"副连长，重新拼凑后如果发现烈士遗体数量不够，今天晚上我一个人上山去找，不连累大家。"黄金庵满怀歉意地说。至此，他觉得自己不应该想这想那了，重要的是烈士遗体不能少，那位兄弟已经为国捐躯了，不把他的遗体带回来安葬怎么行？

大家暂时顾不上沟下的女尸，立即动手把麻袋里的肢体全部倒出来重新拼凑，结果发现：昨天晚上草草拼成的三具遗体，竟然是由四位烈士的部分肢体组成的。

这一下问题解决了，但黄金庵考虑到山上可能还有部分肢体，仍然坚持说晚上再去找，但海欣却对他说："这个情况昨天晚上我就想到了，发生战斗时双方炮火纷飞，烈士的部分肢体很可能再也找不到了，别说晚上，就是大白天去也很难发现。一会儿我设法与上面那个班联系一下，请他们合适的时候再找找看。"

听海欣这样说，黄金庵才打消了再去寻找的念头，但他怕这事让更多的人知道，就说："副连长，您向上级汇报情况和与上面那个班联系的时候，会不会提到背回一具越军女尸的事啊？"

"黄金庵，这件事出得非常离奇，可以说整个前线少有，所以很难堵住大家的嘴。既然我们不能控制消息外传，那就不如干脆如实汇报，当然目前还没有对上面那个班说的必要。"

海欣说罢见黄金庵欲言不止，知道他还在想这件事，于是又说："黄金庵，你就不要再抱什么幻想了，因为我们这里的人来自三个高地，就是我下令保密，他们回去后不久全排也会知道的，既然全排知道，那么全连、全营、全团甚至全师的人都会知道，每个人都有老乡，每个老乡都有一张嘴，堵住了这个，堵不住那个。所以封锁消息这件事别说我做不到，就连军长下令保密也难以做到。尤其你小子背回的是一具越军年轻女尸，背回的要是一个越军老太婆，或者一具越军男尸什么的，恐怕就没有人会感兴趣了，因此我想：充其量就是背错一具遗体嘛！又不是什么大不了的事，人们要说就让他们说去吧。在昨天晚上那种情况下，就是他们去了也会出错的。再说出错不是你一个人的责任，我带队，责任比你们都大，上级如果追查下来，让他们批评我。但我估计这事是没有人来追查的，除非那些人闲得发慌，专找缺德事干。”

海欣一席话，把黄金庵紧皱的眉毛说开了，他说：“副连长，您分析得有道理，这件事在前线的确是个重大新闻，任何人想瞒也瞒不住，那就让他们传播去吧，我一人做事一人当，大不了挨顿批评。”

“黄金庵，我分管你们排，这件事只要我不批评，其他人谁还会过来批评你呀？”

“那么我们如何处理这具越军女尸啊？军工们过来是不会把它抬走的。”

海欣故意笑而不答，反问黄金庵：“你说如何处理才好？”

黄金庵认真考虑了一下才说：“既不能送回二一一高地，也不便通知越军来取，因为他们要问尸体是如何来的，我们解释半天，他们也不一定相信，弄不好搞得全世界都会知道，所以我认为还是就地掩埋为好。”

“行啊，黄金庵，当班长后会动脑筋了。如果这件事被那些军事顾问或战地记者知道，真有被全世界知道的可能。那就按照你说的办法就地掩埋吧！到了合适的时候，咱们再设法通知越方来取，当然那时取不取回尸骨是他们的事。那么你看是埋在高坡上好呢！还是不用抬上来，就埋在下面算了？”海欣故意这样说。

“副连长，当然要把它抬上来埋在高坡上了，埋在下面山洪一暴发，尸体不就被冲走了吗，尸体一被冲走，将来越方来人怎么还给他们？”黄金庵说罢见海欣笑着点头，便连跑带滑下到沟底，也不让战友们下去帮忙，扛起女尸就往上爬。但这时他把女尸扛在肩上的感觉就与昨晚不同了，昨晚只是稍微有点害怕，这时却是不自然，不知道应该把手放到哪个部位上扶住才好，眼睛也不敢往那鼓胀的胸脯上看。

女尸被黄金庵扛上来了，但战士们却不敢主动过去帮忙，直到他们听见海欣的命令才动手。战士们一起把女尸接住后，海欣随即指着附近一个最高的地方说：“你们先把它抬到那里去吧，放下后上去几个人拿工具回来挖坑掩埋。黄金庵，你劳累了一夜，身上还有伤，就坐下来休息吧。”但是黄金庵不肯坐下休息，他亲自带人上山去拿工具。

不久黄金庵他们把工具拿下来了，经过反复比较，黄金庵选了一个有树的地方让战友们挖墓穴，自己则去周边搬石头。为了打开尴尬局面，黄金庵还边干活，边说：“奶奶的，我这是老公公背儿媳妇过河——尽干吃力不讨好的事。”说得战士们都笑了。

“班长，虽然你觉得吃力不讨好，却为我们带来了快乐，这件事我们可能要有滋有味地谈论好多天。除此之外，我们还佩服你的勇敢行为，因为昨天晚上你并非只找到这一具遗体。”战士刘文兵说。

听到赞扬，黄金庵心情好多了，他见海欣走到较远一点的地方坐下来眺望远方，像在想心事的样子，便说：“刘文兵，你这话说的没错，昨天晚上仅我们那一个小组就找到三具遗体，不但超过了平均数，而且都是完整的。但是记三等功的事算是彻底泡汤了，不过只要上级不把其他同志的功劳也埋没就行。”

“班长，立功不立功是小事，关键是你们把烈士遗体都背回来了。”战士罗庚吉说。

“是啊！与昨天牺牲的兄弟相比，咱们记功不记功的算啥？再说只要咱们共同努力，今后有的是立功机会。”黄金庵说。

大家说着话很快就把墓穴挖好了。直到准备下葬，黄金庵才认真端详女尸的遗容，只见它中等身材，脸盘虽然有点黑，但看起来还算清秀，一对银耳环白灿灿的挺好看，看罢他心中有一种说不出的味道。

下葬前，黄金庵脱下自己的衬衣把女尸的脸盖住，似乎不忍心让泥土直接撒到它的五官上。填土时，在场的所有人都没有黄金庵心情复杂，他在心中默默对女尸说：要说咱俩也算有缘分，因为昨天晚上我遇到你的时候，你已经被泥石掩埋住了，只露出一小部分肢体，当时我如果不把你扒出来并扛走，而是把露在外面的那一小部分肢体也埋上土的话，你可能就一直躺在那里了。不过你躺在那里并不安全，因为那里可能还会发生战斗，到那时被炮弹掀出来形象就更惨了。所以不要怪我给你换了一个安眠的地方，这里是老青山北边，一般情况下炮弹打不到，地方比那里好。也不要怪我刚才的行为粗鲁，那是一时想不通，气坏了，再说你反正已经死了，滚下去也不觉得疼。现在我只希望你的尸骨能早一点回国，这对你的家人来说也是一种安慰。

有一点黄金庵的确没有说错，那就是后来二一一高地上又发生了战斗，而且两次，战斗规模都非常大，炮弹足可以把这具越军女尸掀出来并粉身碎骨，那时别说尸体了，就是像人那么大的石头，也被炸得粉碎。

在大家的共同努力下，墓穴很快被填平了，接着往上堆土，周围的土不够，战士们就到远处去运。黄金庵则把搬来的石头垒到坟墓周边，他垒的那个圈子很大，因此战士们要往上面堆很多土才像个坟的样子。

在这期间，黄金庵继续在心中默默对女尸说：对了，你是怎么死的呢？死后怎样被埋在那个地方？我找到你的时候，你身上连一点血都没有。至于有没有伤口，直到现在我也不知道，只知道皮肤裸露在外面的地方没有。这么说来，你可能不是死于昨天凌晨的战斗。那么你是死于上次我们拔点吗？可那是很久以前的事了，当时我们还没有来，如果是死于上次我们拔点，你的遗体早就腐烂了，所以也不是死于上次那次战斗。不是死于这两次战斗，那就是死于疾病或者事故，但你究竟死于什么原因，恐怕只有你们的人才会知道。

你被埋在那个地方已经在二一一高地西面一点了，当时我是因为天黑迷失方向才摸到那里去的，超过了我们的寻找范围，幸好当时没有再往西边走，否则就可能摸到被你们占领的无名高地上去了。记得找到你的那个地方比较低，可能你的战友怕被炮弹掀出来，才把你埋到那里去的，但怕被炮弹掀出来还是被炮弹掀出来了。总之，这可能就是我讲的缘分，这个缘分虽然是活人和死人之间的，但恐怕我一生都不会忘记了。

至于我给你洗澡的事，就别提了，提起来怪不好意思，但当时是咋回事你应该知道，第一，我不知道你是女人，只知道你身体很轻；第二，天黑，而你还穿着衣服。

黄金庵在心中默默对女尸说到这里，坟上的土已经加到近两米高了，这时他才叫停，可是看来看去，总觉得还缺点什么，想了半天，才知道是坟帽。老家那里的每个坟上都有坟帽，不然不好看，于是又去搬了一块圆圆的石头放到坟墓最上面。

三十四 篮球队员大姚

七班战士把那具越军女尸埋葬好，贾兆栋才睡足觉从老青山上下来，所以对刚才发生的事情一点也不知道，他下山的目的是为了再看一眼大个子遗体，总觉得它太重了，想看看究竟是个什么样子。当贾兆栋踏着悬梯下到半山腰时，突然发现下面有座新坟，以为军工不过来了，而是上级来电话让把烈士遗体就地掩埋，但为什么只有一座坟墓？一座坟墓下面能埋八具遗体吗？能是能，但不妥当啊！如果真的那样，也太不尊重烈士了吧。带着疑问，贾兆栋急忙下来找到海欣说："副连长，情况有变化了？"

海欣知道贾兆栋已经看到坟墓了，便说："是有点变化，具体情况去问你的好朋友黄金庵吧。"

贾兆栋去找黄金庵时，见大部分烈士遗体仍然躺在那里，就更不明白咋回事了，他到黄金庵跟前指着坟墓问："老黄，这是怎么回事？"可黄金庵坐在草地上就是不开口，还不时朝新坟看一眼。见一向快人快语、甚至带点孩子气的黄金庵这会儿却变得沉默不语了，贾兆栋又说："你小子倒是说话呀！究竟是咋回事嘛？"

黄金庵又抬头看了贾兆栋一眼才开口说："老贾，这件事不好说，总之我干了一件天底下最倒霉的事。"在贾兆栋的反复催促下，黄金庵才吞吞吐吐把事情的前后经过讲了一遍。

听到黄金庵叙述，贾兆栋也惊得合不拢嘴了，小眼睛睁得滴溜溜圆，真后悔自己贪睡没有早点下来，要不然就能见到那具越军女尸了。带着遗憾，贾兆栋起身到坟墓周围连转三圈才停步，好像确认是否真的发生过那样的事情似的，他从坟墓那里回到黄金庵身边说：“这座坟添得倒不错，比我们老家那里有子孙的人家还要气派，只是我下来晚了一些，没有看到那个越南女兵长得是个啥样。”

贾兆栋见黄金庵情绪不佳，便不和他说话了，转身向烈士遗体走去，他走近时听到一个叫张俊的战士说：“这位兄弟的个子咋那么高啊？体重可能有那个越南女兵的两倍了。”不用看，贾兆栋就知道他们议论的是自己找回的哪具遗体。

“这位兄弟的个头超过一般人，会不会是个篮球队员啊？听说一来打仗，咱们师的篮球队就解散了，队员各回各的连队，都跟着来了。”一个叫张河波的战士接过话说。

“是这样的，篮球队不是正规编制，队员的实力都在连队。他们都是从地方特招来的，有的已经提了干，要是不打仗，就会在篮球队一直打下去，直到复员或者转业为止。”张俊说。

贾兆栋听到这里心中豁然开朗，怪不得这位兄弟比自己高出一个头，身体比一袋小麦还要重，原来是个篮球队员。听到这里他分开人群上前蹲了下去，然后轻轻揭开盖在大个子遗体脸上的毛巾，一看又吃了一惊：那张脸他见过，尽管已经毫无血色，但那双浓眉和棱角分明的脸庞却没有多大变化。

半年多前的一天，贾兆栋请假到市内去了一趟，办完事在六路公交车站候车准备返回。当时天上下着雨加雪，异常阴冷，好多人在等待期间都直跺脚。一辆中间部位像手风琴那样的汽车终于开了过来，停下后人们蜂拥而上。作为军人，贾兆栋只好等大家都上完了才上去，但座位已经没有了，只好站着，当然站着的还有其他人。那是个始发站，时间不到司机不能开车，司机嫌待在驾驶室里太冷，车一停就打开门到值班室去了，那里有煤饼炉子，暖和。

贾兆栋上车不久，见一个大个子战士快步走进车站，他见车门大开，便一脚跨了上去，但在看到没有空座位后又走了下去。雨加雪仍在下，车下只有大个子战士一人，他没有带伞，就那样一直站着，也是不停地跺脚。见此贾兆栋便觉得奇怪：车厢里面暖和，那哥们为什么要站在外面任雨雪肆虐啊？

十多分钟后，司机才从值班室出来进入驾驶室，跟他一起上车的还有女售票员和大个子战士。不久汽车启动，售票员售票；大个子战士则勾着头，样子有点难受。直到这时贾兆栋才明白他不提前上车的原因：那辆车是经过改装的，有点低，大个子战士上车后站不直，必须勾着头，他宁愿被雨雪肆虐，也不愿早点勾着头，说明勾着头比被雨雪肆虐还难受。

从公交车起点站到营门口路不好，弯多，站也多，走走停停途中得四十多分钟，这期间大个子战士就一直那样痛苦地站着。半路上他身边倒是空出了一个座位，但随即上来一个孕妇，大个子战士就让给她坐了。

不久师部篮球队下基层打篮球，友谊赛，目的是丰富基层连队业余生活。贾兆栋在队员中一眼就认出了大个子战士，才知道他是个篮球队员，红背心上印着一个大大的8字。后来贾兆栋听战友们说，八号队员叫大姚，今年二十二岁，也是从地方上特招的。大姚，大李之类不是篮球队员的真实姓名，而是因为身材高，战士们在他们的姓氏前面冠了一个“大”字，这样称呼起来既亲切又好记，可是时间一长，大家就把他们的真实姓名忘了。

七班战士除了黄金庵都是新兵，他们没有见过大姚打球，所以不认识。而黄金庵虽然见过大姚打球，但此时正为背回来一具越军女尸闹心，就没有再到这边来。

贾兆栋怀着复杂的心情把毛巾重新盖好，然后站起来对张俊和张河波说：“你们两个人刚才说得没错，这位兄弟就是咱们师的篮球队员，叫大姚，是个好同志，我认识。”

“八班长，我们在整理大姚遗体的时候，发现它胸前的衣服被烧焦了，肚子上还有一个大窟窿，那应该就是致命伤。”张俊说。

由于天黑，昨天晚上贾兆栋没有注意到这些，他听张俊说后又蹲下去揭开大姚胸前的毯子，看了很久才又盖上说：“这里是大姚的致命伤，但衣服怎么被烧焦了，难道他使用了光荣弹？”

“八班长，在那种情况下完全有这种可能，但前提是他已经受了重伤，看到生存无望，又觉得非常痛苦，才下了最后决心。”张俊说。

经检查，贾兆栋发现大姚的两条腿竟然都断了，而且都是皮内伤，所以在外面看不出来，据此大家分析：一定是大姚冲锋时腿被炸起的石头击断了，便挣扎着爬进那个弹坑隐蔽，但因为其它伤口失血过多，加上双腿疼痛，曾经多次昏迷过去。早上战斗就结束了，大姚知道要等整整一个白天才能有人上来抢救，也许想到就是天黑之后被战友们发现并抬回去，可能也活不成了，更不用说打心爱的篮球了，便在又一次苏醒后毅然拉响了光荣弹。

听完战友们分析贾兆栋说：“事情可能是这样的，因为我把他扛起来的时候，他的身体还有余温，双脚也一直搭拉着。在拉响光荣弹前那段时间里大姚一定受了不少苦，也一定想了很多。”

贾兆栋对战友们说完又看着大姚的遗体说：“大姚兄弟，因为你的身体太高，所以我在这里找不到特大号或者定制的军衣为你换上，那就穿上我的雨衣上路吧。祝你一路走好！到那边请嫦娥为你接上骨头继续打球，她是神仙，有这个办法。”说罢上山拿来雨衣，在战友们的帮助下为大姚穿上。

三十五　挨着死人睡了一觉

背回烈士遗体的第二天，钟虎就住进了女子卫生队，后来二一一高地争夺战再次打响，伤员一下子增多了，伤势还没有完全好的钟虎便要求出院。他在离开女子卫生队之前去向洪绒告别，然后顺便到四连去看望一个同学，之前他已经打听到四连就在北边的山沟里。

钟虎不久便进入一条山沟，一看果然里面既深又宽，是个临时屯兵的好地方。这时天色已晚，一个哨兵过来盘问，钟虎回答说是来看同学谭猛年的。”

“哦，你找谭猛年哪！我认识，他在四连。”

“难道你们这里不是四连吗？”

“不是，你走错方向了，这里住的是五连，四连住在西边那条山沟里。”

钟虎一听，才知道找错地方了，就向那个哨兵告别，然后上坡向西走去，这时他突然感到一阵困意袭来，非常想躺下去睡上一觉再走。已经感冒两天了，为了快点好他多吃了两颗感冒药，谁知药里带有安眠成分，而且劲还这么大。天已经擦黑了，人在荒郊野外怎么敢躺下去睡觉？于是钟虎就坚持着继续赶路，反正今天晚上没打算回去，到谭猛年那里先睡上一觉再说。

四连住的山沟与五连并排，钟虎很快就找到了，那里的哨兵说，谭猛年已经调到炊事班了，住在这条沟的最北头，让他顺着东边沟坡上的小路一直走。

钟虎向哨兵所指的方向走去，路上觉得睡意更浓了，连脚步也踉跄起来，但理智告诉他连坐下去打个盹也不行，否则身子一歪就睡到大天亮了。他怀疑自己误吃了安眠药，要不怎么会这样？

钟虎又坚持着走了大约六七十米，见天已经完全黑了，小路右边出现一块平地，上面自西到东躺着一排人，心想：今天没有下雨，在外面睡觉倒是个不错的选择，起码比在潮湿的猫耳洞里要好，只是他们怎么这么早就入睡了？对了，他们是炊事班，明天早晨要提前起床做饭，是得早点睡觉。

原来这么容易就找到了炊事班，他想看看谭猛年睡在哪个铺位上，可那些人都蒙着头，根本认不出谁是谁。如果把他们头上的被子掀开一个个辨认，会把大家都弄醒的，再者他知道自己头脑昏沉沉的，就是找到谭猛年也聊不成天了。这时他正好看到西边露出一点汽车篷布，可以躺下去一个人，而且边上堆了不少麻袋，可以用于保暖，就挨着西边那个人躺了下去，顺便拉了几条麻袋盖在身上，几乎一眨眼功夫便睡着了。

沟里有风，尽管钟虎身盖六条麻袋，但半夜时分还是被冻醒了。醒后他起身去一旁解了个小便，回到铺位时觉得头脑清醒了一些。

钟虎再次躺下去后，又在身上多加了几条麻袋。不感到冷了，却感到腰被篷布下面的石子硌得生疼，就往东边挪了挪，和那人挨得更近了，他只能往东边挪，因为西边的石子更多。那人的被子是盖在身上的，不是裹在身上，搭拉下来的部分在三十厘米左右，钟虎靠过来后连被子都没有挨到，心想：只要保持这个距离，东边这位老兄睡醒后我们就不会尴尬，他见左边多一个人睡觉顶多会吃一惊。不过再次入睡后，钟虎的头脑就管不住身体了，他翻着翻着，就挨住那人的被子了。每次翻身，钟虎身上的麻袋就会掉下去几条，又感到冷了，就在迷迷糊糊中抓到什么盖什么，结果把那人搭拉下来的被子盖在身上了。

钟虎再次醒来时，见天色已经发亮。这时他的药劲已经过去了，头脑完全清醒，才发现盖了人家的被子，便觉得不好意思。好在东边那人仍在蒙着头睡觉，而且像自己一样也是和衣而眠，就悄悄起身站了起来。

钟虎这次站起来后，还想知道谭猛年在哪个铺位上，可是东边那些人仍在蒙着头睡觉，于是便把头转向西面，见早晨的山沟里静悄悄的，看来这时四连的人除了哨兵之外都还没有起床。突然钟虎发现山沟里有人生火，细看是在做饭，便觉得奇怪：炊事班的人不是都在这里睡觉吗？难道他们昨天晚上不是睡在这里，睡在这里是的战斗班？你别说，有这种可能，因为炊事班的人没有这么多，炊事班顶多三五个人，而东边躺了十多个。于是赶紧离开下沟向做饭的地方走去。

不久，钟虎看到三个做饭的人中果然有谭猛年，便迈开大步向那里走去。谭猛年见钟虎来了惊奇地说："虎子，你怎么来了？你们那个班不是一直待在一六二高地上吗？"另外两个炊事员都以微笑或点头向钟虎打招呼。

钟虎一屁股坐到谭猛年身边的地上说："是在那个高地上啊！但我在执行任务时受了点小伤，到卫生队住了几天院，回去之前顺便过来看看你。"

"前些天高地上死了那么多人，我正在为你的安全担心呢！只受点小伤就好，我真怕咱们兄弟再也见不上面了。"谭猛年没有问钟虎身上哪个部位受伤，因为与烈士和重伤员相比，在战场上受点小伤根本不值一提，战场上提倡重伤不哭，轻伤不下火线。

"前些天高地上是死了很多人，但我们团没有参加二一一高地争夺战。猛年，你们怎么只烧火不冒烟啊，烟都跑到哪里去了？"钟虎看着做饭的锅灶好奇地问，那两个锅灶是就着沟坎挖的，锅放上去后人蹲在沟坎下面烧火。钟虎本打算一见到谭猛年，就问他们班昨天晚上究竟睡在什么地方，结果一打招呼就把这事忘了。

"也担心我们会像三连炊事班那样被炸吧？这里不会，因为我们早就不用汽油桶改成的锅灶做饭了，而是用上了这个散烟灶。"谭猛年指着从锅边伸向远处的土垄让钟虎看。钟虎看到好几条土垄，条条都是二三十厘米宽，一二十厘米高，一直伸到三十米之外。通过仔细观察，他发现土垄上面都冒着细小的烟雾，冒出细小烟雾的地方有细小洞眼，原来奥妙全在这里。"虎子，看出点名堂了吧？这叫散烟灶，烟雾都在土垄里消化了，所以你才看不到。"谭猛年又说。

"经过这一处理，你们在做饭的时候越军就看不到烟雾了，真是个好办法，回去也对我们炊事班长讲讲，大家都学你们这一套就好了。猛年，你们今天早上吃什么？"

"馒头、稀饭和咸菜。你饿了吧，先吃个馒头，稀饭还得熬一会儿。"谭猛年说罢揭开蒸笼拿起一只馒头递给钟虎，钟虎接住后也不嫌烫，大口大口吃了起来。接着谭猛年又递给钟虎一点咸菜，让他夹在馒头里面吃，然后问："虎子，今天你怎么来得这么早，天不亮就从卫生队出发了吧？"

"我昨天晚上就来了。"接着钟虎把从卫生队过来的经过告诉了谭猛年。

谭猛年和另外两个炊事员听到钟虎的叙述都愣住了，谭猛年瞪大眼睛又问："虎子，你真的昨天晚上就来了，而且就睡在东边的山坡上，还和那十几个兄弟睡在一起？"

"是啊！怎么了？我不但和那十几个兄弟睡在一起，还和最西边那位兄弟合盖一条被子呢！好在他一直都没有醒，要不然我会觉得很不好意思的。"说罢钟虎继续吃夹着咸菜的馒头。

“虎子，跟你合盖一条被子的那位兄弟不会醒过来了，那一排兄弟都不会醒过来了。”

“你开什么国际玩笑。”

“虎子，这是真的，因为躺在那里的全部都是烈士。”谭猛年认真地说。

“什么烈士？那里不是睡着你们连的一个班嘛！前些天牺牲的烈士应该都被运走了，再说这里距离三道弯还有一些路，就是部分烈士还没有被运走，也不会放在这里啊！”尽管谭猛年态度认真，但钟虎还是不相信，这小子在学校时就喜欢开玩笑，把人家逗乐了，他却不笑。

想不到谭猛年接下来说：“虎子，我真的没有跟你开玩笑，那上面确实是十几位烈士，遗体已经躺放三天了，说是‘生死线’一带被越军的炮火封锁严密，汽车一直开不过来。烈士遗体不但这里有，听说东边五连的山沟里也有，说是放到连队驻地附近好看管。”谭猛年说罢，另外两个炊事员看着钟虎直点头。

现在轮到钟虎瞪大眼睛了，他停住咀嚼，目光再次向昨晚睡觉的地方看去，发现那些人仍然没有起床，仍然用被子蒙头，而这时山沟里已经开始热闹了，还有不少人走动，说明四连官兵都已经起床了。

看到这些，钟虎才相信谭猛年说的是真话，也明白那些人为什么一直蒙着头了，被子是活人盖上去的，死人都被蒙着头，怪不得昨天晚上看不到睡在自己东边的兄弟翻身；怪不得他不把被子裹在身上睡觉。十几天来，二一一高地上炮声不断，那里一定死了不少人；十几天来，“生死线”上也炮声不断，说明越军在阻拦我军的运输线，因此把烈士的遗体暂放一时也正常。钟虎越看脸色越白，手中的馒头差一点掉到地上。

“虎子，你不是上山背过遗体吗？那晚是密切接触，而昨晚只是躺在烈士身边睡了一觉，怎么这样后怕？”

“兄弟，那是两回事啊！当时我们一大群人，而且早有思想准备，是必须要完成的任务，可昨晚那边只有我一个是活的。唉呀，我的妈呀！我怎么稀里糊涂地在烈士身边睡了一夜，还和他合盖一条被子！”

“哈哈！看来人都是个群胆。虎子，你这个人良心不错，前些日子把烈士遗体背回来，昨晚又为烈士遗体守灵，干的都是积福行善之事，马克思在天之灵会保佑你的。快把手上那点馒头吃了吧！然后我再给你拿一个。稀饭已经熬好了，我这就去拿碗盛，你坐下来就着咸菜慢慢吃，慢慢喝。”

谭猛年要去拿碗，却被钟虎拉住了，表示什么都不再吃，也不喝了，转身就走，连招呼都忘记给炊事员们打了。

谭猛年见钟虎真的要走，就抓起两个馒头追了上去，说：“虎子，拿着路上吃。那边躺的是烈士遗体不错，可都是和我们一起过来的兄弟，没有什么好怕的。前天晚上营部一个通讯员到这里时也出了个洋相，他是被那些遗体绊倒了，当时吓得拔腿就跑，跑出山沟才想起信还没有送到。”

三十六 苍龙江里七仙女

团卫生队和女子卫生队的帐篷相隔五十米左右，男兵们在西边一点；女兵们在东边一点，距离江边均一百多米。

尽管晚上去江边相对安全，但头几天女兵们走到那段路上时照样害怕，到江边后更加害怕，因为她们听说越军的大炮一直都在瞄准这里，随时都有可能开火；再加上四周漆黑一遍，担心越军的特工会摸过来。在这种情况下，她们必须约两人以上才敢去江边，就这样还要一步三回头和环顾左右。那些天她们提心吊胆地走到江边，把塑料桶一灌满就拎着往回走，连在那里洗把脸都不敢，担心越军的特工会突然从水下冒出来。

女兵们刚到驻地的时候，只要见到不认识的人，就觉得他们像越军特工，连不认识的我军官兵过来看病或换药都要盘问一番；偶尔看到几个边民从帐篷周围经过，目光也在人家身上瞄来瞄去，还问身边的人："你看这个人像不像越军特工？"

尽管女兵们谁也没有见过越军特工，但在她们到达三道弯后的一个多月时间里，完全被他们的阴影所笼罩住了，甚至觉得空气里也有那些人的味道。可是时间一长，女兵们见多了烈士和伤员，听到的都是高地上如何打仗，自己干掉了几个敌人，便渐渐把原来最担心的事情忘了。

我军收复二一一高地失利后的一天傍晚，杜云华钻进狄放和洪绒住的帐篷说："天好不容易晴了，可被太阳一晒，帐篷热得像个大蒸笼，在里面待了一天，浑身是汗，今天晚上还得去洗个澡，你们两位一起去吗？"

“住帐篷就是这一点不好，夏天热得要命，冬天又冷得要命，就像江州的天气。今天晚上我也想去洗个澡，但得值班，所以只好在帐篷里简单洗一下算了。洪绒你今天晚上没事，就跟着队长她们一起去吧。”狄放说。

“行，我跟你们一块去，忙了整整一天，去那里放松一下也好。”洪绒看着杜云华说。

“洪绒，江水有点凉，你的身体还没有完全恢复，先用水搓一下再下去才好。”狄放说。

“好，如果水凉我就不下去了，坐在石头上冲洗也一样。”洪绒说。

“洪绒，说到你的身体，我这个当老大姐的总觉得对不起。你产后身体弱，按说营养应该跟上，可这里条件差，不但吃不到好东西，就连让你卧床静养也做不到。每次伤员一来，你总要出去参与抢救，大家拦都拦不住。”狄放说。

“指导员，我就是干这个的呀！看到伤员们疼得直叫，鲜血直流，我能坐得住吗？再说我无非就是产后身体虚弱，与那些烈士和伤员相比算不了什么。”洪绒说。行军途中她的情况最特殊，是大家照顾的对象，可一到这里大家就把注意力放到伤员身上去了，伤员成了大家照顾的对象，洪绒就自己照顾自己了。

“洪绒，你既然也知道自己身体弱，那就不要凡事都抢着干了，我从小就听外婆说，产妇千万不能干太累的活，否则下半辈子会生很多病的。”杜云华说。

洪绒一边找毛巾、衣服、洗衣粉和香皂等往桶里放，一边说：“队长，指导员，你们二位领导总不能一天到晚都让我躺在床上吧，我得多少有点事干，活动有利于健康嘛！”说着话她把要带的东西都收拾好了，临出帐篷对狄放说了声：“再见！”想不到这竟是最后的诀别。

洪绒跟着杜云华来到她住的帐篷门口，杜云华进去拿东西，洪绒在外面等，这时小云正好从旁边路过，洪绒便问她要不要一起去江边，小云说：“洪医生，你们去吧，我刚才已经在帐篷里面洗过澡了，后半夜有我的岗，得早点睡觉，要不然起床后抱着枪老打瞌睡，敌人真的来了怎么办？你换下的衣服先泡上，我下岗后一块去洗。”

“谢谢小云，前一段时间老让你们照顾，觉得真不好意思，现在这些事我都能干了，不用样样都麻烦你们几位。哪天咱们几个人一块去洗澡，让我也为你搓搓背。”洪绒笑着说。

小云听后露出洁白的牙齿笑了一下说：“行，到那天我先给你搓。”小云身高一米七左右，有一张明星脸，笑起来像一朵盛开的牡丹花，有个伤员出院回到连队后对一起入伍的老乡说：“女子卫生队有个卫生员叫小云，长得既漂亮又大方，我住院那些天只要一见到她，就觉得伤口不怎样疼了，你说神奇不神奇？”

后来这事一传十，十传百，住在卫生队附近的战士只要能找到理由走开，就设法去女子卫生队一趟，到那里后一定要看到小云才离开，临走前最多拿点感冒药。

别说男兵，就连女兵都夸小云长得漂亮，说她不愧是大家闺秀，身为师长家的千金却脾气好，不造作，几乎都是优点。但小云知道金无足赤，人无完人的道理，自己有缺点，只是大家都让着自己罢了。

下午七点多钟天才黑，这是忙碌一天的女兵们最盼望的时刻，因为她们可以在夜幕的掩护下，拎着不同颜色的塑料水桶，迈着轻盈的步伐去江边了。在那里她们可以悠闲地清洗，在大家的说笑中解除一天的疲劳，返回时身上干干净净的，连换下的衣服也洗好了。

当然，天黑后去江边的还有男兵，为了避免尴尬，两个卫生队领导早就进行了商量，他们在江边选择了两个地方，也是间隔五十米左右，上游那个地方归男兵使用；下游那个地方归女兵使用。间隔五十米虽然不算远，但中间不是高高的石头，就是茂密的杂草，还有灌木等障碍物，别说在黑暗中互相看不到，就是大白天也只能闻其声不见其人。

一旦有了固定的洗涤地方，男兵和女兵一走出帐篷就各朝各的江边走去，但在到达江边之前，他们得共同走一段路。这样时间一长，从帐篷到江边便出现了一个三叉小道，站在帐篷那里看很像一个大大的Y字。有一天杜云华看着三叉小道对狄放说：“我们走的这条小道从无到有，想想挺有意思，应了那句‘路是人走出来的’，要不咱们给它起个名字吧？”

“好啊，我们几乎每天晚上都要从这条小道上经过，好像对它有了感情，是得给它起个名字才好，那么叫什么好呢？”狄放沉思着说。

洪绒当时也在现场，她见两位领导一时想不出合适的名字，便说：“我建议名字起得别致一点，能不能分别叫做毛泽东和胡志明小道？”

狄放一听，首先叫好，她说：“你们说这样分好不好：北边那条叫毛泽东小道，南边这边叫胡志明小道。”

周围的人听了都表示赞同，于是杜云华高兴地说：“那就这样定了。”

对此男兵们也表达赞同，还说这个名字既有新意，又好记，从此这两个小道的名字便在两个卫生队之间叫开了。

女兵们洗涤的地方有一块大约两米长、一米多宽的平放石头，岁月把它打磨得既平整又光滑，她们便在那里搓澡和洗衣服。

江边还有很多石头，有大有小，有凸有凹，当然也有平的，经过长年累月地冲涮，它们基本上都没了棱角，大石头上坐不下或不想坐了，也可以坐到那上面去。

这天晚上杜云华和洪绒一起走到江边的时候，见燕帆等人已经来了，燕帆正在为陈萍萍搓背，陈萍萍则趴在那块大石头上享受。天不算太黑，可以看出两人的皮肤一黑一白，黑的是燕帆，白的是陈萍萍。燕帆的皮肤虽然黑，但黑得好看，因此大家都叫她黑牡丹。

燕帆刚把陈萍萍的半边背搓完，就抬头看见杜云华和洪绒来了，于是便轻轻在陈萍萍的胳膊上拍了一下说："还想继续享受啊？好了，起来吧！"

陈萍萍脸朝下，没有看到杜云华和洪绒过来，就趴着没动，还央求似的说："燕帆，你再给人家搓一会儿嘛！其他人还在水里泡着呢！一会儿我也给你多搓一会儿好不好啦？"

见此，杜云华示意燕帆继续为陈萍萍搓背，于是燕帆又说："那好吧，但你得往边上挪一下，给队长和洪绒让出一点地方。"

陈萍萍听说杜云华和洪绒来了，便急忙坐了起来，并说："队长，洪绒，你们两个人也来了。洪绒，你就坐在我身边洗吧，一会儿我给你搓背。"

"啊！你这个没良心的，我给你搓了大半天，你却不给我搓了，是觉得洪绒的皮肤比我白吧？"燕帆的话使在场的人都笑了。

杜云华的父母是北方人，但不像在北方出生并长大的姑娘，她皮肤细腻，白靓，每次在江边脱衣服洗澡的时候，女兵们都会露面羡慕的表情。

来洗澡的女兵都是先把带来的东西和脱下的衣服放到岸上，然后试探着下到水里，再摸索着找到一块石头坐下去，接着便开始洗澡了。按照部队要求，她们留的都是刘胡兰式短发，不妩媚但显得朝气篷勃。

苍龙江水非常清澈，十分诱人，可是女兵们都不敢到中间去游泳，因为水流很急，怕被卷走。由于石头阻力大，水到岸边就变得缓慢了，并形成了许许多多小旋涡。那些小旋涡在石缝之间连转儿个圈才消失，但前面的消失了后面的还有，这使女兵们觉得非常好玩。她们任凭那些小旋涡按摩自己的漂亮肌肤，当看到它们即将消失时还要伸手去抓，仿佛要把它们挽留住似的。

过了当初的恐惧期，女兵们洗澡时显得可高兴了，她们觉得在黑暗中洗澡很奇妙，过去从来都没有这种感觉。

燕帆见杜云华和洪绒也把衣服脱光了，就看着陈萍萍她们三个人又说："连黑暗也遮不住你们雪白的肌肤，你们三个人就像三尊汉白玉雕像，真让我这个黑妞羡慕。"

听完这句话陈萍萍下到水里，波浪在她那漂亮的胸部上起伏，她撩起一点水向燕帆撒去，同时说："你羡慕我们干啥？人人都说你是黑牡丹，男女见了都想多看几眼，我们应该羡慕你才对呢！"

"是吗？那么你说咱们这几个人像不像仙女下凡？"燕帆问。

"像啊！"陈萍萍笑着回答。

"可惜小云没有来，她可是咱们女子卫生队的第一朵花。"燕帆说。说到仙女下凡，燕帆点了点在场的女兵人数，发现不多不少正好七个，于是便高兴地说："哎呀！怎么这么巧，那今晚咱们就是传说中的七仙女擅离天宫下凡，跑到苍龙江里洗澡来了！"说罢现场再次爆发出了一阵笑声。

三十七 军列上那次洗澡

见六个好姐妹在水中又说又笑久久不肯上岸，洪绒坐在大石头上边擦洗自己的身体，边回忆那次在军列上洗澡的经过：

七月的江州热得人受不了，尽管采取了诸如往车厢外浇水和往车厢内放冰块等措施，但闷罐子车厢里面的温度仍然很高，直到军列徐徐开动，风才吹进去了一些，里面的人也感到舒服一些了。

门口是闷罐子车厢里面最好的位置，所以狄放才把洪绒的床铺安排在那里。待一切准备就绪，杜云华又把一盆冰拖到洪绒脚头。

整个车厢就两盆冰，前后各放一盆，洪绒见杜云华拖过来的那盆冰离自己太近，觉得不好意思，就让杜云华再往里面拖拖，可是杜云华不肯，说："天这么热，一盆冰起不了多大作用，还是放在你这里吧！你的身体弱，热天更受不了。再说冰盆放在门口，风会把凉气吹到里面去的，大家都能享受到。"

虽然杜云华这样说，但洪绒还是觉得不好意思，杜云华走后，她又央求小云和张楠往里面拖盆子，可是小云和张楠也不肯，小云笑着说："洪医生，我们得听队长和指导员的呀！两位领导不发话，我们可不敢乱动。"

"洪绒，队长说得对，一盆冰起不了多大作用，不久就化成水了，所以就别去动它了！"狄放说。

"是呀！放那里吧，就别去动它了！"其他女兵也这样说。

洪绒知道这是大家的一片心意，便不再说什么了。经过从营房到车站那一阵子折腾，她早已累得精疲力尽，孩子在时，还能以母爱的力量勉强坚持，孩子一被海欣抱走，她就觉得浑身像散了架，躺下去连说话的力气也没有了。由于天气太热，草席是直接铺在地板上的，很硬，但洪绒也和大家一样坚持着躺下去睡觉，她们都知道应该适应各种环境，到边疆后条件只能更差。

洪绒坐起来时面向车厢门口，右边紧挨着作为男女分界线的那一大块帆布。那一大块帆布从门口左侧一直拉到后面，也就是洪绒枕头那里，把女兵们的隐私都遮拦住了。门口和帆布之间再严，也免不了有条小缝，除了可以吹进来一些风，还可以从缝隙里看到外面的风景。

军列启动的时候天已经完全黑了，起初女兵们都集中到洪绒旁边向外观看，她们把缝隙拉大一些，可以看到一晃而过的夜灯、建筑和行人。匆匆忙忙准备了两天多时间，现在终于离开营房，离开江州这座城市了，此去何时才能回来，还能不能回来，都是一个未知数。军列很快到达郊区，这时夜灯、建筑和行人都少了，女兵们也陷入了沉思。军列一驶出郊区，女兵们就只能看到远处的点点灯光了，这时她们觉得坐在门口没有意思，便一个个回到自己的铺位上去了。刚离开江州，她们每个人都要想很多事情，因此都睡不着，一直坐着凉席上发愣。

因为产后身体虚弱，再加上被热得几乎虚脱，女兵们一离开，洪绒就睡着了，但不久她又醒了过来。洪绒睡醒后见车厢里亮起了马灯，左右各一盏，是挂在车厢上的，并随着列车不停地晃动。洪绒看看手表，才夜里十点多钟，如果是在营房，这个时候早就熄灯了，车厢里面一遍寂静，但此刻姐妹们都还没有入睡，她们有的仍在想心事；有的在看书，但看没看进去只有自己知道。见车厢里面宁静一遍，洪绒又闭上了眼睛，经过休息，她的头脑清醒了一些，于是也想起了心事：海欣带着孩子下军列后，能按时到达火车客运站登上火车吗？孩子太小，路上会出现一些连小英也无法解决的问题吗？他们此行会顺利吗？……

小云的铺位紧挨着洪绒，这也是狄放有意安排的，目的是让小云随时照顾洪绒，小云发了一会儿呆，见洪绒醒了说："洪医生，你睡这一觉脸色好看多了，刚上车那会儿像张白纸，可把我吓坏了！想吃点东西喝点水吗？我这就去给你拿。"

洪绒看着小云轻轻摆了摆手，表示既不想吃也不想喝，小云只好把洪绒的毛巾拿到冰水里浸了一下说："哎呀，真凉！洪医生，你躺着别动，我把你脸上的汗迹擦一下。"

"谢谢小云！还是让我自己来吧。"洪绒说罢挣扎着坐了起来，并从小云手中拿走毛巾。

洪绒用凉毛巾轻轻把脸擦好，然后放到凉席上，小云随即拿起来说：“我再去搓一把，你再擦擦。”

“小云，不用了，临走之前这块毛巾消过毒，放到冰水里浸一下不会造成污染，可是再去浸就不行了。”洪绒说。

两个人正讲话，突然听到前面一个声音说：“狄指导员，狄指导员，你们那边的人休息了吗？”

狄放刚由政工干事被指定为指导员，平时狄干事，狄干事的被人叫惯了，一时没有反应过来，后经女兵们提醒，才明白过来大声问：“谁呀？谁在前面叫我？”

“我，杨兰邦。狄指导员，你们那边都穿戴整齐吗？如果穿戴整齐我们准备过去一下。”

狄放听后环顾左右，见姐妹们虽然都还穿着长裤子，但上身比较暴露，便示意大家把衬衣穿上，接着又问：“什么事呀？要不我们过去一趟吧？”

“不必了。”杨兰邦说。女兵们正琢磨这三个字的含义，忽然听到“嗵隆”一声，见一盆冰从帆布下面钻了过来，正好搁在洪绒的铺位南面一点，看来他们知道那里有空。尽管前面的人把冰送过来的时间有点晚，但还是让女兵们非常感动，狄放隔着帆布说：“杨指导员，这怎么行？你们那边也需要降温啊！”

“狄指导员，一盆冰起的作用不大，两盆放在一起可能会好些，你们那边不是有个产妇吗！给洪医生降降温，让她的身体早一点恢复。”杨兰邦也隔着帆布说。

洪绒听到前面的人也在关心自己，觉得再苦也值了。

“天热我们男人好办，打赤背，穿短裤都行，所以你们就不要推辞了。只是送得有些晚了，我们男人心眼粗，刚才没想到这件事。”狄放听出这次是团卫生队队长梁天亮的声音。

狄放想当面对男兵们说句感谢话，但考虑到那边可能已经打赤背和穿短裤了，怕掀开帆布过去后看到了双方都尴尬，于是便打消了念头，说：“杨指导员，梁队长，感谢你们的一片心意！谢谢大家了！”她见盆里的冰已经溶化了一部分，但仍散发出阵阵凉气，并随着风向里面漫延。

杜云华见大家仍毫无睡意，便与狄放商量了一下，决定趁机召开女子卫生队成立后的第二次会议，第一次会议是在昨天下午召开的，当然那次洪绒不在。这次杜云华先讲话，她说：“先讲一下行军问题：我们这次去云南边疆，途中包括乘坐军列和摩托化行军两种行军方式。”

“队长，啥子叫摩托化行军呀？”杜云华刚开始讲刘玲便插话问。

“刘玲，听不懂的地方等队长讲完了再问。”狄放说。

杜云华才二十五岁，还是个大姑娘，前几天还是师医院的外科主任，不习惯一本正经讲话，觉得大家提问的方式更好，于是说：“指导员，没关系，让大家问吧！反正我们是坐在床铺上开会的，随便点好。我现在就回答刘玲的问题：摩托化行军是个军事述语，说实话我也不太明白，估计是部队官兵坐上汽车，汽车再拉着部队官兵和武器弹药行军的意思吧。”

“队长，应该是这个意思。”护士长李静说，

“队长说得对，会场气氛活跃一点也好。”狄放说，她正好比杜云华大十岁，儿子今年十三，之所以刚才要制止刘玲插话，主要是想为年轻的队长树立威信，但既然年轻的队长喜欢以这种轻松的方式开会，就立即表示赞同。

杜云华见没人提问了，接着说：“在乘坐军列的行军途中，兵站可以保证我们每天都能吃上三餐热饭，热菜，热汤，但时间可能不固定。吃饭时停车一个小时左右，其它时间停下叫临时停车，那是让大家下车上厕所和活动身体的，这一点大家一定要闹清楚。”“闹”字是杜云华跟着父亲学的，她父亲是从山西入伍的老干部，老家那一带人习惯把“弄”说成“闹”。

“队长，一般情况下临时停车时间多长啊？”张楠问。

“那就说不定了，有时是给其它列车让路，可能从几分钟到十几分钟不等，能停上半个小时的不多，因此那时大家必须做到以下几点：第一，听到值班员的叫声再下车；第二，下车后立即打听停车的具体时间，然后抓紧时间做应该做的事；第三，无论去办什么事，视线都不能长时间离开人群，看到大家都不在跟前了，你的事就是没有办完，也得马上往回跑，记住是跑不是走，你走到军列这里时，军列可能已经开走了。”杜云华说。

“队长说的这些非常重要，因为火车不等人，一旦被落下可就麻烦了。”狄放说。

“指导员，我们万一被落到车站可怎么办啊？”医生刘思彤问。

“万一军列开走人落下来了，要立即去找兵站工作人员，请他们和部队取得联系。那时，落下的人可能要被停留一段时间，然后乘下一辆军列追赶部队；也可能被收容队带走，由他们送回部队。总之都很麻烦，要尽量避免此类事情发生在我们这些人身上。”狄放说。

“刚才讲的是乘军列，下面再讲讲摩托化行军问题。下军列就开始摩托化行军，到那时就没有现成的饭可吃了，得各分队自己做，而我们女子卫生队既没有炊事班，也没有炊具，仍然要在团卫生队搭伙。人家那个炊事班只有两个人，原来只

做二三十人吃的饭，现在吃饭人数突然增加了一倍，所以我们都要主动去帮厨，不要只等着人家侍候，大家听明白没有？”杜云华继续说。

“听明白了。”女兵们异口同声地说。

“好，这些事就讲到这里，下面讲讲用水的问题。大家都看到了，车厢里面没有水笼头，只能等军列停下后我们拿着桶到下面去找。兵站里应该有水笼头，但即将出现的场面我不说大家也应该想象得到：男兵们动作速度，等我们赶到那里时，可能已经被围得里三层外三层了，而且他们不是接上水就走，而是在那里冲洗，要耽误很长时间。”

狄放接过杜云华的话说：“所以军列临时停车时，我们就不要去水笼头那里接水了，等吃饭时到食堂里去提，这样一不需要和男兵们争水；二看不到他们那几乎赤裸的身体，不会出现尴尬场面。”

“指导员，您是说我们把水拎到车上来洗，但这半截车厢住着我们二十八个女兵，里面没有空地方不说，中间连一点遮拦都没有，怎么当着大家的面洗呀？”李静说。

狄放听后再次环顾左右，说：“等会儿看能不能想点办法，如果真没有办法可想，那也只能这样了，我们都到公共浴室里洗过澡，那时不是同样当着大家的面脱得净光嘛！”女兵们听到这里都笑了，但笑罢又皱紧眉头，因为这里毕竟不是公共浴室。

“大家一定要记住我们这是在行军路上，不能像平时那样大大咧咧，马马虎虎。要做到服从命令，听从指挥，步调一致，不然男兵们会笑话我们的。今天晚饭我们是在营房里面吃的，如果军列一会儿停下来，那就是临时停车。临时停车时间兵站食堂可能不开门，可我们又急着用水，那么怎么办才好呢？只能到厕所里去找了，听说厕所里基本上都有水笼头。张楠，小云，你们两个人负责给洪医生带水，如有困难，大家一起帮助解决。”杜云华说。

“队长，这点事问题不大，我们两个人一次可以提三桶水。”张楠说。

“提四桶也没有问题。”小云说。

“明天早晨去兵站吃饭，我估计途中来回起码得十分钟，吃饭用去十五到二十分钟，这样半个小时就过去了，还有半个小时机动，时间应该够了。关键是不能拖拉，动作必须军事化。”杜云华说。

由于狄放一直插话，杜云华讲完她却没有什么可说了，于是会议到此结束。紧张和兴奋过后，又知道路上应该怎么做了，女兵们才暂时不再想心事，接着躺下去睡觉。

凌晨一点多钟，军列在一个不知叫什么名字的车站停了下来。女兵们是枕着有规律的车轮声入睡的，突然听不到车轮声响了，没有人叫她们也都相继醒来。她们醒来不久，就听到一阵哨声，接着一个声音在下面喊道："各分队注意，现在是临时停车时间，十五分钟后出发，要下车的抓紧时间。下车的同志请注意，你们听到汽笛声要立即上车。每个车厢都要及时清点人数，做到一个都不要落下。"

虽然是军列出发后的第一次停车，但男兵们的小便问题基本上都在车厢门口解决了，一尿数里，而且都星星洒洒掉到铁轨两旁。至于洗澡，他们觉得没有睡觉重要，反正明天早晨也可以洗，因此只有很少几个人下车。这个情况有点出乎女兵们的意料，也是她们所希望的，她们的想法恰恰与男兵们相反：就是不睡觉，也要下去找水清洗。吹哨子那个人还在一个车厢一个车厢地喊，杜云华她们早就拎着水桶跳了下去，接着到处寻找厕所。

水是有了，但女兵们你看看我，我看看你，不知道下一步怎么办，总觉得车厢是睡觉的地方，不能在众目睽睽之下脱光身子，狄放见大家都在犹豫，便说："适者生存，到哪说哪的事。第一次下车我们就顺利找到了水，这已经很不错了，所以不要考虑太多。小云，你去把马灯吹灭，今天晚上大家先来个摸黑洗澡，明天再想其它办法。"

第二天早晨吃饭前后，男兵们果然把兵站里能看到的所有水笼头都占去了，杜云华她们只能去厨房和厕所里接水。女兵们第二次把水提上军列，但没有夜幕的掩护，连狄放也没有勇气把自己脱得净光了，在大家的注视下，她又打量起了车厢，不久一个办法终于想了出来。她把自己的想法告诉了杜云华，杜云华点头同意，接着二人分别找出带来的锤子、钉子、雨衣和背包带，并把自己的铺位掀掉，在车壁上"叮叮当当"敲了起来。她俩的铺位正好在最里边，不久一个简单的浴室便搭成了。简单浴室搭成后，狄放欣赏着自己和杜云华的杰作说："刘思彤，刘玲，你们两个人都姓刘，就一起去把大盆子里的冰水倒掉吧，然后把它拖进浴室，咱们把它清洗一下当浴盆用。现在水，浴室，浴盆都有了，接下来抓紧时间洗澡。"

"一次只能进去两个人，二十八个人需要分十四次进去，得规定个时间才好，这样吧，每人在里面的时间不要超过二十分钟。"杜云华说。

"洗澡时间有限，水也有限，所以都把要洗的衣服打上肥皂，泡在桶里，停车后拎下去冲洗。"狄放说。

作为医生，洪绒知道产妇在生下孩子的头几天不能用生水洗澡，但现在顾不上那么多了，打算一会儿先冲洗，过后吃点抗生素之类的药物算了。

谁知这些作为过来人的狄放早就想到了，那边有人进去洗澡，这边狄放走到洪绒跟前坐下说："洪绒，昨晚我没有让你擦洗，今天你还得多忍一会儿，等中午下去吃饭的时候，我们设法带两桶开水回来，放凉了你再洗。"

洪绒没想到狄放为自己考虑得这么周到，就再次感激地说："指导员，谢谢你，也谢谢姐妹们！可是兵站里有那么多开水吗？军列上的人下去后要喝，要往水壶里灌，恐怕那时剩不下多少了，所以你们千万不要提前去打开水，以免不够大家喝。"

"洪绒，你都成这个样子了，还在为别人着想。早晨下去吃饭的时候我观察了一下，发现大家在喝足灌满水壶之后，大铝桶里还剩下不少开水。看样子兵站里的同志准备非常充分，提回来两桶应该没有问题。"狄放说。

"可是每个兵站不一样啊！也许前面那个烧的开水少一些呢！人家喝不上，我却用来洗澡，多不合适。"

"这个好办，下车后如果看到开水少，我就去找兵站里的同志讲讲，请他们再烧一点不就行了。"

中午，狄放她们果然把开水带回来了，同时带回的还有饭菜，当然早饭也带了。下午洪绒在小云和张楠的帮助下，终于舒舒服服地洗了一个温水澡。

洪绒回忆到这里眼圈红了，她想：姐妹们一路都在照顾我，使我一辈子都忘不了。她刚想到这里，就突然听到一阵清脆的枪声，而且是从帐篷那里传过来的。

三十八　女子卫生队被袭

当然水中的女兵们也听到了枪声，于是杜云华大声说：“大家赶快上岸穿衣服，除了洪绒都跑步回去。”这时从西边又传来了呼喊声：“什么人？站住，不站住我们可就要开枪了。”好像是老曲在喊，随后又传来几声枪响。

杜云华跑到距离帐篷约二十米处站住了，因为情况不明，不能贸然冲进去，否则是要吃大亏的，再说武器不在手上，就是冒险冲进去也发挥不了作用。

住处枪声和呼喊声不断，不用说是遭到了偷袭，昔日的担心变成了现实，杜云华从来没有见过这种场面，一时不知如何是好。几分钟后，她见走得最慢的洪绒也赶到了，才说：“洪绒，你就在这里隐蔽，其余的跟我一起去取枪。注意避开那些黑影，听到帐篷里没有人说话或活动在进去。”虽然杜云华没说发生了什么事，但另外六个女兵都知道越军来了，这时除了他们还有谁。

杜云华她们正要悄悄摸进去，突然听到了杨兰邦的声音，杜云华立即示意大家蹲下去，然后大声问：“杨指导员，里面情况怎么样啊？”可是连喊几声，杨兰邦都没有回应，却是梁天良回答说：“杜队长，你们在那边还安全吗？得蹲下去讲话，防止越军应声朝你们打枪。”看来这个基本常识大家都知道。

“梁队长，我们没事。你知道这里究竟发生了什么事吗？”杜云华说。

“怎么，你们也不知道发生了情况？”梁天良奇怪地问，他不知道杜云华等人刚从河边回来。不久，梁天良向杜云华这边跑了过来，后面还跟着几个男医生。

见梁天良走近，杜云华才解释在这里等待的原因，梁天良听后说：“原来是这么回事！杨指导员他们已经去追赶那些人了，你刚才的话他肯定听不到。”

“这么说敌人已经逃远了，不知道我们的损失怎么样？”

“我们刚才进去跑了一圈，但怕周围还有敌人，就没有打开手电筒，漆黑一片什么也看不到。”

“既然里面没有太大危险，那我们几个人就可以进去取武器了。洪绒，你带两个人去伤员住的帐篷查看；燕帆，你带两个人去其它帐篷查看；我先去找狄指导员，一会儿大家到我住的帐篷门口会合。”一着急，杜云华就把洪绒的身体状况忘了，只想到她在关键时刻可以发挥作用。杜云华说罢，七个女兵各自行动，梁天良他们则去增援杨兰邦等人。

天一黑，帐篷里的马灯就被点亮了，现在却漆黑一片，杜云华先跑回自己住的帐篷拿枪和手电筒。她一拿到枪就把子弹推上膛，却不敢把手电筒打开，只好摸黑向狄放和洪绒住的帐篷跑去，边跑边想：出了这么大的事，身为指导员的狄放怎么没有露面？她是和杨兰邦等人一起去追赶敌人了？还是出了什么意外？不知怎么杜云华突然有了不祥的预感。她住的帐篷距离狄放和洪绒住的帐篷才十五米左右，尽管中间高低不平，但因为过去经常走现在很快就跑到了，接着站在门口大声喊：“指导员，指导员！你在里面吗？”

一连好几声都没有听到回应，但杜云华看到门帘被掀在一边，里面黑咕隆咚，于是又连喊几声，还是没有听到回应，便一头钻了进去。她进去后立即打开手电筒，接着大吃一惊：狄放趴在自己的行军床上，后背上有一个很大的伤口，正在往外流血；地上除了一滩滩鲜红的血迹，还有被掀倒的折叠椅、桌子和洪绒睡的行军床等东西，现场一片狼藉，一看就知道这里刚经历过一场生死搏斗。见此，杜云华立即跨过那些杂乱的东西走到狄放床前，又大声喊道：“大姐，大姐，你现在感觉怎么样，怎么样啊？”

狄放仍然没有回声，杜云华急忙把手电筒挂在帐篷上面让它继续照亮，接着动手把狄放的身体翻了过来，并一边继续呼喊她的名字，一边触摸她的脉搏，但狄放的脉搏没有跳动，杜云华只摸到一手鲜血。接着她试探狄放的鼻息；查看狄放的瞳孔；听狄放的心脏。都没有发现生命特征。一切迹象证明，狄放已经离开了人世。但杜云华就是不相信这个现实，仍然呼喊她的名字，采取抢救措施，但最终不得不放弃努力。

指导员已经牺牲，此刻女子卫生队正在发生的一切都要由她这个当队长的来处理，因此杜云华不能在狄放身边久留，她把狄放的眼睛合上，用毯子把狄放盖好，然后走出帐篷。杜云华一走出帐篷，就隐约看到从北边跑过来一群人，那群人边向这里跑，边喊："杜队长，狄指导员，是你们这里打枪吗？你们遇到了什么情况？"

杜云华听出是四连连长李井珍的声音，便大声回答说："是的，是我们这里打枪，我们遭到了偷袭。李连长，你们可来了。"在这种情况下就像看到了救星。等李井珍等人走近，杜云华把刚才看到的一切告诉了他们。

听说狄放被害，李井珍马上带人过去查看，惨状让他们也大吃一惊，不久李井珍退出帐篷对杜云华说："刚才我一听到枪声，就马上带人跑过来了，但还是晚了一步。既然你在这里已经做了安排，那我们就去接应杨指导员他们吧，越军已经逃跑，目前杨指导员他们那里最危险。"

"李连长，四周黑乎乎的，你们可要小心啊！"杜云华说。

李井珍他们刚走，杨兰邦等人就从另一个方向回来了，由于天黑，两群人互相看不到，杨兰邦见到杜云华说："杜队长，我们听到枪声和呼喊声跑过来的时候，隐约看见一群人快步往西走去，一开始还以为是自己人，但问话他们不答应，才知道那是来偷袭的越军，便悄悄跟了过去。他们可能知道后面有人追赶，就边走，边回头开枪，我们也进行了还击，不知道打到他们的人没有，只知道我带去的人没有受伤。不久那些黑影不见了，我们怕中埋伏，不敢再追，就回来了。"

"杨指导员，你们都没有受伤就好！李连长他们已经去找你们了，天这么黑，找不到他们会回来的。"杜云华说。

"越军一定是事先进行了侦察，否则他们为什么不到我们那边去？专找"软柿子"捏，算他妈的什么玩意。这事我已经向上级汇报了，是用步话机讲的，因为线路已经被他们切断了。"杨兰邦说。连线路两个卫生队用的都是同一条，那边一被切断，这边也就通不成话了，于是杜云华又回去拿步话机。

女子卫生队供伤病员住的帐篷一共五顶，每顶里面都放四张行军床，二十个床位住得满满的，其余伤员住到团卫生队里。洪绒带人走到第一顶帐篷门口时，发现里面也是漆黑一团，正好卫生员王嘉带着手电筒，她们进去打开一看，三个人也立即惊呆了：两个伤员横躺在床上，身体扭曲，帐篷和地上都有鲜血。

见护士陈兰和王嘉吓得不敢上前查看，洪绒便一个人走了过去，她发现其中一个伤员的左胸上中了一刀，血正带着泡沫往外涌；另一个伤员的肚子被挑破，部分肠子流到床上，其状惨不忍睹。经检查两人的瞳孔都已经放大，心脏和脉搏也都停止跳动。看到另外两个伤员不在，三人赶紧关掉手电跑到外面寻找。不久陈兰绊了一跤，跌倒在地，爬起来看时，发现地上躺着两个黑影，正是不在帐篷里的那两个伤员，也已经没有生命特征了。

还有其它帐篷要看，洪绒她们不敢在那里久留。三人进入第二顶帐篷时，洪绒也被绊了一跤，但没有跌倒。打开手电筒一照，见门口躺着一个伤员，也牺牲了，他的一只手还紧紧抓住门帘，不知是要出去追赶敌人，还是去找人报告情况；另外三个伤员也没有幸免，都牺牲在自己的床上了，每个人的脖子上都有一道正在流血的伤口。

第三、四、五顶帐篷里面的情况和前面的基本相同，洪绒她们先后共发现十八名伤员被害，几乎是女子卫生队住院伤员的全部，另外两名伤员不知去向。

一连发现那么多伤员被害，惊得三人都说不出话来。洪绒她们顾不得处理烈士遗体，都跑去向杜云华报告。可是洪绒一见到杜云华就哭了起来，连一句话也说不成了。见此杜云华知道情况不好，急忙问陈兰和王嘉咋回事，可陈兰和王嘉也哭得说不出话来。不久洪绒止住了哭声，这才断断续续把情况向杜云华作了报告。杜云华听到报告，不相信似的立即跑向伤员住的帐篷。洪绒说完感到一阵昏厥，腿一软坐到了地上。

燕帆她们奉命去医护人员住的帐篷查看时，途中陈萍萍被绊倒在地，她爬起来一看，也见地上躺着一个黑影，便尖叫起来。

“陈萍萍，你这是怎么回事啊？”燕帆站住问。

“人，人，地上躺着一个人。”陈萍萍起身一把抱住燕帆说，还一个劲往她身后躲。

燕帆见地上躺着一个人，也有些害怕，就拉住陈萍萍一起蹲下去查看，发现原来是老曲。老曲在三个女兵的呼喊中慢慢睁开眼睛，但一时说不出话来，燕帆请陈萍萍留下来陪他，自己带着刘思彤去了其它帐篷。

燕帆和刘思彤跑到作为值班室的帐篷门口时，见里面也黑咕隆咚的，什么都看不到，幸好刘思彤在这里值班时知道火柴放在什么地方，便摸到划着一根，但她还没有把马灯点亮，两人就被眼前的场面惊呆了：刘静仰面躺在行军床上，鲜血流了一地。她俩还要看下去，刘思彤手中的火柴却灭了，于是又连忙划着一根点亮马灯，划这根火柴的时候，刘思彤的手还在一直抖动。灯光下，两人见刘静的伤口在胸部，便一起大声呼喊她的名字，但刘静也已经停止了呼吸，哪里还有回音。

燕帆把刘静的眼睛合上，两人走出值班室继续查看其它帐篷。其它帐篷里面都没有人，二人便回到值班室，在那里陪着刘静的遗体待了很长时间，才去找杜云华汇报情况。

杜云华从伤员们住的帐篷里面出来，也忍不住哭出了声，但做为一队之长，她知道这个时候自己必须坚强，便擦干眼泪继续指挥女兵们干这干那。

不久，李井珍他们被杨兰邦派去的人叫了回来。李井珍让他带来的一部分人担任警戒；另一部分人处理烈士遗体；自己则和上级取得联系，请求担架队过来抬走。胡如何在电话里对李井珍说：“女子卫生队那里发生的情况我们已经知道了，担架队很快就到。刚才团长来电话了，说让你们立即去执行另外一项紧急任务。事情就是这么巧，马上把你身边的所有人带回去吧，然后集合全连人员出发，一会儿我在给你下达具体任务。至于女子卫生队那里的警卫及其它应该做事项，营里已经派其它连里的人过去了。”

李井珍他们刚走不远，大家就听到一个男医生问：“谁？站住。”另一个声音马上回答说：“同志，我是一连副连长海欣，你们是四连的同志吧，上级派我们来替换你们。”李井珍他们走后由男医生们担任警卫。

“海欣副连长，你们这么快就过来了。李连长他们已经走了，现在我们担任警卫。”杨兰邦说。

“哦！是杨指导员啊！现在情况怎么样？”

接着海欣走近，两人对上了话。

听到海欣的声音，仍坐在地上休息的洪绒似乎不相信自己的耳朵，但她的确听到海欣在和杨兰邦对话，便起身走了过去。为了不影响正常工作，洪绒只走到能隐约看到海欣的地方便站住了。海欣和杨兰邦讲完话，又和杜云华讲上了，洪绒仍站在一旁没有打断他们。海欣和杜云华对完话，洪绒刚要走近，却见海欣跟着杜云华等人向伤员住的帐篷走去。经过刚才那一阵子折腾，洪绒再也没有力气跟上他们的步伐了，也知道这个时候应该先让海欣去干别的事，便慢慢跟在后面，与海欣保持一定距离。

在电话里一听说女子卫生队被袭，海欣就给杜云华打来了电话，知道洪绒当时不在现场才放心，但为一下子失去那么战友而痛心。洪绒见海欣基本上把公事都处理完了，才走到他的面前。二人相见，马上走到其他人看不到的地方紧紧拥抱在一起，直到海欣觉得洪绒骨瘦如柴才开口说：“洪绒，才几个月不见，你怎么就瘦成了这个样子？这段时间让你吃苦了！”

“不说这些了。发生这么大的事，今晚你们不会走了吧？”

“不走了，得等军工过来抬遗体，还要负责你们后半夜的警戒。”

“那么明天呢？”

“如果后半夜不发生其它事情，黎明时分我们要进行寻踪搜索，我们损失惨重，不能就这样算了。但周围都是山，而且时间已经过去了这么久，追是无法追了，看能不能顺着脚印找到他们的老巢，或者发现他们的其它蛛丝马迹。”

后经核实，越军这次偷袭共造成我军十九人牺牲，仅伤员就有十八位；那两位不见的伤员已经找到了，出事前他俩去了团卫生队，并在那里一直和老乡聊天；护士张楠、卫生员小云和刘玲失踪，种种现象表明：这三个年轻貌美的姑娘是被越军劫走的；司机曲立记并无大碍，同时受伤的还有团卫生队医生陈舰华。

据曲立记叙述：出事时他在站岗，见有人进出帐篷，起初并没有引起注意，因为这个时候都还没有就寝，伤员们经常串门聊天，医护人员也常有走动。直到他听到搏斗声，才觉得情况不妙，便大声喊了起来，并先向天上开了一枪，然后冲向搏斗声最大的那顶帐篷。但他还没有冲到那顶帐篷门口，就见几个黑影向外跑去，于是又大喊一声，接着开了第二枪，可是越军也向他开了枪，幸好子弹没有打到致命处。

陈舰华和刘静是夫妻，据他叙述：今天晚上刘静值班，他准备过来陪伴，结果在路上听到了呐喊声和枪声。听到这些嘈杂的声音，陈舰华知道出事了，他也是见黑影只逃跑不回话才开的枪。越军也回头向他射击，把他的右腿打伤了，不过也不太严重。只是他的妻子刘静牺牲了，那才是最疼的，伤疼加上心疼，使他守住刘静的遗体久久不愿离开。

三十九 抓到六个女俘

担架队很快过来把烈士遗体抬走了。后半夜大家是在悲痛中度过的，没有人睡觉，都一直坐到天亮。女兵们原以为来时的担心不会出现了，结果还是遭到了偷袭，其状比当初的想象还要触目惊心。

黎明时分，海欣见天上飘起了云雾，便暗自庆幸，因为这样的天气有利于跟踪搜索。

见面后洪绒几乎没有离开过海欣，仿佛觉得只要他一离开，就再也见不到似的。可是分别的时刻又一次到了，洪绒在对海欣恋恋不舍的同时，也在为他们的下一步行动担心，因为他们要去的地方是边界，很可能追着追着就追到境外去了，非常有可能与越军遭遇，所以千叮咛万嘱咐让他小心。

清晨时分海欣他们离开女子卫生队，途中海欣边走，边对大家说："同志们，昨天晚上发生的事情大家都看到了，越军竟然对没有反抗能力的伤员和女兵下手，太惨无人道了，简直毫无人性，是可忍，孰不可忍，这个仇早晚一定要报。但时间已经过去了一夜，如果今天找不到他们，就设法找到他们的老巢，为下一步消灭他们找些线索。"

海欣这次带来的十几个人来自三个班，而且三个班长都来了，骆三贵留在高地上指挥三排那一半人，海欣讲完贾兆栋说："副连长，咱们昨天晚上过来的时候，不是看到有些黑影一闪而过吗？他们可能就是那些狗日的越军特工。"

"我也这样认为，如果他们是自己人，见到我们早就问话了，不会那么步伐匆匆。而我们只顾奉命赶往女子卫生队，没有时间去追他们，也没有注意他们的去向。”黄金庵说。

“如果我们在途中看到的黑影是他们，就一定会留下血迹，顺着血迹就能看到他们所去的方向。因为好几个人都朝他们开过枪，而且老曲当时离他们很近，明确告诉我们击中那些人了，不可能没有人受伤。”钟虎说。

“你们三个班长讲的都有道理，那我们就先回到昨晚看到黑影的地方去，从那里开始寻找蛛丝马迹。”海欣说。

十几个人很快回到昨晚看到黑影的地方，这时雾越来越大了，能见度连一百米也不到。海欣他们发现南边有两条山沟，知道几百米外便是国境线，认为越军很有可能是从那里逃走的，但究竟是从哪一条山沟里逃走的不知道，唯一的办法是寻找脚印和血迹。

但由于地上到处都是青草，而且很厚，海欣他们在那两条山沟的进口处寻找了很久，既没有发现脚印也没有看到血迹。就在海欣左右为难，考虑应该先从哪一条山沟进去寻找时，贾兆栋突然发现一片草叶上有两个暗点，便把海欣叫过去查看。海欣看到其它草叶上的露珠个个晶莹剔透，在绿色的衬托下显得非常漂亮，而那片叶子上的暗点初看像虫子的粪便，细看像血和露珠的混合物，于是说：“贾兆栋，你发现的这个证据非常重要，这两个暗点很有可能是血，它之所以不再鲜艳了，一是因为时间长；二是因为血迹已经被露珠稀释了。”

接着海欣他们沿着有疑似血迹的山沟寻找，不久很多战士都发现了草叶上的暗点，有的还很鲜艳，于是便顺着它的走向搜去。大约两百米后，他们发现山沟向西转去，接着向南，这时右侧出现了一条小溪。

小溪里的水清澈见底，自北向南不停地流淌，见此战士们纷纷蹲下去清洗，海欣趁机让大家休息一会儿，并轻声告诉他们说：“前面就是边境线，大家不要大声讲话，一切都要小心行事。”他们休息了一会儿再往前走时，突然看到溪东边的小路上有很多新鲜脚印，血迹却不见了，据此海欣分析：昨晚越军逃到这里后进行了清洗，知道到达安全地带了，才大着胆子包扎伤口，伤口一被包扎好，便不再出血了，至少不会再往下滴血了。

海欣他们又向南搜索了一小段距离，发现那条小路越来越明显，一看就知道经常有人行走。见可能就要接近越军的老巢了，海欣他们的行动更加谨慎起来，大家每前进几步，就要停下来观察一番，生怕遭到伏击。

小溪夹在东西两座大山之间，如果越军前后夹击，海欣他们将无路可逃，于是海欣让几个人留在后面担任警戒，让他们始终与前面的人保持一定距离。大家又向前走了一段路，突然发现对面也有一座大山，小溪自此向西流去，小路则向东转去，而在对面那座大山的北侧也出现了一道峡谷，与海欣他们过来的那道峡谷形成一个丁字形。

不久海欣他们走到了丁字口上，根据事先看到的军用地图，海欣知道那道东西向的峡谷就是两国的分界线，便让大家停住了脚步。小溪向西流去的地方峡谷很深，人过不去，而东边则比较平坦，海欣正考虑要不要冒险进去搜索时，突然听到身边的钟虎轻声说："副连长，东边后面一点的山坡上有个山洞，我们要不要上去看看？"

海欣发现钟虎所说的山洞就在十几米之外，便带领大家先后退三十多米隐蔽起来。通过观察，他们没有看到从山洞里出来人，周围一遍宁静，只能听到潺潺水声和偶尔几声虫鸣，于是海欣说："我们已经追到了这里，也发现了山洞，不进去看个究竟无法回去交待。别看我们追了这么长时间，可还不到早晨五点钟，如果山洞里有人，这个时候应该还在睡觉。不过要不多久他们就要起床了，我们得抓紧时间进行，否则等他们一起床，一切事情都难办了。至于山洞里可能有人，而外面却没有哨兵，我们且不去管它，凡事都有原因。"

不久海欣作出安排，他让黄金庵带领七班的五个人首先冲进去；贾兆栋带领八班的五个人作为第二梯队跟在后面；钟虎则带领他那个班的五个人担任警戒。他交待七班的人进去后如果没有遇到反抗，就不要开枪，一是怕误伤小云她们；二是怕惊动附近的越军。如果遇到反抗，最好用刺刀解决问题。

见各班做好准备，海欣便一个箭步跳上小路，他发现周围仍然没有动静，就把大手一挥，黄金庵带人像箭一样冲了过去，接着是贾兆栋和钟虎他们。

黄金庵冲在班里最前头，他一奔上山坡就一头钻进了山洞，接着骨骨碌碌滚了下去。好在山洞里面是一个斜坡，要不然黄金庵非摔坏不可。也好在后面的人见黄金庵掉了下去，怕把他砸伤才不敢往里面冲，只站在洞口等他的消息。

黄金庵滚下去后惊魂未定就听到一阵尖叫，而且都是从女人口中发出来的；接着又闻到一阵肤香；同时觉得身下软绵绵的，好像趴在那些女人身上了。里面黑咕隆咚的，黄金庵不知如何是好，唯一可做的就是努力睁大眼睛，尽量寻找可以落脚的地方。可是好像周围都有人，他一时站不起来，就那样趴着。不久女人的尖叫声停住了，应该在考虑究竟进来的是什么人？而黄金庵的眼睛也逐渐适应了黑暗，这才隐约看到眼前闪动着白光，那些女人好像都没有穿衣服。

考虑到身下那些女人中可能有小云她们，黄金庵赶紧道歉，可他不道歉还好，一道歉又听到了尖叫声，只是尖叫声比刚才小了一些，显然她们猜出了来人身份。这次尖叫声过后，黄金庵发现身边好多只眼睛都在注视自己，但没有人讲话，双方都愣在了那里。

为了搞清楚那些女人中究竟有没有小云她们，黄金庵问了一句，听到中国话没有人回答，黄金庵既放心又失望，放心的是：不会因见到小云她们没有穿衣服而尴尬；失望的是：起了这么大的早，也没有找到小云她们，现在找不到，以后就更难了。接着黄金庵又看到了床铺、毯子、枕头和衣服。不知从什么时候起，他觉得身下没有女人了，都跪在周围，而且都只穿条短裤，乳房还在不停地晃动。

平生第一次看到女人的裸体，尽管是在黑暗里黄金庵也不知所措起来，起身要出去，正好这时海欣在洞口说话了，他说："黄金庵，你下去后怎么样啊？受伤没有？里面深不深？有没有人？赶快回话。"他赶到后听说只有黄金庵一个人下去了，非常担心里面的情况。

"副连长，里面有人，而且都是女的，但没有小云她们，我先出去向你汇报一下情况再说吧。"听到一连串问话，黄金庵赶紧回答说。

"还汇报什么情况啊，如果没有危险，赶紧让她们出来就是了。注意先收缴她们的武器。要不要再进去几个人？"海欣真后悔来时没有带手电筒，但谁知道要进山洞啊！

"里面地方小，不要再进人了，我这就把她们押出去。"说罢黄金庵瞅见角落里放着枪，便走过去用身体挡住，然后用冲锋枪指着洞口让那些女人立即出去。他原来是打算让她们穿上衣服再出去的，可是为了收缴武器，就顾不上这些了。而那些女人似乎也乐意这样做，她们根本没有提出穿衣服，就那样几乎赤身裸体走了出去，可能是觉得这样活命的几率要大一些吧？试想哪个男人会朝光着身子的女人开枪呢，而且即将从山洞里出去的都是年轻妇女。

女人们排着队一个个走出山洞，战士们在吃惊之余也觉得非常尴尬，想看又不好意思看，不看又舍不得，不知道是应该继续面对还是应该背过身去。见此，海欣赶紧把上身外衣脱下来撕下领章后扔给她们，战士们也学着样子去做，那些女人一穿上衣服，尴尬的场面便不再出现了。

不久黄金庵扛着那些女人的枪支也出来了，这时他才知道一共有六个女俘，而且都已经穿上了我军服装，只是领章都被扯下来了。

由于敌情不明，海欣见黄金庵出来后一秒钟也不敢多停，让战士们押着女俘迅速撤回。尽管这次没有找到小云她们，也没有发现越军的老巢，但总算抓到六个女俘，离越军的老巢应该不远了，也算小有收获，还可以从她们口中问出一些情况，总的来说不虚此行。

途中，大部分女俘都露出了惊恐的表情，有的还浑身发抖，只有一个年纪稍大一点的高昂着头，一副不怕死的样子。也许此刻她们都在想：看来这次小命难保了，也许北边就是自己的人生终点，还有暴尸荒野的可能。

海欣他们押住女俘一直撤回到山沟出口处才停下脚步，然后海欣让一部分战士继续担任警戒；一部分战士休息；自己则开始审问俘虏，他说："你们六个人中谁会讲中国话？"

尽管女俘们都不开口，但其中五个人的目光都看向一个留着齐耳短发、长得还算清秀的女俘，于是海欣指着齐耳短发女俘说："我知道你会说中国话，接下来我问你答，不许耍滑头，耍滑头是什么后果你应该知道。"

齐耳短发女俘也看到其他女俘的眼神了，知道赖不过去，便对海欣说："长官，我只会一点点中国话，不会耍滑头的，但是如果说错了你们可不要计较啊！"

"只要你老实回答我们的问题，讲话标准不标准是没有关系的。"

"是。"齐耳短发女俘说。

"你们几个人是不是参与了昨天晚上的偷袭？"

"长官，我们没有参与啊！这是真的，我们这是一个女兵班，之所以离开大部队住在那个山洞里，就是为了看管水源，有时也干点别的事，偷袭那些事一直都是男人们干的。"

女俘在回答第一个问题的时候就提到了大部队，还在不知不觉中承认自己是他们的人，说明越军的老巢就在附近，这使海欣非常高兴。但他不想过早涉及这个问题，怕弄不好坏大事，于是又说："那么你们中谁是班长？"

"我，我就是。"

"噢！怪不得你会讲中国话。昨天晚上我们一个女子卫生队被你们的人偷袭了，这就是我们今天一大早过来搜查的原因，不幸你们被搜查到了。偷袭我们的不是你们这个班，但你们总应该知道是哪些男人干的吧？"

"长官，我们真的不知道是哪些男人干的，也许我们这边的男人们经常到你们那边的刀山一带偷袭，但他们的行动从来都不告诉我们，都是悄悄干的，有时三五个人一起干；有时很多人一起干。"

"就是你们知道也不会说的，推脱得倒很干净。"海欣口气严厉地说。

"长官，我们确实不知道啊！要是将来查到我们知道，你们把我们怎么处置都行。"

“那么你们总应该知道男人们住在什么地方吧，他们的住处离你们多远？”海欣把话题自然提到了这个最关键的问题上，可是齐耳短发女俘也意识到了这个问题的重要性，就突然不讲话了，一个劲儿地看其他女俘。

为了不给女俘们商量的机会，问出情况，海欣大声喝道：“刚才你还说离开大部队住在那个山洞里是为了看管水源，所以这件事你们不可能不知道，知道了不说就是不老实，不老实我就可以开枪击毙你们。”

“快说！只要我们首长一发话，就把你们打死在这个山沟里。你们一死，不几天尸体就臭了，然后被一堆一堆的蛆虫吃掉，过些天只剩下几根骨头，就这样你们的人也不会知道。”为了配合审问，钟虎也大声喝道。

听到这话，女俘们好像看到自己死后的尸体上爬满了蛆虫，那才难看呢！于是连忙用越南话嘀咕开了，她们嘀咕了好一阵子，齐耳短发女俘才回答说：“男兵们就驻在我们东边一点的地方，那里有一个很大的山洞，附近也有一些小山洞。”

听到回答海欣心中又是 喜，但他仍然不动声色地问：“那个很大的山洞距离你们的住处还有多远？”

“大概三百米不到的样子。”

“一共驻扎了多少人？”

审问到这里，齐耳短发女俘再次陷入了沉默，几个女俘也再次用越南话嘀咕起来，又过了好一阵子，齐耳短发女俘才又回答说：“事已至此，我们就全部说了吧！那个大山洞和附近的小山洞里驻着一个团的兵力，而且是一个特工团，他们那里非常安全，你们就是知道了也打不进去。”也许就是她们认为我们的人根本打不进去，才决定把这一事情告诉海欣他们的。

海欣他们听后，都惊得差一点叫出声来，这时每个人都在想：好险哪！要是刚才冒险进去搜索的话，遇到的麻烦可就大了，不但带不回这六个女俘，恐怕连自己也回不来了。但他们都强装镇静，海欣仍然不动声色地审问，但接下来的审问是在行进中完成的，而且他们的步伐越走越快，好像那一个团的越军特工正在后面追赶似的。

四十 押送

见已经走到昨天晚上看到黑影的地方了，海欣才第二次让大家停下来休息。那里西通老青山高地，东通两个卫生队驻地，便于疏散。海欣避开女俘与上级取得联系，希望派人过来把俘虏押走。

付孔亮听到这个意外收获也非常高兴，但他对海欣说："你们现在所处的位置非常偏僻，军工们去了可能也找不到，而且你们现在又渴又饿又累的，那要等到什么时候啊？所以还是派两三个人把俘虏押到东北方向的公路上去吧。那地方有我军一个炮兵连，在交址城南面一点，避开了'生死线'，直线距离你们现在所处的位置不过三公里，如果没有雾，你们现在所处的地方就可以看到。如果你认为这个办法可行，我马上通知军工派人到公路上去接。"

"连长，这样安排可以，而且是个比较妥当的办法，我立即派人把女俘押送过去。"海欣说。那么派谁去好呢？放下电话海欣想来想去，还是觉得三个班长最合适，便把他们叫到跟前布置任务，最后说："三位就再辛苦一下吧，谁让你们是班长呢！你们把女俘押到公路上并完成交接后，争取在大雾散去之前往回赶，否则途中就有被越军发现的可能。如果那时大雾已经散去了，就找一个地方隐蔽下来，去那个炮兵连找点吃的东西填饱肚子，待天黑后再返回高地不迟。"

"副连长，刚才我们十几人看管六个女俘，她们不敢逃走，可是一会儿她们却变成了多数，所以路上我们没有把握，还是绑了吧，放心一些。"黄金庵说。

对此贾兆栋似乎有点于心不忍，就赶紧插话说："副连长，我看捆绑就不必要了吧。我们是三个大男人，而且手中都有枪，还对付不了这几个赤手空拳的小娘们？如果把她们捆绑起来押送，兄弟连队看到会笑话的。”

“老贾，不怕一万，就怕万一，她们在山区待惯了，跑起来比兔子还要快，那时我们追不上可就麻烦了。”黄金庵说。

“难道我们手上拿的是烧火棍？追不上就先朝天上开枪，吓也把她们吓趴了。”贾兆栋说。

黄金庵和贾兆栋各自坚持自己的意见，海欣怕他俩吵下去被女俘听到，就说：“好了，好了，你们俩一遇到事就吵，一吵起来就没个完。钟虎说说你的看法。”

“副连长，我的意见是先不捆，路上看到实在不行了再说，山上有的是构树，绳子不缺。”钟虎说。

“那就按钟虎说的办吧。路上如果她们企图逃跑，你们就开枪打老天爷，不站住再把枪口平行打人，但只允许打腿，不到万不得已，不要把女俘击毙。就这样吧，早去早回，祝你们路上顺利。”海欣说，他知道贾兆栋有点怜香惜玉，而黄金庵只把女俘当做敌人对待。不久三个班长押着女俘向东北方向走去，海欣带人返回了高地。

大约十分钟后，三个班长押着女俘走进一条山沟，前面再也没有路了，九人只好朝着东北方向走。他们遇山绕山，遇沟绕沟，虽说直线距离只有三公里，但绕来绕去的恐怕十公里也有了，路上黄金庵说：“哥两个，我们不能走得太快，累一身臭汗不说，如果把女俘摔伤，弄不好还得背着她们走，那可麻烦就大了。”

说者无意，听者有心，贾兆栋接上话说：“老黄，这事你又不是没干过，上次背了个死的，这次背个活的，正好体会一下二者在身上的感受有什么不同。不过她们要是都被摔伤可就难办了，那时我们每个人得背两个。”这时他还不知道发生在山洞里的事，要是知道黄金庵曾经在这几个女俘身上趴过，还会没完没了地说下去。

背回那具越军女尸的事虽然过去了一段时间，前线议论的人也少了，但一直是黄金庵的一块心病，这事也就是贾兆栋敢当面一直说，要是别人，他非翻脸不可。这次黄金庵听后仍然只是笑着说：“老贾，你小子就是哪壶不开提那壶，狗嘴里吐不出象牙，你以为我不知道你的短处啊！”

“什么短处？你说呀！当着虎子的面也没有关系。”

“对这几个女俘怜香惜玉也就罢了，过去还有见到漂亮女人就走不动的毛病。”

“你这小子，我什么时候见到漂亮女人走不动路了？”

“从兵站回军列的路上啊！那次你不是见到小云了吗？见到不是差一点走不动

路吗？”

“不提这事也就算了，提起这事才想起你还欠我一包高级香烟呢！记住，中华牌的，别的我可不要。”

黄金庵和贾兆栋说的话钟虎听不明白，因为当时不在场，想问又觉得不合适，便只听，只笑，不说话。

事情是这样的：从江州坐上军列后的第二天中午，由于要等大家都把水壶灌满，才能打剩下的开水带到军列上给洪绒冲洗，因此小云和张楠很晚才各自拎着水桶从食堂出来往回走。而贾兆栋和黄金庵也因为等大家都离开水笼头才去冲澡，回去得也比较晚，二人正好走在小云和张楠后边。这时其他人基本上都回到军列上去了，那段路上只有他们四个人行走。

一向惜香怜玉的贾兆栋见前面的女兵拎着水桶走路很吃力，就想赶过去帮忙，可是已经坐上军列的那些官兵可以看到那段路，不用说也可以看到他们的一举一动，他怕别人说闲话，就打消了赶过去帮忙的念头。他俩和她俩保持十米左右距离慢慢走，他俩没事干，就欣赏前面那两个女兵的身材。贾兆栋见高个子女兵的身材非常完美，简直无可挑剔，就悄悄指给黄金庵看，黄金庵看后说：“那个高个子女兵的身材的确非常完美，但五官不一定长得好看。有些女人从后面看上去非常漂亮，可走到前面回头一看，哈，丑死了，像猪八戒他二姨。”

但贾兆栋坚信高个子女兵的五官也长得漂亮，于是两个人便打起了赌，说如果谁输了，就给对方买一包高档香烟，最好是中华牌的。说好两人便加快步伐向前走去，并很快赶上了小云和张楠。他俩在与她俩擦肩而过的同时，都用眼睛的余光看向高个子女兵的脸，仅这一瞥，黄金庵就知道自己输定了，而贾兆栋心中则暗暗高兴。

为了看得准确点，或者说为了再一次欣赏高个子女兵的漂亮脸蛋，黄金庵和贾兆栋向前走一段路后，都装做若无其事的样子又回头看了一眼。这次看后贾兆栋说：“老黄，怎么样，服输了吧。”

“服输，服输，这烟我买。老贾，你别说，这两个女兵都挺对得起观众的，可你知道高个子女兵是谁吗？”看来他把两个女兵的漂亮脸蛋都看了，而事后贾兆栋说那次他只看到了小云的脸。

“人家刚集中到咱们团卫生队不久，我哪知道她是谁呀！”

“你不知道，我可知道，上个月我不是去师医院看过病吗，在那里见到的女兵就是她。当时陪我看病的老乡说，她叫小云，父亲是另外一个师的师长，官可大了。”

“怪不得她长得像大家闺秀，原来是师长家的千金。”

"老贾，你看上她了？"

"这么漂亮的女兵，我能看不上吗？关键问题是她看不上我，咱得有自知之明。她爸那么大的官，而我爹整天面朝黄土背朝天，是个种庄稼的老百姓，差距太大了。"

"刚才我知道你想过去帮她俩提水桶，但军列上那帮哥们都在看着呢！这次你是献不上殷勤了，下次找机会吧。"

"我想啥事你小子一猜就知道，难道你是我肚子里的蛔虫？"贾兆栋说罢在黄金庵屁股上踢了一脚。现在他俩走到她俩前面了，这些动作当然都被她俩看到了，她俩也知道他俩的小伎俩，虽然他俩擦肩而过时，用余光注视的那一眼她俩没有注意到，但他俩回头看时那装模作样的样子很好笑。这点小聪明很多人都用过，一眼就能看穿。

贾兆栋和黄金庵看罢第二眼还想看第三眼，甚至若干眼，但在路上不便再回头了，于是不约而同加快步伐跨上军列。两人一跨上军列，就坐在门口不动了。现在他俩和她俩面对面了，但不能一直看着她俩，那样太不礼貌，于是就装作东看西瞄的样子，其实两边的任何东西他俩都没有看到，直到把目光巡视到她俩的脸上时才放出光来。

小云和张楠也要回到军列上，而且必须从贾兆栋和黄金庵坐的车厢门口经过，她俩都知道自己长得漂亮，而且已经被男人们盯着看过无数次了，所以只顾拎着水桶走路，连头都不抬一下，这使贾兆栋和黄金庵觉得既满足又失望，满足的是可以趁机一饱眼福，还可以避免出现被对方看到的尴尬场面；失望的是觉得这两个漂亮女兵怎么连看都不看自己一眼。

小云和张楠走过去了，贾兆栋还在看，当然是看小云的背影，现在他可以不用再装模作样了，不久黄金庵说："老贾，行了吧？别看到眼里拔不出来呀！等打完仗，我做媒让小云嫁给你算了，从身高上你们两个人还算匹配。"

"人家是谁，我是谁，咱哥们也就是享享眼福罢了。"

"不是说战争可以改变一切吗！说不定这次到前线后，你会像副连长那样当上战斗英雄，还被提升为干部，到那时就配得上她了，美女爱英雄嘛！"

"除非俺祖坟上冒青烟，而且要冒很大很大的青烟，否则想都不敢想。但话又说回来了，如果真像你说的那样，我为她当牛做马也愿意。"

"看你小子这出息。走，回床上打扑克去。"

"放心，香烟我早晚会给你小子的，而且一定是中华牌。女俘是越南人，我们就是对她们再好，她们也会把我们当敌人看的，别看表面上看不出来，内心不知咋记恨我们呢！”黄金庵看着前面的女俘小声说。

“你小子以为我是小孩子呀，连这点都不知道？可她们毕竟是女人，又是从山洞里抓出来的，不同于其他战俘。”贾兆栋说。

“七班长，八班长说的也对。人家会心痛女人，个子比咱俩都高，力气比咱俩都大，一会儿如有女俘不小心摔伤，就让八班长背着走好了！”说到这里钟虎才开口，为的是助兴，不然走路很累，而且是山路。

“对，对，让他小子背着走，我可不出那力气。”黄金庵说。

“背就背，活人总比死尸软和。不过您俩以后别笑话我，也别对人家说这些事，不然我也像老黄上次那样只出力不讨好。”贾兆栋说罢三个人都笑了。

“八班长，放心吧，起码我不告诉别人，也不笑话你，反而羡慕你有艳福呢！”钟虎说。

“羡慕啥？要不那时你也背。”贾兆栋说。

女俘走在前面，离三个班长五六米远，三个班长虽然声音不大，但女俘们断断续续可以听到，她们基本上都能听懂中国话，只是有的不会说。一开始，她们都为自己的性命担忧，想到自己人昨夜还在偷袭中国军队，一定造成了很大伤亡，出于报复，也会被杀的，但后来发现中国兵并没有那个意思，悬着的心才放了下来。现在去战俘营，将来可以回国与家人团聚，只是在那里休息一段时间而已，因此她们听到三个班长说的话，也边走，边忍不住笑，连那个起初一直昂着头不服气的女俘在情绪上也发生了明显变化。

三个人中黄金庵当班长时间最早，责任心也最强，因此一路上都在琢磨着怎样才能顺利把女俘押到公路上去，又走一段路后他对贾兆栋和钟虎说：“二位，我提个建议好不好？就是从现在起，咱们三个人进行一下分工，每个人负责看管两个女俘，一对二跟在她们后面走，当然关键时刻得相互配合。”

“这个办法好，我同意。哎呀，老黄，别看你年纪比虎子还要小，可脑袋瓜子还挺管用。”贾兆栋说。

“我的脑袋瓜子没有别人聪明，可比你总聪明一些吧。”黄金庵说。

“这点我承认，你小子的脑装瓜子就是比我管用，要不……”贾兆栋就此打住，但黄金庵知道他想说的还是背回越军女尸那件事，便捡起一块石头要扔过去，吓得贾兆栋连忙告饶，又说：“你小子老是喜欢拿东西砸人，上次要是用石头，我的脑袋瓜子可就开花了。”贾兆栋说的就是菜地打架那件事，当时钟虎还没有入伍，又听得稀里糊涂，这次他问了，贾兆栋也回答了，才知道两人的确是打出来的友谊，非同一般。

采用黄金庵想的办法后目标分散了，既可以各管各的，又可以互相照看，都不那么紧张了，效果比较理想。

女俘们不再有性命之忧了，胆子便逐渐大了起来，她们一边走，一边还用越南话嘀咕着什么，也不时回头看一眼，脸上的表情柔和多了。

翻山越岭很累，三个班长早上只吃了点压缩饼干，现在早就饿了，可干粮都在其他战友身上，饿了只能喝水，不久壶就干了。女俘们的情况更惨，她们是昨天晚上吃的饭，也早就饿了，一开始她们要水喝，后来看到后面的人摇着空空的水壶，便不再说什么了。

一行九人艰难地在山沟里行走，正当大家渴得嗓子快要冒烟的时候，突然发现前面有一个小水坑，每个人都露出了欣喜的表情。女俘们得到三个班长的允许后，都争先恐后地向小水坑跑去。小水坑周围比较空旷，女俘无路可逃，三个班长只需慢慢走过去就行了。

但六个女俘跑到小水坑那里看着清澈的积水却没有喝，因为没有东西舀，用手捧又不敢，怕把水弄脏了三个班长喝不成受惩罚，也许是于心不忍，她们就等着三个班长走近。

三个班长赶到时，见小水坑直径两米左右，水深约三十厘米，应该是积存下来的雨水。这个地方在我国境内，地理位置十分偏僻，周围没有脚印，因此基本上可以确认无毒，于是贾兆栋就把自己的水壶递给齐耳短发女俘，示意她们用它舀着喝。

喝足了水，九个人的体力都恢复了一些，接着洗手洗脸，仍然用水壶灌，并站在远远的往对方手上倒，怕把那点救命水弄脏。喝好洗好，大家坐下去休息，整个过程女俘们都非常配合。

经过补充水分和清洗，女俘们的精神也好多了，加上她们的年龄都在十八至二十五岁之间，长得还算俊俏，贾兆栋远远看着她们对黄金庵和钟虎说："过去我总以为越南人个个都是黑皮肤、深眼窝，现在看来也有白的，而且还细皮嫩肉的挺顺眼。"

"老贾，要不我总说你脑子笨呢！这些女俘如果长得不白，不细皮嫩肉的挺顺眼，怎么能当特工？要知道她们可都是从女兵堆里挑出来的啊！如果让那些黑皮肤、深眼窝的人干这勾当，不是一眼就被我们的人认出来了吗。"黄金庵说。

贾兆栋听后眯起小眼睛呲牙一笑，说："挑白的，外出晒久了也会黑，可这些人都是属耗子的，只在晚上出来活动，太阳晒不到她们。"

说到太阳黄金庵想起了帽子，他说："越南人真奇怪，男女都戴同样款式的绿色帽子，而在我们国家，男人戴绿色帽子可是要被人家嘲笑的。"

贾兆栋听后"扑哧"一声笑了，说："人家国情与我们不同嘛！喜欢戴就让他们戴吧。老黄，一开始你老担心这几个娘们逃跑，这不挺老实的吗？"

"那是没有机会，心里不知道咋盘算呢！我听咱们副连长说，几年前有个连也抓到几个女俘，排长见其中一个胳膊上有伤，就出于好心让一个战士过去为她包扎，结果那个战士被狠狠咬了一口。娘的，当时要是我在，非一枪把她崩了不可。"黄金庵说。

"你也就是说说而已，怎么能随便枪毙俘虏。"贾兆栋说。

休息时三个班长坐在距离女俘十多米远的地方，不久他们发现齐耳短发女俘走了过来，于是贾兆栋问她："你有什么事啊？"

见齐耳短发女俘欲言又止，黄金庵有点急了，说："有话快说，有屁快放，在我们面前别吞吞吐吐的。"

听到训斥，齐耳短发女俘才看着黄金庵怯怯地说："她们说想去便便，但怕你们不允许。"这时她们已经认出黄金庵就是那个闯进山洞并压在她们身上的人了，心想：在山洞里你已经把我们撞痛了，也把我们全身上下看了个遍，就差搂住睡觉了，现在却对我们这么凶。

"什么便便？我他娘的听不懂。"黄金庵仍然口气严厉地说。

"小小的便便。"齐耳短发女俘又说。

"她这是说要去小便。"贾兆栋听明白了，然后四下张望，见东北方向有块一人多高的大石头，能挡住人，便对黄金庵和钟虎又说："俗话说管天管地，管不住人们拉屎放屁，我看就让她们去那边方便一下吧。"

见二人点头，贾兆栋指着那个地方又对齐耳短发女俘说："你们只能去那个地方，而且不许动歪脑筋。"齐耳短发女俘听后一个劲地点头，但黄金庵估计她根本不知道"歪脑筋"三个字是什么意思。

也许是见三个中国兵对她们不错；也许是觉得在中国境内无处可逃。虽然女俘们去的地方茅草很深，而且附近有一条山沟，逃跑的机会不是没有，但她们都陆续回到了原处。

不久三个班长押着女俘继续赶路，几泡尿过后，肚子又开始"咕噜噜"叫了，加上山路实在难走，直到中午时分他们才隐约看到公路。

四十一　不等菜了

押送任务即将完成，三个班长都互相看了一眼，疲惫和饥饿的脸上再次露出了欣喜的笑容。正当他们想着怎样才能找到那个炮兵连先弄点吃的，再到公路上去移交女俘时，听到树林里一个声音大声说："站住，你们是干什么的？"

听到声音，黄金庵知道是炮兵连的人，便大声回答说："同志，我们是九四一团的，押送俘虏从这里经过。"

也许是见黄金庵他们一行九人男少女多，女人们又穿得不伦不类，只有上衣没有下衣，而且都赤着脚，炮兵连的人才没有立即现身，而是又说："今天有雾，情况比较特殊，因此在确定你们的身份之前，请把武器放到地上，并用双手抱头，然后接受检查。"还是刚才那个声音。

贾兆栋见辛辛苦苦走了一上午，还要在我国境内接受自己人检查，便有些生气了，低声骂了句："他妈的，搞什么名堂，大白天的还用这样。"然后抬高声音说："我们押送的可是俘虏啊，刚才已经说过了，难道你们听不到？就是听不到也能看到啊！如果我们放下武器，俘虏逃跑了谁负责？"

钟虎怕把事情弄僵，导致更大麻烦，就低声劝阻贾兆栋不要说了。贾兆栋暂时忍住了，但对方接下来的一句话又把他惹火了，还是那个声音说："这个你们放心，有我们看着，你们一个也逃不了，都快把武器放下。"

"放下武器是投降，这个谁都知道，你们把我们当成什么人了？"最让贾兆栋生气的是对方那个人不说"她们"，而说"你们"。

"废什么话，不按照我们的要求去做，我们可就不客气了。"对方那个人也恼了。

“明明听出老子是自己人，还让老子放下武器，算他妈的什么玩意。就不按那个混蛋的要求去做，看他能把我们怎么样？”贾兆栋又骂道，但声音还是很低，对方也没有听到。

“八班长，你给对面那个喜欢较真的人一样干啥？再说强龙不压地头蛇，我看就按他们的要求去做吧，只是都不举手算了。”钟虎说，黄金庵只想快点吃到东西，便点头同意，三人这才把枪放到地上。做完这些三个班长垂手而立，而女俘们都把手举得高高的。

见此对方便不再说什么了，接着从树林里走出来六个军人，其中五个战士，一个干部，那个干部满脸络腮胡子，看不出实际年龄。

六个人围住九个人站好，络腮胡子说：“你们说自己是九四一团的，那么有特别通行证吗？”可以听出他不是刚才问话的那个人。

“有。”贾兆栋说着从口袋里摸出一张纸片，一个战士迅速过去取走递给络腮胡子。

络腮胡子见纸片上清楚地印着“特别通行证”字样，还有部队番号、年月日以及大红章等，才把三个班长拉到一边说：“原来你们真的是自己人啊，我们太认真了。不过我们认真是有原因的：一是部队到前线后上过他们的当；二是刚刚接到通报，说女子卫生队昨晚被袭了。”

“理解，理解。”钟虎说。

“都是当兵的嘛！误会一解除就过去了。你们抓的这些俘虏怎么都是女的？看来她们都能听懂中国话，让她们把手放下来吧。”络腮胡子友善地说，并把三支冲锋枪捡起来分别递到三个班长手上。

钟虎把抓获女俘的经过简单给络腮胡子讲了一下，络腮胡子听后连连点头，说：“原来昨天晚上你们去那里了啊！这是意外收获，佩服，佩服。”

这时黄金庵突然闻到一股大米饭的香味，说：“首长，你们已经吃过午饭了吧，如果还有剩的，能不能给我们一点？”

“是啊，我们饿得连路都快走不动了。”钟虎跟着说。

“如果你们没有剩饭，给我们点压缩饼干什么的也行；如果连压缩饼干什么的也没有，就给点生米让我们嚼嚼吧。”黄金庵有点可怜巴巴地说。

“看你这位兄弟说的，吃什么压缩饼干，嚼什么生米呀！步兵老大哥在高地上比我们辛苦，中午我们还没有开饭，一会儿饭菜熟了，一定让你们先吃。至于女俘，既然抓住了就得给她们吃饭。”络腮胡子又对一个战士说：“杨教德，你和侯宇荣马上去炊事班看看，饭菜熟了立即送过来。冯潮柱、李嘉力、耿广爱，你们三个人暂时看管俘虏，让步兵老大哥休息一下。”前后态度截然相反，说得三个班长心里热乎乎，把刚才的不快早就忘到九霄云外去了，再说刚才他们也是为了部队安全。

被络腮胡子叫做杨教德和侯宇荣的战士走了，其他人包括女俘在内都坐在草地上休息。不一会儿杨教德和侯宇荣跑着回来了，并向络腮胡子报告说：“首长，米饭锅里的水刚烧开，炊事班长说离熟还早着呢！让咱们这里的人等一会儿。”黄金庵听后想：原来他们做饭的地方离这么远，而且刚把米饭锅里的水烧开，就这我也能闻到香味，看来人要是饿极了，嗅觉特别灵敏。

络腮胡子听说离饭熟时间还早，就对三个班长说：“三位老弟，吃饭还早着呢，想不想到我们堑壕里面参观一下？”

三个班长听后都互相看了一眼，贾兆栋说：“难得有这样的机会，那就去看着吧。谢谢首长！”虽然这时他们三个人连一步也不想走了，但盛情难却，都起身跟着络腮胡子向南边走去。四人向南边走不远，三个班长就看到了伪装网，接着又看到了堑壕进出口。

三个班长在络腮胡子的带领下走近堑壕进出口，见东西两旁堆满了黄土，明显是从堑壕里挖出来的。那些黄土不但被战士们整理得有棱有角，而且上面还有用鸡蛋大小的白石子镶成的队联，上联是：

保家卫国，守边关，甜中有苦，苦中有甜，一人辛苦万人甜；

下联是：英勇杀敌，保南疆，圆中有缺，缺中有圆，一家不圆万家圆。

横批是：虽死犹荣。

字迹钢劲有力，堪称战地一绝。络腮胡子用自豪地语气说：“这是我们连接防后才搞上去的，怎么样，不错吧！我不是王婆卖瓜，自卖自夸，就我们连文书严杰明这个水平，恐怕比那些干事都要高。当然，对联可能是他从别人那里听说的，可这几个字的确拼得不错。”

“太好了，想不到在这炮火连天的地方，竟然还有这么漂亮的作品。”钟虎说，贾兆栋和黄金庵频频点头。

听到夸奖，络腮胡子又高兴地说：“到现在为止，你们还没有看到大炮吧，其实就在边上。”三个班长随着络腮胡子的手势看去，才发现五米之外的地方，露出了一段约二十厘米长的炮管，如果不仔细看，还以为是节枯树呢！三人走近看时，发现他们不但在炮管上进行了伪装，连整个炮身都进行了伪装。大炮放在一个又深又宽的堑壕里，上面覆盖伪装网、树木和茅草，怪不得刚才离这么近也看不到，树木和茅草是栽到两边土里的。

参观完堑壕外部，络腮胡子又带领三个班长进到里面，堑壕里面以露天的地方俱多，只在官兵们睡觉和堆放武器弹药的地方上面搭着汽车篷布，篷布上面也有伪装物。三个班长跟着络腮胡子在堑壕里面绕来绕去，感觉像进入了地下迷宫，当然不辉煌只实用，这样吃喝拉撒睡都不用冒险去地面了。此刻战士们有的在看书；有的在擦枪。精神面貌都不错，只是头发和胡子都很长，衣服也都很脏。正当三个班长不知道怎么才能走出去时，络腮胡子又说："另一个进出口到了，刚才的进出口在西边，这个在东边，咱们从这里上去吃饭吧。"三个班长走出堑壕回头看时，发现这个进出口外面的布置和西边的一样，也有一幅队联，内容也非常有水平。

四人回到原处时，见米饭已经放在草地上了，不是端来一小盆，而是抬来一大锅，络腮胡子看着那个叫杨教德的战士说："你们两个人怎么连锅都抬过来了，却没有把菜和碗筷拿来。"

"报告首长，菜还没有炒好；连锅抬过来是因为盆子都被占住了，炊事班的人找不到其它东西装；碗筷是我们忘记带了，我这就回去拿。"那个叫杨教德的战士说罢要走，却被黄金庵拦住了，黄金庵对络腮胡子说："首长，有这么香的米饭，我们还要什么菜和碗筷呀，没有那些东西照样可以吃到嘴里。"此刻他的胃里好像伸出一只手要抓那些米饭似的，连一秒钟也不想等了，闻着米饭的香味直咽口水。络腮胡子正想说：那你们怎么吃，难道要用手抓吗？就见黄金庵取下钢盔又说："首长，我们用这个。"

这时贾兆栋、钟虎的想法和黄金庵一样，闻着米饭的香味都不愿再等下去了，于是贾兆栋也说："首长，我们用钢盔可以盛饭吃。"

好像怕络腮胡子不同意似的，黄金庵掀开锅盖就把钢盔按了进去，见没有盛满，就顺手捡起一个树枝往里面扒拉，直到盛得尖尖的才用双手抱出来。装满米饭的钢盔烫手，黄金庵赶紧把上衣脱下垫在下面，并示意贾兆栋和钟虎也去盛。贾兆栋和钟虎见络腮胡子不但不反对黄金庵这样做，而且还面带微笑，就过去把各自的钢盔装满了。见此黄金庵才对络腮胡子说："首长，谢谢你们的米饭，我们应该走了，到公路边上去吃。"

"真的不等菜了？"络腮胡子仍然面带微笑地说。

"不等了，大米饭很香，我们在高地上根本吃不到热的，不要菜比凉的有菜还好吃。"黄金庵回答说。

这点络腮胡子倒是赞同，他说："抱住钢盔不好走，慢点。"

“好。再次表示感谢！”黄金庵说罢，三个班长把两钢盔米饭交给女俘，然后告辞络腮胡子等人继续朝着公路走去。三分钟后，九个人在草地上坐了下来，在这段时间内不知他们咽下去了多少口水。开始吃饭了，黄金庵抓起米饭就吃，也不怕烫手，贾兆栋和钟虎也不用现成的树枝做筷子，关键是等不及了。几口米饭下肚，三个班长才吸溜着舌头扭头去看女俘，发现她们也没有客气，在没有得到允许的情况下，也用手抓着吃了起来。有几个女俘还边吃边哭，因为她们见只有三钢盔米饭，而饥饿如狼的三个大男人才分吃一钢盔里面的米饭。

三钢盔米饭很快就被九个人吃完了，但每个人的感觉只是半饱，接着他们舔自己的手指和钢盔，抱过钢盔的人见衣服上沾有米粒，都抠下来吃了。吃完所有的米粒贾兆栋说：“我以为这些娘们吃饭会斯文一些，想不到也像他妈的饿死鬼。”

“你忘记我们进山洞时这些娘们都还没有起床了？我们出发时毕竟吃了点面条，而她们是昨天晚上吃的饭，因此这时不像饿死鬼才怪呢！看女俘们刚才吃饭的样子，就是宣布立即无条件释放，她们也不会马上离开的。”黄金庵说。

移交完俘虏，三个班长原路返回，刚下公路钟虎就说：“络腮胡子刚才说，米饭如果不够他们连里的人吃，会下一些面条的，我们是不是再去蹭点？”

“拉倒吧，哪好意思马上又去。现在饭也吃了，任务也完成了，可是雾也散了，那就暂时回不去了，只好先找个地方美美睡上一觉，晚上再去蹭也不迟。”贾兆栋说，三个人都笑了。

四十二 师司令部被炸

十月底的一天，驻在鞭马西边的师指挥部也被炸了。鞭马位于苍龙江西岸一公里处，离边界线三公里左右，是一个小山村，指挥部与它只有一山之隔，山东边是小山村，山西边是海欣所在师指挥部。师指挥部住在一个南小北大的山坳里，由于地方狭窄，又晒不到太阳，所以村民们都不愿意到那里去住，于是就成了前线驻军的好地方。

山坳南面东侧有一个自然溶洞，出口与地面基本持平，师长张黎和政委焦本夺就住在那里。这个溶洞面积四十平方米左右，里面除了两张床就是一个沙盘。在它北边一点的地方还有几个小溶洞，两距十到三十米不等，其他师首长住在那里。其他人则住在外面的帐篷里，帐篷从山坳中间部位一直搭到北边。

就要吃午饭了，除高大黝黑的张黎仍站在沙盘旁外，其他师首长都到炊事班去了。炊事班就在张黎和焦本夺住的溶洞对面，两处相距三十米左右。

张黎站在沙盘旁是为了寻找越军的炮阵地，部队接防后挨了不少炮弹，但一直没有发现它的具体位置，炮弹打过去不起作用，因此十分恼火。如果再不把它找到并彻底消灭，不但自己的部队还要接着吃亏，连后面的部队也没有好日子过。

张黎正在苦苦思索，突然看到沙盘上的小红旗动了一下，几乎同时听到了爆炸声，而且就在外面，便快步走到洞口查看。张黎刚走到洞口，就与气喘吁吁跑来的警卫员赵利昆撞了个满怀，赵利昆报告说："一号，山坳北边遭到了炮击，危险，这时您不要出去。"

山坳北边种了不少庄稼，离这里一百米左右，张黎以为老乡们的田地被炸了，就不听赵利昆的劝阻要过去查看，可是第二发炮弹又响了，从烟雾上看比第一发近多了，帐篷被炸得到处乱飞。在这种情况下没有必要冒险，于是张黎便在洞口站住了。接着炮弹不断响起，而且越打距离他越近。

十多分钟后，爆炸声终于停住，张黎急忙跑了出去，烟雾中又与迎面跑来的参谋长王正军撞了个满怀，王正军向张黎报告说："师长，据观察炮弹是从南边打过来的，应该来自越军的同一个炮阵地。"

张黎边听王正军报告，边向北边走去，看到山坳里一遍狼藉，连一顶完整的帐篷也没有了。东西被炸事小，他最关心的是人员伤亡情况，于是听完报告问："政委和朱副师长他们没事吧？"

"没事，我们刚才都在炊事班那里，现在他俩可能去北边了。"王正军回答说。此刻山坳里仍然弥漫着烟雾，人员还在乱跑，看不清楚谁是谁。

不久，张黎和王正军果然在北边见到了焦本夺及副师长朱辛华。这时伤亡数字也出来了，一共两人牺牲，四人负伤。

安置好烈士和伤员，张黎气得连警卫员端来的饭也不吃了，立即和焦本夺等人一起分析敌情，同样高大黝黑的焦本夺说："前几天军长过来时，还说前线除了他住的那个神水洞，全军恐怕就数咱们这里最安全了，想不到也被越军炮击了，这他妈的究竟是怎么回事嘛？"

"师长，政委，事情发生得的确有点蹊跷，炮弹是先落到山坳北边爆炸的，接着由远而近向这里打来。而周围的山头上很少落炮弹，几乎都打到山坳里来了。我们住在山坳里他们怎么能看到？而且目标非常集中，所以说情况很不正常。"朱辛华说。

"老朱，你的意思是说附近可能有人在为越军的炮兵指示目标？"张黎问。

"是的。"朱辛华回答。

"指示目标的人一定是越军特工，而且就藏在附近的某个角落里，只是我们看不到他们。"张黎说。

"我们虽然识破并抓获了部分越军特工，但他们人多，活动频繁，且诡计多端，因此上山寻找个别人有一定困难，而且他们一指示完目标就逃走了，不如仍把注意力集中到寻找他们的炮阵地上。经过反复考虑和实地观察，我认为越军的炮阵地很有可能在二一一高地南面的某个山沟里，应该派人过境侦察一下，如果发现具体位置，要设法把它端掉。老张，这事你考虑一下。"焦本夺说。

“老焦，我也是这么想的。参谋长，一会儿你草拟一个侦察方案，半小时后我们开会讨论一下。”张黎说。

“是。”王正军说。

下午一点钟左右，与会人员全部集中到张黎和焦本夺住的溶洞里开会，主要讨论王正军临时起草的侦察方案。讨论的结果是：立即派一个小分队深入敌后侦察；同时制定作战方案上报。

接着就侦察小分队的人选问题进行了讨论，焦本夺说：“我认为由九四一团一连副连长海欣同志任侦察小分队队长比较合适，因为他负责驻守的那三个高地都离二一一高地不远，而这次侦察的重点，就在二一一高地南面一点的地方。”

焦本夺说，王正军在沙盘上找，并把目标指给与会人员看。最后大家都同意焦本夺的意见，他们说海欣几年前就是战斗英雄，亲自与越军较量过，这次一定能够胜任。张黎让王正军把这个决定立即通知韦立世，让韦立世直接通知海欣，并争取在短时间内出发。至于侦察小分队的其他成员，任由海欣在全师范围内挑选，人数多少也由海欣定。

鞭马遭到炮击的时候，唐泉东正在神水洞军部驻地帐篷里面吃饭，他一听到炮声，就马上放下碗筷出去查看，心想：这又是哪里挨炸了？不会还是“生死线”上吧？“生死线”在正南方向，这次的炮声好像偏西一点，因此不是那里。前面隔着那座大山，他像往常那样看不到烟雾，但不久作战值班室就可以接到电话了，只要作战值班室接到电话，他是第一个听到报告的人。

为了等待消息，唐泉东走到作战值班室门口站了下来。那是一顶大帐篷，不一会儿里面的电话果然响了起来，一个参谋随即掀开门帘钻了出来，他见唐泉东站在门口先是一愣，接着报告说：“军长，刚才一一一师来电话了，说鞭马遭到了炮击……”

“噢！知道了，原来声音是从那里传过来的，那里可是一个山角落啊！一般情况下炮弹炸不到，这是怎么回事？”唐泉东说罢不等那个参谋回答，快步回到自己住的帐篷。他知道此时此刻老部下张黎正在忙碌，过一会儿一定会亲自打过来电话，就边吃剩下的那点饭边等。

唐泉东想到这里，已经把碗里的饭吃完了，他刚放下碗筷，就听到身边的电话铃声响了，便拿起听筒“咹”了一声，这是他的习惯。

“军长，我是张黎，刚才我们这里遭到了炮击，可能值班室已经向您报告了吧……”

“嗯！这事我已经听说了，可你们那个地方比较隐蔽啊，怎么会被越军发现的，并遭受那么大的损失？”

“军长，越军这次炮击的确出乎我们所有人意料之外。这一带一直没有出现过内奸，所以这个小山村也不会有，据判断又是越军特工起的坏作用，这里有老百姓，他们可以化妆潜伏下来侦察，并为越军的炮兵指示目标。”

接着张黎把会议情况向唐泉东作了汇报，唐泉东听后说：“我看这个办法可行。毛主席他老人家说人不犯我，我不犯人，人若犯我，我必犯人，这也是边防军前指对我军的指示精神。你们一旦侦察到越军的炮阵地在哪个具体位置上，就可以在条件具备的情况下立即实施炮击。在这件事上不必再请示了，边防军前指那里我去说。”

“是，军长。”

四十三 登山

一一一师指挥部遭到炮击的当天下午两点，海欣就在一四五高地上接到了韦立世打来的电话，韦立世说：“海欣，想不到你的名气这么大，连师首长都知道了，师首长连副团长的名字都记不全，却记住了你这个副连长。师里王参谋长让我直接通知你，说上级估计二一一高地南边有个越军炮阵地，让你带人去侦察一下，如果找到具体位置，就立即把它端掉。”

“是。团长，坚决完成任务。”海欣每次接到任务就这样说，做为军人只有服从的份，不能讲条件。

接着韦立世把小分队成员的挑选范围告诉了海欣，海欣听后略思索一下说：“师部有一个侦察连，但彼此不熟悉，要熟悉得有一个过程，所以还是在我们这里挑吧。我考虑侦察小分队人数不宜过多，多了容易暴露目标，还用我们连三排这几个人吧。”

“只要能完成任务，这些都由你定。”韦立世说。

放下电话，海欣把这件事向付孔亮作了汇报，上级可以不通知他的顶头上司，但他不能不通知，不然没法展开工作。他俩在电话里商量了侦察小分队的组建问题，最后决定由贾兆栋、黄金庵、潘祥安和段坪四人参加。

打完这个电话，海欣立即去了老青山，他要在侦察小分队出发之前，用望远镜近距离对要去的地方进行详细观察。

之前海欣就认为二一一高地南面可能有问题，因为双方在打争夺战的时候，只见我军猛往那里打炮弹，就是制止不了对方射击，当时恨不得扎个翅膀飞过去看个究竟，现在能去算是遂了心愿。

因为打算第二天晚上出发，所以海欣当天没有回到一四五高地。

第二天上午，贾兆栋接到海欣打来的电话，要他天黑之后立即赶往老青山，并说明了任务和要带的东西。为了在晚上执行任务时不打瞌睡，贾兆栋一吃过午饭就钻进海欣的小窝棚里美美睡了一觉，直到傍晚时分才起床。

海欣交待要带的东西主要是越军服装，说废弃工事里有，就在那堆方木上面，他进去时见过，可能有五六套，都带上。贾兆栋找到那些衣服时见上面还带着军衔，而且士兵和军官的都有，心想：副连长的心真细，连那里有越军服装都知道。那么废弃工事里怎么会有越军的衣服呢？他想了半天才估计可能是越军逃跑时没有来得及带走，这次出去侦察，正好可以用上。既然越军能穿上我军的服装过来侦察和偷袭，我军也可以穿上他们的服装去完成侦察任务，双方都用这一招，就看谁的谋略高了。

黄金庵见贾兆栋背条麻袋过来了，说："老贾，今天晚上不是去背烈士遗体，你带这玩意干什么？"

"老黄，你小子只知道看表面现象，这条麻袋里面装的不是麻袋，你一看就知道了。"贾兆栋说罢把麻袋放了下来。

黄金庵打开麻袋，见里面装的尽是越军服装，也知道用途了，便对海欣说："副连长，我们现在就穿上试试吧，如果合适，就不用脱下来了，出去遇到越军好应付。"

"可以，但我们在侦察过程中万一遇到越军，就一定要看我的眼色行事，上次我们识破了他们，我们也有可能被他们识破，所以千万马虎不得。还有一点，那就是你们穿上这些衣服后，千万不能到洞口那里去，如果让这里的越军看到也不行，他们会向上级报告的。他们一向上级报告，其它地方的越军不是都知道了吗？"海欣说。

"上次他们瞎卖弄，要不是唱那支我国所有人都早已不再唱的《大海航行靠舵手》，举止也正常一点的话，在那样的天气里，恐怕就难以被我们识破了。"贾兆栋说。

这事海欣最有体会，如果当时那三个越军特工举止正常，也不唱那首不该唱的歌，自己很有可能让他们过去。因为我军官兵经常从那条路上经过，而且能够观察他们的时间也就三五分钟，稍不注意就过去了，于是他说："贾兆栋说的这件事，对我们所有人都是一个启发，关键时刻我们要和越军打心理战，这一点非常重要。"战士们听了纷纷点头。

黄金庵把越军服装一一打开，然后选了一套戴中尉军衔的递给海欣，其余的正好是士兵服装，不久五个人都穿上了。黄金庵边整理身上的衣服，边让班里战士看看像不像，李化平见他们打扮成这个样子忍不住笑了，黄金庵让他严肃点，说："笑什么，我们又不是登台演戏，而是深入敌后侦察，弄不好可是要掉脑袋的。"

"班长，你把我当成傻瓜了，我只是觉得好奇而已。越南兵的特点是人瘦，脸黑，眼窝深，而你们只是皮肤被晒黑了，其它地方不像。"李化平说。

"只要皮肤有点像就行，相信也有胖一点的越南兵，不可能都像短裤头烟鬼那个德行。我们几个人都不胖不瘦，只是眼窝不深，这个问题有点难办。"黄金庵说。

"黄金庵，别发愁，这一点问题也不大，因为不是所有的越南人都眼窝深，我见过他们，他们中的很多人都和我们一样。越南人的整体面貌和我国的两广地区差不多，有眼窝深的，也有眼窝不深的。他们在挑选那些特工时肯定要挑眼窝不深的，这样不容易被识破。"海欣说。

"是的，我国以汉族占多数，而越南则以京族占多数，我国的两广地区也有京族人，他们那里的京族人很可能是从我国的两广地区移民过去的。副连长，你们穿上越军衣服像是像，只是看上去太干净了，越军和我们一样，一天到晚都待在山上，没有水的时候也无法洗澡，穿的衣服一定又脏又破。"罗云晖说。

"李化平和罗云晖说的这些都很重要。一会儿我们下山后先在小溪里把衣服弄脏，互相看看像那么回事了再出发。"海欣说。

五人很快下山走进小溪，接着把衣服弄脏，然后又沿着小溪向南走去。这条小溪他们中的三个人都走过，同样是在夜里，但感受有所不同，上次是目标明确，而且是在我国境内，要去的地方已经被我军夺回来了，危难性相对要小；而这次是深入敌后，目标在哪里不知道，危难性非常大，每个人都不知道下一分钟将要发生什么事，会是一种什么结果。

黄金庵再次走进小溪，又想到了他背回的那具越军女尸，如果那晚在清洗时就发现它是个女的，真不知道如何处理才好，送回去吧，已经不可能了；把它悄悄扔下不管吧，上去如何向副连长交待？如果坚持扔下它不管，女尸就会腐烂在这里，然后会被这里的老鼠、蛇、小鱼、小虾和细菌等小动物和微生物慢慢吃掉，最后只剩下一架白骨，那样今天自己会是一种什么心情？大家会是一种什么心情？起码自己会觉得良心不安的。现在那个越南女兵已经入土为安，虽然埋在我国的国土上，但她的尸骨将来完全有可能迁回去。

黄金庵想到这里，五个人已经走出了很远，但黄金庵仍在想关于那具越军女尸的事：在这件事上起初我一直觉得非常难堪，可战友们只是议论，并没有一点嘲笑的意思，相反他们还觉得我办了一件非常有趣的事，无意中给大家带来了快乐。男人们在一起时喜欢谈论女人，女人们在一起时也可能喜欢谈论男人吧？这应该是一个千年不变的爱好，要不然人类就不会繁衍下去了。有一点大家是不会知道的，那就是后来我每次站岗时，都会在上面默默地看着下面的坟墓，并回味当时的每一个细节，这样那一个半钟头时间便在不知不觉中过去了。

黄金庵正回忆曾经无数次回忆过的往事，突然听到海欣在前面说："同志们，我们就要上岸了。上岸后咱们继续向南走，前面那座山白天大家都看到了，我们就从那里上去开始侦察。"

小溪南边是一片开阔地，杂草丛生，五人深一脚浅一脚地走了三百多米，才在南面的山脚下停了下来。但五人抬头一看，上面全是悬崖峭壁，根本上不去。根据白天用望远镜观察到的情况，最后海欣他们找到一条不太明显的山沟，决定从那里上去。

好在那地方的悬崖只有十多米高，隐约可见上面有一个斜坡，两边则是高山。十多米高的悬崖下面没有灌木和杂草，看来山上的雨水就是从这里流下来的，而周围的茅草却非常茂盛，大部分都是一人多高。五人站在那里向上看了一会儿，海欣才对潘祥安和段坪说："现在知道我为什么把你们两个人挑过来了吧？因为你们两个人出生在山区，爬山有一套。怎么样，对付这点高度应该没有问题吧？"

"副连长，我们带有绳子，对付这点高度一点问题也没有，从小我就跟着父亲上山采药，比这再陡的地方也爬过。"潘祥安很有信心地说。

"我虽然没有上山采过药，可小时候连捉迷藏都在山上。副连长，你们坐下休息一会儿，我上去看看就下来。"段坪也很有信心地说。他说罢不一会儿就爬了上去，不久便拉住绳子下来了，说："上面那头我已经拴好了，很结实，大家只管用力拉住上去就行。"

"上面情况如何，也陡吗？"海欣问。

"不陡了，能看到是个缓坡，不用绳子就可以往上爬，但是再高一点的地方就看不到了。"

"上去后先爬一段山坡在说，白天我在望远境里看到上面也比较平缓。"

在爬山过程中，五个人都不敢大声讲话，也不敢用力蹬那些既光滑又松动的石头，怕它们滚下去发出撞击声被越军听到。在攀爬过程中，他们每个人都摸到一些炮弹皮，不用说是我军打到这里的，可见为摧毁越军的炮阵地，我们浪费了不少炮弹。

为了适合自己装扮的中尉身份，出发时海欣带了一支手枪，考虑到如果与越军遭遇，手枪发挥不了多大作用，于是又带了一支折叠式冲锋枪。三个战士则各自带着原来配发的武器。虽然身穿越军服装，却携带中国制造的武器，但他们不会因此暴露身份，因为越军有很多中国制造的枪支弹药，这样装备很正常。

五人爬了大约半个小时，突然抬头看到了灯光，一时不明白咋回事，都停住脚步不知如何是好了。过了一会儿，海欣才看到已经上到最高处了，而两边的山头更高。经观察，那些灯光在对面的山坡上，左下方也有一处，而且那处灯光离他们连一百米都不到。

从小溪上岸就已经过边界了，所以这些灯光无疑是越南的，但不知那里住的是越南边民，还是军队，于是大家轻声议论开了，黄金庵说："我认为这里住的是越南军队，因为几年来边境一直炮火不断，老百姓无法生活，早就搬走了。"

"不一定啊，黄金庵。假如他们住的地方北面有一座大山可以挡炮弹，就不用搬家了。这里的灯光稀稀拉拉，晚上看不出来住的是什么人，所以我们不能下山再往前走了。翻过西边这座山头，就应该是二一一高地的正南方了，之前怀疑的神秘地带就在西边或者西南方向，只要我们翻上西边这座山头，就能看个明白，当然要在白天看。"海欣说。

于是潘祥安和段坪便在西面寻找可以攀登的地方，他们站的地方虽然离山顶才二三十米高，但到处都是齐刷刷的岩石，最后才在中间部位隐约发现上面有一块突出岩石，便决定从那里试着爬上去。

但那块突出岩石离下面十多米高，五人搭成人梯也没有爬山去，最后想到了石头。他们搬来一些石头堆在下面，最后终于把绳子抛到了突出岩石上，仅在那一个地方就耽误了近两个小时。

绳子一抛到突出岩石上就好办了，段坪和潘祥安拉住先后爬了上去。他俩上去后，惊奇地发现上面不再那么陡了，不拉住绳子就可以上到山顶。

但段坪和潘祥安一爬上山顶就愣住了：西边的灯光比南边的还要多，而且非常集中，看样子不像个山村，很可能就是要找的地方。接着二人把另外一条绳子在山顶的突出岩石上拴好，然后抛了下来，不久下面的三个人也先后爬上了山顶。

四十四　隐藏在夹缝

海欣上到山顶后，隐约看到西面的空地上有很多房子、帐篷和大炮，知道就是他们要找的地方，高兴得不知如何是好。而四个战士听说这里就是要找的地方时，高兴得差一点在山顶上跳起来。

这时他们被溪水浸湿的裤子和鞋袜都还没有干，上衣却又被汗水浸透了，被冷风一吹直打颤，可由于发现了越军炮阵地，这些都不去管它了。

虽然顺利找到了越军炮阵地，但在黑暗中看不清楚，又离敌人太近，暂时不敢打开步话机向上级报告情况，一切都要等到白天再说。但白天能待在山顶上观察情况吗，所以当务之急是找个地方隐蔽下来，不然天一亮就暴露在越军的目光之下了，而换个地方隐蔽，白天不一定能看到西边的情况。

可是贾兆栋和潘祥安去寻找后，从南面回来报告说："副连长，我们大约走四十多米就到头了，南面的山顶和这里一样，也光秃秃的，只有一些不高的突出岩石，根本不能藏人。"

不久黄金庵和段坪从北面回来了，黄金庵也报告说："副连长，从这里到北边大约三十米，中间没有可以隐蔽的地方，尽头是个黑乎乎的悬崖，虽然看不到高度，但有要掉下去的感觉。"

听完两个班长报告，海欣皱起了眉头，他好像不相信似的亲自去南北两面各找了一遍，可是回来后眉头皱得更紧了，说："北边的悬崖的确很高，因为下面就是我们去背烈士遗体时淌过的小溪，二一一高地在西边一点的地方，几乎和越军的炮阵地南北对应，夜晚爬山容易迷失方向，现在知道我们所处的位置了吧。那么为什么越军的炮阵地离我们这么近，而我们的炮弹却打不到这里呢？我想除了被我们所在的这个山头挡住外，很可能还有其它原因，这就是我们天亮后要完成的任务。根据周围地形，我们只有待在这座山顶上，明天才能看到西面的情况，从而找到真正原因，可是这座山头不给我们提供观察条件，大家说怎么才好？”

现实摆在面前，四个战士想来想去都说没有办法，其实这个结果海欣知道，他是不甘心就此下山才这样问的，说罢起身在山顶上面来回徘徊，但脚步不能太大，跨度也不能太宽，否则是要掉下去的。

海欣在山顶上面徘徊了很久，还是没有想出办法，只好说：“我们的上山过程耽误时间太长，不久天就要亮了，既然在这里找不到隐身之处，那就下山去吧。好歹我们已经发现了目标，到东边隐蔽下来再做下一步打算。”

下山头时海欣交待战士们把绳子留在山上，目的是夜晚可以随时上来。下山后他和战士们一起躺在草地上休息，但是想想还是不甘心，于是一个人又爬上了山顶。

海欣这次上去后，连刚才战士们的细微脚步声也听不到了，四周静得只能听到自己的呼吸声。突然，他听到另外一个细微声音，好像从西边下面传上来的，就立即移过去趴下瞪大眼睛观看，一看竟然发现下面不远处有个人影，吓得连大气都不敢出了。

为了看清楚那个人，海欣尽量往西边的山沿处趴，但还是只能看到模糊身影，看不到那人的四肢动作。不过经过这一观察，他看到山顶距离西边下面也在三十米左右，和东边的高度差不多。

就在海欣考虑下面是不是有个哨所，看到的那个人可能是个哨兵时，他听到了水桶撞击的声音。难道下面有水，那人是来挑水做饭的？天快亮了，有这个可能。如果下面真的有水，是个水池？还是条小溪？山高水高，二者均有可能。西边有这么多灯光和房子，人也少不了，是得选个有水的地方。即使原来这里没有水，他们也会想办法从远处引过来的。

不久海欣看到那个黑影离开了，似乎还挑着水桶，他又观察了一会儿，才确定下面没有哨所和哨兵，于是便把耳朵贴到石头上听水声，一听还真听到了。

起初，他以为水声是从北边的小溪里传来的，后来一想不对：山顶这么高，那晚从下面往上看时发现至少五十米，而溪水的落差不高，响声不大，应该不是从那里传过来的。不是从北边传过来的，那么水声应该来自西边下面，就是刚才听到的细微声音，可他把头伸过去看了半天，也没有看到水面。也许是不甘心第二次下去的原因，海欣又向南面走了十多米继续趴下去观看，这次他虽然还是只隐约听到水声，看不到水面，却看到两棵小树。

那两棵小树不是长在下面的，而是长在悬崖上，离山顶十五米左右，所以海欣才能看到。看水竟然看到了小树，这使海欣又感到出乎意料之外，谁知让他感到出乎意料之外的事还在后面：紧邻那两棵小树北边有一个小平台，小平台上有一块大石头。由于那块大石头的颜色与山体差不多，所以在黑暗中几乎分辨不出来，而小树立体感强，在上面趴下去一眼就看到了。经过仔细辨认，海欣才看到那块大石头与山体之间有一个缝，而且还不小，那一瞬间他首先想到的是能不能藏人。正好山顶上有多余的绳子，看了看身旁也有突出岩石，完全可以把绳子固定住，便决定下去看个究竟。

海欣正在拴绳子的时候，见四个战士也都第二次上来了，原来他们见海欣一个人上来那么长时间了还没有下去，以为出了什么事，黄金庵一见海欣就轻声说："副连长，天马上就要亮了，您为什么还不下去啊？再不下去可就要暴露了。"

正在与时间赛跑的海欣没有回答黄金庵的问话，而是说："你们来得正好。段坪，山半腰有个小平台，你身手灵活，就先下去看一下吧，主要是看缝隙里面能不能藏人。时间有限，速下速上，一秒钟也不能在下面耽误。"

段坪答应一声立即拉住绳子下去了，可还没等上面的人反应过来，他又拉住绳子上来了，并喘着气报告说："副连长，那个缝隙呈三角形，口朝上，里面黑乎乎的可以藏人。"

"大约可以藏几个人？"海欣听后立即问，这也是个关键问题。

"我急着上来，没有看仔细，再说里面黑呀！"

海欣记得自己说过连一秒钟都不能耽误的话，所以没有责怪段坪，只说："段坪，你把绳子给我吧，我也下去看看。"说罢海欣也拉住绳子迅速跳了下去。他下去后首先站在那块大石头上，但随后就"扑通"一声跳进了那个黑乎乎的三角形缺口。

海欣跳下去时首先听到"嗖"的一声，好像有个小动物被吓跑了，那个小动物见海欣在上面时没有逃跑，看来不是反应迟钝，就是比较胆大。接着他蹲下身体，发现里面北窄南宽，的确呈三角形，长约两米，最宽处一米左右，下面有草，南面还有一个缺口，可以隐藏两到三人。

从跳下三角形夹缝到掌握这些重要情况，海欣用的时间也就一两秒钟，他拉住绳子一回到山顶就对四个战士说："下面的夹缝可以藏人，但藏不多，贾兆栋、段坪和我一起留下，黄金庵和潘祥安立即返回东边，这个时候两边都不能缺人，以便互相照应。你们过去后也要找个地方隐蔽下来，今天晚上我们碰头。机不可失，失不再来，只能冒这个险了，如果我牺牲在这里，就由七班长黄金庵负责带领大家继续完成这次侦察任务。”

“是。”四个人异口同声说，都意识到了事情的严重性。

时间和机会不允许海欣想的太多，也不允许他交待太多，一分钟后山顶上便没有一个人了，再过一分钟天就完全亮了。

为了便于观察，海欣再次进入夹缝后靠近南面的缺口；贾兆栋位居中间部位；段坪则靠近北边最窄的地方。夹缝深度两米左右，只要三个人不出去就不会暴露。

整整折腾一夜，三个人一进入夹缝就想到了睡觉，但是不能都睡，而且已经深入虎穴，海欣想睡也睡不着，就让两个战士抓紧时间休息，自己担任警戒和观察敌情。他试着趴下去把头伸到外面，好在缺口处就是那个不到两平方米的小平台，小平台上长满了青草。通过草缝海欣看到大炮有规律地摆放在一大片开阔地上，大致数了数不少于三十门；夜里看到的房子其实是一些大小不一的草棚，那些草棚大多数建在大炮与大炮之间。根据开阔地上的大炮数量，海欣估计这里可能是一个炮兵团，而我军基本上是一个炮兵营在一起。

接着海欣看到那遍开阔地呈长方形，它南北宽约两百米，东西长约三百米。整个开阔地被大山所包围，南面有一个很大的山沟，沟南稍远一点的地方又是一座座大山；开阔地西面也是一座座大山相连；由于角度的原因，海欣只能看到开阔地北边的西半部分，开阔地北边的东半部分被身后的大石头挡住了；开阔地西南角上有一条简易公路，正对夹缝，估计那里就是越军进出开阔地的地方；夹缝距离下面二十米左右，现在听到的水声更清楚了，但同样是由于角度的原因看不到水面。

尽管这时越军还没有起床，但开阔地上已经有炊事班的人和哨兵走动了，他们有的挑水，有的巡逻，从最大的草棚里面冒出了炊烟，偶尔有几个人进进出出，显然那里就是厨房。开阔地上一切如常，没有人把注意力放到东边的山上，但就是这样海欣也不敢把头伸出去太久。他缩回身体重新坐好打开步话机，接着轻声呼喊：“经理，经理，我是采购员小李，您能听到我的声音吗？”

想不到对方马上回答说：“小李，我是经理，听到了你的喊话，还很清楚。你们的采购情况进展得怎么样了？”

“经理，我们已经顺利到达木材场，并在附近找到旅馆住了下来，现在正在看货。”

“好。那里的木材数量及品种都多吗？价格又如何？”

“这里的木材数量不少，起码三十堆，品种也不少，具体情况正在查看。我们刚到这里不久，还没有谈到价格问题，详情再报。”

这是师作战值班室与海欣约好的暗语，木材场代表越军的炮阵地；木材数量代表大炮多少；品种代表大炮型号；为了混淆视听，他们在表术中还要掺杂其它一些语言。海欣所说的旅馆指隐蔽处，尽快这不在约定的暗语之中，但对方一听就明白了，还容易把别人的思维带到小镇上去，因为乡村基本上都没有旅馆，就别说山上了。

在师作战值班室值班的参谋一接到海欣电话，就把内容报告给了一旁的师副参谋长王书森，王书森又把内容报告给了张黎等人。大家想不到海欣他们这么快就侦察到了越军的炮阵地，都显得非常高兴，张黎说：“我就知道海欣有两把刷子，派他去绝对没错。”

用步话机通话还是比较安全的，因为这种设备不但我军带兵的排以上干部基本上都有，越军也有。为了不耽误战机，上级要求他们二十四小时开着，并不时通话，所以海欣与师作战值班室的通话内容即使被越军窃听，也不会放在心上。

海欣在报告情况的时候，不可避免地把贾兆栋和段坪吵醒了，接着贾兆栋值班，海欣和段坪睡觉。但海欣脑子里都是需要考虑的问题，只打一个盹就醒了。

海欣醒来后又把头伸出去观察，这次他点了点大炮的准确数字，发现一共三十二门，中、美、日、法和苏联的都有。因为这里一直处于安全状态，所以他们不但不在大炮上面覆盖任何伪装物，连炮坑也不挖，就那样明目仗胆地放在开阔地上。又有人到下面取水了，并一连好几个，海欣注意到他们都没有向上看，说明天亮前后那一阵子折腾并没有被越军察觉。没有被越军察觉，海欣也不敢掉以轻心，因为炮阵地近在咫尺，虽然下面是悬崖峭壁，但越军靠个长长的梯子就可以上来，而且不了解夹缝北边的情况，如果那里有一个斜坡，也许不用梯子他们就可以上来。

再次退回夹缝。海欣才开始观察身后的大石头，不知道它是怎么从山顶上掉下来的？也许过去这里是一片海洋？便感叹大自然的鬼斧神工。

海欣庆幸身后的大石头被自己所利用，要不是在偶然中发现它，要不是它与山体之间形成一道夹缝，真不知道这次任务将怎样完成。

大白天不宜把头伸出去次数太多，多了容易被越军发现，而且一直这样观察下去也不是个办法，于是海欣对身后的大石头进行了研究，发现边沿处比较薄，完全可以用刺刀在南面凿出一个观察口。

四十五 砸石头

上午九点多钟，海欣又向师作战值班室作了一次汇报，这次用暗语说得比较详细。接下来是海欣和贾兆栋睡觉，段坪值班，海欣睡得正香，突然被一阵讲话声吵醒，一开始他还以为在自己的小窝棚里，炊事班的人说着话送饭来了，可那些声音既不熟悉又听不懂，才想到自己在执行任务，急忙睁开了眼睛。

海欣睁开眼睛后，讲话声仍在继续，他现在已经完全清醒，知道谁在讲话了，那么越军是又过来取水？还是巡逻队从下面经过？但愿是前者，他怕越军巡逻时发现上面的绳子，尽管那条绳子的颜色和山体基本接近，又提前进行了伪装，但如果仔细看还是可以辨认出来。身处夹缝的好处是：可以居高临下观察。但缺点也是致命的：开阔地上的越军只要一抬头，就能看到这块大石头，很可能也知道有个夹缝，不被发现藏人则已，一被发现就完了。

待在夹缝里动弹不得，紧张也没有用，所以海欣迫使自己静下心来，回忆进来前后的每一个动作，看有没有留下除绳子之外的蛛丝马迹：贾兆栋和潘祥安从来都没有出去过，也没有站起来把头伸出去向外观看，顶多就是自己把头伸出去时压倒几棵草的问题，但那些被压倒的草在中间部位，西面的很完整，他们应该看不出来。想来想去只有上面这条绳子是最担心的。

不存在其它蛛丝马迹，并不能说越军就不上来了，倘若他们例行检查，或者心血来潮突然想到上来看一下，后果还是不堪设想，于是海欣示意贾兆栋和段坪做好战斗准备，不用说贾兆栋也被讲话声惊醒了，他俩同样紧张。

不久下面的讲话声远去了，三人才又松了一口气。可是随即又传来了汽车喇叭声，三人通过南面的缺口向外看时，发现一辆汽车正从简易公路上开过来，接着车头一转向西边开去了，可以看到车厢里面尽是食物，看样子是来送给养的。

讲话声和汽车声都远去了，周围归于平静，海欣三人才开始轮流撬计划中的观察口。谁知那块岩石很硬，边沿处虽然薄也难撬，三人轮流撬了一个多小时，南边才出现一个半圆形的小缺口。尽管那个小缺口只有半只核桃大小，但只要把左眼凑上去，就可以看到对面的一切，当然北边东半部分仍然是个死角，看不到。

有了这个观察口，海欣就不用再冒着被发现的危险进进出出了，贾兆栋和段坪也分别第一次看到了对面的情景，贾兆栋看后说："哎呀！原来这里是一个四面环山的盆地，难怪我军的炮弹一直打不进来，都浪费到北边的山上了。现在我们终于知道了他们的老巢，但是咱们的炮阵地基本上都在苍龙江东岸，而这里是苍龙江西岸，相隔太远，还是被这个山头挡住了打不进来。副连长，最好建议咱们的人炮位西移，从北边直接打过来，北边的山头低，估计只高出开阔地五米左右。"

"贾兆栋，你说得很对，这件事我已经用暗语向上级报告了，师里正在考虑着手调整，就是你说的炮阵地西移。但是隔着江，白天行动可能要暴露目标，不是件容易事，就耐心等一下吧。只要集中火力，西移十几门大炮就够了，最好是榴弹炮，就是我们经常在电影上看到的一伸一缩的那种，当然只有打起来它才会一伸一缩。刚才你们都看到了，西边的炮阵地上也有榴弹炮，那是前些年我们支援他们的，目的是让他们赶走美国入侵者，结果在我们的帮助下他们是把美国入侵者赶走了，可很快就把炮口调转过来打我们。"海欣说。

"这些忘恩负义的家伙，这次非好好教训他们一下不可。"段坪咬着牙说。

过了一会儿，海欣又把左眼贴到缺口上观察，这次他发现走过来三个越军士兵，都挎着长枪，不知是不是刚才讲话的那几个家伙？他们这次又过来干什么？于是海欣再次示意两个战士做好战斗准备，自己则紧紧盯住来人的一举一动，主要是看他们的目光向哪里张望。

那三个越军士兵自西到东径直向夹缝下面走来，海欣紧张得连握枪的手上都出了汗。他见来人走到夹缝下面时突然向北转去，可这个动作不但没有使海欣心情放松，反而更加紧张了，因为来人有可能从夹缝北边上来，就像刚才担心的那样。危险可能即将来临，海欣便用耳语般的声音告诉两个战士："只要越军不出现在夹缝南面的小平台上，我们就不要开火。"

"副连长，要是他们走到小平台上之前，就把手榴弹或炸药块从咱们头上扔进来怎么办？”贾兆栋也用耳语般的声音问。

“不排除这个可能，一旦发生那样的情况，要立即捡起来扔出去，因为那时我们没有别的选择，无论如何也得做出反应，而且出手必须快。”海欣说。

就在三人不知道事情会朝哪一个方向发展时，他们突然听到“嘭”的一声，而且响声就在夹缝北面一点的地方。听到响声，他们以为下面的人真把手榴弹或炸药块扔上来了，只是没有扔准而已，便都蹲起来做往外扔的准备，也做好了拼杀准备。

听到撞击声而没有爆炸声，两个战士认为手榴弹或炸药块瞎火了。随即夹缝外面又响起了第二次撞击声，只是仍然没有爆炸声。如此一连五次，两个战士便不再认为是手榴弹或炸药块瞎火了，但不明白究竟咋回事？可是海欣已经猜到了，他招呼两个战士重新坐好，打手势让他俩放心。

三人刚重新坐好，就听到从下面传来一阵笑声，两个战士都看着海欣，脸上充满了疑惑，于是海欣再次打手势让他俩放心。过了一会儿，周围终于没有声音了，海欣又把头贴近观察口查看，这次他发现那三个越军士兵已经从北边一点的地方自东向西走远了，这又松了口气，对两个战士说：“刚才他们扔的不是手榴弹，也不是炸药块，而是石头。”

“哦！原来是这么回事。狗日的乱向上面扔石头干什么？可把我们吓坏了。”贾兆栋说。

“砸小动物。我第一次进来的时候听到“嗖”的一声，那是小动物从这里逃走了。它逃走后可能要花大量时间找吃的，吃饱后想重新回到这里，可远远看到我们没有走，无家可归了，就在周围转悠起来，结果被巡逻的越军士兵看到了，于是就逗着它玩。事情应该就是这样的，要不然他们怎么会笑。”

听到分析，两个战士才完全明白过来，段坪说：“山上经常有小动物走动，而这个夹缝是它们最理想的住所。”说罢低头在下面扒拉开了，果然在被压倒的草下面看到了动物的粪便。

“炮阵地就在边上，打起仗来震天动地，小动物却不逃走，有点奇怪？”贾兆栋说。

“如果那些小动物是老鼠，它们逃跑的可能性就不大，因为老鼠在地球上生存的时间可能比人类还要长，无论在什么环境下都能生存。只要不摧毁巢穴，那点响声它们是不会在乎的，况且炮弹都是在东北两面爆炸，隔着厚厚一座山，对它们影响不大。”海欣说。

“副连长，您进来时逃跑的小动物就是老鼠。”段坪指着粪便说。

“不错，这就是老鼠的粪便，我见得太多了。我们家满屋子都是这玩意，有时我们正在睡觉，老鼠会突然跳到身上，连脸上也被它们爬过，还乱咬东西，偷吃食物，非常可恶。不过我们那里对野外的老鼠不叫老鼠，而叫搬藏。”贾兆栋说。

“搬藏，很贴切的名字，就是在收获季节把粮食搬运到洞里并储藏起来的意思，当然它们搬运的时候只能用嘴。小时候我们经常在田地里玩耍，冬天或初春季节只要一见到洞就挖，有时能挖出几十斤黄豆或别的什么粮食。当然要付出很大力气，而挖出的粮食人基本上都不能吃了，只能喂家禽家畜。咱们心情一轻松，就把话题扯远了，午饭时间早过去了，大家快吃点东西吧，黄金庵他俩身边有食物吗？”海欣说。

“有，是分开带的，每个人挎包里都有压缩饼干。我们在这里担惊受怕，不知道黄金庵和潘祥安在那边怎么样？”贾兆栋说。

“虽然那边相对安全一些，但毕竟在境外，离敌人不远，越军有可能过去搜山，因此他俩的处境同样危险。”海欣说。

黄金庵和潘祥安回到东边后，要办的第一件事就是寻找隐蔽之处，天亮之前他俩以为：东西两座山头之间可能也像北边的山坡那样被炸得一塌糊涂，寸草不生，要找到理想的隐蔽处很难。可是天亮之后他俩看到的情景与昨晚隐约看到的大不相同：昨晚路过的地方的确寸草不生，石头上弹痕累累，但对面竟然有一个低凹处，北面的山坡把它挡住了，炮弹打不到，所以不但有很深的茅草，还有茂盛的小树，人躺在茅草丛里或钻到树叶下面几米之外都看不到。

看到这片大约三百米的绿地黄金庵和潘祥安都非常高兴，黄金庵一口气跑到东边坐在草丛里说：“真是天助我也，想不到在这两座光秃秃的山头之间，竟然有一个可以隐身的好地方。整整折腾了一夜，困死了，不管三七二十一先睡上一觉再说。”说罢往地上一躺眼睛便睁不开了。

潘祥安想说：如果不是双方互相炮击，这两座山头和北边的山坡都不会像现在这样光秃秃了，炮弹打不到的地方便是证明。可是黄金庵已经打起了呼噜，于是潘祥安也一仰身躺了下去。但是他躺的地方不平，草也不厚，便起身去了稍远一点的地方，这次一躺下去也很快进入了梦乡。

潘祥安睡得正香，突然被一群蚂蚁叮醒了，就摸出清凉油擦了一下。感觉身上不痒了，肚子却叫了起来，于是他又起身坐起来，就着水壶里那点水吃了几块压缩饼干，想再喝点水时却发现已经没有了。

吃喝过后，潘祥安才发现自己睡的地方有个蚂蚁窝，便一阵拍打，但蚂蚁依然顽强地往他身上爬。治它不如躲它，于是潘祥安换了一个地方。

潘祥安换的那个地方在北边一点，那里有一棵两米多高的构树，不但枝叶茂盛，而且周围及下面都有很多齐腰深的茅草，最重要的是经检查那里没有蚂蚁窝。考虑到至少要在这里隐藏一个白天，潘祥安就只扒开一个缝钻到树枝下面，然后尽量恢复原状，使外面的人看不到痕迹。做好这一切，他把方块雨衣铺在地上，舒舒服服地躺了下去。

经过刚才那一阵子折腾，潘祥安暂时没了睡意，就钻出来到黄金庵那边去了一趟，想为黄金庵也搞一个像自己那样的小窝棚。可他到那里后，见黄金庵睡得正香，就不忍心把他弄醒，只留下点吃的东西回去了。

黄金庵一觉醒来，觉得头脑清醒多了，同时肚子也“咕噜噜”叫了起来，正好看到身边有几块压缩饼干，便就着壶里那点水把它吃了。黄金庵在吃完那几块压缩饼干的同时，也把壶里那点水喝得净光。他在又吃又喝的同时，用目光寻找潘祥安在什么地方。潘祥安不在身边，他以为去解手了，可是左等右等不见回来，便有些急了，心想：这小子到底去哪儿了？不会被越军抓走了吧？可要是越军真的过来了，不会只悄悄抓走他一个，连我也被抓走了，所以不是被越军抓走了。那么他是去附近找水了？也不可能，因为大白天不敢离开这个地方。于是觉得奇怪，起身猫着腰去找。

黄金庵找遍附近所有的草丛和小树周围，还轻声呼喊潘祥安的名字，但都没有看到潘祥安的身影，也没有听到回音。草丛一览无余，但是树叶太密，看不到下面所有的地方，便打算再找一遍。这次他不是只在小树下面看一眼就走了，而是扒开那些茅草和树叶往里面看，可是由于树叶太密，又是阴天，有的小树下面黑咕隆咚的看不清楚。

其实潘祥安一听到黄金庵的呼喊声就醒了，并看到黄金庵在外面寻找，他之所以没有立即回答或钻出来，一是想检验一下自己伪装的小窝棚效果如何；二是想跟黄金庵开个玩笑。这次黄金庵走到潘祥安睡觉的树下时摔了一跤，潘祥安透过缝隙看到后偷偷直笑，但仍没有立即说话或钻出来。黄金庵摔一跤后有点懊恼，不想在那棵树下找了，要走，潘祥安这才叫了一声：“班长！”

听到叫声黄金庵转怒为喜，他看着树下的草丛说：“潘祥安，原来你小子躲在这棵树下面啊！我还以为你失踪了呢！”

可是他说完这句话潘祥安又不吱声了，于是蹲下去扒开树叶和草丛探着头往里面瞧。由于里面光线不好，他看了半天也没有看到潘祥安，只看到两只亮晶晶的眼睛，四目相对，潘祥安哈哈大笑起来，并随着笑声钻了出来。潘祥安出来后，黄金庵给了他一拳接着也笑，二人笑了好一阵子黄金庵才说："潘祥安，你小子搞什么名堂，差一点把我的魂吓掉。"

"班长，你看我做的这个小窝棚还行吧？"段坪笑够了说。

"不错，不错，妙就妙在我在外面看不到你，而你在里面却能看到我。黑咕隆咚的里面没有蛇吧？"

"没有。不过蛇不可怕，可怕的是被越军发现，就是因为这个才弄得不露破绽。"

"要是他们真的过来，并用刺刀往里面乱捅怎么办？"

"我可以躲呀！他们把刺刀捅到左边，我就躲到右边，他们把刺刀捅到右边，我就躲到左边。反正我在里面能看到他们的一举一动，而他们却看不到我，用刺刀捅不一定知道里面有人。如果我已经暴露，他们就不会用刺刀捅了，而是开枪射击。"

"如果他们不管树下是否有人，就一阵乱枪打进去怎么办？"

"除非他们已经发现我在里面，否则 般情况下不会，因为要节约子弹，乱打枪起不了作用。如果看到他们要用那一招，我就先开枪把狗日的干掉。"

"哈哈，看来你小子的脑袋瓜子还挺管用。两个人睡觉距离远一点也好，起码不会被敌人一起发现并干掉。潘祥安，不知道副连长他们那边现在怎么样了？"

"班长，我们没有听到枪声，说明副连长他们起码到现在为止是安全的。咱们带来的水不多，副连长他们一定也喝完了，都缺水，得设法准备点才好。"

"是啊！山高水高，按说附近应该有水，可是大白天我们不敢去找，而天一黑又找不到了。这样吧，天黑后原路返回取水，现在这是最妥当的办法了。"

"班长，你是说回到小溪里去取？"

"是啊！不去那里难道还要回到老青山上，再说咱们在山上用的水也是从那条小溪里提取的。"七班取水的地方在上游，不受那天黄金庵他们清洗遗体影响。但今天他们不可能去上游取水了，不过时间已经过去了很久，那些血污早就被冲走了。

"好，那咱们晚上先到小溪里喝个痛快，再舒舒服服洗个澡，顺便把水壶灌满回来给副连长他们送去。"潘祥安说。

"还有一个白天要等呢，让我钻到你的小窝棚里体验一下。"黄金庵说罢钻进了潘祥安的小窝棚。而潘祥安又去找到一棵枝叶密集、周围有茅草的小树，也用同样的办法为黄金庵搭了个小窝棚。

四十六 几声枪响

下午海欣又与师作战值班室取得了联系，那里的人说刚好今天有雾，有利于炮阵地西移，海欣这才放心，要不然还得在夹缝里等下去，而多等一分钟就多一分危险，受罪就不去说它了。他们用暗语商定：如果不出意外，炮击就在明晨四时三刻进行。

收起步话机海欣又看了看西面，发现越军有的正以班为单位进行训练；有的擦拭火炮；有的巡逻。一切情况表明：越军对即将受到的惩罚浑然不知。

海欣三人的水壶也早就干了，没有水，压缩饼干很难下咽，但饿了又不能不吃，把喉咙都吞痛了。这时他们想到了望梅止渴的故事，就静听下面的潺潺水声，可是越听越渴，心想：也许望梅可以止渴，但只听水声绝对不行。整整一个下午，海欣他们都没有水喝，实在坚持不住了，贾兆栋就把手伸到外面拔那里的草尖，三人嚼着解渴。海欣嚼着草尖，不知怎么又想起了五年前关于水的一件事：

那天他们连在大山之间整整走了一夜，早晨终于在一个小山村旁停了下来。那个小山村只有五六户人家，西南角却有一口很大的水井。水井周围被踩得非常光滑，说明经常有人光顾，一定是村民的饮用水源。

指导员张俊一见到有饮用水，就催促炊事班长赶紧做饭。当时海欣他们那个班正坐在炊事班边上休息，炊事班一忙，他们就过去帮起厨来。附近也有柴，饭菜很快就做好了，还烧了一大锅榨菜虾米汤，司务长王添义正要去叫人开饭，却被刚忙完其他事走过来的张俊拦住了，张俊说："王添义，你先等一下，有件事差一点忘了。这里是两国交界之处，水中可能有毒。你再到村子里去转转，见到有鸡、鸭、狗之类的小动物就抓一个过来，用它们试验一下就知道了。记住像你们刚才去拿柴时那样留足钱。”

“指导员，为了买菜，买柴，我每户人家都去过了，整个村子里除了老鼠其他生物一个也看不到，而我们很难抓到那些老鼠。”

“是啊！人畜都走了，这就是不祥之兆，没有小动物做试验，全连人都有中毒的可能。这样吧，我先喝一勺汤试试，真要有中毒症状，你立即去把连长叫来。”

王添义听到吩咐“嗯”了一声，他不知道水中是否有毒，所以自己没有提前喝。而张俊虽然怀疑水中有毒，但想到只喝一勺汤，顶多会出现点中毒症状，挺一挺就过去了。

张俊喝完那勺汤不久，真的出现了中毒症状，吓得王添义赶紧去把连长马宝卫叫了过来。马宝卫见自己的老搭档嘴唇发黑，浑身发抖，眼泪立即掉了下来，卫生员田德良昨天晚上行军时掉下悬崖牺牲了，没有药物抢救张俊，不知如何是好，急得团团转，见此张俊反而安慰他说：“老马，别难过，好在全连官兵没有中毒。这个地方危险，不能再待了，立即转移吧。”

“好，全连立即转移。”马宝卫说罢立即集合队伍出发，让海欣那个班用担架抬着张俊走。

途中马宝卫让电台人员与营部联系找医生，但那里的人说医生去二连了。后来又与二连联系，但他们离这里很远，隔了好几座山头，中间连一条小路也没有，不过医生传来了解毒偏方，让马宝卫他们上山采些草药试试。马宝卫记住那个偏方后，立即让部队停下休息，然后亲自带人上山去采药。

可是水井里的毒药成分太大，抢救为时已晚，张俊的中毒症状越来越严重，不久便呕吐起来，接着是抽搐。用了偏方也没有用，张俊自知生命不保，就断断续续对马宝卫说：“老马，今天的事算是一个教训，能让全连官兵不中毒，我死而无憾，只希望同样的悲剧不要在兄弟连队发生。边境一带兄弟连队很多，得把这个情况立即向军区前指报告，请许司令马上通报各部。此事迫在眉目，不要再用逐级上报的办法了，要直接与军区前指取得联系，这在紧急情况下是允许的。”

“好，老张，听你的，我马上让电台人员直接与军区前指取得联系。”

无线兵蒲光桂遵命一试，果然很快就与军区前指直接通上话了，总指挥许世友听到报告，认为这是一件大事，便立即把情况通报到参战部队。事后得知：凡是那次收到这一通报的伙食单位，之后都没有出现过人员中毒现象；可是有的部队急于穿插到位，匆忙中电台被毁，与上级和友邻部队都失去了联系，因此也有中毒情况发生，其中一个连队的情况很糟，上百号人都因为食物中毒而处于昏迷状态，结果包括连长和指导员在内都不得不当了俘虏。这是后来海欣在收音机里听到的讲话录音，很可能就是那个连里的人讲的。

张俊最终牺牲在行军途中了，他以自己的生命，不但挽回了全连所有人的生命，还挽回了前线官兵不少人的生命，同样是个英雄。

当时海欣是看着张俊牺牲的，后来一感到口渴，就会想到这件事。

傍晚时分，危险一幕再次发生：海欣三人正静静地等待着夜暮降临，突然听到“啪，啪，啪”几声枪响，这次听得很清楚，打到夹缝西边的不是石头而是子弹。上午是向上面扔石头，说是越军砸小动物玩还能解释得通，可这次打的是枪啊！难道还是拿小动物开心？似乎不太可能。于是海欣再次感到事情的严重性，心想：难道他们真的看到了上面吊着的绳子？真后悔自己粗心大意，没有让黄金庵他们在临走之前把绳子拉上去。他再次怀着忐忑不安的心情把左眼贴近缺口观察，发现这次是两个军官站在下面，拿的是手枪，而且正在向上观望。见此情景，海欣吓得连大气都不敢出了，静观那两个人下一步行动，同时考虑应对措施。

贾兆栋和段坪只能听到枪响，看不到外面的情况，就紧紧盯住海欣的面部表情，他俩也在想：这次可能真的暴露了。便抱着拼死一战的决心，打死他们三个够本，再打就是赚的，居高临下，有枪和子弹，多赚他们几个并不难。可是后来海欣发现情况并非那么严重：下面只有两个军官，没有一个士兵，远处的也没有向这里跑来，炮阵地上仍然没有如临大敌的迹象。

无论是上午三个士兵往上面扔石头，还是现在两个军官朝着夹缝开枪，目的都是一个，那就是打老鼠取乐，只是用的武器不同而已。只有军官才敢在炮阵地边上开枪打着玩，士兵不敢，所以才用石头。经过分析，海欣再次用手势示意两个战士放心。不久，下面那两个军官说说笑笑地走了，海欣才再次轻声说：“我们进来后遇到的两次惊险都过去了，不知道还有没有第三次？如果有的话将会发生什么情况呢？所以还得有思想准备。”

“副连长，这次我真的以为要完了，原来又是虚惊一场，说来说去都是这窝该死的老鼠惹的祸。”段坪说。

“不能怪老鼠，谁让我们占了它们的窝呢！它们不像狡兔那样有三窟，离开这里可能就没有地方可去了，所以才在山坡上到处乱窜，结果一次又一次被越军发现。也许这里的越军在山上待得太久了，不打仗时闲得无聊，就把打老鼠当成了乐趣。”贾兆栋说。

“可他们找到了乐趣，却把我们吓了一跳又一跳。但愿附近的山上都有老鼠，否则他们会一直在这个地方找乐趣。我们受到惊吓事小，万一他们要上来看个究竟就完了，就这十几米高度，即使夹缝北边没有地方可以攀登，搬个长梯子也可以上来。”海欣说，这是他最担心的事。

“但愿天快点黑下来吧，那样他们在下面就看不到老鼠了。我并不害怕老鼠，就怕蛇。副连长，您说这里的石头下面会不会也有那些恶心的玩意啊？”贾兆栋问。自从在掩体里见到蟒蛇，在其他地方见到不知叫什么名字的蛇，每到一个地方他都怀疑那里也有。

“这里应该没有，因为蛇爱吃老鼠，小小的夹缝里不会同时住着这两种生物。”

经海欣一分析，贾兆栋就放心了，他又看着手背上的蚊子说：“怪不得人们都说云南的蚊子大，三只就可以炒盘菜，原来真的不小。”

“那是种形象说法，也是和云南的十八怪连在一起的，传说中的云南十八怪中，其中一怪就是蚊子。很多地区都有关于几大怪的说法，所谓怪，其实就是那个地区的特点，但他们那些地区究竟有多少怪，恐怕就仁者见仁，智者见智了，可能连出生在那里的人也很难说得清楚。比如云南究竟有哪十八怪，你问十个人，可能会有十种答案。”海欣说。

天终于黑了下来，整整一个白天，海欣他们都是在担惊受怕和干渴中度过的。要说喝不上水也有一个好处，那就是不用小便了，要不然这个问题还真不好解决：没有容器，但又不能一直让尿憋着，让液体顺着干燥的山体往下流，越军肯定是可以看到的，而惹出的麻烦将是致命的。就算用水壶装那些尿液，水喝多了也不够，因为每人只有一个水壶。

海欣见绳子仍然垂在上面，就生出许多感慨，非常感谢战士们在出发之前用伪装网上面的绒线把它进行了伪装，而且伪装得如此逼真，要不然就可能在这个小小的环节上坏大事。他正准备拉住绳子回到山顶时，却见黄金庵从上面跳了下来，黄金庵一跳下来就说：“副连长，这一天你们闷坏了吧？”

“闷点没啥，就是太渴，你小子咋不带点水过来？”贾兆栋抢先说。

黄金庵不理贾兆栋，继续对海欣说：“副连长，白天我们在那边也不敢动啊！我们壶里那点水也早就喝光了！渴了只好嚼草。”

“黄金庵，为了不暴露目标，你们这样做是对的，这不天已经黑了嘛，马上想办法弄水喝。潘祥安呢？”海欣说。

“去找水了。为了让大家早点喝上水，天一黑我就让他去小溪那里了。”

“刚才我想用绳子拴着水壶吊到下面的办法取水，但怕万一发出撞击声被越军听到。既然潘祥安已经去小溪那里取水，我们就不用冒这个险了，不就是再忍一会儿的事嘛！”海欣说。

贾兆栋见错怪黄金庵了也不道歉，只在他肩膀上拍了一下说：“老黄，这就对了。但大黑天的让潘祥安一个人去，路上会不会出事啊？”

“说实话我也有些担心，本来是想和他一块去的，但想到你们在这里整整待了一个白天，就急着过来调换位置。副连长，你们赶快过去活动一下身体吧，这里有我一个人就行了。”黄金庵说。

“这样也好。下面不时有巡逻队经过，因此你在这里要做到两点：一是不要弄出任何响声；二是不要把头伸出去观看。否则我们就是白白守了一个白天。”

“是。”黄金庵说。

海欣向黄金庵指了指观察小孔，接着三人拉着绳子登上山顶，一登上山顶，三人都有一种重获新生的感觉。天一黑，西边的灯又亮了起来，这时是越军晚饭后的时间，炮阵地上仍然有人走动，海欣他们不敢久留，拉住绳子很快回到了东边。

一回到东边，三人就根据黄金庵的描述找到了那片绿地，然后舒舒服服地躺下来休息，感觉这里就是天堂，而夹缝就像地狱。

海欣他们休息了一会儿，突然在静静的夜空中听到了水壶撞击的声音，是从北边传过来的。于是，海欣轻声对两个战士说：“这是潘祥安回来了，我们赶快躲到一边去，一是逗逗他，二是考验一下他的反应能力。”

不久，一个黑影出现在三人不远处了，接着向黄金庵睡觉的地方走去，三人看到正是潘祥安。潘祥安走到黄金庵睡觉的地方时轻声喊：“班长，班长。”看来他在临走前黄金庵没有说自己要去那边。这时海欣三人距离潘祥安不到三米，隔着树枝可以隐约看到他，而他看不到海欣三人。潘祥安既听不到回声，也见不到人，有点着急，但又不敢大声喊，只好站在那里左顾右盼。

海欣见潘祥安赤裸上身，左肩上挎着两个水壶，右手拎着一件上衣，样子十分滑稽，差一点笑出声来。潘祥安在那里站了一会儿仍不见黄金庵出现，便把水壶放到地上，把上衣挂到树上，然后摸索着去了自己睡觉的小窝棚，他以为黄金庵在那里睡着了。

潘祥安一走，贾兆栋就跨过去把那两个水壶都拿了起来，一个递到海欣手上，另一个递到段坪手上，并示意他俩快喝。段坪不好意思先喝，把水壶还给了贾兆栋，并示意他先喝，贾兆栋只好先喝几口又递给段坪。海欣知道这点水不够大家喝，也只喝几口就把盖子拧上了，他要为黄金庵留点。而贾兆栋和段坪也没有把另一只水壶里面的水喝完，他俩同样想着黄金庵。如果水多，他们每个人都可以一口气喝下两壶。

潘祥安走近自己的小窝棚时又轻轻喊了几声："班长，班长。"还是没有听到回音。经查看他发现黄金庵并不在自己的铺位上，便以为黄金庵也要逗自己玩，就像自己白天逗黄金庵那样，便在周围找了一遍，但仍然没有看到黄金庵。无奈潘祥安回到刚才站过的地方，可他低头一看，发现水壶不见了，只剩下树上挂的上衣，便笑着说："班长，我知道你在和我开玩笑呢，你就出来吧，咱们得快点把水给副连长他们送过去，他们在那边一定渴死了。"

听到这里，三人不忍心再逗下去了，感动之余都捂着嘴笑了，贾兆栋还学着黄金庵的口音说："潘祥安，我在这里，你怎么连衣服也不穿在身上啊？难道就不怕茅草扎你的小身板吗？"

潘祥安虽然也是从其他部队补充过来的，到班里时间不长，但毕竟一天到晚都和黄金庵在一起，一听就知道不是黄金庵的声音，便说："原来是八班长啊，你啥时候过来的？我们班长呢？"说完询声走到贾兆栋跟前，见那里并非只有贾兆栋一人，而是三个，于是又说："副连长，你们都过来了，怪不得我们班长不答应，原来他已经去了那边。"

"是的，你们班长已经去那边了。潘祥安，刚才我们是在和你开玩笑呢！不错，反应还挺灵敏。你带回来的水我们已经喝了一些，剩下的给你们班长送过去吧。过去后告诉你们班长，就说我们也去小溪那里了，过一会儿就回来。"海欣说，也把注意事项向潘祥安交待一番。他只让潘祥安带过去一个水壶，这样就可以再灌四壶水了。

"副连长，我过去后还用回来吗？"

"暂时留在那里吧，给你们班长作个伴，等我们回来后再说，反正晚上上上上下下很方便。潘祥安，山上有蚊子叮咬不说，茅草也会把皮肤割伤的，而且天也有点冷，所以赶快把上衣穿上吧，别感冒了。"海欣说。

潘祥安没有像往常那样回答："是"，而是把上衣取下来递到海欣手上说："副连长，您掂掂我的上衣重不重？"

"潘祥安，你怎么把上衣洗了？"海欣掂着沉甸甸的上衣问。

"副连长，衣服是洗干净了，但最后没有把水拧掉，是拎着回来的，为的是多带点水。这里有四个人，而我只带去两个水壶，你们渴了一天，两壶水根本不够。这件衣服我真的洗干净了，没有汗味，不信我喝给你们看。”潘祥安说完把上衣拿回去举过头顶，然后一边张大嘴巴，一边用手挤衣服上面的水喝。

尽管海欣三人马上也要去小溪那里了，潘祥安似乎没有必要这样做，但海欣还是表扬了他的聪明行为，说：“潘祥安还挺会动脑筋的，知道怎样在特殊情况下求生存，不错。如果我们离不开这里，衣服上的水还真能管大用，如果全部挤下来的话，恐怕两只空水壶也装不下。”

为了表示对潘祥安付出辛苦的感谢，再加上刚才喝的那点水不够，过一会儿才能回到小溪里，贾兆栋和段坪也学着潘祥安的样子又喝了一些水。虽然潘祥安说他把衣服真的洗干净了，但贾兆栋和段坪还是喝出了汗味，可他俩都没有说带汗味的水不好喝。

见潘祥安拿着水壶上山去西边了，海欣三人便向来路走去。大约一个小时后，他们在小溪里既舒舒服服地喝足了水，又痛痛快快地洗了个澡，然后带着装满水的水壶往回走。明天拂晓之前就要对西边的越军炮阵地实施炮击，完成任务后立即撤退，这点水凑合着够五个人喝了。

三人回到山头东边时，见潘祥安已经回来了，海欣便问那边的情况如何?

“副连长，那边的情况没有变化。我们班长让我过来告诉您，说上半夜那边有他一个人就行了，让你们在这边好好休息。”潘祥安回答说。

“这里和夹缝相比真有天壤之别，那我们就听你们班长的吧，晚一点再过去。明天凌晨将有很多事情要做，大家都找个地方躺下睡觉。潘祥安，你要是暂时睡不着的话，就再过去一趟，告诉你们班长明天凌晨四点半之前我们一定过去换他。”海欣说。

这次潘祥安回答：“是”。

四十七　这次打准了

我军炮击越军炮阵地在即，海欣担心万一情况有变影响全师行动，还是睡不踏实，凌晨三点左右就醒了。他睁开眼睛一看，发现黄金庵坐在身边，便坐起来看看夜光表说："黄金庵，你怎么这么早就过来了，是怕我们睡过头吧？"

"副连长，部队这么大的行动，我还真怕有点闪失。再说，我和潘祥安整整睡了一个白天，晚上睡不着，就早点过来了，现在潘祥安在那里值班。"黄金庵回答说。

这时躺在海欣不远处的贾兆栋也醒了，但仍然躺着对黄金庵说："老黄，你是觉得在那边待着不舒服，才过来活动一下的吧？"

"老贾，这事让你小子说对了，待在夹缝里实在难受，就这样你们竟然在那里待了整整一个白天。"黄金庵说。

"关键是一进去白天就出不来了，昨天我们真的感到度日如年，尤其是越军向上面扔石头和开枪那会儿，把我的魂都快吓掉了，感觉生命已经到了尽头，现在想起来还觉得害怕，要是真的被他们发现就完了。"贾兆栋说。

黄金庵和贾兆栋讲的话海欣没有听进去多少，因为他在考虑炮击前后，以及在炮击过程中可能出现的情况。不久段坪也醒了，海欣趁机把即将到来的任务进行了分工：过一会儿他带段坪还去西边，潘祥安已经在那边，就不用过来了；两个班长都留在东边，炮击开始后做好接应准备，那边的任务一完成，海欣三人便立即原路返回。

贾兆栋想亲眼看到我军的炮弹在越军的炮阵地上开花，就在听到分工后说："副连长，我能不能跟潘祥安换换啊，那边还是昨天我们三个人行不行？”

“贾兆栋，你是想到那边看风景吧？这可不行。我之所以这样安排，是觉得在我军开始炮击之后，潘祥安和段坪将起的作用要比你们两个班长都大，至于大到哪里，战斗一结束你们就明白了，因此就老老实实待在这里听响声吧。”海欣说。

贾兆栋知道潘祥安和段坪会爬山，但不知道这两个新兵还有其他什么地方比自己强，可是海欣已经这样说了，就安心在这边待着，他要看看这两个小子到底还有什么能耐，再说黄金庵也没有过去嘛！

贾兆栋的想法黄金庵也有，他见海欣带着段坪已经过去了才说：“老贾，关键时刻副连长不带我们两个班长过去，却让两个新兵陪着，不知他是怎么想的？不就是那边有两个步话机嘛，通话我们也会。那两个小子除了爬山还会什么？”

“副连长不是说了，以后咱们就明白了。也许副连长认为那俩小子的脑袋瓜子比咱俩聪明一点吧？”

“我不觉得自己笨，只是你的脑袋瓜子差点劲，所以副连长才让我留下来陪你。”

“就算是吧，反正我不跟你小子争了，继续睡觉。”

“很快就要打起来了，还睡个什么觉。”

“还有一个多小时呢，四周黑乎乎的，不睡觉还能干什么？明天一大早肯定有事干，就是现在睡不着闭上眼睛养神也好。”

“老贾，别睡了，我带你去看一个地方。”

贾兆栋躺着没动，说：“我们待在山上，又在境外，除了你们俩搭的小窝棚，还有什么可看的？再说黑乎乎的什么也看不清楚啊！”

“你小子啰嗦什么，走，到那里一看就知道了，不然你会后悔的。”黄金庵说完，便把贾兆栋从草地上拉了起来，贾兆栋只好跟着黄金庵走。

两人离开隐蔽处回到来路上，然后向北走了几十米又向东走去，原来那里也有一片绿地，形状和南面的差不多，只是面积小些，两百平方米左右。不久黄金庵指着一个洞穴说：“到了，就是这里。”

见在黑乎乎的夜里，突然出现一个黑古隆冬的山洞，把贾兆栋吓了一跳，他说：“原来这里也有猫耳洞啊！不知以前有人住过没有？”

“不管以前有没有人住过，反正今天我们是住定了，一会儿我军炮打西边的炮阵地时，有些炮弹很可能会飞过来，咱俩只要钻到这里面就安全了。”

“原来这是你小子找的防空洞啊！放心吧，有副连长在那边指示目标，炮弹打不到这里来。”

“不怕一万，就怕万一，听我讲一个故事你就知道了。”

“什么故事？你小子说吧。”

“过去一个炮校搞实弹演习，有个炮手整整错装一百个米位，结果那发炮弹远远偏离目标，落到一户人家的猪圈里去了。”

“把猪都炸死了吧？”

“当时没有炸死猪，也没有炸死人，碰巧是发臭弹。”

“那就好办，顶多把猪圈砸塌，赔点钱，道个歉，回去批评教育一下那个炮手，让大家吸取教训就完了。”

“要真像你说的那样就好了，问题是事故发生后，那户人家的孩子见院子里有个铁疙瘩，就等大人下地后拿起一把斧头使劲敲，结果这个时候响了。随着‘轰隆’一声，人们就再也没有见到那个孩子了。听说还是个男孩，十岁左右，上辈三兄弟家的独苗，你说人家伤心不伤心！”

“孩子是爹娘的心头肉，他们当然要伤心了。老黄，你的意思我明白了，等会儿那边一打响，咱俩就立马跑过来钻进去。对了，你看里面深不深？有没有蛇呢？”

“我是白天到这里解手时才发现这个山洞的，不深，也就两米左右，里面地方也不大，大约四五平方米。洞里有不少枯枝、树叶和干草，大概是风刮进去的。当时我扔进去几个小石头，没有发现任何小动物爬动或者逃跑的迹象。”

“没有蛇就好。咱们现在先回到南边去吧，听到炮声再过来也不迟。”

海欣回到夹缝，再次与师作战值班室取得了联系，这次他听到王书森说：“小李，现在张总就在我们身边，他非常关心你们的行程。车辆及其他交通工具都已经调度完毕，等时间一到，立即出发去接你们。山路不好走，途中保持联系，发现走错路线及时纠正，注意安全。”

海欣明白王书森的真实意思是说：张黎亲自在作战值班室指挥这次炮击；炮位已经西移，到时如果炮弹打不准要及时修正；首长们非常担心侦察小分队的安全，小心行事。

海欣回答：“明白。”他放下步话机对潘祥安和段坪说：“从现在起，这两部步话机你们二人各拿一部，而且全部打开，炮声响后我说一句，你们两个人同时向师作战值班室复述一句。记住，到那时就不再使用暗语了，而是用正常话讲，但这个正常话不是大家所说的普通话，而是你们的家乡话，这就是我带你们两个人过来执行任务的另一个重要原因。这会儿师作战值班室已经有你们的温州老乡了，所以别担心对方听不懂，他们会把你们老乡之间所说的内容，用普通话逐句翻译给首长们听的。”

“是。”潘祥安和段坪同时说。他俩第一次知道家乡话可以代替暗语或者密码，感到十分自豪。密码容易被越军破译，暗语更不用说了，而越军很难破译温州话，有时他们甚至搞不懂这是哪个国家的语言。

约定的时间一到，张黎便给炮兵团长李保胜下达了射击命令，李保胜则在观察所对炮阵地下达命令：“目标，越军最大的炮阵地，五发试射。”他的话音刚落，山间顿时响起了爆炸声，再次把人们从睡梦中惊醒。随后我炮兵根据海欣的提示，及时调整了射击距离和方位，让炮弹准确无误地在越军的炮阵地上开花。在轰隆声的掩护下，海欣终于可以大声讲话了，他说：“炮兵老大哥打得太好了！潘祥安，段坪，继续用温州话传达，让炮兵老大哥就这样打，不停地打，狠狠地打，让越军炮阵地上一门大炮也不剩。”

张黎得知这次终于打准了，高兴得一巴掌拍到行桌上对一直拿着电话的王书森说：“副参谋长，命令炮兵急促射击，把带去的炮弹都用上，不停地打。”那一刻越军的炮阵地上空就像在下炮弹雨，炮弹爆炸后引起的火光，把周围几公里内的山头都照亮了。上几次是北边一点的二一一高地夜空亮，现在是它南面一点的地方夜空亮，附近高地上的官兵过足了眼瘾。

我军开始炮击的时候，炮阵地上的越军除了哨兵都在睡觉，他们有的做着梦就上了西天；有的虽然醒了，但还没有把衣服穿好，就被炸得头破血流。

借着耀眼的火光，海欣看到西边的不少草棚都在燃烧，有的还被炸上了天，火球在越军官兵头顶上方不停地飞翔；很多大炮都被炸歪了，有的还散了架。由于炮弹出膛后要受到气温、风向、风速等自然条件的影响，即使标尺和方向不作调整，也不会在同一个地方爆炸，射击效果十分理想。

毕竟身处夹缝，受到打击后的越军仍有可能过来，所以海欣没有忘乎所以，他观察目标时只把头伸出夹缝，即使近处有越军，还是发现不了他们。

我军集中火力连续炮击越军炮阵地十多分钟后，海欣见越军官兵东跳西窜，狼狈不堪，便对两个战士说：“从这个地方射出去的炮弹可能数也数不清了，导致我方好多地方火海一片，现在终于轮到他们挨炸了。他们仅在‘生死线’一带就打死、打伤我们很多人，这一下总算为同志们报了仇。”说到这里，他听到一颗炮弹落到山顶上爆炸了，随即弹片纷纷落入夹缝，但由于是从上面往下落的，三个人都没有受伤。虽然三个人都没有受伤，但海欣却为东边的黄金庵和贾兆栋担心，因为弹片完全有可能飞到他俩休息的地方。

实际上那发炮弹在山顶爆炸之前，黄金庵就又拉着贾兆栋钻进了看到的山洞。

两人钻进去后，隐约可见头顶上方都是石头，觉得像进了保险箱，心里非常踏实，之后便坐下来静听从西边传来的“轰隆”声，同时也为西边的三个人担心。当那发炮弹在山顶爆炸的时候，两人都通过洞口看到了火光，并听到了弹片落到洞外的声音，贾兆栋说：“真玄！老黄，要不是听你的，说不定咱俩这次就回不去了。”

“听老人的话没错。”黄金庵说，贾兆栋轻轻给了他一拳。黄金庵是第一个跳进山洞的，所以一开始待在里面，后来嫌里面太闷，就转过身来和贾兆栋并排面朝洞口而坐，宽度正好够两个人使用。过了一会儿，他俩听不到爆炸声了，贾兆栋要出去，但被黄金庵拉住了，黄金庵说：“老贾，别急嘛！如果再有一发炮弹冷不丁打过来怎么办？既然进来了，就多待一会儿，外面毕竟没有里面安全。”

贾兆栋想想也是，就继续待在山洞里。刚才他之所以急着出去，是因为有个东西硌得屁股痛，不出去了只好改为蹲着，并顺手把硌屁股的那个东西摸出来扔到了洞口，还说了句：“这是什么玩意？搁在屁股下面难受死了。”

“是块石头吧？”

“不是，比石头轻，好像是个树根，上面窟窟窿窿的，应该有些年头了。”

听说是个有年头的树根，黄金庵便凑过去拿起来观看，黑暗中发现一面光溜溜的，并不像树根，再看另一面，果然有不少窟窿，便知道是什么了，立即扔了回去，并说：“老贾，我军不会再打炮了，咱俩还是出去吧。”说完立即窜了出去，连一秒钟也没有停留。

黄金庵的言行不一把贾兆栋搞糊涂了，里面就他一个人了，黑乎乎的有点害怕，于是也窜了出去，然后对快步离开洞口的黄金庵说：“老黄，你这家伙怎么回事，刚才还说怕冷不丁打过来炮弹，怎么一下子就窜出来了？动作比兔子还快。”

“我怕副连长他们过来找不到咱俩，所以还是早点到南边去吧。”黄金庵说着步伐更快了。山洞里怎么会有死人骨头，而且还在上面坐了那么久，这是他之前一点都没有想到的，虽然上山背过尸体，但那和钻进坟墓是两回事，因此头皮现在还在发麻。刚进去时，黄金庵就听到从脚下传来“咯咯叭叭”的响声，当时以为把枯枝踩断了，现在才知道踩断了死人骨头。他之所以现在不把这些告诉贾兆栋，是怕被贾兆栋责怪，也怕贾兆栋感到后怕。

不久黄金庵和贾兆栋回到南边，爆炸声没有再响，便直接走到便于上下山的绳子下面。可是两人在那里等了很久，也不见有人下来，于是贾兆栋说：“老黄，副连长他们不会出事吧，要不我爬上去看看？”

“眼看天就要亮了，这时候你上去不但可能暴露目标，还可能挡住副连长他们下来的路。西边那个夹缝紧紧贴住山体，而且在山顶下面一点，北宽南窄，炮弹是打不进去的，所以你就把心放到肚子里吧。”

贾兆栋想想黄金庵说的有道理，就打消了上去的念头。可是随着一阵大风吹来，上面的绳子突然掉到了黄金庵身上，两个人顿时呆住了，黄金庵惊慌失措地说：“老贾，这可怎么办？副连长他们下不来，不是要被越军开枪打死吗？”说完两人试着往上爬，可都没有段坪和潘祥安那样的功夫，再说当时是三个人叠起来才把绳子抛到突出岩石上的，努力了半天也没有用，把两个人都急得快要哭了，再也没有心思开玩笑。

但是总得想点办法啊！于是，黄金庵和贾兆栋又去搬石头，想让石头尽量接近突出岩石，以便上去，等到天已经大亮了还在干。可是他俩把周围能搬动的石头都搬完了，石墩也没有加高多少。只要能救回海欣三人，工程量再大二人也不怕，见近处没有石头可搬了，他俩就到远处去找；手磨破了，他俩就把上衣脱下来当手套。石头小的一个人扛，石头大的两个人抬，连一分钟也不敢休息。

四十八　对视

黄金庵和贾兆栋在东边急，海欣、段坪和潘祥安在西边更急，他们着急是因为夹缝上面的绳子也断了。

已经收拾好东西准备上去的时候，海欣才听到段坪惊讶地说：“副连长，上面的绳子断了，这可怎么办呢？”

之前海欣一直在为我炮兵指示目标，既没有抬头看一眼，也没有注意到绳子已经掉到小平台上了，所以他在听到段坪的话后“啊！”了一声，急忙向上看去，发现伪装得很好、已经吊在那里一天一夜的绳子果然不见了，惊得瞬间出了一身冷汗。上下都有十多米，而且全部是悬崖绝壁，没有绳子别说人，就是猴子也上不去，一时不知如何是好。

慌忙中海欣顾不得暴露自己，急忙匍匐到夹缝北边查看，之前怕那里有个缓坡越军上来，现在倒希望那里有个缓坡自己人可以下去了，可是他发现夹缝北边的山体和南边的一样陡峭。

从夹缝北边下去的可能性已经不存在了，海欣便迅速回到夹缝。天马上就要亮了，黄金庵和贾兆栋是不会冒险过来放绳子的，而且他俩不知道这个情况，原路返回已不可能，只好另想办法。

至于办法倒是有，那就是把绳子拴到小树上拉住下去，但掉下来的那段绳子只有几米长，不够。情急之中海欣想到了水壶和腰带，用它们可以把绳子加长，于是三人便立即拼接起来。他们迅速把绳子、水壶和腰带拼接好放下去一试，隐隐约约看到长度还是不够，心再次悬了起来。这是最后的希望了，长度不够也得下，要不然西边的炮阵地被炸得一塌糊涂，这次越军很有可能上来搜查，到那时一切都晚了。于是，海欣把绳子那头拴到小树根部，把带着水壶和腰带那头小心地放了下去。

在放下去之前，海欣拉住绳子试了试，但不敢用力太猛，怕把小树连根拔掉，如果把小树连根拔掉，就一点希望也没有了。此刻由小树、绳子、三条水壶带子和三条腰带组成的是唯一一条生命线，所以海欣一点都不敢马虎，尽可能不让它再出现意外。

那两棵小树均大拇指粗细，而且是长在石缝里的，承受力小，经过试拉，海欣认为可能难以承受一个人的重量。但没有别的选择，难以承受一个人的重量也得让它们承受了，于是他让两个战士除把步话机留下外，其余的都带上，并交待他俩在拉住绳子下去的时候，尽量用脚登住山体，以此来减轻带给小树的压力。潘祥安心疼那两部步话机，说："副连长，步话机没有坏呀，为什么不把它带上？丢掉太可惜了！"

"下去后我们免不了要和越军遭遇，但遭遇并不可怕，因为我们穿着他们的服装，一般情况下他们会把我们当成自己人看待，主要是不知道他们基层连队有没有步话机，即使有，也不知道是不是这个型号的，所以还是谨慎点不带为好。"海欣说。

潘祥安听后"噢！"了一声，再次佩服海欣考虑问题周到，在真正的越军面前，每一个破绽都有导致送命的可能。

三人收拾完毕，海欣见下面仍然没有越军走动，便抓住绳子第一个下去了。由于动作缓慢，加上潘祥安在上面用力拉绳子，段坪也用力按住小树根部，让他最担心的事情才没有发生；三个水壶也没有发出能传到远处的撞击声，因为里面都有水，撞击声很闷。

皮带连接在水壶上方，因此当海欣接触到皮带时，才稍微松了一口气，接着是摸到第一只水壶。当海欣摸到第三只水壶时，就知道下面除了高度什么也没有了。他低头一看，发现自己的双脚距离水面还有两米左右，别说就这点距离，距离水面十米八米也得跳啊，于是双手一松跳了下去。在跳下去那一瞬间海欣其他的什么也不去想，只希望水深，人不受伤。

随着"哗啦"一声，海欣在小溪里站住了，溅起来的水把他的下衣全部打湿了，上衣斑斑点点，好在没有跌伤。

海欣跳下去后松了一口气，接着急忙蹲下身体，见周围仍然没有越军走动，便立即挥手让两个战士也下来。在潘祥安和段坪分别下降过程中，海欣既担心他俩的安全，又担心越军突然在周围出现。幸好他俩有攀爬经验，潘祥安下降时，段坪一个人在上面用力拉绳子。可是轮到段坪下降时，危险就出现了，由于那两棵小树失去了保护，差一点被连根拔掉。好在段坪早有思想准备，他尽量用双脚登住山体，用双手抠住石缝，以此来减轻小树的承受力，最后终于也跳了下来，但双手上都是鲜血。

海欣的第一个担心没有出现，第二个担心也没有出现，因为这时的越军个个像惊弓之鸟，都到较为安全的地方躲避炮弹去了，三人只隐约看到很多黑影跑动，没有看到有人到这边来。开阔地周围有很多较为安全的地方，而我军的炮弹可以打到夹缝下面，估计那发炮弹在山顶爆炸时他们也看到了，所以不敢到这边来。

段坪刚在小溪里站稳脚跟，海欣就大手一挥，带领二人迅速跳出小溪向北边跑去。北边是祖国方向，海欣想从那里找到下山之路，可是他们跑到北边一看，同样是齐刷刷的悬崖峭壁，落差少说也有五十米，没有那么长的绳子根本下不去。

在那里海欣看到溪水果然是从西边流过来的，这与他之前的判断相同，西边的山更高，很可能存有水，从高处往下引并不难。起初他想带领两个战士逆水而上，但不熟悉那里的地形，倘若西边也是悬崖峭壁，要想回头就晚了，于是立即转身，仍沿着小溪往回跑，毕竟他们大致了解南边的地形。

三人转身边向南跑，海欣边说："记住我们现在的身份是越军，所以一定要把腰杆挺起来，并做到表情自然。生死存亡时刻，必须小心谨慎，稍有惊慌失措，就有可能被他们识破，我们千万不要步上那三个越军特工的后尘。现在天还没有完全亮，越军仍在混乱之中，这些都是有利条件。我们把自己当做越军的巡逻小分队，之所以跑着上山，是为了去搜查中国侦察兵，这个炮阵地不是被炸了嘛，他们肯定怀疑周围有我们的人。路上我们将遇到不少越军，要做好和他们打心理战的思想准备，要让他们相信我们是自己人。"

海欣边跑边说到这里，三人已经回到了夹缝下面，都不由自主向上面看了一眼。他们见那条绳子、腰带和水壶仍在，当时如果段坪跳下时把它们拉下来，小树也有被连根拉掉的可能，同样会留下蛛丝马迹，所以就没有动它，三十六计走为上。

三人很快跑到了夹缝南边的简易公路上，见不少越军仍在那里奔跑，右侧躺着几具尸体，没有人看守，于是海欣灵机一动说："段坪，潘祥安，我们赶快到尸体旁边去，把它们的帽子取下来戴到自己头上；同时把我们的鞋子都脱下扔掉，和他们的形象尽量保持一致。"

三人在取帽子的时候手上都沾满了血，便顺手往脸上一抹，被炸伤的样子就出来了。

离开尸体三人沿着简易公路下坡，然后向左一转，就看到了来时看到的山坡，也就是刚跳下那座山的最南端。山坡上有一条小路，顺着它可以到达前天晚上第一次看到灯光的地方，便决定从那里上去，也只能从那里上去，因为不知道其他地方有没有路。

山坡比较陡峭，是躲炮弹的最佳位置，不但下面站满了越军，连山坡上都有。山坡上还有一个草棚，草棚前面有一个平台，平台上面也有不少越军。上山的小路从平台东边经过，海欣他们前天晚上看到的那个最近灯光，应该就是从草棚里发出来的。

海欣他们赤着脚，满脸是血地跑下简易公路，根本不理会两边那些越军的目光，毫不犹豫地左转弯上了山坡。开弓没有回头箭，这时他们只能这样做了。

小路不宽，有的越军还在上面走动，几乎与海欣三人擦肩而过，若对方向他们点头，他们也向对方点头；若对方不打招呼只顾赶路，他们就一直向上跑；如果路窄，海欣三人就马上为对方让路，以免发生冲突暴露身份。

这是海欣三人在那条小路下面遇到的情况，他们越向上跑，情况似乎对他们越有利：再次遇到路窄的地方时，那些越军会主动靠边让路。这使海欣三人又惊又喜，说明对方的确把他们当成自己人了，于是信心大增。

三人很快跑到平台东侧，知道又一次考验将要到了，之前他已经提醒两个战士直视对方，做到神色不慌乱，脚步不停留。就在海欣三人几乎与平台上的越军擦肩而过时，突然一个家伙看着海欣说了句什么？因为是越语，所以海欣和两个战士都没有听懂。见此海欣又急中生智，他让两个战士继续赶路，自己停下来看着讲话的越军大口喘气，做出累得连一句话也讲不出来的样子，只用冲锋枪先向西面指了指，再向上面指了指，那意思是说：炮阵地被炸了，上面可能有中国的侦察兵，我们三人是奉命去抓他们的。

因为三人已经连续跑了十多分钟，现在又是上坡，都累得脸色苍白，所以那些越军相信他真的说不出话来了，也看懂了他的哑剧，于是纷纷点头，并以手势催促他们赶快上去，有一个家伙还做了个活捉动作，海欣也向他们点头。

海欣知道在越军面前停留的时间不能过长，否则一旦喘过气来，再不说话就露馅了，便迅速转身朝着两个战士跑去，走前还不忘向那群越军挥挥手。

这一关总算过去了，海欣在追赶两个战士的同时，又想到了主要因唱《大海航行靠舵手》而暴露身份的那三个越军特工，此时的情景与那时何等相似，连假身份人数都一样，好在自己和两个战士都没有犯他们那样的低级错误。

虽然离开了那群越军，但海欣知道危险并没有过去，因为他们那么多人，只要少数几个提出怀疑，事情便会急转而下。为此他还回头看了一眼，发现并没有人用枪对准自己，才放心继续向前跑去。

海欣刚追上两个战士，突然听到一声哨响，以为又有危情出现了，可是他再次回头一看，发现下面正在集合队伍，而站在平台上的那些越军正在往下面走，便知道他们这是要清点人数，去西边收拾残局。

这时海欣三人都双腿无力，一步也不想走了，更不用说跑了，可是还在越军的射程之内，危险依然存在，于是海欣大口喘着气说："同志们，我们千万不能停啊！只要再坚持两三分钟，就可以脱离险境，那时他们就是明白过来，就是看到夹缝下面有绳子，子弹也打不到我们了。"

几分钟后，三人终于爬上了山坡，到了前天晚上第一次发现并观察灯火的地方。这时他们回头看时，发现下面的越军终于看不到自己了，便一屁股坐到地上。但一分钟时间不到，海欣就首先站起来说："同志们，这里仍然不是久留之地，所以我们还得跑，来，我拉你们。"

四十九 后怕

海欣三人跑上山坡的时候，黄金庵和贾兆栋仍在那里搬石头。天已经亮了，他俩知道就是能上去也过不去了，但晚上用得上。至于那堆石头会不会被越军发现，两人都没有去想。

就在他俩又抬起一块石头往上放时，突然发现从南边跑过来三个人，而且穿着越军服装，以为是越军搜山来了，根本没有想到是海欣他们，也根本没有想到自己穿的也是越军服装，急于把石墩垒高，连自己装扮的身份都忘了，急忙跑回东边隐蔽起来，黄金庵还喘着气想：看来我和潘祥安之前讨论的办法要用上了。并把应对办法告诉了一起钻进去的贾兆栋。

海欣三人又一口气跑到石墩南面，见没有人追赶，才拐进绿地躺在草丛里休息。这时他们累得连一句话也说不出来了，只能大口喘气，海欣喘着气四下张望，见两个班长并没有过来接应，稍停片刻便大声呼喊他俩的名字。

两个班长做梦也没有想到从南边跑过来的竟是海欣三人，因为他俩都知道夹缝距离小溪非常高，而下面有越军，跳下去无异于跳进老虎笼子；而来人都戴着一顶凉帽不像凉帽，钢盔不像钢盔的绿色帽子，脸上还花里胡哨，海欣三人过去的装扮可不是这个样子。可他俩却听到了海欣的声音，而且听得真真切切，于是便通过缝隙向外观看，才发现或躺或坐在三十米之外的人真是海欣他们。

看到自己的首长和战友回来了，两个班长喜出望外，都急忙钻出小窝棚跑过来与他们拥抱在一起，但三言两语过后海欣又说：“同志们，这里还不是久留之地，因为这时越军可能已经看到了夹缝下面的绳子，很有可能上来搜查，所以我们还得跑，跑下山进入茅草丛才会安全一些。”

下山就容易多了，跑不动可以滑，不久五人进入茅草丛。北边山脚下的茅草丛南北宽约三十米，东西长约两百米，对面有我们的人，也有他们的人，机动性强，一般情况下越军不敢过去搜查。直到这时，海欣才发现段坪、潘祥安和自己的衣服都湿了，一半是水，一半是汗，水是在跳进小溪时溅上去的。

不用再跑了，海欣三人觉得湿衣服穿在身上非常难受，便把上衣脱下来晾晒，晾晒完衣服海欣说：“白天我们不能原路返回了；也不能去西边，因为西边不远处是二一一高地，目前上面的一、二号哨所仍被他们所占；这样只有去东边了，可我们对东边的地形一点也不熟悉，说不定一出草丛就被老青山上的越军看到了，所以还是先在这里休息一下吧，看看情况再说。”

大家又躺下去休息了一会儿，贾兆栋提出去东边探路，黄金庵要求一起去，海欣表示同意，二人便出发了。

两个班长在茅草丛里走了一会儿，发现已经到了老青山正南方向，相距也就两百米左右，如果这时他俩站在茅草丛外面，那里的越军不用望远镜就可以看到他们。

二人继续向东走去，见茅草逐渐稀少，再往前走要暴露在外面，于是不得不停下脚步。这时他俩距离南面那座的山东头只有四五十米远了，可以看到东边是一片开阔地，开阔地上有一条呈南北走向的平地沟。从露出的树尖看，那条沟应该不浅，于是贾兆栋提出悄悄爬过去看个究竟，可是黄金庵不同意，说太冒险了，还是回去报告一下情况再说。

返回途中，黄金庵突然想到了山洞里的人骨，觉得现在可以告诉贾兆栋了，就站住边撒尿边说：“老贾，想给你说个事。”

“什么事呀？还这么一本正经。有话快说，有屁快放。”受到黄金庵的感染，贾兆栋也站住撒起尿来。

“凌晨咱俩躲进上面那个山洞的时候，你看清楚扔到洞口的那个圆东西是什么了吗？”

“不就是一个枯树根吗？里面黑乎乎的，我怎么能看清楚。”

“那么你认真回忆一下，自从咱俩跳进山洞，除了石头你还踩到其他硬东西没有？”

“踩到了啊！软的是被风刮进去的树叶和杂草，厚厚一层，但是下面的硬东西也能感觉到，还能听到‘咯咯叭叭’的响声，那应该是些有年头的枯树枝吧，要不然不会一踩就断。”

“老贾，那些软东西是树叶和杂草不假，但那些“咯咯叭叭”响的东西却不是枯树枝。”

“你是说那地方周围没有树，树枝进不到里面吧？但若干年前可能有树啊！”

“是的，现在周围没有树，不等于过去也没有；风把树枝吹不进去，人可以带进去，动物也可以咬住拖进去。不过那些……”

“你小子什么时候学会卖关子了，快说。”这时两人都已经撒完尿了。

“老贾，如果我把实情告诉你，你可不要后怕啊！”

“看你小子说的，我老贾是那种胆小的人吗？再说已经是过去的事了，有什么好后怕的呢？”

“那我就说了啊！那是一个人的头骨。而咱们踩上去‘咯咯叭叭’响的那些东西，是死人身上的骨头，由于年代长久，那些人骨已经风化了，一踩就断。”

贾兆栋听后一下子愣住了，小眼睛瞪得滴溜溜圆，嘴巴张了半天才说：“不会吧！你小子又胡说八道，那个山洞在半山腰上，人们很少过去，里面怎么会有死人呢？”

“半山腰山洞也会有人去的，比如猎人躲雨，那人可能是进去后才死的，也可能是死后被人拖进去的。总之我的的确确看到那是个骷髅头，上面的窟窿对应着人们的眼睛、鼻子、耳朵和嘴巴，一点都没有错，要不然我不会一扔下去就窜了出来。你把它扔开是嫌坐着不舒服，而我是害怕才把它扔开。”

“哎哟我的妈呀！里面真的有死人啊！怪不得你小子跑得比兔子还要快。老黄，你这个混蛋，怎么把我带进死人墓里去了？”贾兆栋说着又在黄金庵屁股上踢了一脚。

“老贾，我也是第一次进去啊！之前根本不知道里面的情况。”

“真他妈的玄乎，太玄乎了！我竟然在一个死人头上坐了那么久，这事之前连做梦都没有想到过。”

“哈哈，你小子不仅坐在人家的头上，还把人家的骨头踩断了，看他的鬼魂晚上不去找你。那个山洞里埋葬的要是个年轻姑娘，说不定还要缠着嫁给你，让你负责呢！你不是正发愁找不到媳妇嘛，这回有了。她不要房子，那个山洞够你们小两口住了。”

黄金庵说完以为又要挨贾兆栋一脚，但贾兆栋这次没有踢他，而是说：“老黄，这会儿我头皮直发麻，你小子就别乱说了。”

“刚才还说不后怕呢，现在这是怎么了？老贾，不过你也不用太害怕，我不是也踩断他的骨头了嘛，所以鬼魂不会只找你一个人算账的。”

“那就把那个女鬼嫁给你吧，将来你阳间一个，阴间一个，就像《聊斋》里写的那样，风流极了。不过鬼魂不鬼魂的我倒不信，只是觉得晦气罢了，因为在我们老家那里人们走路时只要一见到坟墓，就会想办法绕过去，而我们却一头钻了进去。”

“有什么好晦气的？在那种情况下躲进去总比待在外面被炸死好。”

由于基本上完成了探路任务，而且还有整整一个白天可以利用，所以两人并没有急着往回走，而是把目光又投向了老青山。贾兆栋在老青山上待过，而黄金庵来后一直待在那里，他俩都想知道南半边究竟是个什么样子。

天空晴朗，贾兆栋和黄金庵可以把老青山南半边尽收眼底，连越军驻的工事都能看到。越军驻的工事也只有一个，的确建在西南角上，也就是他们那条堑壕的尽头，由于位置比较低，从挖出的洞口那里一点也看不到。

看完越军驻的工事，贾兆栋突然发现老青山东南角的悬崖边上蹲着一个人，而且浑身上下一丝不挂，便指着对黄金庵说：“老黄，你看那小子在干什么？”

“哪小子呀，我怎么没有看到？”

“我说眼小聚光吧，以前你总是不相信，现在明白了吧？到了关键时刻，你那两只大眼睛就是不如我这小眼睛管用。那个越军光着屁股，因为皮肤的颜色和石头差不多，所以你才没有看到。”

在贾兆栋的反复指点下，黄金庵终于看到了那个光着屁股的越军，说：“他妈的，那个越南兵的黑屁股正对着我们拉屎，这才晦气呢！”

“估计那小子刚才正光着屁股睡觉，一内急就掀开毯子跑了出来。听说夏天他们基本上都光着身子，而我们在困窘的日子里，起码还知道在腰上围件衬衣。”

两人看完继续往回走，见到海欣后立即把情况作了汇报。海欣边嚼茅草根解渴边听，见二人讲完，也给了他俩一些，接着思考下一步行动。那些茅草根是段坪和潘祥安用刺刀挖出来的，关键时刻可以解渴，嚼起来有点甜。

东边那条沟如果真的很深，倒是可以利用，但不知通向何处？树挪死，人挪活，一直窝在这里也不是个办法，海欣想到这里决定先过去看看再说。

五人向东走去，贾兆栋边走边嚼茅草根，说道：“茅草根这东西我小时候经常吃，夏天茅草茂盛，把根部的营养都吸收了，所以吃到嘴里不甜，但一到冬天就甜了，有的竟像被糖水泡过一样，不过这里的茅草一年四季都在长，茅草根不会甜，只能吸收里面的水分。这些茅草根不但可以嚼着解渴，晒干了还可以当柴烧，我老家那里是平原，缺柴，冬天好多人家都把它刨出来晒干当柴烧。他们刨着刨着，往往会刨出来一些浑身光洁雪白的蛹，放到火上一烧，身体能长两倍，吃到嘴里都是油，可香了。那种蛹在我们老家那里叫草花，历来都被看做好东西，因此大人舍不得吃，都给孩子们了。到南方后我看到人们吃蚕蛹，估计味道和我们那里的草花差不多。”也许贾兆栋对茅草根和草花的印象太深了，竟一口气说了这么多。

五个人说着话，很快走到东边不能再走的地方站住了，接下来海欣取出望远镜观察。他在望远镜里看到那条沟的确比较深，完全可以藏人。北边有个小山村，隐约可以看到深沟通向那里。从位置上看，小山村应该在我国境内，这使他感到非常高兴。可以回国了，大家听后也感到非常高兴。他们很快用树枝和杂草把自己伪装一番，然后沿着山脚先匍匐到东边，再匍匐到南边，那里的地势较低，不久便爬进了深沟。

沟里有水，大家经过一番清洗才向北边走去。沟深约两米，五人不必弯着腰走路。大约二十分钟后，他们到了小山村南面，便从那里上岸，深沟则从那里向东转去。见老青山已经在西南方向了，无疑到了国内，离小山村也就七八十米，五个人都长长出了一口气，真想趴下去亲吻祖国的领土。

觉得已经完全脱离了险境，海欣他们便大踏步向小山村走去，谁知到那里之后却发生了一场意想不到的战斗。

五十　小山村之战

走近小山村，海欣他们看到只有七幢房子，而且都是破烂不堪的草房，其中四幢在西面，门口朝东，从南到北排列；另外三幢在北面，门口朝南，从西到东排列。这两排房子前面有一块农田，三十余亩，不过田里没有庄稼，长满了杂草。一看就知道房子是围着那块农田建造的，要不是山区缺少土地，门前那块土地应该是村民的活动场所。七幢房子前后都没有人走动。

有房子的地方高出农田半米左右。两排房子后面都有山，以北面的最高，但坡不陡。

海欣他们是从西南方向走进山村的，正好对着西面那排房子，他们走到最南面那幢房子跟前时，发现斑驳的墙上用中文写着“保家卫国”字样。字是用石灰写上去的，经过长年累月风吹雨打，有的笔画已经不全了，但证明这是个中国小山村。那幢房子的门虚掩着，段坪走近叫了几声，但没有人回应，于是便推开把头探进去查看。屋里没有一个人，地面不但潮湿，还长满了杂草，抬头一看，原来房顶上有一个大洞，显然很久都没有人住了。

见这幢房子里面没有人，海欣他们继续向北走去，当他们快要走近西边那排第二幢房子时，才见从第四幢房子里走出来一个四十岁左右的妇女。那个妇女一边向东走，一边好奇地打量他们，步伐非常缓慢。西边那排第四幢房子与北边那排房子几乎成一条直线，只是朝向不同，那个妇女明显是向北边那排房子走去的。

见那个妇女对自己一行人感到好奇，海欣才意识到自己仍然穿着越军服装，便对四个战友说："咱们已经回国了，就把外衣脱了吧，把这看起来不伦不类的帽子也扔掉，不然老乡们还以为我们真的是越军呢！你们看那个妇女的表情，吓得连话都不敢讲了。"

海欣说罢，五人迅速脱下上衣，只穿裤子和衬衫，把帽子也摘下来扔了。做完这些，他们看到从北边那排房子中间一幢里面走出来两男一女，男的一个四十多岁，一个三十岁左右，女的年龄比最先出现的那个妇女略小一些。最先出现的妇女径直向刚出来的三个人走去，并很快与他们站到了一起。接着四人一边注视海欣他们的一举一动，一边议论着什么。

尽管距离有点远，但出于礼貌海欣还是举手打了个招呼，可是那四个人都没有回应。见此海欣五人便从农田里面斜插过去，由于长年不种庄稼，那里早就踏出了一条小路，直接通向四人站的地方。可是海欣五人刚走到农田中间，就发现那四个人突然不见了，对此段坪有点尴尬，说："看来我们虽然脱掉了越军服装，但他们还是不相信是自己人，以为越军的特工来了。"

"不怪他们，就怪咱们刚才穿的那身衣服，和那顶中国男人都不肯戴的绿色帽子。刚才咱们离乡亲们比较远，怕喊话不礼貌，想走近点在说，结果他们却躲了起来。为消除误会，咱们暂时不要往前走了。现在距离北边那排房子五十米左右，刚才他们都站在中间那幢房子门口，这时应该都进到那幢房子里面去了，要不然不会消失得这么快。潘祥安，你嗓子亮，就向老乡们喊话吧。"海欣说完，五个人都站住了。

于是潘祥安喊道："老乡，老乡，我们是解放军啊！咱们自己的队伍。刚才之所以穿着那身衣服，主要是为了便于外出执行任务，请你们不要误会，都出来吧！"

可是如此连喊两遍，里面都没有人出来，更没有人回应，海欣五人只好沿着小路继续向北走去，脸上的表情都有些尴尬。

当他们走到农田北边，正准备抬脚跨上台阶时，却见那四个人出来了，但还是没有和海欣五人讲话，甚至不再看海欣他们一眼。那四个人果然是从北边中间那幢房子里面出来的，都左手拎着竹篮，右手拿着镰刀，看样子像去割草。四个人不是朝一个方向走，两个女的一起向东，两个男的一起向西，都步伐匆匆的。

看到这个情况，海欣他们再次站住了，都在想：原因已经给他们说清楚了，声音还那么大，他们不可能听不到，既然能听到，为何不相信我们是解放军呢？部队一出营房，官兵就到处受欢迎，可在这里却遭到了冷遇，这使五个人心里很不舒服，但都没有往其他方面想，黄金庵说："我估计这里的村民很可能上过越军的当，因为很多越军都会讲中国话，村民热情欢迎他们进村，却换来一阵扫荡。"

“边境情况复杂，不排除这种可能。”海欣说，他一边讲话，一边向那两个男人看去，见他俩不一会儿就走进了第一个妇女走出的那幢房子。

那两个男人的身影不见了，海欣便把目光转向那两个妇女，见她俩走到田地东北角时突然向南转去，接着在农田东边蹲下去割起草来，那地方在海欣他们东南方向，相距五十米左右。

那两个妇女割草时侧面对着海欣五人，一副拒绝对话的样子。看来还是没有沟通的可能，海欣决定暂时不到她俩那边去，继续向北走，他以为刚才出来的全部是青壮年，老人和孩子都在房子里，也许他们容易沟通些。

不久海欣五人走出农田跨上台阶，径直向四人出来的那幢房子门口走去。农田边沿距离房子也就十多米远，五人几步就到了，他们见门还是虚掩着，喊话又没有人答应，段坪再次把头伸进去观看，发现里面只有两张床、一个破锅灶、一个烂圆桌和几个旧凳子，没有一个人。听到段坪报告，五人先后走了进去，贾兆栋见锅里有不少刚蒸熟的玉米和木薯，便说：“副连长，不管他们欢迎不欢迎，咱们都先吃点东西再说吧！咱们吃好、喝好，如果他们还是不欢迎，那就留下饭钱继续赶路，不要在这里浪费时间了。”

“贾兆栋，问题并非像你所说的那么简单，如果刚才我们没有看到这些村民，你说的这个办法或许可行，问题是现在见到了，那几个人或者其他人如果一会儿回来，看见我们不经过允许就又吃又喝的像什么话？这样吧，门口有几块石头，咱们先坐在那里休息一会儿，看看情况再说，也许过一会儿他们的误会就解除了！”海欣有点无奈地说，五人先后走了出来，在里面待的时间估计不到两分钟。

一走出那幢房子，海欣就看见去西边的那两个男人在门口晃了一下，接着很快又进去了；那两个妇女仍在那里割草，不同的是这时她俩都把头转了过来，只是没有抬头看，还是一副拒绝对话的样子。这时整个小山村除了那两个妇女，再没有一个人在外面走动或干活了，五人只好坐在那里等待。

过了一会儿，海欣觉得一直等下去不是办法，便对坐在一旁的黄金庵说：“黄金庵，你和段坪、潘祥安继续坐在这里休息等待乡亲们过来，我和贾兆栋还是去找那两个妇女谈谈吧，我就不相信她们对我们的误会那么深。”说罢起身带着贾兆栋朝东南方向走去。

原来那两个妇女是蹲在一起割草的，相距也就两米左右，可当她俩看到海欣和贾兆栋走来时，年纪稍轻的那个突然起身向南走去，二人相距二十米左右，继续蹲下去割草。一个地方的草割完了，换一个地方再割很正常，因此海欣仍然没有多想，他俩继续向年纪稍大的妇女走去。在距离年纪稍大的妇女不到二十米的时候，海欣见她突然把手伸进了竹篮，而且满脸杀气，才感到整个事情有点不对劲儿，马上提高了警惕，立即和贾兆栋一起站住了。

贾兆栋并不知道海欣观察到的情况和内心变化，他服从命令站住后对年纪稍大的妇女说：“老乡，你们别误会，我们的确是解放军，刚才穿的那套越军服装，也的确是为了化妆外出执行任务。”

贾兆栋在对年纪稍大的妇女说话的时候，海欣不但密切注意那两个妇女的一举一动，还不时回头看那两个男人进去的门口。不久他突然发现他们从里面走了出来，进去时两个，出来时却是四个，像变戏法似的，而且都是男人。每个男人手上都提着竹篮，拿着镰刀，并一起向北边那排房子后面走去，也是满脸杀气腾腾。

看到这个场面，海欣暗叫一声不好，立即对黄金庵三人大声喊道：“黄金庵，有危险！就地散开卧倒。注意房子后面和房子之间的通道。”

海欣刚说完这句话，就听到 “扑通”一声，急忙回头看时，发现身旁落了一颗手榴弹，便一脚把它踢开了，并拉住贾兆栋一起卧倒。那颗手榴弹被海欣踢开后，正好落到年纪稍大的妇女跟前，她见自己扔出去的手榴弹又回来了，知道危险在即，就立刻卧倒在地，并用双手抱头。年纪稍大的妇女一定认为自己这次不死即伤，而且伤势不会太轻，可是那颗手榴弹并没有爆炸。

海欣见那颗手榴弹没有爆炸，就从地上爬了起来，随即把枪口对准年纪稍大的妇女，但没有扣动扳机，因为他没有看到手榴弹是从哪个妇女手上投过来的。

听到海欣向黄金庵他们喊话，贾兆栋也把头转了过去，所以也没有看到手榴弹是从哪个妇女手上投过来的，但这时他知道情况发生变化了，危难已经来临。贾兆栋从地上爬起来后，见年纪稍轻的妇女卧倒后也爬了起来，并迅速从篮子里摸出一支折叠式冲锋枪，但还没有等她调转枪口，贾兆栋就一发子弹打了过去。但他没有把她打死，而是把枪打掉了，一下子甩出去五六米远。这时贾兆栋以为年纪稍轻的妇女会举手投降，可她也摸出一颗手榴弹要扔过来，这次贾兆栋不客气了，用第二发子弹结果了她的性命。那颗手榴弹滚到了一旁，也没有爆炸，从时间上判断应该是她没有把弦拉出。

与此同时，年纪稍大的妇女也爬了起来，也从篮子里摸出一支折叠式冲锋枪。见生命再次受到威胁，海欣也一枪打了过去，对方一头栽到了地上。

在听到海欣喊话之前，黄金庵三人就已经看到那四个男人从房子里出来了，但起初以为他们要到后面的山上去割草，并没有产生怀疑，直到听到海欣的喊声，才知道事情不好。他们三人服从命令迅速卧倒在地，接着分开各自隐蔽，就在这时听到了枪声。三人回头一看，一切便明白了。

很明显六个人是一伙的，两个女人试图杀人，四个男人是不会马上逃走的，他们要以房子为掩护，从后面对黄金庵三人发起攻击，海欣意识到这一点后，迅速和贾兆栋一起冲了过去，并大声喊道："黄金庵，你们注意房子之间的通道，他们可能要从那里冲过来！"

这时段坪趴在北边那排房子第二幢和第三幢之间，正对着通道，他见果然有两个男人端着枪冲了过来，就在石头的掩护下立即开枪射击。前面那一个倒下了，后面那一个闪到了一旁，为了全部消灭他们，段坪依然起身冲了过去，他在房子后面同时与三个越军遭遇，在又打死一个后自己也中了一枪，从此就再也没有起来。

黄金庵和潘祥安面对的是段坪左边的通道，他俩见段坪在右边的通道里与敌人干上了，就立即起身去支援。二人冲进右边的通道后，见地上躺着一具越军尸体，接着冲到房子后面，见那里也躺着一具越军尸体，但段坪也不动了，还有两个越军正向山上逃去。

越军逃，黄金庵和潘祥安追，他俩离敌人只有四五十米远，按说可以立即开枪击毙，但黄金庵却先向天上打了一枪，接着用中国话喊："缴枪不杀，站住，再跑我们可就要开枪打你们了！"可是那两个越军不但不站住，反而还向后面甩了一个炸药块，这一下把黄金庵惹恼了，立即开枪把他们两个人击毙了。由于慌忙中没有回头，越军把炸药块扔偏了，没有炸到黄金庵和潘祥安。

海欣跑到段坪身边后，怕村子里还有其他越军，就和贾兆栋一起把段坪抬到小村庄东边的洼地里抢救，并把黄金庵和潘祥安也叫了过去。他让贾兆栋抢救段坪，让黄金庵和潘祥安担任警戒。但是大约十分钟过去了，段坪仍然没有生还的迹象；村子里也没有出现其他越军。又过了大约十分钟，海欣见村子里再也没有动静了，才让贾兆栋留下来陪段坪，自己带着黄金庵和潘祥安再次走进小山村。

经查看，七幢房子里没有一个人，出来的那四个男人都已经死亡，在他们身边及房子里发现一支苏式AK47自动步枪，一支苏式AKM自动步枪，两支中国制造的折叠式冲锋枪；弹匣十八个；两副中国制造的望远镜；十二枚越南制造的短柄手榴弹，还有一些炸药块；每具尸体上面都带有一把美式军用匕首。看来这些武器和装备不但他们用，还可能提供给路过的其他越军。

海欣他们发现那个年纪稍大的妇女并没有死，而是躺在地上不能动了，正满脸血迹地呻吟着。海欣让黄金庵为她包扎，但她却不配合，面部表情依然凶狠，嘴里还嘀咕着什么。她说的话虽然大家一句也没有听懂，但黄金庵从表情上看出像在骂人，要拿枪干掉她，但被海欣制止了。海欣之所以制止黄金庵干掉年纪稍大的妇女，为段坪再报一次仇，主要是按规定不能打没有抵抗能力的敌人；而且想要从她口中问出点什么。

搜查时，发现她的竹篮里，竟然还有一支波兰制造的WZ63式微型冲锋枪；被打死的那个妇女竹篮里，也还有一支南斯拉夫仿制的美M10式微型冲锋枪。

两个妇女分别带两支冲锋枪，装备都很精良，而四个男人带的武器弹药更多，都放在竹篮里，看来他们不是一般的越军，而是特工。他们一定是想凭借这些优良的武器装备和熟悉的地形，想要和海欣他们大干一场，也许还抱着必胜的信心，可是却落了个五死一伤的下场。

实际上海欣他们差一点为越军提供成功机会，那就是他们同时进入房间的时候，要不是在很短时间内退出来，那四个男人就可能冲过去用枪口堵住他们了。他们在西边那幢房子门口晃了一下又进去，就是看到机会已经不存在了。

一切情况表明：这里虽然是我国的小山村，却很久都没有中国人住了，不知道村民已经被越军杀害，还是早就搬走了，于是便成了越军特工化装居住的好地方。他们不仅在这里居住，一定还有外出搜集情况和偷袭破坏行为，因此早就该死了。

海欣让人找来两张竹板床当担架，其中一张放段坪的遗体；另一张放缴获的武装弹药。除了这些还有一个女俘和五具越军尸体要处理，于是海欣让潘祥安回老青山打电话，请上级派军工早点过来。

潘祥安答应一声走了，海欣开始审问女俘。女俘见同伴都已经死亡，而中国兵却没有杀害自己的意思，抵触情绪便小了，问她什么都愿意说，而且说的还是中国话，尽管词不达意，但基本上能够听懂，据她交待：他们六个的确都是越军特工，自己是行动组长，中尉军衔；被打死的那个妇女是个上士；而那被打死的那四个男人中两个是少尉，两个也是上士军衔。

女俘说：他们见这里没人住了，又紧邻国境线，而且南面还有一条深沟，便于在两国之间往来，是个难得的活动场所，就冒充中国老百姓住了下来。他们住在这里的目的很明确，一是侦察我军在这一带的布局和活动情况，并及时向上级报告；二是适时搞偷袭和破坏活动。这些和大家估计的差不多。

女俘说：他们是在凌晨听到爆炸声的，当时就起床出来察看，并发现西南方向火海一片，知道是最大的炮阵地被炸了，便通过电台询问，得知那里的损失不是严重，而是毁灭性的，三十多门大炮全部在我军的炮火下报销了。

女俘说：尽管上级已经告诉他们在最大的炮阵地被炸的时候，一定有中国的侦察兵在附近活动并指示目标，否则这次绝对不会打得那么准，让他们提高警惕，发现中国侦察兵就地消灭。但他们见来人穿的是越军服装，起初以为是自己人，来这里就是为了寻找中国侦察兵的，当时并没有引起怀疑。可当他们正商量着如何接头时，却见来人都把上衣脱下来扔了，把帽子摘下来丢了，还讲一口标准的中国话，才知道中国的侦察兵已经来到眼前，而不是自己人来找中国侦察兵的，便迅速采取了应对措施：两个女特工装做割草分散来人注意力；四个男特工则去准备武器弹药伺机行动。

听到这里海欣再次暗暗高兴，因为起码在这几个越军特工接到上级的通知之前，自己的身份还没有暴露，当时用假装上山搜查的方法脱离险境是对的。

说到最后女俘仍不承认他们失败，说要不是海欣他们下手早，他们六对五完全可以打赢这一仗。听到这里海欣笑了，问那颗手榴弹是哪一个国家制造的？怎么没有爆炸？想不到女俘回答说：“哪一个国家制造的，就是你们中国啊！我没有忘记拉弦，是它没有爆炸。”

听后海欣他们互相看了一眼，都不知道该说些什么才好，接着海欣又问：“这种手榴弹不会爆炸的情况，在你们那里经常出现吗？”

“凭良心讲，这种情况出现的次数并不多，要不然我们也不会经常用它了，今天是你们运气好，而我们几个人该倒霉。”女俘回答说。

“这就是忘恩负义者应该得到的下场，你们用我们无私支援的武器打我们，连上帝见了都不答应。”黄金庵说。

海欣听黄金庵这样说非常高兴，心想：关键时刻这小子的脑袋瓜子还挺管用。

海欣又问偷袭女子卫生队的事是不是他们干的，女俘回答说不是，那天晚上的事他们知道，是另外一个地方的越军特工干的，他们那里人多。海欣说是不是另外一个地方的越军特工住的地方南北两面都有山，西边有条小溪，这次女俘不回答了。据此海欣判断一定是那里的人干的，将来应该有机会报仇，说不定还能找到小云她们呢。

虽然顺利完成了侦察任务，并协助炮兵端掉了越军最大的炮阵地，还在返回途中又打了一个漂亮仗，但因为段坪英勇牺牲了，海欣他们都高兴不起来。

后来军工赶到了，海欣他们重返老青山，路上海欣说：“段坪跟我们一起出去执行任务，却不能一起回来，他的牺牲我有责任，因为在进村之前，我们一开始除了房子什么也没有看到，后来只看到有人，而没有看到牛、羊、鸡、鸭、狗等一般村子里应该有的动物；还有居民住在那里要吃饭，却让门前那块田地荒芜。按说这些都是不正常现象，可我当时却没有引起警觉，总认为已经回到了祖国，小山村应该是安全的，结果导致好兄弟段坪牺牲。”

“副连长，这种情况很难预料啊！你想，在那边时大家的心都一直悬着，回国后见是我们的村庄，当时只顾高兴了，谁会想到里面住的竟然都是越军特工。”黄金庵说。

“这次咱们出去的身份是侦察兵，却和他们的特工人员干上了，真是巧合。虽然小山村在我国境内，但对咱们五个人来说却是初来乍到，而他们早已熟悉地形，在五对六的情况下，我们竟然战胜了他们，这就叫以少胜多。副连长，我们打死他们五个人，自己的人伤亡一两个再所难免，如果段坪地下有知也会高兴的，所以您就不要想那么多了。”贾兆栋说。

五十一　侦察

我军摧毁越军最大的炮阵地后，前线平静了一些日子，不久张黎又把目光投向二一一高地，那是他的一块心病，三个多月前那次以牺牲大姚等八位烈士的代价收复二一一高地不久，上面的一、二号哨所又被越军夺去了，由于苏永升不顾客观实际急于再次收复，又造成了一百二十多名官兵牺牲的代价，还停止了张黎的指挥权，就这样也没有把一、二号哨所收复。也是前线所有官兵的心病。与我军在那里牺牲的一百多名官兵相比，张黎认为自己被停止指挥权是小事，他好像听到烈士们在地下说：老师长，我们不能白死，您可要为我们报仇啊！张黎就一直在考虑如何收复二一一高地问题，于是在多次讨论的基础上制定了一个作战方案。因为这个方案涉及到海欣，所以张黎就带着韦立世去了老青山。

师团首长到自己的防地上视察，海欣当然要陪同了，他们在那里架起一座高倍望远镜，对二一一高地及周围的地形反复进行了察看，最后张黎才神色严肃地说："三个多月前发生在二一一高地上的事，被全军上下传得沸沸扬扬，虽然那次的过错不在我，但我仍然坐立不安，因为一百多位兄弟的性命葬送在那里了！从大的方面讲，那地方是我国的领土，得收回来，但边界被越军占据的山头太多了，得在恰当的时候，用恰当的办法收回才行，否则代价太大。相比之下，二一一高地只能算是一个食之无肉，弃之可惜的鸡肋，可事已至此，鸡肋上没有肉也得啃下去了，要不然无法向死难兄弟的家人交待。至于怎么个收法，师里已经讨论了多次，但拿出的方案都不理想，所以想听听海欣同志的意见。那地方你晚上去过，白天一抬头就能看到，这么长时间了一定有不少想法。”

听说师长亲自征求自己的意见，海欣不免有些紧张，说：“师长，这件事我的确琢磨过，觉得欲拔掉那个钉子，一定要在越军麻痹大意的情况下进行，而且只能智取，不能强攻。”

张黎听到海欣的想法非常高兴，说：“思路很对，你和大家想到一块去了。”说完看着韦立世，意思是让他把商量好的事情告诉海欣，于是韦立世说：“海欣，轮战以来你多次出色地完成了各项战斗任务，给上级留下了深刻印象，所以师首长决定把这次收复二一一高地的任务交给你去完成。实地侦察是必要的，你不是去背过遗体嘛，对那里应该有个基本印象，接着如何开展你自己先拿个主意。”

提起上次上山背遗体的事，海欣还有些难为情，他说：“那次我们背回了一具越军女尸，太大意了！”

“哈哈！你们那个班长背回一具越军女尸的事，也在前线被传得沸沸扬扬，但给大家带来的却是快乐，有人说比听到侯宝林和马季的相声还高兴，连军区张司令员听说这事也笑了。海欣，这件事就这样定了，实地侦察及其他准备工作大概需要多长时间？”张黎问。

“三至五天吧，一旦我心中有数，就立即上报实施方案。”海欣说。

张黎没想到海欣用这么短的时间就可以拿出实施方案，便重重地在他的肩膀上拍了一下说：“那好，我等你的消息。如果时间不够可以延长，我们三个多月都等了，不在乎多准备几天，关键是要把握好每一个环节，细节决定成败。”

张黎和韦立世走后，海欣满脑子都是二一一高地的事：那次去背遗体时，因为情况特殊只在周边寻找，没有上山查看，所以不知道整个高地全貌，这次去一定要掌握包括地质结构等方面的第一手材料。去实地侦察的人数也不宜过多，多了容易暴露，有两三个就够了，黄金庵脑子灵活，贾兆栋粗中有细，最重要的是二人用着顺手，就只把他俩带去算了。为了争取时间，海欣他们当天晚上就出发了。

现在一、二号哨兵已经失守，不能再从原路走了，直接向西。为了不被越军发现，三人接近二一一高地后改为匍匐前进，途中要经过突击队员们流血牺牲的洼地，现在那里已经没有水了，但留下了无数弹片，三人都被刺伤了。三个多月时间过去了，当时被炸翻的地面上重新长满了青草，只是比原来的要嫩一些，也薄一些。三人在爬行过程中都想到：这些青草之所以长这么快，应该是除了雨露之外还有烈士鲜血的滋养作用。因此不忍心践踏它们，好像它们代替那些战友重生了，从这一点上讲，战友们并没有真正死去。青草在随风轻轻摇动，还发出“沙沙沙”的响声，仿佛在说：兄弟们，你们终于来了！那十几天打得真别扭啊！也很累，所以我们要躺下去休息了，剩下的事由你们去完成。祝你们成功，只有你们成功，我们的仇才算报了。

三人匍匐到独立石不远处停了下来，接着是对暗号，双方各自投三块石头后，一个黑影向海欣三人爬来。来人是三号哨所里的守军班长张午明，他低声对海欣说：“首长，南面不远处就是你们知道的三号哨所，它在整个前线可有名了，大家都想过来看看，但不是谁都能过来看的。”

“那我们今天算是赶巧了，走，现在就过去看看。”海欣说。

在张午明的带领下，海欣他们很快爬到三号哨所下面。张午明向上面指了指，海欣他们便知道哨所的具体位置了：哨所处于悬崖上，那里有个洞口，距离地面十米左右。隐约看到这些，海欣用耳语般的声音说：“原来是一个上不着天，下不着地的地方，怪不得咱们一直能守住这个哨所。”

“是啊！从下面到山顶三十多米，哨所在中间部位，只要里面有人，有弹药，有吃有喝的，我们就能守得住这个哨所。”张午明说，听口音也是山东人。

“那么上下方便吗？”海欣问。

“方便，我们在洞口下面挖了脚蹬。你们要不要上去看看？”张午明回答说。

“好，既然是过来侦察地形和地质结构的，就得上去看看。这个哨所对我们来说一直都很重要，也是下一步行动时唯一可以依靠的地方。”海欣说。

海欣一说完这句话，张午明就上去了，接着三人听到一个声音说：“班长，就这屁股大一点地方，他们仍要上来住，还让我们活不活啊？”

“杨衷，就你小子牢骚话多，谁给你说他们要上来住了，人家是过来侦察高地的，准备下一步收复另外两个哨所，天亮前就回去。我请他们上来是看地质结构的，所以你们得腾个地方，都下去活动活动，别磨蹭，快点！”可以听出是张午明的声音。由于怕越军这时从哨所上面经过，所以刚才海欣和张午明讲话时声音特别小，连哨所里的战士都没有听清。而海欣他们在下面之所以能听到哨所里的话，是因为那些战士知道越军的活动规律，这个时候不是他们巡逻的时间。

不久哨所里的战士全部下来了，张午明一一介绍：“郭敏、杨衷、李毕永。”

海欣在和他们一一握手的时候，那个叫杨衷的战士说：“刚才对不起啊，我还以为你们来后也不走了呢！上面就像一个大螺蛳壳，人多了根本挤不进去。”

“也怪我没有提前说清楚。我们这是待烦了，所以我这个老乡才乱发脾气，山东人脾气直，请各位不要介意。”张午明说。

“有话说出来总比憋在肚子里好，如果我们在这里一连待上几天，也会时不时发些牢骚的。”海欣把带来的几瓶罐头递到张午明手上接着说，“张班长，你们辛苦了，里面是些水果和午餐肉，饿了现在就打开吃吧。听说洞里只能住下三个人，现在却是你们四个，躺下去很挤吧？”

“四个人躺下去是很挤，但始终要有一到两人站岗，这样睡觉的问题就解决了。”杨衷说。

“真到了关键时刻，能进去多少是多少，上次拔点的时候我也在上面，有一天忽啦一下子进去八个兄弟，连我们原来的一共十二个，不也一起住了好几天嘛！躺着不行，坐着站着照样可以睡觉。再说人多毕竟好打仗，还可以少站几班岗。你们连夜侦察非常辛苦，这些罐头还是留着自己吃吧。”张午明说完，把罐头还给了海欣。

“拿着吧，我们来时吃得饱饱的，不用吃宵夜了。”海欣又把罐头递给了张午明。

这次张午明不再推辞，表示感谢后收下交给了杨衷，然后交待海欣三人如何往上爬，从上面下来的那几个战士则自觉担任警戒。脚蹬是就着石缝挖的，海欣上去时摸了摸，发现山体并非铁板一块，而是有很多石缝，也比较松软，便于挖掘。三人很快进入哨所，见山洞高、宽、深都在两米左右，四个人同时躺下去睡觉确实有点挤，便对站在洞外脚蹬上的张午明说：“这么小的地方，竟然一起待过十二个人，如果你们不说，无论谁都想象不到。”

“就那还有五个是重伤员呢，不过后来他们都一一牺牲了，如果他们能得到及时救治，是完全可以活着回去的。”张午明说。

黄金庵见洞内别无他物，便说：“张班长，你们把平时吃的用的东西都放到哪里去了？”

张午明听后笑笑指着洞口周围说：“都在边上，伸手就能拿到，我们挖了一些小洞当仓库。”

海欣听后觉得好奇，便把头伸出去查看，发现大洞周围果然还有一些小洞，只是挖的不深，有的子弹箱暴露在外面三分之一还多，正担心被雨打湿，影响使用，张午明就像知道他的心思一样接着说：“别看这些子弹箱是露在外面的，可是雨打不到，因为最上面那块崖石比较突出，就像一个巨大的帽子，把这里都罩住了。”

“怪不得越军向这里打了那么多的炮弹和重机枪子弹，还有炸药块什么的，而山洞却能安然无恙，原来奥妙全在这里。”海欣说，夜幕下他隐约看到山顶上那块崖石的确比较突出。

“那些天越南兵到不了这个哨所下面，就在山顶上用绳子吊住炸药块往下面放，想以那种办法夺取哨所，但上面和洞口不成一条直线，吊下的炸药块呈悬空状，结果绳子很快被我们用枪打断了，炸药块掉下去才爆炸。有次我们抬头看到山顶上面有人在探头往下看，便一枪把他打下来了，从此他们的人再也不敢那样做了。”提起这事，张午明至今还感到自豪。

四人下来后，海欣问到另外两个哨所的情况，张午明说：“以前那两个地方我都待过，一号哨所和二号哨所的形状基本相同，都是从山顶往下挖的洞穴，而且直上直下，有点像北方的红薯窖，边上有突出岩石遮挡，下雨时在洞口盖块汽车篷布就行了。”

“那两个洞穴里平时各住几个人？”

“一般情况下五个，人多了睡不下。”

“三个哨所之间原来有通道吗？”

“原来只在一、二号哨所之间有通道，不是挖下去的，而是用石头左右垒了两堵墙，不高，打仗通过时得弯下腰。不过那两堵墙早已被炸塌了，不知现在又垒起来没有？因为这个位置比较特殊，所以过去我们都是从两边绕上去的，上去后不到五米就是哨所。”

“这么长时间过去了，那两堵墙一定垒起来了。”

“有可能。”

海欣又问到高地南边的情况，张午明说：“南边的山体比这里还要陡，还要高，下面是一条小溪，上不去。”

看完北边，海欣要到三号哨所东西两侧查看，可是张午明只把他们带到拐角处说：“越军经常外出巡逻，让他们看到可不得了，前面就不去了吧。”虽然张午明这样说，但海欣还是一个人小心翼翼地向前爬了一段距离，他去那里也是为了看崖石结构。其实他知道每座山甚至那一带山上的崖石结构基本上都一样，但还是要亲自过去看一下才放心。

从三号哨所东西两侧回来后海欣说：“张班长，你们在大洞周围又挖了那么多的小洞，这里应该有十字镐吧？”

“有啊，部队配发的小十字镐，只用刺刀可不行。”

在海欣的要求下，张午明很快找到一把小十字镐交给海欣。黑暗中海欣用它在山体上慢慢撬下几块石头，发现并不难，于是一个大胆的计划便在心中形成了。

五十二 挖通道

凌晨三点，海欣他们才从二一一高地上回到老青山，当天海欣就把自己的计划向韦立世作了汇报。

韦立世虽然觉得海欣的计划出乎意料之外，但不妨一试，就报告给了张黎。张黎听后也觉得出乎意料之外，但属于智取的范畴，就在电话里对韦立世说："海欣是在经过长时间思考和实地考察的情况下才提出这个计划的，虽然听起来有点玄乎，但不失为一个好办法，就让他放手去干吧。往往看上去很复杂的问题，只要找到诀窍，用最简单的办法就可以解决。不过事关重大，我还要去你们那里一趟。"

放下电话，韦立世让人打电话询问团里谁会掘石头，结果惊喜地发现，仅自己一个团就有三十多人有采石经历，这样就不用在全师范围内找了。韦立世命令他们当晚赶到老青山，当晚张黎也来了，他听完海欣的详细汇报后说："话我已经对你们团长说了，这里不再重复，你就带人干吧。为做到心中有数，今晚我跟你们走一趟。"

"师长，尽管老青山距离二一一高地不远，但有的地方得爬过去，您身体怎么吃得消？出了事我如何向全师官兵交待呢？"韦立世说。

"韦立世，你是说我老了吗？红军长征时期，打起仗来师长是要带头往上冲的，而这次我只不过去看看而已。"

"师长，那个年代军师首长都二十多岁，现在连我都快四十了。"韦立世说。

张黎听后摸了摸肚皮，裤腰三尺多，是来后牛肉罐头下面条吃得太多了，这样的身体条件匍匐前进肯定不行，于是就不再说什么了。

海欣见张黎想到实地查看，又不便前往，就想了一个办法，说：“我看到这里的岩石结构和二一一高地上的差不多，地形也有点相似，如果二位首长同意，我们今晚也不过去了，就在北边找个地方模拟操作，效果应该和那里一样。”

韦立世听后赶紧说：“这个办法好。师长，晚上去二一一高地什么也看不到，而您在沙盘上早已熟悉了那里的地形，现在关键的问题是挖通道，既然石头结构相同，在哪里操作都一样。”

张黎听后表示同意，说：“我如果坚持过去，途中和到那里后会给你们增添不少麻烦的，在这里看看也好。”

那晚的模拟操作直到凌晨才结束，张黎一直在现场观看，而且显得非常高兴。第二天张黎和韦立世都没有走，要趁热打铁，他俩在海欣的安排下住进了七班战士的掩体，七班战士则搬到山下住进临时搭建的帐篷。老青山再次变成了指挥所，只是指挥员由苏永升变成了张黎。

第二天傍晚，海欣把参与模拟操作也就是有采石经历的战士召集到一起，并按照自己的一贯做法把大家分为三个小组，明确去二一一高地时自己、贾兆栋和黄金庵各带领一个小组。

三十多人一起走目标太大，所以必须分开，前后间隔五十米左右，关键地段仍然匍匐前进。他们全部赶到洼地后，海欣让二、三小组隐蔽休息，自己带领第一小组首先摸了过去。

实地操作毕竟不是模拟操作时的环境，大家都有些紧张，而那些有采石经历的战士，入伍前都是在大白天干活，用的也是炸弹、铁钎和锤子等工具，可以弄出很大的响声。可这时必须在黑暗中摸索，工具也只有小十字镐，而且一点声音也不能弄出来。高地面积小，越军在上面巡逻时，每一个角落都可能走到，而挖通道的地方距离山顶才三十多米，在这种情况下撬石头好比从虎口拔牙。

铁器碰石头，要不让它们发出响声很难，但办法还是有的，海欣让战士们带了不少麻袋，挖掘时把它先垫到石头上，再一点一点轻轻撬。一开始挖掘速度非常慢，但这个过程海欣早就估计到了，不着急，他知道只要找到规律，便能熟中生巧，效率自然也就提高了。

海欣把挖掘的第一夜当做摸索规律阶段，三个小组轮流干，而他则不下去休息，因为他十分清楚这一仗意味着什么：如果自己的计划不能成功，就有可能还要进行一次大规律争夺战，尽管张黎不会那样做，但他毕竟只是一个师长，上面还有军长、司令员，甚至军委首长，他们都可以直接下达作战命令，如果再出现一个像苏永升那样的上级，尸横遍野、血流成河的场面仍有可能出现；如果计划成功，就说明老师长张黎当时的坚持是对的。

一夜不休息，海欣觉得非常累，但他仿佛看到两百五十六只眼睛，正在黑暗中闪烁，那一百二十八位烈士都好像在看着他说：兄弟，这次一定得想办法把那两个哨所都拿下来啊！要不然我们的仇不能报，在那边还操着这里的心。

感到烈士们在和自己讲话，海欣也在心中默默对他们说：兄弟们，我们现在要做的事，就是不再让更多的年轻生命到那边去，不让你们老操这里的心。贾科兄弟也在前面吧，你生前是个副连长，我也是，参战以来我注意到一个现象，那就是干部中牺牲最多的除了实习排长就是副连长。我们俩当的这个官职风险大啊！这不你已经先走一步了，早晚我也得到那边去。目前，我得把这件事干好，但成功与否取决于各种条件，请你和各位先走一步的兄弟保佑我们吧。

每次想到三个多月前牺牲的战友，海欣心中都会觉得沉甸甸的，决心一定要打好这一仗，为他们报仇。

一夜下来，从三号哨所下面向东终于出现了一条五米多长的通道，离地面一米左右。

拂晓之前大家仍回到老青山休息，当张黎听到这个进度时说："第一夜就有这样的成绩，已经很不错了，接下来还要向三号哨所东边和东南边挖四十米，任务非常艰巨，希望同志们明晚再接再励。"

"傍晚时分我们集中起来总结一下经验教训，今天晚上的进度可能会快一些，争取再用四到五个晚上，把东边和东南边的通道全部挖通。"海欣说。

"海欣，多挖几个晚上问题不大，关键是不要暴露目标。"张黎说。

"行动已经开始，就怕夜长梦多，掘石头最怕的是弄出响声，第一天晚上没有，但不能保证后来的几个晚上都没有。好在越军知道北边有个三号哨所，偶尔弄出一点响声，他们可能听不出来是哪里，但响声一多恐怕就不行了。"海欣说。

"是啊！这就影响挖掘进度。同志们干活非常辛苦，你们白天抓紧时间休息，没有别的好东西，只能多吃点罐头，不够我让后勤部送。"张黎说。

通过总结经验教训，第二天晚上海欣他们竟然一口气挖到了东边拐角处，量了量近二十五米，几乎是第一天晚上的五倍多。

从拐角处向南还有十五米通道要挖，第三天晚上他们继续努力。但高地东南角是一号哨所，距离东北角不到三十米，越挖距离一号哨所越近，难度又增加了几成。在北边时不小心弄出一点响声，或许可以用三号哨所那里有人来解释，但在东边就不行了；还有就是在撬大石头的时候，一号哨所里的越军可能有震动感。因此，海欣他们不得不改变挖掘方式：外边不能站人了，只好一次一个人先钻进北边已经挖好的通道，再用小十字镐慢慢往南边撬，撬下的石头还要有人接住并运走。这样做不容易暴露，但施工速度可想而知，仅那十五米通道，三十多个人就整整干了三个晚上，挖掘速度又回到了第一天晚上。

自从开始挖通道，战士们就把挖出来的石头，一点点运到北边的洼地里去了，越军白天根本看不到。运送过程也不容易，战士不敢来回跑，都是躺在地上慢慢传送的。

通向一号哨所的四十五米通道，终于在海欣和战士们的努力下完成了，大家都松了一口气。通过观察，海欣发现通道尽头上面的山体也有凹槽，有些是天然形成的；有些是人挖的，当然挖凹槽的可能是我们的人，也可能是越军，因为三个哨所都曾经被双方占领过。

五十三 高地就像绞肉机

通道全部挖好后，海欣估算了一下：每人占两米距离，头脚相抵最多可以趴进去二十三个人。为了留点活动余地，他在敢死队员中挑选了十四个，加上自己、贾兆栋和黄金庵，组成了一个十七人的收复一、二号哨兵突击队。突击队员到齐后，海欣把他们分为四个战斗小组，每个小组平均四人，黄金庵、贾兆栋、刘洪民和杨彦武分别担任小组长。

前几天汇报实施方案时，海欣只说用挖通道的办法智取，没有说突击队员的具体人数，因此当张黎听说突击队只有十七个人，而且要在白天发起进攻时，再次觉得出乎意料之外，担心海欣他们完不成任务。但他相信海欣这次还会不负众望，还能创造出一个奇迹，再说不是还有第二套方案嘛！如果海欣的第一套方案不行，第二套方案马上实施。

挖好全部通道的第二天凌晨两点，海欣就带领全部突击队员躲了进去。为了便于指挥，海欣隐藏在通道最南端，也就是距离一号哨所最近的地方，后面是黄金庵和刘洪民的第一、三小组，再后面是贾兆栋和杨彦武的第二、四小组。根据分工，一、三小组负责进攻一号哨所；二、四小组负责进攻二号哨所。上去后一起行动的小组要么都是单数，要么都是双数，单数对付一号哨所，双数对付二号哨所，好记；再加上以黄金庵和贾兆栋的“老”，带刘洪民和杨彦武的“新”，容易指挥。可见海欣考虑问题之周全。

轮战期间中越两军在攻占对方山头的时候有一个共同特点，那就是黎明之前发起进攻。怪不得俘虏说，越军的营以上军官几乎都在我国培训过，双方连战术都一样。因此黎明之前那段时间是个敏感期，双方的防守都十分严密，所以海欣就是要打破这个常规，给对手来个措手不及。

那天凌晨三点，越军上士班长黎文元就按照原来的习惯把他的手下叫醒了，接着开始巡逻。这时离天亮还有两个半小时左右，他们就那样在一百多平方米的山头上走来走去，用警惕的目光看着四周。

突击队员们躺在窄小的通道里，全身被石头硌得生痛，要不停地翻身才会感到好受一些。这个情况海欣也早就估计到了，为此他提前给大家讲了战斗英雄邱少云的故事。那个故事发生在朝鲜战场上，课本上都有，突击队员们读书时看了只是感动，现在才有深刻体会：人家邱少云在全身被大火燃烧的情况下都能忍受，我们在通道里受这点苦算什么。

通道距离山顶从二十米到三十米不等，越军巡逻时，突击队员们都能听到他们讲话的声音，但不知他们“叽哩咕噜”的讲些什么。越军巡逻时不但讲话，还把石子踢来踢去，很多都落到了突击队员们躺的通道下面。

进入通道之前，海欣还一直陪突击队员们打牌，目的是让大家进去后赶紧睡觉，并对他们说：“那时有的是睡觉时间，进去后再想打牌可就不行了，所以咱们一直玩到出发时才住手。”贾兆栋潜伏的位置正好在拐角处，由于几乎熬了一夜，他一进去便躺下睡着了。朦胧中贾兆栋听到了水声，一开始还以为下雨了，可是一股骚味飘入鼻孔，觉得不对，便睁开眼睛向外查看，发现从上面流下来一个水柱，而且骚味越来越浓，才知道是越军士兵在上面撒尿，气得低声骂了句：“狗日的，你尿吧！看你们还能尿几次。”

躺在贾兆栋前面的是杨彦华，他向后勾着头说：“八班长，狗日的如果只是撒尿也就罢了，就怕他们蹲在上面往下拉大便，那味道更难闻。”

经杨彦华一说，贾兆栋又想起了那个在老青山上光着屁股的越军士兵，看来他们有蹲在悬崖上往下拉大便的习惯，真担心此刻那些臭哄哄的东西会掉下来。好在贾兆栋他们担心的事情后来没有发生，否则不只是闻臭味的问题，下去准备冲锋时可能还会踩到那些臭哄哄的东西，非把贾兆栋的鼻子气歪不可。

为了节约时间，又是一次性使用，海欣他们挖的那条通道高、深都在半米左右，口朝外，人只能躺进去，最南端的空间要大一些，海欣可以坐进去。海欣坐进去后，考虑即将出现的种种可能以及出现种种可能后如何应对等问题，他看到上面的石头掉下后，对躺在第二个位置上的黄金庵说：“黄金庵，往后传，现在是越军起床后活动高峰期，我们每个人都要沉住气，按事先的要求去做。”

天亮后，一个越军士兵去西边的无名高地上把早饭打回来了，另一个士兵问：“阮景洪，今天早晨吃什么？”

“木薯。”

“怎么又是木薯？这玩意把胃都吃坏了。”

黎文元在一旁听到后插话说：“陈迹酒，木薯吃厌了，那你想吃什么？”

“我想吃米线和面包，可是有吗？没有只能吃木薯。要说吃这东西也有一个好处，那就是拉大便利索。”那个叫陈迹酒的士兵说。

“班长，咱们不是还剩下半瓶鱼肉罐头嘛，拿出来全部吃掉算了。”那个叫阮景洪的士兵说。

“全班一天才发一瓶鱼肉罐头，留到中午再吃吧。”黎文元说。

当然这些话是后来从俘虏那里知道的。

一般情况下，黎文元他们都集中在二号哨所一旁吃饭，一是那地方距离无名高地最近，打饭方便；二是洞口北侧有块高大岩石遮挡，相对安全，那块岩石就是三个多月前越军向我军示威时，倒挂贾科遗体的地方。山头不大，蹲在那里吃饭时看周围一览无余，所以这会儿黎文元不用派人站岗。但这个情况海欣当时并不知道，就是知道了也无法利用，因为整个早晨都是所有高地的敏感期，他要选择最佳时刻，只有那样才能做到出乎不意。

黎文元他们在吃早饭的时候，突击队员们虽然不知道，但也觉得饿了，于是便摸出带来的压缩饼干啃，摸出带来的水壶喝。那天早饭他们是这样解决的；那天中饭和晚饭他们也是这样解决的。压缩饼干吃多了，他们都觉得不如木薯好吃，起码木薯里面的水分要多一些，也好咀嚼和好咽一些。应该说，那是突击队员们一生中过得最离奇的一天，也是海欣用兵最别出心裁的一天，出发前张黎曾经问海欣：“你们要在通道里潜伏十多个小时，大家的身体能吃得消吗？”

“想想牺牲的烈士，吃不消也要坚持下去。烈士们就倒在通道不远处，我们吃那点苦算什么？这些话开会时我已经对突击队员们说过了。”海欣回答说。

傍晚六点钟，也就是海欣他们在通道里整整潜伏十六个小时后，天空渐渐暗了下来，突击队员们也开始兴奋了，每个人都把脸朝向外面，生怕大家都冲出去了自己还不知道。平时生龙活虎的小伙子，在通道里整整憋了一个白天，就如同猛虎被囚于铁笼，只要海欣一声令下，让他们冲出去与一头熊搏斗都愿意，何况正在完成的是一项神圣使命。实际上这成了海欣无意中提前打的一场心理战。

黎文元像往常的日子一样，带人又在山顶巡逻了整整一个白天。天逐渐黑了下来，他们又待在二号哨所那里吃饭，还是木薯，不过中午没舍得把那瓶罐头吃完，这时每人又分到一条拇指长的小鱼。但他们谁也没有想到，这竟是全班大部分人的最后的晚餐。

黎文元他们在吃晚饭的时候也没有人站岗，要是这时海欣一声令下冲上去，问题也可以解决，可是他看不到上面正在发生的一切，只知道天快黑了；上面不再有人讲话了；也不再有人往下踢石头和拉大小便了；山顶上的越军又紧张了一天，神经已经完全松弛下来。这就是海欣需要的最佳时刻。

七点钟，天完全黑了，海欣首先跳出通道，接着把大手向后面一挥，所有突击队员在一两秒内全部跳了出来。等到大家都以小组为单位站好，海欣又把大手一挥，接着第一个向上攀登，大约一分钟后，四个小组的人全部到了山顶。

海欣上去后，先开枪打倒正在外面活动的几个越军，再把一、二号哨所的具体位置指给小组长们看，同时大声喊道："同志们，冲啊！"

有六个越军住在一号哨所里，晚饭后三人待在外面，其余的进去休息了。进去休息的越军听到枪声，刚钻出来查看情况，就被及时赶到的黄金庵和刘洪民等人打了回去，几颗手榴弹扔进山洞，那几个人一个也没有出来。

晚饭后黎文元正坐在二号哨所外面想事情，听到第一声枪响，他以为班里哪个家伙走火了，就起身要去查看，但紧接着枪弹声响成一遍，而且就在身边，才知道出事了。还没等他把武器拿好，贾兆栋那个小组就冲到了跟前，接着是杨彦武他们。两个小组一起击毙了那里的三个越军，其中包括黎文元，不知道他死前那个事情想明白没有；一个越军被打伤后跳下山崖，后来当了俘虏；钻进哨所里面的越军也一个都没有出来。

战斗进展得比预想的要顺利，但占领了一、二号哨所，不等于控制住了整个高地，所以海欣立即用步话机请求大批官兵上来支援，并请求用炮火封锁无名高地上企图过来的越军。

海欣所请求的事，也是张黎要做的，张黎一直关注着战斗的进展，因此他在接到海欣的电话之前，就命令早已潜伏在北边洼地里的大批官兵冲了上去。海欣他们冲上山顶，大批官兵冲出洼地，两边几乎同时进行，而洼地距离山顶也就几十米远，很快就上去了；与此同时，阻挡无名高地越军的炮声也响了起来。不久照明弹也亮了，再次把两个高地照得如同白昼，三个多月前的撕杀场面又出现了，但这次的规模要小很多，结果也与上次不同：海欣他们和后来上去的人牢牢守住了一、二号哨所。

越军不甘心失败，立即进行反扑，可我军牢牢占据了有利地形，不让无名高地上的越军靠近半步。

在炮火轮番轰炸和双方的呐喊声中，海欣他们奉命撤退，战斗中突击队员周如宽和李记锁负伤，刘栋沛牺牲，后来李记锁因流血过多也牺牲了。

当晚越军在大炮和重机枪的掩护下，又向二一一高地发起了数次进攻，战斗一直持续到十点半左右，但我军一直牢牢守住高地不放。这一招三个多月前我军已经用过了，想不到越军也犯同样的错误，张黎只好连夜调兵遣将。

第二天拂晓，越军再次向二一一高地发起进攻，并且火力一次比一次猛。我军既已占领高地，岂肯放手拱让，这一天的战斗比以往那些天都要激烈，越军的伤亡人数也比以往那些天都要多，当天的战斗持续到晚上十二点钟才结束。据统计，这天他们争夺高地的次数竟达十四轮之多，使用的全部是人海战术。在张黎的指挥下，在烈士们为国捐躯精神的鼓舞下，我军官兵一次也没有让他们冲过来。

越军冲不过来，就拼命用炮打，倒挂过贾科的那块岩石高约五米，炮弹竟把它一点点削平了，碎石头不断飞进哨所，躲在里面的战士只好不停地往外扔，要不然就被活埋了。

为了阻止越军反扑，不使前功尽弃，张黎在电话里又一次对李宝胜下了死命令：“李宝胜，你给我听好了，没有我的命令，你们一分钟也不能停止射击，如果炮弹阻挡不住越军的前进步伐，我就撤你的职。别怕你们身边的炮弹用完，我已经派人往那里送了，山洞里有的是。”

所以那一天李宝胜他们把炮管都打红了，事后火箭炮连连长段建舍对他的一个老乡说：“那一天的仗打得实在残酷，别说步兵兄弟和我的部下受不了，就连我这个当连长的也差一点坚持不住，当时我搬炮弹搬得双臂麻木，双手鲜血直流，还吃不上饭，喝不上水，心想，不如一发炮弹打过来，把我炸死躺下去睡个长觉算了。”

那一天，连后勤部长张留宇也出来扛炮弹了，扛炮弹的人几乎每个肩上都磨出了血。

有人统计过：越军在这十多天时间里，竟发起了九十八次进攻，每次都以被我军打退而告终；除了强攻，他们还对高地实施了一百二十余次偷袭，也都被我军及时发现并打退了。为了夺回高地，越军这次付出了二百多条生命的代价，轻重伤员也不计其数。

战斗平息几天后，我军副总参谋长张至秀站在老青山上对陪同的唐泉东等人说：

"最近两次二一一高地战斗都打成这个样子，是我之前无论如何都想不到的。更想不到我军的指挥员和越军的指挥员，会在同一个地方犯同样的错误。这打仗啊，光靠硬拼是不行的，得打有把握之战，采取灵活机动的战略战术才行。"

张至秀缓了口气继续说："在那个山头上，敌我双方指挥员各犯了一次错误，结果导致将近四百人死亡，伤员不计其数，让人觉得不寒而栗。而那个高地上面仅一百多平方米，如果把遗体一个个摆上去的话，估计得放两层才行。对面哪是一个高地啊？它分明是一台巨型绞肉机，把几百条生命都绞杀了！"说完，深深叹了口气。

五十四　吃生血习惯

打完这一仗，前线官兵又议论开了，说："这次只用十七个人就冲上了二一一高地，并很快收复了一、二号哨所，而那十七个人中只有两死两伤。我军后来上去的人也伤亡不多，这究竟是怎么回事啊？"于是，海欣的名字又一次在前线传开了。

这次收复二一一高地不久，下一个轮战部队就准备接防了，但他们在换防之前，要请海欣过去介绍一些战斗经验，部队考虑到只去一个人不妥，经过协商派去了一个英模报告团，海欣当然也在其中。

报告团回来时要路过立马坡县城，海欣提出想再去看看张青，经带队的师政治部副主任王舜芳同意后便下了汽车。

海欣这次去找张青是熟门熟路。因为王舜芳说春节快要到了，仗暂时打不起来，给海欣两天假，所以并不急着回去，又在那里住了一个晚上，这次是另外一个人不在家空出的床。为了不影响张青他们休息，海欣又是第二天一大早就起了床，再次给张青留下一张纸条就去了停车场。海欣这次到停车场时天还没有完全亮，哨兵说搭车时间还早，让他到街上去转转，顺便吃点东西再过来不迟。海欣问哨兵哪里有早饭，哨兵说南面山坡上有家私人小饭馆，他去吃过，味道还不错。

按照哨兵的指点，海欣很快找到了那家小饭馆，见里面只有一个六十多岁的老汉，便说："大伯，这里有什么好吃的？"

"面条和汽锅鸡，不过汽锅鸡还没有熟，得等一会儿。"

"那就来两碗面条吧。"

“解放军同志，您请坐，面条一会儿就好。”

老汉在做面条的时候，海欣看着冒着热气的小蒸笼想：那三个被识破的越军特工说到过县城，还吃过这里的汽锅鸡，他们吃汽锅鸡的地方说不定就是这家小饭馆？但他没有把这件事告诉老汉。

海欣吃完面条付过钱正要起身离开，忽然看见一个四十多岁的汉子扛着扁担走了进来，汉子把扁担往墙上一靠说：“老头，来碗鸡血。”

“来了老大，坐吧！今天又到县城卖柴。”老汉边说，边从案子上端起一碗已经凝结在一起的鲜红鸡血。

汉子一屁股坐到一条凳上说：“部队做饭得烧柴，天天都有人要，可以搞点小钱，打仗我们就这一点好。”说完看着海欣笑了笑。

海欣也对汉子笑了笑，见时间还早，就坐在那里看老汉怎样做那碗鸡血。他见老汉拿起一根筷子，用它在鸡血上面随便划拉了几下，接着倒入开水，但随即又把开水倒了出来，然后撒上葱花，就那样端给了汉子。

汉子接过碗筷，三下五去二就把那碗几乎还是新鲜的鸡血吃了下去，然后满足地抹了抹他胡子拉碴的嘴，接着付钱，向海欣点头告辞，拿起扁担扬长而去，没有吃其他任何东西。

汉子走了，海欣还愣在那里，老汉大概看到了海欣吃惊的样子，说：“解放军同志，开眼界了吧？我知道你们内地人不是这种吃法，可我们这里的人不但要吃半生半熟的猪肉，还要渴半生半熟的鸡血。”

“可刚才的鸡血连半生半熟都不到啊！你只用开水烫一下就端给他了。”

“是的，我们就是这种吃法，烫久了他还不吃哩！其实就是生的，这样营养好。”

“大伯，这里吃生鸡血的人多吗？”

“多，我每天要杀十五只鸡，接十五碗血，不到中午就卖完了，都是这个吃法，你要不要来一碗？”

“谢谢！鸡血被开水烫了一下，起到了杀菌作用，按说人可以吃，但我不敢。”

“吃生血是我们这一带人的习惯，过去的人不但吃鸡血，连人血都敢吃。”

“吃人血，而且还是生的，过去真有这事？”海欣睁大眼睛问。

“真有这事，说是大补，连书上都有记载。过去云南人口比现在要少得多，地方也偏僻，因此皇帝老儿经常把犯人流放到这里。犯人们到这里后，有的还要被处死，到了行刑的时候，刽子手先用绳子把他绑了，再拿一条麻袋套住他的头，然后手持一根削得尖尖的竹筒，猛一下戳进他的心脏，不一会儿血就顺着竹筒流了出来。刽子手拿桶把血接了，听说一个人的血可以卖不少钱。”

“这也太残忍了！人血既然大补，刽子手为什么不自己吃？”

“他不是不吃，而是舍不得啊！都卖给那些富人了。可能那点血就是刽子手的杀人报酬。”

“我在一本书上看到，古代有个民族在对外作战的时候，把抓获的俘虏都杀掉吃了，吃不完还要晒成肉干存起来，等食物少的时候再吃。但古人吃人血这件事今天才知道，而且还这样残忍。”

“从古到今都在打仗，都不把人命当回事啊！”

海欣告别老汉离开小饭馆，然后沿着山坡往回走，这时他见赶集的人已经从四面八方过来了，有的背，有的挑，有的扛，尽是些当地土货。县城里没有专门的农贸市场，他们只好把货物带到公路边上交易。海欣从那里经过时，见有个大娘左右手各拎着一串鸡蛋，每串十只左右，有点像内地人把蒜头编到一起的样子，觉得好奇，就一直盯住看。

大娘见海欣一直看她的鸡蛋，便笑笑继续站着兜售。这时海欣又想起了云南十八怪，除了蚊子，把鸡蛋串起来卖也是传说中的一怪。当然他看到并不是把绳子穿进鸡蛋，而是先用稻草把它们一个个缠好，再用绳子连在一起。鸡蛋不但光滑，还容易碎，能把它们用绳子串起来应该是个技术活，因此海欣非常佩服当地人的智慧。

在小饭馆时，海欣听老汉说吃三七炖鸡对人有好处，大补，于是就想到了洪绒，想在市场里买点带上，即使在前线无法为她做，带回去也能用上。可市场里没有，只好去药店买了一些，然后直接去了停车场。

这时停车场里已经停满了军车，海欣听哨兵说都是从前线开过来的，有的已经装满了货，大都是柴米油盐之类。海欣问哨兵有没有去交址城的车，哨兵指着其中一辆说：“那就是，不过你得稍等一会儿，老李那家伙又去买东西了。”看来他俩很熟。

海欣等了一会儿，才见一个剃光头、穿作战服的人走了过来，肩扛手提了不少东西，于是赶紧上前帮忙，一问正是老李。

老李一听说海欣要去交址城，马上让他坐进了驾驶室，这时老李已经把事情都办完了，随即开车出了县城，路上老李问海欣：“你去二连是蹲点还是检查工作？”

“两样都不是。”海欣随即向老李说明了原因。

“哦，是去找白连长啊！前天我去时还看到他呢！我姓李，叫李华坪，入伍七年多才混了个志愿兵，你是什么级别？”

“我叫海欣，是一个副连长。”

“副连长……”老李欲言又止。

“老李，我知道你想说副连长是个送死的官，对吧？不过什么官也得有人当啊！”海欣笑着说。

“那是，那是！”老李连忙说。

“老李，越军经常往这边公路上打炮，你见过咱们的车辆被炸没有？”

“见过，而且经常见。四月底我军收复刀山的时候，越军见到我们的车辆就打，当时有个排长带人刚从高地上下来，在交址城前面一点的公路上就被炸了。他们坐的是一辆嘎斯牌汽车，老掉牙了，关键时刻抛锚。那次车上的十几个人都牺牲了，那个排长的肚子被炸破，连吃下去的饭菜都能看到，惨啊！”

老李把汽车开到神水洞北侧时，突然在几间茅草房前面停了下来，说：“汽车得加水，我们也得吃点东西了，咱们休息一会儿再走吧。”

五十五 蝴蝶饺

时近中午，海欣也想到了吃饭问题，因为如果到边防二连赶不上饭时，又不好意思让白富荣做，那就只好饿着回高地了，此处有饭吃正好。可这里已经是前线了，上次自己从这里匆匆经过时，只听司机说西边就是军部，难道还有对外营业的饭馆？

带着疑问，海欣跟在老李后面下了车，老李一下车就朝北面喊："孙二娘！孙二娘！"

孙二娘不是《水浒传》里面的人物嘛，怎么这里也有？好奇之余海欣见北边有幢茅草房，门口挂着一块小木板，上面写着"战场小吃店"字样，看来这里还真有掏钱可以把肚子填饱的地方。看样子老李对这里很熟，是和里面的某一个人开玩笑，不用说那个人一定是个女的。

老李喊过不久，海欣果然看见从门里走出来一个少妇，三十岁左右，模样儿俊俏，穿戴介于农村和城市之间。少妇见到老李说："老李，又是你这个死家伙乱叫，这次想吃点什么？"

"我想吃人肉包子，可你这里没有吧？"

"那是我弄不到人肉，要不把你杀了，剁巴剁巴再包，可是你一死就吃不成了啊？"说完少妇笑了起来。

"桂花，说正经的，有没有包好的蝴蝶饺？有了快给我们煮两盘。"跟少妇开过玩笑，可以看出老李的心情很好。

“包好的不够，不过有皮有馅，一会儿就好，二位先进来喝杯茶吧。”桂花说完转身进了茅草房，海欣和老李跟着走了进去。茅草房门朝南，深约十五米，长约二十米，四周用木桩作支撑，挂着草帘，之前海欣以为是个放杂物的仓库；门口有两张供客人吃饭的小方桌；东边是厨房，除了桂花，还有三个年轻妇女在那里忙碌着，她们边包饺子，边热情地和老李打招呼。海欣在一张小方桌旁坐下说：“老李，看来你和她们很熟悉啊！”

“那当然了，我经常在这条路上跑车，又经常在她们这里吃饭，而她们都是些军嫂，不熟悉才怪哩！”

“原来她们都是军嫂啊！那么是临时来探亲的，还是已经办了随军手续？”

“都已经办了随军手续。”

“办过随军手续可就是城镇户口了，政府应该为她们安排正式工作才对啊，怎么在这个偏僻的地方开起了小吃店呢？”

“战前她们可以去橡胶场上班，现在那里被炸得一蹋糊涂，去县城上班又照顾不到孩子，只好在部队的帮助下开了这个小吃店。桂花是这里的头，别看这个小吃店不起眼，还是国营的呢！你看一下营业执照就知道了。”

“那么她们是每天从边防连坐车过来上班，还是一直住在这里？”

“这一带炮火连天的，每天来来往往怎么行？部队安排她们住到东边的活动板房里。”

“东边的活动板房不是个食品供应站吗？”

“部队为她们和孩子腾出了几间，她们和孩子在这里长住，丈夫偶尔过来看看。

“哦！老李，你经常在这条路上跑车，一定知道这里为什么叫神水洞吧？”

“前面这座山上有一个很大的洞，洞里有一眼泉水，可能是泉水里面所含的矿物质比较多吧？当地人就经常去泡澡，他们泡过澡后，得关节炎和皮肤病的好了不少，因此老乡们便说那些是神水，洞也自然被叫做神水洞了。”经老李这么一说，海欣想到了那个开枪打苏永升却误伤了唐泉东的山东兵，据说他就是死在神水洞里的，当然现在那里不会有痕迹了。

二人坐下后边喝茶边聊天，不久桂花把饺子端了过来，一盘放到海欣前面，一盘放到老李前面，然后看着被烫红的手指说：“韭菜鸡蛋馅的，每人三十个够不够？”

海欣见饺子比较大，就说：“谢谢！我是够了，如果老李不够再加。同志，你们这里有没有炒菜？”刚才只顾聊天，海欣没有想到炒菜的事，这时才想到自己大小是个干部，还坐了老李的车，应该请他吃顿饭才是，但只请客人吃顿饺子似乎说不过去。

“有呀！你们想吃点什么？”桂花说。

“荤的素的各来两个，另加两瓶啤酒，老李一直在这一带奔波，今天我们哥俩喝它一杯。”海欣说。

老李听后笑着对桂花说：“嫂子，你看，和干部在一起吃饭就是不一样，以前我只吃你们这里的蝴蝶饺，这回可要改善一下伙食了。”接着把目光转向海欣又说，“这位大哥，我开车，酒就不喝了。”

“你一个月就那几十块钱工资，要寄回去养活孩子老婆，还要孝敬父母，节约点是对的，如果都吃了他们怎么办呢？”桂花说。

“嫂子，你说得对。当上志愿兵后我不拿津贴费，改为领工资了，可由供给制变成了工资制，得像干部们那样交伙食费了。每个月伙食费一交，剩下的我几乎全都寄了回去。”老李说。

“老李，你这样做是对的，家不能不管。刚才你说不喝酒，那咱就换成桔子汁吧。”海欣看着桂花又说，“同志，你给我们拿几瓶桔子汁好吗？”他见旁边有几箱。

桂花答应一声忙去了，海欣和老李开始吃热腾腾的饺子。海欣见那些饺子的包法与内地不同，主要区别是周围留出的面皮比馄饨上的还要宽，就说：“怪不得你叫它蝴蝶饺，样子还真有点像蝴蝶！”

老李吸溜着咽下去一口饺子说：“说起这蝴蝶饺啊，在内地还真的没有见过，内地有各种各样的饺子，也有各种各样的馄饨，但外观都和这里的不一样。包蝴蝶饺用的面皮，起码要比包饺子用的大一倍，加上技巧，包好后越看越像一只只蝴蝶。”

“这是几位军嫂的发明吗？”

“不是，是我教她们的。不过我也不是发明者，说出来你可能不相信，这个技术我是在一对越南夫妇那里学到的。”

“你去过越南？”

“没有，那对越南夫妇就住在这个州的严山县城里，有一次我开车路过那里时，觉得肚子饿了，就去找饭馆，见一户人家门口挂块牌子，上面写着‘蝴蝶饺’字样，便停车走了进去。那是一幢沿街而造的瓦房，客厅里只能放下两张桌子，都坐满了人，他们正在吃的就是这种蝴蝶饺，于是我也要了两碗。在等待期间，我一直看那一男一女包饺子，后来还边吃边看。那一男一女见我对他们的饺子感兴趣，就和我聊上了，当我得知他俩是夫妻时没有吃惊，可当我得知他俩是越南人时却吓了一跳。”

海欣听后，也像老李当时那样吓了一跳，说："两国在打仗，越南人怎么在我们国家开私人小饭馆？就连我们国家的人一般情况下也不让开啊！"

"是啊！这就是我当时吓一跳的原因，后来才知道他们的情况非常特殊：那个男人五十多岁，十四五岁就来到中国了，不但参加了中国革命，还加入了中国共产党，后来分配到县委机关当科长。而他老婆呢，是结婚后才来到中国的，被政府安排在县城一所小学里任教。两国关系恶化后，越南那边迫害华侨，他们在我国这边也多少受到了影响：不能到单位去上班了，也没有工资可领了。不过，政府在生活方面给他们找了出路，就是批准开了那家私人小饭馆。有了开小饭馆执照，但他俩都不会做菜，就学着包饺子卖，但因为不知道水饺和馄饨的区别，结果包着包着，就包成了现在这个样子。起初他们认为这个样子不伦不类的，担心客人不接受，可是大家吃了都说好，还说只只像蝴蝶，于是蝴蝶饺的名字就这样传开了，后来竟成了他们的品牌。"

"原来蝴蝶饺的名字是这样来的啊！听起来倒是件新鲜事。两国关系恶化后，侨民都跟着吃苦。那些年越南人对华侨又是杀，又是赶的，手段非常残忍，相比之下，我们对越南侨民就仁义多了。"

"是的，这一点那对越南夫妇也讲到了，还说我国政府不久就让他们去上班了，也如数补发了工资。但他俩都已经接近退休年龄，不愿再去单位了，再说两国仍在打仗，再去单位上班见到同事不免有些尴尬，就一直选择经营那个小饭馆了。那个男人还自豪地告诉我说'别看我这个小饭馆只有两张桌子，可挣的钱要比工资多好几倍呢！'"

"这也是他俩不愿意再去上班的另一个原因。"

"应该是这样的。那个妇女还对我说，'你们中国有句老话，叫做老鼠钻进风箱里——两头受气，当时我们一家的处境就是那样。回国吧，怕越南人说我们长期生活在中国，老头子还是中共党员，跟他们不一心了，回来是当内奸的；不回国吧，在中国又得不到信任。'当时男人接过女人的话说，'我在中国工作了大半辈子，两个子女也是在这里出生并长大的，都对中国有感情了，所以那两年觉得很冤枉。'当时他们边说，边包蝴蝶饺，我就这样看会了。"

二人聊到这里，桂花把炒好的菜和饮料都放到了小圆桌上。吃完午饭，海欣与桂花结账，老李则走进厨房与其他军嫂开玩笑，他对一个叫春香的军嫂说："嫂子，这几天杜连长回来没有？"

"没有呀！你找他什么事？"

“我不找他，是担心杜连长不回来，你夜里睡不着觉啊！”

“我睡不着觉关你什么事？你这个死老李，狗嘴里就是吐不出象牙来。”此话一出，其他军嫂哄堂大笑。

但老李并不笑，他又说：“嫂子，别把好心当做驴肝肺，老弟我是关心你，杜连长带兵不能过来，今天就坐我的车去看他吧？”

“这里还有孩子，哪能说走就走。老李，我看你是想老婆了吧？”

老李听后摸了摸脑袋说：“老婆能不想吗？可远水解不了近渴。”听到这里，军嫂们再次哄堂大笑，连活都干不成了。

桂花与海欣结过账，让海欣坐下喝茶，也走过去凑热闹，她说：“老李，那你不会让老婆孩子过来？”

“今年春节期间他们已经来过了，部队规定：家属每年只能来队一次，每次只能住半个月，时间一到就得走人。唉！你们这些当官的夫人可以随军，我们志愿兵的老婆就是不行，制定政策的人饱汉不知饿汉饥啊！”老李说。

“你不是有探亲假嘛，每年可以回去看望他们啊！”桂花同情地说。

“探亲假也是一年只有半个月，这点和干部们一样。每年回去刚和孩子混熟，就不得不离开家了，我算过一笔账：每年十二个月，老婆来一次，我回去一次，加在一起两人才相处一个月，其余那十一个月都闲着，旱涝不均。”老李说到这里，春香把眼泪都笑出来了，胸部一颤一颤的像在衣服里面安了个弹簧。可老李只是裂了裂嘴，还是没有笑。

反正白天回不了高地，海欣就坐在那里听老李和军嫂们开玩笑。时间不知不觉过去了一个多小时，老李才看着海欣说：“这位老大哥要回高地；而我的送菜任务还没有完成。所以得走了，各位嫂子再见！”

“老李，下次还来吃我们包的蝴蝶饺啊！”桂花说。

“那当然了，但前提是我还活着。”这次军嫂们不笑了。是啊！老李经常开着车穿梭于枪林弹雨之间，难保不会出事。

五十六　半具女尸

海欣和老李离开战场小吃店，继续开车向前走，他们走到写着“进入炮火封锁区”那块牌子跟前时，老李取出两顶钢盔，一顶递给海欣，一顶戴到自己头上说：“虽然这几天没有打炮，但还是要以防万一，戴上去放心些。”

老李把车开到交址城北边两公里处时，海欣见公路西边出现一顶帐篷，而他归队那天这里什么也没有，便认为是有线兵查线住的地方。一打起炮来，电话线经常被越军炸断，为了保证线路畅通，得分段二十四小时看守，那一段如果有村庄，战士们吃住就在老乡家里；那一段如果没有村庄，战士们就住在猫耳洞或帐篷里，吃饭也要自己做，没有锅就用脸盆、钢盔或其他东西。可是老李却介绍说：“别看西边这顶帐篷不大，可在那里已经处理过不少烈士遗体。”海欣这才知道原来是个烈士遗体转运站。之前他就听说过这个地方，但以为设在交址城边上，起码有间活动板房，想不到却是一个前不着村，后不着店的地方，而且只有一顶帐篷，还在公路边上。汽车走远了海欣还在回头看，好像要把这里记住似的。

不久汽车到了边防二连东边的三叉路口，老李再次把车停下来说：“兄弟，你在这里等一会儿啊！我得去买包香烟。”

老李下车去公路左前方山脚下的铁皮小店里买香烟了，海欣也下车活动身体。这里就是白富荣陪他归队的地方，当时不知道战友们何时到达，也不知道见到他们后要去的具体地方，一切都很茫然。时间虽然只过去大半年，但感觉比几年时间还要长，因为高地上的生活不但艰苦，还目睹了大批人员伤亡。

海欣正想着几个月来的往事，突然目光被西边约二十米处的一张破凉席吸引住了。那张破凉席鼓得很高，好像下面有人，海欣就走过去查看，这一看让他大吃一惊：凉席一边露出两只成人的脚，更奇的是单人凉席，才七八十厘米宽，却横着几乎把下面那个人的身体完全盖住了。

用单人凉席横着盖一个成年人，却只露出两只脚，这样算来，下面那个人的高度连一米都不到，这使海欣在大吃一惊之余也感到疑惑，心想：难道下面那个人是个侏儒？为了看清楚一点，他又向前走了几步，发现那两只脚上穿的是球鞋，三十八码左右，袜子是尼龙的，带有暗花。这样的球鞋和袜子在当地很常见，男女都穿，因此凭借这一点分辨不出下面那人是男是女；在没有看到下面那个人的五官之前，海欣不知道他是男的还是女的，也不知道他是死的还是活的，但活人不会在公路边上睡觉吧，而且已经把头盖上了，还是凉席，估计是尸体的可能性大。

海欣正纳闷这究竟是怎么回事，就见老李抽着香烟回来了，便急忙把自己看到的一切指给他看，老李看后也大吃一惊，说："哎呀！这里怎样会有尸体，而且没人看守？他的身体怎么这么矮，不会是个侏儒吧？这里离小店不远，卖烟的大伯可能知道，我回去问问再说。"他倒一下子就认定破凉席下面是具尸体了。

老李要返回小店询问，却被海欣拉住了，因为这时他发现公路边上的芭蕉树下坐着一个人。那是一个中年男人，由于身体几乎被宽大的芭蕉树叶挡住了，所以刚才海欣和老李都没有看到他。

海欣和老李向那个中年男人走去，见他像个当地农民，便指着凉席问怎么回事？中年男人见两个解放军走过来询问，就站出来说："炸的，被炮弹炸的。"

通过进一步询问得知：草席下面是一具成年女性尸体，年龄三十二岁，本县人，老家在县城以北，三个月前来到这里，专门为修建公路的民工做饭。他们修建的公路在苍龙江边上，是另一条，刚开始修，现在还没有成形。昨天下午其他民工都去搬石头了，少妇则张罗着做饭。锅灶就搭在洼地里，南面稍微有点高坡。当时她正在涮锅，突然一发炮弹带着呼啸的风飞了过来，并不偏不倚落到锅里爆炸，少妇当场被炸死。

中年男人说自己也是那里的民工之一，事后大家才发现少妇的尸体，但只有下半截，上半截无论怎么找也找不到。他们把女尸放在这里是为了等车，车是县民政局派过来的，还没有到，而帮助抬来的那些民工都回到江边去了。他看出老李开的是军车，知道不是来接尸体的，就坐在那里没有动。

"她的上半截身子怎么会找不到呢？"老李奇怪地问。

“就是啊！我们也觉得奇怪，而且她的下半截身子除了断开的地方之外，连一点伤也没有。”男人说。

听完那个中年男人的话，海欣知道怎么回事了，他说：“当炮弹飞过来的时候，通常情况下我们会听到两种声音，一种声音是呼啸而过，飞到远处才爆炸，听到这种声音不必惊慌，只要迅速趴下去就行了；另一种是发出‘嘶嘶嘶’的响声，一听到这种声音，就得立即卧倒，否则后果很可能就像这位妇女一样。为什么只要一听到‘嘶嘶嘶’的响声，就得立即卧倒呢？因为听到这种声音时炮弹已经非常近了，并且立即落地爆炸，也就是一秒钟左右的时间。炮弹爆炸后，弹片是斜着往上飞的，如果用图片来形容，就像一把打开的折叠扇，扇柄朝下。这位妇女听到‘嘶嘶嘶’的响声时，肯定没有立即卧倒，就被向上散发的弹片击中了。弹片的威力非常大，又密集，所以她的上半身便被炸碎飞走了，几乎没有找到的可能。”

“解放军同志，如果她当时一听到‘嘶嘶嘶’的响声，就立即卧倒的话，是不是还有生还的可能呢？”中年男人问。

“应该说生还的可能性非常大，就算是万一不幸被震死，遗体也是完整的。”海欣说。

“解放军同志，你说的这些我都记住了，回去后一定告诉乡亲们注意。要是早知道这些常识，她可能就不会死了，她这一死，留下的两个娃娃太可怜了！”中年男人说。

“这位妇女的两个娃娃都多大？”海欣问。

“一个十三，一个十岁，两个都是女娃。”中年男人回答说。

海欣听后掏出身上所有的钱递给中年男人说：“这是给她两个女儿交学费的钱，请你转交给她的家人吧。”

“谢谢解放军同志，这个钱我一定转交。”中年男人接住钱非常感激地说。

海欣和老李离开中年男人，朝着女尸鞠了三个躬才上车，路上海欣说：“老李，这个妇女年纪轻轻的就死了，家人该有多伤心啊！尤其她那两个没娘的孩子，可怜啊！”

“是啊，两国交战，不仅军人要付出生命的代价，连民工也不能幸免。据我所知，在江边修那条公路主要是为了打仗，否则不会急着现在就修。那些民工都是政府轮流派来的，你们轮流过来作战，他们轮流过来修路，一打起仗来这里的事都不能停。”

“他们不只是修路吧，我听说打仗的时候，有很多民工还帮助运送弹药和给养呢。”

“是这样的，但前提是自愿，而且部队要付一定的报酬。”

“报酬一般是多少呢？”

“给他们多少我不清楚，只知道军工来回一次发十元人民币，叫做战地嘉奖，我想给民工的钱不会少于这个数吧？”

“肯定不会少于这个数。这里是大山深处，汽车只能把物资运到公路边上，接下来要靠军工背，民工扛。他们冒着枪林弹雨去阵地，不少人都牺牲在途中了，是应该给点报酬。”

五十七　年夜饭

海欣参加英模报告团回到高地不久，春节就到了，中越两国通过相关途径商定：自大年三十起停战一个月。临时停战在越南不是件新鲜事，美军入侵时期就有了，不过那时叫雨季临时停战，美国人不过春节。

海欣接到临时停战命令的时候，已经是大年三十早晨了。当他把这个消息在电话里告诉骆三贵时，骆三贵怎么也不肯相信，于是海欣笑着对他说：“三贵，命令还能有假？赶快执行吧。你是代理排长，要立即把这个命令向三个班长传达，三个班长则要向战士们传达，告诉他们每个高地只留下三个人值班，其余的下午五点钟之前赶回辛寨，副指导员他们已经把年夜饭准备好了。”

放下电话，骆三贵没有立即把这个消息通知三个班长，而是仍然像往常那样小心翼翼地钻出溶洞，事情太重大了，他要验证一下才放心。那是一个晴天，骆三贵知道自己一站上山顶，西边无名高地上的越军用望远镜就可以看到。有关事项他已经想好了，对方万一失信把炮弹打过来了，他可以立即趴到石头缝里，不至于被炸伤。

五分钟时间过去了，骆三贵没有听到炮声，十五分钟时间过去了，骆三贵还是没有听到炮声，直到半个小时过后，他才大着胆子下来向三个班长传达命令。

自从接防，战士们早就忘了过的是什么日子，他们听到班长传达命令后，才知道要过春节了，但起初一部分人也不相信下山这件事是真的，直到另一部分人发出欢呼声，并一跳老高，才不再怀疑。尽管战士们知道一个月后还要接着打仗，但总算可以回到辛寨洗个澡，理个发，吃上整整一个月的热饭热菜了，这是来后连做梦都没有想到的事。

当天下午四点多钟，一连官兵大部分都陆续回到了辛寨。到前线半年多来，官兵们伤的伤，亡的亡，缺了的补充，变化很大，出现了老面孔少、新面孔多、好多人见面都不认识的场面。

按说这种场面以前也出现过，那就是在一年一度的老兵复员回乡、新兵刚刚到来之际。可那时的情况和现在不同，已经复员回乡的老面孔虽然暂时见不到了，但以后还有可能见到，而现在失去的老面孔大部分都已经牺牲，再也见不到了，因此好多人都坐在辛寨的石头上发愣，心中还隐隐做痛。

从其他部队补充过来的战士中老兵和新兵都有，他们一到这里，就直接上了高地，因此只听说辛寨在苍龙江和拉拉河之间，是个少数民族集中的大村子；平时吃的饭菜和打仗用的枪支弹药，都是从那里运过来的，相当于连队的大本营。直到今天才亲眼目睹。那些补充过来的战士，也有不少已经牺牲了，因此他们在对辛寨感到新奇的同时，也有不少人坐在石头上发愣，心中也非常难过。在这种情况下，年夜饭的气氛可想而知。

全国人民在欢度春节的同时，没有忘记在前线流血流汗、随时准备为祖国的领土完整而献出年轻生命的官兵，他们从全国各地寄、送来了不少慰问品，但由于受到条件限制，那些慰问品要经过多次转交，才能到达官兵们手上。

那些慰问品有军人家属寄来的；有政府、企事业单位和社会团体寄、送来的。吃是人类第一需要，所以食物在慰问品中占的比例最大，其次是香烟、鞋垫、书信和针线包等。书信是精神食粮，不但有军人家属写来的，有军人家乡政府写来的，还有全国女青年和女学生写来的。这些书信以最后一种最受欢迎。

逢年过节会餐是部队的老传统，为了让全连官兵吃上一顿像样的年夜饭，张振光让炊事班的人早早就在做准备工作了。那时他们还不知道临时停战的事，打算把饭菜做好后，派人分头送到高地上去，想不到全连人除了值班的都一下子回来了，既省得送了，又有了相互见面认识的机会，还可以让大家吃上热饭热菜，因此显得十分高兴。

过去连队每次会餐，炊事班长都说忙不过来，要其他各班都派公差帮忙。但现在他们就是再忙，也坚持不要人帮厨了，因为他们知道战斗班最辛苦，不忍心让那些战友再干这些活。平时他们每次听到某某人受伤了，某某人牺牲了，都会边做饭边流泪，在送饭的路上就是再苦、再累、再危险也毫无怨言。

海欣所在部队换防到江南之前，曾经长期生活和战斗在长江以北，因此大部分骨干都是北方人。他们有过年吃饺子的习惯，没有饺子以为没有过年，而南方人则喜欢吃大米，这些张振光都考虑到了，所以在年三十晚上的主食中饺子、馒头和米饭都有；副食荤素加在一起十多个。这一切都在五点钟之前准备好了，就等官兵们大快朵颐。

但人一多，吃饭场所就成了问题，主要是没有平地，只好把盘子放在山坡上。可山坡不但是斜的，上面还有很多石头，把盘子放下去后，汤汁顺着边缘直往下流，便宜了下面的蚂蚁等小动物。那些盘子都是从辛寨老乡家中借来的，大的小的、新的旧的、薄的厚的、有花的和没花的都有，虽然看上去五花八门，却从中透出了浓浓的军民之情。倘若官兵们在吃饭的时候，不小心把盘子打破几个，是一定要照价赔偿的，或者事后从县城买回来还给人家。

张振光在山坡上划地为桌，然后以班为单位把饭菜放好，连首长、通讯员及卫生员们单独一桌，司务长和排长们参与到各自管辖的班里。

为了怀念全连接防后牺牲的二十八位烈士，张振光让炊事班多准备一桌酒菜，原计划把烈士们的碗筷都放到那一桌周围，一起祭奠，但战士们不同意，说："应该让牺牲的兄弟回到班里过年，不然我们吃起来就更没有味道了。"张振光觉得这样更好，就让人把为烈士们准备的酒菜，平均分配到有烈士的班里，并让那些班留出摆放烈士碗筷的位置。酒杯也有，不过仍像过去会餐时那样由茶缸代替，那玩意就是喝醉了也摔不破，只是把磁面摔掉几块。

一连以九班牺牲的人数最多，那些战士现在只剩下骆三贵、黄金庵、贾兆栋和钟虎四个人了。黄金庵和贾兆栋分别去了七八两个班，要和班里人一起吃年夜饭，一时过不来，只有骆三贵、钟虎和补充过来的战士蹲在一起。九班十五个人，加上骆三贵及为烈士们留下的位置，那一桌在山坡上占的位置特别大，也特别引人注目。

骆三贵蹲在酒菜边上，思绪一下子回到了上一个年三十。那是他入伍后在部队过的第一个年，吃年夜饭时，上级只在每桌上放一瓶白酒，不够的可以用汽水代替，但就是那样大家也吃得很香，喝得很快活。当时战友们一起举杯庆祝新年，互相说出最美好的祝愿，那一张张青春的笑脸，那一阵阵爽朗的笑声，至今还出现在他的脑海里。可是仅仅过去了一年时间，那时班里的人就大部分不在了，因此他的心情非常沉重。骆三贵一边默默地为烈士们倒酒，一边默默地流泪，连大滴大滴的泪珠掉入杯中也感觉不到。

当然钟虎的心情也不会好过，也在默默流泪。

黄金庵和贾兆栋把各自班里的事情安排好，也拿着酒瓶回到了九班。这是他俩入伍后，除在新兵班外待过的第一个群体，此时都有种回到家里的感觉。骆三贵那种心情黄金庵和贾兆栋都有。烈士们的酒杯已经被骆三贵等人倒满了，但黄金庵和贾兆栋还要往里面添；烈士们碗里的饭菜已经被骆三贵等人装满了，但黄金庵和贾兆栋还要往里面夹。倒好酒，夹好菜，接着是点香烟，骆三贵把点燃的香烟放到烈士们碗边说："兄弟们，咱们今天喝的是好酒，抽的是好烟，吃的是好饭好菜。这些大都是全国人民慰劳的，因此要多喝点，多抽点，多吃点。"但他知道烈士们永远享受不到这些了，所以说着说着，竟双膝跪地哭了起来。骆三贵一跪下去哭，那一桌人都跪下去哭了，连里其他人见了也跟着流泪。

不久连排首长都过来了，他们手中也拿着酒瓶和香烟。

连排首长刚走，其他班里的战友也过来了，全连每个人都为烈士敬了酒，点了香烟。

这次全连官兵连一口酒也没有喝，都敬给烈士们了，从酒杯里流出的那些酒，醉倒了不少蚂蚁和其他小昆虫。

那顿年夜饭是全连官兵一辈子都不会忘记的。

五十八　风土人情

大年初一早上起床后，从高地上下来的官兵才真正轻松起来。吃过早饭海欣对骆三贵和钟虎说："过年想家没有？"

"副连长，能不想吗？我奶奶年纪都那么大了，真担心她老人家的身体。"骆三贵说，同时把眼睛看向老家那个方向。

"老人家今年多大岁数？"海欣问。

"快七十了。我父母来信说她老人家身体还行，如果真有什么事，我家里人会过去照顾她的。"钟虎替骆三贵回答说。

"我们两家只隔一百多米，我奶奶吃的水，烧的柴，一直都是钟虎他父亲送过去的。"骆三贵说。

"俗话说远亲不如近邻，这样就好！等打完仗，她老人家就可以享清福了。对了，你们两个都还没有进过辛寨吧！今天是大年初一，内地都有互相拜年的习惯，边疆山寨应该也有，我们就过去转转吧。"海欣说。虽然到这里的时间不算短了，可骆三贵和钟虎一来就上了高地，偶尔回来一次也是匆匆拿点东西就走，一次也没有进到寨子里，所以非常高兴地跟着海欣走了。

路上海欣说："到这里后我也只进过一次辛寨，是和副指导员一起去了解民情，当时认识了一个叫张有富的寨民，还到他家里去了一趟。寨民平时穿的是汉服，这个咱们大家都看到了，今天过年，估计他们都穿上民族服装了吧？听副指导员说他们还要搞祭祖活动，但不知道是哪一天。"

“副连长，听说这个寨子里的人都是彝族对吗？”钟虎问。

“不全对，他们只是彝族的一个支系，叫倮人部落。立马坡县就这么一个倮人部落，由一百多户人家组成，几百口人。所谓倮人，可不是那个赤身裸体的裸，而是单人旁加一个果字。”海欣回答说。

“这个称呼听起来怪怪的，为什么不叫其他名字，非叫倮人不可呢？”骆三贵不解地问。

“我也觉得这个称呼有点奇怪，就琢磨了一下，认为情况可能是这样的：他们的祖先原来可能生活在北方，搬到这里后，发现气候比原来的地方要温暖一些，再加上物资贫乏，就很少穿衣服了，这样时间一长，其他民族便把他们叫做裸人了。倮和裸同音，意思也相同，后来人们在书写的时候，可能认为那个裸字不雅观，就改用现在这个字了。上次我们从张有富那里知道，倮人也是有名有姓的，而且这个寨子里的姓氏还不止一个，张、田、罗、王、李、莫、罗、刘、陈都有。”海欣说。

不久三人进了辛寨，果然看见寨民们都穿上了民族服装，并都热情地与海欣他们打招呼，海欣他们也向寨民们问好，互祝春节快乐！

海欣三人走到寨子西北角一个大水塘边上时，见几个妇女正在那里洗衣服，骆三贵便说：“原来她们也用棒槌，但这么漂亮的衣服如果砸烂了多可惜啊！”

“据我所知，她们现在能洗衣服是种进步，过去那些年代倮人是很少洗衣服的，因为他们认为衣服上面带着穿衣人的灵魂，用水一洗灵魂就掉了。如果衣服脏得实在不能穿了，也可以洗，但要在洗的地方杀一只鸡，并反复叫魂，意思是让灵魂重新回到衣服上来。”海欣说，骆三贵和钟虎听后都觉得新奇。

那几个洗衣服的妇女见海欣他们从身边经过，年纪稍大一点的也热情打招呼，年纪稍轻一点的不好意思说话，只嘻嘻哈哈笑，可以看出她们对解放军都十分友好。

水塘周围没有房屋，只有一些参天大树，既遮荫又挡雨，是个洗衣服和聊天的好地方。

水塘东边有一片树林，一条小路弯弯曲曲通向里面。海欣和张振光上次过来时，因为头一天晚上上半夜行军下半夜没有睡好，加上当时连队两个主官都不在，只走到水塘边上，就听到三连炊事班被炸的炮声回去了。这次三人时间都比较充裕，便决定进去一趟，看看里面是什么样子。

海欣他们走进树林，见以大树为多，除了来路一眼望不到边。三人沿着小路走进去几十米后，见南边有个地方间隔十多米才有一棵树，地面平整，好像是个活动场所；好多大树下面都放着三块石头，石头上面还有烧香留下的痕迹；一些小树杈上绑着竹筒。

三人正为树林里的奇怪现象感到诧异，就见从来路上走过来一个三十岁左右的妇女，手上拿着一个类似于树杈上那样的竹筒。那个妇女一进来，就主动和海欣三人打招呼，接着向一棵小树走去。她走近北边一点那棵小树下面后，先把手中的竹筒放到能够着的小树杈上，再用一条像树皮那样的绳子把它牢牢捆住，然后转身回到小路上，对一直站在那里观望的海欣三人说："解放军同志，你们是不是看到我捆上去的竹筒有疑问呀？"

"是的，大嫂。半年多前我们一到这里，就上山去执行任务了，因此不太了解你们这里的风土人情，能问那是干什么用的吗？"海欣笑着说。

"可以呀！我们寨子里无论哪户人家添了人口，都要把孩子的胎衣装进竹筒，并拿到这里捆到树上。我刚才捆上去的胎衣，是我孙子出生后留下来的，前几天一直忙碌着，今天才抽出空过来一趟。"

看她年纪轻轻的就有孙子了，海欣三人似乎都不相信，因为在大城市里，像她这个年纪的妇女，有的孩子还在幼儿园呢，可她的孩子已经有了孩子。就是在内地农村这样的情况也不多见。当然这是人家的隐私，海欣不便过问，只说："原来是这么回事啊！是不是让孩子随着树木成长的意思呢？"

"是啊！这位首长一看就知道怎么回事了。每个长辈都希望自己的孩子像树木一样越长越高嘛！"

"大嫂，祝贺你呀！我们还有一件事要请教，就是大树下面摆放三块石头是什么意思？"

"解放军同志，那是老人的灵树啊！寨子里的人到了一定岁数，都要到这里来选一棵做自己的灵树。他们选中哪一棵，就在哪一棵下面放三块石头，以示那棵树已经有人选中了，再来的人只好去选别的树。"

"灵树，应该和老人的后事有关吧？"

"是的，这事又让你看出来了。老人选中一棵树做自己的灵树后，每年都要过来祭奠一番，日子一般选在农历八月，要先杀一只鸡煮熟带过来，还要烧香参拜，这些香灰就是他们留下来的。到了老人快要去世的时候，家人便过来把他选中的那棵灵树砍掉做成棺材。"

"大嫂，谢谢你给我们介绍这里的风土人情！对了，据说你们寨子里的婚俗习惯也和其他民族有所不同，是这样的吗？"

"是这样的，最大的不同就是不准和其他的民族通婚。"那个妇女说到这里在一块石头上坐了下来，并示意海欣三人也坐下，小路边上有不少石头。

“不与其他的民族通婚，那就是近亲结婚啊！”海欣坐下后又说。

“是的，就是政府禁止的近亲结婚，但是我们这里偏远，没有人管。没有人管其实对我们不好，我上过几天学，知道这些道理。但老辈人可不管那么多，年轻人把厉害关系说了又说他们总是不听，所以直到今天还在那样做。”

“怪不得这里十分偏僻，大嫂的普通话却讲得这么好，基本常识也懂，原来上过学啊！”

“不过我只读到小学三年级，因为家里穷，再说女孩子嘛，能识几个字就行了。就这也比上辈人强，我们寨子里的上辈人连一天书都没有读过。按照我们这里的风俗习惯，女孩子长到四五岁，父母就要给她订婚了。在族内订婚也有规矩，要先在姨妈、姑妈和舅舅家的男孩中选，如果这些亲戚家里都没有可以婚配的男孩，才可以对亲戚以外的人家婚配。”

海欣听到这里“噢”了一声，刚才的疑问顿时消失，他说：“大嫂，刚才我一直在想你为什么这么年轻就有孙子了，原来订的是娃娃亲。订婚早，结婚也就早是吧？”这件事之前同样困扰着骆三贵和钟虎，听到这里他俩也明白了。

“是啊！我订的也是娃娃亲，订婚早，结婚也就早嘛！我们寨子里的男男女女，一般情况下都是十四五岁结婚，像我这个年纪的人基本上都有孙辈了。”提起这事，那个妇女还有点不好意思地笑了一下。

“听说你们寨子里的人都能歌善舞，办结婚酒席时也一定很热闹吧？”

“解放军同志，这一次你可就猜错了，我们寨子里的人虽然能歌善舞，但不用在结婚仪式上，从古至今，寨子里的人结婚都不办酒席，更不唱歌跳舞，女孩子家也不要彩礼。”

“那你们这里的风俗好，要是在我们内地农村，有的女孩子家要去的彩礼能盖三间大瓦房了，很多男孩子家都因此穷得叮当响。”骆三贵说。

“你说的这个情况我知道，因为几年前我们家住过一个班的解放军，他们把你们内地的风俗习惯，都说给我们听了。女方家要男方家那么多彩礼，女孩子嫁过去怎么过日子呀？”那个妇女非常担心地说。

“没办法呀！女孩无法自己做主。男方家更没有办法，女方家要，长辈就得给，不然孩子讨不到老婆，不孝有三，无后为大，只能咬咬牙如数送东西了，自己没有的从亲戚那里借。”钟虎说。

难怪那个妇女初次见面，就和海欣三人聊起了天，原来她家里住过部队。

“我们这里的女孩子家也不是一点彩礼都不要，婚前男孩子家里只要给女孩子做一套裙子，打一对银手镯就行了。等双方说好的日子一到，男孩子家就找几个人一起去女孩子家把女孩子接走，一把女孩子接走，这场婚礼就算完了。”

“这么简单，难道那天连一顿饭也不在男方或者女方家吃吗？我的意思是大家在一起吃，庆贺一番。”海欣说。

“是的，不在一起吃。大家都在一个寨子里，几步路就到了，还在一起吃什么饭呀！不过事情到这里并没有完，新娘子被接走后，一开始是不准在新郎家里住的，但是新郎可以到新娘子家里去住，直到新娘子怀孕为止。新娘子怀孕后，不能在新郎家里住的规矩自然取消，因为她可以生育了，这时才算是丈夫家中的一员。”

“我们国家幅员辽阔，民族众多，听说其他地区也有类似的风俗习惯。男大当婚，女大当嫁，按说不应该有什么附加条件。边境地区虽然比较偏远，但民风朴实，起码在不要彩礼和不大办酒席这方面要比内地好。”海欣说。

“还有与你们那里不一样的呢！过去我们寨子里的新娘子一生下孩子，就不能再吃猪肉了，连猪油也不能吃，这一点你们也想不到吧？”

“大嫂，您要是不说，我们还真的想象不到。这么说来在新娘子生下孩子之前，倒是可以吃猪肉和猪油。”海欣说。

“是的。”

“这就奇怪了，按说妇女生下孩子最需要营养，却不让她吃猪肉和猪油了，真令人费解？”海欣说。

虽然是在冬季的树林里，但地上仍然有一些小昆虫爬动，一只蚂蚱跳到那个妇女的腿上，她轻轻把它拿下去说：“别说你们不理解，就连我们也不理解，可这是祖上传下来的规矩，寨子里的人都得遵守，好在那是已经过去的事了，现在我们什么都能吃。”

“祖上怎么会传下来这么奇怪的规矩呢？”海欣问。

“听说在很早很早以前，我们寨子里有一户人家的男人出门打猎了，女人在家里照顾孩子和料理家务。可这时候她家里那头猪跑了，从此再也没回来，于是男人回来后便对女人又打又骂，女人疼得实在招架不住了就说‘求求你不要再打了，我们家可以再养一头猪，养大后我不但不吃它的肉，连猪油也不吃，这样总行了吧？’男人听后才不打女人了。女人履行诺言，果然不再吃猪肉和猪油了，再后来不知怎么就成了族规。不知道那时候我们寨子里的男人们是怎样想的？”

“真是不可思议。原来在男尊女卑方面你们这里也和内地一样。”海欣说。

养猪主要靠女人，却不让女人吃猪肉，甚至连猪油也不让吃，骆三贵和钟虎也觉得这样的族规不可思议。

“每家都一样，不知多少年就这样过来了，要不是历史进入文明时代，我们这些妇女也要过那样的苦日子。”

“这种现象有它深刻的历史原因，除了母系社会之外，历史上一直都是男权占主导地位。农业社会，男耕女织，男人是家中的顶梁柱，下地干活、上山打猎全靠他，这就是大男子主义产生的根本原因。”海欣说。

大家坐着又闲聊了一会儿，海欣见时间不早了，怕影响那个妇女回家照顾小孙子，就起身一起往回走。四人回到寨子里，那个妇女指着一幢木楼说：“这是我儿子家，三位解放军同志上去坐坐吧！”

“大过年的今天不去了吧，下次去看你的孙子。”海欣在说话的同时向那个妇女指的木楼看去，发现张有富也在上面，但他身子一闪就进去了，没有往这边看。

海欣想问张有富为什么在那个妇女的儿子家，但又一想邻居之间串门很正常，就没有再开口。

那个妇女说了声“再见！”就去她儿子家了。海欣三人也往连队方向走。途中，他们见菜园旁边长了不少巨大的蓖麻和仙人掌，由于蓖麻在云南边疆一带也是多年生植物，所以长得又粗又壮，每棵都有三四米高，像小树一样，成人完全可以爬上去并站住摘蓖麻籽。那里的仙人掌也能长到两三米，叶子直径一米左右，同样是多年生植物，它们在内地却长不大，每片叶子能有脸盆大小就不错了，大部分都只有手掌大。

看到这两样植物，钟虎想到了茅草，他说：“由于气候的原因，连这里的茅草也是多年生植物，有的茎秆竟然比手指头还要粗。”

“茅草长高点有好处啊！一是打仗时便于隐蔽；二是不用在连队驻地附近搭厕所了，在草丛里挖个坑就行，既透亮又通风。”骆三贵说。

那个妇女说到她孙子的时候，海欣也再次想到了自己的孩子和洪绒。孩子在老家能吃到别人的奶，总的来说还算好。临时停战一个月，得设法去三道弯看看洪绒，电话里她不愿说自己的身体，不知道现在究竟恢复得怎么样了？女子卫生队被袭那晚看到情景让人心痛。三道弯附近没有村庄，春节期间她们没有地方可去，不如把洪绒接过来见识一下辛寨的风土人情；买回的三七还在枕头下面，如果能在寨子里买到鸡，就试着做个三七炖鸡让她尝尝。

五十九　伪装网

令海欣没有想到的是，他一回到连队谢槐华就说：“老弟啊，在战场上我们就顾不得过年和老婆团聚的事了，可你离洪绒这么近，总得去三道弯转转吧。到前线这么久了，我记得你们两口子才见过一次面，还是在她们被袭的那天晚上。这次见面要好好在一起聊聊，最好能在那里住上几天，如果弟妹能走开，你也可以把她请过来。‘请’字算是我说的，因为洪医生到这里后，不但可以给连队官兵看病，还可以给辛寨老乡看病，这对咱们连搞好军民关系大有好处。所以如果能把洪医生请来，不但全连官兵高兴，连老乡们也高兴。至于住处问题好解决，让老张搬到我和连长那个帐篷就行了！这事我已经对连长说过了。”

谢槐华考虑之周全，是海欣没有想到的，于是他感动地说：“谢谢指导员，也谢谢连长，今天是大年初一，反正也没有其他事干，要么我先去交址城那里向白连长他们拜个年，然后去三道弯一趟，其他事情只能去后再说了。”

“好，让何少荣开摩托车送你过去，到边防连后代我向白连长问好。不过你们得先拐到营部一趟，把两份材料交给教导员，一份是前一阶段的战况总结；另一份是关于骆三贵的考察报告。根据你的提议，我征求了每个支部委员的意见，大家都同意正式任命骆三贵为三排排长，把那个‘代’字去掉，当然得等上级批复。不多说了，路上注意安全，虽然暂时不打仗了，可山上有地雷，到三道弯后可不能到处乱跑。”谢槐华又是一口气说了这么多，不愧是当政工干部的人。

“指导员，任务坚决完成。路上和到三道弯后我会注意安全的。”

“海欣，虽说是让你们夫妻相会，可又夹杂着一项任务，让你兜了个大圈子。哈哈！”谢槐华笑着说。

“指导员，你这是让我公私兼顾啊！要不然大家都在连队，而我却去见老婆，会觉得不好意思的。”海欣说。

“你和夫人毕竟都在一个团嘛！有什么不好意思的？这么近，暂时不打仗了，应该去。”谢槐华在海欣的肩膀上拍了一下又说，“老弟，你先在这里等一下，我去让何少荣把摩托车开来。”

不久何少荣开着三轮摩托车过来了，他把摩托车开到海欣面前停住说：“副连长，指导员把材料放到边斗里了，现在咱们走吧？”

“走。”海欣说完坐到摩托车边斗里，两人不久到达营部，把材料交到教导员方修宇手上，才转头向交址城赶去。

白富荣正在打篮球，这几年那个篮球场边防二连官兵只在临时停战期间才敢用，但水泥地早已被越军的炮弹炸得坑坑洼洼了，篮球经常不按人的意志走，不过只要能毫无顾及地在外面玩，就这样他们也感到高兴。正玩得满头大汗的白富荣，远远看见一辆摩托车开过来了，立刻驻足观望，一看上面坐着海欣，就急忙跑出来迎接，他上气不接下气地对已经跳下摩托车的海欣说：“老弟，大过年的，你不去找老婆，怎么跑到我们这里来了？”

“就是大过年的，我才能过来，平时别说没空，就是有，也不敢大白天坐着摩托车过来啊！我过来是先给老大哥您拜个年，然后再去三道弯见老婆。”

“那就好。你嫂子和侄女她们昨天已经回来了，还说抽空去看你和弟妹呢！三道弯那里只是用水方便一些，其他条件都很差，也非常危险，所以你这次去后可要把洪绒接过来啊！你们两口子在我们连住上十天半月回去也不迟，当然得请个假。临时停战一个月嘛！这点时间上级还是应该给的，不行我给你的上级打电话。至于住处问题，你不用操心，随便腾出一间房子，就够你们两个人住了。”

“老兄，你的心意我领了，可我们是野战军，来打仗的，怎么能住在你们边防连！再说我毕竟是个副连长，不能离开。嫂子和小侄女在家吧，我去认识一下再走。”

“不巧，她俩一早就去三连拜年了，边防三连指导员党纯宝是我老乡，他家属是和你嫂子一起随军的。我要是不值班也去了。”

“三连离这里远吗？有车送她们没有？”

“十里山路。我们连不是有辆破给养车嘛，司机开着送她们去的。”

二人正聊着，突然发现一辆嘎斯牌汽车从东边开了过来，正是边防二连的给养车，司机下来后，快步走向白富荣报告说：“连长，我把嫂子她们已经送到了三连，本来她们是打算马上回来的，可党指导员和他的家属都说，大过年的，非让她俩在那里玩一天不可。我怕连里有事要用车，就一个人先开回来了。党指导员说不要去接了，晚饭后他会派车把人送回来的。”

“知道了。毛少平，你回来得正好，一会儿把这位首长送到三道弯去，这次可要一块回来。”白富荣指着海欣说。

“是。”毛少平说。

乘坐摩托车风大不说，还颠簸得厉害，坐在汽车驾驶室里就好多了，于是海欣对白富荣的安排表示感谢，让何少荣先回去了。何少荣走后，白富荣看了看表说：“哎哟，快十一点了，路上坑坑洼洼的，汽车也非常难开，到那里后可能就错过饭点了。如果错过饭点，弟妹就只能给你吃罐头和压缩饼干，不如到家里去吃点饺子，浑身热乎乎的再走。老弟，你别拒绝，饺子是现成的，保温瓶里有开水，一会儿就好。”说完不等海欣回答，拉起他就走，回头又对毛少平说：“毛少平，你先回宿舍去吧，吃过午饭十二点半出发。”白富荣不是不让毛少平一块吃饺子，关键是叫了他也不肯来。

白富荣包的饺子个个像元宝，馅里有肉，有白菜，有粉条，还有大茴香和麻油，说是老家的风味。二人吃饺子的时候，白富荣说：

“这饺子味道如何？”

“茴香馅，正宗的中原地区包法，好吃！”

“好吃就多吃点。”

“吃进去的估计快四十个了，再吃就吃到肚子外了。”

“四十个不算多，我刚入伍那年，见一个老兵一口气吃下去一百个饺子，当然是在打赌，结果连站都站不起来了。”

听到汽车发动机响，海欣抬手看了看表说：“老兄，时间到了，吃饱喝足，我得走了。”

“早去早回。你说也喝足了，但那是饺子汤，不是酒，今天晚上一定回到这里，咱们把酒补上。”

尽管已经临时停战，但汽车一驶出交址城，毛少平还是把一顶钢盔递到海欣手上，说：“首长，戴上吧。”谨慎程度和老李一样，看来司机们都被炸怕了。

汽车上了交址城东南方向那座小山，然后在上面盘旋，不久下山，毛少平看着前面又说：“首长，您从这座桥上走过吗？”

“没有。”

“那么您还不知道‘生死线’的具体地方吧？”

“不知道，只听说在这一带。”海欣巡视着右前方说，因为公路在向那里延伸。

“快到了，一过那座钢铁桥就是。那里为什么叫‘生死线’呢？因为一过桥，五百米之内的路面，就全部暴露在越军的炮口之下了，我们在那段路上牺牲的人特别多，汽车也被炸坏了不少。因此我每次经过那里时心情都会特别紧张，连今天临时不打仗了，也改不过来。”

“小毛，这点我看出来了，要不然你刚才不会把钢盔递给我，自己也不会再次把它戴到头上。”听说闻名中越前线的“生死线”就在前面一点，海欣赶紧把头伸出驾驶室观看，他见老青山就在西边，还能隐约看到上次侦察时翻过的山头，心想：不知当时怎么会有那么大的胆子，现在想想真有些后怕。

经过那次打击，越军一时不会猖狂了，但他们会再调过来一些大炮，或许不久的将来，另一个最大的炮阵地在其他隐蔽的地方又会出现。只要这里的战争不结束，“生死线”一带就仍然是前线最危险的地方。当然如果江边那条路修好，汽车就不从这里走了，可那条路刚开始修，要等到猴年马月啊？

不久汽车下山，接着过桥猛一调头向西驶去，这时海欣却发现公路两旁竖起了伪装网，而且很多，几乎把那一段路面都遮住了，便奇怪地问：“小毛，这是什么时候竖的伪装网啊？”

“已经竖好半个多月了，说是一个中央首长要到前沿阵地视察，为此一个工兵营整整忙了几个夜晚。那位中央首长到这里后，军区首长安排他住在县城里，但他非要住在神水洞不可，就是你们军部那里。他住下后才提出要上前沿阵地视察，这可把其他首长吓坏了，说去那里要经过报纸上写的‘生死线’，如果发生意外，我们如何向党和人民交待，劝他千万不要去。可那位中央首长一定要去，说自己走过长征路，连那时蒋介石的百万大军围攻堵截都不怕，现在还怕黎笋手下那些兵吗？其他首长见劝不住那位中央首长，只好骗他说路坏了，要三四天才能修好，请他等一等再说，接着便抓紧时间架了这些伪装网。”

“原来如此。后来那位中央首长去高地了吗？”

“没有，因为这些伪装网刚架好，北京就来了电话，让他回去开会了。”

“那位中央首长要是早几年到前线来慰问，并提出到前沿阵地去视察就好了，因为他走后伪装网不可能撤掉，伪装网一直竖在这里，我们的人就能减少伤亡。可是既然这个办法管用，上级为什么不早点把伪装网竖起来呢，是当时没有？还是之前没有想到呢？如果白天被他们炸毁，我们晚上可以修嘛！总比让路面和过往车辆一直暴露在外面好。”

六十 起名

洪绒正在给伤员换药，忽然听到站在帐篷外面的杜云华说："洪绒，洪绒，你快出来看看谁来了！"

洪绒放下手上的东西走出帐篷一看，见是海欣来了，就说："嗨，你怎么来了？"

海欣看着洪绒笑笑没有回答，但在心里说：想你了呗！难道只有在你们遭到偷袭的时候我才能来？

"洪绒，看你问的什么话，过年了，人家是特地赶过来看你的呀！你回帐篷去吧，这里的活我来干。"杜云华说。

海欣的意外到来，使洪绒心花怒放，在回帐篷的路上，她真想挽住海欣的手，但知道在众目睽睽之下这样做不妥当，就只在前面带路。路上她想对海欣说点什么，可由于激动，一时找不到话题。海欣想起还没回答洪绒刚才的问话，便说："指导员让我去营部送份材料，顺便就到你们这里来了，算是公私兼顾吧。"

海欣没说是专门来看洪绒的，但洪绒不生气，因为她知道海欣从来都不会甜言蜜语，做事实在。一回到帐篷，洪绒就在自己的行军床上坐了下来，她见海欣仍然站着，便说："老站着干吗？坐下呀！"故意不说让海欣坐到什么地方，里面有两把折叠椅子和杜云华的行军床，想看看他会不会主动坐到自己身边。

海欣想坐到洪绒身边，可是怕那张摇摇晃晃的行军床经不住两个人的重量；也怕有人突然进来看到坐在一起尴尬。就拉一把折叠椅坐到洪绒对面。四目相对，都有许多话要说，但一时不知从何说起。过了一会儿，海欣先开口说道："你们换的这个地方不错啊！虽然离公路稍微远了一些，但南面仍有山头挡着，也仍在苍龙江西边，炮弹还是打不到，用水还是比较方便。听说这地方距离四五两个连都比较近，有他们日夜站岗，应该不会再出事了。现在你和谁住在一起？"

"杜队长。"

"这顶帐篷是不是杜队长原来住过的？"

"不是，她原来住的那顶帐篷让给别人了，这顶是我和狄指导员住过的。"

"那天晚上我看到上面溅了不少血呀！"

"是的，后来战士们把它洗干净了。前线帐篷不多，只要不被炸飞，就得修补一下继续使用，而这顶帐篷上面只是溅了点血。"

说是清洗干净了，其实上面还有痕迹，海欣看了一下说："如果上级允许，战后可以把这顶帐篷交给狄放的家人留做纪念。"

"你这个愿望恐怕实现不了，因为战场上可以留做纪念的东西太多了，况且帐篷是战备物资，上级是不会允许的。"说到这里洪绒站了起来，再次看着那些痕迹发愣，表情也一下子严肃了。自从狄放牺牲之后，洪绒就经常看那些痕迹，只要她一看到那些痕迹，就会觉得狄放还在自己身边。杜云华曾经提出把这顶帐篷和伤员们的交换一下，但洪绒没有同意，她要的就是一直和狄放在一起的感觉，其实杜云华也是这样想的，她是怕洪绒在心理上受不了才提出交换的。

见洪绒起身，海欣也站了起来，两人都看着帐篷上的痕迹，然后同时转过身来，不想面对面了，于是海欣趁机把洪绒抱在怀里，而且越抱越紧，洪绒也紧紧抱住海欣。此时无声胜有声，两人谁也不愿开口，仿佛只要一讲话，这美好的一刻便会瞬间消失似的。

两人互相抱着站了很长时间，海欣才把洪绒送到床边重新坐好。这次他不再坐椅子了，而是和洪绒并排坐在一起，行军床中间部位也有支撑，完全可以经受住两个正常人的重量，所以海欣担心的事情并没有发生。海欣用一只手臂揽住洪绒的腰，洪绒则趁势把头靠在海欣的肩上，两人就这样默默地坐着，又是谁也不开口讲话。过了一会儿，海欣突然觉得几滴热乎乎的东西掉到脖子上，一摸湿了，一看洪绒在流泪——母子军列上分离时的裂心撕肺；月子中行军的艰难；越军血袭女子卫生队造成的恐怖场景，战友们的伤亡；夫妻同处一个战场，相距只有几公里，却很难见上一面。这一切的一切，做为军人、产妇、母亲、妻子的洪绒都承受住了，但心中的委屈向谁诉说？只有在这一刻才能得以释放。

海欣用那只手臂紧紧搂住洪绒，任由她无声地啜泣；任由她的泪水顺着清秀的脸颊流淌。帐篷外面，不仅有医护人员和伤病员的走动声和说话声，杜云华也可能随时回来，但这时洪绒却什么也不顾了，她转身紧紧抱着海欣，随即便失声痛哭起来。

良久，洪绒才把自己的情绪稳定下来。当她用海欣递过来的手帕擦干泪水把身体坐直时，两人都听到“嘎吱”一声，是从行军床上发出来的，于是都忍不住笑了起来，这一哭一笑，都是释放。笑完海欣重新回到椅子上坐好，仍然和洪绒面对面，相距也仍在一米左右。这时两人竟同时说出两个字来：“儿子”。海欣见洪绒也要说话，便停住了，意思是让她先说，于是洪绒娇媚地看了海欣一眼说：“还是老样子，绅士风度，那我就先说了。上次那个像恶梦一样的夜晚我见到你时还惊魂未定，脑子一片空白，所以就没问起关于儿子的事，怎么样，老家来信没有？”

海欣听后，急忙把信从口袋里掏出来递给洪绒说：“来了，一共三封，不过我是一起收到的，这种情况在前线很正常。”

洪绒也急忙从一个淡黄色信封里把信掏出来看，那集聚的目光，仿佛要在字里行间看到儿子的小小身影一样，海欣的父母在信中说：孙子被海欣送到表哥家的第三天上午，就被海欣的母亲和妹妹一起接回家了。当时村里正好有一个年轻妇女在奶孩子，于是海欣的母亲一到家，就抱着小孙子去了那个年轻妇女家，说孙子的爹娘都不在身边，可怜，商量着讨口奶吃。那个年轻妇女在明白事情的原委后，二话没说就把孩子接了过去，并迅速掀开衣服喂起奶来。她看着自己泡涨的乳房和酣馋地吮吸的小嘴说：“大娘啊，俺闺女心怡已经会吃点饭了，要不您就把这孩子放到俺们家吧，早晚我喂起来方便些。”

“张姑娘，这孩子太小了，每天得给他擦屎刮尿，麻烦！反正咱们住在一个村，不远，每天我把他抱过来一两趟就行了，其他时间可以喂点鸡蛋糕和面糊糊什么的。”

“孩子在家您老放心些，这样也好。可是您每天只把孙子抱过来一两趟可不行，这样吧，我有空就往那院跑几趟。”

信可能是海欣的妹妹海霞写的，声情并茂，看得洪绒直流眼泪。她从字里行间里仿佛看到了儿子的小小身影；也仿佛看到那位被海欣的母亲叫做张姑娘的年轻妈妈，每次在接过儿子后，都是随便找一个地方坐下，然后从衣服里掏出丰满的乳房，并不理会周围那些人的异样目光，非常熟练地把乳头塞进儿子的嘴里，儿子则香甜地吮吸着。洪绒在感谢那位年轻妈妈的同时，心里也觉得不是滋味，因为给儿子喂奶的权利本来属于自己，却被战争剥夺了，而儿子分吃那个年轻妈妈的奶，她的女儿心怡就不够吃了。人家说女儿能吃点饭了是出于好心，是怕海欣的母亲不经常把儿子抱去吃奶，所以回去后一定要亲自登门拜谢她，拜谢那个无私奉献的年轻妈妈。

海欣见洪绒含着眼泪看完那封信才说：“另外两封信的内容和这一封差不多，我就不带走了，留下来你慢慢看吧。洪绒，咱们儿子出生已经好几个月了，可直到现在连个固定的名字也没有，咱俩今天好不容易见上一面，不如就这个事情商量一下吧？”

“行啊！要不是参战，咱们的儿子早该有名字了。那么起个什么名字好呢，之前你想过这个问题没有？”

“我这个当父亲的能不想吗？在送孩子回老家的路上就想了，想出的名字还不只一个，但都觉得不合适，最后觉得还是那次临时想到的名字好，就是涛涛，这是小名，大名海涛。”

洪绒略微思考了一下说：“好，我同意。这个名字大气，而且两个字前面都有三点水，和你我姓名前面那个字的偏旁一样。”

“那就这样定了，回去我立刻写信告诉父母。洪绒，战场上条件差，你身体恢复得慢，落下什么病根没有？”说到这里海欣抓住了洪绒的手。

“到这里的头两个月，每次抬头都觉得两眼直冒金星，现在身体基本上恢复了，只是腰还有点疼。”

“那就不要太劳累，注意休息！洪绒，这些日子让你吃苦了。”

“你看这是什么地方啊，说这些做什么？谁让我们两个都是军人呢。大人吃点苦不算什么，可怜的是孩子。对了，司机还在外面等着呢！这辆车是从哪儿来的？你什么时候回连队呢？”

“汽车是边防二连的。上次过来的时候事多，时间紧，忘记告诉你了，我经常对你提起的白富荣，就在交址城边防二连当连长。他爱人还随军了呢！”

“白连长的爱人原来在农村，连级干部也可以随军？而且白连长入伍时间并不长。”

“是随军了，因为边防部队条件差，随军时间可以提前。白连长说，他们两口子都想见见你，请你去他们家里做客。现在正好有车，你去请个假，咱们一会儿就走吧。”

“既然到这里了，是应该去看望他们，况且还是年间，但大家都在呀！我怎么能一个人离开呢？”

“过年期间不打仗，轻伤员基本上都回连队了，卫生队事情不多，你去把情况讲一下，只要说今天晚上九点钟之前回来，我想杜队长会同意的。”

“那我去试试看。”

洪绒说完立刻去找杜云华，她把去交址城拜年的事一说，杜云华马上同意了，并说：“这些天没事，你去吧。如果那里或一连有地方住，从明天起你可以三天后回来，也就是说连今天下午给你三天半假。这地方距离辛寨不算远，队里如果有事，我会通知你提前归队的。”

“那就太感谢队长了！”洪绒高兴地说。

“别说了，抓紧时间走吧！你们夫妻丢下幼小的孩子都来参战，为国家做出了那么大的牺牲，我们都应该感谢你们才对。”

洪绒回到帐篷，兴奋地把去请假的经过对海欣说了一遍，海欣听后也非常高兴，同时也觉得意外，他没想到尚未结婚成家的杜云华，会把事情考虑得如此周到。杜云华给洪绒除今天之外三天假，虽然住处还是个未知数，但可以到晚上再说，真要是没有地方可住，就在山坡上坐它几个晚上，重要的是两个人能在一起。海欣想到这里又深情地看了洪绒一眼，心中觉得像吃了蜜一样甜。

途中洪绒想到又要经过“生死线”了，虽然知道一个月内越军不会向那里打炮，但还是感到紧张，就把身体紧紧靠在海欣身上。后来洪绒惊奇地发现“生死线”上竖起了伪装网，便高兴得叫了起来，说：“这是什么时候架的呀？要是早这样就好了。”身体不知不觉又坐直了。

“真应该早点架，不能等中央首长来了才想到。”毛少平说。

“凡事总得有个过程嘛，晚架总比一直不架好，只要能这样看问题，我们的心情才会感到平衡。”海欣说。

“也是。每次想到在这里遭到的炮击就后怕，那次弹片已经飞进了救护车，当时我还捡了一块，感觉滚烫滚烫的，直到现在还保存着呢！”洪绒说。

“继续保存着吧，以后拿出来对孩子们讲讲中越之间曾经发生的事，也许对后人有所启发！”海欣说。

汽车通过那座钢铁桥一上山，洪绒就发现从对面驶过来一辆公共汽车，上面还坐满了旅客，便问毛少平：“小毛，这条路上怎么还通公共汽车？”

“很早以前就通了，两国打仗后才停开的，这不是临时停战了嘛，人们要去县城赶集办事，立即就恢复了。”毛少平回答说。

“这辆公共汽车向前开到什么地方才回头？”洪绒又问。

“从立马坡县城开过来走走停停，一直到添宝口岸才回头，再往南就是越南了。”毛少平回答说。

海欣怕洪绒不知道什么叫口岸，便解释说：“添宝那个地方在我国和越南的交界处，战前如果越南人要来中国，或者中国人要去越南，只要符合相关手续，来往都要从那里经过。”

洪绒听后轻轻点头，尽管近在咫尺，但之前她真的不知道前面还有个祖国的南大门。

“听交址城的老乡们讲，过去添宝口岸可热闹了，每天都似车水马龙的，有很多车辆和人员进进出出。可是现在却被炮弹炸得一塌糊涂。”毛少平有些惋惜地说。

说话间，对面那辆公共汽车已经盘旋着开过来了，因为路窄，所以在两车交会之前，毛少平就把车速减慢，并徐徐停到路边上，但是没有熄火。开公共汽车的司机见军车主动让路，就轻轻摁了两下喇叭表示感谢。在两车交会的时候，公共汽车上的旅客都好奇地往军车上看，也许他们在看上面有没有被越军炸过的痕迹。公共汽车驶过去后洪绒说：“过去我总以为边境交通闭塞，想不到边民还可以坐公共汽车出行，而且可以一直坐到边境。”

“今天刚恢复通车，不少人还不知道呢！听说过去每天要发好几班车，而且都坐得满满的。他们走亲戚，串朋友，把山货拿到镇子上或者县城里去卖，然后换回一些生活必须品，生活事无巨细，要办的事情可多了。边界有的地方距离县城十几公里，而且都是山路，如果带着山货步行的话，来回得两三天时间。而坐公共汽车可以早上去，晚上回，加上上车和下车前后走的那一段路，一天时间足够了。”

六十一　边民家

海欣带着洪绒回到边防二连的时候，白富荣的妻子和女儿静静也回来了。原来她俩是打算吃过晚饭才回来的，可静静非闹着回来不可，于是就提前了。

下车后海欣在外面没有看到白富荣，就带着洪绒去了他的住处，开门的是一个年轻妇女，海欣一看便愣住了，说："哎呦！你不是战地小吃店里那个桂花军嫂吗，怎么到这里来了？"

桂花看到海欣也愣住了，说："咦，你不是和老李一起去吃饭的那个同志吗？这么巧。你们是来找老白的吧？老白，有人找。"同时招呼客人进屋。

白富荣正坐在床沿上看书，听到说话声出来一看，是海欣带着一个漂亮女兵回来了，便笑着说："海欣，你可回来了，这位就是弟妹洪绒吧？"见海欣点头，白富荣急忙让座，并把桂花和静静作了介绍。得知海欣和桂花已经见过面了，白富荣对海欣说："上次我只告诉你桂花已经随军，但没有说在什么地方上班，要不然在神水洞那里就认识了。"

"是啊！事情就是这么巧。桂花嫂子，你们那里包的蝴蝶饺可好吃了。"海欣说。听到白富荣介绍，桂花才知道海欣原来就是丈夫经常说起的战斗英雄。大家都笑了。

海欣和洪绒进屋后，桂花又是倒茶端水，又是拿瓜子和糖果，她边忙碌边对海欣说："老李那家伙是个活宝，也是我们店里的常客，老弟你跟他一块去吃饭，所以我才印象深刻。"她转向女儿又说，"静静，叫过叔叔和阿姨了吗？"

“叔叔，阿姨好！”静静奶声奶气地叫了一声，洪绒顺势把她抱到腿上坐好。

“海欣，洪绒，喝茶，这是云南的普洱，你们喝贯了龙井，不知道这茶对不对胃口？”白富荣说。

“对胃口，我什么茶都喝。咱们年轻人有几个会品茶的？就是会品也没有那个闲功夫。”海欣说。

“你那叫牛饮。红茶和绿茶的味道喝起来不一样。在国内普洱和龙井茶齐名，可是出口量却以普洱最多。”洪绒说。

桂花怕累着洪绒，说：“静静，下来吧！时间一长，就把你洪阿姨的腿坐麻了。”

“没事，让静静坐着吧！静静，阿姨给你剥瓜子吃好吗？”洪绒说。

静静点头，虽然从洪绒腿上跳下来了，但还是舍不得离开，她闻到洪绒身上有一种特殊的味道，便说：“阿姨，你也是在医院打针的吗？”

“静静怎么知道阿姨是打针的呢？”洪绒抚摸着静静毛绒绒的头发问。

“因为阿姨身上也有医院那种味道！”静静说。

静静一说大家都笑了，原来不久前她得了感冒，桂花把她带到战地医院打了几针，就记住护士身上的味道了。

两杯茶喝完，白富荣见才下午两点多钟，便说：“海欣，洪绒，您俩难得来这里一趟，又值春节临时停战之际，想不想到北边一点的交址城去转转？”

海欣和洪绒见天气很好，正想出去走走，就点头同意。桂花想带静静一起去，可是见女儿打起了盹，要睡觉了，只好留下来陪她。

白富荣带着海欣和洪绒向北走去，几分钟后到了交址城，他在这个地方已经待了好几年，除了打仗，还要搞军民共建什么的，因此和老乡们非常熟悉，一路都在和人打招呼。

三人走到村子东南角一幢门朝南的瓦房跟前时，白富荣指着一个不规则的圆洞让海欣和洪绒看，海欣和洪绒看到那个不规则的圆洞在门口和屋檐之间，直径五十厘米左右，觉得好奇，海欣便问白富荣：“怎么回事？”

“想要知道答案，我带二位到后面看看就知道了。”白富荣说。

三人很快走到房子后面，海欣和洪绒看到那里也有一个大洞，而且形状和前面几乎一样，只是位置低了一些，对着前面的门口，海欣便说：“这下子我明白了，前后贯通，是被一发炮弹击中的，但是怎么这么巧？”

洪绒听说房子是被炮弹打穿的，一开始不相信，但她随即发现房后不远处有个弹坑，才不再说什么了。

怀着激动的心情，海欣和洪绒跟着白富荣回到房子前面，这时低矮的院墙内出现一位大娘，白富荣说：“大娘，您在家呀！我带从远处过来的战友看看您家的房子。”

“是白连长啊！你们到院子里来看吧。”大娘说完拉开作为一家人进出口的那道栅栏门。

三人进入院子，海欣和洪绒仍盯住门上的大洞看，看了一会儿海欣说：“大娘，你们家的墙壁什么时候被炸成这个样子的呀？”

“两年多了。”大娘说。

“哎呀，已经过去了这么长时间！为什么不用材料补一下呢？”海欣以为大娘家中没有劳动力，就看了白富荣一眼，那意思是说：你们不是在搞军民共建吗？怎么不过来帮一下忙。

白富荣自然明白海欣的意思，说：“为这事我们连的人已经来过好几趟了，可是大娘一家都不让补啊！”

“白连长，不是不让你们补，解放军能过来帮忙，我们一家人非常感谢，只是仗还在打嘛，越南兵能把前后墙炸通，也能把房子炸塌，你说还补它做什么？再说洞在墙上，有屋檐挡雨，水进不去，冬天我们这里也不怎么冷，就凑合着过一天算一天吧！如果房子不被他们炸塌，等到哪一天不打仗了再补不迟。”大娘说。

“大娘，打起仗来炮弹乱飞，你们住在这里不害怕吗？”洪绒问。

“家在这里，不住怎么行？怕有什么用？再说也习惯了。”大娘回答完洪绒的问话，指着院子西南角一块固定的石头说，“实际上我们有防备，部队一拉警报，我们一家人就立马躲到那里去了。”

“估计越军要向这里打炮了，我们就提前拉响警报，以便让大家有个准备，但如果他们冷不丁打过来几发炮弹，那就没有办法了。不过一般情况下，双方军队都不会向老百姓的村庄开炮的，除非那几天打恼了，比如二一一高地争夺战，先是我们一连打了十几天，后来他们也一连打了十几天，在那种情况下还不打恼？这一带裸露在外面的石头很多，可以说到处都是，老乡们在地里干活的时候，只要一听到警报，就立刻跑到石头北边躲起来。在家里的人也可以躲到房前房后石头北边，比如像大娘家这块石头。”白富荣解释说。

海欣见大娘家院子里那块石头上面很尖，高约两米，接近地面的宽度才一米多，正疑惑那么小的地方怎么能躲一家人，白富荣又说：“那块石头虽然不大，但北边有个地洞，我进去看过，藏四五个人没有问题。”

“大娘，你们可真会想办法呀！”洪绒说着走近石头观看，发现北边果然有个洞口，约两米深，人可以沿着台阶进去。

“这些都是被越南军队逼出来的呀！”大娘说。

三人告别大娘离开，海欣和洪绒才注意到村子里每户人家的房前屋后，都有像大娘家那样的裸露石头，只是宽窄高低不同。

看到这些，洪绒不禁为老乡们的生存环境所担忧，她说：“听说政府在内地已经准备好了房屋和耕地，而且各方面条件都比这里好，可是他们为什么不搬过去呢？”

“战争一开始，政府就动员边民内迁了，找好的地方还是平原，不用再祖祖辈辈爬山了，可乡亲们难离故土，说‘我们是在这里出生并长大的，祖宗的坟墓也在这里，怎么能说走就走呢？’所以几乎所有的村民都选择原地不动。”白富荣说。

三人在村子里转了一圈，最后来到西北角一幢房子前面，白富荣再次站住脚步说：“二位不是都喜欢听歌吗，在这户人家可以买到磁带，要不要进去看看？”海欣和洪绒见那户人家也是三间瓦房，门朝西，也有一个院子，房子和院墙都比大娘家的高，还有两扇像样的院门，显然是户殷实人家，起码不久之前是。

洪绒最喜欢听邓丽君唱的歌，之前她托司机老曲从县城买回来几盘磁带，但已经受潮了，“吱吱呀呀”的放不出来，正想托人再去买，就说：“原来这里也有卖磁带的啊！那就进去看看吧。”

院门开着，三人上了几个用石头铺成的台阶才进去，白富荣边往里面走边喊：“大娘，大娘，您在家吗？”

房门也没有关，白富荣喊大娘，却从里面走出来一位年轻姑娘，她说：“是白连长你们几个呀！我妈昨天到我外婆家去了，到现在还没有回来。白连长，你们几位屋里坐。”说完站到一旁让客人进去。

“胡织芳，也是老大，芳龄二十，已经许配了人家，但还没有结婚，汉族嘛，年轻人结婚比少数民族要晚一些。她父亲已经去世了，是在为部队送弹药途中牺牲的，家中除了母亲还有一个弟弟。”在大家落座之前，白富荣把姑娘作了介绍。

“我们村每户人家的情况白连长都知道得清清楚楚。大家坐吧，别客气。”胡织芳说，显然不在乎家里的事被外人知道，再说父亲是光荣牺牲的。

白富荣在神龛一边的小凳子上坐下又说：“在一个地方待久了，就是有这点好处，再说你们村就二十几户人家，好记。老大，刚才我带战友在村子里转了转，这不路过你们家了嘛！想顺便买几盘磁带带上。”

“正好还有几盘，不知道几位首长喜欢哪样的？”胡织芳说完迈着轻盈的步伐上了楼梯，怪不得看起来这幢房子比周围的都高，原来除了地平外上面还有个阁楼。不一会儿，姑娘拿着五盘磁带下来了，直接递到白富荣手上。

白富荣把每盘磁带都看了看说：“原来都是邓丽君的《甜蜜蜜》啊，老大，还有别的没有？都拿出来让我们挑挑嘛！”

“白连长，真的没有了，有的话我还能不拿出来吗？”姑娘说。

“那你怎么不去县城再进点？这是精神食粮，我们连干部战士都爱听。”白富荣说。

“最近我外婆的身体一直不好，我妈去照顾她，老不在家。我得给弟弟做饭，所以最近没有时间去县城。”姑娘说。

“就这也好。多少钱一盘？”洪绒问。

“四块。”姑娘回答，提到钱她似乎有点难为情，看来过去都是母亲负责卖磁带。

洪绒坐在神龛的另一旁，她探身从白富荣手中接过磁带看了看说：“这位姑娘，五盘我们全要了，伤员们也爱听邓丽君的歌。”为了腾出手掏钱，洪绒把磁带递给了海欣，然后把掏出的钱放到神龛上。

“还是老价钱，进货时一盒三块五，那五毛是路费。”白富荣笑着说，像在告诉海欣和洪绒这个价格是怎么形成似的。

“是的。”姑娘说，她知道解放军不会少给钱，就没有走过去看，再说也不好意思走过去看。

“上次我路过县城时，看到那里的磁带五块钱一盒，你进的货每盘才加五毛，去掉来往车费，就没有赚头了嘛！”海欣说。

“我妈说这些磁带基本上都是部队买走的，当兵的钱少，加价不能太多，能赚些油盐钱就行。就这我和弟弟还反对呢！家里人祖祖辈辈都没有做过生意，总觉得赚人家钱难为情。”姑娘说。

“老大，你妈养活你们姐弟两个不容易，是得找个赚零花钱的办法。再说这也是为乡亲和战士们提供方便，我们不去县城就能买到便宜磁带，感谢你们还来不及呢，所以你和弟弟千万别再不好意思了。”白富荣说。

“谢谢白连长！这位首长说县城卖五块钱一盒是不假，可人家得交税呀，而我们什么都不交。”姑娘说。

“这里炮火连天的，人们连生命都无法保障，还交什么税呀！等不打仗了，连里帮你们在村口开一个小店，到那时再给国家交税不迟。”白富荣说。

四个人正聊着，忽然听到院子里“啪啪”几声，向外看去，却不见人影，只有三条约四两重的鲫鱼在地上跳动。白富荣三人正觉得好奇，姑娘已经走了出去，她蹲下去边捡鱼边说："这是我弟弟扔进来的，他可能是看到家里有人，不好意思回来，也可能是还要去玩，知道我能看到鱼，就扔进来了。"她见白富荣三人也走出来看鱼，又说，"我弟弟今年十三岁，不到吃饭和睡觉的时候很少回来。"

洪绒见到鱼非常高兴，说："哎呀，真新鲜，老大，你赶紧用水把它们养起来吧！"

"好的。"姑娘说完拿着鱼走到院子北边的大水缸旁轻轻放了进去。大水缸靠着院墙，里面有水。

洪绒跟过去看时，发现有很多鱼在里面游动，大的一斤左右，小的二两左右，于是又"哎呀"了一声说："里面这么多鱼！都是你弟弟抓来的吗？"

"是的，我们村北边有个水塘，男孩子们经常到那里去玩，我弟弟有时会抓几条鱼带回来。"姑娘说。

"老大，你刚才捡起来的三条鱼加起来起码一斤重，等你妈回来，捞出来杀了，在拌上两斤面粉蒸熟，足够你们三个人吃一顿了！"白富荣说完大家都笑了。

洪绒看到从院墙缝里伸到水缸上面一个毛竹片，正往下滴水，便觉得好奇，就站到一块石头上向外观望。她发现墙外有很多条这样的毛竹片，而且纵横交叉着伸向很远的地方，才知道缸里那些水的来源。看完那些毛竹片洪绒从石头上跳下来说："老大，你们村里人真聪明，城里人用铁管子送水，而你们却是用这么简单的设备接水。城里人怕污染，要用漂白粉把水消过毒才食用，而你们远离城市，空气和水都没有污染，怪不得缸里有鱼水还这么清。"

海欣也对用毛竹片接水的办法赞不绝口，说："可惜我们老家那里是平地，只能打井挑水吃，或者在院子里打个压井压水吃，要是每村都有个水塔就好了。"

三人告别姑娘离开她家，从西南方向离开村庄，路上海欣对白富荣说："老兄，你为什么叫人家姑娘老大，是当地习惯吗？"

"是的，村里人都这样叫，我是入乡随俗。这里的兄弟姐妹都按一个顺序排，不像我们内地那样男人排男人的，女人排女人的。老大的父亲牺牲的时候她弟弟才八岁。后来我们连官兵一直帮助他们，连卖磁带都是我们连指导员出的主意。"白富荣说。

"山里人本来生活就艰苦，再加上炮火的折磨，日子就更加难过了！"洪绒说。

"他们吃粮靠自己种，但山岗地薄，产量不高，忙了一年，打下的粮食只能勉强糊口，有时要靠政府救济才能把日子过下去；为了弄点油盐钱，有些人甚至上山去捡炮弹皮。”白富荣说。

“山上可是有地雷的呀！去捡炮弹皮卖钱是非常危险的。”海欣说。

“是呀！这些他们都知道，但是穷啊，只能去冒险了。”白富荣说。

三人正边走边聊，忽然听到姑娘在后边喊：“白连长，白连长，你们等等，等一等再走！”

听到声音三人站住回头看时，见姑娘追过来了，手中还挥舞着什么。看到这一幕，白富荣以为谁把东西忘在她家了，可是问海欣，海欣说自己没有忘东西；问洪绒，洪绒也说自己没有忘东西，但是洪绒知道姑娘为什么追来，于是等姑娘跑近后看着她手里的钱说：“老大，多余的钱是我故意留下的，因为过些日子我们还要来买磁带，所以就放到你家里吧。”

海欣见姑娘手上拿着五张十元人民币，加上洪绒的表白，就明白怎么回事了，说：“是啊，老大，原来我们是准备多买点带回去的，可你们家里只有五盘，多出的钱先放在你这里吧，过些天我们再来拿磁带。”

姑娘喘着气说：“你们前脚走，我弟弟后脚就回去了，他拿着钱数，我才知道你们多给了。不行，多余的一定要退给你们。”说完分出三张十元人民币往洪绒的口袋里塞，可是洪绒躲着不要，见此白富荣只好说：“老大，我看这样吧，你们不是正缺进货的钱嘛，这些就留下来先用，以后或给他们磁带，或还他们钱都行。”

姑娘见洪绒一点也没有收回多余钱的意思，而且海欣和白富荣也这样说，就只好对白富荣说：“白连长，这二位首长不是你们连的人，他们以后如果不来取，我可要把钱还给你呀！”

“好，好，老白，那咱们就这么办。”海欣赶紧说。

白富荣见姑娘拿着钱回去了笑着说：“洪绒，原来今天你是来扶贫的呀！”

“她家里生活那么困难，还不肯赚咱们军人的钱，所以我要补贴一点。白大哥，过些日子他们如果把钱送来，你可千万不能收啊！既然已经给了人家，哪有要回来的理。”洪绒说。她之所以要多付那些钱，实际上除了刚才说的那些理由之外，还有一层意思，那就是她和弟弟也失去了父亲，而且同样是一个姐姐，一个弟弟，几乎相同的家庭背景使她产生了同情心。

“洪绒，你别担心，白大哥理解我们的意思，是不会收回来的。”海欣说。

“行，不收就不收，到时候我想办法解决。咱仨都是行政二十三级，每月工资五十二，要交十多元伙食费，不买任何东西也就剩下三十多，洪绒，你把这个月的钱都给人家了，自己的伙食费怎么办？”白富荣说。

“白大哥，你可能还不知道我们到这里后，工资是如何处理的吧？按照上级要求，我们除留下伙食费和零花钱外，其余的都存放在留守处了，留守处那些同志会根据我们的要求，把钱寄回海欣老家的，我母亲有工资，暂时不用寄。这五十元是我半年多来攒下的零花钱，伙食费还有。”洪绒说。

“真要是伙食费不够，我手上也有。我们的工资虽然不高，但与边民相比生活水平要好多了，偶尔补助给人家一点没关系。”海欣大度地说。

六十二　江中瀑布

三人离开村庄不久，白富荣指着西北方向说："海欣，你上次见到的那具无头女尸，就是在那个地方被炸的。他们住的是工棚，离江边很近，要不要过去看看？"

海欣想去，但要上下不少沟坡，怕洪绒走不动，正要征求她的意见，就听洪绒说："我已经听到了水声，早就想看看这里的江边与三道弯那里有什么不同了，咱们走吧。"

"洪绒，你如果能走动，到这里的江边一看，会觉得不枉此行的，因为这里的江景与三道弯那里完全不同，那里是平地，而这里是峡谷。人们都说无限风光在险峰，可这里最美的地方在谷底，不看可要后悔一辈子啊！"白富荣说，。

"但愿不是不看一辈子后悔，看了却后悔一辈子。我听一个战友说，他去过东北的一个什么岛，歌中把那里唱得天花乱坠，可是到跟前一看，给人的感觉就是后悔一辈子。"海欣说。

不久三人下坡，见有个中年男人在那里耕地，身后跟着一个十岁左右的男孩。犁子把那些并不算肥沃的泥土翻到一边，男孩则不时弯腰捡着什么，白富荣说："这个老朱，大年初一也不歇一天，连他儿子也不能和其他小孩子玩。海欣，洪绒，您俩先坐下去休息一会儿吧，我过去打个招呼，敬支烟，过年了嘛！"

因为不是太累，所以海欣和洪绒没有坐下来休息，他俩见老朱那块地坡度非常陡，真担心人和牛滚下去，可是老朱、他儿子及那头牛却在上面行动自如。老朱赶着牛犁到地西头转过头来，才看到白富荣向自己走来，东边地头上还站着一男一女，便吆喝牛站好说："原来是白连长啊！你这是带战友到江边去转转？"

"是啊！老朱，过年了，你怎么也不休息一天。"白富荣说，这时他已经走到了老朱跟前，并随手把一支大重九牌香烟递了过去。白富荣和海欣一样也不抽香烟，但过年了，他见到这个村里的每个成年男人都要递过去一支。

老朱用双手非常隆重地接过那支香烟，但没有让白富荣点燃，而是顺手夹到耳朵上。这么好的香烟，他是舍不得抽的，要拿回家去招待客人。他犁子上挂着竹筒水烟袋，烟瘾来了可以抽那个，而且那个抽着过瘾。

海欣和洪绒见白富荣和老朱说上话了，也来到他们跟前，海欣说："老乡，这是见暂时不打炮了，要抓紧时间耕种吧？"

"是啊！这里一年四季都在打炮，只有这一个月时间可以大着胆子在外面干活，得抓紧把地犁犁，种上庄稼。"老朱说。

"你不休息，也不让牛休息啊！在我们老家那里，过年不但要让牛休息几天，还要让它吃些饺子，至少得让它喝点饺子汤。"白富荣说。

"今天我也慰劳它了，两斤包谷，它'咯咯叭叭'一会儿就吃完了，这会儿劲大着呢！"老朱看着他那头小母牛说。

三个男人在一起说话的时候，洪绒从口袋里掏出几个水果糖递到小男孩手上，并摸了摸他的头。小男孩接过水果糖羞涩地笑了一下，然后用他那双明亮的大眼睛看着洪绒，心里大概在想：原来解放军里也有女兵，而且还长得这么漂亮！边防连里没有女兵，只有随军家属，因此小男孩觉得稀奇。他的敞着口的上衣口袋里装满了五颜六色的石子，原来跟在犁子后面捡的就是这些东西。

几句话过后，三人扬扬手向老朱告别，继续下坡向南走去，直接向西没有路，途中海欣说："老白，看到老朱父子在这样的田里耕种，真让我佩服。"

"他们这是习惯了，就拿老朱的儿子来说吧，也许在三四岁的时候，就跟着父亲在那块地里玩了，他小时候在那里玩，长大后在那里干活，就像杂技演员长期练同一个动作，熟悉了，不会滚下去的。人是这样，牛也如此。别看那块地非常陡，却是全村最肥沃的，长出的粮食不知养育了多少代人？"白富荣说。

"可那个小男孩不能老在那块地里转悠啊！得上学，不然会像他父亲那样一直种地，一辈子都走不出大山。"洪绒说。

"但愿他父亲有你这样的想法，要不然很有可能在那块地里转悠到老，像他的上几辈人一样。"海欣说。

三人正走着，发现西面有一条小路，而且也是陡坡，比老朱耕的那块地陡多了。但那是到江边的必经之路，必须先蹲下去，再抓住两边的茅草一点点往下滑。好在两边的茅草经常被人抓，已经没有刺了不割手，他们花了很长时间才站到下面的平台上。

平台上除了杂草还有树木，而且那几棵树很大，离下面的江水大约二十米。在下这道坡之前，他们就已经看到江水了，在平台上站住后，映入三人眼帘的是一道落差五十米左右的瀑布，宽约四十米，响声震耳，激起的浪花非常美丽壮观。原来江水必须要从那里经过，而由于地势的原因落差很高，瀑布就这样形成了。白富荣在“哗啦啦”的响声中说：“这就是我说的江中瀑布，也是谷底风景最优美的地方，我们在交址城听到的涛声，就是从这里传过去的。”

“这么说来，交址城的老乡一年四季都是枕着涛声睡觉的，连干活都能听到涛声，真浪漫。”洪绒说。

“在我们连那里也能听到，只是时间一长就觉得无所谓了，你们俩是初来乍到，才觉得新鲜。”

海欣和洪绒见不知不觉中已经身处谷底，东边的交址城看不到了，只看到来时那个巨大的坡。江对面没有坡了，是一座座大山，也非常美丽壮观。苍龙江就奔腾在这样的峡谷里，令人心旷神怡，仿佛置身于仙境之中，洪绒感叹道：“想不到在这炮火连天的地方，竟有如此美丽的风景。听战士们说，交址城西北方向的山顶上有一道瀑布，想不到这里也有一道，而且是在江里，一高一低瀑布相互呼应，太富有诗意了。”

“是的，我们连官兵经常过来看，每次看到都会有不同的感受。我们脚下还有一个你们意想不到的地方呢！要不要下去看看？”

“要看啊！但我们脚下西面一点不是万马奔腾的苍龙江嘛，还有什么风景？”洪绒好奇地问。海欣也用询问的目光看着白富荣。

“要知详情，请跟我来。”白富荣说完向南走了几步，接着走下平台，来到一个小平台上，然后带着海欣和洪绒向北走。这时海欣和洪绒才看到上面的边沿比较突出，而目小平台处于江水和大平台之间，他们站在大平台上，目光一下子就被江中瀑布吸引住了，根本想不到脚下还有其他的风景。海欣和洪绒跟着白富荣向北走了大约二十米，突然发现尽头右侧出现一个岩洞，进口与洞内地面持平，白富荣转身走了进去，同时招呼海欣和洪绒也进去。海欣和洪绒进去后，见地面十平方米左右，呈圆形，但南半边都被泉水占去了。泉水清澈见底，不断通过洞口往外流，细看水下有泉眼。

由于照不到阳光，洞里寸草不生，地面非常平整，也非常干净，显然经常有人光顾。泉水北边的空地上放着两张旧凉席，白富荣说：“民工们修路的地方就在北边几百米处，夏天有可能到这里来乘凉，凉席可能就是他们留下来的。”

三人在那里看了很久，才恋恋不舍地返回到上面的平台上，然后边看大峡谷里面的风景，边向民工们修路的地方走去。他们一连翻过两道深沟，才看到一座座小窝棚，白富荣用帽子扇着风说：“总算把你们带到了，咱们先坐下来喘口气，再到跟前去吧！”

休息时海欣观察了半天，也没有看到附近有路的轮廓，便说：“老白，敢问路在何方？”

白富荣指着江边说：“在那儿呢！如果不仔细看，还以为江边原来就有那些石头，其实是民工们辛辛苦苦扛过去的。尽管通车遥遥无期，但总算有个盼头了。听说一修好这条公路，交址城东边的就不再使用了；还听说要在有江中瀑布的地方建一座发电站，这倒也是件好事，只是千万别把那个岩洞和泉水破坏了。现在民工都回去过年了，估计正月十五以后才能回来接着施工。”

“看这个样子，恐怕十年之内也难以通车，到那时战争可能就早结束了。”洪绒说。

“同志，不一定啊！万事开头难，这里修一段，那里修一段，连起来就是一条公路，说不定三五年后就可以通车了。”海欣对洪绒说完，又对白富荣说，“老白，炸死女民工的地方在哪里啊？我们休息得差不多了，过去看看吧！”

三人起身又向北走去，见小窝棚都是用竹子和茅草搭成的，上尖下宽，每个里面的面积都在五平方米左右，没有床，地上只有一些散乱的稻草。同样的窝棚一共十六个，都建在高坡北面，显然是为了躲避炮弹。按一个小窝棚住四人计算，在这个工地干活的民工应该不超过七十个。

白富荣把海欣和洪绒带到女民工被炸的地方说：“事后我来过一次，就是这里。”二人看时，发现那地方只有一些零乱的石头，不少石头上还有被火烧过的痕迹。至于弹坑，早就被雨水冲下来的泥土填平了。连铁锅的影子也没有看到，可能已经随着那个女民工的上身飞走了。

在返回的路上，疲惫已经被沉重的心情所代替，三人都默默地走着，快到边防二连时白富荣才又开口说：“二位，今天过年，应该高兴，咱们就不去想那些不愉快的事了。桂花已经给你们准备好了住处，单独一间房子，铺的盖的都有。你们这么长时间才团聚一次，这次就听我的，住上十天半月再走。”

“非常感谢老兄和嫂子的安排，但我只请一天假，今天晚上一定得回去。”海欣说。

“洪绒，你请了几天假？”白富荣问。

“我初四晚上归队。”洪绒回答。

“这么说来，你们那个大姑娘女队长还挺有人情味的嘛！海欣，洪绒有三天的假，你今天总不能让她在回三道弯吧！辛寨是你们连大本营，但那里条件差，一会儿我去给你们连长和指导员打个电话，就说你先后两次来到战场，又是个老战斗英雄，到这里后还立了新功，代你请几天假，我想他们会答应的。”白富荣说。

“老白，我们连长和指导员人都不错，说了他们会答应的，但两次上战场的人多了，这事无论如何不能提。”海欣说。

好不容易有机会出来和海欣待在一起了，洪绒不想马上回去，对海欣说的话感到失望，但当着白富荣的面又不便说什么。

回到白富荣住处，洪绒见桂花正在准备晚饭，就赶紧过去帮忙，白富荣则陪海欣喝茶、吃瓜子、聊天。过了一会儿，白富荣说有事出去一下，但不久就回来了，而且带着兴奋的表情说：“海欣，刚才我是去打电话了，是你们连谢指导员接的。我把你和洪绒的情况一说，那家伙立即让你去接电话，不知道葫芦里卖的什么药？”

海欣跑到连部一拿起放在桌子上的听筒，就听到谢槐华在里面说：“海欣吗？老弟你本事不小啊，去女子卫生队真的把洪医生请出来了。辛寨这地方汽车开不过来，我让何少荣开摩托车去接你们，我和连长等你和洪医生回来吃晚饭。”

海欣一听原来是这事，便用充满感激的语气说：“指导员，谢谢你和连长。但晚饭白连长的家属已经准备好了，不在这里吃可能不行。既然你让洪绒给战士和老乡们看病，那就明天去卫生队接她吧！一会儿我先给她说一声。”

“老弟，你糊涂了！这怎么行？洪医生好不容易有几天假，你今天一定要把她带过来。她是你老婆，住在咱们连里怕什么？过去家属来队探亲不是常有这样的事嘛！我再重复一遍，你在白连长家吃晚饭可以，但今天必须把洪医生带过来，不然我饶不了你这个家伙。”

“谢谢指导员！那就听你的吧。”

六十三 交址城

放下电话海欣回到白富荣住处，把通话内容对他们讲了一下，屋里所有人听了都非常高兴，桂花说："这样就好了，要不然你们两个人近在咫尺，过年这几天能在一起却要做牛郎织女。"

"提起做牛郎织女那段日子啊，我和桂花可真吃了不少苦，不说别的，仅每年的收割季节就把我们折腾得够呛。一到夏天，我就担心老家那几亩小麦，写信问桂花长势如何？计算着每亩能打下多少斤粮食，够不够她们娘俩吃？为了赶回去收小麦，我每年都要求把探亲假放到六月初。每次割完小麦回来，我都要大病一场，有一次竟然连舌头都收不回去了，过了几天才好。"提起往事，白富荣还忍不住皱眉头。

桂花听白富荣说这些眼圈都红了，她说："当军嫂不容易，当家在农村的军嫂更不容易，因为我们既得下地干活，又得看管孩子，女人家请人帮忙又不合适，那种苦就别提了。别人羡慕我们找了个军官，可我们却觉得度日如年，好在有个可以随军的盼头，要不然真不知道日子怎么过下去。"

"如今总算熬过来了。"白富荣说。

海欣见静静还在睡觉，怕把她吵醒，就轻声说："老白，有嫂子和洪绒做饭，咱俩插不上手，要不到南边的山头上去转转吧？"

白富荣明白海欣的用意，而且离吃饭时间还早，就说："只要你不累，咱俩就再出去转一会儿。"

"不累，难得大着胆子到外面走走，这半年多来几乎每天只能在堑壕里面转悠，或者待在我那个小窝棚里，把人都快憋死了。”

这次出门海欣才仔细观看边防二连的营房，发现都是平顶，在原有的基础上加了五层预制板，所以看上去很厚。再看墙，南边那一侧也很厚，原来是在墙外又垒了一层。怪不得营房建在暴露地段，却没有被越军的炮弹炸倒。

白富荣见海欣对他们连的营房感兴趣，就解释说：“如果上面不是放了几层预制板，墙也不加厚，恐怕这些房子早就被越军的炮弹击穿了。”说完又指着水泥地和墙上的弹痕让海欣看。

“越军向这里打炮的时候，你们都躲在房间里吗？”

“老弟，哪能都躲在房间里呀，还要对他们自卫还击。看到南面近处那座山没有？在它的东南侧有三门大炮，那就是我们进行自卫还击的地方。”

“我只看到南面两三百米处靠近江边有座独立山头，看不到你说的三门大炮。”

“大炮在炮位里呢，不走到跟前根本看不到。因为我们的炮位是永久性的，所以分别放在用水泥浇铸的炮位里，而你们野战部队的炮位周围和下面都是泥土。”二人走上一个土堆白富荣又说，“站在这里，就可以知道我们连所处的位置了：东面是供我们进出的公路，公路以东是山，而且一眼望不到边；南面虽然不是一马平川，但地势比两侧的都低，公路修在东边的山脚下，而苍龙江日夜奔腾在西边的山脚下，因此中间这三五百米的宽度就像一个大走廊。”

“经你这么一指点，我还真觉得像一个大走廊，而且我们就站在‘大走廊’的正中央。”

“看出来了吧！这条‘大走廊’最窄的地方也有三百米左右，一直通到边界，所以越南人能看到我们，而我们却看不到他们，只知道他们躲在南面的大山里，黑咚咚的炮口一直对准我们，随时都有可能开炮。”

“造这些营房的时候还是中越‘同志加兄弟’年代，所以根本没有想到隐蔽这一层，要不然房子就可能造到东边的山脚下去了，就是铁皮小卖部那里，铁皮小卖部那里有山坳，山头可以挡住从南面打来的炮弹。老兄，从地理位置上看，这里可是个军事要地呀！无论过去和现在，只好有人守住这个大‘走廊’，越南人就休想从这里打到我们国内半步，而两边很远的地方都是山，无路可走。”

“不亏是军校的高材生，一看地形就明白它的重要性。就是因为这里的位置特别重要，我们才把大炮旁边那座山挖空了，屯兵，放置武器弹药，自卫反击作战时还做过一个军的指挥部呢！”

“是吗！你要是不说，我还真看不出那座山是空的。”

“挖那个山洞的时候，他们设置了南、北、东三个出口，北边那个出口外面风景最好，可以看到江中瀑布。北边那个出口外面还有一道峡谷，越军一连数天都向这一带打炮的时候，我们就动员老乡搬到那里去，住悬崖搭窝棚，吃住全在里面。”

“原来那里也有一个可以藏人的地方啊，到了关键时刻，沟沟坎坎都可以利用，只要安全就行。老白，说到交址城，我有一个问题一直不明白，那就是明明是一个普通山村，却在后面冠了一个‘城’字，这一带村名都叫这寨那寨的，边疆风味很浓，唯独这个村庄叫交址城。交址城的名称和内地村镇的名称非常接近，却和周围村寨的名称协调不起来，这里面一定有什么缘故吧？”

“老弟，这个问题你问对了，我也琢磨着里面有缘故，话得从中越两国历史讲起：公元前111年至公元939年，越南曾受中国直接统治达一千多年之久，到了五代南汉时期，中国战乱不断，他们才趁机独立出去。”

“关于那段历史我也略知一二，越南当时叫安南，安南虽然摆脱了中国的直接统治，但仍与我们维持一定的藩属关系。你听说过关于越南军队和元朝军队打仗的事吗？”

“听说过。那段历史大致是这样的：元朝末年，中国仍然战乱不断，安南趁机多占我国领土，可当时皇帝正在对付国内一股强大势力，抽不出兵力去教训在边疆捣乱的安南军队，只派一些人去吓唬他们一下。皇帝派去的人把入侵者吓跑了，但他们不久又卷土重来，如此几次过后，皇帝就让人做了一个铜柱竖在边界，上书：中国和安南以此为界。可是随着元朝的逐渐衰落，安南也开始变得肆无忌惮起来，他们不但公然藐视那个铜柱，还趁机发兵攻入我国的思明路永平寨，霸占了我国的丘温、庆远等五县，这些地方都在铜柱二百里之内。”

“安南的野心就像晒谷场上总是轰不走的麻雀，它们偷吃了边上的谷子，还想吃里面的，得寸进尺。而那个铜柱就像恐吓麻雀的稻草人，时间一长，贪婪的麻雀就不怕了。”

“是啊，谁让那时中国老打内战呢！内部不团结，就会让外人钻空子，想不到日本人打过来时，蒋介石犯同样的错误。历史进入明朝洪武年间，明太祖朱元璋向安南国王陈日昆下了一道命令，让他们限期归还多占我国的领土，但当时安南政权被国相黎季犛所掌控，陈日昆成了傀儡。黎季犛拥兵自重，不让陈日昆执行朱元璋的命令，说朱元璋如果再要那些土地，就派兵与明朝交战。当时朱元璋刚取得政权，江山不稳，不愿大动干戈，这件事便搁了下来。”

“黎季犛了解当时的中国国情，才敢说出与明朝交战的话。当时明明是明朝无暇顾及他们，却被黎笋说成被他们的军队打败了，真是恬不知耻。毛主席一定知道那段历史，但不想让客人难堪，才没有把事实说出来。”

“事情应该是这样的。明朝朱元璋之后，有个叫朱棣的皇帝你知道吗？”

“知道啊！凡是关心中国历史的人都知道，当时他利用手中的兵权，竟然把亲侄子建文帝赶下台，然后自己当了皇帝。朱棣以‘清君侧’之名，自北京攻入南京，导致建文帝生死不明，有人说他被乱兵所杀，有人说他从地道里逃出去当了和尚。但历史均无定论。在这件事上，建文帝无意中为历史留下了一个大大的悬案，以至到现在还有不少人在研究他当年的行踪。”

“朱棣当上皇帝后，曾经多次受到安南人愚弄，于是下决心派兵征服了安南，并把安南改为交趾，事情的大致经过是这样的：在建文帝执政期间，安南政权又发生了巨大变故，当时的国王叫陈日坚，后来他被伯父陈叔明逼死了。”

“有意思，一个是叔叔为了篡位，把侄子逼得生死不明；一个是伯父为了某种利益把侄子逼死。宫廷斗争就是这样残酷。”

“是的。陈叔明掌控安南政权后，怕明朝干涉，不敢篡位，只好让其弟陈瑞当了国王。陈瑞死后，陈叔明的另一个弟弟陈炜继位，但此时政权已经落到黎季犛手里，黎季犛杀掉陈炜，让陈日昆当了国王，可是到了公元1399年，黎季犛把陈日昆杀了。第二年黎季犛干脆灭了陈朝，称自己才是帝舜后裔，就当了皇帝。他不但改国号为大虞，还把自己的姓名改为胡一元，与其子胡汉苍共理朝政。”

“在这期间建文帝下台，朱棣掌权，两边都在乱。”

“是的。朱棣打入南京当上皇帝后，胡一元立刻派儿子胡汉苍前去朝贺。胡汉苍不敢说出父亲杀害陈姓国王的事实，慌称陈日昆没有后人了，他们父子才不得不接管政权。因事关系重大，朱棣需要核实，就派了一个叫杨渤的使臣带人去安南调查。杨渤等人一到安南，胡一元父子就趁机向他们行贿，金银财宝猛往车上装，致使杨渤向朱棣复命时编了不少谎言。当时朱棣听信了杨渤的谎言，才下令册封胡汉苍为安南国王。可是胡汉苍被册封后还不到一年，有一个叫裴伯耆的陈日昆旧臣，突然来到了朱棣面前，他向朱棣哭诉了胡一元父子杀害陈日昆的前后经过，把朱棣的鼻子都气歪了。”

“哈哈，受到愚弄，朱棣不生气才怪呢。”

“是啊！裴伯耆到南京十多天后，陈日昆有个叫陈天平的孙子也途经老挝来到南京，陈天平也向朱棣哭诉了家国剧变之事，这使朱棣深为所动，但朱棣当时正着手北伐，没有立即对胡一元父子采取行动，只把受贿说假话的杨渤杀了。朱棣安慰陈天平一番让他在南京住下，年底再看好戏。年底胡汉苍果然遣使来朝，朱棣命陈天平参与朝见，安南的使臣一见到陈天平，就显得不知所措起来，有的还向他行跪拜礼，这就证明陈天平的确是陈日昆的后人了，于是决定帮助他复国。朱棣先礼后兵，派使臣到安南找胡汉苍问罪，胡汉苍见事情已经败露，只得承认当时说了假话。为了不受到惩罚，他表示愿意返还过去侵占中国的各处土地；'甘心'让出王位。朱棣听说胡汉苍已经悔过，并表现得十分恭顺，就抱着大人不计小人过的态度，不但不生气了，反而还为胡汉苍的行为所感动，对他另外作了安排。同时派兵五千护送陈天平回安南就任国王。"

"估计事情不会那么顺利吧？"

"是啊！往往看似顺利的事情，后来会生出很多变故。那次陈天平等人从中国境内一进入安南，就被胡汉苍派去的军队团团包围住了，他们不打明朝官兵，只把陈天平抢走并杀害了。这次才彻底把那个在马背上取得江山的朱棣激怒，他很快派兵八十万进军安南，并一举打败了篡权者胡一元父子，还诏告天下，改安南为交趾布政使司，设置了十七个府。自此，越南正式成为明朝的一个行政区，相当于现在的一个省。这是公元1407年发生的事。"

"老兄你绕了半天，原来是在说'交址'二字的来历啊！但那个'趾'和这个'址'不是一个字啊！"

"字不同音同，古代同音字通用，估计是后人为了避嫌，才故意写得不一样的。中越两国历史非常复杂，不是一下子就能说清楚的。交趾布政使司的名字后来又改过去了：1418年1月，交址清化府俄乐县土官巡俭黎利召集各部在兰山开会，起兵抗明，并迅速形成燎原之势。1416年朱棣迁都北京，明朝的经营重点逐渐北移，交趾成为一个沉重负担。1427年明朝正式册封黎利为安南国王，黎利得到便宜，便不愿与明朝为敌了，从此年年向中国进贡。"

"元朝末年，越南出了一个凌驾于国王之上的国相黎季犛，犛就是牦牛的意思，名字听起来就很牛；距今五百多年以前，越南又出现了一个姓黎的，叫黎利，他也很牛；现在越南第三个姓黎的掌权者也出现了，叫黎笋，他更牛，居然敢和中国、柬埔寨同时交战。越南在这三个不同的历史阶段，出现了三个与中国为敌的黎姓领导人，虽然只是巧合，但应该说他们都有好战基因。黎笋还说他们打败过清朝军队，有这回事吗？"

"我看过那段历史，他说的也不是事实：1883年至1884年，清政府应越南政府之邀，派广西、云南驻军出境援越抗法作战，但那些官兵也许觉得不是自己的事，都不愿意打。后来法国完全占领了越南，清军全部撤回国内。清朝是应越南之邀出兵的，并与他们并肩作战，结果却被黎笋说成被他们的军队打败了，真是岂有此理。说明他一直都不念中国的好，是个忘恩负义的家伙。”

“黎笋歪曲事实，狂妄自大，也许他到中国后压根儿就没有对毛主席讲过那样的话，而是在国人面前吹牛，表示他敢对一个大国元首讲硬话，以此来抬高自己的身份。”

“咱们把话题扯远了，还是说这个村庄的名字吧。从1407年到1427年，越南被整整叫了二十年交趾，但这两个字怎么会和一个小山村联系上呢？我估计情况可能是这样的：这个‘大走廊’既然是我国的进出门户，历史上就得有兵把守，而这里就是一个军事指挥部。明军在这一带征战多年，那些指挥官的家属应该跟过来了，起码跟过来一部分，后来战争结束，明军奉命北撤，但部分伤残、年迈军人和随军家属已经无家可归，便自愿留了下来。当时的指挥部应该有个城堡，‘城’字便由此而来。随着时间的推移，城堡逐渐变成了村庄。既然是个村庄，那总得有个名字吧，为了记住那段历史，留下来的那些人或他们的后代，就把这个村庄叫做交址，并保留了城堡的‘城’字。这样中越两国的历史和城堡的历史，都反映在‘交址城’这三个字上了。”

“老兄，你分析得有道理，佩服。‘交址城’三字非常接近内地村落文化，佐证了这个村庄是个战争遗址的可能。”

六十四 求宿辛寨

晚饭还没有结束，海欣就听到了摩托车声。这时天色已晚，海欣和洪绒一吃完饭，就告辞白富荣一家上了摩托车。

海欣让洪绒坐在摩托车边斗里，自己坐在何少荣背后，因为山路不平，如果让洪绒坐在何少荣背后，她就有被颠下去的可能。洪绒一边随着摩托车起伏，一边在黄昏下欣赏两边的山峦、河谷和树木，同时想象着辛寨究竟是个什么样子？今晚将要住在什么地方？能和海欣住在一起吗？

海欣也在为洪绒今晚的住处考虑：自己和张振光合住一顶帐篷，让人家搬出去不合适；其他地方都被全连官兵住得满满的，就是能腾出一个猫耳洞，周围都是战士，住在那里影响也不好。所以他想来想去，最后想到了在树林里遇到的那位大嫂，她家里既然住过军队，就有商量的可能，况且洪绒是个女性，相对好安排些。想到这里，海欣的眉头舒展开了，但问题是只和那位大嫂见过一面，直接到她儿子家去找不好，最好先到张有富家，请他出面去说比较合适。

付孔亮和谢槐华在帐篷里一听到摩托车响，就知道是海欣带着洪绒回来了，于是急忙出来迎接。洪绒一跳下摩托车，付孔亮就上前握住她的手说：“洪医生，你可来了，欢迎大驾光临。”

“欢迎，欢迎！连里有几个战士已经咳嗽好几天了，我让他们到营部去找医生看看，可他们都不在乎，说坚持一下就好了，但如果不是感冒引起的怎么办？你这一来就知道究竟是什么病了。通过了解，我们知道辛寨也有不少病人，他们缺医少药，平时很少去医院，你是军医大学高材生，抽空也给他们诊断诊断如何？”谢槐华说。

“行。指导员，我是医生，责任就是尽最大努力解除患者的痛苦，可是我出来时没有带药箱，只顺便把一副听诊器带了过来，不知道你们连卫生员那里的药品多不多？”洪绒说。

“我们连卫生员叫李广文，前几天才从营部领回来一批药，应该还有不少。”

“那就好。那几个生病的战士在什么地方？我现在就去看看吧。”洪绒说。

“洪医生，不急，不急，李广文已经给他们吃过药了。天快黑了，今天休息，一切等明天再说不迟。”谢槐华说。

几个人说着话，一起走向海欣和张振光住的帐篷，见张振光已经在门口等了，张振光和洪绒互相打过招呼，大家就先后走了进去。

帐篷里没有桌椅板凳，只有两张行军床，海欣见张振光那张上面已经空了，知道已经搬到了付孔亮和谢槐华那里，于是心中一阵感动。付孔亮、谢槐华和张振光都主动坐到那张空床上，海欣只好拉住洪绒坐到自己床上，只是每人各占一头。在四个连首长中，属海欣的年龄最小，另外三个也已经结婚了，但都过着两地分居生活，他们和司机老李一样，每年只能和妻儿团聚一两次，时间加起来也是一个月左右。所以在营房时无论谁的家属来队探亲，都觉得是件值得庆贺的事，庆贺的方式之一，就是请连里干部吃饭，那样的场合洪绒参加过几次，所以非常熟悉。

熟人见面，自然都有说不完的话，海欣拿出家乡寄来的瓜子让大家吃，帐篷里顿时热闹起来。虽然看出连里已经做了安排，但海欣还是觉得住在这里不合适，因此急着去找张有富，怕晚了人家已经睡觉。可是另外三个连首长并不知道海欣的心事，话题越谈越多，兴致一直很高。见天色已经完全黑了，而他们还没有要走的意思，急得海欣直搓手，半个小时后他终于忍不住了，说：“三位老大哥，要不你们在这里坐一会儿吧，我得到寨子里去一趟。”

“老弟，天已经黑了，这时你去寨子里干什么？”付孔亮问。

“老张的行李已经搬走了，我知道这是几位老大哥的心意，可洪绒住在这里不合适呀，还是住在老乡家里比较妥当。今天上午我和骆三贵、钟虎不是去过辛寨嘛，在那里认识一位刚当上奶奶的大嫂，她说她们家里以前住过部队，房子应该宽敞，我想过去看看。”

“哈哈，我说你刚才怎么心不在焉呢，原以为是嫌我们几个人碍事，急着想和弟妹单独相处，谁知是这么回事。两位主官什么都安排好了，你们两口子哪里也别去，只是这些钢丝床不怎么结实，也有点窄，二位可得悠着点啊！”张振光说完三人哈哈大笑起来，洪绒的脸不由红了一下。

三人笑完起身要走，却被海欣拦住了，海欣说："我还是想到寨子里去一趟，如果那里实在不行，就住在这里算了，几位看这样安排如何？"

见此三人只好点头同意，张振光说："这样也好，可你们和那位大嫂才一面之交，而洪医生根本没有和她见过面，只你们二位去恐怕不妥当？这样吧，我到寨子里的次数比较多，跟他们熟悉一些，就陪二位去一趟吧。如果那位大嫂家里不方便，其他地方也可以商量。"

"能这样就太好了，要不然突然带着一个年轻女子去求宿，而且是在晚上，就算到时候我能解释清楚，双方也会感到尴尬，话由你说就好了。"海欣紧紧握住张振光的手说。

见话已经说到这里，付孔亮和谢槐华就走了，洪绒说："海欣，我是第一次到边民家，还得住在他们那里，给人家添麻烦，总不能空着手去吧？"

经洪绒一提醒，海欣也觉得大过年的，应该带些东西过去才符合礼节，就说："是应该找点东西带上，可我这里只有家乡寄来的瓜子和鞋垫，再多拿不出来啊！"

"我床下还有一筒压缩饼干，两瓶水果罐头，先拿上。明天再去司务长那里拿点吃的喝的，公家的东西咱付钱嘛！"张振光说

"感谢老大哥，东西无论多少，是份心意就行。我身上还有点钞票，可以当压岁钱送给那位大嫂的孙子。"海欣说。

三人走到张有富家，见房门没有关，里面还亮着灯，于是张振光走上前去喊："老张，老张，你在家吗？我是部队上的，咱们是一家子啊！"海欣和洪绒也跟着走了上去。

应声走出来一位妇女，而且是海欣他们在树林里遇见的那位大嫂，于是海欣愣了一下说："大嫂，你还认识我吗？"

那位妇女见到海欣也是一愣，接着笑了，说："认识，认识，上午刚见过面，当时你们三个人在一起嘛！"

"你这是来老张家串门啊？"

海欣说完想：上午老张到大嫂的儿子家串门，晚上大嫂到老张家串门，看来他们两家的关系不一般，说不定还是亲戚呢？想不到那位妇女说："这是我自己的家呀！不是来串门的。哦，对了，张有富是我男人，他到儿子家里去了，说是带儿子到长辈家中议事，夜里就住在儿子家，不回来了。几位快进来坐。"

海欣三人进入张有富夫妇住的那个房间，见一个十五六岁的女孩抱着婴儿站在那里，洪绒马上凑过去想逗着玩，可是婴儿正闭着眼睛睡觉，只好站在一旁观看，

这一看就用医生的眼光看出了问题：婴儿脸色腊黄，估计是生病了。

房间里没有凳子，只有蒲团，大家就在张有富妻子的招呼下坐了下去。因为海欣来过这里，也见过张有富的妻子，就把张振光和洪绒作了介绍，并把带来的东西放到地板上说：“大嫂，再次祝贺你得了个孙子，这是我们的一点心意，请收下。”他当时想把钱拿出来，但想想还是离开时留下比较好。

“使不得，使不得，你们为国家打仗，连命都不顾了，我怎么能要这么好的东西！”张有富的妻子指着抱婴儿的少女又说，“她是我儿媳妇，怀里抱的就是我孙子。”

洪绒见张有富的妻子不过三十一二岁的样子就有孙子了，而眼前这个初中生模样的女孩竟然是她的儿媳妇——婴儿的母亲，便觉得非常吃惊，要不是亲眼所见，她绝对不敢相信这是真的。

张振光指着拿来的东西说：“这是他们夫妻二人的一片心意，大嫂，你就不要客气了，收下吧。大嫂，你们家大哥姓张，我也姓张，俗话说一笔难写两个张字，五百年前我们是一家，所以今天前来有一事相求。”

“噢，原来遇上一家子了。首长，其实我经常见到你，只是不知道姓名，你们有什么事情尽管吩咐，只要我们能办得到的都行。”张有富的妻子说。

接着张振光把海欣和洪绒参战的前后经历以及今天晚上借宿的事说了一遍，想不到张有富的妻子没听完就哭了，她擦着泪水对洪绒说：“这么说你们过来的时候孩子比我的孙子还要小啊！父母都不在身边，孩子在家里可怜呀！上次我们家整整住了一个班，现在就你们两个人，所以一点问题也没有。只是东边那个房间部队一走就再没人住过了，有点乱，我马上过去收拾一下。”说完起身端着煤油灯从楼梯那里向隔壁房间走去，海欣三人及少女母亲抱着婴儿紧跟其后。

张有富的妻子把那间房里的煤油灯点亮，洪绒见地板上果然有不少杂物，但收拾起来比较容易，就赶紧拉住张有富妻子的手说：“大嫂，我们的行李还没有拿来，一会儿自己收拾就行。”张有富的妻子也觉得当着大家的面收拾房间不妥当，就没有动手。

大家回到西边那个房间，海欣向张有富的妻子道谢，说回去拿行李，就和张振光一起走了。洪绒则留下来和张有富的妻子及少女母亲聊天，她问：“大嫂，你们家一共几口人呀？”

“原来六口，女儿已经出嫁了，不过也在这个寨子里住。”张有富的妻子指着儿媳妇又说，“现在他们单过，住在另一幢房子里。”

洪绒拿出听诊器说：“大嫂，我是医生，刚才张副指导员已经介绍过了，趁现在有空，给你的孙子检查一下身体吧。”

“好，好。”婆媳二人都高兴地说。

经过检查和询问，洪绒知道婴儿得了肠炎，便说：“孩子的身体不要紧，明天我来时再带点药，一吃就好。对了大嫂，初四晚上之前如果寨子里有人看病，就让他们过来找我吧！我到他们家里去也行，只是我的水平有限，有些病不一定能治好。”

婆媳二人不但听说婴儿的病马上会好，而且寨民也可以来家里看病，觉得很有面子，再说解放军看病从来都不收钱。

洪绒见婆媳二人长得很像，又说：“大嫂，要不是听您介绍，我还以为你们是母女俩呢！原来是婆媳关系。”

“洪医生，让你看出来了！我和她不但是婆媳关系，还是姑侄关系，她之前是我的侄女啊！所以才长得很像。”张有富的妻子说。

“啊，真的？”洪绒惊奇地说。侄女随姑嫁的做法在内地也有，但那是解放之前的事了，如今婚姻法早已明确近亲不能结婚，想不到这个会给下一代人带来严重影响的陋习，在这个偏远的山区仍然存在，因此洪绒非常为婴儿的命运担心。

也许刚才客人多，不便讲话；也许在为儿子的瘦弱和疾病担忧。自从洪绒上楼，就没有听到少女母亲说过一句话，可这时她却开口了，她说：“我们傈人的风俗习惯，是和你们内地的有些不同啊！我们这里的女娃娃一长到四五岁，就由父母替她订婚了。”接下来她说的话，跟张有富的妻子上午与海欣他们说的一样。

“原来你们一直都是近亲结婚呀！那么寨子里的残疾人一定不会少吧。”洪绒怕说出智障之类的词汇婆媳二人听不懂。

“是不少，从我记事起，就看到寨子里有一些智力不健全的人，有的连活也不会干。我在镇子里读过书，老师说这种情况就是因为近亲结婚造成的，可我们却无法改变这个现实。我姑妈那一代也是这样的嘛！”少女的母亲说。

“我儿媳妇说的不错，我丈夫就是我姨家表哥。”张有富的妻子说。

“近亲结婚是历史造成的，随着文化程度的提高，这个习俗总有一天要改变的，不然你们村子里还要有智力不全的人。你上过几年学？”洪绒说完问少女母亲。

“六年级，比我姑妈多上三年。那时我想继续读书，可镇上没有初中，要去很远的县城，得住校，读不起嘛！”少女母亲说。

“寨子里从我们这一代起才有人读书，之前的人连一天学都没有上过，能读六年书已经很好了。”张有富的妻子说。

“从上一辈人读到小学三年级，到下一辈人读到小学六年级，这就是进步。将来还会有人读到初中、高中，甚至大学，一旦人们掌握了知识，就知道什么是科学了。”洪绒说。

“还有早婚，也不好。我知道国家有个婚烟法，说女娃娃到二十周岁才能结婚，可我们那么早就生孩子了，还都不领结婚证。老师说我们倮人之所以人丁不旺，全县加在一起还不到一千，就是因为不懂科学。”少女母亲说。

“内地至今也有个别不领结婚证的夫妻。不知道你们的结婚仪式和内地的是否一样？”洪绒说。

少女母亲看着过去的姑妈，现在的婆婆，意思是让她先说，于是张有富的妻子说：“我们寨子里的结婚仪式和内地的不一样，男女双方家中都不办酒席，直到生下孩子。”接着把上午对海欣他们讲的话重复了一遍。

“生下孩子要办酒席是吗？”洪绒问。

“是的。在孩子出生后的第三天，父亲要杀一只公鸡，一只母鸡，再做几样素菜庆贺。这叫办‘三朝酒’，饭菜要先敬祖宗，去吃的人都是同姓长辈。”张有富的妻子说，这些上午她忘记对海欣他们讲了。

“还有呢！到了那一天，女方家要送给男方家一个背萝，里面有一只煮熟的鸡，一瓶酒，其他都是糯米饭。”少女母亲补充说。

“你们说的这些都很有趣，男女结婚的时候，双方家里几乎都是静悄悄的，生下孩子倒热闹起来，不过也应该热闹。”洪绒说。

“是啊，添人口了嘛，当然得热闹。那天去吃酒席的其他人也要带些东西，男人基本上都送一瓶酒，女人送的是三竹筒糯米，祝贺嘛，也不能白吃白喝。”张有富的妻子说。

洪绒见少女母亲大多数时间都称张有富的妻子为姑姑，便对少女母亲说：“姑姑现在变成婆婆了，但你还是改不过来是吗？”

“是呀，以前叫习惯了。从结婚到怀孕我一直都住在娘家，刚住过来不久，一时很难改口叫妈。”少女母亲说，语气中透露着对婆婆的歉意。

“以前我也这样，日子长着呢，称呼得慢慢改，不急！”张有富的妻子说。

婴儿醒后吃了点奶，很快又在母亲怀里睡着了，少女母亲看着儿子微笑了一下，然后把他放到褥子上去，再用被子盖好。洪绒从她那稚嫩的脸上也看到了母爱。

自从上楼看到婴儿，洪绒就又想到了自己儿子，她见婴儿睡得很香，就又凑到跟前端详起来，洪绒看着婴儿想：这个孩子虽然属于少数民族，还出生在炮火连天的边疆，很可能是近亲结婚的受害者，但他身边毕竟有父母的疼爱，这一点比自己的儿子要强。想着这里洪绒的眼圈红了。

张有富的妻子知道洪绒想自己孩子了，便说："洪医生，你们把孩子放到家里来打仗，真不容易啊！"

"谁让我和孩子的爸爸都是军人呢！事情让我们赶上了。"洪绒说。

三个女人聊到这里，见海欣一个人背着背包回来了，于是他们回到隔壁房间，这次少女妈妈没有过来，她要留在那里照看婴儿。三人一起动手，很快就把房间收拾好了，张有富的妻子见洪绒打开的褥子不但窄，也薄，就去隔壁房间扛来一张牛皮放下说："把这东西铺在褥子下面吧，家里条件差，让客人将就了。"

"大嫂，我们住在你们家可比住在帐篷里好多了，更比住在掩体或猫耳洞里强。实在麻烦大嫂一家，觉得真不好意思！"洪绒说。

"不是说咱们军民一家嘛！有什么不好意思的？你们夫妻二人就把这里当成自己家吧，有什么需要尽管对我说。"张有富的妻子说完，又去隔壁房间抱来一床被子和一个枕头，说："这些都是刚拆洗过的，干净着呢，放心用。"她离开房间之前又说，"累了一天，你们抓紧时间休息吧。"

张有富的妻子走后洪绒看了看表，已经是夜里九点多钟了，这时除了偶尔能听到几声狗叫，四周一片安静。张有富的妻子离开时已经顺便把房门带上，海欣和洪绒就直接坐到床上。半年多时间没在一张床上睡觉了，此刻都显得有些不自然，两个人你看看我，我看看你，都忍不住笑了。接着洪绒把外衣脱下，放好，拉开被子钻了进去。

洪绒躺下后，以为海欣也会很快把衣服脱下并钻进被窝，但却听他说："洪绒，你先睡吧！张大哥要是万一回来，并进入这个房间看一下或者拿点什么东西的话，看到我们两个人睡在一起会觉得非常尴尬的，我坐一会儿等等他再睡。"

"你傻，以为人家也傻呀！万一张大哥回来，一上楼大嫂就会对他说明情况的，再说大嫂已经说他今晚住在儿子家，不会回来了，而且门上有个拴，你去把它拴住不就行了嘛！"洪绒说完用被子蒙住头笑。

海欣听后自嘲地笑了一下说："那倒也是。大嫂家里添孙子，她得两头跑，所以这几天我们得回到连队吃饭，不能给人家再添麻烦了。再说你还要给战士们看病呢，明天天一亮，咱们就得立即起床回去。"

"行，每件事你都能想得那么周到，不过吃过早饭我还得过来一下，先给大嫂的孙子送点药，再回去为那几个战士看病。哎，你要坐到天亮啊？"洪绒用新婚时那样的温柔声音说。

海欣笑笑开始脱衣服，然后也拉开被子钻了进去，当他接触到洪绒那仍然瘦俏而温暖的身体时，两个人的激情才开始慢慢复苏。

六十五　祭祀活动

大年初二早晨，洪绒在海欣的带领下找到李广文，问他都有些什么药物，李广文说："洪医生，只有治感冒、拉肚子和头痛之类的药，除此之外就是酒精、碘酒、红汞和纱布之类的了。"

"得了感冒、拉肚子、头痛之类的小病，寨民一般情况下是不会吃这些药的，他们更相信偏方。今天我先带点治拉肚子的药过去，给我住的那家房东小孩吃，等给老乡们看过病，再打电话向卫生队要些对症的药。"

"洪医生，据我听说寨子里的病人很多，而且什么症状都有，我怕你一看就没完没了了。"

"没事，我在这里还有将近三天时间呢，能看多少是多少；能看好多少是多少；看不好的说明原因，让人家到医院去治。等我从房东家里回来，再到班里去看那几个病号。"

"现在连里一共八个病号，病情大致分为三类：感冒，湿疹，拉肚子。感冒好治，已经吃了点药，症状正在恢复；湿疹耽误的时间太长，有几个人到现在还没有好；最让人头痛的是拉肚子那两个人，我带他俩到营部去看过医生，可是吃了不少药就是不见好。"

听完李广文的介绍，洪绒心中有数了，她去张有富家送药一回来，就分别到八个病号那里问了病情，诊断出那两个战士也是得了肠炎，既然用西药治不好，就想到了刚才在张有富家的房檐下看到的罂粟壳。张有富仍没有回去，她给张有富的妻子说明原因，要了几只罂粟壳并在她家的火塘上用水熬好，在拿东西盛了端回来让那两个病号喝。大年初三早晨，洪绒去问效果如何，那两个病号惊喜地说："洪医生，神了！自从昨天喝了你熬的那些带点香味的茶，肚子就开始'咕噜噜'叫，但就是不再往厕所里跑了，而过去一天之内得去五六次。"

"这就说明偏方能治大病，当然不是所有的大病都能治。好好过一个年吧，保证在这个春节期间，你们俩再也不会一直拉肚子了。"洪绒说。接着又去为乡亲们看病，吃饭时有人还到连部来找她，这时整个寨子里都知道张有富家住着一个漂亮的女军医了，有时看病的人得排队。

大年初四上午，辛寨的病人基本上都被洪绒看了一遍，中午她回到一连吃饭时，见山坡上除坐着连里干部外，还坐着三位上了年级的寨民，谢槐华见她回来了说："洪医生，我们正在等你，快过来一起坐吧。"

通过介绍，洪绒得知三位长者都是寨子里最有权威的人，她向长者们问过好，便在海欣旁边的手榴弹箱上坐了下来。中间的炮弹箱上放着茶杯、花生、瓜子和糖块等食品，原来他们是在开春节茶话会。由于战事等原因，茶话会和村里的祭祀活动都推迟到当天进行。

谢槐华见该到的人都到了，便看着三位长者说："三位长辈，自从我们连到贵寨附近驻扎以来，得到了乡亲们的大力帮助，所以在今天寨子里搞祭祀活动之前，我们请三位长辈过来吃一顿饭，表达一下感激之情，同时也想听听乡亲们对我们有什么意见；趁此机会，也对洪医生的到来表示感谢，洪医生到这里后不但给战士们看病，也给乡亲们看病，后一点刚才三位长辈也谈到了，并说乡亲们都非常感激。"他说到这里，三位长者都频频点头。洪绒认为自己做了应该做的事，很平常，想不到竟然得到了谢槐华和三位长辈的表扬，显得有些不好意思。

谢槐华讲完，大家接着继续聊天，不一会儿吴建中走过来说："指导员，饭菜都准备好了，是否现在拿过来？"

"时间差不多了，准备好了就拿过来吧。忙完你也过来陪陪客人。"谢槐华说。

吴建中离开不久，战士们又搬来一些手榴弹箱和炮弹箱，座位和饭桌都有了。他们把这些东西刚放好，另一些战士就把饭菜、酒及碗筷等都送了过来。

见一切准备完毕，付孔亮说："前线条件差，只能利用这些箱子了，这些箱子除了上面有木条不平外，其他方面都不错，我们就将就一下吧。今天大年初四，仍是过年，战士们在那边吃的饭菜和这里差不了，所以大家不要客气。"没有那么多的箱子可以利用，战士们仍然蹲在不远处的山坡上吃饭。

放在炮弹箱子上的菜一共十二个，刚炒好的有三荤三素，另加六瓶罐头，也是三荤三素；酒是茅台，一共三瓶；放了两包大重九牌香烟。这些东西不少都是慰问品，卫生队也有。主食有米饭、馒头和面条。在那样的条件下，食物算丰盛了。

见大家都把筷子拿了起来，吴建中用他那坚硬的牙齿把瓶盖一个个咬开，然后“咕咕咚咚”倒入一只只茶缸，接着干部们轮流热情地给三位长者敬酒。三位长者喝完也回敬，碰一下茶缸，说一个“敬”字，让干部们耳目一新。生产茅台酒的地方虽然离这里不远，但三位长者之前只听说这种酒好喝，却从来没有喝过，这次喝了，既觉得实现了自己多年的心愿，又觉得很有面子，过些年躺进用灵树做的棺材也值了。

大家高高兴兴吃过午饭，一位长者红着脸满足地抹着胡须说：“感谢大军的热情招待，以后部队有什么事要办，尽管给我们几个人吩咐。一会儿我们得主持祭祖活动，就先走一步了，欢迎各位首长带领战士们前去参观。”

“好啊！机会难得，我们一定去。大家已经商量好了，除了留下值班的，全连干部战士都可以去。洪医生，三道弯那里没有村寨，也没有这样的活动，所以你可不要错过机会啊！”谢槐华说。

“行啊！我不但在这里参观，回去还要对医护人员和伤病员们讲讲这里的热闹场面呢，让大家都高兴高兴。”洪绒说。

三位长者走后，洪绒说今天是她归队的日子，要先去张有富家收拾东西，和海欣一起也提前走了。他俩这次走进寨子时，见人一下子多了起来，不仅有熟面孔，还有新面孔，看来外寨的人也过来看热闹了。

张有富家的门仍然像平时那样开着，里面却空无一人，估计都去参加祭祀活动了。二人收拾好东西出来，不少人见到他俩都打招呼，虽然海欣出现在寨子里的次数不多，但很多寨民都上山送过弹药和给养，他们在那里就认识了；而洪绒虽然在这里出现的时间还不到三天，但她在为寨民们看病时，要往返于这幢房屋和那幢房屋之间，又是个寨民平时难得见到的漂亮女兵，所以认识她的人比认识海欣的还要多。

虽然很多寨民都认识海欣和洪绒，但他俩却不想引人注目，所以和认识的人打过招呼，就走到神房一旁找个隐蔽的地方悄悄躲起来观看。神房建在寨子东边一个高坡上，周围站满了人，祭祖活动就从那里开始。

海欣和洪绒刚站好，就见刚才在连里吃饭的三位长者走上了高坡，他们一上去，就在神房里外忙碌开了。

所谓神房，其实就是个木架子，进出口在东边，里面有张看上去很粗糙的木桌子。那个木架子空隙非常大，站在周围的人都可以看到里面的一切。海欣和洪绒见一位长者接住有人送来的一个大饼后，先放入早已准备好的米筛子里，再端着恭恭敬敬放到木桌上。另外两位长者则接过有人送来的一大碗米饭，一大碗肉，三大碗酒和三双竹筷，也分别恭恭敬敬地放到木桌上。

三位长者把祭品一放好，站在旁边的几个青壮年男人便走了上去，其中一个就是张有富。张有富他们手中都拿着铜锣、铜鼓、牛角号和海螺等乐器，每件上面都系着红布，很像内地人家办红白喜事时请的乐器班子。

张有富他们上去后在神房一边站好，三位长者开始跪拜，各种乐器随之响起。跪拜时三位长者口中还念念有词，可是大家都听不到他们在说些什么。

跪拜仪式结束，三位长者起身迈着缓慢的步伐离开神房，接着下坡，向北边走去，张有富他们紧随其后，观众们则跟在张有富他们后面。这期间乐器声一直没有停。

“仪式不是结束了，他们还要往哪里去？”洪绒不解地问海欣。

“看样子是要去北边的树林，初一上午我们三个人去那里时，发现有个地方比较平荡，也很开阔，像个活动场所。看来整个祭祀活动并没有结束，时间还早着呢，我们也跟过去看看吧？”

洪绒兴致正浓，就点头同意，二人跟在人群后面走出寨子，发现前面的人真的都进了树林。

海欣和洪绒跟着人群一进入树林，就看到那里有很多妇女，怪不得刚才在寨子里和神房附近都没有看到她们，原来全部集中在这个地方了。树林里有几个用石头砌成的火塘，火塘上都架着大铁锅，大铁锅上正冒着热气，妇女们都在忙碌，洪绒说：“原来他们是到这里吃午饭，不知道饭后还要搞什么活动。”

“戏是一幕幕演的，我们就站在一旁看吧。”海欣说。

随着妇女们把锅盖一一掀开，香味也在树林里弥漫开了，妇女们先把雪白的米饭盛到一只只碗里，再逐个加上去一勺子肉，然后端着分别送到长者们跟前。刚才那三位长者都没有接饭菜，表示已经在解放军那里吃过了，其余的饭菜就放在那些宽窄不一的木板上，木板上还有一坛坛酒。

不久，凡是本寨的男人都坐下去吃饭了，乐器声便不再响起。男人们一边吃饭，一边把酒坛子打开，他们先把里面的酒倒入一只只碗里，再几个人围住一只用调羹轮流舀着喝，显得其乐融融。尽管这里的条件同样简陋，但那却是他们一年中吃得最好的饭菜。

男人在吃饭喝酒的时候，做饭的妇女则跳起了舞，只是这时没有乐器伴奏。张有富他们吃好喝足，才拿起乐器演奏起来，有了乐器伴奏，妇女们的舞步就显得优美多了。

不一会儿从远处跑过来一群姑娘，她们一到便踏着鼓点，扭动着柔软的腰身，摆动着秀手，也跳起了优美的舞蹈。姑娘们不但跳舞，还唱歌，衣服上的银饰闪闪发亮。她们衣服上的银饰不但闪闪发亮，还随着舞步的起伏发出有节奏的撞击声。姑娘们的到来，为舞会增添了不少光彩。

见寨子里的男人都吃好喝足，女人的舞步才停了下来，原来她们并没有提前吃饭，于是就自己盛，自己吃，但都没有人去喝那些酒，不知是长者们不允许，还是她们喝不惯。

女人们在吃饭的时候，又从远处跑过来一群孩子，他们一到也跳起了舞，唱起了歌，既不会跳，也不会唱的就自己玩。也许是碗筷不够或者其他原因吧，孩子们都没有急着吃饭，直到女人们放下碗筷又开始唱歌跳舞，孩子们才开始在大人的帮助下盛饭吃。

直到孩子们放下碗筷，长者们才起身走到外寨人面前，无论男女都请他们到中间吃饭。外寨人也不客气，自己拿了碗筷去盛，酒就算了，不好意思去喝。

这时寨子里的男人边看表演边抽烟、喝茶，他们用的都是水烟袋，抽了一锅吹掉烟灰再装第二锅，别看那些水烟袋是用竹筒做的，简单，但如果掌握不好技巧，会把里面的水吸到嘴里去的；茶水也是装在竹筒里的，已经在火塘边上烧了很长时间，喝起来苦苦的，但能让人兴奋，有的人三杯下肚一夜都不用睡觉。

这样的活动持续一段时间后，洪绒突然发现那些唱歌跳舞的女人们都不见了。过了一会儿她们才从远处跑回来，但都戴上了神鬼面具，原来是去那里化妆了，再跳时的舞步显得极其夸张。

张有富的妻子也在那群跳舞的妇女里，她戴上神鬼面具后，又和大家一起跳了一会儿，然后取下面具，径直走到仍站在角落里的海欣和洪绒面前，邀请他俩进去跳舞。与此同时，其他妇女也过去邀请一连官兵进去跳舞，盛情难却，海欣、洪绒、付孔亮、谢槐华等人互相看看都进去了，并在她们的带动下也跳起舞来。尽管官兵们的舞步有些笨拙，但也给大家带来了欢乐，活动一时到达了高潮。张振光在连里值班没有过来。

海欣趁跳舞的时候问张有富的妻子：“大嫂，看来你们没有一时结束的打算，估计要跳到什么时候呢？”

“早着呢！晚饭我们也在这里吃。天一黑，我们要在火塘上架起更多的木柴，就是你们所说的篝火，整个活力要持续到明天早晨才结束。”张有富的妻子说，言语中透露着兴奋，看来他们早就盼望这一天了。

“这样的活动你们年年都要举办吗？”

“以前年年都要办，打仗后停了两年，这几年春节期间都临时停战一个月，大家又有心情了。”

“平时炮火连天的，连下田种地都害怕，过年期间是应该热闹热闹。大嫂，我爱人的假期已经结束了，今晚九点钟之前必须归队，因此不能在这里多待了。你在这里要跳舞，要做饭，就不用回去了，我们已经把东西都收拾好了，一会儿回去拿上就走。这几天你们一家为我们夫妻二人提供了很大方便，对此我们再次表示感谢。”

“连寨子里的长老都知道军民一家，所以你们就不要再说客气话了。部队的纪律我知道，时间一到就得归队，如果不嫌条件差，下次洪医生回来还住我们家。”张有富的妻子笑着说。

这时洪绒就在旁边，她说：“好，如果下次能来，一定去你们家住。”说完二人悄悄告辞离开，张有富正在打鼓，就不去打扰他了，海欣和洪绒直到住进张有富家的第二天晚上才见到他。

尽管海欣和洪绒是悄悄离开的，但还是被付孔亮看到了，付孔亮见晚饭时间快到了，就招呼一连官兵一起离开，只是付孔亮他们直接回连队，海欣和洪绒去张有富家拿东西。在张有富家洪绒对海欣说：“过完年你们又要回到高地上去了，兄弟部队过来接守之前，免不了还要打几仗，你可要像以前那样做到有惊无险啊！……”轮战这半年多来，海欣参与的战斗都非常危险，所以洪绒欲言又止，在离别之前显得忧心忡忡。

海欣知道洪绒一直在为他的安全担心，他也一直在为洪绒的安全担心。但作为战场上的军人，二人都无法在这方面向对方做出承诺，只能在这宝贵的时间里再次紧紧拥抱。

晚饭后，洪绒被摩托车送走了，海欣若有所失。那晚张振光照样睡得很香，还不时打起了呼噜，可海欣却辗转难眠，他没有在树林里喝那些浓茶，但到后半夜了还睁着眼睛。后来他干脆穿衣起床，坐在外面的石头上想洪绒，想儿子，想父母，想牺牲的那些战友……

六十六　越军会弹望星空

春节期间，轮流在老青山上站岗的七班战士观察到越军都没有离开，倒是从别处来了一个。短裤头一拿小饰品交换香烟，其他越南兵也跟着过来换了，从那时到春节都没有停止过。他们除了拿小饰品交换七班战士的香烟，有时还用罐头等食物交换，那些罐头以鱼肉为多，吃起来和中国的味道差不多。这样时间一长，彼此都熟悉了，不交换东西的时候，他们有时也到洞口找七班战士聊天，所以在那段时间里，那些越南兵的中国话和七班战士的越南话都有所提高，当然交流时还要借助手势。

为了不让越军知道我们这边的真实人数，七班战士就按照商定的办法，在洞口时一直叫黄金庵连长，反正对面的人只能看到这边的人头，看不到是不是穿着四个兜的干部衣服。洞口处一直有人站岗，他们也不知道这边的人大部分都已经下山过年去了。

由于老青山上的情况特殊，所以黄金庵不放心，临时停战期间不轮到他站岗也三天两头往山上跑。春节期间，七班战士手中的香烟突然多了起来，好多牌子都有，由于过年人员分散，住在山上住在山下的都有，就暂时由个人保管。他们在站岗的时候，经不住那些精美饰品的引诱，也经不住那些黑牙烟鬼的死缠烂打，大部分香烟都被对面的越军吸到肺里去了，当然留在肺里的只是一部分尼古丁，肺也黑了，只是不打开胸腔看不见而已。虽然七班战士手中的香烟少了，但饰品却多了起来，这些饰品黄金庵让他们自己保管，当然能不能带回去是另外一回事。

为了保证有香烟抽，而且是比平时好的香烟，对面那些烟鬼就整天打磨小饰品。他们在住处打磨累了，想换个地方，就把材料带到洞口去做，有的锯，有的磨，分工明确，声音大且有穿透力。七班战士不但在站岗的时候能听到刺耳声，就连下岗后待在掩体里也被吵得睡不着觉，于是有的战士就起床跑过去骂，可是越南兵根本听不懂，但从表情和手势上知道怎么回事了，才傻乎乎地笑笑暂时停下来。

可是七班战士刚回到掩体里躺下，刺耳声又响了起来，于是再次出去制止。这次是一块石头扔了过去，那几个越南兵以为是手榴弹，便扔下手中的东西慌忙卧倒在地，并用双手抱头。可是时间过去了很久，他们也没有听到爆炸声，才知道丢丑了，就爬起来再次看看洞口知趣地收拾东西离开。

大年初五上午，轮到黄金庵在那里站岗，他突然发现从对面走过来十几个越军，看样子是全班出动，就下了一跳，以为那些家伙不讲信用，知道我们这边人少，要趁机采取行动。可当他看到那些人都赤手空拳，而且面带笑容时，才稍微把心放了下来，然后静观其变。

那天气温不低，越南兵大都只穿两件单衣，只是显得奇形怪状，有的一人竟穿戴三个国家的服饰：中国的鞋帽；苏联的裤子；本国的上衣。而且都不合身，样子非常滑稽，看了让人忍不住想笑。

那些越南兵迈着轻松的步伐走到洞口站住，这次他们虽然人多，却没有提出交换东西，只比划着说寂寞了一年，想一起到这里来玩玩。见越南兵说的像真话，黄金庵就和他们聊开了，内容天南地北都有，但关键的还是不说。

黄金庵和越南兵正聊着，发现从对面走过来一个三十多岁的男人，他手上还拉着一个两岁左右的男孩。黄金庵一看就知道那个男人是新来的，他穿的是便装，黑茄克、篮裤子，没有戴帽子，头发很长。一开始，黄金庵以为他是个越南老百姓，是对面某个士兵的哥哥带着孩子来看弟弟了。可是他看到那十几个越南兵对便衣男人都非常尊重，就像士兵见到他们的长官那样，才估计那小子有些来头，肯定不是老百姓。

便衣男人走进人群和那些越南兵“叽里呱啦”地讲话，小男孩则跑到一边玩耍去了，但不久便衣男人就把他追了回来，大概是怕他跑远了掉到山下去。趁便衣男人去追小男孩的机会，黄金庵问一个会讲中国话的越南兵：“刚才那个人是谁呀？你们一见到他来就不跟我说话了。”

“他虽然穿的是便装，却不是个老百姓，而是我们班的老班长，叫阮文炳。几年前他到其他连队去当排长了，后来找个了女人结婚，儿子两岁，就是跑开的那个。”

“那么他老婆呢，怎么不一起过来？”

“他老婆也是个军人，半年多前去柬埔寨执行任务了。就是因为他老婆出国作战，上级才允许他带着孩子到这里休假。”

“既然是休假，为什么不回老家看看？”

“他没有地方可去呀！父母都是军人，在南北统一战争时被吴庭艳的军队打死了，他是在部队出生并长大的。”

原来阮文炳虽然成了家，却没有固定住所，这就意味着他的儿子也要跟着部队到处跑。阮文炳一家三代人的经历，就是那个年代越南的缩影。如果越南不和邻国搞好关系，等阮文炳的儿子长大，就很有可能像他的长辈们那样在军队里度过终生。想到这里，黄金庵不禁为小男孩的命运担忧起来。

小男孩非常调皮，阮文炳追了很久才把他拉住。阮文炳见带着孩子来这里来玩不行，就把他带回去了。那十几个越南兵也跟着他们回去，那群人边走边逗小男孩玩。

下午三点多钟，又来到洞口的黄金庵见阮文炳又带着孩子出现了。这次过来的其他越南兵只有五个，阮文炳和他们一起坐在洞口不远处聊天，孩子在附近无忧无虑地捡小石头玩。过了一会儿，有个越南兵陪孩子玩去了，其他越南兵又趴到洞口和黄金庵聊天，阮文炳则站着一旁发呆。又过了一会儿，那几个越南兵都回去了，阮文炳带着孩子走在后面，当他看到那几个越南兵走下山坡，就面对残阳站住像狼一样地嚎叫起来，仿佛以此来宣泄他胸中的郁闷和无奈。孩子站在阮文炳旁边，并没有被阮文炳的嚎叫吓哭，看来阮文炳并不是第一次这样做了。

自从初五那天看到这些情况，黄金庵每天都来老青山，每次都能见到那十几个越南兵。随着双方进一步熟悉，对面那些人竟手舞足蹈地跳起舞来，还唱起了歌。只要他们过来时不带武器，过来后不闹事，七班战士就随他们的便，权当在街头看热闹。

这样的情景一直持续到正月十四。正月十五那天，黄金庵一吃过早饭就上山了，可他这次上去后却吓了一跳：洞口那里的石头倒塌了，只能伸出去一个头的小洞口由一个直径约两米的大洞口所代替。好在石头是倒向那边的，铁丝网才没有被砸破，要不然中间就连一点遮拦也没有了。吃惊之余，黄金庵马上问哨兵：“怎么回事，这是怎么回事？”

“班长，我们两个人来接岗的时候这里就已经是这个样子了，当时想：反正等一会儿你就过来了，而且这些天来都没有发生过什么事，就没有打电话向你报告。”一个哨兵说。后来黄金庵一班岗一班岗地查下去，才知道昨天傍晚这里的石头就倒了，当时有七八个越南兵在这里，他们见原来的洞口上下左右都出现了裂缝，就捡起尖利的石头和木棍一起撬了起来，后来还真的把那块石头撬倒了。他们在那边撬石头的时候，七班哨兵在这边看不到，直到那块石头“轰”的一声倒下去，才发现事情不好。后来才得知对面并不是那天才开始撬洞口周围的石头，而是早些日子就开始了。事情发生后，越南兵一轰而散，七班哨兵见一下子敞亮了，不是害怕反而有点高兴，心想：反正现在是临时停战期间，中间毕竟还有一道铁丝网拦着，他们是不会过来的，中间这道石峰就七八米高，他们要想冒险过来早就过来了。就没有当回事。

黄金庵搞清楚事情的原委后，首先批评了当时站岗的两个哨兵，接着等那些越南兵过来，以便让他们恢复原状。下午，果然有几个越南兵又过来了，但他们都说不是自己干的。在黄金庵的强烈指责下，对面那几个越南兵才慢慢把洞口堵上，可那块石头已经破碎，垒不成原来的样子了，黄金庵只好分别向海欣和骆三贵作了汇报。

海欣和骆三贵听到报告后都来了，两人看后认为：那里毕竟是一个快要挖通的缺口，倒塌是早晚的事，再说事情本来就具有戏剧性，如今也没有好的补救办法，不如暂时就这样吧，以后可以在铁丝网上想点办法。

缺口倒塌的第三天，黄金庵又来到老青山，发现那些垒起来的石头又倒塌了，哨兵又说：“一接岗就是这个样子了，对方可能还是为了看清楚我们才这样做的。反正他们没有别的意思，不如就这样吧。”

黄金庵知道重新垒起来的石头，不用水泥凝固根本不行，而且垒了还会再倒，在这边干着急没有办法，就随它去了。而且这次也没有报告的必要，副连长和排长已经知道此事，他俩来了还是没有办法解决，等临时停战快结束再想办法不迟。

正月十九那天越南兵再次过来时，见中国兵不再让他们重新垒石头了，便显得非常高兴。他们虽然不知道那个经常被中国兵叫做连长的人究竟是谁，但已经看出黄金庵是个小头目了，而且也多次和黄金庵聊过天，于是最早出现的短裤头就直接向他要香烟抽。短裤头一只手扶住缺口边上的石头，另一只手伸进铁丝网，身体还不停地晃动，嘻皮笑脸地看着黄金庵，但就是不说他要干什么。

这几个月来，黄金庵与短裤头接触最多，所以短裤头才敢这样做。这次黄金庵看着短裤头明知故问：“你小子吊儿浪当的要干什么？”

但短裤头听后还是做着同样的讨要动作，仍不讲话。

“我知道你又要香烟抽，可是好几次都不把东西拿过来，这次不行，不给了，回去还抽你们的黑棍子吧。”

黄金庵所说的黑棍子，就是越南兵平时抽得最多的那种香烟，七班战士曾经通过交换得到几支。凑近后才发现它其实并不黑，而是呈古铜色，有点像雪茄，但比雪茄略小一些，比普通香烟略粗、略长一些。七班战士轮流抽了几口黑棍子香烟，感觉它的味道有些淡。起初他们以为黑棍子香烟是由烟叶直接卷成的，可是剥开一看，发现只有外面薄薄的一层是烟叶，里面全部呈碎片状，不是烟丝，而是由其他植物填充而成。就这样的香烟，他们还要加个过滤咀，挺讲究。

短裤头不是不肯拿东西换，而是他的烟瘾太大了，做不及，下一个小饰品还没有做好，用上一个小饰品换的香烟早就抽完了。在没有小饰品的情况下，起初他只是试着要香烟抽，没想到黄金庵他们还真给，尽管一次只有三五支，也能过一阵子瘾，于是后来只要一断，就厚着脸皮过来要了。

短裤头长了一张喜剧脸，因此他用得最多的一招就是尽量不说话，并不时翘起他那又黑又瘦的大拇指表示：你们中国烟好抽，比我们的黑棍子可强多了；你们国家比我们富裕，领到的津贴费比我们多，可以买到好烟抽，而我们三个月发的钱，也买不到一条黑棍子。他反复强调自己的烟瘾实在大太了，用小饰品换的香烟根本不够抽，每次都是实在忍不住了，才过来要点解急。

为了证实这一点，短裤头还边说边比划，不时打哈欠，其夸张程度类似于毒瘾上来的人。之前黄金庵见他这个可怜样经常给，可这次的态度却非常坚决，因为他们又把石头推倒了。短裤头见这次要烟无望，就露出失望的眼神，弓着瘦小的身体回去了。黄金庵以为短裤头要香烟受挫，起码当天不会再来了，可十几分钟后，他竟然又在铁丝网对面出现了，不过这次手上拿了一瓶罐头。

短裤头隔着铁丝网把罐头递给黄金庵，黄金庵一看是鱼肉的，没有打开过，才把三包没有拆封的香烟递了过去，并告诉他说："你们过去吃我们的，用我们的，别以为我们国家什么都有。我们国家还有三千万人口吃不饱饭呢！就这样还支援你们国家独立，想不到你们国家独立了，却忘恩负义调转枪口打我们。我们的津贴费也不多，每月买不到一条这样的香烟，这些都是我国政府和家乡人民慰问的，因此不能经常白给你们这些小兔崽子。"

经过几个月的学习，黄金庵说的这些话短裤头基本听懂了，但他不会说中国话，还得比划着表示：我们也不想和你们打仗，但是国家领导人决定了，我们能有什么办法？我们不来是要坐牢的。这三包香烟我会节约着抽的，连烟头都不会丢。然后又迫不及待地抽了起来，还是一连两支才吐出一点烟雾。

前线战士平时也缺香烟抽，只在逢年过节时才存点货。他们也知道抽香烟对身体不好，但打仗期间，连生命随时都有可能结束，谁还会考虑尼古丁带来的危害？

因此香烟在前线普遍被视为好东西，不管邮包是寄给哪一个人的，只要发现是香烟，大部分都要充公，或者由班长指定一个人保管，需要时大家平均抽。整个前线基本上都是这样做的，七班这些天是特例。

由于战士们收到的香烟来自全国各地，所以牌子也五花八门，最多的是中华、大前门、云烟、大重九、紫光阁和民乐。后来黄金庵他们把较好一点牌子的香烟留给自己抽，较差一点的才给越南兵，不过寄送到前线的香烟，质量基本上都属于中上等。

春节期间虽然两国不打仗，但要打宣传弹。我军用炮打，每天三百发，全部在空中爆炸，宣传品自上而下落在越军阵地上到处都是，有的上面印着胡志明图像，并用中越两国文字表示：他生前对中国人民是友好的，发生现在这些事应该怪黎笋那伙人；有的上面印着越南女人哭送士兵上前线的图像，也用中越两国文字表示：他们的家人是不愿意让他们来打仗的，但黎笋那伙人下令了，不能不来；还印了一个越军士兵想心事的图像，背景是一张铁丝网和一个讨饭老人，老人的长相非常像那个越军士兵，这张图片上没有文字，因为谁都能看出那是父子二人，内容一目了然；我军在宣传单上，还告诉他们越南战俘在这边的生活情况，有打篮球和搞其他娱乐活动的彩色照片为证。

那些宣传单大小不一，各式各样都有，有的是一张大纸，拿到便可以看；有的像连环画，需要一页页翻着看。虽然尺寸大小不一，但纸的质量都特别好，与解放军画报上的几乎一样，在水里泡上十天半个月也不会烂，图像更不会消失。

越军也向我军前线官兵散发传单，方法有的是用小饰品换香烟的时候一起塞过来，他们在传单上也印中越两国文字，内容有越南劳动党政治局委员、部长会议副主席武志公的讲话等。战士们见武志公等人的讲话不中听，便随手扔到山下去了，飘得山沟里到处都是。不过只要传单上有越南漂亮女人图像，战士们就会多看几眼再扔。

虽然越南穷，但春节期间给军人吃的东西还不错，从交换过来的物品上看，有鱼肉罐头、饼干、奶糖、菠萝、茶叶等。有一天黄金庵把一包茶叶打开泡水喝，结果那一夜他都没有睡着，第二天说：“天啊，这茶叶劲还真大，早知道睡不着觉我就不喝它了。”

有次黄金庵正在缺口处和一个越南兵闲聊，突然发现另一个越南兵向他晃了晃手中的竹筒，黄金庵知道那是竹筒饭，刚要摇手拒绝，那个竹筒就被对方“嗖”的一声扔了过来。黄金庵不稀罕竹筒饭，再说他和哨兵口袋里都没有香烟了，于是就顺手把正在玩着的空风油精瓶子扔了过去，同时向对方表示：身上的确没有其他东西可换了，要不明天再给他香烟。谁知那个越南兵表示：非常喜欢黄金庵扔过去的风油精瓶子，说亮晶晶的挺好看，值一竹筒米饭，用它交换就行。第二天黄金庵还是给了他两包香烟

正月二十二那天，七班战士在辛寨闲着没事，一吃过早饭都跟着黄金庵到山上来了，上山后他们有的打牌，有的站岗。站岗的那两个哨兵还打开录音机放歌曲听。哨兵一放歌曲，就被对面那些越南兵听到了，不久他们又全部走了过来，连阮文炳和他的儿子也不例外。他们走过来后，或站或坐着听了一会儿歌曲，后来有几个竟跟着节奏跳起舞来，其他越南兵受到感染，也跳了起来，顿时那里像在开一场舞会。

他们跳了一会儿舞，又跟着录音机唱起了歌，不久有个越南兵跑回去拿来一把吉他，并随手弹起了《十五的月亮》和《望星空》，这次没人唱《大海航行靠舵手》了，自从那三个特工唱这首中国人早就不再唱的歌曲被识破身份后，可能整个前线的越军都知道这回事了。

那个越南兵弹吉他的时候，其他越南兵仍在跳舞、唱歌，他们越跳越唱越高兴，不久就把活动推向了高潮。越南兵玩到高兴处，一起把阮文炳的儿子抬了起来并抛向空中，抛了一次又一次，不过每次都被他们接住了。直到这时，阮文炳的脸上才露出一点难得看到的笑容。他儿子也高兴得“咯咯咯”直笑。

越南兵又唱又跳，七班打牌的战士便坐不住了，于是都出来看热闹。他们觉得好玩，就在铁丝网这边鼓掌助兴。

大家正玩着，突然又一个越南兵跑了回去，回来的却是个女人。那女人看上去面容姣好，一开始，七班战士还以为是阮文炳的老婆从柬埔寨回来了，可对方打扮得过于花枝招展，走近铁丝网时还不停地扭动屁股，做出各种丑态，大家才认为来人不会是阮文炳的老婆，阮文炳在这里，他老婆不敢如此放肆。后经仔细辨别，才发现原来是那个最小的越南兵扮的，于是黄金庵等人便哈哈大笑起来。见七班战士笑，越南兵也跟着笑，那个最小的越南兵见自己的装束被识破，便索性扯掉假发，怪笑着做各种动作，把七班战士的肚子都笑痛了。

当然玩归玩，双方谁都知道这里是战场，临时停战即将结束，双方又要打仗了。

六十七 夜上断笋峰

过完春节，唐泉东在神水洞又召开了一次作战会议，这次参加会议的仍是军首长，所属各师、团军政主官，议题是：研究如何攻打苍鹰山一事。

攻打苍鹰山这件事，部队接防不久官兵们就开始议论了，越军夜袭女子卫生队时达到了高峰。前线官兵群情激昂，纷纷要求担任主攻拔那个点，但据多方了解，苍鹰山下面的山洞里的确盘踞着一个团的越军特工。他们人多并不可怕，关键问题是地形十分复杂，因此唐泉东他们一直下不了决心。

苍鹰山在三道弯西南方向，也像老青山那样坐落在边境线上。它东西长约三百米，南北宽约一百米，西面两公里处是老青山，因山顶有块像苍鹰那样的石峰而得命。如果把刀山比做一头巨大的卧牛，那只“苍鹰”就在用凶狠的目光紧紧盯住它的眼睛，仿佛随时都可能腾空而起扑过去，用它那铁钩一样的爪子去抓“卧牛”的眼睛似的。

通过进一步审问抓到的女俘得知，那一个团的越军特工基本上都住在苍鹰山南侧山脚下的山洞里。山洞出口处是一个不大的山谷，对面还有一座座高山，就像海欣他们那天在大雾中看到的那样，易守难攻。

作战会议整整开了一天，大家认真讨论了事先准备好的几种作战方案，最后终于形成决定：由九四一团担任主攻，其他部队配合作战，争取以最小的代价一举攻克苍鹰山，消灭那一个团的越军特工。

团长韦立世接受任务后，立即带人到苍鹰山附近察看，他见苍鹰山高约百米，北侧的山体很陡，人根本无法攀登上去；南面那一座座山在越南境内，地形更加复杂，且经常有越军活动，不可能从那里发起进攻；山谷的确比较窄，基本上都在二十米左右，在弹药充足的情况下，如果越军在两头各放一挺重机枪把守，我军纵是千军万马也冲不进去；至于空降，更不可能，因为如果稍有偏差，降落伞就会飞到南面那些山上去。因此，唯一的办法还是智取。

毕竟是本次轮战期间要拔的最大一个点，所以军师首长再次来到苍鹰山附近观察，他们在那里看了一上午，最后唐泉东把目光停留在苍鹰山东侧那遍开阔地上。那片开阔地基本上呈正方形，长和宽都在两百米左右，上面除了杂草就是石头，他决定天黑之后摸过去查看一番。天黑之后唐泉东亲自带人过去用铁锹往下挖，结果惊喜地发现下面起码两米之内全部是土而非石头，便决定用半个月左右时间，在那里挖一条通向苍鹰山的通道，迈出智取苍鹰山的第一步。

进攻路线一旦确实，便抓紧时间进行施工，因事关重大，唐泉东亲自提出要求：一是绝对保密；二是不能发出任何响声；三是全军上下一起努力，施工二十四小时不停；四是必须把挖出的泥土及时运走；五是必须对挖好的坑道进行伪装，方法是向前挖一米，就在上面加一层方木，最上面用原来的土、草或石头覆盖，做到表面和从前一样，不能让近在咫尺的越军看出丝毫痕迹，更不能一踩就塌，因为越军有可能到开阔地上巡逻，在这种情况下还不能缺少哨兵，一旦发现越军过来，地下立即停止施工。

在唐泉东集中全军力量秘密挖通道的同时，成立敢死队的事也在进行，这件事张黎亲自过问，他听完韦立世的汇报后说："敢死队要少而精，根据地形和需要，我考虑以六十名队员为宜，当然可以有些机动。敢死队发挥作用如何，队长人选很重要，我们必须挑选一位既胆大心细、又能照顾到全局的干部担任。韦立世，你心中有这样的人选没有？"

"有。师长，我考虑来考虑去，觉得还是由海欣来当这个队长比较放心。"

"因为海欣以前干得太出色了，我也一下子想到了他。"

"但是当突击队长更危险啊！"

"韦立世，这一点我考虑到了，你们是主力团，每个人都是要参加这次战斗的，高地暂由九四二团驻守，无论海欣当不当这个突击队长，都得往上冲，所以就把好钢继续用到刀刃上吧。"

事情就这样决定了，韦立世告别张黎回到自己住的帐篷，然后立即派人去把海欣叫来说："海欣，团里打算成立一个敢死队，让你去当队长，对此你有什么想法？”不等海欣回答，韦立世又把对突击队员的要求，以及挑选范围讲了一下。

“团长，决不辜负全军官兵对我们的期望，保证完成任务。关于突击队员的挑选范围，我认为不需要扩大到全师了，不就是六七十个人嘛，在我们团里挑就行。”

“好，那就按你的意见去办。我相信我们团报名的人数一定不少。”

接着韦立世召开连以上干部会议，专门布置突击队员的报名及挑选问题，强调官兵自愿，名单逐级上报到团司令部后由海欣挑选。

这是九四一团到前线后第一次组织敢死队，虽然之前几乎都写过血书，但不知道关键时刻会不会掉链子，结果出乎韦立世意料之外：各连官兵都报了名，一个也没有逃避。

经过认真筛选，最终海欣把敢死队员名单定了下来，连机动的一共七十个，仍有他手下得力干将骆三贵、黄金庵、钟虎和贾兆栋。

根据团里安排，海欣把敢死队员召集到一起同吃同住，又把他们分为四个小组。这时骆三贵的排长任命已经下来了，整个突击队就他和海欣是干部身份，于是海欣就让他担任副队长兼第一小组组长；钟虎任第二小组组长；黄金庵任第三小组组长；贾兆栋任第四小组组长。队员平均分配到各个小组。

突击队成立后，挖通道的事还在进行，由于各方面工作到位，挖通道的事进行得还算顺利。为了完成这次任务，海欣找到一处与苍鹰山相似的地形进行模拟训练，他白天与队员们一起摸爬滚打，晚上带小组长们到苍鹰山周围侦察地形。

苍鹰山西侧约三百米处有座断笋峰，因像一个被人从上半部分砍断的巨大竹笋而得名，那次海欣他们意外抓到女俘的地方就在这两座山之间。

断笋峰直挺挺地屹立在边境线我国一方，高度基本与苍鹰山持平，海欣决定上去看看，也只有从那里上去才能看清楚苍鹰山南侧的山谷，从抓获女俘的地方看太危险，现在越军更加警惕了，还不一定能到那里。但只能晚上去断笋峰，否则会被越军发现并向那里打炮。一天傍晚，海欣带领四个小组长出发了，路上他说：“我们在苍鹰山东北两侧都侦察过了，但是仍然看不清苍鹰山南面的山谷，这是一个我最不放心的地方，希望此行有所收获。”

“副连长，我们是应该多看看，不看到苍鹰山南面的山谷究竟是个什么样子；不知道越军的哨位在什么地方，有多少个。我们冲出去后就会非常被动。”骆三贵说，自从当上班长、代理排长和排长，尽管只有几个月时间，他也学会全面分析问题了，进步比海欣等人预想得要快。

黄昏下五人边走边聊，到断笋峰北侧山脚下时天就完全黑了。走到跟前，海欣才发现山体比原来想象的要陡，上去时如果一不小心，就会掉下来摔得粉身碎骨。五人在断笋峰北侧稍事休息，便开始腰系绳子横着拉开距离向上攀爬，他们这样攀爬的目的只有一个，那就是各自寻找上山之路，能全部上去最好，只上去一两个也行，不久海欣估计的情况果然出现了：钟虎、骆三贵和黄金庵只上去五十多米，就再也找不到可以攀登的山崖了。海欣知道这个情况后让他们都下去等，因为这个时候三人已经体力不支，再从自己和贾兆栋的地方上容易出事，再说他也不知道自己和贾兆栋能不能上到山顶。

大约一个小时后，海欣和贾兆栋终于爬上了山顶，虽然累但非常高兴。可是他俩发现上面不平，有许多高低不平的石头，而且很尖，几乎没有可以站人的地方。两人摸索着找遍山顶每一个角落，最后才在西北角看到一个可以坐下的地方。但那个地方只能坐下去一人，于是海欣只好让贾兆栋也下去了，让他们四个人都在下面等，有情况用步话机联系。

三月份的天气，晚上在山下睡觉时还得盖上被子，可是海欣只穿两件单衣，只能把雨衣裹了又裹，就这样他也睡着了。海欣被冻醒后抬手看了看表，发现已经是后半夜了，他见天空星星点点，仿佛就在身边。透过高空的夜幕，海欣隐约可见附近的山峦。周围静得连自己的呼吸声都能听到，人处在这样的环境里很容易想到亲人，他知道这时亲人们已经入睡了，可能还在做梦吧？但愿儿子能梦到我和洪绒。每次想到儿子，他的幸福感就会油然而生。

海欣正想象着儿子可爱的一举一动，突然觉得有个东西落到脖子上，摸到手上凑到眼前一看，原来是只蚂蚱。在老家那里这东西都过不了霜降，秋天把卵一产到土壤里就死了，而在这里却可以过冬，世上的万物真有意思。

尽管只是一只蚂蚱，但在夜空的山顶上总算看到了活物，这使海欣在寂寞中感到一点欣慰。不过他不能一直把蚂蚱握在手里，怕把它捂死，就伸开手掌让它自由爬动。过了一会儿，他见那只蚂蚱好像在和自己告别似的闪动了几下翅膀，接着一下子飞走了。

蚂蚱飞走后，海欣又睡了一会儿，他再次醒来时见天空已经发亮，便开始寻找最佳观察位置。

山顶上面有草有树，这些海欣昨天晚上就看到了，只是那时看不清楚，现在他看到草和树的根部只有一点土。不用说那点土是随风吹上来的，被风吹上来的泥土应该很多，只是大部分又随着雨水回到地面上去了。至于草和树木，应该是鸟类在消化之前把种子拉到这里的。海欣看到这些，觉得大自然非常神奇。

山顶面积不大，杂草寥寥无几，小树也只有几棵，最高的才一米左右，直径约三厘米，长得虽然不算茂盛，但多少可以挡点身体。吃了点压缩饼干，喝了点水，海欣爬到一棵小树下面站好，然后取出望远镜对准东面的山谷。

在望远镜里，海欣觉得苍鹰山一下子被拉近了许多，从这个方向看，它已经不是原来的样子了，除了山洞和角角落落几乎每一个地方都能看清楚，山谷的宽度正如他之前模模糊糊看到的那样。

海欣在镜头里看不到人，就努力寻找洞口所在的位置，可是发现很难。中间部位有个蓄水池，说明的确有人在那里居住，起码之前有人居住过。考虑到天刚亮，还没到起床时间，海欣就趴在那里等待他们出现。

过了一会儿，海欣果然看到有人在山谷里出现了，尽管只有一个，也让他非常高兴，因为既然有第一个，就会有第二个，第三个……他见那人是从北边山脚下出来的，手上还提着一只水桶，据此海欣判断：那个最大的山洞可能就在苍鹰山南侧山脚下，起码那里有山洞。

又过了一会儿，出现在山谷里的人逐渐多了起来，而且都是从苍鹰山南侧山脚下出来的。他把望远镜对准那些人观察，发现他们手中拿的基本上都是水桶和脸盆之类的东西，应该是刚起床。

看到山谷里这么多人活动，说明女俘没有说谎，但这不是海欣最想知道的，他最想见到的是那些带枪的越军士兵，因为在不发生战斗的情况下，只有哨兵才带着枪在山谷里走动。他们带着枪是去哨所站岗，这里一旦打起来，哨所就是要对付的火力点，山洞里的人往外冲要有个过程，那时一旦把外面的越军消灭，山洞里的人就冲不出来了。大约半个小时后，海欣终于看到一个带枪的越军士兵出现在山谷里了，于是就把镜头一直对准他。他发现那个越军士兵绕过水池向南走去，接着上了苍鹰山南面那座山，随后便在一个地方不见了，那地方有块巨大怪石，很可能是第一个发现的火力点。海欣估计这是越军要换岗，果然不到一分钟时间，便从怪石后面走出来另一个越军士兵，进去的那个高，出来的那个矮，很好辨认。

接下来，海欣用同样的办法继续跟踪寻找，到中午时分，他基本搞清了火力点的大致位置。为使胜利的把握大一些，下午他继续跟踪寻找，反正白天也下不去。

整整一个夜晚和一个白天，海欣就是这样在断笋峰上度过的，晚上骆三贵曾用步话机多次联系要求上来替换，但海欣都没有同意，作为队长，他要掌握第一手资料。海欣盯住那些带枪越军士兵的一举一动，饿了，还是啃压缩饼干；渴了，还是喝水壶里的水；累了，他就闭上眼睛休息一会儿，那个地方虽然不能坐，但掉不下去。直到天黑，再也看不到东边那个山谷了，海欣才停止观察下山。

那一夜苦没有白吃，海欣发现苍鹰山顶一共有三个火力点；山谷南面的山坡上有六个。火力点的位置高低不一，可能是根据地形和需要设置的。遗憾的是看不到山谷两头，只见带枪的越军士兵向那里走，也有回来的，但就是看不到火力点的具体位置，不过从来往的人数和时间上判断：山谷两头起码各有五到八个哨兵把守。

海欣安全回到地面，一直在那里等待的骆三贵等人立刻迎了上去，海欣见到他们的第一句话就是：“这一天一夜在上面待得值。从明天晚上开始，你们四个人都要轮流上去观察一天，必要时其他突击队员也上去看看，因为这对我们来说太重要了。但你们天亮之前到达山顶就行了，我在上下山的地方做了记号。”

六十八 遗书

突击队一成立，一家电影制片厂便知道了，为了取得第一手资料，他们派出了一个摄制组到达前线，吃住都和突击队员们在一起。

大家都知道战场上的突击队其实就是敢死队，只是叫法不同而已。人死不能复生，但可以利用先进的技术手段把他们的音容像貌留下来，这就是上级同意摄制组过来的原因。

战斗一开始，大部分敢死队员可能就没命了，所以一切都要抓紧时间进行。摄制组成员每天早晨一起床，就扛着摄像机到处跑，他们录军、师、团首长给敢死队员开会、合影的镜头，合影时敢死队员都戴着钢盔，而各级首长则戴着平时戴的那种帽子；他们录海欣带领大家训练和侦察的镜头，但没有去断笋峰，因为怕人多暴露目标，再说扛着摄像机也上不去；他们录敢死队员一天到晚的生活小事，有次贾兆栋上厕所，摄制组成员小李也扛着摄像机跟进去了，贾兆栋站在茅草丛里边方便边说："哥们，连尿尿也要录啊，将来大家看到了可不雅观。"

"有什么不雅观的，谁不拉屎撒尿，否则不就成了传说中的貔貅了。貔貅那玩意也只能是一种传说，否则它在自然界里怎么生存？就这样生意人还把它的塑像放在商店里，意思是只进不出，我每次看到都觉得特别别扭。贾班长，我站在后面拍摄，只录个背影，正面动作就免了。"小李哈哈笑着说。

"行，不过你可得站远点啊，别把尿声录进去。"贾兆栋说完扭头对着镜头做了个龇牙裂嘴的动作。

“行，行，那我就退后一点吧，拍出来准是一个经典动作。”

“是吗？什么都录进去也好，要不然我们一到那边，大家什么都看不到了。”贾兆栋说。

小李想说：如果你们真的到那边去了，我们还可以录遗体和开追悼会等场面！但这种话无论如何也说不出口，就笑了笑顺便也撒一泡尿走了。

关于敢死队，前线官兵几乎每个人都在电影里看到过，八国联军入侵中国时我们就有了。那时中国十分落后，冲锋时举的是大刀，还光着膀子，而洋鬼子用的则是长枪大炮，结果还没等冲到他们跟前，就一批批倒下了，场面残烈壮观，看了让人在钦佩和心痛的同时，也会考虑很多问题，希望中国强大起来，不再受外强欺侮；如今为了保家卫国，勇士们也将献出年轻的生命，战前他们已经写好了血书，现在要做的是把遗书写好，或者在已有的基础上进行修改。钟虎把遗书写好后改了又改，然后拿着走到骆三贵身边说：“三贵，你看看我写的怎么样？”只要旁边没人钟虎就一直这样叫，旁边有人了就叫排长。

对于光着屁股一起长大的伙伴来说，看对方几乎是透明的，钟虎在遗书里写的内容，骆三贵就是不看也知道，他说：“虎子，你文化水平比我高，写的东西还用我看吗？”

“虽说我是比你多上几年学，可现在你是排长，还是我的顶头上司，站得高了，看得就远，和我的看法有所不同，就帮忙看看吧！差了补上。”说完钟虎把遗书递给骆三贵。

骆三贵知道钟虎在和自己开玩笑，说：“什么站得高了，看得就远，你还不知道我这个排长是怎么当上的，那天的事让我赶上了，那天的事要是让你赶上，你现在可能就是我的顶头上司。虎子，你的字写得太潦草了，我得慢慢看，趁这个机会你也看看我的吧。”说完从口袋里掏出来三张叠得整整齐齐的纸递给钟虎，又说，“如果发现有错别字你可要帮我改一下啊，不然让人家看到了笑话。”

钟虎边看骆三贵的遗书边说：“放心，有错别字我会改过来的，可就是不改，人家看到了也不会笑话咱们的，咱们要是真为祖国捐躯了，人家尊敬还来不及呢，还笑话什么？”骆三贵的字写得很大，钟虎很快便看完了，第一张上面没有标题，格式和写信没有区别，开头是：敬爱的奶奶、邻居大爷、大娘们：祝你们岁岁平安，事事如意，一切都好！

奶奶，这次我们接到上级命令，说要拿下唱英（苍鹰）山，为这事团里还组织了敢死队，一共抽调七十名队员，我是其中的一个，还有咱们村的虎子。我们都是自愿报的名，基本上以党团员骨干为主。几天后战斗就要打响了，敢死队员的危险性比打仗的其他任何人都大，所以我们都做了死的准备。奶奶，我如果真的牺牲了，你可千万不要难过啊！因为自古以来打仗都是要死人的，谁让我来当兵，又是个战斗英雄和排长呢！

奶奶，现在我最担心您的身体了，因此不管我在不在，您都要把自己照顾好。还有，咱们家的房子太破了，我刚当上排长，还没有攒下多少钱，要是我一死，房子可能就盖不成了。不过，政府会给咱们抚恤金的，尽管不多，买坯，找人把南边那堵墙垒上应该够了。

这些天电影制片厂来给我们拍了不少电影，专拍我们参加敢死队的人，到时候您能在电影里看到我和虎子。所以政委说我们都不会死，会永远在屏幕上走动，和（活）在祖国人民心中。

奶奶，我爹妈死得早，是您把我养到十八岁来当兵，可我却没有让您享过一天福，对不起了！

最后，祝家乡的亲人岁岁平安，万事如意！再见了！三贵。

尽管有些话钟虎也写上去了，但看到骆三贵所写的内容，心中还是觉得不是滋味，看完他沉默了一会儿才说："三贵，想不到入伍后你的文化水平提高得这么快。"

"你们都有文化，我不学不行啊！虎子，你帮我把错别字改一下吧。"骆三贵说，看来他知道里面一定有错别字。

"就两三个，好改，一会儿我把正确的写在错别字上面就行了，不用重抄一遍。"以前骆三贵经常重抄钟虎帮他改好的家信，重抄一遍就会提高不少。

"不抄就不抄吧。写好这个东西我反复琢磨过，总觉得和在营房时写的决心书差不多，你说行，我就放心了。虎子，我奶奶一个人在家，老让你爹妈为她操心，真过意不去！这话已经说了很多遍，但我还是想说。"

"远亲不如近邻，应该的。再说我爹妈比你奶奶年轻，身体又好，多干点活累不着。"

贾兆栋在没到突击队之前就已经写好了遗书，这次见大家都在写，就从枕头下面摸出来又看了一遍，觉得内容基本上都写上了，不需要补充，就这样吧。父母生下他们五个孩子，其中四个都是男孩，因此不用担心父母的养老送终问题，只操心一件事：房子。这一点和骆三贵想的一样。因为没有房子，所以哥哥和弟弟们在农村很难找到对象，于是他在遗书中写道：现在家里只有三间北屋和三间西屋，爹妈和妹妹住北屋，哥哥弟弟如果找到对象，三间西屋就只能给他们中的一个人住了，这样还缺三幢房子，每幢至少盖两间。如果我光荣牺牲了，就可以省下一幢房子的钱，把将要盖的那两幢房子都盖成三间，这样住进去宽敞些。贾兆栋和骆三贵一样，也写了满满三张纸。

因为不是一个小组，所以贾兆栋和黄金庵没有住在一顶帐篷里，这天贾兆栋去看黄金庵时，见他正趴在地铺上写字，便说："老黄，你又在写信啊？"

"写什么信，是遗书。"黄金庵说话时没有抬头。

"你不是已经写好了嘛，怎么还写？就那点事反复说它干什么。"贾兆栋说着一屁股坐到黄金庵身边。

黄金庵见贾兆栋一来自己写不下去了，便翻身坐起来说："你小子反复说，不等于人家也反复说。老贾，你的真没有修改？"

"没有。等出发的时候往口袋里一塞，一切就算妥当了。"

"老贾，你把遗书带在身上可不行，冲锋陷阵的时候，身体很容易被炮弹炸飞，到那时恐怕战友们连咱们的骨头都找不到了，还能看到遗书？不如这样吧，先让我看看是什么内容，等你死后我多少还能记住点对他们说。"黄金庵说完哈哈大笑起来。

"我被炸飞，你小子就能保证自己能活着回来吗？你小子要是也死了，看了也是白看。"

"那我就不看了。不过我劝你把它压在枕头下面，千万不要放在身上。"黄金庵这次是真诚地说。

"你小子盼我早点光荣牺牲是吧？放心，你就是不说，我也不会把它带在身上的。老黄，制片厂给你摄的影多不多？"他一直把"摄"念成"聂"。

"多，除了上厕所，我们走到哪里人家就跟到哪里。他们还让我看了那些镜头，拍得不错。"

"我也看过了，想不到连声音也能录进去，不过听起来有点怪怪的。不错啊！咱们死后还能活在录像里。不过，人家给咱们拍录像不是让别人看的，主要是存起来当资料用。"

"那咱们的音容相貌不是要被锁在柜子里了，难道家里人也看不到？"

"家里人当然能看到，但到农村放得把机器带过去，开追悼会时他们也能看到。不过一两年后，人家可能就把咱们这些人忘了，活着的人各忙各的，哪能整天记住以前的事呢？"

"要说也是。"

说完二人都陷入了沉默，估计都在想：如果我们真的为国捐躯了，希望大家不要忘记我们。

六十九 抽支中华烟

挖掘通道任务如期完成，由于组织严密，谨慎施工，一直没有被越军发现，攻打苍鹰山按原计划进行。

在总攻发起的前一天晚上，海欣又把突击队员们召集到一起，他们摸黑在山坳里召开战前最后一次会议。

会上海欣询问突击队员们是否熟悉苍鹰山周围的地形；是否知道每个火力点的具体位置。虽然十多天来都在做这件事，但这两个问题关系到战斗的胜负，关系到敢死队员的存亡，所以海欣还是要亲自过问。敢死队员们也知道此事关系重大，如果按照要求去做，活着回来的可能性就大，否则就可能回不来了，于是都说已经熟悉了。实际上这次会议是对前一段情况的检验。

见大家都记住最关键的问题，海欣便从挎包里掏出中华牌香烟说："战斗即将在明天拂晓打响，我这个当队长的也没有什么好东西招待大家，就给每人敬支香烟吧！请大家在抽香烟的时候看一下是什么牌子，想想我为什么请大家抽这个牌子的香烟。"说完把香烟抽出来，一一递到突击队员们手上，并为大家点燃。

借着打火机的亮光，敢死队员们都看到了印在香烟上的"中华"二字，于是知道海欣的用意了，他们抽着中华牌香烟，爱国热情油然而生。见大家都在默默地抽香烟，海欣又说："这些香烟是我春节前路过立马坡县城时买的，之所以保存到现在，就是要在关键时刻才拿出来抽。至于它有多高档，我还真的不知道，我只知道上面印着'中华'二字，我们抽着它就能想到祖国，想到在为祖国而战，起码我是这样想的。”

“副连长，我们也是这样想的。您那里还有这种牌子的香烟吗？”突击队员周村贵问。

“有啊！还有不少，要不你再来一支，大家都可以再来一支。”海欣说。

“副连长，我不是这个意思，我的意思是说，如果您还有这种香烟的话，就在明天凌晨冲出通道之前，再给我们每个人发一支，那一刻再抽就更有意义了。”周村贵说。其他突击队员听后也跟着附和，他们都说如果能这样就好了，有人还担心海欣保存的香烟不够每人一支，说如果不够三五个人轮流抽一支也行。

听到大家都有和自己一样的想法，海欣觉得非常高兴，他说：“这些香烟还有不少，明天凌晨每人抽两支也够了。明天凌晨不但我给大家敬中华香烟，师团首长还要过来敬茅台酒呢！烟是爱国烟，酒是长征时期中央红军喝过的酒，希望同志们抽完喝完，完成咱们应该完成的任务。”

开完会其他突击队员都回去了，海欣把四个小组长留了下来，说：“同志们来自全团，而队长、副队长和小组长都是我们一连的人，而你们四个又在一个排，为此这几天我一直在想：如果上级不指定我来当这个队长，你们被选进突击队的概率就会小多了，被选进突击队的概率小，就意味着光荣牺牲的概率也小，因此我觉得有点对不起你们，更觉得有点对不起你们的家人。”

“副连长，您千万不要这样想，我们不参加突击队，难道也不参加明天的战斗吗？全团都是主力，我们是一定要参加这次战斗的，既然要参加这次战斗，无论在哪里都有可能牺牲，牺牲这件事来之前我们都想到了，要不然还写什么遗书啊？这次全团那么多人报名参加敢死队，而您只选我们四个人当骨干，这是我们的最大光荣。在这入伍后短短的一年多时间里，部队先后把我培养成了班长、代理排长和排长，还给了我个战斗英雄称号，这在之前我连做梦都没有想到。”稍微平静一下心情，骆三贵又说，“其实老黄、老贾和钟虎的能力都比我强，文化程度也都比我高，只是机会让我赶上了。”

大战在即，骆三贵的真情表露让在场的几个人都非常感动，黄金庵说：“排长，一开始我认为你的文化程度不高，只是老实肯干，当班长可以，当排长可能比较吃力，可很快就发现不是那么回事了，事实证明你有两把刷子，能把我们这些兵带好。”

“排长，七班长说得对呀，你有两把刷子。”贾兆栋和钟虎都说。廖廖数语，道出的都是心声，自从那次一六二高地上的半山腰哨所之战，骆三贵的形象在大家面前一下子提高了，班长和排长当的也很称职。

“谢谢三位班长对我工作上的支持，如有不足之处，希望批评指正。副连长，那次排长和班里十一位兄弟都死了，而我还活着，所以我才要求参加突击队，为所有死去的同志报仇。”骆三贵说。

“是啊，那次要不是副连长带着我和老黄一起去老青山，虎子要不是在山顶哨所站岗，也被焖死在山洞里了。副连长，你放心，我们小组成员的热情都非常高，明天这一仗一定能打好。”贾兆栋说。

“这是我所希望的。但打好这一仗仅靠我们六七十个人可不行，得各方面相互配合。不过咱们是其中最关键的一环，如果我们冲出去后，不能及时把哨所里那些越军干掉，不能在短时间内把局势控制住，大部队就冲不上去。大部队冲不上去，我们就坚持不住，其结果是可能以战斗失败而告终，或者在万不得已的情况下，再来一次人海战术，可那要多死多少人啊？所以我们这几十个人的责任非常重大，到时不但要按模拟训练时的那一套打，还要灵活机动。”海欣说。

四个小组长听后都纷纷点头，他们说：“经过这么多天的模拟训练，到时我们一定能控制住局势，请副连长放心。”

“经过咱们多方位反复观察，基本能够判定这里的越军一共有十四个火力点，每个火力点上都有一两名越军士兵；开阔地南面堑壕里的越军士兵要多一些，大概是五到七名。那条堑壕一定是通向山洞的，里面的人一旦冲出来就麻烦了，所以我们冲上去后，必须把他们的来路堵住。之前我们已经把火力点进行了编号，突击队员们也牢牢记住这些编号和它的具体位置了，可是直到现在为止，咱们也没有分工，你们知道这是为什么吗？”海欣说。

“是啊，副连长，我们四个人正为这事纳闷呢？您只说让我们冲出去后直奔目标，可目标是十四个火力点啊，不可能都往一个地方冲吧？”黄金庵回答说。

“你们能这样思考问题我非常高兴，说明大家都学会动脑筋了。我之所以没有提前分工，就是要让大家都熟悉十四个火力点的情况，这样每个人心中都有苍鹰山这盘棋了，而不是只负责自己那几个棋子。每个人心中都有苍鹰山这盘棋，就可以在需要时做到相互支援，反之会出现被动局面。”海欣说。

四个小组长听后纷纷点头，接着海欣又说：“下面进行具体分工：第一、二小组负责消灭堑壕里的越军，并设法阻止山洞里的越军外出；第三、四小组负责消灭另外十三个火力点里的越军……”

四个小组长表示明白，接着他们就具体问题进行了商量。骆三贵提出让自己的小组冲在前面，让钟虎他们那个小组稍微拉开一点距离跟在后面，而钟虎却要求他们那个小组冲在前面，二人互不相让。最后，海欣说：“钟虎，就听你们排长的吧。”

七十　喝杯茅台酒

第二天凌晨三点，海欣和突击队员们就起床了，接着是吃早饭。吃早饭的时候海欣想：耶稣临终前吃了最后的晚餐，但愿我们现在吃的不是最后的早餐。

凌晨三点半钟，海欣按时带领突击队员去了通道，途中他看到山沟里站满了人，而且鸦雀无声，如果不走近还以为是秦始皇的兵马俑呢！团参谋长史文珊已经在通道入口处等着了，黑暗中他一见到海欣就说："海欣，师团首长正在里面等你们呢，咱们这就进去吧！"

在史文珊的带领下，海欣他们进入通道走向最南端，见里面除了给突击队留下的位置，其他地方都站满了人，也是鸦雀无声。海欣在微弱的烛光下给张黎和韦立世敬礼，二位首长还礼后，分别握住突击队员的手小声说："我们站的这个地方距离越军的堑壕连五十米都不到了，所以说话得小声点。海欣，我总觉得唐军长之所以要采用挖通道接近越军的办法，就是受了你的影响，你在二一一高地上不是也这样做过吗？只是那次是在山体上挖，这次是挖地下通道。此刻我们就像孙悟空钻进铁扇公主的肚子里，不久就要去摘她心，挖她的肝了。同志们，成败在此一举，拜托了！"张黎说完，从随行人员手中把刚刚开封的酒瓶拿了过来，然后倒入事先准备好的一只只茶缸里，正是茅台，酒香立刻在通道里面弥漫开了，好在上面被封得很严，要不然五十米之外的越军士兵也可以闻到。时间还早，张黎不慌不忙地倒着酒，他倒好一杯，就用双手捧着递给一个突击队员，显得非常慎重，使突击队员们非常感动。

突击队员们接住酒杯并没有立即把酒喝下去，因为他们要等海欣下命令，而下命令的时间是冲出去前一分钟，这是事先大家都说好了的，那个时候酒才能发挥最大作用。张黎把酒全部倒好后海欣说："师长，您放心，我们决不辜负首长和全军官兵的重托，不给全国人民丢脸。"

"好。我相信你们能顺利完成这次任务，大家都相信你们能顺利完成这次任务。按照预定方案，凌晨四点我军开始炮击，半个小时后停止，目的一是摧毁一部分越军的火力点；二是引爆前进道路上可能存在的地雷，为你们和大部队开路。过去我军每次在拔点之前，炮击一般都要持续四十分钟以上，而这次的炮击只有半个小时，就是要给对方以错觉。只要他们以为我们的炮弹还要打，就会继续躲藏在堑壕里，这时你们就可以趁机往上冲了。就五十米距离，等他们听到炮声提前停了刚反应过来，你们就可能冲到他们的堑壕里去了，而如果我们还像往常那样停止炮击，他们就会在三十五分钟以后有精神准备，所以这次炮击刚停下来那几分钟非常珍贵。"

经张黎一说，突击队员们就更有信心了。他刚说完，我军的炮声就响了起来，接着炮弹铺天盖地落到苍鹰山上爆炸。由于除了进口整条通道都处于密封状态，所以在里面听到的爆炸声很闷，但能感受到大地震动。直到这时，海欣才把中华香烟拿出来一一递到突击队员们手上，张黎亲自为大家点燃。

还不到喝茅台酒的时候，大家就静静地抽烟。这时摄影组的人也跟过来了，他们把每一个细节都录了下来，外面像电闪雷鸣，里面也可以大声讲话了。

为了把握好炮弹停下来的那一瞬间，海欣、张黎和韦立世手中都拿着一块秒表，同时在外面指挥打炮的李宝生也拿了一块，并通过电话与通道里的三个人核对了时间。他们约定在最后一发炮弹准备出膛之前，李宝生就立刻给张黎、韦立世和海欣各打一个电话，这样还可以多争取几秒钟时间。

见冲锋时刻就要到了，海欣把杯中酒一干而尽，然后对突击队员们说："同志们，喝酒。"于是，六十个茶缸都举了起来，也都一口气把杯中酒喝干，并把茶缸重重摔在地上。

不久三部电话铃同时响起，时间到了，尽快外面的炮声还在响，但海欣毅然掀掉盖在通道上的伪装物，第一个跳了出去，接着是其他突击队员，瞬间六十一个人向各自的目标冲去。

突击队员们冲出去不久，爆炸声果然停了，海欣单膝跪地观察各小组的行动情况，作为一队之长，他不能只顾自己冲锋，指挥全局才是他要做的事。

黑暗中海欣见每个小组都冲向指定的目标，便起身跟在第二小组后面向堑壕方向冲去，那里是最关键的一个地方，也是他最不放心的一个地方。至于黄金庵和贾兆栋那两个小组，因为火力点比较分散，所以处境没有一、二小组那么危险。

骆三贵带领第一小组一直冲在最前面，他连续奔跑二十多米后，距离目标只有一半路了，在奔跑的路上果然没有遭到阻击，说明我军采取的一系列措施奏效了。但海欣知道这段时间不会持续太长，越军很快就会反应过来，果然骆三贵他们又前进十米左右后，对方的枪声就响了。

骆三贵见前进受阻，立刻让大家卧倒在地，可几个突击队员再也没有起来。他又指挥大家从两边迂回前进，不要和越军正面发生冲突。

前进中海欣再次停下来观察情况，他发现黄金庵和贾兆栋那两个小组已经跑远了，黑暗中连一个人影也看不到，这时他只离一、二小组十多米远，对面枪响时觉得左臂一麻，知道自己中弹了，只好改为匍匐前进。

骆三贵左侧迂回前进时，见堑壕北边那道石墙已经倒塌，再爬三五米就可以跳进去了，便起身一跃。虽然骆三贵跳进了堑壕，但觉得右腿一麻，站不起来了。知道自己受伤后，骆三贵便单膝跪地射击，一个越军被他打倒了，另一个越军调转枪口对准他，两人同时开枪，两人同时倒地。

钟虎右侧迂回前进时，见越军火力太猛，就趴下去扔了几颗手榴弹，接着在那股浓烟的掩护下跳进堑壕。他跳进堑壕后，见不远处有两个越军正向战友们疯狂射击，便开枪把他俩打倒。

后来剩下的突击队员相继跳入堑壕，他们相互配合把那里的越军全部击毙，至此越军堑壕被突击队占领。钟虎见堑壕西头果然有一条通向山谷的通道，便立即组织所有突击队员火力封锁，不让一个越军从山洞里冲过来。

钟虎打得正起劲，突然觉得眼前一黑，便什么也看不到了。出于本能，他迅速用手往眼上一抹，竟然又能看见东西了。战斗正在进行，钟虎没有时间去想一时看不见东西究竟是怎么回事。但很快他又看不见东西了，于是又用手去抹，就像游泳时扎个猛子出来后抹掉脸上的水，如此几次过后，大部队便呐喊着冲上来了。

七十一 寻找被劫女兵

海欣见大部队越过堑壕，瞬间冲进山谷，标志着战斗取得决定性胜利，这才坐下去包扎伤口。

简单包扎一下伤口，海欣便起身去找突击队员，却发现大批官兵继续向前涌去，周围全是自己人，再加上这时天还没有亮，根本看不到突击队员在什么地方，于是便想到去找小云她们。这时突击队员无论伤亡与否，都会有人管的，而除了自己不一定会有人想到小云她们，倘若她们还活着，而且就在附近，不去找将留下终身遗憾，小云她们也将失去最后机会。

想到这里，海欣毅然穿过人群向山谷里走去，途中他见突击队员王广俊坐在地上包扎伤口，便对他说自己去西边找人了，让他在被抬下去之前，见到其他突击队员转告一声。王广俊要一起去找人，但海欣见他伤势不轻，就没有答应。海欣走后有两个军工过来要把王广俊抬走，但王广俊说他要等人，没有离开战场。

自从三个女兵被劫，海欣就一直关注她们的情况，但只听到前线官兵一直传播这件事，就是没有人知道她们的下落。那几个女俘说偷袭女子卫生队的事不是她们干的，那就意味着是山洞里那些男人干的。如果越军要把小云她们杀害，当时就在苍龙江边动手了，没有必要冒着走不快可能被追上的危险劫走，肯定是要动歪脑筋，想干违犯国际法的事。

在军校时，海欣就听说过关于越军在男女关系上不检点的事了，说他们的中下级军官连衣服也不用自己洗，全由手下的女兵代劳，而且那些女兵不仅要做洗衣服这件事，其他事也干。

关于越军在男女关系上不检点这件事，海欣还亲自听一个学员说过，那个学员说："自卫反击战时我当班长，有一天我带领全班外出执行搜捕任务，结果真的俘虏了几个企图袭击我军的越军士兵，其中还有两个女的，而且长相属于中上等。当天晚上无法回到连队，我们就在外面露营，睡觉前我刚把雨衣在草地上铺好，就见一个当翻译的华侨来到身边，身后还跟着那两个女俘，华侨说'长官，这两个女人刚才找到我说，她们今天晚上愿意陪你睡觉，挑一个也行，两个都留下来也没有问题，但是有一个小小的条件，那就是不要伤害她俩。'当时我一听就火了，说我们有《三大纪律八项注意》，都编成歌了，其中一条就是不虐待俘虏，只要她俩不企图逃走，就没有生命危险。让她俩回到哨兵那里去吧，我要睡觉了。"

当然这些说法可能都有夸张的成分，但越军把小云她们劫走却是事实。海欣相信那三个女孩是有尊严的，她们一定不会屈从越军的侮辱，那么反抗的结果无疑是遭到惩罚，甚至可能丧命。想到这些，海欣深为小云她们的命运担忧。

海欣刚走进山谷，就听到有人在后面喊："副连长，副连长。"因为声音嘶哑，所以海欣听不出是谁，回头看时，见来人的头上包着绷带，只露出右眼，浑身上下血迹斑斑。"副连长，您怎么认不出我了？我是钟虎啊！"来人喘着气说，显然是跑过来的

"啊！原来是你！只一小会儿功夫，你怎么就变成了这个样子。头上的伤势严重吗？其他地方受伤没有？"海欣问。

"副连长，我只是左眼受了点伤，其他地方没有问题，脖子和衣服上的血是从眼睛上掉下来的，现在不怎样流了。"钟虎说话时口气轻松，他认为与死亡相比这点伤根本不算什么，刚才亲眼看到不少战友倒下去。

"眼睛受伤也不能马虎，得抓紧时间找医生治疗。我去找小云她们，你这个样子就不要去了。我刚才在北边一点的地方看到王广俊了，不知道这会儿被军工抬下去没有，你现在就去找他，无论他在不在，你都得赶快回去治疗。"

想不到钟虎说自己就是从王广俊身边跑过来的，说自己的四肢好好的，伤势并不严重，非要跟着海欣去找那三个被劫女兵不可，海欣只好说："你现在只露出一只眼睛，看东西是会出现偏差的，不小心掉下悬崖怎么办？不是要给我增加负担吗？所以还是听我的，回去吧。"钟虎考虑到弄不好真会拖累海欣，就不再说跟着去的话了。

海欣进入山谷不久，天就开始亮了，他看到那里的情景和在望远镜里看到的大

致相同。最大的山洞的确就在蓄水池北边的山脚下，不少人在那里进进出出，正好海欣认识一个在那里指挥军工搬东西的干事，便走过去问："老任，山洞里的越军全部出来了吧？"

"是的，他们全部出来了，不出来就是死路一条。驻扎在这里的越军除了被击毙的，几乎全部被俘了，从山谷西边逃走的只是很小一部分。海欣，你不是在敢死队里当队长吗，战斗已经结束，怎么还不回去疗伤？"

"你不是说一小部分越军逃走了，我就是到西边去看逃跑路线的，如有可能，就追上去消灭他们。"海欣笑着说。任干事当然不相信海欣说的话，就笑笑去忙他那一摊子事了。

海欣见山谷里坐满了俘虏，少说也有七八百个，我军战士在周围看守。那个蓄水池比在断笋峰上看到要大一些，一个水槽从那里向西延伸，这使他想到了抓获女俘那天早晨看到的小溪，看来她们的确是在那里看管水源，蓄水池里的水就是从那里来的。

看完这些海欣进入那个最大的山洞。进进出出的军工战士很多，在他们的配合下，海欣找遍每一个角落，但没有发现小云她们，倒是见到不少粮食和武器弹药。那些粮食和武器弹药都是用麻袋和箱子装的，麻袋和箱子上面赫然印着中国大米和中国制造字样，即使是他们把麻袋里面的东西吃完，把箱子里面的东西用完，又装进他们自己生产的东西，现在我们拿走也问心无愧。前些年我国支援越南的物资超过两百万美元，而这里的东西值不了多少钱。怪不得这里住了一个越军特工团，仅那个大洞就有一千多平方米，周围有一些小洞。

从最大的山洞里出来，海欣又在周围的小山洞里寻找，还是没有发现小云她们。也问了那些进进出出的军工战士，他们都说只见到越军女俘，没有见到我军女兵。

一切情况表明，蓄水池附近没有小云她们，海欣只好忍住疼痛沿着水槽向西走去，他的下一个目标是抓获六个越军女俘的山洞，心想：也许越军把她们关到那里了？当然，如果途中遇到山洞他也不会放过，不过只限于苍鹰山南侧山脚下的，上面没有，对面一时去不了。

离开蓄水池向西走了一段路，山谷里就没有人了，显得冷冷清清。越往西走，就显得越冷清，也许几个小时后，山洞里的物资被全部搬走，俘虏也被全部押走，整个山谷都变得冷冷清清了，所以海欣加快了步伐。他打算在天黑之前，把整个山谷都搜查一遍，如果天黑之前实在搜不完，就明天带人过来接着搜。如果那时还没有发现小云她们，就说明人不在这里，再也没有其他办法了。

七十二　英雄被埋堑壕下

钟虎回到北边一点的地方找到王广俊，两人一起坐下等其他突击队员，那里虽然不是必经之路，但地势较高，周围一眼就可以看到。

但他们两个人等了很长时间，也没有见其他突击队员过来，这期间战士们押着俘虏一批批从身边经过，军工们也抬着物资一趟趟从身边经过，钟虎见这样等下去不是个办法，就让王广俊继续坐在那里，自己主动去找。这么长时间没有见到骆三贵，钟虎有一种不祥感觉，于是就先向堑壕那里走去。

自从跳出通道，骆三贵就一直跑在最前面，前面那几秒钟要拉开距离，以免都被打倒，后来见快接近堑壕了，钟虎就拼命往前赶，但还是没有赶上骆三贵。小时候两人经常在田埂上赛跑，那时钟虎就跑不过骆三贵，今天是提前拉开距离，就更跑不过他了。今天的战斗从某种意义上讲就是一种赛跑，是生与死的赛跑；是关系到战斗胜利与否的赛跑。钟虎在奔跑时，看到第一小组的人倒下去不少，但那时还能隐约看到骆三贵，后来随着硝烟的出现，便什么也看不到了。难道他当时直接跳进堑壕，然后从那里冲到山谷里去了？如果真是那样就太危险了。那么，他是受伤了，还是牺牲了？但愿是前者。骆三贵受伤或者牺牲后是被抬下去了？还是仍在这里的某一个角落？尽管钟虎不知道这些，但他凭直觉感到骆三贵仍在战场上，所以非在这里找到儿时的玩伴不可，除非确定骆三贵已经被抬下去了。

钟虎正边走边想地寻找骆三贵，突然听到一个声音说："虎子，前面是你吗？"

钟虎回头一看是贾兆栋，便惊喜地说："八班长，是我，刚才副连长看了半天也没有把我认出来，可你一眼就认出来了，看来在一个班里待过就是不一样。”

“我一看走路姿势就知道是你了，只是你的头被包得严严实实的，怕认错。虎子，副连长受伤没有？他现在在什么地方？”

“副连长胳膊上有伤，但问题不大。他去山谷里找那三个被劫的女兵了。”

“谁跟他一起去的？”

“我看到就他一个人。”

“他一个人去找怎么行？一会儿我也去。”

接着贾兆栋问钟虎伤势如何，钟虎说：“就左眼上有点伤，可能是被弹片炸的，不就是流点血嘛！问题不大，要是问题大眼珠早就掉出来了。八班长，见你走路一瘸一拐的，是不是腿上有伤？”

“有伤，但不在腿上，而是在屁股上，狗日的什么地方不好打，偏偏打我的屁股，不好包扎。”

钟虎正要帮贾兆栋包扎伤口，却见黄金庵也一瘸一拐地走过来了，便说：“七班长，你应该是腿上受伤了吧！”想不到黄金庵也说屁股上有伤，也是怕脱裤子难为情才没有包扎。钟虎见两人的裤子外面都有血，而且是从里面渗出来的，又说：“你们两个人一定要包扎，否则血一流光，人就死在这里了！这里是什么地方啊！受伤了还怕脱裤子？况且周围都是男人。”在钟虎的一再坚持下，贾兆栋和黄金庵才同意在钟虎的帮助下进行包扎。

包扎完伤口，贾兆栋和黄金庵都说要去找海欣，于是一起向山谷走去，钟虎则继续向越军堑壕那里走去。

不久，钟虎又看到了那道被炮弹炸塌的石墙，但上面只剩下一点石头，其余的都被炸到堑壕里去了。倘若骆三贵受了重伤，在这种情况下很有可能被埋在下面，即使他不在下面，下面也可能有其他突击队员，于是钟虎决定搬开石头寻找。

不久，钟虎还真的在石头下面找到一只解放鞋，但左看右看都不像是骆三贵的，骆三贵的鞋子大，而这只鞋子小。

大约半个小时后，钟虎见几个军工战士从旁边经过，就拦住他们说明情况，军工战士听后说：“是得挖开找，但只有我们这几个人不行。”于是其中的一个回去向领导汇报，其余的留下来一起往外搬石头。

不久，去找领导汇报的那个军工战士带回来大约一个排的兵力，还带着工具，他们一到，马上开始挖。十多分钟后，有人在石头下面又发现一只解放鞋，尽管那只解放鞋已经面目全非，但钟虎一眼就认出是骆三贵的，于是心脏便加速跳动起来，他希望在下面找到骆三贵，但又怕骆三贵真的出现在下面。

当军工战士把遗体上面的最后一块石头搬开，钟虎认出真的是自己一起玩大的伙伴时，竟当着大家的面“哇”的一声哭了出来。那一瞬间他的大脑几乎是空白的，只凭自己的本能去做事。他跳下去先把骆三贵的遗体抱出来，再手忙脚乱地摸脉搏、试呼吸、听心跳。可是摆弄了很久，骆三贵却没有一点反应。

“这位同志，看来人是不行了，要不我们把他抬走吧？”一个军工战士说。

但钟虎不让，继续对骆三贵实施抢救，并哭着叫骆三贵的名字。一激动，从他那只伤眼里流出的血就更多了，军工们看到他的绷带越来越红，感动得只有拼命清理石头。那条堑壕宽约一米，长约两百米，被埋的那段距离在一百米左右，军工们根据钟虎对当时情况的描述，估计下面不会只有骆三贵一个人，便决定把泥石全部清理出来，把可能埋在下面的烈士遗体全部找到，上级交给他们的任务就是伤员和烈士一个都不能少。

由于工程量大，不久又过来大约一个排的军工，他们在一位干部的指挥下，一字儿排开继续挖堑壕。钟虎双手流血，不能干了，就坐在那里陪骆三贵。过了一会儿，钟虎才想到应该去向王广俊打声招呼，便扛起骆三贵的遗体走了，军工要用担架抬过去，但他坚持不让。透过薄薄的军衣，钟虎还能感觉到骆三贵身上的余温，但他知道那点余温不久便会消失，并且永远不会再有。

钟虎扛着骆三贵的遗体走近王广俊，见他身边坐着五个突击队员。当时王广俊正在为一个突击队员包扎伤口，没有看到钟虎过来，而其他突击队员虽然看到有人背着遗体走过来了，却认不出那人是钟虎，等到钟虎走到他们跟前说：“你们怎么不过来帮一下忙啊？都愣在那里干什么？”

听到声音，坐在地上的六个突击队员才站了起来，但只有王广俊认出是钟虎，他说：“九班长，你背的这位是谁呀？”

“是咱们副队长，也就是三排长，你们怎么都认不出来了？”

“哎呀，三排长怎么也牺牲了！九班长，你是在哪里找到三排长的呀？”王广俊问。

“在敌人的堑壕下面。”

在战友们的帮助下，钟虎先把骆三贵的遗体慢慢放到一件雨衣上，再用另一件雨衣盖好。

“三排长，那你就先走一步吧，早晚我们会到那边去陪你的。”冯合阶说。

“你们几个人都受伤了吧？伤在什么地方？要不要紧？”钟虎仍然坐在骆三贵

遗体旁边说。

不出钟虎所料，六个人都回答说自己受伤了，但都说伤势不重，已经包扎好了。

“咱们冲出来六十一个人，可到现在为止，我只看到副连长和七八班的两个班长，再加上你们六个以及三排长和我，怎么才十一个人啊！还有五十个兄弟都到哪里去了，难道都受重伤或者牺牲被抬下去了吗？不过南边的堑壕仍在挖，也许下面还有我们的兄弟。”钟虎神色黯然地说。

“九班长，反正副连长还没有回来，不如我们也去找咱们突击队的人吧？”钟云泽说。

“行。王广俊继续留下来等人和陪三排长，其余的分头去找咱们那些一起冲出去的弟兄。”

七十三　山洞里背出断肢女

海欣走近那天抓获女俘的山洞，见从洞口通向小溪的小道上长满了杂草，说明现在没有人住了，再次感到失望。尽管这样，他还是进去看了一下，通过从洞口透进的阳光，发现那里的席子、稻草和女俘们的衣服都在，只是已经发霉了，老鼠乱窜。

海欣走出那个山洞，见周围再也没有可以藏人的地方了，便往回走，因为水槽边上长满了带刺的灌木，直接去不了南面，他知道南面山脚下也有山洞。海欣刚往回走，就见贾兆栋和黄金庵都一瘸一拐地从对面走过来了。这时如同死后复生，因此三人见面都非常高兴，言谈中海欣得知钟虎正在找骆三贵，心里便“咯噔”一声，因为冲锋时骆三贵一直跑在最前面，在那种情况下受伤在所难免，牺牲的可能性也非常大。骆三贵一被分配到连里，海欣就喜爱上了这个平时沉默寡言、忠厚老实、踏实肯干的小伙子，真希望他这次还能活着出现在自己面前。

栋兆栋见海欣若有所思，知道他在担心骆三贵，便说：“副连长，我们排长命大，上次他一连击毙四十多个越军都没事，这次的坎也能过去。您估计那三个女兵在什么地方，咱们赶快去找吧。”

“北边山脚下和抓获女俘的那个山洞我都看过了，没有，现在只有去对面山脚下了，那里应该也有山洞。”海欣说。

三人回到蓄水池那里才能到达对面，决定从那里向西找起，听其他人说东边没有山洞。这时坐在山谷里的俘虏大部分都被押走了，剩下的还不到一百人，都是男的，而且都围着蓄水池而坐。他们上上下下一连找了大大小小五个山洞，还是没有发现小云她们。海欣再次抬头看时，发现不知不觉回到了小溪南面，抓获女俘的山洞就在北边一点，也就是说已经把山谷南北两边山脚下的山洞都找遍了。

从山谷向西两边还有山，但被一道万丈峡谷拦住了，峡谷从山谷中间部位向南裂开，人根本过不去，而峡谷东边的横断面下半部分像刀切一样，没有山洞，不可能藏人。

正当黄金庵和贾兆栋看到再也无处可找，觉得非常失望时，海欣又把目光投向了峡谷东边的横断面上半部分。随着横断面向上收缩，他看到在接近山顶的地方出现了一个缓坡，缓坡上面长满了茂盛的茅草和灌木，便决定上去看看。

三人走到峡谷东边的横断面拐角处时，突然发现几棵小树后面有一条约半米宽的通道，既像是天然形成的，又像是人工开凿的。小道沿着横断面向南延伸，三人相继走了上去。由于右侧就是悬崖，他们得扶住横断面慢慢向前移动，还不敢往下面看。十多米后，他们见前面没有通道了，但上面有台阶。三人拾阶而上，一边继续怀着好奇的心情小心翼翼地走着，一边观察情况，突然发现两边都有青草被践踏的痕迹。

发现这个情况，三人的心情既兴奋又紧张，兴奋是看到了希望，紧张是怕遇到敌情。海欣见上面还有路，便让两个班长隐蔽起来，自己一个人继续悄悄向前走去，这时三个人的子弹都上了膛。

海欣又上去十多米后，见不远处的山坡上出现了一个小平台，透过杂草和小树，可以看到小平台上有个洞口。

看到山洞， 海欣赶紧趴下去，通过观察，他发现周围没有人看守，才挥手让两个班长过去。海欣把洞口指给两个班长看，并说："如果那三个女兵在里面，就会出现两种可能，一种是只有她们三个人；另一种是她们三个加上若干个看守她们的越军。至于大批越军，不可能出现在这里，因为这里离蓄水池不远，躲进去有被搜出来或者被手榴弹炸死的可能，逃到远处才安全。"

想到没有太大危险，海欣便让嗓门最大的黄金庵喊话。可他一连喊了好几遍，既没有听到回声，也没有见到人出来。接着三个人一起喊，声音更大了，可是结果和前面一样，于是贾兆栋便要求先进去看看。贾兆栋正要向洞口走去时，海欣和黄金庵听到了哭声，贾兆栋那只被震聋的耳朵至今也没有恢复，所以没有听到。

海欣和黄金庵听到哭声，激动的心情就别提了，黄金庵赶紧把贾兆栋叫住说明情况，贾兆栋知道后心情也非常激动。

但只听到哭声，不见人出来，三人便走近洞口趴在大石头后面又大声喊话："小云，刘玲，张楠，里面是你们吗？我们是专门来救你们的。如果里面真是你们三个，就赶紧答应一声；如果里面有看守你们的越军，就请转告他们一声，说他们的大部队已经被我们全部消灭了，出来投降才能活命，只要他们保证你们的安全，我们就保证他们的安全。”

也许刚知道外面的人在为里面是否有越军担心，不敢进来，这次有人回话了，一个声音说：“副连长，你们终于来了，里面是我们三个，并没有其他人，可是我们出不去啊！”

尽管听不出是哪个女兵的声音，但海欣长长吁了一口气。起初他们打算三个人一起下去，但贾兆栋说：“副连长，里面黑乎乎的，不安全，你们在这里等一会儿，让我先下去探探路吧？”

海欣觉得这样也好，但为了贾兆栋不掉下去，三人都把绑腿解下来连接好，一头拴在贾兆栋腰上，另一头由海欣和黄金庵拉着。

贾兆栋下去后发现有台阶，而且还有微弱的灯光，就索性解开绑腿扔掉径自向前走去。洞里的坡度一直都不陡，贾兆栋一直走到离灯光五六米远的地方才站住，这时他已经看到了人，但人在灯下看不清楚，就问：“小云，张楠，刘玲，前面是你们三个人吗？”也许对方声音小，加上他听力重，没有听到回答，但听到了哭声。仔细看时，贾兆栋才发现灯下那三个人都坐在稻草上，头发都很长、很乱，把整个脸部都遮住了，让人不寒而栗，要不是知道小云她们在里面，贾兆栋会以为见到鬼了，非吓得立刻往回跑不可。

海欣见贾兆栋下去后不久就把绑腿松开，而且再也没有声音了，便在上面大声喊：“贾兆栋，里面怎么样啊！看到小云她们了吗？”

听到喊声，贾兆栋才回过神来，他回到洞口说：“副连长，我看到下面有三个女人，但她们都没有说话，也看不到她们的脸，样子有点吓人，所以不知道是不是小云她们。你们两个也下来吧，下面是个斜坡，也有台阶，不需要用绳子。”

不久海欣和黄金庵在贾兆栋的带领下，也站到了那三个女人面前，见此情景，一开始海欣和黄金庵也吓了一跳。接着海欣走近她们，才发现那三个女人头发篷乱，除了衣不遮体外，都只有一只右手，左手腕以下什么也没有了，一点也看不出来是小云她们，但这里除了小云她们还能有谁？周围都是石壁。在上面时他想：几个月的时间过去了，小云她们一定受了不少罪，样子可能会有些变化，但无论如何也想不到会是这副惨状，惊得半天说不出话来。

见到像大哥一样的海欣走到跟前，小云终于忍不住又哭了起来，接着说：“副连长，你们可来了。”只这一句就再也说不下去了。

小云一讲话，海欣才认出三个女人中哪个是她，后来刘玲和张楠的头都晃了一下，脸也从乱发中露出了一点，海欣才把她俩认出来。看到这些，海欣的心情非常复杂，既有喜又有怒，还有忧愁，喜的是事情已经过去几个月了，在几乎没有得到她们任何消息的情况下，竟然意外地找到了她们，而且还活着，属于不幸中的万幸；怒的是越军这样做太不人道了，可以说连禽兽都不如；忧的是她们都年纪轻轻，还没有成家，将来的日子怎么过呢？

不久，贾兆栋和黄金庵也分别认出了小云、刘玲和张楠，并在看到她们的惨状后一个劲抹眼泪。但他们都不知道更残的一幕还在后面：三个女兵竟然都站不起来了，因为她们都失去了双脚。

看到这一幕，使海欣想到了吕后迫害戚夫人的故事：刘邦死后，吕后为了报复之前被宠爱的戚夫人，竟然命人把戚夫人的手脚都砍了，并残忍地装进一个坛子里。但那毕竟是很久以前的事了，或许只是一个凄惨的传说，也可能是写书人杜撰的，而真实的一幕却出现在现代社会里，不用说肯定是那些吃过我们的，用过我们的越南军人干的，这种残无人道的行径他们竟然也干得出来，是可忍孰不可忍！

看到三个女兵不但都失去一只手，而且连双脚都被残忍地砍掉了，起初三人男人还以为自己在做梦，但这是大白天，而且刚经历一场战斗，身上都有伤，此刻在山洞里，说明一切都是真的。贾兆栋和黄金庵从兵站回到军列的路上见到小云时，可是把她当做女神看的啊！现在却成了这个样子，怎不让人心痛和气愤，如果当时俘虏在身边，他俩非枪毙他们几个解恨不可，宁愿违反纪律受处分也要那样做。

一阵悲伤后贾兆栋说：“刘玲，张楠，小云，今天我们已经惩罚了他们，但不知道迫害你们的越南兵还在不在，如果他们在俘虏里面，非找出来把他们的手脚也砍掉不可。”接着他告诉三个女兵，“今天我们三个人都在敢死队里，任务一完成，副连长就一个人先过来找你们了，我和七班长是听说后才赶过来的。”

听到这里，三个女兵都说：“谢谢副连长！也谢谢两位班长！”虽然没人介绍贾兆栋，但她们估计他也是个班长。

事已至此，海欣只能安慰她们说：“刘玲，小云，张楠，既然事情已经这样，你们三个就不要多想了。这样的事情并不只发生在你们三个人身上，早几年我就听说越军用同样的手段，摧残过不少我军女兵，其中有一个还是军区首长的家人。因为你们反抗，所以他们的罪恶目的才没有达到，他们的罪恶目的没有达到，就要加以迫害，任何人一想就知道怎么回事了。今天我们把他们的人打死了一部分，俘虏了一部分，也算为你们报了仇，这个仇，今后还要接着报。在今天这场战斗中，我们也牺牲了一些人，虽然我们三个侥幸没有死，但都是带着伤过来的。不少战友都牺牲了，而咱们能够活着回去算是幸运的了。”

黄金庵自从当上班长，十八岁的小伙子也学会关心人了，他说：“副连长说得对，跟今天早晨和过去牺牲的战友相比，咱们只是身体伤缺，算不了什么，因为现在医疗设备先进，技术也好，回去做个义肢装上，照样可以做到生活自理，气死那些越南兵。”

三人说到这里，海欣才让贾兆栋背上离他最近的小云；让黄金庵背上刘玲；自己背上张楠。六个人先后出了山洞，然后顺着原路慢慢下山。

七十四　家事

钟虎第三次走到越军堑壕那里时，一个军工战士告诉他说："你们刚才走后，我们又挖出一具遗体，不过是个越军士兵。"

钟虎找到那具被拖到一旁的越军士兵遗体说："挖出来就挖出来吧，他也是父母养大的，就是死了，家人也想知道尸体在什么地方。如果我们不把他挖出来，这个人就有可能成为传说中的孤魂野鬼。"说完二人一起把那具遗体抬到明显处，这样他们的人早晚过来时就容易看到了。

最后军工在被埋的堑壕下面一共挖出七具遗体，但其中五具都是越军的，我军的除了骆三贵还有张辰。张辰是贵阳人，之前在六连当兵，他到突击队后被分配到第一小组，冲锋时紧跟在骆三贵后面。张辰跳进堑壕后，见两个越军正向自己冲来，就迎面射击，子弹打完了，他想去捡越军遗体上的炸药块，可是刚弯下腰就被一发子弹击中了。

钟虎也把张辰的遗体扛到北边，与骆三贵的遗体并排放在一起。这个时候，海欣他们已经把三个被劫女兵背出山洞了。

不久，其他出去寻找的突击队员都陆续回来了，都说没有发现自己兄弟。他们一活动伤口就疼得厉害，由军工组成的担架队就在附近来来往往，钟虎让他们先走，可他们都说要等海欣回来。在继续等待期间，钟虎仍坐在骆三贵的遗体旁边，看着一起长大的兄弟，点点滴滴不禁涌上心头：

连里召开轮战动员大会的当天，每个战士都剃光了头，仿佛只有这样，才能显出杀敌决心似的。要在平时，别说让大家剃光头了，就连要求理成小平头也难以做到，理小平头的标准是：伸开五指一把抓不住头发，简称一把抓。可检查时发现能达到这个标准的不多，小伙子都爱美，而爱美的标致之一，似乎就是尽量把头发留得长一些，这样在小镜子里看到了舒服。

理好发，留守包和要带走的行装也都整理完毕。所谓留守包，就是暂时用不上，不需要带到前线的个人物品。要在上面写上姓名和家庭通信地址等放在仓库里，战后如果还能回来，就由自己打开并继续使用；战后如果不能回来，部队就按照上面的通信地址把它寄过去，或者直接交到烈士家属手上，不过那时就成遗物了。

那天吃过晚饭，战友们又开始写信了，以便把要去前线的消息告诉给更多的人，反正信封上只盖三角印章，不用花自己那点微薄的津贴费买邮票。白天钟虎已经把该写的信都写好了，这时没事做，就抬头去看骆三贵，正好这时骆三贵也没事做，也在看钟虎，于是钟虎就走过去轻声说："三贵，房间里太闷，连从电扇里吹出的风都是热的，要不咱俩到外面去坐坐吧？"骆三贵点头，二人先后走出宿舍。他俩先在西边的菜地周围转了一圈，见那里风大，可是刚想找个地方坐下说话，蚊子就扑面而来，不得不回到宿舍前面。宿舍前面有石桌、石凳，他俩就坐在石凳上聊天。

这个营房里一模一样的石桌、石凳很多，基本上每个连队宿舍前面都有一套，因为营房是建在一座大型公墓上的，而石桌、石凳就是墓主人的陪葬品之一。那些石桌、石凳不但石质好，而且雕刻也好，上面的人物和花鸟都栩栩如生。昔日的公墓，现在的营房，建在一个漫长而宽阔的高坡上，西高东低。由于环境优美，历来都被人们看做风水宝地，不知道从哪个年代起，江州一带的达官贵人死后，都以能葬在这里为荣，起码他们的子孙是这样想的。但他们或者他们的子孙，以及他们子孙的子孙生前做梦也不会想到，这块已经埋葬许多人的风水宝地，会随着历史的变迁被夷为平地，并由一个阴沉沉的地方，变成一座朝气篷勃的兵营；而他们当时花大价钱购置的石桌、石凳，后来会成为军人们喝菜、聊天和打牌的地方。

骆三贵和钟虎相互提醒别忘了要带的东西，后来又聊到了家乡，这是两人入伍后单独在一起时每次都要聊到的话题。

钟虎的父亲当过大队民兵营长，母亲是种田和操持家务的好手，二老现在身体都好。奶奶七十多岁，身体硬朗；妹妹在上中学。家中除了老人就是钟虎兄妹两个，应该说没有什么值得操心的大事。

与钟虎相比，骆三贵的身世可就凄惨多了，他是个孤儿，八岁那年父母相继去世，是由奶奶一手拉扯大的。奶奶的身体虽然还算硬朗，但毕竟年近古稀，骆三贵入伍后一直担心她的生活起居，怕她有个三长两短。

由于缺少劳动力，骆三贵家在村子里是最穷的，他和奶奶住的房子还是父亲在世时盖的，因为当时准备的土坯不多，又急着盖房子，只把东、西和后面三堵墙垒好就没有了。房子盖到这里，地上已经结冰，再脱坯垒南墙已经来不及了，也无处可借，只好先把房顶盖上，南墙以编好的高粱杆暂时代替，一家人就那样住进去过了一个冬天。

好不容易盼到第二年开春，骆三贵的父亲马上张罗着脱坯准备垒南墙，可就在他牵着牛来回践踏准备脱坯的泥浆和麦秸时，不小心被牛撞倒，由于是内出血，又没钱医治，几天后去世了。

骆三贵的父亲去世后，家人就再也没有能力脱坯砌南墙了，奶奶和母亲只好用泥浆在高粱杆墙上抹了一遍，算是重修过了。

可悲剧并没有到此结束，半年后骆三贵的母亲突然生病身亡。这下可苦了骆三贵的奶奶，她先后把家里所有值钱的东西都卖掉，才把儿子和儿媳妇先后埋葬，应了那句屋漏偏逢连夜雨，祸不单行的话。

从八岁到十八岁，骆三贵和奶奶就一直生活在那幢只有三面土墙和一面高粱杆墙的房子里。骆三贵十五岁那年，觉得自己已经是个男子汉了，就多次向奶奶提出要跟着村里的长辈们学脱坯、砌墙，但都被奶奶制止了，奶奶告诉他说："三贵啊！好歹有一堵高粱墙挡着，咱们也像个家了，这事不着急，七年都熬过来了，再等几年也没什么，到那时你的骨头就长结实了。"实际上让骆三贵的奶奶最担心的，并不是孙子的骨头还没有长结实这个问题，而是怕儿子的悲剧在孙子身上重演。要真是那样的话，别说没有人为她养老送终了，就连骆家的香火也要从此中断，百年后如何向骆家的先人交待。就这样一直到骆三贵入伍，家里的墙还是原来的样子，下雨天屋顶还时常漏水。

按说独子可以不当兵，可由于家里穷，在农村没有出路，骆三贵执意要来。他奶奶一开始不想让他来当兵，但说服不了骆三贵，后来转念一想这样也好，如果孙子能在外面混出个人样来，不是既为骆家争了光，也解决了娶个媳妇续承香火的问题嘛！

体检合格，接着是带兵干部家访。带兵干部见大冬天的，祖孙二人竟然都睡在地铺上，而且麦秸上面仅有两张破席子，被子上面的补丁已经数不清了，便说："外面都结冰了！你们怎么连褥子也不铺呢？"

想不到骆三贵回答说从小就是这样过来的，习惯了，不觉得苦。屋子里没有隔墙，也没有凳子，骆三贵的奶奶只好让客人坐在地铺上。带兵干部坐下去后顺手摸了摸被子，感觉非常光滑，就找到一个破损处查看里面究竟是不是棉花，一看原来都是麦秸，惊得好长时间说不出话来。因为这样的被子他是第一次看到，实际上不能算是被子，只能算是一个大草袋子。

原来骆三贵的奶奶见骆三贵已经长大，不能祖孙二人再合盖一床被子了，就设法找到一些破布又缝了一床，可是只有被里被面，没有棉花，只好把麦秸缝了进去。从那天起，大草袋子就由骆三贵的奶奶一直盖着，另一床同样破烂但里面有棉花的被子让给了骆三贵。大草袋子就是表里再厚，盖在身上也要被里面的麦秸所扎，除非春夏秋冬都穿着衣服睡觉，不知道这些年来骆三贵的奶奶是怎么过来的。当然，这件事骆三贵不知道，他一直以为两床被子里面都是棉花。

带兵干部从骆三贵家里出来，就决定要这个兵了，他知道从这样的家庭里走出的孩子一定能吃苦，能吃苦就会有出息。

明天就要奔赴战场了，骆三贵不禁又想起了奶奶做饭时吹火的样子。其他季节还好，每年夏天奶奶做饭时都满头大汗，满脸是灰。脸上的灰被汗水一冲，就像戏台上的大花脸，看着既让人觉得好笑，又让人觉得心疼。每次想到奶奶还住在那样的房子里，每天还要伏下身子吹火做饭，骆三贵的心就会像被针扎一样疼。

骆三贵的心事钟虎知道，他说："三贵，你又想奶奶了吧！前几天我爹还来信说，她老人家的身子骨硬朗着呢！所以别担心。再说我爹起码两天都要去送一担水，我妈和我妹妹也三天两头往你奶奶那里跑。这次我爹在来信中说，写信前他问你奶奶有什么话要对你讲没有？你奶奶说不久前才托人给你写过信，暂时没有什么话可说了，如果要写，就写上让你在部队上好好干，听官长的话，让周围人都喜欢，混出个人样再回去。"

听完钟虎一席话，骆三贵才把头抬起来说："虎子，我的心思你最清楚。离开家最担心的就是奶奶，不过有你们一家人照顾，她会好过一些的。等我将来混出个人样，一定要好好孝敬她老人家，也报答你们一家的恩情。"

"一个村的，你还跟我客气什么！"说到这里，钟虎朝小腿上一巴掌拍了下去，抬手看时，血肉模糊，于是又说，"江南的蚊子真多，今天又消灭一个，三贵你坐一会儿啊，我去洗洗马上回来。"

不久钟虎甩着手上的水回来了，骆三贵说："虎子，你走后我逮到一个蚊子。"

骆三贵不说他也消灭一只蚊子，而是说逮到一个，这使钟虎感到好奇，便问："在哪儿？"

“你往我左手臂上看。”骆三贵说着把左胳膊轻轻抬高了一些，借着从宿舍里透出的微笑亮光，钟虎看到骆三贵赤裸的手臂上有一只蚊子只飞不动，便说：“哎呀！真的。三贵，你这是给它施定身法了吧？”

“我又不是孙悟空，怎么会那玩意？这是技术，不是法术。你想啊，它要吸我的血，不是得把长长的嘴伸到肉里去嘛！它伸进去后我觉得痒，一看真是这玩意，于是就立即把肌肉紧绷住了，肌肉一绷紧，它那像管子一样的嘴就被夹住抽不出来了，所以只飞不动。”

“三贵，你挺会琢磨事的，而我哪儿痒了只知道使劲拍。”

骆三贵用右手轻轻把蚊子捏下来说：“就这点小事，还用琢磨？一看就知道应该怎么做。”

“但我就知道一巴掌把它们拍得血肉模糊。咱们老家那里也有蚊子，可是很少叮人，来到江南我才知道这玩意的厉害。”

“听咱们副连长说云南有十八怪，其中一怪就是蚊子大，大到什么程度不知道，只听说三只就能炒一盘菜。”

“那是一种夸张的说法，连三只麻雀也炒不了一盘菜，何况是蚊子，蚊子再大也没有麻雀大吧。副连长的意思让我们带上风油精，不然到山上有钱也无处可买了。”

每次想到骆三贵捉蚊子的事，钟虎就知道他是如何消灭那一大群越军的了，在那种情况下绝对需要胆大心细，遇事不慌，否则他就会被越军打死在那里。而那时如果骆三贵被越军打死了，自己也性命不保，在援军没有到来的情况下，骆三贵和自己一死，高地自然就被那四十多个越军占领了。高地一旦丢失，想夺回来必须付出很大的代价，二一一高地就是一个例子。从这一点上讲，骆三贵也是自己的救命恩人，因此钟虎越想心里越难受。

七十五　不能拿俘虏出气

海欣、贾兆栋和黄金庵各自背着残疾女兵走近蓄水池，见仍有几十个俘虏坐着那里，于是两个班长的怒火又燃烧起来。海欣看到黄金庵和贾兆栋的表情后，怕两人在一时冲动之下做出违反纪律的事，就催促快走，并紧随其后。那些俘虏可能都知道小云她们的事，尽管这时三个女兵都被雨衣裹着，只露出脸部，但他们中的不少人都惭愧地低下了头。

离开蓄水池，海欣他们又向东走了五十米左右，海欣要去山洞里找军工过来帮忙，大家就停下来休息。他临走之前交待两个班长哪里也不要去，说自己去去就回。

海欣走后，黄金庵和贾兆栋让小云她们坐在一起，并用雨衣把她们的下半身盖好。贾兆栋越看小云她们的惨状，对坐在西边的俘虏就越生气。这时他正好看到有个家伙贼眉鼠眼的老往这边瞄，于是强压住的怒火又腾的一下子燃烧起来，弯腰拾起一块石头就向他们走去。

黄金庵一开始没有看到贾兆栋拿石头，以为他也要去山洞，便说："老贾，副连长刚才不是说不让我们两个人去了嘛，那里有军工，他们会把担架扛过来的。"

可是贾兆栋边走边回头说："我不是去山洞，而是去教训那些俘虏，这帮家伙太可恶了，连一点人性都没有。"

此话正中黄金庵下怀，他强压住的怒火也腾的燃烧起来，顺便弯腰拾起一块石头快步跟了过去，并说："老贯，我跟你一块去，一定让那帮家伙说出凶手是谁，如果知道是哪几个畜生干的，老子就用手中这块石头把他们的手脚砸掉，非砸掉不可！"

看见黄金庵和贾兆栋怒气冲冲走来，不但那些俘虏害怕，就连在那里看管俘虏的两个战士也吃了一惊。他俩知道来者不善，是找俘虏算帐的，一石头下去，非出人命不可。于是，一个叫申建宜的战士上前拦住说："兄弟，这事咱们可不能干啊！要是能干我们早就干了，连石头都不用，一枪一个，省得往回押送。"

"兄弟，你说的这些我都懂，可是你知道我们刚才背过去的是谁吗？"贾兆栋说。

"应该是几个月前被他们劫走的那三个女兵吧？你们能把她们找到真是奇迹！"

"你猜的不错，我们刚才背过去的的确是那三个被劫女兵，但是有一点你不知道吧，那就是现在她们每个人都只有一只右手，双脚和左手都被狗日的越军砍掉了。"

"天啊！他们竟然干出这样的事！那些越南兵还是人吗？简直连畜牲都不如。"申建宜想跑过去看个究竟，但一是在执行任务，不能离开；二是到跟前去看人家的惨状不礼貌。就没有动身，只用同情的目光远远地看着小云她们又说，"兄弟，这事我同意了，你们进去吧，但咱不能一进去就打俘虏，得先问出凶手是谁再说。如果真能问出是哪几个混蛋干的，把他们拉出来任你们两位兄弟处置，事后老子受处分也认了。"

按照申建宜的要求，贾兆栋先去找那个刚才老往他们那边瞄的俘虏，可那个俘虏见情况不对，早就悄悄移开坐到其他地方去了，于是两个班长只好随便找一个俘虏审问。可被问的俘虏装做听不懂中国话的样子，两个班长让周围的俘虏翻译，谁知他们也装做听不懂，而贾兆栋和黄金庵除了《战场越语十句》，就再也不会说其他越南话了，只好换个位置再问其他俘虏，但结果和前面一样，把他俩气得真想给那些俘虏几巴掌。

见此，另一个看管俘虏的战士把贾兆栋和黄金庵拉出来说："兄弟，消消气吧！其实这个结果我一开始就想到了，他们见你们两个人又背枪又带石头的，还气势汹汹的样子，明知自己人做的那些事是死罪，谁还敢揭发？谁还敢承认？除非像过去国民党军队审问老百姓中谁是共产党员那样，不说出来统统枪毙。不过我们不是国民党军队，不能做那样的事。现在只能这样了，你们把这几十个俘虏分批带到那三个女兵面前，让她们辨认，只要能辨认出来，就任凭你们处置。一批不要多，七八个就行了，多了不好认，也怕他们趁机逃跑。"

"这样也好，只要那三个女兵认出来一个，我就用石头当场把他砸死。"黄金庵说完，再次和贾兆栋一起进入俘虏群，并立刻把八个俘虏押了出来。那八个俘虏以为要被拉出去枪毙，吓得直打哆嗦，有的刚出人群就不敢走了，气得黄金庵踢了他们几脚，说："只要你们没做残害我军女兵的事，就不要害怕，但要是做了现在就得承认，不然一会儿被认出来会死得很惨，看到我手中的石头了吗？”那八个俘虏这时不装做听不懂中国话了，纷纷点头。

可是一连三批，小云她们都没有认出迫害自己的凶手。正当贾兆栋和黄金庵准备去带第四批俘虏时，海欣带着六个军工回来了，海欣问明原因，站住对二人说：“我军对待俘虏是有纪律的，这事早就对你们说过了，所以再生气也要忍住，最好的办法是战斗时多消灭他们几个。过去这方面的教训不少，趁时间还早，我讲一个发生在几年前的真实故事让你们听听，你们一听就知道违反纪律的严重性了。”

几年前，我军有个连队遭到越军偷袭，包括连长和指导员在内三十多人牺牲，五十多人受伤，全连几乎丧失战斗力。当时副连长带人外出捡柴才幸免与难。副连长回来后见遗体一片，一旁还躺着伤员，气得火星子直冒，要带人去追，可剩下的战士报告说：“越军已经逃走了，而且周围都是山，还有茅草和树木遮挡，追不上了。”于是，副连长只好忍住悲痛和愤怒收拾残局。

这时，一个意外的情况出现了，一个排长跑过来报告说：“副连长，我们在不远处抓到一个俘虏，那家伙受伤跑不动了，躲在草丛里面，但还是被几个战士发现了，现在拿他怎么办？”副连长听到报告一句话没说，抬脚就向俘虏走去，接着大家听到了枪声，一连好几下，可能是副连长把枪里的子弹打完才觉得解恨。这件事发生后，副指导员意识到了事情的严重性，就立即开会要求大家保密，说：“我们连遭受这么大损失，从私人感情上讲，我认为副连长做的没错，可我军是有纪律的，传出去对副连长不好，所以希望大家千万不要对外人讲。”

但这件事后来还是被上级知道了，因此部队一回到营房，副连长便被撤职了，并按照战士待遇复员回乡，全连人联名求情也没有用。对这样的处理，副连长一直都想不通，说“我们连倒下去那么多人，我枪毙他们一个就不行吗？当时我还想把那家伙点天灯呢！马灯里有的是煤油。”

副连长想不通也得回老家种地，他回去后先是消沉了一阵子，后来见乡亲们都同情他，纷纷把种出来的好东西送到他家，才重新振作起来。再后来副连长就认命了，在家乡干得不错，他毕竟还是个党员，大家就推选他当了村党支部书记。

听了海欣的叙述，贾兆栋、黄金庵和在场的六个军工都感到非常震惊，他们本来以为：上级处理那个副连长只是暂时的，过一段时间政府即使不再承认他的干部身份，也会为他安排一份像样的工作。谁知他回去后一直务农，当村党支部书记也得种地呀！不然就没有饭吃。

讲完这个故事，海欣等人才走到小云她们跟前，把小云她们各自放上担架抬着一起往回走。

小云她们躺上担架后，海欣把雨衣盖在三人身上，只露出头，可是刚走不远，他就发现那三个女兵的头都不在外面了，无疑是自己拉上去的，于是就有了一种不祥的感觉，像对说到骆三贵时的感觉一样。因为在战场上只有烈士的遗体才被全身覆盖，凡是担架上的伤员，都喜欢把头露在外面，伤员之所以要把头露在外面，一是要享受那种凯旋而归的心情；二是要向战友们表示自己还活着。

大家理解小云她们此刻的心情，不久前她们的形象还光彩照人，不但是好多女兵羡慕的对象，还让那些男兵有事无事就往师医院或者女子卫生队跑，可是今天却落得如此凄惨的样子，就像传说中的海豹人，不愿意被人看到。

七十六　三女滚江

钟虎正坐在骆三贵遗体旁回忆两人相处时的点点滴滴，忽然听到一个突击队员说："大家快看，副连长他们终于回来了。"

钟虎抬头看时，发现海欣一行离自己坐的地方只有几十米远了，就赶紧站起来迎接。他见海欣走在那群人的最前面，后边是三副担架，以为担架上躺的也是突击队员，至于那三个被劫女兵，他根本不相信能够找到。

海欣远远看到钟虎身边只有几个人，心情更加沉重了，心想：难道其他兄弟都……尽管他没有抬担架，却连步子也迈不动了。

见钟虎身边躺着两个人，海欣以为是重伤员，坐不起来了，可当他走近看到是骆三贵和张辰的遗体时，又一下子愣住了。这是他冲出通道后，第一次见到牺牲的突击队员。

见到骆三贵和张辰的遗体，黄金庵和贾兆栋也忍不住掉下了眼泪，在他们两个人的心目中，骆三贵入伍后是个好兵；当班长后是个好班长；当排长后是个好排长。尽管骆三贵提升得比较快，但他到前线后是全军第一个战斗英雄，有资格当；虽然骆三贵文化程度不高，但他脑子灵活，学东西快，说话办事有水平。总之一个字：服。可他就这样牺牲了，实在让人心痛。张辰虽然不是一个连的战友，但到了突击队大家都熟悉了，是个人人见了都喜欢的好兵。

通过询问，钟虎才知道真的找到了那三个被劫女兵，总算听到一个好消息，于是便对蹲在骆三贵和张辰遗体旁边的海欣说："副连长，你们能找到小云她们真是个奇迹，恐怕前线官兵都会觉得出乎意料之外。但咱们的其他突击队员都不知去哪里了？现在包括您在内，我们才见到十个人活着，加上排长和张辰，总共才十二个呀！”

“这里真的再也没有我们的人了吗？”海欣站起来问，表情十分痛苦。尽管之前他估计到突击队伤亡人数不会少，但近五十个人一下子都不见了，还是感到意外。

“是的，我们这几个人分头把突击队员可能到的地方都找了一遍，也请军工兄弟把被填埋的堑壕全部挖开了，才在下面找到排长和张辰的遗体。”钟虎回答说。

海欣听后沉默了很长时间才说：“还有四十九个兄弟啊！但愿他们都被抬下去了，但愿他们都是受伤后被抬下去了，但愿他们受的都是轻伤。既然人已经到齐，那咱们就走吧，请军工兄弟继续抬三个女兵，我们几个人轮流抬骆三贵和张辰。”

海欣一行慢慢往回走，路上还不时有人抬着物资、押着俘虏从身边经过，当突击队员们走到凌晨开始冲锋的地方时，都大吃一惊：那条两米多深、三米多宽的通道全部被泥石填平了，原来盖在上面的丁字钢、方木等伪装物被炸得到处都是。尽管战斗取得决定性胜利，而且听说我军的整个损失比预计的要小，可海欣他们没有一点凯旋而归的心情，因为对突击队来说伤亡是巨大的，一路上都很少有人讲话。

海欣他们一走上公路，就被韦立世等人看到了，韦立世对身旁的警卫员说：“柏宗华，快把酒拿来。”

拿到茅台酒，韦立世便迎着海欣他们走了过去，此刻他脸上也没有一点笑容，只有对部下的敬佩。海欣给韦立世敬礼，韦立世还礼后给现场每个突击队员敬礼，接着把一杯杯象征着庆功的美酒递到英雄们手上。见一共抬下来五副担架，上面的人都盖着头，韦立世便把十五杯酒分别倒在担架前面说：“兄弟们，你们都是英雄，祖国人民是不会忘记你们的，我敬大家每人三杯。”

见此，海欣想解释说雨衣下面有三个是被劫女兵，还活着，但一是韦立世周围还有其他人，他不想让更多的人知道这件事；二是小云她们已经用实际行动表示不想见人了，韦立世如果听到解释，肯定又惊又喜，很可能当场掀开雨衣查看并慰问一番，那就违背了三个女兵的初衷。所以一直等韦立世把十五杯酒全部倒在地上，海欣才把他拉到一旁低声作了汇报，特别强调小云她们现在的心情，希望他理解。

韦立世听到汇报不但不生气，反而惊喜地说：“太好了，太好了，战斗取得决定性胜利，这使大家已经很高兴了，想不到你们又带来一个惊喜，这个惊喜恐怕连军师首长都不会想到。请军工同志把两位烈士的遗体抬到集中处，我们团的人把三个女兵送回女子卫生队。海欣，我看到你们每个人身上都有伤，也去卫生队重新包扎一下吧，把重伤员转移到战地医院，轻伤员就在卫生队养伤。”他理解海欣的良苦用心，没有揭开那三件雨衣，也没有对周围人说这件事。

听到韦立世的吩咐，海欣又说："团长，现在把三个女兵送回女子卫生队也不合适，还是派救护车把她们直接送到战地医院为好，团长，你看这个办法行不行？"

韦立世听后一想：是啊！她们这个样子怎么回女子卫生队呢？便说："行，那就这样安排吧！我那边还有很多事情急着要办，得走了。海欣，我安排好其他事情就去看你们。"临走之前他又看着突击队员们说，"同志们，你们光荣而圆满地完成了战斗任务，为消灭苍鹰山的敌人立下了汗马功劳。你们中有不少同志在这次战斗中光荣牺牲或者受伤了，但目前具体人数还没有统计出来，一旦统计出来，就立即告诉你们队长。"说完又向烈士遗体、突击队员和小云她们敬礼。

韦立世等人走后，海欣让黄金庵、贾兆栋、钟虎和两个军工战士抬小云她们过桥，自己也跟着，桥东头只有过路车辆没有人，相对安静，是等待救护车的好地方；让其他突击队员立刻去卫生队疗伤，并指定他们中的两个人去找杜云华要救护车，并告知注意事项，就是不要让大家去桥东头看望小云她们，如果洪绒能走开，让她一个人跟车过去就行了；让其他军工战士把骆三贵和张辰的遗体送到团里指定的地方。他知道从此一别，就再也见不到骆三贵和张辰的遗体了，于是举行了一个简单告别仪式，然后含泪离开。

那两组人走后，海欣让两个军工战士抬刘玲；自己和钟虎抬张楠；贾兆栋和黄金庵抬小云。六个人抬着三副担架慢慢向江边走去。当他们距离桥头只有二十米的时候，黄金庵悄悄对海欣说自己憋不住了，要去小便。海欣见北边正好有条深沟，就同意了，结果在他的感染下，六个男人都把担架放下去沟里了。

大约五分钟后，六个男人抬着三副担架继续走向桥头，并很快上了桥。那座钢铁桥也是我工兵建造的，汽车可以在上面交叉而过，和"生死线"那里的桥面一样宽，只是略长一些，两边也没有护拦。

因为两个军工战士都没有受伤，所以刘玲的担架一直在前面；张楠的担架在中间；小云的担架在后面。一上桥，六个男人就突然发现三个女兵都把头上的雨衣掀开了，以为她们要看熟悉的江水，眺望远处的高山，谁知事情并不是那么回事。

贾兆栋走在小云那副担架后面，不用说可以看到小云的一举一动。他见小云依然乱发遮面，只露出一段苍白的脖子，直到现在为止，他仍认为小云是位高不可攀的女神，对她的印象一点也没有改变。

在山洞里小云一眼就认出贾兆栋和黄金庵了，他俩在行军途中的滑稽表现历历在目。那次是在从兵站回军列的路上认识的，想不到第二次见面的地方竟然是个山洞。当时他俩在一起，现在他俩又在一起，真是巧合。但这时的小云已经打算告别人间了，她想：在临走之前，总要和背出山洞和抬了那么长时间的救命恩人说句话吧，于是就拨开乱发看着贾兆栋说："贾兆栋大哥，你的伤势怎么样？抬着我走路很疼，也很累吧，谢谢你！"

贾兆栋虽然面对小云，但不好意思一直看她，目光大部分时间都在江面，他听到小云的话后一愣，赶紧把目光收回看向小云，这时小云又说话了，她说："贾大哥，我这样叫你应该没有错吧？前面这位应该是黄金庵大哥。你们的名字我是刚才从副连长那里听到的。"

"啊，没有错，没有错。小云，谢什么呀！这些都是我们应该做的。你们在山洞里待了那么久，现在就好好看看祖国的大好河山吧。"听到小云说话，尤其是对自己说的，贾兆栋感到心花怒放。

黄金庵在担架前面听到小云说话也觉得非常意外，他边走边回头说："是的，我叫黄金庵。小云，你看江水多美，就趁这个机会好好看看吧！"

"贾大哥，黄大哥，是副连长你们三个把我们从魔掌中救出来的，因此我们才没有死在越南境内，谢谢，谢谢了！"小云又说。

三副担架走得很近，小云的话海欣、钟虎和那两个军工战士也听到了，他们也感到非常高兴，海欣也边走边回头说："小云，贾兆栋刚才说得对，这些都是我们应该做的，不说你们三个人都照顾过洪绒和我们的孩子，就是一般战友，在这种情况下我们也会设法寻找的。"为了让小云她们多看一会儿江水，海欣他们不约而同都把脚步放慢了。

海欣刚说完，刘玲也开口了，她说："副连长，不管怎么说，我们都得感谢你们的救命之恩。如果我牺牲在这里，请你设法转告我父母一声，就说我能死在国内感到非常满足了，让他们不要伤心，把后半辈子过好。"口气非常坦然。

听到刘玲也开口讲话，海欣更加高兴，他认为三个女兵见已经回到祖国，把心扉打开了。至于刘玲说的那句不吉利的话，他认为只是玩笑而已，因为她们即将被送往战地医院，不可能再回到这里来了，何谈"牺牲"二字？

刘玲的话音刚落，张楠也讲话了，她说："几位大哥，小云和刘玲刚才说的话也是我要说的。今生报答不了你们的救命之恩，只有等来世了！"张楠也话中有话，但海欣他们还是没有听出来。

在不到一分钟的时间里，三个女兵先后开口讲话，并且不再躺着，都直挺挺地坐了起来，这使六个男人非常高兴，海欣笑着说："回到祖国的感觉就是好吧！可是你们三个女孩子都在说些什么呀！千万别再说感激之类的话了，也千万别再说伤感之类的话了。我们一到桥东，救护车可能就开过来了。我让他们只把咱们在这里等待的消息告诉杜队长、洪绒和老曲，并且只让洪绒一个人跟着救护车过来，洪绒会陪着你们一起去战地医院的。你们到那里后要好好养伤，好好调理身心，有空我们会去看望你们的。”

海欣说完，刘玲再次表示感谢，这时她的那副担架已经走过三分之二桥面了，就要求靠北边停一下，说是想看看江水是怎么流到桥下去的。

没有听出话中有话的海欣满足了刘玲的要求，六个男人都停下脚步，并尽量把担架往桥北边靠，让三个女兵都能看到江水是怎么流到桥下去的。

江水距离桥面三米左右，它们从祖国方向滚滚而来，撞到桥墩和两边的石头时激起了巨大的浪花，显得异常美丽壮观。美景首先把六个男人的目光吸引住了，他们以为三个女兵也在欣赏，可就在六个男人抬着三副担架尽情欣赏美景的时候，刘玲却大声说：“各位大哥，谢谢，谢谢你们，永别了……”待六个男人回头看时，三个女兵都滚下了担架，并瞬间坠入江中，他们想扑过去抢救已经来不及了。

七十七 跳水救人

等六个男人跳下水，三个女兵已经被水浪冲走了。剧烈的活动加上被冰凉的江水刺激，海欣和三个班长都感到伤口钻心得疼，但救人要紧，其他什么也顾不上了。他们四个人一钻出水面，就拼命寻找小云她们的身影，接着拼命游去，但水流很急，浪头不断打来，三个女兵的身影时隐时现，他们总是扑空。偏偏这时另一个情况又出现了：那两个军工战士虽然勇气可嘉，但不会游泳，只在水面上扑腾。眼看他俩就要沉下去了，四人只好回头先把他俩救上岸。经过这一折腾，三个女兵就被冲得更远了，有的仍然时隐时现，有的已经看不到了。

看到继续在水里追不行，海欣便带领三个班长立刻上岸，然后向南跑去。但这时他们的绷带已经脱落，伤口露在外面，被冰凉的湿衣服摩擦得很疼，速度也比平时慢多了，尤其贾兆栋和黄金庵的伤在臀部，每跑一步肌肉就拉动伤口钻心得疼。他们跑一段路后见一个女兵在下面，就再次跳了下去，可是由于对方肢体残缺，又不肯配合，只抓到一点衣服。再加上那个女兵的脸一直被乱发缠绕，四个人都没有认出是谁。

拦不住那个女兵，其他的又看不到，海欣四人只好再次上岸向南跑去。这时海欣看到离开铁桥已经两百多米了，如果再向下游奔跑两百米左右就是国境线了。由于急着下桥救人，枪支全在桥上，如果在国境线上遇到越军，就连一点反抗的能力都没有，况且越军今天吃了大亏，正要找机会报复，那时就非常危险了。于是海欣边跑边向三个班长说明厉害关系，催促大家跑快一些，尽量提前拦住水下的女兵。

海欣四人第二次是从西边上岸的，因为那里的岸不陡，他们奔跑的时候，见那两个军工战士也在东边奔跑，原来他俩被救上岸后并没有坐下来休息，而是仍然积极参与救人。于是海欣边跑边向对岸大声喊道："对面那两位同志，前面二百米处就是国境线了，所以你们再跑大约一百米后，一定要站住等我们，咱们在那里一起把落水女兵截住。"时间就是生命，唯一的办法就是奔跑，咬着牙拼命奔跑。他们想不到凌晨已经奔跑了一阵子，现在仍要奔跑，同样是为了完成任务，只是速度比那时慢多了，而且伤口鲜血直流。

岸上路面不平，还布满了石头，长满了灌木和杂草，六个人在奔跑过程中都摔过跤，但只要前面不是悬崖峭壁，他们就起身再跑。

那两个军工战士身上都没有伤，因此跑得快，他俩很快跑到大约一百米处站住，然后在海欣的示意下跳进浅水等待。不久海欣和钟虎赶到，并立刻跳到江里，向中间游去，但中间部位水深，站不住脚，便向东边游去，而贾兆栋和黄金庵很快就到达西边了。不久海欣和钟虎在东边浅水处站住脚，距离那两个军工不远，贾兆栋和黄金庵则在西边的浅水处站住脚，四人相距七八米远，一道"拦截网"就这样形成了。这时他们虽然看不到那三个女兵，但估计她们没有被冲到下游，过桥后水浪小多了。

"拦截网"刚刚形成，第一个女兵就被冲了过来，见那个女兵越来越近，海欣和钟虎就提前游到中间拦截，可眼看就要抓住了，又一个浪头打了过来，把那个女兵一下子推到东边，这时那两个军工战士再次忘记自己不会游泳了，都"扑通"一声再次跳到深水里。在四人的共同努力下，第一个女兵终于被救上岸，出水后他们才看到是张楠。

海欣让那两个军工战士刚把张楠抬上东岸，第二个女兵就出现了，海欣他们用同样的办法再次拦截成功，这次发现被救出的是小云，也由那两个军工战士抬上东岸。接着他们等待刘玲出现，可是等了很长时间，水上也没有刘玲的身影。三个女兵两个都到了，而且时间过去了这么久，刘玲一定是在上游出了问题，于是海欣决定去上游寻找。他让伤势最重的贾兆栋留下来抢救并看护小云；让左眼上还在流血的钟虎留下来抢救并看护张楠；其余的原路返回寻找刘玲。

重新组成的四个人一直找到铁桥下面，还是没有看到刘玲的身影，可是黄金庵却看到了血迹，而且就在刘玲从桥面掉下去的地方。看到这个情况，四人都有一种不祥的预感，最后终于在下游不远处的一个水中石缝里找到了刘玲，那地方距离铁桥连一百米都不到。

这次海欣让黄金庵留下来抢救并看护刘玲。他见不知何故救护车还没有开过来，就请那两个军工战士去催一下，自己则去下游看望小云和张楠。

贾兆栋奉命来到小云跟前时，见她牙关紧咬，双目紧闭，还没有苏醒，急得快要哭了。可他面对的是一个年轻姑娘，一开始不敢实施抢救，于是就求助似的看向十米之外的钟虎和张楠。他见钟虎正在努力抢救张楠，动作中一点也没有犹豫的成分，这才去掐小云的人中，呼喊小云的名字。可是贾兆栋掐着小云的人中连喊数声，小云也没有一点反应，这时行军途中那一幕又在贾兆栋脑海里出现了，他不能让心中的女神就这样死去，于是想到了人工呼吸。不久随着“哇”的一声，一股江水从小云口中喷了出来，至此贾兆栋才算松了一口气，泪水也瞬间流了出来。他救了人家的命，自己却哭了，原因是什么连他自己也说不清。

就在贾兆栋喜极而泣的同时，张楠也在钟虎的抢救下把喝进去的江水吐了出来。接着二人分别整理小云和张楠的凌乱衣服，随手拔些茅草把她俩的乱发扎好。小云和张楠苏醒后，都睁开双眼茫然地看了一下天空，但很快又闭上了，都没有说话：可能是没有力气说话；也可能是有力气但不想说话；还有一种可能是以为自己已经到了天堂。

海欣匆匆赶到时，见小云和张楠都醒过来了，那个高兴劲就别提了。接着分别安慰她俩一番，让贾兆栋和钟虎分别把小云和张楠送到桥东头，说完又匆匆赶到刘玲那里去了。小云和张楠已经苏醒，现在他最担心的是刘玲，因为刘玲在水下待的时间太长，桥下的血可能是从她身上流出来的，凶多吉少。

海欣到刘玲那里后，发现担心变成了现实，黄金庵报告说各种抢救措施都用过了，但刘玲还是没有醒过来。经过仔细查看，海欣发现她后脑勺上有一个地方还在出血。明知抢救无望，但海欣还是希望奇迹出现，二人又对刘玲进行一番抢救，可她已经香消玉陨，二人终无回天之术。

刘玲在东岸，不久贾兆栋和钟虎分别托着小云和张楠过来了，于是海欣也让黄金庵托着刘玲往回走。海欣走在最前面，而且越走越快，救护车还没有过来，他要知道究竟是怎么回事?

就在海欣快要走到桥东头的时候，终于看到救护车从桥面上开了过来。救护车一停下来，洪绒就打开车门下去直奔三个好姐妹。问明情况，洪绒又对刘玲进行一番抢救，结果还是一样。

通过老曲和洪绒解释，海欣才得知刚才救护车坏了，杜云华给老曲交待任务时还在修。当时老曲对杜云华说按照以往经验，救护车很快就可以修好，于是杜云华就去找洪绒了。可洪绒接受任务后去找老曲时，见他还没有把救护车修好。正好洪绒要去准备东西，就回到帐篷里去了，谁知洪绒把一切要带的东西都准备好，老曲还在那里摸索。刚打完仗，大家都忙得不可开交，女子卫生队里谁也不知道三女滚江的事。

在救护车上，洪绒含泪为三个好姐妹换上干净衣服，这时已经完全清醒的小云说出了滚江原因：原来就在海欣他们下沟去解手的那五分钟时间里，三个女兵做出了投江自尽的决定。当然她们自杀的念头早就有了，被劫走后撞过石头，绝过食，能想到的办法都用过了，可由于越军看管严密，一次都没有成功。由于不顺从越军侮辱，还想办法逃跑和自杀，她们的双脚和一只手便分别被砍掉了。

山洞获救虽然出乎她们的意料之外，但三人在感激之余，仍不留恋自己的年轻生命，这时她们自杀的原因有两个：一是觉得过去是全师没结婚的女兵中最漂亮的，现在却变成了最丑的，凤凰拔毛不如鸡，活着已经没有什么意义了，而死了会让大家觉得可惜；二是以死来表示自己清白，过去中国历代妇女经常这样做。

在黄金庵和贾兆栋去找俘虏报仇的时候，她们就商量过一次，当时还想了好几种办法，但后来一直找不到合适的机会实施，直到六人放下担架去解手。六人都去解手后，仍是刘玲先开口，她说："小云，张楠，看来我们的机会终于到了，副连长说过桥去等车，我们趁机从桥上滚下去好不好？为什么是滚而不是跳呢，因为我们都没有双脚了，这一点得注意。从水中也可以去西方极乐世界，也就是上天堂，我们三个人都很漂亮，去天堂一定会受到诸神的欢迎。"对刘玲的提议小云和张楠表示赞同，并对终于找到一种合适的解脱办法而洋洋得意，接着三人还你一言我一语地商量了具体细节，丝毫没有临死前的恐惧，好像是小时候玩的过家家。

小云说，这次她们原认为终于可以得到解脱了，谁知只有刘玲一个人如愿，自己和张楠不但没有死成，还为海欣大哥他们添了这么多的麻烦，早知这样就采取其他办法了。张楠听后也这样说。

洪绒以为自杀的人被救后，就再也不说死的话了，但小云和张楠的态度却恰恰相反，看来她们已经铁了心，便把眉头皱得更紧了，认为有必要在合适的时候做一番劝导工作，不然刘玲的悲剧可能会在小云和张楠身上重演。

七十八 担忧

洪绒不但对小云和张楠的现在和未来担忧，之前也一直在为海欣担忧，尤其今天的担忧最严重。我军攻打苍鹰山的事洪绒早就知道了，但让她万万没有想到的是前线官兵上万人，却偏偏让海欣去当那个突击队长。海欣来到这里之前就是战斗英雄，来后又不止一次立新功，那次他们去侦察越军炮阵地时，遇到的情况非常危险，如果稍有闪失就回不来了，我父亲已经牺牲在战场上了，难道我儿子的父亲也要牺牲在战场上？如果真是这样的话，我的命运就和母亲一样了。可是，我父亲牺牲的时候，我和弟弟都已经上学了，而我和海欣的孩子还不到一岁！儿子到现在也没有看到父母是个什么样子，难道要留下终身遗憾吗？那几天，洪绒日夜都在想着这些事，茶不思饭不想，还碾转难眠。

战场上的突击队就是敢死队，只是叫法不同而已，敢死队是干什么的？作为军人后代的洪绒当然知道，七岁那年，父亲带着她去看了一场至今还记忆犹新的电影，那些头缠红布、光着膀子、手执大刀的敢死队员形象历历在目，但同胞们面对的是洋枪洋炮，再英勇也只能悲壮地倒在前进的路上。看完电影父亲告诉她说：“手执大刀冲锋的那些就是敢死队员，八国联军侵占我们国家的土地，瓜分我们国家的金银财宝，中国人当然不答应，于是就和他们打，可那时我们的武器非常落后，难免要死在洋人的枪炮之下。我国人民这种不畏强敌的精神实在可嘉，但当时的政府应该告知实情，不能让他们做无谓的牺牲。”尽管她当时对父亲讲的那些话似懂非懂，但从那时起就知道敢死队是怎么回事了。

在部队挖通道那些天里，海欣忙于侦察和模拟训练，两人既没有见过面，也没有通过电话。海欣不打电话的原因，是怕洪绒接受不了自己当突击队长这个现实，就采取能拖一天算一天的办法，反正到前线后可能发生的一切洪绒都能估计到。有一次洪绒在帐篷里听到伤员们议论说："人家海欣副连长就是不一样，五年前就是战斗英雄了，来到这里后，又带领小分队侦察并协助毁掉越军那个最大的炮阵地；还用谁也没有想到的极小代价，顺利地收复了二一一高地；现在又当上了攻打苍鹰山的敢死队长。真有两把刷子，非常让人佩服。"大家在议论的时候，言语中透露着对海欣的羡慕和崇拜，而洪绒的心中苦辣酸甜都有，更多的是担忧，那些危险毕竟已经过去，正在发生的一切才让人提心吊胆。

洪绒还听说为把突击队员们的音容相貌留下来，上级专门请过来一个摄制组，让他们整天拍摄突击队员们的生活片断，说是要不然过了这个村，就没有那个店了，这句话的潜台词是：他们都将去另外一个世界，临死前多少得留下点什么。听到这些，洪绒几乎要崩溃了。

作为一个军人，一个通情达理的妻子，洪绒知道在这种情况下，自己不能去干涉海欣的侦察和训练，叮咛已经多次，再说已无必要。可是当凌晨的炮声响起时，她却一个人站在小山包北面，静静地祈求所有的神灵都来保佑自己的丈夫，尽管她平时并不相信真有那些神灵。

小山包北面有一个临时卫生所，凌晨二点多钟，两个卫生队的人都到齐了。按照分工，打起仗来团卫生队的医务人员到现场去实施抢救，女子卫生队的医护人员则留在临时卫生所里等待伤员被抬过来。黑暗中洪绒与姐妹们坐在一起默默地等待，她们知道翻过南面那座山头，就是今天的进攻目标，所以谁也不敢大声讲话。

这时，洪绒多么希望能和海欣见上一面啊，那怕是一闪而过的身影也好。可是直到炮声响起，洪绒也没有见到海欣的影子，她的心提到了嗓子眼。

虽然看不到战场，但洪绒知道战斗如何进行：炮声一停，海欣他们就要冲上去了，接着是大部队。不用说最先冲出去的那些人最危险。洪绒不敢再想下去，怕自己因此崩溃，就起身走到杜云华身边。

杜云华知道洪绒已经失去了父亲，不希望儿子也失去父亲，可处在突击队长的位置上，海欣的危险程度可想而知，所以她连一句安慰的话也说不出来，只能给洪绒一个拥抱。

炮声停了，呐喊声、枪声随之响起，这时洪绒的脑子里一片空白，并且一直持续下去，连天是什么时候亮的也没有察觉到。那段折磨人的时间已经过去了很久，她才听到杜云华说："同志们，前面来电话了，说我们取得了决定性胜利。"其他女兵听到这个消息，都情不自禁地欢呼起来，可这时洪绒的心却沉到了谷底：计划了这么长时间，胜利在意料之中，但海欣现在怎么样了？伤员什么时候被抬下来？如果能在伤员中见到海欣，就说明他还活着，只要他还活着，还有一口气，一切就都好说，但如果……洪绒又不敢再想下去了。

"大家注意，不久后伤员就要被抬下来了，我们再检查一下设备和药物，准备实施抢救。"大家欢呼之后杜云华说。

自从来到战场，女兵们见惯了那些残缺不全、血肉模糊的躯体，不再害怕血腥的场面了，只怕伤员刚被抬来，生命就已经结束。

军工们的动作非常迅速，第一批伤员很快被抬过来了，医护人员立刻对他们实施抢救。一忙起来，洪绒就把注意力全部转移到伤员身上了，暂时不再去想海欣现在究竟怎么样了。

但是半个小时后，被抬过来的伤员逐渐减少，洪绒还是没有在他们中间看到海欣的身影，忙乱一阵子后又开始担忧起来。凡是见到一连的人，她都会问人家看到海欣没有？人家摇头，她就像掉进了冰窟里。有个伤员来自突击队，他说："你问我们队长啊！我冲出去后只顾朝着自己的目标狂奔而去，从那之后就再也没有见到他。"听到这话，洪绒似乎看到海欣已经倒在前进的道路上了。

已经是中午时分了，洪绒既没有见到海欣的身影，也没有听到他的任何消息。所有人都在忙碌，而她则是忙中担忧，早晨是不知道何时天亮，现在则是不知道什么时候跟着大伙回到驻地的。

下午三点多钟，浑身沾满伤员鲜血的杜云华走到洪绒面前说："洪绒，告诉你一个好消息，海欣他们找到了小云、刘玲和张楠。"

"现在还能找到小云、刘玲和张楠太好了！是海欣亲自去找的？还是突击队里其他人去找的？"洪绒听后立刻问。杜云华说是一个好消息，可在洪绒看来却是两个，因为既然海欣能去找人，就说明他还活着，而且没有受重伤，受重伤就走不动路了。她之所以还要这样问，是因为海欣是突击队长，"海欣他们"是泛指，去找那三个好姐妹的人里可能有海欣，也可能没有，不能确定海欣还活着。因此问完看着杜云华急切等待她回答。

"刚才我听一个来这里的突击队员说，一开始是海欣一个人去找的，后来又去了两个班长。还说他们费了很大周折，才在一个十分偏僻的地方把小云她们找到。现在海欣他们已经用担架把小云她们抬到桥东头去了，你去找老曲开着救护车一块去吧。”接着杜云华向洪绒交待了具体任务。

得到这个确切消息，洪绒就像放下一个千斤重担，感到浑身上下每一个关节都轻松了，她恨不得立即跑向大桥去见海欣，可老曲说救护车就快修好了，坐车总比跑步快，谁知一等就是那么久。

七十九 劝说

洪绒为三个好姐妹穿好衣服，梳好头，这才见她们像个人样了，但终归少了一只手，两只脚，看着仍然让人心痛。刘玲的遗容非常安祥，她就躺在车厢内那唯一一张病床上，更加让人心痛。

那两个军工战士的责任心很强，都坐上救护车一起回来了，其中一个对海欣说："首长，现在我们没事干了，要不把车上那位女兵的遗体抬走吧？"

"不用了，让她们几个好姐妹一起去战地医院吧。谢谢二位，你们非常辛苦，现在可以回去了，我会把你们的勇敢表现告诉你们的首长的。"海欣说完与两个军工战士握手告别。

洪绒把车上的事情处理好，见三个班长都赤裸着上身，海欣也只穿了一件背心，就把带来的衣服递下来让他们找地方换上。正好队里有不少为伤员准备换的干净军衣，洪绒就多带了几套，心想：海欣他们经过凌晨那场冲锋，衣服肯定不成样子了，结果真的用上了。海欣下到北边沟里换好衣服回来，见洪绒身上仍然血迹斑斑，便说："洪绒，车上没有干净衣服了吗？"

"有，你们不是都换上了吗？"

"我是说你，你怎么不换上啊？"

从凌晨到现在，洪绒不是担心海欣的安全，就是抢救伤员，几乎没有注意到自己，而医护人员身上都有血，就没有互相提醒。这时她听海欣一说，才发现自己的衣服斑斑点点，想换，可车厢里只剩下一条裤子了，便说："算了吧，只是动手术时溅上点血，等从战地医院回来再说。”

在沟里换衣服的时候，海欣见贾兆栋和黄金庵的臀部都有一个伤口，因为绷带早就掉了，所以还在流血，于是就回到救护车那里向洪绒要了些绷带，回来后亲自为两个班长包扎。因为钟虎的伤在眼上，所以是洪绒为他检查后重新包扎的，洪绒为钟虎包扎时对海欣说：“根据伤情，你和贾兆栋及黄金庵可以不去战地医院，但钟虎的伤口不仅只在表面，我看到他眼睛里面也有损伤，因此需要跟我们一起走。”她想说：看情况就是到了战地医院，可能也无法保住钟虎的眼球了，但怕钟虎听后有心理负担，就没有说出口。

洪绒的想法与海欣不谋而合，他说：“行，钟虎你就上车一块走吧，不把左眼治好别回来。至于班里的事我会安排好的。洪绒，小云她们就交给你了，早去早回。”说完他抬手想看表，可是发现手腕上什么东西也没有了，一定是救人时掉到江里了，见此洪绒赶紧把自己的手表递过去说：“戴上吧。现在是下午四点多钟，估计你们从早晨到现在都还没有吃东西吧，幸好我带了些压缩饼干，你们先吃点再回卫生队。”说完上车拿压缩饼干和饮用水。

救护车临走之前海欣对洪绒说：“炮声不断从‘生死线’方向传来，这是越军在对我们进行报复，很可能已经把那里的伪装网炸坏了，你们得有点心理准备才行。如果白天过不去，就千万不要勉强，到那里后找个隐蔽的地方躲炮弹，等天黑后再走不迟。”

“好，我们准备一路都跟着前面的车辆走，这样会安全些。你到卫生队后可一定要等我回来啊！不能提前回去。”见海欣点头，洪绒才拉着钟虎上了车。

老曲在发动救护车的时候，钟虎趴到车窗上说：“副连长，七班长，八班长，我会很快回来的，你们可要保重啊！”可他当时怎么也想不到从此一别，下面的三个人中竟有两个再也见不到了。

运送烈士、伤员、俘虏和物资的车子很多，一会儿便从桥上经过一辆，但因为路况太差，都走得极慢，全部在简易公路上颠簸。简易公路上只有左右两个车辙可以行车，后面的车辆想超也超不过去，所以救护车只能跟着前面的车辆慢慢行驶。

救护车越往前开，听到的炮弹爆炸声就越刺耳，不久前面的车辆全部停了下来，救护车也停在一个小山包北边。这时，洪绒见不远处站着一个拿小红旗的战士，便走下去问：“同志，前面有车辆被炸吗？”

“有。那些伪装网已经不存在了，你们要等到天黑才能走。如果车上有轻伤员，而不想等得太久的话，可以下车直接向北步行，北边不远处有条山沟，可以绕来绕去的到达交址城。”

洪绒向他所指的方向看去，发现那条山沟里果然有人走动，于是又问：“步行走山沟到交址城需要多长时间呢？需要上下坡吗？”

“需要两个小时左右。有上下坡，坡还大着呢！也很陡。”

洪绒回到车上把这个情况告诉钟虎，并动员他先走，说途中虽然辛苦，但可以躲过前面的危险地段，可钟虎听后却说：“车上除了开车的老曲就我一个大男人，别看我只有一只眼，也可以照顾你们，洪医生，你就别撵我走了。”

其实洪绒、小云和张楠也不想让钟虎先走，在这种情况下，身边有个男人要好多了，就没有再劝。

为防止刘玲的遗体从病床上掉下来，出发时洪绒就坐在它边上了，她摸着已经变硬的遗体想：按说烈士遗体是不能送到战地医院的，但刘玲毕竟是今天牺牲的唯一女性，和男人的遗体放在一起不合适，也许海欣就是考虑到这一点，才不让那两个军工战士抬走的。好在我们在那里待过，去后找到院长说说，我想他们会同意的。

自从离开苍龙江畔，小云和张楠就没有再讲一句话，她俩除了偶尔睁开一下眼睛，就一直靠在车厢上休息，对窗外的任何东西都不感兴趣。小云和张楠现在坐的位置正是摩托化行军时坐过的，只是那时四肢健全、美丽可爱的姑娘，这时却成了残疾人。

洪绒看着五官仍然漂亮的小云和张楠想：来时大家的心情虽然都有些紧张，但在部队到达立马坡县城之前，救护车上一路都不乏欢声笑语，可现在三个姑娘却变成了传闻中的海豹人，其中的刘玲不想面对世人的目光而自杀身亡，他日的欢乐这时不会出现了。刘玲一死，算是得到了解脱，可小云和张楠的人生还长着呢！不能行走，今后的日子该怎么过呢？她俩虽然再次被救，但目前的状况仍然令人担忧。想到这里，洪绒再次拿出压缩饼干分别递给小云、张楠和钟虎，并让钟虎通过车厢和驾驶室之间的小窗口递给老曲，老曲在接住压缩饼干的同时递过来两瓶水果罐头，并说：“打开让小云和张楠先喝点糖水吧，不然压缩饼干不好下咽。”

钟虎摸出牢牢套在皮带上的弹簧跳刀，很快就把一瓶罐头打开并递到洪绒手上，洪绒则拿着让小云和张楠喝，喝了再吃里面的桃子。一开始，小云和张楠还是既不喝也不吃，不过总算说出了理由：刚才在江里喝了很多水，现在胃里难受，吃喝不下去。只要她俩讲话，洪绒就觉得高兴，她说：“就是胃里难受才要吃点东西呀！你们俩想想食物都随着水吐出来了，胃里空空的，不难受才怪呢！吃下点东西就好了。”这样说后，两人才各自喝了点糖水，吃了点桃子。

吃喝点食物，小云和张楠的脸色比刚才好看多了，不久洪绒又对她俩说：“张楠，小云，那天晚上我们卫生队被袭，你们三个人被那帮恶魔带走，大伙的心情可难受了！”说到这里她把脸转向钟虎问，“九班长，你们把那次我们的全部损失情况告诉张楠和小云了吗？”

钟虎只参与抬她们而没有背她们，正要回答说不知道，小云却先开口了，她说：“洪医生，没有人告诉我们全部损失情况，那次我们女子卫生队究竟有多大损失呢？”

看来小云想知道除自己之外的情况，无疑是个好现象，于是洪绒赶紧说：“哦，那我现在就告诉你们两个：那次越军偷袭，受到伤害的可不止你们三个，还有人牺牲在帐篷里。”

“这个情况我们估计到了，因为当时听到了枪声，好像也有人搏斗。秦书潮和陈频都是重伤员，正准备后送，连一点反抗能力也没有，牺牲的是不是他们两个啊？”张楠也开口说。

“有他们两个，还有蒋少清和吴见山等人。”洪绒一一报出牺牲的战士姓名后又说，“他们虽然不是重伤员，但当时都躺在床上看书，没有一点思想准备。他们没有牺牲在战场上，却牺牲在帐篷里了，因此死后都睁着眼睛，那个惨状就别提了。最不幸的是……”洪绒真不愿再次提起狄放和刘静的名字，觉得太伤心了，但为了以这种方式劝慰小云和张楠，她不得不再次提起。

听到那么多手无寸铁的伤员被越军杀害，小云和张楠已经够震惊了，想不到洪绒后来又说出“最不幸”三个字。如果还有伤员牺牲，洪绒会一起说出来的，看来女兵中也有人被害，于是两人睁大眼睛同时问：“洪医生，那次牺牲的还有谁呀，也有我们女兵是不是？”

见洪绒忍不住又掉下眼泪，钟虎便替她说：“还有你们狄指导员和护士长刘静，那次她俩也被害了。”

“啊！指导员和护士长也牺牲了？”小云和张楠又同时说，说完两人和洪绒一起哭了起来。

“是真的，现场同样惨不忍睹。”洪绒擦把眼泪说，同时也把老曲和刘静丈夫的情况告诉了两个残疾女兵。

听到后面的人提到自己名字，老曲便打开驾驶室的门，进入后车厢坐下一起聊天。

小云哭了一会儿接着问：“洪医生，指导员和护士长的遗体现在在什么地方呢？我们能见到吗？”

“那天天不亮，指导员和护士长的遗体就被军工一起抬走了，后来的情况不清楚，再见可能只是一座坟墓了，战场上的事情就是这样。事后能见到战友们的坟墓，就说明自己还活着，否则自己也可能进入坟墓了。”洪绒回答说。

“刘玲跟我们商量着以死解脱，可后来只有她一个人遂了心愿，我和张楠成了这个样子，还活在世上干什么呀！不如到那边去陪指导员、护士长和刘玲她们算了。”小云说。身边坐着两个大男人，她和张楠都不好意思再哭了。

“是啊！这样活着还有什么意思！”张楠也说。

“小云，张楠，你们可千万不要再往坏处想了，古今中外，打仗哪有不死伤人的？今天这一仗虽然我们打胜了，可伤亡的人员也不少，你们看看我身上的血迹就知道了，这些都是在抢救伤员时留下的。我在那些伤员中看到不少肢体残缺的，难道他们也不活下去了？其实他们的想法和你们恰恰相反：那么多战友都牺牲了，而自己不管怎么说总算活着回来了，不能不说是件值得庆幸的事。他们这样想不是幸灾乐祸，而是经过鬼门关后的大彻大悟，希望你们两个人也这样想，能这样想就不会考虑别的了。”洪绒说。

“洪医生说得对呀！比如说我这只左眼，看来是保不住了，但我庆幸保住了性命。”钟虎插话说。

洪绒知道钟虎在配合自己做思想工作，就继续说道：“一个人如果不是正常死亡，对他的家人来说将是一个巨大的打击，关于这一点我有亲身体会。人只要活着，无论他是健全的，还是残疾的，对他的家人来说都是一种安慰。你们说刘玲终于解脱了，对她个人而言的确是这样的，但对她的家人，尤其是父母来说，知道真相后无异于五雷轰顶，因为那可是白发人送黑发人啊！父母失去子女的痛苦，是别人无法想象到的！”

钟虎又趁机讲了一个植物人的故事，他说，那个植物人已经在床上躺了许多年，可他的父母每天都精心照料他，别人不理解，认为还是让他死了好，免得受罪。但是植物人的父母却说：只要孩子还有一口气，我们就觉得活在这个世界上有意义，不然就会觉得如同行尸走肉，连一天都不想活下去了。

“把孩子永远放在第一位，这就是父母的精神世界。”洪绒不失时机地加了一句。

听到这里，张楠又忍不住掉下了眼泪，她说：“洪医生，是这样的。我父母也常说我是他们的精神支柱，而我却只想着现在缺胳膊少腿的，活着没脸见人，千方百计寻死。如果我死了，我父母的感受一定会和那个植物人的父母一样，可能比他们的感受还要悲惨，那就太对不起二老了。”

钟虎和老曲觉得两个大男人听女人谈心不妥，就下车去了。

见到张楠的思想终于被说通了，洪绒显得非常高兴，她说：“是啊！这就是人们常说的打断骨头连着筋的血缘亲情。只要我们还活着，不管身体残缺到什么程度，家人都会感到安慰的，相反后果会非常凄惨，就拿我父亲牺牲这件事来说吧，当时我爷爷、奶奶和母亲都一下子老了许多。我奶奶对我说‘你爸爸怎么就一下子没有了呢？打仗那么多人落下伤残，你爸爸怎么就死了呢？他要是落下个伤残，那怕整天躺在床上不能动，我这个当娘的看着心里也踏实啊！’因此我父亲牺牲后不到两年，我爷爷和奶奶就在忧郁中相继去世了；我妈妈原来一头乌发，我父亲牺牲后不到一年，她的头发几乎全变白了。”

说到父母，说到家人，小云的心情似乎也好了许多。她母亲是随军家属，父母就她和哥哥两个孩子。父亲最疼小云，从小就把她当做掌上明珠。小云听了钟虎讲的植树人故事和洪绒讲的切身体会后想：是啊，如果我死了，对父亲的打击该有多大呀！母亲的身体不好，如果她知道我是滚江自杀的，估计连药也不肯吃了，想到这里她说：“这么说来，我们真的应该为家人活着。可是我们失去了双脚，又只有一只手，今后的日子该怎么过啊？”

洪绒见小云也被说动了，便显得更加高兴，她说：“小云，与植物人相比，你们只是肢体伤缺，算不了什么。再说现在科技发达，回去咱们可以装上义肢，照样可以做到生活自理。无论在什么情况下，国家都会对伤残军人负责的。现在各大军区都有荣军院，你们到医院后先把伤养好，如果不想回到自己家中，可以到荣军院去住，那里都是伤残军人，谁也不会歧视谁。刚才你们海欣大哥悄悄告诉我说‘事已至此，路上你就劝张楠和小云想开点吧，如有必要，我们可以认她俩当干妹妹，照顾她俩将来的生活。’你们海欣大哥说的话，也是我要说的，从今之后，你们两个就是我们的干妹妹了！你们说这样好不好？”

小云和张楠听出洪绒说的是肺腑之言，感动得含着热泪连连点头，一直盘绕在她俩心中的阴霾逐渐散去。

“那好，既然我们已经姐妹相称，那就不能再叫什么副连长和洪医生了，要叫海欣哥和洪绒姐才对。”洪绒说。

小云和张楠含着热泪又连连点头，接着小云轻声叫了声：“洪绒姐。”

“哎！以后就这么叫。张楠，你也叫一声呀！”洪绒说。

张楠也轻声叫了声：“洪绒姐。”

洪绒把她俩的肩膀紧紧地搂在了一起。

八十　车横桥头

天终于黑了下来，见前面在发动汽车，老曲也拿着摇杆下去摇发动机。不久那个拿小红旗的战士走过来对老曲说：“同志，一会儿你们继续跟着前面的车子走，注意一定要闭灯驾驶，生死攸关，可开不得玩笑。”后面那几个字不说老曲也知道。

拿小红旗的战士在临走之前，大概是想再看一眼车上的女兵，就把头转向车厢，可他只看到钟虎那扎满绷带的脑袋，便裂开嘴笑笑向前走了。

闭灯驾驶开始了，洪绒为老曲捏一把汗。见车速比刚才还要慢，洪绒索性跳下去在前面带路。后来钟虎也下车了，但有些路面洪绒能看清他却看不清，这才知道一只眼睛看东西视力有限。

老曲没有闭灯驾驶经验，如果前面没有人带路，在这种情况下他还真不敢开车。老曲不停地打方向盘，救护车则跳跃着在石缝之间绕来绕去，见此，小云和张楠赶紧挪向病床护住刘玲的遗体，可是刘玲的遗体还是掉下来了，两人干脆把她抱在怀里。可怜两个缺少肢体的活人，抱着一具同样缺少肢体的遗体，小云和张楠在再次掉下眼泪的同时还感慨万千，随着救护车的跳跃，她俩想起了被劫后那不堪回首的一幕……

车队没走多远，又突然停了下来，但这次都没有熄火，发动机“轰隆轰隆”地响着。汽车不熄火的原因是司机们不知道前面发生了什么情况？什么时候走？害怕关键时刻打不着火。黑暗中，他们见那些伪装网果然已经东倒西歪了，有几处还被炸得毫无踪影。不用说已经身处“生死线”了，来时被炸的情景历历在目，洪绒真担心越军这时打过来一发照明弹，那样就全部暴露在他们的目光之下了。难道小云和张楠刚经历了一场生死，此刻又要进入鬼门关吗？想到这里洪绒吓出了一身冷汗。

十多分钟后，洪绒见前面的车辆仍然只响不动，便让钟虎上去照看小云她们，自己和老曲到前面去看看怎么回事。两人走过十几辆汽车后，竟然到了那座钢铁桥上。桥南头斜横着一辆解放牌汽车，把一座桥堵得严严实实，那辆车已经熄火了，上面没有人，看样子这就是车队再次停下的原因。

由于紧张，过来那天洪绒没有看清楚桥的走向，现在见它建在一条峡谷上面，呈南北走向，因为桥南头不远处有个小山包，所以公路才需要向西急转弯。这就为从西边开过来的汽车上桥增加了困难，那个司机一定是个新手，前面的车辆都过去了，他却没有过去。洪绒走近肇事汽车察看，发现它前面的保险杠距离桥东边连一米都不到了，下面黑乎乎的，看了令人不寒而栗。

这时，她听到南边一个人说：“你小子怎么开车的？差一点让我们都报销了。前面那么多辆都过去了，你到这里就不行？究竟是不是个司机？”洪绒回头看时，才隐约发现那里坐了不少人，应该都是从肇事车上下来的。

“各位兄弟，实在对不起！我的确是个司机，我们班长说我白天开车还是可以的，就是夜间闭灯驾驶不行。这座桥我已经过去好几次了，不知道今天怎么回事？”另一个声音说，显然他就是肇事司机。

“司机不会闭灯驾驶，你就知道吃干饭啊！还站在那里干什么？不如跳下桥去摔死算了。”又一个声音很气愤地说。

“老兄，我也想跳下桥去摔死算了啊！可是，一会儿谁来开这辆车？”肇事司机可怜巴巴地说，语气中透露着歉意。

肇事司机的真诚道歉，并没有完全得到既在战场上受伤，又在这里受到惊吓的伤员们的原谅，人群仍在嚷嚷，为了不使矛盾激化，洪绒走近他们说：“同志们，这位司机是不对，但他肯定不是故意的。他毕竟把汽车停在桥头上了，如果刚才掉下去的话，想想会是一种什么后果？再说他也向大家道歉了，我看咱们就原谅他吧。我知道你们大多数是伤员，而我是医生，如果需要重新包扎伤口或者用些止痛药什么的，都可以向我要。”她还知道这里不大可能有医生，一般情况下都是卫生员护送伤员。

在黑暗中听到女人的声音，还是个医生，现场立刻安静下来，接着洪绒问肇事司机：“司机同志，你把这个情况向上级报告没有？”

“他没有步话机，是我报告的，上级说会给修理所联系的，让他们派辆吊车尽快过来。”洪绒听出是那个拿小红旗战士的声音。

“部队修理所根本没有吊车，汽车如果陷进泥潭，可以用绞盘车拖出来，但在这种情况下绞盘车根本用不上。如果到地方去借吊车，那要等到什么时候啊！”一个声音说。

“借，上哪里去借啊？立马坡是个边疆穷县城，连个像样的大型企业都没有，根本没有吊车。再等下去，我们的血就要流光了。我看现在只有一个办法，那就是把汽车推下去，不然等到天亮我们也走不了，而天一亮我们就暴露在越军的炮口之下了。”另一个声音说。

“对，推下去，推下去。”现场几乎每个人都在喊。

见此，洪绒问拿小红旗战士的意见。

“医生，这么大的事，我可做不了主，上级只让我在这里负责指挥交通。”拿小红旗的战士说。

“同志，那你就给上级打电话问问谁能做主，人命总比汽车重要嘛！再说这里大都是伤员，如果越军这时打来一发照明弹，我们的处境可就非常危险了，而且不知道要等到什么时候。”洪绒说。

汽车和司机都是运输团的，而拿小红旗的战士则是步兵团的，他不知道销毁一辆汽车应该由谁做主，就再次作了解释。这时一个伤员说：“医生，在这种情况下就是知道应该请示谁，传来传去的也要耽误很长时间，我们不能再等了，再等下去就是等死，推，现在就推，能走动的兄弟都跟我来。”说完他带头向肇事汽车走去，后面陆续跟过去十几个人，应该是些轻伤员。

人是有了，但怎么个推法却不知道，因为弄不好人和汽车都掉下去。肇事司机知道是自己闯的祸，要进驾驶室去松刹车制动，却被老曲一把拉住了，老曲说：“兄弟，现在你的情绪很不稳定，松开刹车的那一瞬间如果不能及时跳下来，今天咱们可就要多死一个人了，至少一个人。这样吧，你也去后面拖车，记住啊！是拖，不是推。大家都记住啊！是拖，不是推，因为一把刹车松开，汽车就要向前滑动了，所以大家千万不要推。下面我上去松刹车，请诸位紧紧拉住汽车不放，不看到我跳下桥面，各位绝对不要松手，不然我就是今天多死的那个人。”为使自己不随着汽车掉下去，老曲反复讲推和拖的重要性。

“哎，哎，兄弟！你千万不能上去，松开刹车那一瞬间太危险了，祸是我闯的，我必须上去松刹车。我把刹车松开后，要是弟兄们能拖住汽车，就算救了我一命；要是弟兄们用尽全身力气也拖不住汽车，那就千万不要跟着汽车走，我掉下去没事，但是大家不能掉下去。”肇事司机再次真诚地说。

“你今天的状态根本不行，所以还是我来吧。”老曲说完，不由分说就把肇事司机拉到汽车后面，然后返回一脚跨上踏板。在众人的劝说下，肇事司机不再说什么了，他也觉得自己的情绪不稳定，上去后操作可能失误。

惊险的一幕就要开始了，大家在对老曲敬佩的同时，也为他捏一把汗。这时洪绒从南边伤员那里找来一条背包带，她把背包带一头拴到老曲腰上，另一头由两个人拉着才说：“老曲，你松开刹车后说声好，接着就往下跳，跳不及我们往下拉你，前提是你只能把头和手伸进驾驶室，腿可千万不要伸进去啊！脚一伸进去人恐怕就下不来了。”

“谢谢洪医生！但是你们可要轻点拉啊！否则我身上的零件可能就被摔坏了。”老曲说，这个时候他还故作轻松地开了个玩笑。

老曲把车门打开了，下面的人都屏住了呼吸。他们用尽全身力气拖汽车，但又怕手一滑自己从桥西边掉下去。不久大家终于从老曲口中听到一个“好”字，接着看见一个人影跳下桥面，而这时那辆肇事车竟然丝毫未动，洪绒明白原因后赶紧说：“松手，请同志们都把手松开吧，放心，老曲已经跳下来了。”大家听到这句话才把手松开。大家一松手，汽车便迅速向前滑去，一瞬间便不见了，随后听到了汽车滚动声，不久便在桥下燃烧了，还有汽油箱的爆炸声。

汽车引起的大火把桥下照得雪亮，洪绒意识到又一个危险即将来临，便大声喊道：“同志们，现在越军可能已经看到火光了，知道这里有我们的人，所以大家赶紧离开，马上找地方隐蔽。”她连喊两遍才向救护车跑去。除了桥头那里，“生死线”上还滞留着不少汽车，好在上面的人都下车隐蔽了，汽车无法开走，就捡些伪装网盖了上去。洪绒和老曲跑回救护车时，见钟虎也把两个女兵安置好了，连刘玲的遗体也背了下来。

果然在汽车燃烧后不久，越军就打过来一发照明弹，把那一片的天空、钢铁桥和山谷照得雪亮。接着越军的杀伤弹也打了过来，第一发就不偏不倚地落到桥上爆炸了，看来他们已经向这里打过无数发炮弹，就像长期打一个靶子，要不然在视线不好的晚上不会打得那么准。

由于越军把注意力全部集中到铁桥上，我军滞留的车辆也进行了伪装，“生死线”上才没有再次遭到轰炸。不久四周恢复宁静，大家才松了口气。为了以防万一，炮击停止十多分钟后，大家才把从肇事汽车上下来的伤员分散到其他车上。在那种情况下，再挤大家也能接受。

做完这些，几个司机去检查钢铁桥的损失情况，以防过桥时出现问题。他们发现炮弹并没有破坏它的主体结构，这才放心摸黑往上开。为了不使前面那辆车的悲剧重演，上桥头时每个司机都非常小心，必须有人在前面指挥才敢慢慢开到桥上。

经过这一折腾，救护车开到战地医院时已是午夜时分了，洪绒考虑到院长可能已经睡觉，就去找值班医生商量，一看也认识，就把要求存放刘玲遗体的事说了一遍，值班医生听后马上说："这是小事，放心，没有一点问题。"接着洪绒又对值班医生说了小云和张楠的特殊情况，请他们一是保密；二是尽快转送军区总医院。值班医生也爽快地答应了。

在值班医生的指引下，洪绒很快为钟虎、小云和张楠办好了住院手续。老曲则把刘玲的遗体送到了太平间，老曲发现那里的太平间其实就是一顶帐篷。

从头一天凌晨开始，洪绒一直忙到第二天拂晓。她和老曲回到女子卫生队时，天已经完全亮了。

八十一　首长慰问

看到救护车走远了，海欣和两个班长才拖着伤痛和疲惫的身体向女子卫生队走去。这时杜云华已经从军工战士那里知道小云她们滚江的事了，所以她一见海欣就问小云她们现在的情况，海欣把情况做了简要介绍，最后说："当时我认为不宜让更多的人看到小云她们的惨状，才没有把她们三个抬过来，谁知竟出了意外。我们把她们从山洞里救出来，刘玲的年轻生命却断送在苍龙江里，太可惜了！"口气中含有自责的成分。

"海欣，如果一个人想结束自己的生命，在任何地方都可以做到，所以你我都不要多想。"杜云华说，又牺牲一个好姐妹虽然更加痛苦，但有些事情是无法预料的。她从昨天晚上到现在一直都在忙碌，平时那清澈的眼神不见了，显得疲惫不堪。原来她以为海欣和跟来的两个班长都没有受伤，到这里来只是看一下受伤的敢死队员，说一下刘玲的事，可当她看到黄金庵和贾兆栋走路时都一瘸一拐，海欣也不时下意识地去捂自己的伤口时，才知道三个人都是带着伤去救人的，于是非常感动，连忙把他们请进帐蓬。

但海欣没有进值班室的帐篷，而是问突击队员们在哪里？杜云华说："抬过来的那些经过简单处理，都被车子运走了；走过来的六个都在，他们不走，说要等你回来。由于帐篷紧张，他们暂时住在一起。"

此刻，海欣最关心的是其他突击队员的下落，他们有的牺牲，有的受伤，但不知道究竟有多少人牺牲，看来每个突击队员都受了伤，要不然会一起回来的。他希望被送走的都是轻伤员，否则死亡人数还要增加。战斗结束时间不长，这些情况可能暂时无法弄清楚，就像韦立世说的那样，因此他这个当队长的心中七上八下。

按照海欣的要求，杜云华把他们带到那六个突击队员住的帐篷。王广俊等人正在睡觉，他们一听说海欣和两个班长回来了，都翻身起床相迎。杜云华见里面太挤，就站在外面说："海欣，你们在这里先聊，我去安排你们三个人住的病房。"

海欣知道已经没有空帐篷了，而里面还能挤下三个人，便说："杜队长，不必了，我们住在这里就可以。我听说你们这里有时十个伤员才住一顶帐篷，而我们只有九个，挤一挤完全可以躺下去，再说我们几个人住在一起可以说说话，热闹些。你去忙吧，让人把被褥和枕头抱过来就行了。"

海欣一说，先来的突击队员齐声说好，刚从鬼门关里回来，大家都想待在一起说说话，况且他们也知道每顶帐篷里面都住得满满的，再说这样的条件比待在潮湿的猫耳洞和掩体里好多了。杜云华本来是打算把自己和洪绒住的那顶帐篷腾出来让他们三个人住的，见海欣一定要住这里只好作罢。

从凌晨到现在，海欣和两个班长又是冲锋打仗，又是寻找三个被劫女兵，又是跳江救人。一躺下来，浑身上下每一个细胞都觉得非常疲惫，因此两分钟时间不到，黄金庵和贾兆栋就轻声打起了呼噜，不久海欣也睡着了。

一觉醒来，海欣见天还亮着，而"生死线"一带仍有爆炸声，不禁为洪绒他们担心起来，看来救护车白天是过不去了，希望晚上不要再出意外。可是吃过晚饭后，他不但听到从"生死线"一带传来炮声，还看到了照明弹，那种担忧就和洪绒对他的担忧一样。就在洪绒他们把肇事车辆推下桥的时候，海欣也得到了所有突击队员的消息：到当天晚上为止，一共牺牲二十八个人，仅在冲锋那一刻就倒下去二十个，其余八个是在受重伤后光荣牺牲的。

得到这个消息，海欣走到一个无人的地方大哭了一场，哭完又站在黑暗中望着苍鹰山方向发愣。虽说大家都是自愿报名的，但名单的取舍权在海欣，所以从这个角度上讲，他认为那二十八位兄弟的牺牲与自己有关。要不是上级同时在电话里说，这次战斗是以小的代价换取了大的胜利，他甚至认为自己罪孽深重。

海欣在悲痛和为洪绒一行人担忧中度过了一夜。第二天凌晨一醒来，他就起身去看洪绒回来没有。救护车不在，说明洪绒他们还没有回来，海欣回去后再也没有睡着。

天亮后听到汽车的响声，海欣又赶紧钻出帐篷，一看洪绒他们回来了，那个高兴劲就别提了。他迎上去问的第一句话就是有没有人受伤，听说此去有惊无险才放心。

洪绒听海欣说他和大家住在一起，就跟着去看了一下，发现伤员们仍在睡觉，就没有进去，再说里面挤的都是男人，进去也不合适。这时离开饭时间还早，海欣便把洪绒送回帐篷。杜云华已经出去了，洪绒回到帐篷后和衣躺下，也是不一会儿就睡着了，海欣为她盖好毯子才离开。

吃早饭时洪绒没有醒，海欣给她带去一个馒头、一碗稀饭和一点咸菜，可看着熟睡的妻子，他怎么也不忍心把她叫起来。

直到中午，洪绒才从床上坐起来，她见行军桌上有吃的，拿起馒头就吃，这时正好海欣又端着午饭进来了，说："那些是早晨的，已经凉了，吃了胃里不舒服，中午是米饭，趁热吃吧。"

下午杜云华对洪绒说："海欣毕竟是干部身份，和战士们住在一起不合适，也太挤了，我搬到燕帆和刘思彤那里去住，趁机让你们两口子再团聚一次吧。"

"云华，你的心意我领了，但海欣现在的身份是伤员，而我的身份是医生，住在一起影响不好；再说就算我同意，他也不会过来的。"

"我去说说看。"杜云华说完去找海欣，海欣果然不同意。于是，杜云华回来又说："海欣真的不肯离开他那些生死弟兄，果然是个带兵的好干部。我本想成人之美，但看来现在不是时候，那你只有抽空多陪陪人家了！"

第二天上午洪绒问海欣："短短几个月的时间，你负责的三排就有三个排长牺牲了，骆三贵之后轮到谁当了？"

"提起这事，也在我的意料之外。但是打仗嘛，各种情况都有可能发生。至于接下来谁当三排的排长，那得上级研究决定。"

"上级如果征求你的意见呢？"

"现在的三个班长相比，可能钟虎更合适一些，因为在第二次一六二高地战斗中，钟虎的功劳最大，连里也有意培养他。"海欣说到这里，刘思彤过来让他去换药。

第二天中午，海欣又去杜云华和洪绒住的帐篷。他见杜云华一个人坐在外面看书，正想问洪绒在干什么，就见杜云华指指里面小声说："洪绒正在睡觉，正好我有事要到值班室去一趟，要不你就在这里坐一会儿吧。"说完抿着嘴好看地一笑合上书走了。

杜云华走后，海欣坐在折叠椅上拿起她放下的书翻着看，见是大仲马写的《基督山伯爵》，于是边看边等洪绒起床。

海欣在看书的时候洪绒做了一个梦，她梦见两个军工战士正抬着一副担架向自己走来，心想：这回应该是海欣了吧？战斗已经结束，肢体健全和受伤的都回来了，可就是没有海欣的消息，真让人着急。他能被抬回卫生队，说明是个伤员，起码还活着。那副担架走近了，洪绒急于想知道雨衣下面的人究竟是谁，就掀开查看，一看果然是海欣，但只有上身没有下身了，和之前海欣描述的那个女民工的遗体截然相反，其状比小云她们还要惨。见此，洪绒扑上去大哭起来，这一哭梦就醒了。

海欣在帐篷外面隐隐约约听到哭声，连忙放下书起身进去查看。他发现洪绒已经醒了，正盘脚坐在床上发呆，便说："洪绒，你醒了，又做恶梦了吧？"

洪绒见海欣走到身边，便一把把他抱住，海欣也顺势坐了下来，两个人谁都没有讲话。很长时间过去了，海欣才开口说："刚才发愣是怎么回事啊，愿不愿意说出来让我听听？"

洪绒先是点头，后又摇头， 仍然不开口讲话，她觉得做这样的梦不但让人害怕，说出来也不吉利。

见此海欣便改变话题说："觉补过来了吧？"

"与你们敢死队的英勇行为相比，我们少睡点觉算什么？你不是不想要我和孩子了吗？还来找我干什么？怎么样，当敢死队长很过瘾吧！"说完洪绒眼圈红了。

"师长亲自点的名，我能不当这个突击队长吗？再说我不当，其他人也要当啊！总得有人带这个头。我知道你担心，怕我有个三长两短……"

三长两短最早指的是棺材，这些洪绒早就知道，因此也觉得不吉利，就马上用手捂住海欣的嘴说："我知道事情又摊到你头上了，就是想推也推不掉，再说我也不会自私到让别人替你去死，让我生气的是：你当上突击队长为什么不告诉我一声。"

"是想给你打电话来着，可我几次把步话机打开，都不知道该说些什么才好。"

"是怕我知道了担心吧？按说可以理解，但成立突击队是件大事，连电影制片场的人都来了，在前线的人谁不知道？要是你这次真像骆三贵那样回不来了，我就连一句话也没有得到，将来怎么给儿子交待？"说到儿子，洪绒的眼泪不知不觉又掉了下来。

海欣急忙为洪绒擦去眼泪说："我这不是回来了嘛，只是受了点小伤。等轮战结束回去，一定好好照顾和教育咱们的宝贝儿子。"

苍鹰山战斗结束后的第三天上午，唐泉东在张黎和韦立世的陪同下来到两个卫生队慰问伤员。看到唐泉东一行从吉普车上下来，杜云华连忙迎了上去。唐泉东听到韦立世介绍后握住杜云华的手说："好啊！女子卫生队的队长，不简单。突击队的伤员同志住在哪一顶帐篷里呢？我们先到那里去看看。"

"首长，在那边，我这就带你们过去。"杜云华指着海欣他们住的那顶帐篷说。

唐泉东一行走近海欣他们住的那顶帐篷，见门开着，大家正在玩扑克牌，杜云华赶紧跑进去说："海欣，你们别打牌了，军师团首长来看你们了。"

海欣见首长们真的来了，就急忙扔下扑克牌跑出去敬礼，连鞋子都忘记穿了。唐泉东则拉住海欣的手进入帐篷，并招呼张黎和韦立世也进去，他把鞋子脱掉盘腿坐在褥子上，让其他人也坐下。

张黎坐下后先把海欣作了介绍，于是唐泉东再次握住海欣的手说："刚才你一出去，我猜那个突击队长就是你了，因为气质不一样。这次战斗你们突击队立了头功，全军将士是不会忘记的。"接着，海欣把现场每一个突击队员都作了介绍，唐泉东一一与他们握手。

张黎也表扬了突击队员们的英勇行为，最后又把话题绕回海欣身上，他说："军长，还有一件事没来得及向您报告，海欣同志的爱人也是个军人，而且就在这个卫生队当医生。"

"哈，这么巧！对了，听说你们师把参战的女同志都集中到了一起，所以才有了这个女子卫生队。"

"军长，另外一个情况您可能还不知道吧？就是我们团从营房出发的前两天，海欣同志的爱人才把孩子生下来。"韦立世说。

"是吗？海欣同志，你不简单；你爱人在生下孩子的第三天，就跟着部队来到了前线，更不简单。你爱人在这里吗？如果在的话能不能让我们见见她？"唐泉东第三次握住海欣的手说。

"军长，我爱人在这里，当然可以见。"海欣说。

"各位首长请等一下，我这就去把洪绒叫来。"一直站在帐篷外面的杜云华说。

杜云华走后唐泉东说："不瞒大家说，这次我让后勤部的同志准备了两百个骨灰盒，但告诉有关人员一半都不能用完，后来呢，果然只用了五十多个。我们之所以用最小的代价，换取了最大的胜利，就是因为你们六十一个勇士冲上去了，并控制住了局势，要不然我们无疑还要牺牲更多同志，即使那样战斗也不一定能取得胜利。"他想说比如苏永升指挥的那场战斗，但那毕竟是过去的事了，就没有说出口。

说到胜利，唐泉东并没有露出笑容，他略微停顿了一下又说："当然我说只牺牲五十多个人，并不是不拿人命当回事，而是与以往的战斗比较而言。一到前线，我就和邹政委商量好了，除坚决完成军委和边防前指交给的各项战斗任务外，一般情况下不主动要求拔点。这次消灭苍鹰山之敌，是我军上上下下的一致要求，因为山洞里那个团对我们威胁很大，连女子卫生队都不肯放过，还违反国际法规劫走三个女兵，所以大家觉得这一仗非打不可。如果不打这一仗，我们还要被他们害死的人肯定不止五十多个。我和政委为什么不主动要求拔点呢？就是怕死人啊，同志们！谁都知道哪怕是一次小规模战斗，也要受伤七八个人，死亡三五个人。父母好不容易把你们养到十七八岁，然后送到部队来当兵，可再也见不到面了，那种精神打击我们知道，因为我们也有孩子。作为军人，必要时我们有义务为祖国献出生命，但也只能在必要时。”

一口气说完这些，唐泉东估计洪绒快要到了，而帐篷小，男人们挤在一起没关系，让女人进来就不合适了，于是就和突击员们再次握手，然后起身，穿鞋，走出了帐篷。

唐泉东刚走出帐篷，杜云华就带着洪绒回来了，张黎马上介绍说：“军长，这位就是洪绒同志，我认识她，因为我和她父亲是同年入伍的兵，还在同一个军校待过，熟悉。后来我们两个人都当团长，也常联系，可惜她父亲在自卫反击作战时牺牲了。”

唐泉东听后说：“又是一个巧合。洪团长当年是怎么牺牲的？”

“当时我们都接到许世友司令员通报，说越军善于在饮用水中下毒，前沿部队已经有这方面的教训了，让我们不要再用井里的水，于是洪团长就亲自带人去找流动水源，结果在路上踏响了地雷。在我们那几个团长中，属洪团长的能力最强，要不然他现在一定是更高一级的指挥员了。”张黎说。

“是啊，洪团长那么优秀，太可惜了！小洪啊，你爸爸生前是个优秀的指挥员；你爱人是个战斗英雄，这次又立了新功；你呢，产后立刻来到前线，值得表扬。”说到这里唐泉东看着张黎又说，“不过像小洪这种刚生下孩子还不满三天的情况，你们应该照顾一下嘛！虽然当时军里有那么个规定，可那是泛指，如果你们把这个特殊情况向上面反映一下，我们一定会答应的。”

张黎听后不知道该说些什么才好。

“小洪同志，现在你的身体恢复得怎么样了？”唐泉东接着问。

“军长，我的身体已经恢复了，现在没有问题。与伤亡的同志相比，我吃这点苦算不了什么！”洪绒说。

“烈士的后代思想境界就是高。”唐泉东把目光转向杜云华又说，“女队长，怎么样，下面咱们该去哪个帐篷了？”

唐泉东一行走后，黄金庵才伸伸舌头对贾兆栋说：“天啊，军长亲自来看我们，这是我有生以来见到的最大的官！”

“你如果能当上战斗英雄，可能还要受到中央首长接见呢！”贾兆栋说。

“那我就争取当上战斗英雄，到北京去看天安门和升国旗。”黄金庵说。

八十二　江边

军师团首长走后，营连排首长也来卫生队看望各自的部下，付孔亮来时告诉海欣说："这一仗打下来，连里又有一些人员伤亡，上级再次进行了补充。随着人员的变化，骨干力量还要调整，这件事你先考虑一下，出院后咱们再做研究。"

住院七天后，海欣见自己的伤口基本痊愈。暂时驻守高地的九四二团官兵已经撤走，三排又上去了，但排长骆三贵已经牺牲了，三个班长都在住院，仍由张振光在那里临时指挥。知道这些情况后，海欣决定第八天一早出院，黄金庵和贾兆栋的伤口也好得差不多了，要求一起回去。

就要再次离开洪绒了，海欣自然不舍，到前线后，两人第一次见面是在女子卫生队被袭那天晚上；第二次见面是春节停战期间；这次是第三次。尽管这次只有六七天的时间，却是来后两人在一起待得时间最长的一次。临走之前，海欣又约洪绒到苍龙江边去坐坐，当然也是晚上。

两个卫生队搬到这个地方后，地形和帐篷的设置几乎没有多大变化，连到江边的小路都一样，那条小路仍然要从中间分开，仍然分别被叫做毛泽东小道和胡志明小道。海欣和洪绒在男人们洗澡的地方北边约三十米处坐了下来。那里也有一块比较平整的石头，是海欣无意中发现的，足足可以躺下去个人，于是就成了夫妻二人的露天床铺。由于四周灌木和茅草丛生，而且非常茂盛，很少有其他人过去。

这次两人在大石头上坐下后，洪绒仍像之前那样含情脉脉地对海欣说："这个地方将给我们留下非常美好的回忆，有你在，我似乎忘记这里是战场了。"

“是啊！这里地处边疆，又在江畔，环境优美，可是再美也不是我们的久留之地呀，只能把它留在记忆里。”海欣说着用右臂把洪绒紧紧搂在怀里，他的左臂还在隐隐作痛，不敢用力。

见海欣的伤口已经基本痊愈了，他又说这里不是久留之地，洪绒便意识到海欣接下去可能要说归队的话了，在部队撤回去之前，高地才是他的岗位。一想到又要离开海欣，洪绒就再次觉得心中空落落的，她用热辣辣的身子抱住海欣，海欣也迅速做出回应。过了一会儿，海欣果然说出了洪绒最不愿意听到的话：“洪绒，有句话我不得不告诉你，大家的伤口都好得差不多了，我们决定明天就出院回到高地上去。”

听说海欣明天就要走了，洪绒再次把他紧紧抱住，心中酸甜苦辣都有。尽管她意识到海欣可能要提前归队，但没想到会这么快，于是便在黑暗中用她那明亮的大眼睛不舍地看着他说：“多住两天不行吗？你们的伤口都还没有完全长好啊！”

“洪绒，你想想这是什么地方啊！还能等伤口完全长好？回去后让卫生员多换几次药就行了。连长和指导员都回到高地上了，我这个当副连长的也应该早点归队才是。我早回去一天，副指导员就能早一天回到辛寨，全连官兵要吃、要喝、要用，后勤那一摊子离不开他。”

“你回去后仍然住在一四五高地上吗？”

“是啊！那地方不错，还有个供我居住的小窝棚，而另外两个高地都没有那么好的条件。”

海欣就是不说，洪绒也知道那里的真实情况，她说：“真的吗？别以为我什么都不知道，我在军事地图上看到你们那个地方了，也听到一些伤员的介绍。一四五高地西边是被越军占据的无名高地，这两个地方非常近，他们用重机枪就可以打到你们。在你们管辖的那三个高地中，属老青山最安全了，否则越军军官不会带着孩子到那里休假。”

“不错嘛！行医的也了解起战场上的布局情况了，是不是想改行呢？正因为一四五高地距离无名高地比较近，我这个当副连长的才必须住在那里。如果出现敌情，我不在现场怎么行？再说人家兄弟部队也是这样安排的嘛！”

“既然这样，那你就继续住那个小窝棚吧！但是为了我和孩子，必须处处小心。”洪绒再次无奈地说，说完又想起了那个恶梦，她知道战场上的生死离别，往往就发生在倾刻之间，于是再次把海欣紧紧抱住。

“放心吧，我们那个高地上有堑壕，我住的小窝棚西、南两面都被石头挡着，他们的重机枪打不到。”

“这个时候老家那里也应该安静了吧，不知道咱们的涛涛在干什么？”两个人每次在一起时都要提到儿子，这是个永远说不完的话题。

“这么晚了，那小子应该睡觉了吧？”

“很有可能，小孩子爱睡。哎，你说他现在会不会叫爸爸妈妈呢？”黑暗中海欣见洪绒的目光闪亮，知道她好像又看到儿子的小小身影了。

“才十个多月，应该不会叫吧？听说孩子长到一周岁左右时才学着走路和说话。”海欣说，这时他好像也看到了儿子的小小身影。

“那也快了。孩子学走路时趔趔趄趄的，样子可爱极了，咱们涛涛也一定是那样的。唉！不知道我们什么时候才能回去见儿子呢？”洪绒闪动着幸福的泪花说。

“既然是轮流参战，就会有撤下去那一天的。来这里的内地部队已经好几批了，有时几个月换一次，有时一年左右换一次，要根据具体情况而定。”

“你明天一走，再见不知又到何时，今晚我们就天当被，石当床，在苍龙江边过一夜吧！”

“想法还挺浪漫。我何尝不想在这里陪你过一夜，可是帐篷里还有我的生死弟兄啊！他们今天晚上如果见不到我回去，一想就知道是和你在一起的，不暗地里笑话我才怪呢！”提到帐篷里的生死弟兄，海欣抬手看了看表说，“时间怎么过得这么快，九点多钟了！对了，这块表还是你戴吧！爸爸留下来的，一见到它就像见到爸爸了。”

海欣说完要取下左手腕上的手表，洪绒马上按住说：“别摘，打仗时你要掌握时间，就先戴着吧，而我这里戴手表的人多，想知道时间可以问她们，等打完仗我再戴不迟，那时给你买块好一点的。”

既然洪绒这样说，海欣就不取手表了，但起身要走，却被洪绒一把拉了，洪绒说：“急什么？时间还早呢！刚才我是说着玩的，我身边也有战友，不回去能行吗？再说咱们都老夫老妻了，在一起还怕人家笑话。”

“你二十四，我二十六，孩子才半岁多，难道这就算老夫老妻了？现在我对你的感觉就像刚认识的时候一样。”重新坐好后海欣由衷地说，再次把洪绒抱紧了。

“老夫老妻只是个习惯的说法嘛！我相信你的话，因为我也是这样的感受。”

两人又卿卿我我坐了一会儿，都认为到该回去的时候了，可他俩刚起身要走，就听到从南边传过来一个声音说：“老贾，你小子别磨磨蹭蹭的，快点。”

洪绒听到声音一愣，然后轻声问海欣：“这是谁呀？都这个时候了还到江边来？”

“说话的那小子是黄金庵，所谓老贾就是贾兆栋，他们才二十来岁就这样叫了。说起来这也是部队的一大特点，新兵一入伍，就尊称老兵们为老什么；这样的称呼一多，连部队大院里的孩子们也学会了，过去我们那个教导员的儿子叫段洪安，才八九岁就被营长的儿子叫老段了，有一天营长的儿子站在教导员家门口喊‘老段，老段，该去上学了。’把教导员一家的肚子都笑痛了。明天就要返回高地，估计他俩是过来再洗个澡，一回去用水就没有这么方便了。”海欣说。

“那为什么不早点过来呢？”

“还不是因为玩扑克，我不在，那几个小子玩起来就没完没了，有几次连饭都忘记吃了。”海欣说完拉住洪绒重新坐了下来，他知道一时半会儿走不成了。

“谁磨蹭了？我不是回去拿肥皂了嘛！你带的香皂只能洗澡，用它洗衣服太可惜。”贾兆栋在那边说。

“副连长不在，也不知道现在几点钟，反正时间不早了，得赶紧洗好回去睡觉，要不然副连长回去后见我们两个人不在，会到处去找的。”黄金庵说。

“你小子就把心放到狗肚子里吧！明天一大早我们就要走了，副连长还不在洪医生身边多待一会儿？这个时候，他俩一定比我们打牌还痛快呢！我估计不到半夜，咱们副连长是不会回到帐篷里去的。”贾兆栋说完笑了起来。

听到这里海欣和洪绒也笑了，洪绒凑到海欣耳边说：“你们这两个班长都挺有意思的，尤其那个叫贾兆栋的，我一看到他脸上的表情就想笑，活脱脱像个喜剧演员；而那个黄金庵就像个大孩子，不过现在也有几分成熟了。他俩洗澡的地方离这里不远，虽然看不到我们，但可以听到我们讲话，所以得小点声啊！”

“好。他俩这一来，我们想马上走也不行了，因为除了他俩洗澡的那个地方，就再也没有回去的路了，而这时我们不能在他俩身边出现。”

洪绒巴不得和海欣多待一会儿，就说：“我们正瞌睡呢，他们就送来了枕头，这叫天意。”

“枕头在哪里呀？”海欣故意问。

“你一躺下去就知道了。”洪绒说。于是海欣再次躺了下去，洪绒也再次躺在他身边，并把胳膊伸到他的脖子下面，又说：“有枕头了吧。”

“可是你没有，也枕我的胳膊吧。”

“你的胳膊上不是有伤吗，就算了吧！”

“一个胳膊上有伤，一个胳膊上没有，咱俩换个位置吧。”

不久贾兆栋又在那边说：“云南的气候真好，这个季节水也不凉。今天再痛痛快快洗个课体澡，要不然一过去这个村，就没有这个店了。”说着把水搅得“哗哗”响。

“你小子老念错字，什么课体，还课本呢！那叫裸体。”黄金庵说完也把水搅得“哗哗”响。

“你小子以为我真的不知道啊？是听到别人老念错，才故意逗你玩的。别看老哥我文化程度不高，可一遇到生字就查字典。说起念错字啊，我讲个笑话让你听听。”贾兆栋说。

“什么笑话？”黄金庵问。

“我们老家那里有个人老念错字，有天好友递给他一张纸条，上书‘白字客’三字，意思是讽刺他。可他看了以后却说‘曰宇容，这是个人名吧，难道中国还有姓曰的？’三个字一个也没有念对，好友听了只能苦笑。有一次他念标语，墙上明明写着：向种棉能手牛桂连学习。可他老兄却偏偏念成向午挂边学习。‘牛桂连’和‘午挂边’的写法有些相似，而‘午挂边’和‘五挂鞭’同音，‘五挂鞭’在我们那里是把五挂鞭炮接连起来一起燃放的意思，以示有钱和隆重。因此旁边的人听他这样念都哈哈大笑起来。”

黄金庵听后也笑着说：“中国字难认，看来念错字的人还真不少。有人说秀才读字念半边，念半边有时也能蒙对，而你说的那位老兄连半边字都不念，总是念错字。”

“老黄，现在这里没有外人，问你个事可别骂我呀！”贾兆栋说。

“都是生死兄弟，我骂你小子做什么？有话快说，有屁快放。”黄金庵仍然“哗啦啦”搅着水说。

“上次你在背那个越南女兵的时候，真的就没有一点异样的感觉？”

“你小子老问那个越南女兵的事干什么，想女人想疯了吗？早知道当时让给你背了，可我当时不知道是个女的呀！而且她已经死了很长时间，全身上下硬梆梆的，你说我背在身上能有什么感觉？”黄金庵说。

“看你手下的兵，平时尽想些什么？”听到这里洪绒说。

“要说他们够可怜了，至今连姑娘的手都没有碰过，也许这一辈子就碰不到了。他们正值青春年华，荷尔蒙旺盛，私底下议论女人也正常，在猫耳洞里你会听到更多这样的议论，人的本能嘛！应该理解。”海欣说。

经海欣一说，洪绒又想到了自己当卫生员时那个牺牲的小战士，当时仪器上的波线明显跳动了几下，看来他在临终之前，确实感受到了异性的触动，自己没有白吻他。

“那你当时为什么不看清楚？”贾兆栋在那边又问。

“夜里黑乎乎的，你敢单独面对一个死人啊？肯定你也不敢，不敢怎么爬下去仔细瞧？我发现那个越南女兵的时候又惊又喜，以为又找到一个烈士，可是周围没有一个人，真想喊大伙过去帮忙，但怕喊声被巡逻的越军听到。回去叫人呢，又怕迷失方向，所以只好硬着头皮把麻袋套上去了。”黄金庵说。

“那么你扛着她走的时候，是头朝前还是头朝后呢？”贾兆栋在这件事上没完没了，显然至今兴趣仍浓。

“你小子就喜欢刨根问底。腿朝前，如果头朝前晃来晃去的我就更加害怕了。”黄金庵说。

听到这里贾兆栋再次笑了，说：“这一点你小子就不如我老贾，大姚在我肩上的时候头一会儿朝前，一会儿朝后，而我一点也不害怕。”

“拉倒吧，因为大姚太重，所以你小子才不得不一会儿换一次肩。”

“就算是这样吧。那我再问问你，背女尸跟背男尸有什么区别没有？”

“我没有背过男尸，不知道两者有什么区别。”黄金庵说。

“那天夜里我隐隐约约看到你背的那个越南女兵身材挺苗条，个子也不高，轻重你总能掂量出来吧？”贾兆栋说。

“当时心中‘扑嗵嗵’乱跳，哪顾得上掂量轻重。那次他妈的真倒霉！人家背回来一具烈士遗体或者重伤员什么的，上级都会给他记一个三等功，可我整整跟着忙了一夜，却什么也没有得到。”黄金庵说。

“那次我们都没有立功啊！说是战后再评。副连长不是说了嘛！当时你出力不小，应该表扬，必须表扬。不管怎么说，你背回来的毕竟是一具越军尸体，让首长们怎么为你报功？关键是无法对别人解释呀！副连长还说你的功劳连首长都记着呢！战后评功时会考虑这个问题的。”贾兆栋说。

“像黄金庵这种情况，战后能被评上功吗？”洪绒问海欣。

“能。因为除了那天晚上，他在战斗中的表现都非常突出，比如参与侦察越军炮阵地；参加突击队并当小组长等。凭这些当个二等功臣应该没有问题，当一等功臣也有可能。而且他年纪轻轻的就当了班长，回去还有被保送上军校的可能。”海欣回答说。

“副连长对我们不错，他会用人也会关心人。只要是立过功、评过残的参战人员，复员回到我们老家那里后，政府都要给他安排一个工作。我们村有个姓申的，1979年自卫还击作战时左手小拇指被炸断了一节，没有立上功，却评上了最低那个等级的残，结果也被安排在公路段上班了。别看那是个整天吃灰尘闻汽油味的活，可人家毕竟拿上了工资，吃上了商品粮，比在农村种地可好多了。不过现在我对立功不立功的事无所谓了，因为咱们一起过来的人死了那么多，可我们还活着，已经够幸运了。老贾，咱们说点别的吧，你年纪比我大，家里真的没有给你找媳妇吗？”黄金庵说完问。

“父母倒是托媒人介绍了几个，可那些姑娘们到俺家里一看，说不但是草房，草房里还尽是些泥巴篓子，连件像样的家具都没有，结果我妈还没有把荷包蛋烧好，人家就拍拍屁股走了。”贾兆栋说。

“你们那里的泥巴还可以做成篓子，窑里烧的吧？”黄金庵问。

“窑里烧出来的是缸。我们那里有一种叫黄胶泥的土很粘，不用烧也能用，做法是：先把黄胶泥掺上麦秸用水和好，再把和好的泥做成一个底座，然后在底座周边垒上和好的泥。得一圈一圈慢慢垒，等下面的基本上都干了再接上去，最后收口。用不了几天时间，一个泥巴篓子就做成了。别看泥巴篓子不好看，但很实用，大的可以装进去几百斤粮食，还不怕老鼠咬。”说起家乡人的聪明，贾兆栋至今还洋洋得意。

“这倒是个储藏粮食的好办法，可我们那里没有粘土，恐怕做不成。那些女孩嫌贫爱富，思想不好，不要也罢。老兄，等打完仗，就到我们村子里去吧。我们村子里有两户人家都只有闺女，没有儿子，而且一户还是两个，让我爸出面做媒，一点问题也没有，还可以随便挑。”黄金庵似乎很有把握地说。

“上次听你说到这件事后，我还真的考虑过，觉得做上门女婿也是一种办法，只是老婆得漂亮，那两家闺女都漂亮吗？”贾兆栋说。

“有长相漂亮的，也有长相一般的，咱俩是生死弟兄，要介绍我能给你介绍一般的吗？肯定给你介绍最漂亮的。”黄金庵说。

“贾兆栋家中有几个弟兄？”洪绒又悄声问海欣。

“四个，但只有两幢草房，在农村盖房子可不是件容易事，所以贾兆栋才同意当上门女婿，他这是没办法了。”海欣回答说。

“老黄，你真够意思，但太漂亮了恐怕不行，因为我眼睛小，配不上人家啊！给咱挑个中上等的就可以了。”贾兆栋说。

“兄弟，你眼睛小聚光啊！再说你个子高，身材好，这叫缺中有补，所以不用自卑，标准不能降低。”黄金庵说。

“好，经你这么一说，我就有自信了。老黄，你们家住着三间大瓦房，就你一个男孩，父亲还是老师，在找对象这个问题上不用愁，现在已经找好了吧？”贾兆栋说。

“没有，家里托媒人介绍了一个，但我没有同意。”黄金庵说。

“为什么，是因为家里条件好，要求太高？”贾兆栋说。

“不是你小子说的那样，是我在学校时和一个女同学好上了，现在还在联系。”黄金庵说。

“这小子早恋。”洪绒碰碰海欣的手说，受到对方谈话感染，她也学会说“小子”了。海欣笑笑继续听下去。

“不会吧？你在家时更小。”贾兆栋说。

“初中生有谈恋爱的，老兄，这是真的。这件事得保密，你小子可不许对外说啊！”黄金庵说。

“不说，不说，请你一定相信我。老黄，当时发展到什么程度了？”贾兆栋说。

“听了只能让你失望，那时候年轻，我们只拉过几次手，连嘴都没有亲过。当兵后好久都没有联系过了，直到咱们收到许许多多女学生的来信。”黄金庵说。

“那时候年轻，你现在才多大啊？春节期间她也给你来信了？”贾兆栋说。

“没有，是我主动给她写去的，但直到第三封她才回。”黄金庵说。

“哈哈，你这不叫早恋，叫单相思。”贾兆栋说。

“管它算什么呢，反正我就是喜欢那个女同学，那时每天一到学校，我第一眼想见到的人就是她。”黄金庵说。

“照这么说来，在家时我也有喜欢的女同学，只是我家里穷，不敢给人家写信。老黄，你抽空多给她写几封，如果方便的话，也给咱哥们透露点内容。”贾兆栋说。

“可以，不过到现在为止也没有什么可透露的，她只在信中说，让我多写写战场上的事，还说小心子弹、炮弹和地雷什么的。”黄金庵说。

“老黄，战场上的事可以写，但有些事不能写，比如自己身上的伤。我有个老乡一直和对象谈得好好的，几乎到了谈婚论嫁的地步，可是有一次他在信中说自己腿上受伤了，至今一个多月了也没有好，不知会不会落下残疾？结果他那个对象再来信时口气就变了，最后委婉地提出了分手。”贾兆栋说。

“真有这样的事？”黄金庵问。

“真的，春节期间我听他亲口讲的还能有假？参军前他们还有过不少亲密举动呢！比你和那个女同学的胆子可大多了，当然他们的年龄也比你大。不过仔细想想也不能全怪那个姑娘，人家身体健健康康的，怎么会愿意找个有可能缺胳膊少腿的人过一辈子呢？再说我那个老乡能不能活着回去还要打个问号，不如趁早再找一个算了。”贾兆栋说。

“也是。老贾，时间不早了，咱们收拾东西回去吧。”黄金庵说。

黄金庵说完这句话，那边就没有声音了。

无意中听到两个班长谈心，海欣知道战士们除了打仗都在想些什么了：他们心中都有一个大家，那就是国家，同时也渴望建立自己的小家。

那边没有声音大约十分钟后，海欣和洪绒才再次起身往回走。海欣先把洪绒送回帐篷，再回到自己住处，他见外面的绳子上晾着衣服，水正在“滴滴答答”往下流，心想：进去看看这两个小子睡觉没有。他掀开门帘进入帐篷，在昏暗的马灯光下面，见贾兆栋和黄金庵都闭上了眼睛，于是便在心中笑着说：中午两个人都美美地睡了一觉，晚上不可能一躺下去就睡着，这两个小子还真会装。

八十三　偷袭变为强攻

海欣回到高地不久，上级对三排的骨干力量再次做了调整：钟虎接替骆三贵当了排长，一开始仍是代理，明确等他伤愈出院后上任；贾兆栋调整到九班当班长，转一圈又回到了原来的班；八班长一职由杨国要担任，杨国要原来在一排当副班长，他班里原来的老兵李联杜跟过来当了八班副班长。

大家都知道换防在即，为了防止越军在这个时候偷袭，上级临时给三排配备了四挺机枪和四名机枪手，都放在一四五高地上了。虽然来后在一六二高地上一连打了两仗，但上级还是认为一四五高地是最危险的地方，因为一是西边就是被越军占领的无名高地；二是这个高地曾经被越军长期占领过，他们可能贼心不死。有个机枪手叫彭民林，来之前也是个班长，但一到八班便明确自己的身份："杨班长，一离开我们团到这里，我就不是什么班长了，而是你和李副班长手下的兵。我们这四个人原来都在一个班，现在都归你们两个人管，在这里执行任务期间保证做到服从命令听指挥。"

为了守住高地，战场上经常出现各部队之间相互配合的情况，一完成那个阶段的任务，他们就回到原部队去了，如果不在战斗中牺牲，就该干什么还干什么，当然也有提升的可能，所以杨国要听后有点不好意思地说："彭班长，你太客气了，说不定哪天我们也去配合你们作战，那时我也是你手下的兵。班里就这点事，以后咱们商量着办。"

"是，班长。"彭民林说。

杨国要笑着在彭民林肩膀上打了一拳又说："老彭，咱们能在一起守这个高地是缘分。"

我军顺利消灭苍鹰山之敌，导致再次受到黎笋批评的越军第二军区长官恼羞成怒，于是又采取了行动。

一天凌晨，正在站岗的周钟烈见山坡下面有很多黑影在活动，就连忙告诉了一起站岗的彭民林。彭民林看到那些移动的黑影后，立即去向杨国要报告。杨国要很快把全班人叫醒准备战斗，同时让李联杜去向海欣报告。

海欣听说有敌情，迅速跑进堑壕，黑暗中他在望远镜里看到高地东边果然黑鸦鸦一片。越军隐蔽的地方距离山顶只有六七十米远，数量之多，是海欣之前没有想到的，于是立即用步话机悄声向付孔亮作了报告，并要求迅速派兵增援。

不久越军开始悄悄往上爬了，尽管速度很慢，但海欣在望远镜里还是隐约可以看到。五十米，四十米，海欣提醒大家注意，越军距离堑壕只有二十米了，他才大喊一声："打！"并首先甩出去一颗手榴弹。越军受到突然打击，顿时乱做一团。见偷袭不成，越军赶紧退回到下面在山沟里躲藏起来，山坡上留下七八具尸体。

趁越军被打下去的间隙，海欣再次把情况向付孔亮作了报告，想不到付孔亮这次在电话里说："海欣，事情有点难办了，我们这里也遭到了偷袭，据说今天越军出动了一个团的兵力，好几个高地同时受到进攻，当然有些是主攻，有些是佯攻。在这种情况下就是能派出援军，越军也要设法拦截，所以你们要有独立作战的思想准备。"

听到这个情况，海欣才知道远处也在打枪的原因。他在电话里告诉七八两个班暂时不要动，以免那里的高地丢失。

越军偷袭不成，便向海欣他们发起了强攻，同时西边无名高地上的重机枪也向海欣他们打来。事后得知冲上来的越军是一个加强连，竟有两百多人。面对"嗷嗷嗷"叫着往上冲的大批越军，海欣沉着指挥，八班战士英勇作战，不久那个加强连再次被打了下去。

越军这次被打下去后开始喊话了："中国兵，你们被包围了！我们知道你们人数不多，不是我们的对手，所以赶快出来投降吧，或者马上撤离这个山头。"喊的是中国普通话。

面对越军的猖狂叫嚣，海欣用沉着而坚定的语气对战士们说："同志们，我们居高临下，武器弹药充足，所以不怕他们，上来十个消灭他们十个，上来一百消灭他们一百，上来一千消灭他们一千。在援军到达之前，一定不让他们上前一步。"

越军喊过话后见上面没有动静，就又"嗷嗷嗷"叫着向上冲了，无名高地上的越军仍然配合他们作战，一时子弹、手榴弹和炸药块在海欣他们头上乱飞。但八班战士集中火力，很快又把他们打了下去。

越军一次偷袭，两次强攻，都没有成功，这给八班战士树立了信心。不久越军的第三次强攻又开始了，这次他们兵分三路往上冲，西边无名高地上的越军不但用重机枪向这里打，还用上了无后座力炮和高射机枪。看到越军的进攻势头一次比一次猛，海欣也改变了战术，他让八班战士每人负责一段山坡阻击敌人，并要求做到关键时刻相互配合。

粟合负责的那段山坡在堑壕南端，越军的第三次强攻开始后，他看见下面人很多；西边打过来的火力太猛，几个战友倒下了。粟合在猛扔一阵手榴弹后跑开了，见堑壕里已无藏身之处，他一口气跑进西北角的废弃工事。

粟合一走，堑壕南端便出现了空缺，越军见那里没有动静了，就在稍作迟疑后猛向上冲，幸好海欣及时赶到，才把他们又一次打退。在海欣他们的再次努力下，越军那个加强连又退回到山沟里去了。但由于近距离阻击越军，海欣身上多处受伤，鲜血直流，战士张倾龙跑过来为他包扎了主要伤口。

越军指挥官见自己这么多人，但一连三次往上冲都没有成功，气得都快要发疯了，下去后稍作调整又发起了第四次强攻。由于粟合离开时硝烟弥漫，大家都以为他牺牲后滚下山坡去了，于是海欣继续守住那段山坡。

越军前几次强攻时，已经用炸药块把堑壕炸开了几个大缺口，海欣那里的最大。他知道局势越来越严峻了，就在越军这次冲上来后，先猛投一阵手榴弹，接着在烟雾的掩护下滚向一旁，一连按响两颗定向地雷。这一招起的作用非常大，好几个越军同时飞上了天。越军再次被打了下去。

在去按响定向地雷的过程中，海欣再次受伤，而且这次的伤势更加严重，连随身携带的步话机也被炸飞了。越军再次被打下去后，张倾龙又跑过来要为海欣包扎，但这次被海欣拒绝了，海欣喘着气说："张倾龙，不用了，我的伤口太大，而且不止一处，包了也止不住血，不如就这样吧。敌人不久还要上来，你赶快回到自己的岗位上去吧，我在这里能坚持。"

"副连长，您已经伤成这个样子了，怎么还能打仗？趁敌人现在还没有上来，我把您背到废弃工事里去吧，这两个地方我一个人对付。"

"不行，咱们的人和越军相比已经够少了，我不能离开。"

这时杨国要跑过来找海欣，见他浑身是伤，也提出要为他包扎，可他还是不让，说："杨国要，不要为我浪费急救包了，留给同志们用吧。你去通知每一个战友，就说只要我们还剩下最后一个人，就要坚决守住高地，还是那句话：不能给咱们连丢脸。”

“是。”杨国要答应一声走了，他刚走不久，下面的越军又“嗷嗷嗷”叫着往上冲了，见此，海欣迅速用上衣碎片把伤口缠住，又开始了新一轮战斗。这次强攻，越军把兵力集中在东南角上，那里由李过文和刘嘉富把守。奋战中二人也多处受伤，后来一个炸药块在李过文身边爆炸，他当场牺牲。

在一旁奋战的刘嘉富不知道李过文已经牺牲，正要飞奔过去抢救，却见四名越军冲了上来，于是迅速把他们击毙，但他的腿也被炸断了。刘嘉富发现自己站不起来后，就迅速爬到弹坑里面隐蔽。越军见那里也出现了缺口，就组织十几个人一起往上冲，刘嘉富又打死他们几个后，发现枪里和身上都没有子弹了，就在越军扑到跟前时拉响了手榴弹，实现了关键时刻与敌人同归于尽的誓言。

八十四 高地就交给你了

海欣带领八班战士一连打退越军几次进攻后，黄金庵和贾兆栋见各自驻守的高地并没有直正受到攻击，便按照惯例，各自带领本班的六七个战士下山支援。

按照在电话里的约定，两个班长在一四五高地东边的山沟里见了面，那里距离越军隐藏的山沟也只有六七十米远。由于几个回合打下来整个山间都弥漫着烟雾，加上越军的注意力全部集中在一四五高地上，黄金庵他们暂时没有被越军发现，而他们在那个山沟里可以看到越军。

越军的第五次强攻被打下去后，贾兆栋见一个军官模样的人正挥舞着手枪下达命令，就举枪要打，却被黄金庵一把拉住了，黄金庵说："老贾，这里离目标太远，打不准，咱们还是接近了再打吧，目的是拖住他们，不让他们上山。"

"要不我们爬过去，可前面是平地啊！一出去他们就看到了。"

"我仔细看了一下，前面有弹坑，可以一点点接近他们。"

"好，就这么办。没想到这次来的敌人这么多，咱们排的压力非常大，必须设法拖住他们的后腿。"贾兆栋话刚落音，就见黄金庵带领他们那个班的人首先跳了出去，接着跃进一个个弹坑，于是他也带领班里人跳了出去。他们见目标已经在射程之内了，就打个手势同时开火，越军又倒下去一大片，他们的第六次强攻不得不推迟。

一开始，越军以为我们的大批援军冲破层层阻拦赶到了，可当他们发现只有十几个人时，便抽出一小部分力量对付黄金庵他们，其余的经过调整再次向一四五高地发起进攻。

黄金庵和贾兆栋打着打着，不知不觉跳进了同一个弹坑，匆忙中贾兆栋对黄金庵说："老黄，看来他们今天是下了血本，非要拿下一四五高地不可，在这种情况下，如果副连长他们在堑壕里实在坚持不住，可以撤到废弃工事里去呀，只要守住那里，高地就在我们手上。"

"你还不知道咱们副连长的性格，不到万不得已，他是不会把大家带到那里面去的，如果到那里后还是守不住就完了。"

二人说到这里，贾兆栋起身跃进右边一个弹坑，二人相距七八米远分别再次向越军射击。黄金庵打得正起劲，突然被一颗爆炸的手榴弹击中，腹部立刻出现了一个大口子，肠子很快流了出来。

贾兆栋打一阵子后见黄金庵趴着不动了，知道凶多吉少，便几个箭步跑过去大声喊："老黄，老黄，你怎么了？"贾兆栋没有听到回答，却看到了血，看到了肠子，于是抱住黄金庵就往回跑。他想在那股烟雾散去之前，把好兄弟背回山沟抢救，可是只跑几步便觉得左腿一麻，两人随即摔倒在地。后来是战友们把他俩抬回山沟里的。

越军的进攻目标是一四五高地，没有心思追赶黄金庵他们，所以贾兆栋一回到山沟，就顾不上自己腿上的伤立即抢救黄金庵。可是无论怎么喊，黄金庵就是不吭声，这可急坏了贾兆栋，于是他灵机一动说："老黄，你现在不能死啊！因为答应给我找老婆的事还没有办成，睁开眼睛给我说说这事怎么办吧。"

这一招果然灵，黄金庵慢慢睁开了眼睛，他看着贾兆栋竟然还裂开嘴笑了一下，然后断断续续地说："老贾，我原来打算，给你介绍，最漂亮的那个，一个村的人，都说她长得漂亮，可是看来不行了。你如果能活着回去，一定到我家里一趟，告诉我父亲，他儿子没有给他和家乡人丢脸。"他在说这些话的时候，鲜血还在不断顺着嘴角往外流。

"我的好兄弟，你就放心吧，只要我能活着回去，就一定到你老家看看，但不是去找对象，这时候哪有心思说找对象的事啊！我刚才是激你的，不想让你死。我到你老家后，告诉你父母和乡亲们你为他们争了光，为祖国争了光。"贾兆栋几乎是哭着说完这些话的。

黄金庵听后又裂嘴笑了一下，随即头一歪便停止了呼吸。

粟合在废弃工事里躲避一阵子后，见大家都在英勇抗敌，就自己是个胆小鬼，便狠狠打了自己 个耳光，接着鼓足勇气跑回堑壕。粟合回到堑壕一看，见那里已经不是刚才的样子了，到处都是缺口，好几个战友躺在里面，有的已经牺牲了，有的受了重伤。便跑到海欣面前“扑通”一声跪下说：“副连长，为了替我守住这个地方，您都伤成这个样子了，一切都怪我胆子太小。”

海欣见粟合还活着并回来了，很是意外和高兴，就没有责怪他，而是用柔和的眼神看着他说：“粟合，原来你没有牺牲啊！起来吧，咱们部队不用下跪，再说你不是回来了嘛！回来就是好同志。你入伍时间不长，又是第一次参加这样大规模的战斗，看到下面那么多越军往上冲，一时胆小可以理解。”

“副连长，看到首长和战友们个个都打得很勇敢，山坡上到处都是死人，现在我什么也不怕了，大不了就是一个死嘛。”粟合站起来口气坚定地说。

“好。越军很快还会上来，我受伤不能到其他地方去了，就继续待在这里。你到刘嘉富和李过文负责的地方去吧，他俩都已经牺牲了。”

粟合答应一声要走，海欣又把他叫住说：“现在步话机已经被炸坏，电话线也断了，因此和上级联系不上，不知道援兵什么时候才能过来，还能不能过来？你先去把唐有国叫来一下，我要给他交待一项任务。”

粟合走后不久，曾经当过通讯员的唐有国很快跑了过来。海欣让他马上设法离开高地，下去的任务是找上级要救兵。黄金庵他们发起的拖后腿战斗，海欣在上面早就看到了。既然黄金庵和贾兆栋他们能下山助战，就说明那两个高地暂时没有受到进攻，这一点海欣算是放心了。

但唐有国接到任务后刚从北边跳出壍壕，就与上来的三个越军遭遇，他在开枪击毙两个后，自己也中弹身亡。

唐有国倒下去不久，二十多个越军绕到东北方向往上冲锋，周钟烈在那里防守，他奋力抗敌，在多处受伤的情况下坚持把子弹打完，坚持把手榴弹投光。见身边没有武器了，周钟烈也想到了不远处的定向地雷，便在烟雾中向那里爬去，他在一连拉响三颗定向地雷后，才被越军发现并向他投去一个炸药块。战后大家发现在周钟烈爬向定向地雷的地方，竟然留下了一条七米多长的血印子。仅那次战斗他一个人就消灭二十四个越军。

粟合后来的表现与之前判若两人，他没有让越军从自己负责的地方上来一个。越军又一次被打下去了，海欣让杨国要清点人数，重新布局，他说：“经初步观察，至少一半的越军被我们打死或打伤了，这是个了不起的数字，说明他们人再多也不可怕，我们一定能取得最后的胜利。”

“副连长，你放心，我们一定能坚持到援军到来。”杨国要说。

这时剩下的战士都围了过来，海欣看着他们说：“现在已是中午时分，趁敌人在下面休整，你们抓紧时间吃点东西，整理弹药。看样子我是坚持不下去了，我如果牺牲，由八班长负责指挥。杨国要，到时我就把高地交给你了。如果救兵还不能过来，你们就撤到废弃工事里去吧，只要这里有我们的人，就算高地没有丢失。上午和现在为什么不去那里呢？主要是因为看到越军人数太多，而我军其他高地也遭到了攻击，如果我们不拖住并消灭他们一部分，就减轻不了其他高地上的压力；再说进入废弃工事是最后的防御，那时我们会非常被动。你们进去时把所有的武器弹药和食品都带上，到那里后一定要坚持到援军到来。”

“是。副连长，我们记住了，一定坚持到援军到来。我先把您背进去吧！”杨国要说。

“我已经伤成这个样子了，进去也是等死，还不如在这里多消灭几个敌人。”海欣的声音虽然不大，但却说得斩钉截铁而坦然，感动得战士们直流眼泪。有这样的首长做榜样，他们暗下决心与越军血战到底。

不久，越军的第八次强攻开始了，海欣让一个战士把两箱手榴弹同时拖到自己跟前。接着他把手榴弹后盖一一打开，再用布条五颗一捆，五颗一捆缠好，然后放到旁边静等越军再次上来。

越军果然再次叫嚣着上来了，海欣用土把自己的身体埋住，只露出两只眼睛，冷冷地看着敌人。四十米，二十米，杨国要他们在各自的岗位上再次一齐开火，只有海欣这边没有一点动静，于是越军在稍微迟疑一下后，集中二十多人从那里往上冲。十米，五米，直到蜂涌而上的越军快踩到自己了，海欣才拉响了身旁的所有手榴弹。

八十五　废弃工事

越军又一次被打下去后，杨国要再次跑到海欣那里查看，可是已经不见他的踪影了，那里只有二十多具越军尸体和一个大坑。杨国要想到下面去寻找海欣，可是被战友们拉住了，因为下面的山坡都暴露在越军的枪口之下。

种种迹象表明海欣已经牺牲了。杨国要顿时觉得肩上的担子沉重起来，他与彭民林商量下一步怎么办，彭民林态度非常明确地说："副连长不是留下话了嘛，一旦他牺牲，就把阵地交给你了，也就是说从现在起，在这个高地上发生的战斗由你指挥。还是来时那句话，我们一切都听你的。"

"堑壕几乎被炸平，已经快藏不住人了，要不我们就按照副连长生前的安排，把所有人都撤到废弃工事里去吧。"杨国要说。

"是。"彭民林答应一声，便和战友们一起先把重伤员背进废弃工事，再把所有的武器弹药和食品都搬了进去，不给即将上来的越军留下一点有用的东西。这时全班战士只有蒋之华一人没有受伤，他在搬运过程中发挥了很大的作用。

废弃工事南北长约二十米，里面被半堵墙从中间一隔为二，南北各有一个大铁门，不过南边的门早就坏了，但那里堆了不少方木和弹药箱；东西宽约四米，高约三米。中间那半堵墙高约一米，宽约两米半，西侧留有一条通道。由于长年失修，工事漏水严重，里面尽是泥浆。

北边那扇大铁门虽然牢固，但就是打不开，所以杨国要他们只好从南门进去，过去海欣和其他人也是从南门进去的。彭民林是第一次进入废弃工事，他见门口那间东侧堆满了方木和弹药箱，里面那间除了地上的泥浆什么也没有。门口那间不能放人，杨国要他们只好把重伤员背到里面那间，但地上有泥浆，只好把弹药箱搬进去。尽管那些弹药箱高低不平，但总比让重伤员躺在泥浆里好，其余的几乎都是轻伤员，他们只能自己照顾自己了。

方木放到地上，但杨国要他们为什么不搬进去呢，因为要用它堵门，防止越军过一会儿冲进来。他们一把重伤员安排好，其他人便开始堵南门了，堵得严严实实的，只在中间部位露出一个便于观察和射击的小孔。做好这些后，杨国要他们顾不上休息，一部分担任警戒，一部分为重伤员包扎伤口。

越军那个加强连从凌晨开始，一直打到下午两点多钟，付出了意想不到的惨重代价，也没有把一四五高地攻占。见此他们怀疑原来的情报错了，认为上面的中国兵至少也有一个连，否则战斗力不会那么强。他们那天的任务并非只攻占这一个山头，还要到其他地方去，但这里的事没有完，他们走不了，于是在恼怒之中再次发起了强攻。可出乎他们意料之外的是，这次竟然没有遇到一点抵抗，十分顺利地攻上了山头。

越军上来后，没有看到一个活着的中国兵，以为我军终于抵抗不住他们的进攻撤退了。别看越军曾经长期占据这个山头，废弃工事也是他们修的，但那是好几年以前的事了，曾经在这里驻守的越军死的死，伤的伤，没死没伤的调到其他部队去了，今天上来的竟然没有一个人知道这里还有个废弃工事；而西边无名高地上的越军只用枪弹支援，人没有过来，他们虽然知道这里有个废弃工事，但没有事先告知那个加强连，或者以为那个加强连早就知道了，不需要告诉；废弃工事所处的位置比较低，又几乎被反复轰炸时掀起的泥石掩埋住了，所以刚上来的越军从堑壕方向根本看不到。越军以为终于占领了一四五高地，一上来就举枪欢呼跳跃，然后留下大约一个班的兵力把守，其余的很快离开去执行其他任务了。

大批越军一走，留下的便开始熟悉环境，直到这时，他们才看到废弃工事的南北西三面。

看到高地上有个工事，留下的那大约一个班的兵力又开始紧张起来，至此才知道中国兵并没有撤走，而是藏到废弃工事里去了。他们见南门外有血迹，便围住废弃工事转了又转，但北边的铁门很厚，既看不进去，也打不进去；南边门口堆满了方木，他们既不敢推，也不敢趴到小孔上往里面看，只好把枪管伸进去扫射一番，但子弹都打到中间的横墙上去了。

越军打了一阵子枪，见里面仍然没有动静，那个开枪的士兵就把枪收了回来。可他还没有转过身去，躲在里面一旁的杨国要就一个点射打了出去，子弹正中那个越军士兵的眉心。

越军见他们的士兵应声倒地，便躲在一旁用中国话喊：“中国兵，我们已经拿下了高地，知道你们都是些伤员，没有多少抵抗能力了，所以赶快出来投降吧！”

“老子还在这里，你们竟敢说拿下了高地，真他妈的恬不知耻。”杨国要对外面大声喊，他喊完回头对战友们说，“同志们，听到远处不再有炮弹爆炸声了嘛，很可能是越军认为已经占领了这个高地，就集中火力拦截其他地方的援兵了，在这种情况下，我们的人很快就会过来。副连长还在高地在，到现在为止，我们班仍然守护在这里，没有给咱们连丢脸，也没有给祖国人民丢脸。”由于看不到那些欢呼跳跃的越军，直到这时八班战士还不知道大批越军已经撤走了。

越军见劝降不成，便往小孔里塞炸药块，小孔在一点点扩大，里面也弥漫起了呛人的烟雾，咳嗽声立即响成一片。伤员一咳嗽就会大量出血，杨国要他们只好把泥浆涂在绷带上当口罩。泥浆里面什么赃东西都有，但为了救命，战士们什么也不顾了。

越军见一招不成，便用第二招，他们拔来杂草，找到被炸飞的被褥等可燃物点燃，企图焚烧方木。可是杨国要他们岂肯让越军的企图得成，他们把手臂伸出去甩手榴弹，先往左边甩，再往右边甩，致使越军再也不敢接近门口。

那天虽然我军多处高地被攻，但上级还是派出了援兵，付孔亮脱开身后亲自带队过来。可由于越军的炮火封锁严密，他们无法靠近一四五高地，直到对方不再打炮了，才与贾兆栋等人汇合。

援兵和贾兆栋等人一汇合，就立刻呐喊着冲上山顶，这时越军正在设法继续燃烧方木，付孔亮他们赶到后一阵乱打，那大约一个班的越军立刻抱头鼠窜。

杨国要他们在里面听出是自己人来了，连重伤员都高兴得欢呼起来，轻伤员则扒开方木冲出去参加战斗。在我军的前后夹击下，留在高地上的越军全部被消灭。

终于守住了一四五高地，战友们都情不自禁地拥抱在一起，他们欢呼胜利，庆幸自己还活着，激动得连一句话也说不出来，只有大声欢呼，只有痛快地流泪。

在大家的欢呼声中，付孔亮四处寻找海欣。早就失去了联系，他知道凶多吉少，一问果然如此，便回到堑壕那里寻找，后来他们终于在山坡上找到了海欣的遗体。

由于越军急着去完成其他任务，没有把同伴的尸体带走，经付孔亮他们清点，发现死在山上山下的越军竟达一百零四人，其中还有两名军官。看到那一具具越军尸体，在场的所有人都大吃一惊，不但援军不相信海欣他们会有这么强的战斗力，连八班战士也没有想到，竟然在大半天之内消灭这么多越军。

八十六　最后一面

战斗结束，军工要把一连烈士的遗体抬走，可付孔亮和谢槐华一个都不让抬，说由他们自己抬回辛寨，先举行一个告别仪式再说，请军工天黑后到那里去抬。军工理解那种战斗友谊，就点头同意了。

悲痛之余如何把噩耗告诉洪绒，付孔亮和谢槐华都犯难了，打电话直接对她说，再派摩托车去接，没有铺垫似乎不妥当。经过反复考虑，决定由何少荣开摩托车先到边防二连，把海欣牺牲的消息告诉白富荣后，由他转告洪绒。

白富荣听到海欣牺牲的消息后脸一下子白了，坐在椅子上半天起不来，过了很长时间他才抬起头擦掉眼泪说："老弟啊！我思磨着在你们撤回去之前，再请你和洪绒吃顿茴香馅饺子呢，谁知你就这样走了。"说完去党贵志那里交待一声，然后坐上摩托车去了三道弯。

白富荣赶到女子卫生队时，听说洪绒正在为伤员换药，就先去找杜云华，杜云华听到海欣牺牲的消息脸也一下子白了，她说："天呀，现实怎样这么残酷，先失去父亲后失去丈夫，孩子又小，不知这次洪绒能不能经受住打击？白连长，你在这里等一下，我这就去叫她。"

杜云华刚要走，却见洪绒从伤员住的帐篷里面出来了。洪绒见白富荣和何少荣站在杜云华旁边，不远处停着摩托车，便愣了一下走过来说："白连长，你怎么来了，坐的还是一连的摩托车？"

白富荣看了洪绒一眼刚要说话，杜云华却抢先说："洪绒，是这样的，今天越军同时向我们好几个高地发起了进攻，有的伤员抬不过来，就放在辛寨那里了，他们想请你过去帮助抢救，摩托车就是为这事来的。我想这事咱们应该答应，所以你就把手上的工作放一下吧，也趁机去看一下海欣。”原来她的想法和付孔亮他们一样，要让洪绒慢慢知道，怕她一下子转不过弯来。杜云华没说白富荣为什么来，但洪绒没有多想，她以为白富荣只是顺便坐着摩托车到这里来看看。实际上直到这时，白富荣还没有想好怎么对洪绒说，要是杜云华不插话，他也只是说让洪绒去一连看看，说他也想海欣了，一起过去。大家都想到一块去了。

洪绒一听说那里有不少伤员等待抢救，就马上想到了海欣：是不是他也受伤了，要不然为什么偏偏让我过去？于是心往下一沉说：“队长，我这就去准备一下要带的东西跟他们走。”

坐上摩托车后洪绒才问何少荣：“小何，是不是你们副连长也受伤了？”

何少荣不知如何回答才好，就装做看前面的路没有说话，只是轻轻点头，但那点头也像摇头。她知道白富荣是直接从边防二连来的，不一定知道一连的事，就没有问他，只和他闲聊了几句。

当天有雾，越军没有向“生死线”上打炮，不久摩托车仍然跳跃着开到边防二连，接着向辛寨方向开去。一路上三人各想各的心事，很少有人讲话。洪绒仍然坐在摩托车边斗里，有了上次的经历，这次她仍紧紧抓住扶手不怕被甩出去了，而且心早已飞到了一连：今天白富荣、杜云华和何少荣的表情都非常严肃，说明海欣一定受伤了，而且不会是轻伤。虽然杜云华说一连伤员多，离这里远，但每个营都有医生啊！而且一连以前也出现过伤员多的情况，那时怎么不派人过来接我呢？海欣受重伤，那么是哪个部位呢？会像小云她们那样断胳膊少腿吗？她越想越害怕。当敢死队长是件最危险的事，但那次海欣既没有牺牲，也没有受重伤，而这次的战斗规模没有上次大，据说也比较分散，因此洪绒没有把“死亡”二字与海欣联系到一起。

付孔亮和谢槐华亲自把海欣的遗体抬回辛寨后，就一直陪在担架两边。高地上不能没有一个连首长，两个主官就委托张振光在那里指挥，说是当初没有分管战斗班，但几个月来张振光不是顶替这个，就是顶替那个，还要招呼后勤那一摊子，忙得不可开交。自从接到轮战命令，连里很多事情都是海欣出的点子，因此二人对这个副手非常感激。无论是五年前的英雄行为，还是来到这里后的勇敢表现，他俩都由衷地佩服这个副连长，认为海欣能力强，前程远大，超越自己只是早晚的事。可是眼看就要撤回去了，海欣却为祖国光荣献身了，这怎不让人心痛呢？！两人就那样默默地坐着，直到听到摩托车的声音。

听到摩托车的声音，付孔亮和谢槐华赶紧起身从帐篷里走了出来，他俩这次见到洪绒时，一改往日的笑脸相迎，谢槐华只说了句：“洪医生，你来了！”而付孔亮一句话也没有说，只上前和洪绒握了握手。洪绒从来没有见过二人这种表情，心中又是一沉，再者海欣没有出来迎接，说明受的是重伤，连路都不能走了，于是看着谢槐华小声问：“指导员，海欣现在在什么地方，他的伤势是不是非常危险啊？”

付孔亮和谢槐华听到问话都向白富荣望去，而这时白富荣却在四下张望，他一是躲避二人的目光，何少荣把事情说明白了，但他实在不知道应该怎样对洪绒讲；二是想知道海欣的遗体在什么地方。付孔亮和谢槐华同时把目光投向白富荣如其说是询问，不如说是一种下意识动作，因为洪绒的问话已经表明了一切，并不需要在白富荣那里得到答案。看见谢槐华一时不知如何回答洪绒才好，平时一直心直口快的付孔亮才说：“洪医生，今天凌晨越军先后袭击了我军好几个高地，一四五高地就是其中之一，也是越军出动人数最多的一个地方。当时海欣带领八班战士打得非常激烈，在七儿两个班部分人员的配合下，他们一直战斗到下午三四点钟，先后消灭了一百多个越军。过去我军以少胜多的例子很多，但像海欣他们今天这样的却不多。海欣他们保住了阵地，但也有一些伤亡，六位同志光荣牺牲。”

付孔亮不说伤员人数，只说牺牲六人，这使洪绒心中再次一沉，她想：难道海欣也牺牲了，那六个烈士中就有他？但是昨天晚上我们两个人还在通电话啊！说到双方的父母和孩子；说到三排又经过补充，每个班一直保持满员，钟虎现在是代理排长了；还说到小云、张楠和刘玲的情况等。三排四十多人，在今天的战斗中牺牲六个，怎么会有海欣，他可是那里最大的官啊！起码牺牲的可能性比部下要小一些吧！

洪绒总是不肯往最坏处想，但是付孔亮接下来的一句话，却让她目瞪口呆，付孔亮说：“洪绒，事已至此，必须得把实情告诉你了，海欣老弟的情况比你想象的要严重得多，所以在见到他之前要有个思想准备。海欣老弟就在他住过的帐篷里，我和指导员刚从那里出来，从高地上下来后一直陪他，现在咱们一起过去吧！”

“情况比想象的要严重得多，在见到他之前要有个思想准备。”这句话已经说明问题了，洪绒顿时觉得大脑一片空白。她迈着机械似的步伐向海欣住过的帐篷走去，速度之快把其他人都甩到了后面。

门帘是掀上去的，海欣的遗体就停放在他生前住过的那张行军床上，洪绒一到门口就看见了，于是猛跑几步扑了过去。接着洪绒又是试呼吸，又是摸脉络，身为外科医生，她抢救过不少伤员，但是面对已经毫无生气的丈夫却没有办法。白富荣随后也走了进来，他又悲伤一阵子后在一旁安慰洪绒说：“洪绒，海欣老弟已经走了，我们必须得面对这个现实。”说到这里再次哽咽了。而这时的洪绒还没有从惊愕中清醒过来。白富荣止住哽咽，向海欣的遗体敬个礼悄悄退了出去，红着眼睛和付孔亮、谢槐华站在一起。

现在帐篷里只剩下洪绒和海欣了，她握着丈夫那冰凉的手，很长时间过去了才相信他已经离开人世，便“哇”地一声哭了出来。

海欣的遗体是用一条毛毯裹着的，那条毛毯呈军绿色，由纯羊毛制成，是他和海欣结婚时从军需部门购买来的。来到这里之前，她和海欣就一直铺着那条毛毯，春节在张有富家住时也用过，睹物思情，洪绒哭得更厉害了，她边哭边掀开毯子看海欣的伤口，伤口几乎数不清，最致命的在前胸。海欣平躺着，神色安祥，脸部明显被战友们清洗过了，但头发里和身上到处都是泥土，有伤口的地方血肉模糊。

洪绒哭着时而紧紧抱住海欣的遗体，时而把脸紧紧贴在海欣那毫无生气的脸上。昨天晚上两人还在甜蜜地通话，今日却阴阳两隔，怎不让她像撕心裂肺一样难受？但这时除了哭泣她没有其他办法。

不知过了多久，天渐渐黑了下来，谢槐华送来了蜡烛，并把它点燃，后面跟着付孔亮和白富荣。谢槐华把蜡烛在一旁插好欲言又止，洪绒见三个连队主官都进来了，便红着眼睛说：“指导员，海欣这个样子怎么上路啊！如果附近有水，我想为他擦洗一下，再换身干净的衣服。”说着眼泪又流了出来。

“行，附近有水，我们这就去提过来。至于海欣兄弟的干净衣服，应该就在他的枕头包里，你来之前我们就想给海欣兄弟换上，可是后来一想，还是由你换比较合适。天黑后军工过来把六位兄弟抬走，这会儿他们可能已经在路上了。你先在这里等一会儿啊！我们这就去提水。”谢槐华就是不提醒，洪绒也知道战场上的情况，她想说声谢谢，可喉咙好像被堵住了。

不久三个连队主官亲自把水提进帐篷，还带来两条雪白的毛巾和一块香皂，付孔亮说：“洪绒，放心用吧，如果这三桶水不够，我们再去提。”

“谢谢三位！三桶水应该够了，各位长官都去忙吧。我把药箱带来了，也想趁机再为海欣包扎一下伤口，这是他最后一次负伤了。”洪绒用颤抖的声音说，泪水一个劲地往外流。作为军人，她知道战场上如何处理烈士遗体；作为妻子，此刻她只能为海欣做这么多。

“那你慢慢来。”谢槐华说完，三人放下门帘退了出去，他们知道洪绒要让海欣干干净净上路。

在烛光的照耀下，洪绒取出医用剪刀，她先把海欣遗体上的破布条全部剪开，再用毛巾蘸着水慢慢擦洗。如此一连三遍，才觉得海欣浑身上下基本干净了。接着洪绒用棉球和纱布蘸着水擦拭伤口，进行包扎，最后为海欣穿上了干净衣服。尽管海欣的遗体已经僵硬，但洪绒干起来却得心应手，事后她每次想到这件事时，总觉得是海欣在冥冥之中配合自己做这些的。洪绒边为海欣穿衣服边亲吻他，除了亲吻还有泪水，她要把自己身上最宝贵的东西尽量让海欣都带走。

在整理海欣的遗物时，洪绒发现了一包三七和两包中华牌香烟。她知道那些三七的来历，因为春节期间海欣曾打算用它炖鸡为自己补养身体，但因受到条件限制没有做成，当时他俩想：回到营房后有的是时间，谁知永远吃不到海欣做的三七炖鸡了。

关于中华牌香烟的来历和用途，海欣生前也告诉过洪绒，但她没有想到海欣时刻都带在身上，他哪是带着香烟啊，分明是心中时刻装着祖国。那些香烟支支都被海欣的鲜血浸透了，盒子是红色的，香烟也变成了红色。既然海欣把中华牌香烟当做祖国的象征，里面包含着他的许多回忆，那么就让他带走吧！于是洪绒把香烟装入了海欣的上衣口袋，接着把自己的秀发剪下来一绺，也装了进去。做完这些，她轻轻拍着海欣说："有象征着祖国的中华牌香烟作伴；有我的吻迹、泪水和头发作伴。你到那边就不会感到寂寞了，就像大家经常说的那样，早晚我会到那边去陪伴你的。"

洪绒为海欣收拾妥当，军工们也到了，谢槐华、付孔亮和白富荣再次来到停放海欣遗体的帐篷，付孔亮说："洪绒，海欣兄弟他们这就要启程了，等我们从高地上下来，我和指导员会带领大家去看望他们几个的，也要去看望之前牺牲的骆三贵等战友。"

海欣一走，就再也见不到了，因此洪绒想多陪他一会儿，可是军工已经到了，不能耽误人家的事，只好表情凄惨地点了点头。

接着付孔亮走近海欣的遗体说："海欣，咱们相处一场，工作上相互配合，生活中像一家人，可是今天却要永别了！那么你就放心上路吧，大哥我会永远记住你这个好兄弟的。"声泪俱下。

"海欣兄弟，这人啊，早晚都得到那一边去报到，尤其是咱们当兵的，去时年龄比一般人都要早，所以说，老弟你只是比我们先走一步而已。你先走吧，咱们到那边再见面。"讲这话时谢槐华显得很平静，看来他真的把这一切都看开了。

"兄弟，咱十八年后又是一条好汉。你先走，回去我和桂花先把茴香馅饺子包好，再煮熟放到桌子上供给你吃。咱俩是好同学加好兄弟，早晚到那边接着聊。"白富荣最后说。

三人讲完话，付孔亮到其他烈士那里去了，谢槐华和白富荣去向军工要了副担架，回来后在洪绒的帮助下把海欣的遗体抬了上去。他们出去不久，就在黑暗中看到前面整整齐齐站着一排人，那排人前面的担架上躺着五具遗体。谢槐华和白富荣走过去把海欣的遗体与那五具并排放好，接着付孔亮喊口令："立正，向我们连副连长海欣及黄金庵、杨明岗、程疆、杨宇奎、邹正胜六位烈士敬礼。"言毕，在场的所有人都向烈士行礼。接着付孔亮说："礼毕。开枪为海欣副连长等六兄弟送行。"这时除洪绒毫无准备之外，在场的所有人都举起了枪，长的短的一起朝天扣动了扳机。

告别仪式一结束，军工们就抬着烈士遗体走了，大家送了很远一段路程才站住，来回的路上都有哭声。

烈士被送走后，洪绒在三位连队主官的陪同下，再次走向海欣住过的帐篷。但现在里面只有遗物没有人了，洪绒怕自己受不了，就在门口犹豫了一下，白富荣猜出了洪绒的心思，立刻说："洪绒，你不要进去了，就和付连长、谢指导员在外面等一下吧，我进去收拾海欣兄弟的东西，一会儿就可以拿出来了。"

其实，那些东西洪绒已经收拾好了，海欣留下的遗物样样都是宝贝，包括那些碎衣片她都要带走。把海欣的遗物带回去后，海欣的父母要看，儿子长大后要看，而她则要长相厮守。

在万分悲痛中，洪绒告别了谢槐华和付孔亮，又坐上摩托车和白富荣一起离开了一连。

八十七　农家小院

一回到女子卫生队，洪绒就直接进了她和杜云华住的那顶帐篷。杜云华不在，洪绒扑到床上，用被子把头一蒙，便失声痛哭起来，她哭命运对自己的不公，在战争中先失去了父亲，再失去了丈夫；她哭儿子还小，就这样失去了父亲，儿子失去父亲时的年龄比自己还小，自己那时受到的打击已经够大了，儿子懂事后怎么受得了。

再次听到摩托车声，杜云华知道洪绒回来了，就带着燕帆想进去安慰一番，可两人刚走近帐篷，就听到了哭声。洪绒在发泄心中的委屈、郁闷和悲痛，这个时候进去不妥当，于是二人便站住了，杜云华说："洪绒一定还没有吃晚饭，我们先到炊事班去做碗鸡蛋面条再过来吧。"

杜云华和燕帆从炊事班回来时，洪绒已经不哭了，但她对那碗热腾腾的鸡蛋面条没有一点兴趣，给人以肝肠寸断和无助的感觉。

临睡之前杜云华再次安慰了洪绒一番，但海欣已经不在人世了，每句话都显得那么苍白。经过路上来回颠簸，洪绒的骨头像散了架，再加上受到的精神打击，使她觉得头脑昏沉沉的，很想闭上眼睛睡一觉，但是海欣的影子一直浮现在她的眼前，直到黎明时分才睡着。洪绒睡着不久就醒了，这样又做了一个梦。这次梦中她见海欣又来到了卫生队，两人一见面他就说："洪绒，今天我们又打了一个大胜仗，我们以十几个人的兵力，竟然打退了越军一个团的多次进攻，坚持了一个早晨，又坚持了一个上午，还坚持到了下午三点多钟，把他们那个团全部消灭了，一个也没有剩。"

"那么咱们的人员伤亡大吗？"

“没有伤亡，一个也没有。”海欣坚定地说，两眼还炯炯有神。

“尽管如此，我也一直在为你的安全担心，咱们什么时候才能回家啊？”

“轮战轮战，总得有个期限，接防部队已经在严山和闻山一带集结待命了，应该快了吧？他们一来，咱们就撤退，回到营房，咱俩一起请假去接儿子涛涛。”

“咱们走了，其他人接着打，这仗要打到什么时候啊？”

“放心，总有结束的一天。”

突然，她和海欣又一起回到了乡下，她站在海欣家的小院子里，左顾右盼就是找不到儿子，于是便问婆婆：“妈，涛涛呢，涛涛跑到哪里去玩了？”

海欣的母亲笑着回答说：“涛涛刚学会走路，哪能让他自己跑着去玩？洪绒，你们在回来之前，难道就没有接到家里寄去的信？我在信上已经对你们说了，你妈，就是我那个亲家母，来家里说她想外孙了，昨天才把涛涛接走。”

“我妈把涛涛接走了，那怎么行！她白天要去教书，晚上回家要批改学生的作业，哪有时间照看孩子啊？我妈去上班，涛涛一个人在家饿了怎么办？跑丢了怎么办？不行，我们得赶紧回去，到我妈那里把涛涛带回部队照看。”

洪绒说完这些话，就突然到了火车站，可是买票得排队，排了很久才到窗口，但售票员却说：“没票了，十天之内的全卖完了。”说完把门一关，任凭怎么敲也不再打开。洪绒想：就半个月假期呀，让我们等十天怎么行？一急就醒了。

洪绒醒来后才知道自己又做了一场梦，一抹脖子，湿漉漉的。奇的是海欣牺牲后，那块手表还戴在他的手腕上，而且仍在走，这时她又从枕头下面取出来看了看，发现刚才睡着的时间连半个钟头都不到。

梦醒之后，当天晚上洪绒就再也睡不着了，于是便躺在床上想与海欣相处时的点点滴滴，而第一次去海欣家的经历，是她经常会回忆到的：

海欣是在受伤住院期间和洪绒认识的，当时海欣是班长，洪绒是卫生员。海欣一出院就去了军校，后来二人通信不断，感情得到了迅速发展。海欣从军校毕业之前，洪绒也上了军医学院，三年后结婚一事便提到了议事日程上。

结婚之前，两人商定先去征求洪绒母亲的意见。洪绒的母亲见到海欣后，觉得他在气质等方面很像洪绒的父亲，便在心中认可了这个女婿。虽然母亲的想法没有对女儿说，但洪绒基本上看出来了。洪绒的母亲仍然住在营房家属院里，那天晚饭后海欣到军人服务社去买东西了，洪绒趁机把结婚的想法告诉了母亲。洪绒的母亲听后坐在写字台前一开始没有讲话，过了几秒钟才把目光从窗户外面收回来缓缓地说：“绒绒，我可只有你这么一个女儿啊！”说完这句话竟然哽咽了。

洪绒知道母亲在为自己的幸福担心，因为她在来信中把海欣之前的情况对母亲都讲了。洪绒的父亲和海欣虽然是两代军人，却是同一年参加的战争，洪绒的父亲牺牲，海欣当了英雄。一般人只看到英雄的光环，很少去想他在表现出英雄行为那一刻所面临的危险，英雄距离死亡只有一步之遥，那一步跨过去了，他就是英雄，那一步跨不过去，他就得死亡。边境战事仍在继续，母亲的担心不言而喻。

母亲能想到的，女儿当然也想到了，但她们两个人都存有侥幸心理，认为事情不可能那么巧，悲剧不可能在洪绒身上重演。可世事难料，悲剧真的在洪绒身上重演了。当时，洪绒像小时候那样抱住母亲说："妈妈，你别担心，我和海欣已经认识三年多了，非常相爱，我们会安全地度过一生的。"

见女儿已经读懂了自己的心事，母亲就一改忧郁的表情说："时间过得真快呀！一转眼功夫，我们的黄毛丫头可就长成大姑娘了。看到这些，我这个当母亲的能不高兴吗？我看这个小伙子不错，同意你们的意见。但是你们只回来看我可不行啊！是不是也应该到海欣的老家去一趟，把婚事对他家长辈们也讲讲，然后抽空举办个婚礼就行了。人生嘛！一代代都是这样过来的。"

"妈妈，您考虑得真仔细，我们也是这么想的。"

"那就好。结婚仪式怎么办，你们考虑过没有？"

"我们商量过了，海欣说他的战友们大都是在部队举行的婚礼，说这样简单、方便。我们也想这么办，妈妈您看行吗？"

"行，我没有意见，咱们是军人加知识分子家庭，不图什么形式，只要人合适，其他是次要的。"

"谢谢妈妈！"

"傻丫头，谢我干什么？还不快去陪陪你的白马王子，我还有不少作业要批改呢！"

为了赶时间，洪绒第四天便告别母亲，和海欣一起乘上了去海欣老家的火车。在沪市下车后，二人匆匆赶往轮船码头，天黑之前终于搭上了过江轮船。三等舱，洪绒和海欣一个上铺，一个下铺。

两人刚把行李放好，就听到轮船鸣笛了，接着启航、离港，海欣和洪绒也和大家一起走出船舱观看风景，心中充满了对美好生活的憧憬。这条航线海欣已经走过几次了，非常熟悉，而洪绒却是第一次坐轮船。行驶中，轮船击起了巨大的浪花，水是蓝的，云是白的，海鸥在蓝水和白云之间盘旋，还不时发出叫声，看得两个人的心都要醉了。

轮船驶出港口不久，天就逐渐暗了下来，在晚霞的照耀下，海面显得更加美丽，站在甲板上的人全身仿佛被镀上了金光。洪绒右手挽着海欣的左臂，左手指着飞翔的海鸥高兴地说：“海欣，我以前从来没有乘过轮船，也是第一次见到如此美丽的浪花，还有湛蓝的海面和漂亮的海鸥。”

“这些海鸥的确很漂亮，它喜欢跟着轮船走，当然是为了捕食，同时也为乘客增添了不少乐趣。”

“是啊，如果说海鸥的叫声像唱歌，那么马达、汽笛和浪花的响声就是在为它们伴奏了。”

时值仲夏，洪绒和海欣上身穿的都是白色衬衫，下身绿色军裤，这样的衣着和他们那次去滇池游玩时穿的一样。海欣也紧紧挽住洪绒的手臂，两人虽然隔着衬衫，但都能感觉到对方的体温，激动得心都在微微颤抖。

不久晚霞退去，海欧也不在飞翔，但这些不但没有影响二人的陶醉心情，反而觉得更加具有诗情画意了。随着夜幕的降临，站在甲板上的旅客越来越少，最后除了海欣和洪绒都进去了，见四周没人，海欣便用右臂把洪绒轻轻拥抱住了。

像其他女军人一样，洪绒留的是刘胡兰式短发，风一吹，秀发就飘了起来，扎进腰间的衬衫也随风鼓动，显得她更加俏丽了。海欣近距离欣赏着洪绒那精致的五官和美妙的身姿，觉得身边之人就像传说中的仙女，高兴得不知该说些什么才好，也不敢相信自己竟有这么好的福气。

风把洪绒的体香吹进海欣的鼻孔，同时也把海欣的男子汉气息传递给了洪绒，两人四目相望了很长时间洪绒才对海欣说：“我们又奔波了整整两天时间，明天还要接着赶路，甲板上早就没人了，咱们也进去休息吧？”海新听后不舍地点了点头，船舱里还有其他旅客，进去后两人就不能离得这么近了，但天实在不早了，而且风越来越大，二人只好回到铺位上。

第二天拂晓，海欣和洪绒在斜对岸码头下了船，随后乘车到达海欣老家所在的县城。县城距离海欣老家还有十多里路，由于当时不通汽车，他们还得乘船。但这次乘船不在海上行驶，而是在河里行走，也慢多了。河道窄，水浅，所以船也小，一艘只能坐二三十人。海欣和洪绒这次进入船舱时，见里面除了人还有小猪、鸡、鸭和兔子等家禽，连过道上都是，虽然有些脏乱，但生活气息很浓。

海欣和洪绒坐的位置靠近窗户，可以看到岸上的风景。那一带没有山，只有丘陵。岸上有村庄、树木、庄稼、鸡鸭和牛羊。回到故乡，海欣感到一切都非常熟悉和亲切，洪绒则觉得乡下非常新鲜。

离家越来越近了，海欣的心情更加激动，他指着两旁的河岸，不停地向洪绒介绍当地风土人情，船不大，马达声却非常响，说话时他们必须提高声音。

坐在船舱里的大部分都是农民，相比之下，海欣和洪绒的穿戴显得有些突出。通过交谈，邻座乘客得知海欣是在外面当兵的本地人，尽管不知道他是个军官还是个士兵，但见他带着漂亮姑娘回来了，而且是个平时难得见到的女兵，就知道一定混得不错。

下船走到村口，海欣见乡亲们正在地里干活，便过去一一打招呼，他给成年男人们递香烟，洪绒则给妇女和孩子们发糖块。一个海欣叫二婶的中年妇女说："海欣这孩子是我从小看着长大的，那时我就知道这孩子将来有出息，看吧，先当英雄，后升军官，还带回一个漂亮媳妇，海欣家的祖坟一定是冒青烟了。"

从信中得知儿子要带着对象回来，海欣的父亲昨天就到镇上买回几斤猪肉，家里养的有鸡鸭，菜园里种的有蔬菜，好几种，够吃了。

海欣的母亲在家门口见到洪绒时高兴得合不拢嘴，也不知道该说些什么才好，海欣介绍洪绒时说："妈，你看和照片上的像不像？"

海欣的母亲这才找到话题说："像，像。"实际上她想说的是：未来的儿媳妇比照片上的还要好看。

"阿姨，您的身体还好吧？"洪绒说。

"好，好！"海欣的母亲仍然笑着说。

听到洪绒这样称呼海欣的母亲，一直跟在后面的二婶马上纠正说："还叫阿姨啊！应该叫妈才对。"

"孩子们刚到家，还没有办喜事，等结了婚再叫不迟。"海欣的母亲憨厚地笑着说。

海欣家的院门口朝南，进去后北面是一幢座北朝南的三间大瓦房，也就是上房，这幢房子一直由海欣的父母居住，但在得知海欣要带着洪绒回来后，前几天就搬到东屋里去了；东屋是三间草房，像北屋一样中间是客厅，两边的房间原来分别住着海欣的奶奶和妹妹，海欣的父母搬过去后，海欣的妹妹就挤到奶奶的床上去了；西屋也是草房，只有两间，一间当厨房，一间住海欣的弟弟。海欣的弟弟在三兄妹中最小，正在县城读书，住校，其他家庭成员都在家中迎接洪绒。

海欣家的院子虽然有围墙，但大部分地方都被三幢房子的墙壁占着，因此用不了多少土坯。为防止雨水把围墙冲倒，海欣的父亲在上面盖了不少茅草。北屋与东屋之间有个夹角，正好可以搭个厕所；北屋与西屋之间也有个夹角，正好可以搭个猪圈和鸡舍。利用率相当高，体现了当地人的聪明智慧。尽管都是土墙，院子和房间里面的地上也没有砖和水泥，但里里外外都被收拾得干干净净。

海欣的父亲也不善言谈，他给未来的儿媳打声招呼，就带一把铁锹去了菜园，挖土时感到特别有劲，他边干边想：儿子参军，去一趟鬼门关后当上了英雄，当上了干部，还带回了全村无人可比的好看媳妇，难道祖坟真的冒青烟了？海欣的父亲心里一高兴，那块地很快就被他挖完了，这要在过去得干一两天。

海欣的奶奶牙齿都掉了，她拄着拐杖对洪绒说："你这闺女是怎么长的，像画一样，浑身上下挑不出一点毛病，俺海欣可真有福气啊！"

晚饭是全家人坐在上房一起吃的，海欣的妈妈吃饭时话也不多，只是不停地往洪绒的碗里夹菜，把碗都堆尖了。

虽然洪绒没有过门，但海欣的妹妹还是一口一个嫂子地叫，这是当地人的习惯，使洪绒感到既亲切，又有些难为情。

农村晚上几乎没有娱乐活动，走出院门看到的是漆黑一片，所以祖祖辈辈养成了早早睡觉的习惯。所以那天一吃过晚饭，海欣的母亲就把洪绒领到北屋的西里间说："洪绒，你就睡在这里吧。农村条件差，让你将就了，缺什么说一声啊！"然后就再也找不到话题了，只好笑笑掀开门帘离开。

床很宽大，是靠着北墙放的，上面吊着一只一百瓦的大灯泡，把不大的房间照得雪亮；墙上贴着报纸，各种各样都有，由于灯光很亮，连上面的字都能看清楚。海欣的母亲走后，洪绒开始打量房间：尽管家具和房梁都有些陈旧，但都被打扫和擦洗得干干净净；床上放了一床薄薄的棉被，表是大红色的，上面绣了一龙一凤，里是白细布的，显得干干净净，不用看就知道是新里、新表、新棉花，像《朝阳沟》里拴保他娘唱的那样。就连缝被子用的红线也是新的。

床东头有一只大箱子，箱盖上放着一个竹篮，竹篮里面盛满了晒干的红枣、黑桃和瓜子，抓起来就能吃。

枕边放着一本书，洪绒拿起来一看，是杨沫写的《青春之歌》，这本书她在读初中时就看过，当时被书里的主人公林道静吸引住了。虽然时间已经过去多年，但书中描写的情节却记忆犹新。洪绒刚要翻开书重新阅读，就听到海欣在门帘外面说："洪绒，你休息了吗？"

"没有，进来吧！"

海欣掀开门帘走了进来，见洪绒坐在床沿上，便站在她对面说："农村条件差，你到这里习惯吗？"

“这里的条件比我奶奶那里要好多了，我爸爸的老家在山区，小时候我去过，连电灯都没有，点的是煤油灯，一夜下来，鼻孔里面全是黑的。”

“三年前我们这里也没有电，估计现在你奶奶他们也用上电了，以后我们一起去看望她老人家吧？”

“好啊！海欣，我知道这是正房，应该由长辈们住才对，让我住多不合适呀！”

“全家人都把你当成贵宾了，好房子不让你住让谁住？放心，今晚我也住在这里。”说者无意，听者有心，洪绒的脸腾一下红了，一时没了言语，也不敢抬头看海欣了。但海欣没有注意到洪绒的表情，他又说：“累了吧，我去提水，你洗一下早点休息。”

海欣去提水了，洪绒的心仍在“扑通扑通”乱跳，她知道东边还有一个房间，那么他是去东边那个房间睡觉呢，还是也睡到这张宽大的床上？是拒绝，是企盼，连她自己也说不清楚。

洪绒正在想心事，见海欣提着两大桶水回来了。他放下铁皮水桶，又从外面拿来一个大木盆子，还带来了新毛巾和香皂，说：“洪绒，你洗吧！门口水缸里面满满的，不够你自己去提，用瓢勺。用过的水倒在屋檐下就行了，那里有槽，自己会流走的。”

“知道了！放在这里吧，我一会儿就洗。”

“我住在东边，中间就隔一个客厅，你需要什么叫我一声。”海欣说完掀开门帘走了出去。

得知海欣今天晚上要住在东边那间房子里，洪绒的心才不再乱跳了，但似乎有些失望。她洗好澡，顺手把换下的衣服也洗了，然后摊开被子睡觉。闻着新铺盖的芳香，回忆着朴实的村民和海欣一家人的笑脸，洪绒很快进入了梦乡，那晚她没有做梦。

那次他们从海欣老家回到部队不久，就去领了结婚证，然后买了几条香烟和几个水果糖，在一连的阅览室里举行了简单的婚礼，洞房里只有两床绿色的军被。

洪绒回忆到这里，天也亮了，要不是有这些美好的回忆作伴，不眠之夜的她会感到更加地痛苦。

八十八　夜宿烈士遗体转运站

钟虎被送到战地医院后，医生对他的左眼进行了检查，发现伤势正如洪绒所估计的那样非常严重，如不摘除眼球，将有生命危险。但战地医院条件有限，他像海欣当年那样很快被转送到了军区总医院。

在军区总医院里，钟虎的左眼球很快被摘除了，并换上了一只义眼。义眼虽然填补了原来的空缺，但就是不会动，看上去怪怪的。想到骆三贵和其他牺牲的战友，钟虎对自己的义眼并不在乎。但自己不在乎别人在乎，为此他戴上了医院配的茶色眼镜。戴上茶色眼镜后，钟虎对着镜子看了又看，认为还行，可后来却在找对象问题上遇到了麻烦。

住院期间，钟虎得知自己当了代理排长，后来听到了海欣和黄金庵牺牲的消息。他听到海欣和黄金庵牺牲的消息后，立刻盖上被子大哭了一场，第二天便要求出院归队，但医生没有同意。

住院期间钟虎一直与家人保持着通信联系，信中他只说自己受伤住院了，没有提到骆三贵的事，因为怕消息传到骆三贵奶奶那里去，部队还没有撤下来，政府还没有把阵亡官兵的消息告诉家人，这时候她老人家知道了不好，再说纪律也不允许他提前告知。到她老人家应该知道这件事的时候，有关措施会跟上去的。

钟虎的父亲在得知钟虎住院的第二天，就启程赶到了云明。病房里父亲一看到儿子，就把目光投向他的左眼。当时钟虎没有戴眼镜，父亲看到儿子的左眼不但没有光泽，还不会转动，便坐下来连连叹气。钟虎给父亲倒杯开水端过去，接着安慰他说："爹，事已至此，您就别难受了，我的不少战友都牺牲了，医院里还有一些缺胳膊短腿的，而我不就是少一个眼珠嘛，和人家比算什么？"

钟虎的父亲一到医院，就看到不少伤员坐着轮椅，拄着拐杖，的确和儿子说的一样，便有些释然了，他说："虎子，你别处真的没有受伤？"

钟虎听后起身在病房里来回走了几步说："看到了吧？其他零件都正常。爹，为了挡住假眼，医院还为我配了一副眼镜，茶色的，隔着镜片基本上看不到眼珠。"

"真的看不到吗？那找媳妇呢，和人家女娃子相处时，你总不可能一直都带着眼镜吧？"

听到这里，钟虎才意识到事情的严重性，他说："那也没办法，真找不到就算了。"

但钟虎的父亲可不这样想，这时他还不知道钟虎已经当上了代理排长，一转正就是军官，还以为他只是个班长，班长也是战士，将来照样复员回家劳动，而在农村连正常男人找老婆都困难，何况还是一个独眼龙。他就钟虎这么一个儿子，如果儿子真的找不到老婆，钟家的香火不是就要断了吗？于是又长长叹了口气才转变话题说："三贵他奶知道我来，说三贵很久都没有给家里去信了，不知是死是活，让我问问是怎么回事。"

钟虎知道父亲要问这事，但他不知道如何回答。村里人自从知道他和骆三贵参战，就整天议论纷纷，有的说他俩都战死了；有的说只战死一个，另外一个还活着，至于活着的是哪一个，说法也不一样；还有的说既然政府没有发话，就说明两个人都活着。一直到前线通信恢复正常，关于两个人是死是活的议论才算告一段落。

可是后来骆三贵又不往家里写信了，而钟虎一家却经常收到来信，于是乡亲们又议论开了，这次大家的议论只针对骆三贵，说他凶多吉少，黄鼠狼专咬病鸭子，意思是骆三贵家前些年已经够倒霉了，现在又遇到这样的事，老天爷连条根也不让留住。

正好那年驻守在钟虎老家县城附近的一个炮兵团也去参战了，战后转移到了其他地方，那个营房不再用了，这又成了他们议论的焦点，说那个炮兵团被灭在边疆了。"灭"是当地方言，意思是都牺牲在那里了。

这些情况钟虎之前都在信中得知了，想把真情告诉父亲，但怕他忍不住外传，钟虎的父亲见钟虎不回话又说："部队有纪律是吧？但我是你爹呀！放心，不到时候我是不会对外人讲的。"

听到这话钟虎才说："爹，既然您来了，也问到三贵的事，那我必须得对您说实话。"接着他把骆三贵牺牲的经过告诉了父亲。

钟虎的父亲听到骆三贵牺牲的消息时，并没有感到太意外，只是再次叹口气说：

“你以前每次在信中都提到三贵，这段时间却不写了，我就琢磨着是这么回事。三贵这孩子忠厚老实，又是骆家的独苗，死得太早了，可惜啊！”

“爹，您现在已经知道实情了，回去后千万不要对三贵他奶奶讲，我怕她经受不住打击。她老人家如果在这件事上有个闪失，我们就对不住已经在那边的三贵了。”

“不讲也好，不然老人家如果有个三长两短，还真对不住死去的三贵。我回去编个假话吧，就说这次过来没有见到你，你出院回部队去了。唉！对她老人家说谎我还是第一次。”

“咱这是善意的谎言嘛，不得不说，事后她老人家不会怪罪的。爹，我不在家，您和家里人可要多去照顾她老人家啊！”

“这还用你说！自打你和三贵来当兵，我就一直给她老人家挑水，我出来这几天时间，让你妈和你妹抬水过去。”

钟虎的父亲离开医院不久，钟虎见自己的伤口基本痊愈，就再次要求提前出院，这次医生知道他要回去带兵，而且眼睛也就那样了，同意办手续出院。而其他伤员大部分都不用回归战场，他们可以继续住在军区总医院里，或被转送到其他部队医院继续治疗或者休养，等到轮战结束，部队回到营部时再归队，当然也有直接去荣军院的。

钟虎之所以急着回战场，一是有一排兵正等着他带，责任心驱使；二是想知道海欣、骆三贵和黄金庵等人埋葬的地方，在回到高地之前，去坟墓上看一眼，为他们敬个礼，点支香烟，了却一下心愿，不然老觉得揪心似的疼。

钟虎归心似箭，一办完出院手续就直奔长途汽车站。路上汽车出了点故障，经过立马坡烈士陵园时天已经黑了，可他依然在那里下了车，心想：这么大一个烈士陵园，一定有人看守，天黑自己找不到副连长、三贵和七班长他们的墓碑，让看守人指点一下就行了。因此他一下车就向门亭两旁张望，隐约看到东南方向有间房子，可是既没有从里面透出亮光，到跟前喊了半天也没有人答应，这才想到这里毕竟只有坟墓，晚上是不需要人看守的。

没有人指引，钟虎便自己寻找，好在带着手电筒，他从最前面那一排开始，边看墓碑上的字，边说：“副连长，三贵，七班长，我来看你们了，天这么黑，你们究竟睡在什么地方呀？”有过上山背遗体和在遗体旁边睡一夜的经历，他现在什么也不怕了。可是一连看了十多排墓碑，钟虎也没有找到要找的坟墓，看着上面那一排排坟墓，少说也有五百座，如果今天晚上都找一遍的话，回到县城旅社可能都关门了，于是便停下脚步说：“副连长，三贵，七班长，看来今天晚上我是见不到你们了，那就明天上午再来吧，明天上午我一定来。”说完返身回到公路上，他知道烈士陵园距离县城不过四公里，沿着公路用不了多长时间就可以走到。

钟虎迈开大步正走着，突然见从身后射过来一束亮光，随后听到了汽车声，回头看时，一辆军车驶了过来。不用说，他想搭乘一段，但不知道司机会不会停车，如果把手伸出去了人家却不停，会感到非常尴尬的，于是就只向后面看了几眼继续赶路。可是那辆军车却在他身旁慢慢停了下来，司机从驾驶室里探出头说："同志，你是去县城吗，上车吧！"

"谢谢！"

司机打开驾驭室的门，钟虎坐了进去，路上司机说："远远看到路边有个兵，开始我还以为是查线的，可是后来一看，你没有背那个黑线盘子，才知道是赶路的。兄弟你是哪个部队的？怎么一个人在黑夜里行走？"

钟虎说明原因，司机听了非常感动，说："这就是战友情，不经过生死考验是无法体会到的。据我所知，边疆一线有不少这样的烈士陵园，你们轮战部队的烈士是埋在这里吗？"

"原来这里还有其他烈士陵园啊！除了这个，附近哪里还有？我不知道轮战部队的烈士埋在什么地方。"

"离这里最近的是西仇县烈士陵园，其他哪里还有我就不知道了。"

"那我明天还到这里来，找不到再搭车去西仇县，反正刚出院，晚归队一两天没有问题，可一回去再出来就难了。"

"是的，刚出院可以在路上耽误一两天。前面不是有个烈士遗体转运站嘛，是你们师来后才建在那里的，他们应该知道情况。一会儿我从那里路过，你如果想去，就不用在县城下车了。但是我看到路边只有一顶帐篷，要过夜可能没有地方，回县城呢，又太晚了，这是个问题，你考虑一下。对了，我是运输团的，刚过来执行任务，老司机对这条路两边的情况更熟。"

"再次表示感谢！烈士遗体转运站附近有部队吗？"

"有，南面大约一公里处有个炮阵地，也在公路右侧，你可以到他们那里过夜。"

"那好，都是一个师的嘛，到时借件大衣，往身上一盖就是一夜，实在不行可以盖麻袋。"说到这里，钟虎不禁又想起了陪烈士遗体过的那一夜，为了方便使用，每个连队都储备了不少麻袋。既然在县城不下车，钟虎就靠到座位上睡起觉来，他睡着后也做了一个梦。梦中他和骆三贵在一起摸鱼，河沟里还有另外几个小男孩，都光着屁股，好像是夏天。骆三贵一连摸到三条鲫鱼，可钟虎连一条也没有捉到，正站在岸上烦恼，就见骆三贵忽地一下子扔过来两条说："虎子，你们家里人多，拿回去让你妈用油煎着吃，可香了。”

钟虎看时，每条鱼足有两斤重，就说一条够了，但骆三贵非让他都拿回去不可，钟虎还要推辞，却被司机叫醒了，司机说：“同志，到了，右边那顶帐篷就是烈士遗体转运站。”

钟虎再次谢过司机后下车，见右边果然有一顶帐篷，里面还有亮光，他清楚地记得夜行军那晚从这里经过时，这里还没有任何搭建物，司机说的没错，应该是我们来后才建的烈士遗体转运站。去战地医院那晚他在救护车上也睡着了，所以才没有看到。如果司机不说这里是个烈士遗体转运站，他还以为那顶帐篷里面住着有线兵呢！为了保证线路畅通，凡是有电话线的地方都有有线兵看守，附近有村庄的他们住村庄；附近有山洞的他们住山洞；如果沿线这两种地方都没有，他们就搭帐篷住。每段线路一到两名战士看守，吃饭问题自己解决，在老乡家搭伙的，自己烧饭的都有，不可能将近一年的时间都吃干粮。钟虎正要走向帐篷，就听到从黑暗中传过来一个声音说：“来了，这次送过来几个弟兄？”

车已经开走了，大山深处公路两旁除了那顶帐篷再也没有其他设施，黑夜静得吓人，因此钟虎听到有人讲话非常高兴，但那人的问话却让他一头雾水，于是回答说：“同志，我是一个人来的啊！听司机说咱们是一个师的，我在这里下车是想向您打听个事。”

“噢，我刚出来，外面太黑，看不清楚。原来你不是来送烈士的，那就到里面去说话吧！”

“好，谢谢！”

那人掀开门帘让钟虎先进去，随后他也进入帐篷并放下门帘。马灯光下，钟虎见那人三十五岁左右，胡子拉茬，身穿四个兜的干部服，但从气质上看又不像干部，估计是志愿兵的可能性大，再说这地方没有放一个干部的必要。

帐篷里面约六平方米大小，正对门口靠里放着一张行军床，床前两侧各放着一堆白布，均一米多高，左边的还没有拆封，右边的不但拆封了，还被撕成一块一块的叠得整整齐齐。那人让钟虎坐在行军床上，钟虎把到这里的原因说了一下。

“老弟，原来你是为这事来的啊！可是咱们轮战部队的烈士遗体都被拉去火化了，说是战后带回去埋葬到烈士家乡。听说还是从北京开来的火化车，有时送过去的遗体多，烧不及，还要请当地老乡帮忙呢！但我不知道骨灰盒暂时放到哪里去了，也许就放在立马坡烈士陵园吧？那里毕竟有条公路，取送方便。”

钟虎听到这里，才知道海欣他们并没有入土为安，便说：“我是准备明天再去一趟立马坡烈士陵园的，那就打搅了。”说完起身要走。

“汽车不是已经开走了吗，你这是要到哪里去呢？”

“我去附近部队找可以睡觉的地方。”

“前面那个炮兵营是离这里不远，但你不知道怎么走，打开手电筒看路会被越军看到的，所以就在这里将就一夜吧。”

“谢谢，可你这里只有一张行军床啊！”

“没有床咱有白布嘛！一会儿你睡在行军床上，我睡在白布上就行了。把白布铺厚点，比睡在席梦思床上还软和呢！”

那人这么一说，钟虎就不走了，他在感激之余说一定要睡在白布上，可那人说钟虎是客人，客随主便，最后钟虎只好听他的。二人一起把白布铺好，各自坐在自己的铺位上聊天，那人说：“你们连牺牲的那位首长和战友们都叫什么名字啊？我这里有记录，咱们可以查一查，看他们是哪一天从这里路过的。”说完从旁边拿起一个破旧笔录本递给钟虎。

钟虎一接过笔录本，就迫不及待地翻看起来，不久真的分别看到了海欣、骆三贵和黄金庵等人的名字。这时他又控制不住自己的情绪了，跑到帐篷外面再次失声痛哭起来。

钟虎的心情那人理解，他走出帐篷在钟虎的肩膀上拍了一下说：“兄弟，进去吧，外面风大。”

两人再次进入帐篷，那人朝钟虎翻开的名单上看了一眼说：“原来你找的烈士中有个叫海欣的啊！他给我的印象太深了，因为穿的衣服鞋袜都非常干净，而且上衣口袋鼓鼓囊囊的。我以为他的口袋里有个钱包，想掏出来通过组织转交给他的家属，结果是两包带血的中华牌香烟，还有一撮头发。那撮头发好像是女人的，很长，也很柔软。”

忍住悲痛，钟虎想起了海欣给突击队员们敬烟的场面，他说：“海欣是我们连副连长，自卫反击战时的战斗英雄。他爱人也是个军人，就在女子卫生队当医生。我们副连长身上的干净衣服，应该是他爱人换上去的，头发也应该是他爱人剪下来放进去的。”

“原来就是他啊！端掉越军最大的炮阵地不久，我就听说他的名字了，笔记本上的名字是送来那些人写上去的，我没有注意。”

说完这句话不久那人打起了呼噜，可钟虎却没有一点睡意，他想象着海欣他们牺牲后到这里时的样子。但愿火葬场那些人不要把那两包带血的中华牌香烟和洪医生的头发也烧了，只放进骨灰盒里就行了。

八十九　两条腿拼错了

由于睡觉比较晚，第二天早晨钟虎起床也比较晚，他睁开眼睛一看，地上的白布已经被重新叠放起来了。

那人不在帐篷里，钟虎也掀开门帘走了出去。首先映入他眼帘的是一个山湾，南面的山坡正好挡住越军的视线；帐篷东边就是公路，公路东边则是高山峻岭，这些昨天晚上就看到了；帐篷西南方向有一个村庄，那应该就是交址城吧？钟虎白天没有从那里走过，所以不敢确认；帐篷西边也是一个巨大的山坡，一直漫延到苍龙江那里，与部队前进受阻那天看到的一样；北边不远处应该就是那天连队接水做饭的地方，但这里东边的山体更陡，所以看不到那个山顶瀑布。

那人不在钟虎的视线之内，于是钟虎就向帐篷北边走去，发现他原来在紧靠帐篷的地方做饭。锅是三块石头架起的一个小铝盆，外面漆黑，里面冒着热气，没有盖子。那人抬头见钟虎走过来了，说："兄弟，你起来了！刚出院，到外面一下子不适应，怎么不多睡一会儿？"不等钟虎回答他又说，"今天早晨咱哥俩吃面条，我这里还有一瓶鸡肉罐头，正好放进去招待你这个客人。"

"老大哥，我住在这里已经非常麻烦你了，还要让你为我做饭，真是不好意思！"

"咱们都是兄弟，还客气什么！再说我也得吃饭啊！"

"听口音大哥是中原人吧？听说你们那里的人最爱吃面条了。"

"是的，有人说馒头是中原人的命，但中原人见到面条可以不要命，可见我们喜欢吃面条的程度。"

“老大哥，咱俩从昨天晚上到现在说了不少话，可我还不知道你的尊姓大名呢！”钟虎也蹲下去说。

“文佑才，你就叫我老文吧！别看我穿的衣服有四个兜，却是一个由司机班长转成的志愿兵。首长们见我在连里年纪最大，家中又有老婆孩子，才让我到这里来侍候那些死去的兄弟的。帐篷里那些白布你一看就知道是干什么用的吧！我怕用的时候来不及，就提前撕成一块一块的放好了，到时一层不行包两层。不过在包裹烈士遗体之前，我要为每个兄弟洗个澡。”

听到这里钟虎心想：我猜对了，这位忠厚的老大哥果然是个志愿兵，他说：“文大哥，你也是在山坡上接的水吧？”

“是的。为了存点水，我在公路对面挖了个小水坑，本来想挖大点，但是石头太硬，挖好后只能存两三桶水。运到这里的兄弟是最后一次洗澡了，我尽量让他们干干净净上路。”

“文大哥，运过来的烈士遗体都还完整吗？”

“兄弟，就是我不说你也知道，有的完整，有的已经不完整了。不少兄弟只剩下一两条胳膊，一两条腿，或者一塑料袋骨肉什么的，所以我才准备那么多白布，出现那种情况衣服根本用不上啊！”

亲眼见过烈士遗体，又听到文佑才的描述，钟虎感慨战争的残酷。民间死了人，穿戴整齐才能下葬，而且身体大都是完整的，可牺牲在战场上的一些战友最终只能裹上一块白布上路。这样还算是不错的，如果打仗时身体都被炸飞，埋在坟墓里的只能是烈士的衣物。

“如果从高地上运来的遗体不完整，你怎么知道谁是谁呀？”钟虎继续问。

“有牌子，上面写着姓名和部队番号。”

“运来之前会不会搞错呀？”钟虎想起了那晚去背遗体的经过。

“不瞒老弟你说，还真有搞错的，有次麻袋里装了两条腿，牌子上却写着一个人的名字，起初我想：比较起来，这位兄弟留下的遗体还算不太少。可当我进行清洗时，就发现情况不对劲了：那两条腿上穿的裤子竟然不一样，一条是新的，另一条是旧的；再看时，发现两条腿上的皮肤也不一样，一条略黑，一条略白，一条汗毛多，一条汗毛少；还有鞋子，一只是四十码的，一只是四十二码的。总之那两条腿绝对不是一个人的。见此，我只好打电话把情况向上级作了汇报，可是他们商量来，商量去，都不知道应该怎么处理才好，因为那些遗体都是烈士的战友找到的，而烈士的战友已经撤下去了，有的在撤下去之前就牺牲了，上哪儿去找人核对呀？

就是能找到烈士的战友，恐怕也不一定能搞清楚啊，所以只能将错就错。在这种情况下不知道他们是怎么想的？反正我心里不是滋味！老弟你想，墓碑上明明写着一个人的名字，却埋着两个人的尸骨。可不这样又能怎么办呢？”文佑才说完长长叹了口气。

二人说到这里，见面条熟了，但只有一个白磁碗，还没有勺子，就用筷子先把面条挑到碗里，再把鸡肉和面条汤倒进去一些。文佑才让钟虎用碗和筷子吃面条，自己则用茶缸和树枝解决问题。

文佑才的热情再次让钟虎感动，钟虎一边吃面条一边接着前面的话题说：“那个拼刺刀的年代早已过去了，现在是用重型武器进行战斗的时代，我听说刀山上面原来有一块四十七米高的岩石，可几次战斗下来，那块岩石竟然不见了，事后有人到现场去看了一下，发现被炸成了小块块，他们找到最大的一块量了一下，发现直径才1.3米。四十七米高的岩上都被炸飞了，何况我们的血肉之躯呢。”

“是啊！老弟。有时候我清洗着弟兄们的遗体想：他们生前基本上都是十八九岁的小伙子，一分钟前还是生龙活虎的样子，一分钟后便粉身碎骨了。父母把他们养活那么大，死后却连一具完整的尸首也没有留下来，有的还被张冠李戴，战争实在太残酷了！”

“既然当兵，就要有为祖国和人民流血牺牲的打算，这话谁都会说，可只有咱们当兵的人和咱们的亲人体会最深。文大哥，有的烈士遗体要在这里过夜，而送遗体的人送过来就走了，那时你会感到害怕吗？”

“这个地方前不着村，后不着店的，晚上除了一盏马灯，周围漆黑一片，因此一开始遇到你说的那种情况我非常害怕，不但夜里害怕，连白天也害怕。不过后来我琢磨出了一个不用害怕的办法，那就是想他们生前的样子，想认识的兄弟，也想不认识的兄弟，因为行军途中就有认识和不认识的兄弟。那时候我和他们同乘一辆军列，同吃一个兵站里的饭，同上一个厕所，同在一个地方冲澡，现在就当同在一顶帐篷里面睡觉吧。这样一想就不怎么怕了。有时我还把烈士当做自己的亲兄弟去想，亲兄弟死了不是要为他守灵嘛，我为亲兄弟守灵还怕什么。”

“文大哥，你这是在做善事啊！”

“善事谈不上，凭的是战友情。兄弟们都在高地上打仗，而把这个没有生命危险的任务交给我，凭良心咱也得把烈士的后事处理好。”

“文大哥，你当兵多久了？”

文佑才咽下一口面条说：“到年底十五周年了。跟我一起入伍的兵有的已经当上了营长，而我还是一个大头兵。不过我这个大头兵比义务兵要强一些，有工资拿，转业到地方可以吃商品粮，比复员回到农村种地好多了，所以觉得非常满足。”

文佑才把那一瓶鸡肉罐头全部倒进面条里去了，汤上面飘了厚厚一层油，由于没有青菜，吃得嘴唇很腻，比医院的伙食可差多了，但钟虎还是把一大碗都吃完了。

二人吃过早饭，文佑才带着钟虎到公路对面去看了看那个储存水的小坑，说：“送来的烈士多了，这点水根本不够用，我一直想把它扩大，可是连长过来一看说‘公路就这么宽，如果把水坑扩大就得挖开一部分路面，夜间闭灯驾驶时汽车掉下下去怎么办？’于是就这样了。”

文佑才说到这里，见从南面开过来一辆军车，于是连忙招手示意停下。军车慢慢停了下来，文佑才却转身进了帐篷，但他很快就出来了，手上拿了几包春城牌香烟。他把香烟递到钟虎手上说：“老弟，你不是要去烈士陵园嘛，那就上车吧，代表我给躺在地下的兄弟敬支烟，表表心意。”说完和司机打招呼，显然他们之前就认识。

钟虎坐进那辆车的驾驶室里伸出头说：“文大哥，你的心意我一定带到。谢谢你为我提供食宿，前段时间我紧挨着烈士遗体睡了一觉，昨晚又在烈士遗体转运站过了一夜，这些经历我终生都不会忘记的。”说完向文佑才敬了个礼。

九十 渴望一个拥抱

钟虎坐的那辆军车是到县城办事的，不再向前走了，他只好下车步行去烈士陵园。考虑到文佑才给的那几包香烟不够，钟虎下车后又买了三条，也是春城牌的，他听说立马坡烈士陵园里面已经埋了六百多位忠灵，这样才能保证每位烈士都能抽到一支。

这次走近门亭是在白天，钟虎才看见上面写着“立马坡烈士陵园”七个大字。门亭东南方向那间房子的门现在开了，于是钟虎进去打听情况，一个中年男人说：“同志，我们这里从来都没有存放过骨灰盒，你还是到其他地方去问问吧！”

“你们和西仇县烈士陵园有联系吗？我们轮战部队烈士的骨灰盒会不会暂时放在那里？”

“前几天他们那里来过人，我问过了，也没有。”

“边疆除了这里和西仇，哪里还有烈士陵园呢？”

“那可就多了，在中越陆地边境线我国一方，至少十四个县市建有烈士陵园，其中云南八个，它们分别是金平、蒙自、屏边、河口、马关、立马坡、西仇和富宁；广西六个，分别是那坡、靖西、龙州、凭祥、宁明和防城。在这些烈士陵园中属我们这里建得最早。”

问不到海欣他们的骨灰盒临时存放在哪里，钟虎有些失望。出院后已经在途中耽误了一天时间，再耽误下去回去不好解释，于是决定先回到连队再说。

在离开烈士陵园之前，钟虎得把自己和文佑才的心愿完成了，便离开那间房子向墓地走去，从最前面那一排开始敬香烟。

昨天晚上进来时，由于天黑钟虎没有看到烈士陵园全貌，现在他向上面望去，发现这里占地一百余亩；面朝东北方向，背靠大山；门亭下面不远处就是公路；整个烈士陵园大致分为五个层次：

第一层次是用水泥做的坟墓和墓碑，坟墓上面那一排平地上还栽着松树和刀山兰等植物，显得既整齐又漂亮。显然那几排是最先整理出来的，占的比例并不大。

第二层次是用土堆成的坟墓和插在土里的小木板，那些小木板约五十厘米高、二十厘米宽，上面用红色油漆写着烈士的姓名和部队番号等。显然人已经埋进去了，还没有来得及像前面那样修整。这一段占的比例很大。

钟虎敬着烟走到第三层次上面时，见那里是一些已经挖好还没有埋进人的墓穴。钟虎无论怎么看那些墓穴，都觉得个个像张开大口，随时准备吞下阵亡将士躯体的恶魔，因此给人以阴森森的感觉。提前挖那些墓穴的用意很明显：烈士一到便可以入土为安。可是活着的人看到后可能会产生心理负担。墓穴是顺着山坡自上而下挖的，毫无疑问烈士们是头朝上被埋进去的，并不是钟虎之前想象的那样横躺在山坡上。

第四层次是一段刚清理出来的山坡，也就是准备继续挖墓穴的地方。原来的树木、杂草和石头都被砍掉或者搬运走了，但高低不平的树茬还在。

第五层次就是接近山顶的那一段山坡，大约四五十米，保持原样不变，杂草和树木郁郁葱葱。由于已经接近山顶，看来不需要再清理出来埋人了，可以看做是为烈士们设计的凉帽。

钟虎敬到六百二十二号坟墓时，才在近处看到那些已经挖好准备葬人的墓穴，这时他想：仅这一个烈士陵园就埋葬了这么多位烈士的遗体，十四个烈士陵园要埋进去多少个英灵啊？中越之战如果继续下去，这一带还要建造多少个烈士陵园呢？

钟虎在往每一座烈士墓前放香烟之前，都要先敬一个礼。他见许多坟墓前面不但已经有香烟了，还有各类点心和水果等。那些香烟有的没有点燃就放在那里了；有的只燃烧一半。各类点心和水果有些是最近才放在那里的，没有被雨淋过，看上去很新鲜；有的已经腐烂，显然放在那里很长时间了。

钟虎从上面下来时，又见陆续进来了不少人，有男有女，有军人有老乡。军人大多数三五成群都带着枪，老乡们则都是风尘仆仆的样子，应该是远道而来的。军人出来的时间有限，因此步伐匆匆，他们每找到一个战友的坟墓，都是先点香烟、倒美酒、放水果和摆点心，再举枪射击，以军人特有的方式，向逝去的战友致敬。

老乡们的动作不会这么急，他们找到自己要找的坟墓后，就先把从家乡带来的各类土特产掏出来放下去，接着是点香、点蜡烛和烧纸钱，也有点香烟的。做完这些，男人们基本上都是站在那里表情悲伤地默默流泪；女人和孩子都跪在地上哭出声来。他们在那里看着香、蜡烛和纸钱等祭品一一燃烧，久久不愿离开，把泪水哭干了，就坐在那里发呆，除了悲伤，还有一脸的无奈。

钟虎在中间部位一座坟墓旁边看到一个少妇和一个小姑娘在那里祭拜，显然是母女二人，地下那位烈士生前应该是少妇的丈夫、小姑娘的父亲，因为少妇跪下去时把脸紧紧地贴在那个当做临时墓碑的小木板上，小姑娘则是张开双臂抱住坟墓。

那个少妇肯定不会只把小木板看做临时墓碑，那一刻她一定认为那就是丈夫的脸颊，别人在小木板上看到的是姓名和部队番号，而少妇在上面看到的却是丈夫的亲切五官。也许她此刻正在对丈夫诉说，诉说对他的长期思念，诉说她一个人把女儿带大的不易……

小姑娘一定是把那座坟墓当作父亲的粗壮腰身了。也许她曾经被父亲拥抱过，也许她出生后根本就没有见过父亲；如果她曾经被父亲拥抱过，并能记得那个或者那些拥抱，也许当时还没有记忆，一切都是模糊的。但不管过去的情况如何，这时她都希望得到父亲的一个拥抱，因为她经常看到其他孩子被父亲拥抱。父亲的怀抱是何等的温馨，她想被拥抱或者再次被拥抱，但是永远不可能了，所以她只能把那座坟墓当作父亲的粗壮腰身，只有这样，自己才能去拥抱父亲。

看到这一幕，钟虎的心都要碎了。他摘下眼镜，擦掉那只好眼睛上的泪水才又往下面走去。

钟虎这次刚走几步，又一幕让他的脚步再次停住了：一座坟墓上放着一大块白布，白布上面有一首诗，是用毛笔写的，标题是：《吻你，我不惊醒你》，副标题是：一个长眠南疆士兵的妻子在这里的留言。他刚才路过时这里还没有呢，显然是刚放上去的，人已经走了……

后 记

轮战进行到第七个年头，也就是1986年7月10日，黎笋在河内去世了，他和胡志明一样活到了七十九岁了。此后，中越两国便出现了缓和局面，第三年战火完全熄灭了。

战后我国政府公布了越南的死亡人数是七万九千，其中正规部队六万九千人，公安兵等一万人。

至于我国军队在那场战争中的死亡人数，也许前苏联《红星报》上公布的数字可以作为参考。2001年1月16日前苏联《红星报》上公布的我国军队在那场战争中的死亡人数是六万二千五百人，这是该报一个叫波奇塔廖夫的记者，在先后采访了多个原苏联驻越南人民军总参谋部顾问团成员后，得出的统计结果。

此外，除了亡者还有大量的伤员，据估算伤员大约是死亡人数的四倍多。